谨将本书献给

（巴黎法兰西喜剧院[①]）

雷尼耶[②]

以表达对这位伟大演员的仰慕之情

和这位真挚朋友的深厚情谊

① 法兰西喜剧院（Theatre Francais）是法国最古老的国家剧院。1680年10月21日，奉国王路易十四之命创建，由原莫里哀演员剧团与马莱剧团、勃艮第府剧团合并而成。剧院位于巴黎黎塞留街与圣奥诺雷街拐角处。由于剧院实现了莫里哀生前的意愿，所以法兰西喜剧院也被称为莫里哀之家。本书的注释除特别注明之外均由译者提供，其中个别条目参考了本书原版末尾处提供的部分内容，特此致谢。

② 雷尼耶（Francois-Joseph Regnier）是威尔基·柯林斯的朋友，1866至1867年，二人合作将柯林斯的另外一部著名小说《阿玛代尔》改编成戏剧搬上法国舞台。

外国名作家文集·威尔基·柯林斯卷

# 法律与夫人

# THE LAW AND THE LADY

[英] 威尔基·柯林斯／著
潘华凌／译
William Wilkie Collins

漓江出版社

# 致读者

我将本书奉献给您时，没有序言可写。我只需要请求您记住一些公认的真理，因为当您阅读一部虚构的著作时，那些东西有时会从您的记忆中溜走。那么，承蒙您欣然记住：首先，人类的行为并非一以贯之地受理性法则的控制。其次，在我们的朋友的心目中，我们绝不总是习惯于把我们的爱奉献给最有资格获得它的对象。最后，在我们有限的个人经历中，有些个性可能不会显现出来，有些事情可能不会发生，然而，尽管如此，那完全是可能符合天性的个性，完全有可能发生的事情。我说过了这寥寥数句话之后，将我的新故事奉献在您的面前时，该要说的话目前似乎都已经说过了。

威尔基·柯林斯

1875 年 2 月

于伦敦

# 目录

# 译　序

中国的普通读者对英国小说家威尔基·柯林斯（William Wilkie Collins, 1824—1889）可能不很熟悉。英国传记作家凯瑟琳·彼特斯（Catherine Peters）于1991年出版了《故事大王：威尔基·柯林斯传》一书，对柯林斯的家庭背景、人生经历和文学创作进行了全面梳理和系统评介。值得注意的是，本文集收入的作品（除《夫妻关系》之外）均在这部传记中有专章篇幅加以论述。作者在传记的结尾处对传主给出了如下引人注目的评价：

> 柯林斯去世后的许多年间，人们只知道他是《月亮宝石》和《白衣女人》的作者，卓越的精彩故事情节的编造者，侦探小说之父。然而，一百年后的今天，他的作品身价百倍了。我们通过阅读他的小说，能够窥见维多利亚时代生活表层下的怪异和激情。柯林斯本人曾公开冒犯当时的伦理规范而并不感到羞耻，因此，他所揭示出的有关自己时代的阴暗面，既怪异离奇又令人着迷，这一点在当时的小说林中是无与伦比的。维多利亚时代当然诞生过更加伟大的作家，但威尔基·柯林斯却是独一无二的。[1]

---

① 见《故事大王：威尔基·柯林斯传》，1991年，第434页。另外，中国社会科学院朱虹教授曾发表《威尔基·柯林斯和他的〈白衣女人〉》一文，对柯林斯的文学成就和创作特点进行了详尽的分析和评论，载于《英国小说的黄金时代》，朱虹著，北京：中国社会科学出版社，1997年，第186—202页。

柯林斯是19世纪英国维多利亚时代最富盛名的作家之一，因其小说情节复杂曲折，令人惊悚，扣人心弦，引人入胜，赢得了无数读者，他完全可以同查尔斯·狄更斯（Charles Dickens，1812—1870）、威廉·萨克雷（William Thackeray，1811—1863）等名家齐名[1]。柯林斯生活在英国小说空前繁荣的维多利亚时代，那是一个涌现了狄更斯、萨克雷等文学巨人的时代。他是幸运的，因为他的文学才华得到了发挥，有幸成为狄更斯等人的挚友，更是如虎添翼。但他又是不幸的，当时著名作家灿若繁星，生活在大作家们耀眼的光环下，以至于他的文学成就被遮蔽掉了。

柯林斯于1824年1月8日出生在伦敦的马里尔波恩。父亲威廉·柯林斯（William John Thomas Collins，1788—1847）是当时杰出的风景画家和肖像画家，曾为英国皇家艺术院院士。童年时期的威尔基体弱多病，随父亲学习绘画，耳濡目染，深受影响。1835年，开始入梅达山文法学校学习，但1836年始，十二岁的威尔基只得中断学校的学习，与小自己四岁的弟弟查尔斯一起随父母前往法国和意大利。两国绚丽多姿的山水风光、独具特色的风土人情、悠久厚重的文化传统给年幼的威尔基留下了深刻的印象，他后来认为，自己在欧洲的两年时间里学到了在学校里学不到的东西。柯林斯深受欧洲文化的浸染，加上父亲的影响，培养了自己对艺术的执着追求，把艺术看作是他毕生的骄傲与快乐[2]。他喜爱欧洲的绘画，如意大利文艺复兴时代著名画家拉斐尔的画作，荷兰画家伦勃朗的作品。

---

① 人们在谈及英国维多利亚时代的小说时，除了狄更斯和萨克雷外，首先想到的便是盖斯卡尔夫人（Mrs. Gaskell, 1810—1865）、安东尼·特罗洛普（Anthony Trollope, 1815—1882）、夏洛特·勃朗特（Charlotte Bronte,1816—1855）、爱米莉·勃朗特（Emily Bronte,1818—1848）、乔治·艾略特（George Elliot, 1819—1880）、托马斯·哈代（Thomas Hardy, 1840—1928）等。

② 参见作者在《月亮宝石》中的再版序言。

他喜爱欧洲的音乐，如意大利 19 世纪上半叶三大著名歌剧作曲家罗西尼、多尼采蒂和贝利尼的歌剧作品，奥地利作曲家莫扎特的音乐等。他对艺术的爱好总会不自觉地在作品中加以表现。1838 年，柯林斯返回英国后，在海伯里广场三十九号的科尔寄宿学校继续学习。1841 年，十七岁的柯林斯被父亲送到伦敦一家茶叶公司当学徒，但他厌倦这个行当，暗地里开始从事写作。后来则改学法律，并在伦敦林肯法学协会当过律师，其学习法律和从事律师职业的经历为他的小说创作提供了丰富的素材和广阔的空间，他充分利用自己的法律知识，揭露当时许多法律条文的不合理性，特别是那些涉及妇女、非婚生子女或弱智人权益方面的法律。同时，他也在自己的作品中塑造了多个具有鲜明性格特征的律师形象，而且大都是作者肯定的品德高尚的律师形象，如《白衣女人》中的文森特·吉尔摩律师，《月亮宝石》中的马修·布拉夫律师，《无名无姓》中的彭德利尔律师，《阿玛代尔》中的奥古斯塔斯·佩德吉夫特律师父子，《夫妻关系》中的退休律师帕特里克·伦迪爵士，《法律与夫人》中的普莱摩尔律师。1847 年，父亲老柯林斯去世后，他为父亲写了一部两卷本传记《威廉·柯林斯先生生平回忆录》，作品出版后，读者和评论家反应热烈，好评如潮，这坚定了他从事文学创作的决心和信心，一个职业作家从此诞生了。1851 年 3 月，柯林斯结识了当代文豪狄更斯，尽管他们年龄相差了十二岁，但两人因志趣相投，很快成为最亲密的朋友，几乎形影不离，两人甚至合作过一些作品[①]，他们在各自的创作中也是相互影响，相得益彰，所以有研究家指出：“创造英国侦

① 参见安德鲁·桑德斯:《牛津简明英国文学史》，谷启楠等译，北京：人民文学出版社，2000年，第646页。另参阅William M. Clarke, *The Secret Life of Wilkie Collins* (Chicago: Ivan R. Dee, Inc., 1988), pp.65—76。

探小说并赋予它那些至今保持不变的基本特征的功劳应归于狄更斯和柯林斯[1]。" T.S. 艾略特（T.S.Elliot，1888—1965）在谈及两个人的关系时说："如果不把狄更斯考虑进去，你就无法欣赏柯林斯；而狄更斯 1850 年后的作品如果没有柯林斯的影响，也不会是今天的这个样子[2]。"

19 世纪 60 年代是柯林斯创作成就如日中天的十年，他的四部重要作品均在这期间问世：《白衣女人》（*The Woman in White*, 1860），《无名无姓》（*No Name*, 1862），《阿玛代尔》（*Armadale*, 1866），《月亮宝石》（*The Moonstone*, 1868）。柯林斯的作品一般都先在狄更斯主编的、当时最风行的《家常话》和《一年四季》以及萨克雷主编的《康希尔》杂志上连载（同一时期也在美国的杂志上连载，如《哈珀周刊》等），然后再出单行本。柯林斯一生创作了大量长篇小说，其他作品如《安东尼纳，或罗马的衰亡》（*Antonina: Or The Fall of Rome*, 1850），《巴兹尔：现代生活故事》（*Basil: A Story of Modern Life*, 1852），《捉迷藏》（*Hide and Seek*, 1854），《罗斯妹妹》（*Sister Rose*, 1855），《红桃皇后》（*Queen of Hearts*, 1859），《夫妻关系》（*Man and Wife*, 1870），《可怜的芬奇小姐》（*Poor Miss finch: A Novel*, 1872），《法律与夫人》（*The Law and the Lady*, 1875），《两种命运》（*The Two Destinies: A Romance*, 1876），《一个流氓无赖的一生》（*A Rogue's Life*, 1879），《落叶》（*The Fallen Leaves*, 1879），《黑袍》（*The Black Robe*, 1881），《心脏与科学》（*Heart and Science*,

---

① 莫契：《侦探小说发展史》，纽约：1958 年，第 9 页。转引自朱虹：《市场上的作家——另一个狄更斯》，载自《英国小说的黄金时代》，北京：中国社会科学出版社，1997 年，第 126 页。
② 托·斯·艾略特，《〈月亮宝石〉序言》，戴侃译，载《世界文学》，1981 年第 1 期，第 234—241 页。

1883)，《我说不行》(*I Say No*, 1884)，《该隐的遗产》(*The Legacy of Cain*, 1889)，《盲目爱情》(*Blind Love*, 1890)，等等。但《白衣女人》和《月亮宝石》被认为是柯林斯的巅峰之作，享誉世界，现在仍被看成是侦探小说的经典。本文集包括了作者一生中最重要的几部作品。

在19世纪的英国小说家中，柯林斯算得上是位超前的人物，其个人生活充满了神秘色彩。拉斐尔前派创始人、著名画家约翰·米莱(John Everett Millais, 1829—1896)的儿子于1899年撰写的《回忆录》中第一次披露了柯林斯生活中一段很有意思的插曲：50年代的一天夜晚，柯林斯兄弟二人和米莱用过晚餐后陪同米莱步行回家。他们经过一座花园别墅的高墙时，突然听见一声尖叫，随即看见一个身穿白衣的年轻女子跑出来，停在三位男士面前，然后继续顺着大路往前跑，白衣在月光下一闪一闪。米莱大声发出了“多么美丽的女人啊”的感叹。柯林斯一边说：“我得去探个究竟！”一边追了上去，并且消失在了夜色中。根据《回忆录》和柯林斯的弟弟查尔斯的妻子——狄更斯的女儿——的记载，这位神秘的白衣女人便是卡洛琳·格雷夫斯(Caroline Graves，1830—1895)，那次充满了传奇色彩的相遇后她成了柯林斯的终身伴侣。更加不可思议的是，柯林斯与卡洛琳同居期间，另外还与玛莎·鲁德(Martha Rudd, 1845—1919)组成了一个非正式的家庭，后者为他生了三个孩子[①]。柯林斯的这种人生状态与维多利亚时代的社会语境是无法相融的。因此，一方面，他的公开身份是著名作家，与社会名流频繁交往；另

① William M. Clarke, *The Secret Life of Wilkie Collins* (Chicago: Ivan R. Dee, Inc., 1988), pp.89—122.

一方面，他分别与两个情妇过着秘密生活。于是，身份认同问题一直与柯林斯如影随形，同时也深刻地影响着他的创作。

《白衣女人》的问世让柯林斯跻身英国文坛并成为知名作家，同时也宣告近代“惊悚小说”的诞生[①]。《白衣女人》先期在查尔斯·狄更斯主编的《一年四季》上连载，受到了读者的广泛好评，柯林斯也因此“成了家喻户晓的人物”[②]。一时间，《白衣女人》被誉为拥有“整个英国小说文学中最别出心裁、组织最严密、最天衣无缝的布局”的小说。有关材料显示，《白衣女人》的另一个来源出自法国一桩掠夺财产公案的记载，1856 年，柯林斯与狄更斯一同游览巴黎时在一个书摊上购得一本梅冉著的《著名案例纪实》，其中记载了杜欧夫人的冤案，关键地方都与“白衣女人”的故事相吻合：有人把一个身穿白衣的女人麻醉后关进了疯人院，冠上了别的名字和身份，后来宣布其死亡，旨在侵吞其财产……柯林斯自己直言不讳，说从梅冉记录的案件中得到了启发。简单说起来，《白衣女人》描述的是对劳拉·费尔利实施欺骗的故事，同时也是针对骗局展开调查的故事。青年绘画教师沃尔特·哈特莱特与利默里奇庄园的劳拉·费尔利小姐相爱，但劳拉早有婚约。迫不得已，劳燕分飞。劳拉遵从父亲的遗愿嫁给了未婚夫珀西瓦尔·格莱德爵士。但珀西瓦尔觊觎的是劳拉的巨额财产，后与福斯科伯爵密谋勾结，施用种种伎俩，加害劳拉，所幸哈特莱特挺身而出，营救了劳拉也粉碎了珀西瓦尔的

① 值得注意的是，1859 年 4 月 30 日至 11 月 26 日，狄更斯在自己主编的《一年四季》周刊连载了他的著名小说《双城记》，而在随后的一期便开始连载《白衣女人》，并加了编者按。
② 侯维瑞，李维屏：《英国小说史》（上），南京：译林出版社，2005 年版，第 424 页。

阴谋。有情人终成眷属。

继《白衣女人》获得了巨大成功之后，1862年12月，柯林斯四部重要小说中的第二部——《无名无姓》在伦敦出版，小说先期分别在英国的《一年四季》和美国的《哈珀周刊》上连载，并立刻被翻译成了俄文、德文、荷兰文和法文。柯林斯将这部作品题献给他的医生和老友弗朗西斯·卡尔·比尔德，以资纪念自己描述小说最后场景的那些日子。柯林斯确定这部小说的书名时颇具戏剧性，《企鹅经典丛书》英文原版提供了以下有关本书书名的背景材料：柯林斯在决定本小说的书名时颇费周折，当时手稿的扉页上仅仅标明了“威尔基·柯林斯的小说”字样，左上角有一句注释：“撰写第一页内容时，书名还没有确定。”所以，事情一直拖延到了1862年3月15日——小说将要刊载的前几个星期。1月24日，狄更斯在回复书名建议的请求时，写了二十七个可供选择的建议书名，其中大多数平庸乏味得令人惊讶。2月4日，柯林斯给自己的母亲寄去了一张单子，上面罗列了八个可供选择的书名，但《无名无姓》没有出现在其中。2月的某个时间才确定这个书名，作者这才在一封信的四分之一篇幅处加入了“无名无姓”这个措辞。《无名无姓》聚焦的是非婚生子女权益问题。

1866年6月，柯林斯四部重要小说中的第三部——《阿玛代尔》在伦敦出版，小说先期分别在英国的《康希尔》杂志和美国的《哈珀周刊》上连载，随后被翻译成了德文、俄文和荷兰文在相关国家出版。《阿玛代尔》是柯林斯所有小说中篇幅最长的一部，他将其题献给约翰·福斯特（John Foster, 1812—1876），以“感谢他创作《哥尔德斯密斯传》，为文学事业做出了贡献，同时满怀深情地纪念一种友谊，因为它与本人生平中一些最幸福快乐的日子密不可分[①]”。《阿玛代尔》的故事涉及两个姓阿玛代尔的家庭的两代人，复杂的故事情节糅合进了柯林斯热切关注的几个主题，如宿命问题、身份问题、谋杀和侦探行为等。

1868 年，柯林斯四部重要小说中的第四部——《月亮宝石》在英国和美国出版。小说先期分别在英国的《一年四季》和美国的《哈珀周刊》上连载。作品问世后好评如潮，立刻被译成德文、俄文、意大利和法文等，并在柏林（1868）、莫斯科（1868）、米兰（1870）和巴黎（1872）相继出版。大诗人 T.S. 艾略特在为“世界经典名著”之一的 1928 年版《月亮宝石》的序言中称它是“第一部最长和最好的现代英国侦探小说[②]”。《月亮宝石》讲述的是一个由一颗“像鸽鸟蛋那么大的”瑰丽美妙的黄钻石引起的曲折离奇的故事。

1870 年 8 月，柯林斯另一部长篇幅的小说《夫妻关系》在美国出版。作品先前分别在英国的《卡斯尔杂志》和美国的《哈珀周刊》上连载。《夫妻关系》是一部针砭时弊的作品，聚焦婚姻法的实施和妇女地位与权益问题，呼吁立法确保已婚妇女拥有财产的权利，同时抨击了国人崇拜体力运动致使道德衰败的风尚。作者将这部作品

① 约翰·福斯特是英国作家、文学评论家和新闻记者。伦敦文坛的著名人物，通过与声名卓著的散文家查尔斯·兰姆（Charles Lamb, 1775—1834）和编辑利·亨特（Leigh Hunt, 1784—1859）等人的友谊，成为当时许多著名作家的顾问、代理人和校订人。他与狄更斯过从甚密，曾创作了《狄更斯传》（1872—1874），尽管书中带有某些个人偏见，偶尔出现有所隐讳和不精确之处，尤其嫉妒狄更斯与柯林斯的亲密友谊，省略了他们文学创作和生活中的一些重要情节，但仍不失为一部了解狄更斯的重要传记。除了对狄更斯的研究之外，福斯特对其他作家也颇有研究，如《哥尔德斯密斯传》（1854）、《沃尔特·萨维奇·兰多尔传》（1869）和未完成的《乔纳森·斯威夫特传》（1876），这些作品至今仍然是权威性著作，并为人们广泛阅读。福斯特还是《阿玛代尔》中提到的英国精神病委员会的委员，因此，柯林斯得以详尽描述当沃德医生经营的疗养院的情况。有研究者指出，柯林斯将本书题献给福斯特，旨在向其“伸出橄榄枝”，但后者心胸不够开阔，拒绝接受，从而演绎了英国维多利亚时代文坛上的又一段个人恩怨。

② 托·斯·艾略特，《〈月亮宝石〉序言》，戴侃译，载《世界文学》，1981 年第 1 期，第 234—241 页。

题献给弗里德里克·莱曼先生和夫人[①]。

1875年，美国哈珀出版公司出版了本文集中的最后一部小说——《法律与夫人》，作品先期在英国的《图说周刊》和美国的《哈珀周刊》连载。小说当年便被翻译成了荷兰文、德文、法文和俄文，分别在海牙、柏林、巴黎和莫斯科出版。这又是一部涉及法律和婚姻的小说，女主人公瓦莱拉出于对丈夫的挚爱，坚信丈夫是无罪的。她无法忍受苏格兰法庭“证据不足”的结论，义无反顾地要在世人面前还丈夫一个清白。于是，这样一个对法律一无所知的弱女子，向庞大的法律机器宣战了。作者将小说题献给巴黎法兰西喜剧院的雷尼耶，以表达“对这位伟大演员的仰慕之情和这位真挚朋友的深厚情谊”[②]。

本文集中收录的作品包括了柯林斯所有作品中的精华，是作者年富力强阶段倾心打造的，时间跨度为十五年左右，由此可以窥见作者辉煌的文学成就。柯林斯以一个现实主义作家的情怀和目光关注社会现实问题。他热切关注的法律（尤其是遗产继承法和婚姻法）、妇女的社会地位、对训练体力的热衷与保持健康理性的人格、弘扬

① 弗雷德里克·莱曼(Frederick Lehmann, 1826—1891)是个成功的英国商人，出生于德国汉堡，于1880年以自由党成员的身份进入英国下议院。他和夫人妮娜在伯克利广场和海盖特他们的两处寓所接待为数众多的文学和艺术家朋友，其中包括乔治·艾略特、查尔斯·狄更斯、罗伯特·勃朗宁（Robert Browning, 1812—1889）和弗雷德里克·莱顿爵士（Sir Frederick Leighton, 1830—1896）等。本书作者威尔基·柯林斯与莱曼夫妇更是交谊深厚，这部小说的大部分篇幅是他客居在他们的“林地”寓所时创作的。那是他们坐落在海盖特南森林路的一处乡间静居处。如同他们在小说中的对应人物一样，弗雷德是议会的候选人，妮娜是卓越的钢琴家，而他们的姓氏也和德拉梅恩夫妇相似。

② 法兰西喜剧院（Theatre Francais)是法国最古老的国家剧院。1680年10月21日，奉国王路易十四之命创建，由原莫里哀演员剧团与马莱剧团、勃艮第府剧团合并而成。剧院位于巴黎黎塞留街与圣奥诺雷街拐角处。由于剧院实现了莫里哀生前的意愿，所以法兰西剧院也称莫里哀之家。雷尼耶（Francois-Joseph Regnier, 1807—1885)是威尔基·柯林斯的朋友，1866—1867年，二人合作将柯林斯的另外一部著名小说《阿玛代尔》改编成戏剧搬上法国舞台。

高尚道德之间存在矛盾等社会热点问题均在这些作品中得到了生动诠释与表达。他在作品中突出了妇女的权利问题，因为根据当时的法律，妇女一旦结婚，其全部财产都将归丈夫所有，如若死亡，财产将由丈夫全部继承，除非婚约上有专门条款规定，因此，他的作品大都围绕这个问题展开，尤其是《白衣女人》。如前文所述，《夫妻关系》是一部针砭时弊的作品，作者针对英国社会上层阶级不同人群里可以很容易找到长着干净皮肤和穿着精致外套的“粗人”的现象，猛烈抨击妇女财产遭到掠夺和人身遭受到虐待（如赫斯特·德思里奇）的现象，呼吁议会立法，确保已婚妇女拥有财产的权利。作品还猛烈抨击了人们热衷于毫无节制地开展体力训练（如杰弗里·德拉梅恩，四肢发达，道德败坏）的倾向——这导致英国社会到处充斥和蔓延着野蛮粗鲁的行径。至于《月亮宝石》，作者并没有仅仅把它当成一部侦探小说来写，而是在错综复杂的故事中大胆揭露和批判了复杂的人性、虚伪的宗教、邪恶的侵略等问题。作者在作品中惩恶扬善的观念是很明确的。他践行了“弘扬真善美，鞭挞假恶丑”的理念。六部小说中的绝大多数人物都体现了作者的善恶观，唯有《无名无姓》中的玛格达伦形象引起人们的争议。作者认为，人在善与恶的对立作用下进行的挣扎构成了人生的主要内容，而《无名无姓》正是一部专门描述这种挣扎过程的小说。他在前言中说：“塑造‘玛格达伦’这个人物是我的目标。这个人物体现了这种挣扎，尽管她执拗任性，犯了错误，但仍不失为是一个值得同情的人物。”

柯林斯小说的另一个显著特点是将自己在现实生活中经历和熟悉的一些事情有机地嵌入到作品当中，如前所述，《白衣女人》源于作者个人的经历，其他情况不胜枚举。如作者童年时代随家人到意大利等国生活，则《夫妻关系》和《法律与夫人》中均出现了年轻姑娘被送到米兰接受歌剧训练的情节。例如，伦敦西北郊的汉普斯特德（Hampstead），柯林斯童年时曾在此生活，给他留下了深刻印象，因此，汉普斯特德成为作者多部作品的背景地，《白衣女人》中是男主人公哈特莱特的母亲的居住地;《月亮宝石》中是马修·布拉夫律师的居住地;《阿玛代尔》中是当沃德医生开办疗养院的地方;《夫妻关系》中是万博勒先生的居住地。1857年，柯林斯和挚友狄更斯曾遇到过一个长相很奇特的医生助理，当时柯林斯脚踝扭伤，狄更斯就找来了那么个人,《月亮宝石》中坎迪医生的助手埃兹拉·詹宁斯先生就是根据他塑造的。从19世纪60年代初起，柯林斯患有严重的风湿性痛风病，长期遭受困扰，后来他完全依靠服用"那种效果全能和吉星高照的药品"[①]——鸦片酊来镇痛，结果上了瘾，常常产生幻觉，这种人生的境遇通过詹宁斯这个人物在《月亮宝石》中生动地表现出来了，同时也成为破解月亮宝石谜案的关键证明。作者吸食鸦片的经历在《阿玛代尔》中得到充分的表现，并且他在该作品和《无名无姓》中两次套用柯勒律治的话"生中之死（death-in-life）"[②]。《月亮宝石》中警长卡夫的形象令人难忘。他

---

① 《月亮宝石》中的描述。

② 这个表达典出自英国浪漫主义诗人柯勒律治（Samuel Coleridge, 1772—1834）的《古舟子吟》中的"死中之生"（life-in-death）。和柯林斯一样，柯勒律治也服用鸦片酊上了瘾，这种极为可怕的梦魇形象可能是诗人在服用了鸦片酊之后的幻觉中产生的。据说，柯勒律治服用鸦片酊后产生幻觉，他声称自己未完成的诗篇——《忽必烈汗》得之于梦。他在解释该诗的起源时说，1797年夏，他在一处偏僻的农舍里休息，沉睡了三个小时。入睡之前，服用了含有鸦片的镇痛剂，而且当时正在阅读《珀切斯的游记》（*Purchas's Pilgrimage*），其中描写的内容是"忽必烈汗下令在此修筑一座宫殿和一座皇家园林，于是，方圆十英亩都用围墙圈了起来"。他沉睡中做梦吟诗，得诗两三百行，醒来时，脑际依然萦绕着那首诗的形象，于是命笔书写，想要凭着记忆把诗歌追记下来，写下了五十余行后，忽然有客人求见，结果灵感中断，记忆消失。五十余行诗句便构成了现在人们所欣赏到的宝贵诗篇。

料事如神，大名鼎鼎，而这一形象并非虚构，而是有现实生活原型的，伦敦市警察局于1842年成立了侦探部，该部最初只有两名警长和六名警官。一开始时，只要付钱，私人也可以雇佣他们，故事中提到的那个时候，这支力量尚不太为公众所知，1849年，逮捕杀人犯曼宁夫妇时才引起公众注意。柯林斯以办此案的惠彻警长为原型创造了卡夫警长这一人物，作品故事中不少线索，如不见的睡衣、洗衣房的登记册、侦探怀疑受害人家的女儿等，都取材于惠彻警长办的另一例谋杀案。虽然狄更斯那本揭露英国司法界罪恶的文学名著《荒凉山庄》（*Bleak House*）中早已出现了侦探布克特这一角色，但后世侦探小说竞相模仿，都以警长为主角还是在《月亮宝石》问世之后，可见其影响之大。作者在创作《阿玛代尔》莉迪亚·格威尔特的人生故事时糅合了当时两桩轰动一时的案件。一桩案件发生在1857年，苏格兰格拉斯哥一位建筑师的女儿玛德琳·史密斯被控用混杂有砷的热巧克力饮料毒杀自己的情人而受审。按照苏格兰“证据不足”这个法律条文（《法律与夫人》中也诠释了这个苏格兰法律条文），她逃脱了严厉的惩罚。另一桩案件发生在1858年，医生托马斯·斯梅瑟斯特被控毒杀自己的妻子而受审。医生被判有罪，但指控他的证据很不确凿，审判明显不公正，引起医学、律师职业界人士和新闻舆论一片哗然。后英国内政大臣出面干预，几经周折，医生以重婚罪受审定罪。因此，柯林斯设计了让莉迪亚被控毒杀丈夫，但得到了内政大臣的赦免，最后以更轻的盗窃罪收监定罪的情结。凡此种种，不一而足。

柯林斯的传记作者彼特斯称他是“故事大王”，除了故事本身的内容之外，作者十分谙熟读者的心理，善于运用高超的叙事技巧，如《白衣女人》和《月亮宝石》均通过作品中不同人物的第一视角来叙述故事。正如作者自己说的："我在这部小说中做了一个实验，该实验就我所知迄今尚未有人在小说写作中尝试过。本书的故事通篇由其中的人物来叙述。在由事件构成的这条链中，他们处在不同的位置，轮番亮相，直至故事结尾。"这样做"如同法庭上由多个证人陈述犯罪案件一样——两种情形，目的相同，都是通过让那些在事件前后相连的每个阶段与其有密切关系的人，原原本本地叙述自己的经历，毫无例外地以最直截了当和最明白易懂的形式展示事实真相，从而廓清一个完整的系列事件的始末。"[①] 这样做既展示了故事进展状况，又刻画了叙述者本人的性格特征和其中涉及的人物的性格特征。如最为作者本人和广大读者称道的是《月亮宝石》中由克拉克小姐叙述的那一部分，惟妙惟肖，精彩绝伦。此外，作者还在作品中大量使用契合人物地位和性格的书信、日记，最为突出的如《无名无姓》《阿玛代尔》《白衣女人》。各类人物的书信、日记占据其所在作品的巨大篇幅。这样运用不同体裁叙述神秘莫测、离奇曲折的故事的做法让读者犹如行走在一个迷宫之中，每次都好像找到了出口，但是很多时候都发现那只是一个又一个的诱饵，事情的真相远非如此。尽管他的作品包含了大量书信和日记，但是并不显得杂乱无章，而是层次分明地将疑惑一一剖解，拨开疑云，犹如抽丝剥茧，丝丝入扣，让读者最后恍然大悟。读者不至于像阅读一般小

① 见作者为《白衣女人》出版撰写的序言和正文的开场白部分。这种叙述方式与英国维多利亚时代杰出的诗人罗伯特·勃朗宁（Robert Browning，1812—1889）的《指环与书》中叙述方式有惊人的相似之处。勃朗宁晚年的代表作是长篇叙事诗《指环与书》（The Ring and the Book，1868—1869），该诗叙述一个老夫杀死少妻的故事。全诗由十二组戏剧独白组成，每一独白都由主要人物叙述案情，各人的叙述相互矛盾，但最后还是从错综复杂的乱麻中理出了头绪，揭示了这起谋杀案的真相。不过，从作品出版时间上来判断，柯林斯所言属实。

说那样枯燥地长驱直入，不至于像某些小说那样让人如陷泥淖，晕头转向，感觉不知所云。相反，柯林斯在布篇谋局时，能够全方位地叙述故事，不存一丝纰漏，让故事越发显得真实、生动，让读者产生一种整个故事并非虚构而完全是真实发生过的错觉。

柯林斯的作品不仅故事生动奇特，情节跌宕起伏，而且人物的刻画也极为鲜明，各个都写得栩栩如生，呼之欲出，各具特色，仅仅考察一番《白衣女人》和《月亮宝石》中的各类人物便可见一斑。《白衣女人》中的沃尔特·哈特莱特风度翩翩，感情炽热，为洗刷心上人劳拉的冤屈，披肝沥胆，历尽艰辛，与敌人斗智斗勇，终于使坏人恶有恶报。劳拉·费尔利容貌美丽，性格温柔，心地善良，感情诚挚，虽蒙冤受屈，但终得好报。玛丽安·哈尔寇姆小姐虽相貌平平，但善良仁慈，聪明睿智，既有女性的温柔娴淑，又有男性的坚毅果敢，顾念家人，无私奉献，不愧为“善良的天使”。“白衣女人”安妮·卡瑟里克如梦如幻，嫉恶如仇，知恩图报，却成为恶人行骗的工具。文森特·吉尔摩律师忠于职守，情谊深厚，但面对邪恶亦束手无策。弗里德雷克·费尔利先生性格乖僻，自私自利，冷漠无情，六亲不认。珀西瓦尔·格莱德爵士虽有绅士风度，实则徒有其表，在娶了劳拉之后，便原形毕露，残忍粗暴，刚愎自用，终自取灭亡。福斯科伯爵虽才智超群，多情善感，却心术不正，诡秘莫测，在阴谋骗局中运筹帷幄，步步得逞，但终机关算尽，客死他乡……《月亮宝石》中的卡夫警长思维敏捷，料事如神。茱莉娅·韦林德夫人坚定果断，贵妇派头。蕾切尔·韦林德小姐情真意切，执拗任性。富兰克林·布莱克少爷见多识广，敢于担当。戈弗雷·埃布尔怀特少爷虚情假意，灵魂肮脏。加布里埃尔·贝特里奇管家固执迂腐，真心护主。女仆罗莎娜·斯皮尔曼其貌不扬，痴迷盲目。女仆佩内洛普·贝特里奇心地善良，爱憎分明。德鲁茜拉·克莱克小姐伪善矫情，性格怪异。马修·布拉夫律师德高望重，忠于职守。托马斯·坎迪医生性格外向，口无遮掩。坎迪医生的助手埃兹拉·詹宁斯先生悲天悯人，命运多舛。大旅行家默士韦特先生浪迹天涯，闻名遐迩。西格雷夫警官愚昧昏庸，一事无成。布拉夫律师的跟班小机灵“醋栗”聪明伶俐，胆大心细，等等。这些全都充分显示了作者刻画人物形象的功力。

柯林斯不仅是编造和叙述故事的大师，也是语言大师，用词精当，极富表现力，反映了他深厚的艺术造诣。他在描写人物肖像时，运用了绘画中素描技巧，把人物描绘得栩栩如生，惟妙惟肖，幽默诙谐，如《无名无姓》中对玛格达伦外貌的描述极富代表性：

> 造物主变幻莫测，不可思议，其中有一点在科学上还无法解释。从外貌上看来，万斯通先生的小女儿完全不像父亲或母亲。她的头发怎么回事？眼睛怎么回事？随着她渐渐长成大姑娘，连她的父母都反问自己这些问题，但他们困惑茫然，给不出答案。她的头发属于纯淡棕色调的那种，没混杂进亚麻色，或黄色，或红色——这种色泽更容易从鸟的羽毛上看到，而不是从人的头上。头发柔软而浓密，有规律的褶皱从她的额前低处呈波浪状向下——但是，审美观各有不同，有些人觉得，这种头发由于完全缺少光泽，清一色的纯淡颜色，显而易见，因此看上去显得单调而又缺乏生气。眉毛和睫毛的颜色稍稍比头发的要深一点，好像是专为那些紫蓝色的眼睛制作的，浑然天

成，如若配上白皙的肤色，那可就魅力无限了。但是，这儿的实际情况是，脸部令人惊诧地不予合作，希望落空了。眼睛本应该是深色的，但却偏偏是淡淡的颜色，稀奇古怪，极不协调。眼睛接近暗淡的灰色，虽然本身无迷人之处可言，但是，要表露思维最细微的差异，情感最轻微的变化，激情最深切的困扰，这种眼睛却有罕见的补偿优势，细致而又清晰的表露，任何深色眼睛都是无法比拟的。她脸部的上半部分如此古怪离奇地自相抵触，而下半部分拿人们公认的和谐协调的标准来衡量，也不见得不是南辕北辙。她的嘴唇真正具有女性娇美的形状，脸颊圆润光滑，透着青春的妩媚——但对于一个她这个年龄的姑娘而言，嘴巴过于宽大结实，腮帮子过于方正厚重。她的肤色具有她的头发所具有的单一色调的特点——整个都像奶油般呈柔和光滑的暖色调，除了偶尔身体上的特别用劲，或者突然情绪上的焦虑不安，脸颊上不改变半点颜色。整个五官相貌——特征上形成了强烈的反差，很不可思议——因其不同寻常的多变性，显得格外引人注目。那双大大的、令人震惊的淡灰色眼睛几乎就不曾有过消停的时候，瞬息万变的脸上，不同的表情一个连着一个，变化的速度之快，令人头晕目眩，所以，在这场竞赛当中，假如有人要对其做一番从容不迫的分析，那是会被远远抛到后面的。姑娘从头至脚浑身都洋溢着青春的活力。她的身材——比姐姐的要更高，比一般女性也要更高，充满了性感、蛇形般柔美的曲线，轻盈敏捷，嬉戏顽皮，优美动人，其举手投足都表现出一只小猫咪的动作，当然并不显得不自然——她的身材已经发育成熟了，任何人看了都不可能会认为她只有十八岁。她像一个二十岁或更大年龄的姑娘那样身体发育成熟了——而且凭借她无以伦比的健康体魄，那是自然而然、不可阻挡地发育成熟的。

作者对人物心理活动的描写也是入木三分，如《月亮宝石》中描写克拉克小姐接受了富兰克林的要求，叙述其所见所闻的一段：

在这样一个隐居处——一个被罗马天主教汹涌澎湃的汪洋大海包围下的帕特莫斯孤岛——我终于收到了一封寄自英国的书信。我发现自己这个微不足道的人突然被富兰克林·布莱克先生记起来了。我的这位富有的亲戚——但愿我还可以说也是精神上富有的亲戚！——写信来，甚至毫不掩饰，说有事求我。他一时心血来潮，又扯起了月亮宝石那桩肮脏可悲的丑事。要我帮助他，把我客居在伦敦我韦林德表姨府上时亲眼所见的情况叙述出来。提出要给我报酬——一副有钱人特有的薄情寡义的嘴脸。我又要揭开时间刚刚使之愈合的伤口，又要找回极度痛苦的回忆——这样做了过后，我得接受布莱克先生的一纸支票，这个报酬无异于在我身上划的一道新伤口。我天生意志薄弱。经历了一番剧烈的斗争之后，基督徒的谦卑战胜了可耻的傲慢，克己忘我的精神令我接受下了那张支票……本叙述中的某些内容可能对主要涉及其中的人物不够奉承，布莱克先生很容易将其压下不公之于众。他出钱买了我时间，但他即便用他的全部财富也买不去我的良知。

尽管如此，长期以来，人们对于柯林斯这样一位维多利亚时代的重要作家并没有给予应有的实事求是的评价，没有像对待查尔斯·狄更斯、安东尼·特罗洛普、乔治·艾略特、威廉·萨克雷、勃朗特姐妹、托马斯·哈代等那样，把他当严肃小说家看待，尽管他是狄更斯的挚友和合作者，但他只享受到了“通俗小说家”或“侦探小说家”的称号，其作品也被列入“消遣作品”之列，不能登大雅之堂。柯林斯在中国的境遇也同样如此，最明显的例证就是，各种英国文学史书大都对他或一字不提，或只是一笔带过[①]，对其作品的译介也数量极少，在读者的心目中，他连二流作家都算不上。这不能不说是令人遗憾的事。

最后，我有必要简要介绍一下这套文集的翻译情况。假如从我1998年动笔翻译《白衣女人》的时间算起，时间跨度已达二十年了。2003年，译稿完成后，我联系上了当时在漓江出版社任责任编辑的沈东子先生，翻译过爱米莉·勃朗特的《呼啸山庄》等作品的东子先生听了我的介绍后表示愿意出版译稿，书稿的清样都出来了，但后因其他原因未能如愿。于是，书稿束之高阁了几年。时至2008年秋天，我并没有因为《白衣女人》的出版受阻而灰心丧气，而是对柯林斯越发“牵肠挂肚”，“痴心不改”地想要翻译他更多作品，于是选中了本文集中的其他五部（当时，除了《白衣女人》和《月亮宝石》之外，其他作品国内均无译本。期间，某家出版社出版了《法

① 只有少数叙述英国文学通史或小说史的著作用很短的篇幅讨论柯林斯的生平和作品，如侯维瑞、李维屏著《英国小说史》（二卷本，译林出版社，2005），刘文荣著《19世纪英国小说史》（中国社会科学出版社，2002），蒋承勇等著《英国小说发展史》（浙江大学出版社，2006），梁实秋著《英国文学史》（三卷本，新星出版社，2011），常耀信主编《英国文学通史》（三卷本，南开大学出版社，2011）等。

律与夫人》，但不是这个书名），准备“孤注一掷”（如若译稿无缘出版，权当做翻译练习好啦，聊以自慰），于是从翻译《月亮宝石》开始，翻译工作次第展开，而且比先前投入的时间更多。世界上的事情讲究机缘，文学翻译作品的出版也如此。2015年的一天，沈东子先生突然发来短信，问我手上有些什么译稿，因为之前我已经出版了包括《白衣女人》和《月亮宝石》在内的其他几百万字翻译书稿，我便告诉他关于翻译柯林斯文集的情况。他当即表示要推出，并且很快便签订了出版协议。

翻译一套几百万字的作品，译者首先面临的是作品中涉及的人名、地名和历史事件名等专用名词的翻译，要力求做到标准、规范，前后统一，体现权威性。我在翻译中的主要策略有：一是约定俗成，沿袭已经固定了的译法，如Halcombe——哈尔寇姆，Norfolk——诺福克郡，Charing Cross——查令十字，等等。二是使用权威工具书，主要包括陆谷孙先生主编的《英汉大词典》，新华通讯社译名室主编的《世界人名翻译大辞典》，周定国主编的《世界地名翻译大辞典》，《简明不列颠百科全书》，等等。三是对于不包括在前面两类范围之内的专用名词，则通过网络检索工具进行处理。柯林斯的作品问世已经接近或超过一百五十年了，作者本人家学渊源，文学艺术造诣深厚，体现在作品中的历史文化知识丰富多彩，为了准确全面将这些英国维多利亚时代的小说介绍给当今的中国读者，译者决定采用“深度翻译”（Thick Translation）策略，对其中多方面的内容给予较为详细的注释，以便拓展和延伸文本的空间。文集注释的文字超过十万字。

柯林斯的文集能够与读者见面，需要感谢很多人。我要感谢对我始终不弃的沈东子先生，虽未曾谋面，但身为出版家、作家和翻译家的他给予了我无私的支持和厚爱。感谢为本文集出版付出了艰辛劳动的谢青芸编辑和其他编辑。感谢中国社会科学院外国文学研究所的朱虹先生，先生曾慷慨大度，允许我用她《威尔基·柯林斯和他的〈白衣女人〉》（我翻译《白衣女人》的动因源自阅读了朱先生的文章）一文作为《白衣女人》湖南人民出版社2010年版（蒙钟伦荣先生鼎力相助）的“代译序”。感谢旅居英国的易运香女士，她曾多次购买柯林斯的传记和研究图书赠送给我。感谢李昆和Alex夫妇，他们热忱友好，无论置身何地，都会耐心细致地帮助我解决诸多翻译中的疑难。我曾把作品中的一些内容作为教材用于我所在的宜春学院外国语学院的青年教师、多届翻译本科专业学生以及我兼职的南昌大学翻译专业硕士研究生的课堂，感谢他们讨论中向我提出了富有见地的建议，让我有机会改进了一些译文，纠正了一些错误。感谢我所在学校的历届领导和广大同事，他们对我的肯定、鼓励和包容是我前进的动力。感谢几十年来在我翻译道路上给予过我帮助的许许多多朋友（恕不一一点名）。还要感谢我的家人，是他们的理解和支持，承担起了全部家务，让我能够心无旁骛，专事翻译。尽管如此，译本中不妥甚至谬误之处在所难免，敬祈广大读者批评指正。

潘华凌

2018年仲春

于宜春丽景山庄听松斋

# 法律与夫人

# 第一章　新娘的失误

“因为古时仰赖神的圣洁妇人，正是以此为妆饰，顺服自己的丈夫，就如撒拉听从亚伯拉罕，称他为主。你们若行善，不因恐吓而害怕，便是撒拉的女儿了。”[①]

我的斯塔克韦瑟姨父用上面这段人们耳熟能详的话结束了这场英国国教会[②]的婚礼仪式。他随后合上了手上的《圣经》，隔着圣坛的围栏朝我看了过来。他宽阔红润的脸上显露着由衷的关切之情。此时此刻，我姨妈斯塔克韦瑟夫人站立在我身边，突然在我肩膀上拍了一下，接着便说：

“瓦莱拉，你已经结婚嫁人啦！”

我的心思到哪儿去了呢？我的注意力怎么啦？我困惑茫然，根

---

① 此语出自《圣经·新约·彼得前书》第三章，前后内容包括：“你们做妻子的要顺服自己的丈夫；这样，若有不信从道理的丈夫，他们虽然不听道，也可以因妻子的品行被感化过来；这正是因看见你们有贞洁的品行和敬畏的心。你们不要以外面的编头发，戴金饰，穿美衣为妆饰，只要以里面存着长久温柔，安静的心为妆饰；这在神面前是极宝贵的。因为古时仰赖神的圣洁妇人，正是以此为妆饰，顺服自己的丈夫，就如撒拉听从亚伯拉罕，称他为主。你们若行善，不因恐吓而害怕，便是撒拉的女儿了。你们做丈夫的，也要按情理和妻子同住；因他比你软弱，是与你一同承受生命之恩的，所以要敬重他。这样，便叫你们的祷告没有阻碍。”

② 英国国教会（Church of England，也可称为英格兰国教会，英国圣公会，英格兰圣公会）属于“圣公宗”（“安立甘宗”）的教会之一，“安立甘宗”神学的创始人是理查德·胡克（Richard Hooker，1553—1660）。16世纪由英格兰君主亨利八世时期开始由圣公会坎特伯雷大主教托马斯·克兰麦（Thomas Cranmer，1489—1556）等进行改革成为英格兰的国教。教会的辖区为现在的联合王国的英格兰，不包括苏格兰、威尔士和北爱尔兰，后者分属于苏格兰圣公会、威尔士教会和爱尔兰国教会。英格兰圣公会的最高主教为坎特伯雷大主教，副手是约克大主教。

本就不知道。我怔了一下，眼睛看着自己的新婚丈夫。他似乎也和我一样困惑茫然。我相信，此时此刻，我们两个人内心的想法是相同的。我们不顾他母亲的反对已经结为了夫妻——这件事情是真的吗？斯塔克韦瑟姨妈又在我肩膀上拍了一下，回答了我的疑问。

“挽起他胳膊吧！”她轻声说着，话语中显出对我不耐烦了。

我挽起了他的一条胳膊。

“跟随你姨父走吧。”

我紧紧地搂着丈夫的胳膊，跟随在姨父和协助姨父主持婚礼的助理牧师后面。

两位教士把我们领进了国教教区会议室。国教教堂坐落在伦敦旧城①和西区②之间，属于一片阴郁萧疏的区域。这是个阴暗沉闷的日子，空气凝重潮湿。我们出席婚礼的区区几个人情绪忧伤，同周围阴郁的环境和沉闷的天气倒是很契合协调。我丈夫那边没有任何亲友到场，正如我前面提到过的，他的家人不认可他的婚事。我这边除了姨父和姨妈也没有别的亲属到场。我已经失去了父母双亲，朋友也只有区区几个。本杰明是我亲爱的父亲的忠实职员，他为了“把我交出去”出席了婚礼。从我孩提时代起，他就对我熟悉。面对我孤苦伶仃的境况，他像父亲一样对我慈爱有加。

---

① 伦敦当地人习惯以“the City”称呼伦敦城，或称之为“方城”（Square Mile），也可译为“伦敦旧城”，因为其面积正好约为一平方英里（约二点六平方公里），它同时也是英国乃至欧洲金融业的别称，因为在大英帝国时代，全世界的金融服务业几乎都由云集在这弹丸之地的大小公司控制着。事实上，我们平常提到的伦敦往往是指“大伦敦”，大伦敦由三十二个郡组成，伦敦城也是其中的一个郡，而且是最古老的一个，伦敦就是在伦敦城和威斯敏斯特城的基础上发展建立起来的。虽然大伦敦统一的行政管理机构——大伦敦市政府，对包括伦敦城在内的每个郡都有约束力，但是伦敦城有一套自己的市政、警察和司法机构。

② 西区（West End）是指伦敦旧城西侧的一片区域，19世纪的英国人用以指称查令十字街以西的区域，贝克大街处在西区的范围之内。西区是英国的娱乐中心，也有欧洲最大的购物区、剧院、电影公司、餐厅、酒吧，等等，是大人或者社会精英居住的地区，往往同东区相对应。

按照通例，婚礼接下来履行的最后一道程序，要在结婚登记册上签字。我一时手足无措（加上又没有任何信息提示我），结果出错了——按照斯塔克韦瑟姨妈的看法，这是个不祥之兆。我签署的是婚后的名字，而不是婚前的。

“什么啊！”我姨父大声说，声音洪亮，语气中洋溢着快乐，“你就已经把自己的姓给忘记啦？行啊，行啊，这么容易就同那个姓告别，但愿你永远都不要后悔啊。再签一次吧，瓦莱拉——再签一次。”

我手指颤抖着，用力握住笔，写下了我婚前的姓氏，写得确实很不好——

Valeria Brinton

轮到我丈夫签名时，我很惊诧地注意到，他的手也颤抖着，他用自己平常签名的方式签得很糟糕——

Eustace Woodville

按照要求，姨妈也要签名。她很不情愿地照办了。“一个不祥的开端啊！”她说，一边用笔的羽毛一端指着我第一次的不祥签名，“我对我丈夫说了——但愿你此生不会因此而后悔。”

我当时懵懂无知，天真无邪。但即便如此，我听了姨妈深奥莫测、充满了迷信色彩的话后，心里面还是感觉到一丝不安。我感觉到丈夫安慰地握住了我的手，这对我是个慰藉。临别之际，姨父祝愿我幸福美满，贴心的话语对我是一种难以言表的安慰。善良慈爱的人从北方地区的牧师住宅（自从我父母故去后，那儿也是我的家）专程赶来主持我的婚礼。他和姨妈将乘中午的火车返回。姨父巨大强壮的双臂紧紧地拥抱着我，而且给了我一个响亮的亲吻，在教堂外面看新郎和新娘的人一定听见了。

“我真心诚意地祝愿你健康快乐，宝贝。你长大了，可以自己做出选择了，啊——伍德维尔先生，我没有冒犯的意思，你我是新朋友了——我向上帝祈祷，瓦莱拉，但愿你的选择是正确的。没有你在，我们家里会寂寞无趣的，但我并不是抱怨，亲爱的。相反，如果你人生中的这一次变化能够使你更加幸福快乐，我打心眼里高兴。好啦！好啦！别哭啦，否则你姨妈也会跟着哭起来的——她到了这么个年岁，可不是闹着玩儿的。再说了，哭泣有损你的美貌啊。擦干眼泪，到这儿来照照镜子，你会发现，我说的话是对的。再见啦，孩子啊——愿上帝保佑你啊！”

他用胳膊搂着我姨妈，然后匆匆离开了。当我看到自己这位少女时代最后的朋友时，我的内心有些消沉，因为我像爱我丈夫一样爱他。

接下来要告别的是老本杰明。“我祝愿您一切都好，亲爱的，别忘了我。”他说的话全部在这儿。但是，听到这么简简单单的话语后，我不禁想起了昔日在家时的情景。父亲活着的时候，本杰明每当星期天时就会来同我们共餐，一直会随身给自己的雇主的孩子带些小礼物。当我主动让眼前的老人亲吻我的脸颊时，差不多“损了我的美貌了”（正如姨父说的）。我听见他对着自己叹息，他似乎对我未来的人生也不抱有多少希望。

丈夫的声音让我回过神来了，转而想着更加快乐的事情。

“我们走吧，瓦莱拉？”丈夫问了一声。

我从镜子里面看到了什么呢？

镜子里面是个二十三岁的年轻女子，个头很高，身材苗条。她不属于那种走在大街上会引人注目的人，因为她既没有人们喜爱的金黄色头发，也没有人们喜爱的施了粉黛的脸蛋。她的头发是黑色的。这些年来（如同当年父亲健在时让他看着高兴一样），一直都梳理成从鬓角处向后的宽波浪式发型，然后简单地扎成一大把（该发型如同“美第奇的维纳斯[①]”一样的），结果，显露出了下端的脖子。肤色显得很苍白，除了激动异常的瞬间，面部看不见任何血色。眼睛呈很深的蓝色，通常会被误认为是黑色。眉毛倒是布局合理，只是显得过于乌黑，过于浓密。鼻子正好接近鹰钩状，对鼻子过于挑剔的人会觉得大了点儿。嘴是她的五官中最理想的部分，结构精致柔美，表情丰富，可谓气象万千。至于整个脸庞，下半部分过窄过长，眉宇至额头的上半部分过宽过短。呈现在镜子里面的整体形象是个算得上风姿绰约的女人，尽管脸色过于苍白，沉默安静时显得过于严肃持重——总而言之，她不是那种第一眼就让人家注意的人，但是，看上第二眼，有时甚至第三眼，便会大体上令人刮目相看。至于她的衣着打扮，那是在刻意隐瞒而不是宣称，当天上午她结婚嫁人了。穿着绲了灰色丝绸边的羊绒束腰外衣，下身穿着相同质地

① 美第奇的维纳斯（Venus de' Medici）是一座希腊式的大理石雕像，是对公元前 1 世纪的一座希腊青铜雕像的复制品，雕像刻画了希腊爱与美的女神阿佛洛狄忒（Aphrodite）。雕像最早由罗马美第奇家族收藏，从 1677 年起一直在意大利佛罗伦萨的乌菲兹美术馆展出，是该馆收藏的最古老的雕像。曾被法国皇帝劫掠到罗浮宫，于 1815 年送回，修复过程中，雕像被去除了金发、红唇和耳洞。所以这里才有如此说法。

和颜色的裙子。头上配着一顶无边帽，用一道白色麦斯林纱褶裥边饰加以点缀，另加了一朵深红色的玫瑰，作为一点点暖色调，以彰显服饰的整体效果。

镜子中自己的形象，我刻画得成功了呢，还是失败了？这个问题由不得我说了算。关于自己的外表相貌，我尽力避免了两种自夸——贬损性的自夸和赞美性的自夸。至于其他方面的情况，写得是好是坏，感谢上帝，总算是写完了。

镜子里面站在我身旁的人是谁呢？

我看到的是一个男人。他个头不如我高，不幸的是，容貌看起来还要比其实际年龄大些，头上已经过早地谢顶了。腮帮上栗色的大胡子和嘴唇上下垂的长胡须已经夹杂着灰色了。他脸上的色泽正是我脸上缺乏的。他那淡棕色的眼睛看着我，情意绵绵，温柔体贴。如此目光表情是我从未在男人的面容上看到的。他的微笑非常温柔和蔼，举止态度谦逊内敛，含而不露，透着诱人的魅力。这种魅力让女人无法抵挡。他过去在印度服役时负过伤，受其影响，走路时有点跛。为了便于行走，不管在室内还是室外，他走路时都会带着一根很粗的竹制手杖，上面有一个奇特的 T 字形把手（是个古老的心爱之物）。虽说有这么一个小小的缺陷（如果这也算是缺陷的话），但他一点儿都不显得体弱、苍老或者笨拙。他走路时稍微有一点儿跛，（可能是出于我的偏爱）反倒显示出了一种独特的优雅之态，看起来比别的行动灵便的男士更加赏心悦目。最后，最最重要的是，我爱他！我爱他！我爱他！这就是我给丈夫刻画的婚礼那天的形象。

镜子告诉了我想要知道的一切情况。我们最后离开了教区会议室。

当天从早晨开始，天空中布满云层，我们在教堂时光线就已经暗下来了，现在开始下大雨了。教堂外面的人撑着雨伞，我们穿过人群，匆忙走向马车时，他们盯着我们看，神情冷漠。没有喜气洋洋的喝彩声，没有明媚温暖的阳光，没有艳丽多姿的鲜花装点路径，没有盛大的婚礼早宴[①]，没有令人振奋的致辞，没有伴娘，没有父亲或者母亲的祝福。一场沉闷乏味的婚礼——这是毋庸置疑的——并且（如果斯塔克韦瑟姨妈说得没错的话）还是个不祥的开端！

火车站给我们预留了一个包厢[②]。火车上的侍者神情专注地收取了小费，然后放下了车厢一侧的百叶窗，挡住了一切窥探的视线。似乎没完没了地等待了一段时间之后，火车开动了。丈夫的一只胳膊搂住了我。“终于成啦！”他轻声对我说，目光中满含着无法用言语表达的爱意，温柔地把我搂到他的身边。我用一只胳膊搂着他的脖子，用目光回应了他的目光。我们的嘴唇触碰到了一起，这是婚后的第一次亲吻，久久没有分开。

噢，我写到这儿时，那次行程的情景历历在目！让我擦干泪水，今天就暂且搁笔掩卷吧。

---

① 依照英国的习俗，婚礼结束后，新郎新娘一般要同回新娘家，也可以到酒店，设宴招待，即便是在午后，也叫“早宴”。
② 原文为“coupé”，指昔日欧洲火车尾部的包厢，只在一边设置了座位。

# 第二章　新娘的心思

我们的行程持续了一个小时多一点儿，这期间，我们两个人都不知不觉有了变化。

我们仍然紧紧依偎在一起坐着，他的手握住我的手，我的头靠在他的肩膀上，慢慢地，我们不知不觉中陷入了沉默。数量不多但很华丽的表达爱意的词汇已经用完了吗？或者说，我们享受了倾诉炽热情感的奢华后，不用言表便一致决定，要去尝试炽热情感中更加深沉和更加美好的愉悦？我对此不能确定，只知道，这个时候，由于某种奇特的变化，我们缄口不言，彼此面面相对。我们一路向前，彼此沉浸在各自的沉思之中。他此时的心里只想着我吗？——我的心里可是只想着他啊。行程尚未结束，我的心里有了迟疑了。一会儿过后，我心里有底了，他的思绪游离了自己年轻的妻子，完全向内转向了自己不幸的自我了。

对我而言，一门心思想着他在我的身边，感受到内心的快乐，这种愉悦本身就是一种奢侈。

我脑海里浮现着我们在姨父家附近邂逅的情景。

我们北方地区那条闻名遐迩的鲑鱼溪波光粼粼，泡沫涌流，在怪石嶙峋的荒原地带，顺着一条沟壑蜿蜒延伸。那是个凉风习习、暮色四合的黄昏，落日低垂，余晖透过厚重的云层，西边的天际呈现出一抹红色。溪流的拐弯处，陡峭突悬的溪岸下，有一汪回水，水深平静，有位孤独的垂钓者站在那儿抛撒做钓饵用的假蝇。有位姑娘（即我自己）伫立在岸边焦急地等待看鲑鱼上钩，但下面的垂钓者并没有发现她。

关键时刻到了，鲑鱼咬上假蝇了。

垂钓者艰难而又细心地"玩弄着"咬了钩的鲑鱼，时而站立在溪岸底部一小块平整的沙地上，时而（溪流又拐了个弯）置身顺着岩床湍流的浅水中，又是放线，又是收线。我顺着溪岸追随着，观赏这么一场人与鲑鱼之间技艺和灵性的较量。我同斯塔克韦瑟姨父在一起生活够长时间了，了解一些他所热衷的户外运动，尤其知道一些关于垂钓技艺方面的东西。我的步伐仍然随着陌生人移动，眼睛盯着他的钓鱼竿和线看，过于专注了，分不出半点神来留意自己脚下的小路，结果不留神踩踏在溪流悬岸边缘的松土上，瞬间跌落到了溪水中。

溪岸落差很小，溪水很浅。（对我而言很幸运）河床是沙子的。除了受到点惊吓和湿透了衣衫之外，我并没有什么可抱怨的。片刻之后，我爬上了岸，站立在了坚实的地面上，一副很尴尬的样子。中间持续的时间虽然很短，但足可以让鲑鱼逃脱。垂钓者听到了我本能的惊叫声之后，急忙转过身，把手上的鱼竿扔到一旁，过来救我。这是我们第一次面对面相遇，我在岸上，他在下面的浅水中。我们的目光相遇了，我确信，我们的心也在那同一时刻相遇了。这一点我很确定，我们相互忘记自己的淑女和绅士的身份。默默无言地彼此对视着，充满了原始的冲动。

是我先回过神来的，我对他说了什么啦?

我说了自己没有伤着之类的话，然后还说了，催促他跑回去，看看是否可以找回那条鲑鱼。

他很不情愿地返回了，接着又返回到我身边——当然，鱼不见了。我知道，换了是我姨父，那会有多么痛惜沮丧啊。我真心诚意地表达了歉意。为了弥补自己的过失，我甚至怀着一颗至诚之心，热情地告诉他，他可以到下游的一个地方再去试一试。

他不听我的建议，坚持要我回家把湿透了的衣服给换了。衣服湿了，我根本就不在乎，但不知道为什么，我遵从了他的建议。

他与我同行。我回牧师住宅的路就是他返回旅馆的路。他告诉我说，他之所以来到我们这个地方，既是为了垂钓，也是为了寻求清静安宁的环境。他从旅馆房间的窗户看到过我一两次。他问我是不是牧师的女儿。

我纠正了他的说法。我告诉他说，牧师娶了我母亲的妹妹为妻，自从我父母去世之后，他们两个人就成了我父母了。他问我，自己翌日是否可以冒昧去拜访斯塔克韦瑟博士，到时提及自己一个朋友的名字，他相信，牧师一定认识那个朋友的。我邀请他来看我们，就好像那是我自己的家。看着他的眼神，听着他的声音，我如痴如醉。在那之前，我一次又一次地想象着，真真切切地想象着，自己恋爱了。但是，面对其他任何别的男人时，都没有在这个男人面前的这种感觉。他离开我时，夜色似乎突然降临了，笼罩住了黄昏的景色。我倚靠在牧师住宅的门口，喘不过气来，思绪混乱，心怦怦直跳，好像要飞出胸口——而这一切都是因为一个素昧平生的人！我羞得脸上发热，但是，噢，尽管如此，我开心快乐！

但现如今，距离那第一次邂逅才过去了几个星期，他便出现在我的身边了，他便一辈子都属于我的了！我把头从他的胸前抬起来，看着他。我就像个拥有了一件新玩具的孩子——我想要确认，他确实是属于我的。

他待在车厢的角落里一动不动。他沉浸在自己的思绪中吗？是不是在想着我呢？

我轻轻地低下了头，以免打搅他。我的思绪又一次回到了过去，脑海中呈现着过去金色画廊中的另一幅画面。

牧师住宅的花园构成了新的画面。时间是在晚上。在家的视线之外，我们一起幽会，步伐缓慢地来回走着，时而在灌木丛掩映的小路上，时而在洒满明媚的月光的空旷草地上。

我们早就已经倾诉了衷肠，把生命献给了对方。我们情趣相投，合二为一了，共享生活的快乐，共担生活的痛苦。我当天晚上出门去同他见面，心情沉重，想要从他那儿得到慰藉，想要从他话语中得到鼓励。他注意到，当他双臂拥抱着我时，我叹息了一声。他动作轻柔地把我的头转向月光，从我的脸上看出了忧愁。在我们先前相爱的日子里，他多少次从我脸上看到了幸福快乐啊！

“你带来坏消息了，我的天使，”他说着，一边轻柔地撩起我前额上的头发，“我看到这儿额头上的皱纹了，说明忧虑和痛苦。我几乎希望自己不是那么地爱你，瓦莱拉。”

“为什么呢？”

“我可以把自由还回给你呀。我只要离开这儿，你姨父就会感到满意了，你也能够摆脱现在压在你心头的所有忧愁。”

“别说这样的话，尤斯塔斯！如果你想要我忘记忧愁，就说你比以往任何时候爱我都爱得更加热切。”

他用亲吻表达了这个意思。我们享受着美妙的时刻，忘却了人生旅途上的艰辛——这是一个融为一体的美妙时刻。我返回到了现实之中，由于经历的一切得到了回报，我变得坚强了，平静了。为了换取另一次吻，我愿意重新再经历一次。只要能够把爱给一个女人，那就没有什么事情她不愿意去冒险，去忍受，去行动。

“关于我们的婚姻，他们又有什么新的反对意见吗？”我们重又缓慢地散步时，他问了一声。

“没有。他们不再反对了。他们最后想起来了，我已经长大成人了，可以自己做出选择。他们恳请我，尤斯塔斯，放弃你。我认为，姨妈是个坚强的女人，她都哭了——在我同她相处当中，这是头一回。我姨父一直都对我充满了慈爱之情，此时对我的态度比以往任何时候都好。他对我说，如果我坚决要做你的妻子，到了婚礼那天，他们是不会对我不管不顾的。不管我们在哪儿举行婚礼，他都要到场主持仪式，我姨妈也会陪伴着我进教堂的。但是，他恳请我，对自己的行为要严肃认真地加以考虑——要我答应同你分开一段时间——如果我不认同他的看法，我还可以征询一下其他人的看法。噢，亲爱的，他们迫不及待地要拆散我们两个，好像你是男人中最差的，而不是最好的！”

“昨天以来又发生了什么事情让他们增加了对我的不信任感吗？”他问。

“是啊。”

“那是什么情况呢？”

“你记得向我姨父提到过一位是你的也是他的朋友吗？”

“记得，指的是菲茨－大卫少校。”

“我姨父给菲茨－大卫少校写过信了。”

“为什么呢？”

他说这话时，语气完全不自然，声音听上去怪怪的。

“我告诉了你这个事情，尤斯塔斯，你不要生气好吗？”我说，“按照我的理解，姨父写信给少校有几个理由。其中之一就是，要问一问他是否知道你母亲的地址。”

尤斯塔斯突然站着不动了。

我也同一时刻打住了，觉得即便不会惹得他生气，也不能再冒昧地说下去了。

实话实说，当他第一次向我姨父提出我们要订婚时，他的举止态度（从外表上来看）有点笨拙和怪异。牧师很自然地询问了关于他家庭的情况。他回答说，父亲已经过世。他同时答应，虽说不是很心甘情愿，要把自己经过深思熟虑后的婚姻告诉自己的母亲。他告诉我们说，母亲也是住在乡村地区，他要去看她——当时没有特别提到她的住址。两天过后，他返回到了牧师住宅，带来了令人震惊的消息。他母亲没有对我或者我的亲戚心怀不敬的意思，但是，她断然反对自己儿子的婚事，如果尤斯塔斯一意孤行，一定要保持同斯塔克韦瑟博士外甥女的婚约，她（家里面的所有成员全都支持她）拒绝出席婚礼。当我们要求尤斯塔斯对这个非同寻常的消息做出解释时，他告诉我们说，他母亲和姐妹们执意要他娶另外一位小姐为妻。由于他选择要把一位陌生的小姐娶进家门，她们感到很没有面子，痛苦沮丧。对于我来说，这个解释已经足够了。对于我而言，这是一种关于我对尤斯塔斯具备影响力的赞美，这种情况女人都是会心悦诚服地接受的。但是，我姨父和姨妈感到不满意。针对这个奇怪的消息，牧师向尤斯塔斯表达要给他母亲写信或者要去见她的意愿。尤斯塔斯固执己见，绝不透露母亲的住址，理由是，牧师的介入根本无济于事。我姨父立刻断定，住址之谜说明其中存在问题。他绝不接受尤斯塔斯再一次向我求婚的提议。他当天就给尤斯塔斯的朋友，也是他自己的朋友——菲茨－大卫少校——写了信，打听有关情况。

在这样的一种情况之下，说到姨父写信的理由，那是触及了很敏感的领域。尤斯塔斯向我提出了一个很容易回答的问题，这才让我摆脱了尴尬的局面。

“你姨父收到了菲茨－大卫少校的回信了吗？”他问了一声。

“收到了。”

“他同意你看信吗？”他说这话时声音低沉了下来，脸上的表情显得很焦虑，我看到之后心里很难过。

“我把回信带来让你看了。”我说。

他几乎是从我的手上把信抢夺过去的。月光下，他背对着我看信。信很短，很快就看完了。我都可以复述得出来。我这就复述：

亲爱的牧师，尤斯塔斯·伍德维尔先生向你声称的情况是真实的。他是个有身份有地位的绅士，（根据其已故父亲的遗嘱）继承到了一笔独立的款项，每年两千英镑。

你永远的朋友

劳伦斯·菲茨－大卫

“还有比这更加清楚明了的回复吗？”尤斯塔斯问，一边把信还回。

“如果是我写信去打听关于你的情况，”我回答说，“那对我而言是够清楚明了的。”

“难道对你姨父而言不清楚明了吗？”

“不。”

“他说什么来着？”

“你为何想要知道呢，亲爱的？”

“我想要知道，瓦莱拉。在这个问题上，我们两个人之间不能有什么秘密。你姨父把少校的信给你看时，说了什么吗？”

“说了。”

“说了什么呢？”

“姨父告诉我说，他的询问信有满满三页信纸。他提请我注意，而少校的回信只有区区一句话。他说：‘我信中主动提出要去找菲茨-大卫少校，谈一谈这件事情。你看，他对我的提议置之不理。我向他打听伍德维尔先生母亲的住址，他如同忽略我的提议一样，对我的询问也置若罔闻——他处心积虑藏着掖着，秘而不宣，用尽可能最短的文字陈述干巴巴的事实。运用你自己的常识做出判断吧，瓦莱拉。他是位出身好有教养的绅士，还是我的朋友，竟然显示出如此简慢无礼的态度，这难道不显得有点不可思议吗？’”

尤斯塔斯就此打断了我的话。

“你回答了你姨父的问题了吗？”

“没有，”我回答说，“我只是说，我看不懂少校的表现。”

"你姨父接着怎么说呢？如果你爱我的话，瓦莱拉，就把实情告诉我吧。"

"他的话说得很强硬，尤斯塔斯。他是个老人了，你一定不要生他的气啊。"

"我没有生气，他说什么来着？"

"他说：'记住我的话好啦！关于伍德维尔先生和他的家庭，表面的背后一定有什么隐情，但是，菲茨－大卫少校不敢贸然提及。如果准确地加以理解，瓦莱拉，此信就是一种警示。把信给伍德维尔先生看看吧，（如果你愿意）那就把我刚才对你说过的话告诉他——'"

尤斯塔斯再一次打断了我的话。

"你肯定你姨父是这样说的吗？"他问，借着月光察看了一番我的表情。

"很肯定啊。但是，我姨父说的话，我并没有说。请不要那样想啊！"

他突然紧紧地把我抱在怀里，目不转睛地盯着我看。他的表情神态把我给吓着了。

"再见吧，瓦莱拉！"他说，"当你嫁给一个更加幸福快乐的人时，请你友好地想想我。"

他想要离开我。我紧紧地抱住他，浑身恐惧，痛苦不堪。

"你什么意思啊？"我刚能够开口说话，便问了一声，"我是属于你的，而且只属于你一个人。我到底说过了什么，做过了什么，让你非得要说出这么可怕的话来？"

"我们必须要分开，我的天使啊，"他回答说，神情显得很悲伤，"错不在你，全是我的不幸。我的瓦莱拉啊！你怎么能够嫁给一个成为你的至爱亲朋怀疑的对象呢？我一直过着悲苦凄凉的生活，从来都没有发现有任何别的女人与我心心相印，从来没有享受到甜蜜的温情与相伴。但我从你的身上找到了。噢，失去你是很难过的！返回到过去没有朋友的生活当中去是很难受的！为了你，我必须要做出牺牲，亲爱的。关于信是怎么回事，我所知道的并不比你多。你姨父会相信我的话吗？你的朋友们会相信我的话吗？最后吻别吧，瓦莱拉！原谅我爱上了你吧——充满了激情，坚定不移，爱上了你。原谅我吧——让我离开！”

我紧紧地抓住他，悲观绝望，不顾一切。他的目光让我失去了理智，他的话语让我的心里充满了绝望。

“你去哪儿，”我说，“我就跟随着你去哪儿！朋友——名声——我根本不在乎自己失去了谁，根本不在乎自己失去了什么。噢，尤斯塔斯，我只是个女子——别逼得我疯狂！我离开你活不了。我必须、一定要做你的妻子！”我说出这一番疯狂的话之后，满腔的苦楚和疯狂化作呜咽和泪水涌出。

他心软下来了，用充满了魅力的声音安慰我，温柔的爱抚让我平静了下来。他提请明媚的天空替我们作证，他要矢志不渝地把整个生命献给我。他起誓说——噢，多么庄重、多么华丽的言辞！他日日夜夜都一门心思在想着，如何才能证明自己值得我爱。难道他没有高尚地践行承诺吗？那个难忘夜晚的盟誓约婚之后，随之而来的难道不是站立在圣坛前对着上帝起誓要结为夫妻吗？啊，展现在我面前的是多么美好的人生啊！我将享受到多么美好的人间幸福啊！

我再一次把依偎在他胸前的头抬了起来，享受着近距离端详他带来的喜悦——我的生命，我的爱情，我的丈夫，属于我自己的一切！

我依旧沉浸在对往昔的回忆中，思绪几乎还没有转入到眼下甜蜜的现实中来。我让自己的脸颊触碰着他的，声音温柔，低声细语地对他说：“噢，我多么爱你啊！我多么爱你啊！”

紧接着，我怔了一下，缩了回来。我的心静止不动了。我用一只手抚摩着自己的脸。我在脸上触摸着什么啦？（我并没有哭泣——我太过高兴了。）我在脸上触摸到了什么啦？一颗泪珠！

他的脸还是没有看着我，扭向了一边。我使出浑身的力量用双手把他的脸转过来。

我看着他——看到了我的丈夫在我们新婚之日两眼噙满了泪水。

# 第三章　拉姆斯盖特[①]沙滩

尤斯塔斯成功地让我从惊慌中平静下来了，但是，很难说，他也成功地满足了我的心思。

他告诉我说，他的心里一直在权衡着自己过去和现在的生活。痛苦的昔日往事涌现在他的心头。于是，满脑子的忧伤和疑虑，担心自己没有能力让我同他一道过上幸福美满的日子。他问过自己，是不是遇上我的时间太迟了？他是不是一个被往昔一次次失望和幻灭腐蚀和摧毁了的人？他的内心越来越沉重地压着这些疑虑，正如我看到的，令他泪眼模糊——面对这样的泪水，他恳求我，凭着我对他的爱，要永远从我的记忆中抹去。

我原谅了他的表现，安慰了他的情绪，振作了他的精神——但是，有时候，当我想起自己亲眼看见的情况时，心里面会黯然神伤。我会问自己，我的丈夫真的像我信任他一样信任我吗？

我们在拉姆斯盖特下了火车。

人们喜爱光顾的海滨胜地此时空空如也，因为旺季刚刚过去。我们的蜜月旅行安排中包括了乘游艇游览地中海的项目，游艇是尤斯塔斯的一个朋友借给他的。我们两个人都喜爱大海，同时，考虑

① 拉姆斯盖特（Ramsgate）是东肯特郡萨内地区的一座海滨城镇，也是英格兰19世纪最著名的海滨城镇之一，有迷人的海滩、美丽的村落，是著名的旅游和垂钓胜地。

到我们已经结婚这个情况，两个人都热切地想要逃避朋友熟人的关注。心里面有了这样的一个目标，我们在伦敦秘密地举行了婚礼之后，便决定嘱咐游艇的主人，要他到拉姆斯盖特同我们会面。从这个港口出发（由于接待游人的旅游旺季已告结束），比起坐落在怀特岛[①]热闹非凡的游艇出发地来，我们可以更加低调而秘密地登艇出游。

三天过去了——美妙而又寂静的三天，神奇而又幸福的三天。今生今世，不可能忘却，不可能重来。

第四天清晨，就在太阳快要升起前，发生了一件微不足道的事情，但却很引人注目，因为就我自己的人生经验而言，我感觉很不可思议。

我睡得深沉，没有出现梦境，但我猛然间醒了，很莫名其妙，一种先前从未有过的紧张和不安向我袭来。过去在牧师住宅时，我酣睡的本领很多时候成为大家取笑的对象。只要头一挨着枕头，直到女仆来敲门，都不知道醒来是什么滋味。一年到头，我都是享受着一个孩子般漫长而又无人打搅的睡眠。

现在，还没有到平常的时间，没有任何明确的理由，我就醒过来了。我极力地使自己平静下来，重新入睡，但无济于事。我的心里充满了不安，甚至都无法安静地躺在床上了。身边的丈夫睡得很沉。我担心会惊扰到他，于是起来了，身披晨衣，脚踏拖鞋。

我走到窗户边，平静灰暗的海面上方，太阳正冉冉升起。一时间，眼前雄伟壮观的景致对躁动不安的情绪产生了影响，使我平静了下来。但是，不久之后，先前躁动不安的情绪又一次向我袭来。

① 怀特岛（Isle of Wight）是英格兰南部的岛屿和一个郡，靠近英吉利海峡的北岸，与大不列颠岛隔索伦特海峡。首府纽波特，文化悠久，有不少青铜时期遗迹。怀特岛气候温和，是不列颠群岛中阳光最为充足的地区之一，旅游业是该地的支柱产业。

我在房间里缓慢地来回踱着步，直到最后，厌倦了这种单调乏味的运动。我拿起一本书，接着又放下了。我注意力分散，书的作者无法让我集中注意力。我再一次站起身，看了看尤斯塔斯。我欣赏着他，爱恋着深睡中的他。我返回到窗户边，厌烦了清晨的美丽景致。我在镜子前面坐了下来，端详着自己。我比平常醒得更早，看上去多么憔悴疲惫啊！我再一次站起身，不知道接下来要干什么。自己被禁锢在房间的四壁之内，感到无法忍受了。我打开了通向丈夫更衣间的那道门，走了进去，看看变化一下场所能否让自己轻松起来。

我注意到的第一件东西就是他的梳妆盒，敞开着放置在梳妆台上。

我从其中的一格里拿出了瓶瓶罐罐、刷子梳子、刀子剪子，从另外一格里拿出了书写文具。闻了闻香水和护发油。把瓶子拿出来时，还不紧不慢地一边用自己的手绢擦拭一番。我把梳妆盒里面的东西一件一件地拿出，最后给掏空了。箱子的内侧是蓝色天鹅绒衬里。我在其中的一个角落里看到了一根松开着的蓝色丝带。我用拇指和食指捏着丝带，向上拉起，结果发现，盒子里面是个活动的底板，底下是个存放书信和文件的暗格。我当时的情绪状态很奇特——满脑子怪念头，无所事事，充满好奇——就像刚才把其他那些东西一件一件地拿出来一样，我觉得，把里面纸质的东西拿出来很有意思。

我看到了一些账单，但我没有什么兴趣。一些信件，不用说，我只是看了看信封上的地址便放到了一边。最底下，是一张照片，面朝下的，背面写了字。我看了看上面的字，内容是：

给我亲爱的儿子，尤斯塔斯。

他母亲！那个顽固不化、铁石心肠地反对我们婚姻的女人！

我迫不及待地翻过照片，以为看到的会是一个不苟言笑、脾气暴躁、面目狰狞的女人。但令我感到惊讶的是，照片上的女人面容风韵犹存，表情虽然明显僵硬，但仍然显得动人、温柔和友善。一顶质朴的蕾丝女帽下面，灰白的头发朝着鬓角的两边梳理，形成一个个精巧别致的老式发卷。一边的嘴角处有一个印记，显然是块胎记，给独特的脸上平添了内容。我对着照片看了又看，把上面的形象铭刻在心里。从外表上来判断，这个侮辱了我和我的亲友的女人，毋庸置疑，是个独具魅力的人——有幸结识她应该是一种快乐和荣耀。

我陷入了沉思之中。发现这张照片后，我的心情平静下来了。这是其他任何情况都无法实现的。

楼下厅堂里的钟报时了，提醒我时间过得很快。我小心翼翼地把每一件东西放回到梳妆盒里（最先放进去的是照片），同我发现时的情形一模一样，然后返回到卧室。我在看着丈夫平静安宁地睡着的当儿，有个问题涌上了我的心头。到底是什么原因使得他那和蔼贤淑的母亲如此铁石心肠地要拆散我们两个人，断然反对我们的结合，如此粗暴，如此无情？

等到尤斯塔斯醒了之后，我可以开诚布公地向他提出这个问题吗？不能。我不敢冒昧地这样做。我们两个人之间已经达成了默契了，那就是不要谈及他的母亲——再则，如果他知道我打开过他梳妆盒里面的暗格，他可能会生气的。

当天早餐之后，我终于得到有关游艇的消息了。游艇安全地停泊在内港，艇长在船上等待着我丈夫的吩咐。

尤斯塔斯犹豫着，拿不定主意要不要邀请我陪同他一道到游艇处去。他有必要查验一下游艇上的物品，然后就诸如航海图、罗盘仪、食物储备和水等方面的情况进行询问，而这些问题女人是不感兴趣的。他问我是否愿意待着等他回来。当天外面的风光迷人，潮水正在退去。我请求到沙滩上去散步，当时我们租住的公寓的女房东正好在房间里。她自告奋勇提出陪同我去，照顾我。我们说定了，朝着布罗德斯太尔斯[①]的方向，想走多远就走多远。尤斯塔斯安排好了游艇上的事情之后，便到沙滩上去同我们会面。

半个小时后，我和女房东便到了海滩。

秋日上午的景致美不胜收，微风和煦，碧空如洗，蓝色的海面波光粼粼，悬崖上阳光照耀，底部的沙滩呈黄褐色，英吉利海峡[②]的航道上船只成群结队，徐徐驶过——一切都令人兴奋不已，一切都令人赏心悦目。我确实觉得，如果只有我一个人在场，可能会像个孩子似的欢呼雀跃起来。我享受的快乐中有一点美中不足，那就是女房东没完没了地说着话。她是个性格直爽、性情温和、没有什么头脑的女人，喋喋不休地说着，也不管我是不是在倾听。她总是习惯性地称呼我为“伍德维尔夫人”。我觉得，就我们两个人的地位而论，这样的称呼，未免显得有点过于随便了。

我估计，我们外出已经超过了半个小时了，这时候，赶上了一位一直在我们前面的海滩上走着的夫人。

---

① 布罗德斯太尔斯（Broadstairs）是东肯特郡萨内地区萨内岛上的一座海滨城镇，地处马盖特和拉姆斯盖特之间，是个旅游胜地。

② 英吉利海峡（English Channel）是分隔英国与欧洲大陆的法国，并连接大西洋与北海的海峡。海峡长五百六十公里，宽二百四十公里，最狭窄处又称多佛尔海峡，宽仅为三十四公里，英国的多佛尔与法国的加莱隔海峡相望。

就在我们从陌生夫人身边走过时，她从自己的衣服口袋里掏出手绢，结果无意中带出了一封信，她没有发现，信掉在沙地上。我离信的距离更近，伸手拾了起来，还给夫人。

她转过身来谢我的瞬间，我立在原地，一动不动。站立在面前的可不就是梳妆盒里面那张照片的原型吗?！我丈夫的母亲，同我面对面地站立着！我认出了小巧精致的灰白发卷，和蔼可亲的表情，嘴角边的胎记。不可能出错，就是他母亲本人！

很自然，老夫人把我不知所措的表情误认为是羞涩。她处事老练，态度亲切，同我攀谈了起来。片刻之后，我同眼前这个严厉拒绝我成为其家庭成员的女人肩并肩地走着。我承认，心里面不是滋味，很不平静，心里面六神无主，不知道自己应该还是不应该趁着丈夫不在场时把我的身份告诉她。

态度随和的房东太太走在我婆婆的另一侧。又过了片刻，她替我解决了问题。我正好说，自己觉得我们当时一定已经接近散步的终点了——这个面积不大的海滨胜地名叫布罗德斯太尔斯。“噢，不，伍德维尔太太！”抑制不住情绪的女人大声说，她还是跟平常一样这样称呼我，“才不是您认为的那样呢！”

我看着老夫人，心里怦怦直跳。

令我惊诧不已的是，她的脸上看不出一丁点反应。老伍德维尔夫人镇定自若，仍然同小伍德维尔夫人攀谈着，就好像生平从未听见过人家提到自己的姓氏！

我的内心焦虑不安，自己的面容和态度一定显露了内心的秘密。老夫人说完了接下来的一句话后，正好朝着我看了看，怔了一下，然后态度友好地同我说话。

“我担心您劳累过度了，脸色显得很苍白——看上去很疲惫的样子。到这儿来坐下吧，我把我的嗅盐瓶借给您用用。”

我无可奈何地跟随着她到了悬崖底下，几块掉落的石灰岩成了我们的座位。我神情茫然地听着滔滔不绝的女房东表达同情和懊悔，机械地接过丈夫的母亲递给我的嗅盐瓶。她在听到了我名字之后，竟然还像对待一个陌生人一样做出友好的表示。

如果我只是从自己个人的角度来考虑问题，我相信，自己一定会当场做出解释的。但是，我要站在尤斯塔斯的角度考虑，他和自己的母亲之间是一种什么样的关系，对立的还是友好的，我对此一无所知。我该怎么办啊？

与此同时，老夫人仍然同我说着话，体贴入微，深表同情。她说她也累坏了，头天夜晚待在拉姆斯盖特，在一位至亲的床边熬了一宿。只是在一天之前，她收到了一封电报，告知自己，一位姐姐病重。感谢上帝，她自己倒是还灵便健朗，觉得有义务立刻动身前往拉姆斯盖特。快到清早时，病人的状况有所好转。“医生向我保证说，夫人，暂时没有危险。我心里寻思着，自己在床边守了一宿，如果到海滩上去散一会儿步，说不定可以恢复一下精神。”

我听到了这些话——听懂了话的意思——但是，由于不同寻常的地位，我仍然感到不知所措，诚惶诚恐，所以无法让谈话继续下去。房东太太有个显而易见的提议，接下来说话的是房东太太。

“有位先生过来了，”她对我说，一边指着拉姆斯盖特的方向，“您绝对不可能走着回去了，我们何不请他从布罗德斯太尔斯叫辆马车来把我们送到悬崖的豁口处呢？”

那位先生往前走了一点点。

我和房东太太同一时刻认出了他。按照我们事先安排好了的，是尤斯塔斯同我们会面来了。抑制不住情绪的房东太太热情奔放地表达了自己的感受："噢，伍德维尔夫人，真是好运气啊，对吧？就是伍德维尔先生本人呢！"

我再一次看了看我婆婆。她再一次听到这个名字后无动于衷。她的眼神不如我们的敏锐，还没有认出自己的儿子。他倒是有像我们一样的眼神，认出了自己的母亲。他瞬间停住了，像是遭受了雷击一样。然后接着向前走——抑制着自己的情绪，脸色苍白，目不转睛地看着自己的母亲。

"您在这儿呢！"他对她说。

"你好吧，尤斯塔斯？"她平静地回答说，"你也听说了你姨妈生病的事了吗？你知道她一直待在拉姆斯盖特吗？"

他没有回话。房东太太从她刚才听到的对话中得出了必然的结论。她的目光从我身上移到了我婆婆身上，神态惊讶，弄得连她的舌头都绕不过来了。我眼睛看着丈夫，等着看看他有什么反应。如果他再迟迟不肯公开我的身份，那我未来的生活轨迹就有可能改变了——我一定会瞧不起他的。

他没有迟疑，走到了我的身边，握住了我的一只手。

"您知道这是谁吗？"他对母亲说。

她回了话，礼貌的目光向下看着我。

"我在海滩上遇到的一位女士，尤斯塔斯，她很友好，她把我掉落的一封信拾起来交给了我。我认为自己听到了她的名字的。"她转身向着房东太太："伍德维尔夫人，对吧？"

丈夫的手指不由自主地捏着我的手，把我给弄痛了。他纠正了自己母亲的说法，勉强可以说，没有胆怯和犹豫。

“母亲，”他对她说，语气很平静，“这位女士就是我的妻子啊。”

她一直是坐着的，这时站起身来，默默无言地面对着自己的儿子，脸上第一次呈现出惊讶的神色。接下来的表情很可怕，愤怒中夹杂着轻蔑，如此表情我从未在一个女人的脸上看到过。

“我可怜你的妻子啊。”她说。

她说完这句话，没有再说什么了，向着他挥了挥手，要他离开她，接着如同我先前看见她时一样，又独自一人继续走着。

# 第四章　回家途中

婆婆把我们几个人晾在了那儿，一时间大家都沉默不语。尤斯塔斯第一个开口说话。

“你能够走着回去吗？”他对我说，“要不我们接着走，到布罗德斯太尔斯，然后坐火车回拉姆斯盖特去？”

从他的举止态度上来判断，他提出上述问题时，镇定自若，好像并没有发生什么了不起的事情。但是，他的眼睛和嘴唇泄露了内心的情感。我由此看出，他的内心忍受着尖锐的痛苦。刚刚过去的非同寻常的一幕不但没有使我丧失掉最后仅存的一点勇气，反而令我绷紧了神经，恢复了镇静。尤斯塔斯把我介绍给他母亲时，她那种非同寻常的态度即便没有伤害到我的自尊心，即便没有激起我强烈的好奇心，但我多少还是个女人吧。她瞧不起他，同时又可怜我，这其中有什么秘密呢？她两次听到了我的名字，但态度冷漠得令人不解，这件事情如何解释呢？她为何要离开我们，好像一想到同我们待在一起就会感到格外恶心？我现在生活中最大的兴趣就是要解开这些秘密。能够走吗？我的心里充满了强烈的期待，只要能够有丈夫陪伴在身边，并且一路上向他提出问题，我觉得自己能够走到天涯海角！

“我已经恢复得很好啦，”我说，“我们还像来的时候一样，步行着回去吧。”

尤斯塔斯瞥了一眼房东太太。房东太太领会了他的意思。

“我不影响你们啦，先生，”她说，态度很爽快，“布罗德斯太尔斯有我要办的事情——现在既然离得很近了，我可以继续走着过去。再见吧，伍德维尔夫人。”

她说我的名字时明显加重了语气，分别时还意味深长地看了我一眼，我当时满腹心事没有完全领会那个眼神，既没有时间也没有机会询问她是什么意思。她生硬地微微鞠了一躬，向尤斯塔斯告辞了，然后如同他母亲离开我们一样，她也离开了我们，向着布罗德斯太尔斯走去了，而且步伐迅速。

最后，就剩下我们两个人了。

我不失时机地开始询问，没有浪费口舌来做一番什么开场白。开门见山，向他提出问题。

“你母亲的表现是什么意思？”

他没有回答我的问题，而是爆发出一阵笑声——笑声很大，很粗犷，很强烈，完全不像我先前听到过的从他的嘴里发出的任何声音。就我对他的个性了解而言，这完全同他的个性格格不入，那么不可思议，那么令人震惊。我一动不动地站立在沙滩上，公开对他表示不满。

“尤斯塔斯！你像是换了个人了，”我说，“你几乎把我给吓着了。”

他置之不理，好像是在追赶着自己头脑中刚刚开出的思绪的列车。

“这像是我母亲的做派！”他激动地大声说，看他的表情态度，就像是被自己的一个诙谐古怪的想法弄得忍俊不禁的样子，“把一切情况都告诉我吧，瓦莱拉！”

“告诉你？”我重复了一声，“发生了这样的事情之后，肯定应该是你向我讲清楚才是啊。”

“你难道没看出这是个玩笑吗？”他说。

“我不仅没有看出这是个玩笑，”我接话说，“而且，从你母亲的言谈和举止中看出了一些东西，所以，我有理由要求你严肃认真地做出解释。”

“亲爱的瓦莱拉！如果你像我一样清楚地理解我母亲，你就绝对不可能指望我做出严肃认真的解释的。竟然想到要严肃认真地对待我母亲！”他再一次爆发出了一阵哈哈大笑声，“亲爱的！你不知道自己逗得我有多么开心啊。”

一切都显得牵强附会，一切都显得有悖常理。他感情细腻、气质优雅的一个人——从任何意义上来说，都属于绅士一个——现在却行为粗鲁，高声大气，俗不可耐！我一门心思地爱着他，现在一种无法抑制的疑惑感突然向我袭来，令我的心为之一沉。怀着无法言表的痛苦和恐慌，我问自己：“难道我丈夫开始欺骗我了吗？我们结婚还不到一个星期，难道他是在演戏吗，而且表演得很拙劣？”

为了赢得他的信任，我采取一种新的方式。他显然决意要把自己的看法强加在我头上，而我这边决心要接受他的看法。

“你对我说，我不了解你母亲，”我语气温和地说，“你能够帮助我了解她吗？”

“要帮助你了解一个连她自己都不了解自己的女人不是一件容易的事情啊，”他回答说，“但是，我会尽力的。解开我可怜的亲爱的母亲的性格之谜的钥匙是，一个词——古怪。”

如果他在整部词典里挑选一个最不适合的词形容我在海滩上遇到的那位夫人，“古怪”便是那个词。即使是个孩子，看到了我所看到的，听到了我所听到的，都会发现，他在刻意掩饰真相——显而易见，孤注一掷。

“记住我说过的话吧，”他接着说，“而如果你想要了解我母亲，按照我一分钟之前告诉过你的去做——把一切情况告诉我。你刚一开始是怎么同她说起话来的？”

“你母亲已经告诉过你了，尤斯塔斯。我正在她后面走着，突然，她无意中掉落了一封信——”

“根本不是无意的，”他打断了我的话，“那封信是故意扔下的。”

“不可能！”我激动地大声说，“你母亲为何要故意扔下那封信呢？”

“运用解开她性格之谜的钥匙吧，亲爱的。古怪！我母亲使用怪异离奇的方式要认识你。”

“要认识我？我刚才对你说过了，我是走在她后面的。在我开口对她说话之前，她不可能知道我这么一个人在她后面。”

“这是你认为的，瓦莱拉。”

“我能肯定这一点。”

“对不起——你不像我一样了解我的母亲。”

我开始对他失去耐心了。

“你是想要告诉我，”我说，“你母亲今天外出到沙滩上去，就是特地为了要认识我吗？”

“我对此一点儿都不怀疑。”他回答说，神情冷漠。

“她为何连我的名字都没有听出来呢？”我脱口而出，“有两次啊，房东太太当着你母亲的面称呼我为伍德维尔夫人——而且有两次啊，我以自己的名誉向你担保，她听到名字之后没有丝毫反应。她的表情，还有表演，就跟生平从未听见人家叫自己的姓名似的。”

“‘表演’这个词用得恰如其分，”他说，还同先前一样镇定自若，“并非只有舞台上的女人才会表演。我母亲的目的是要完完全全地让她自己认识你，以陌生人的身份说话，让你消除警觉。采用这种迂回的办法，满足自己对一个她不认可的儿媳妇的好奇心，这是她的做派！如果我没有同你会面，你本人已经被察看过了，关于我和你自己的情况也已经被盘问过了。你在毫不知情的情况下回答了问题，还以为自己在同一个偶遇的人说话呢。这十足就是我的母亲！她是你的敌人，记住——不是你的朋友：她不是要寻找你的优点，而是要挑你毛病。你对她听到别人提及你姓名时没有反应感到很惊讶！可怜天真的人啊！我可以告诉你这一点——如果我给你们相互之间做了介绍，消除了神秘感，你才会发现我母亲真正是个什么样的人。你看到她有多么生气，到时你就知道为什么了。”

我默不作声，让他接着说下去，我倾听着——噢，心情多么沉重啊！心里充满了幻灭感和绝望！我崇拜的偶像，我人生的伴侣、向导、保护人——难道他堕落得如此不堪了吗？他有可能沦落到如此厚颜无耻地说谎搪塞的境地吗？

他对我说的话里面有一句是真实的吗？有啊！如果我没有看到他母亲的照片，确实，我就不会知道她的真实身份，甚至都不会朝着那个方面去想。除了这一点之外，其余的都是谎话，笨拙的谎话，这至少说明了他的一个情况，即他不习惯于说谎和欺骗。上帝啊——如果我丈夫的话是值得信赖的，那他母亲一定跟踪我们到了伦敦，跟踪我们到了教堂，跟踪我们到了火车站，跟踪我们到了拉姆斯盖特！

我再也无话可说了，默然无语地走在他身边，心里凄凉，确信我和我丈夫之间存在着一个家庭的秘密，形成了一个无底深渊。即便不在肉体上，起码在精神上，我们是分离的——结婚才四天啊！

“瓦莱拉，”他问了一声，“你就没有什么话要对我说的吗？”

“没什么可说的。”

“你对我的解释不满意吗？”

我发现，他提出这个问题时声音略微有点发颤。从我们在一块儿说这件事情以来，他第一次使用这种语气。而他的这种语气是我在同他交往中已经很熟悉了的。一个男人对于一个爱着他的女人有着成千上万种神秘莫测的影响力，我怀疑，这其中是否会有比他的这种声音的影响力使她更加无法抗拒的。我不是那种闹了点微不足道的别扭就痛哭流泪的女人，我想，那样做不符合我的性格。但是，当我听到了他的语气中那点小小的自然变化时，我的心思回到了（说不清为什么）那个自己首先承认爱上了他的幸福日子。我突然哭了起来。

他突然停住了，抓住了我手，试图看着我。

我一直低着头，眼睛看着地面。我因为自己软弱和缺乏勇气感到羞愧，决心不朝着他看。

接下来的沉默中，他突然跪在我的面前，绝望地大哭了起来，哭声像刀子似的刺穿了我的心。

“瓦莱拉啊！我卑鄙无耻——我虚假妄为——我配不上你。我说过的话一句都不要相信——谎言，谎言，懦夫的无耻谎言！你不知道我经历过什么样的事情，不知道我受到了什么样的折磨！噢，亲爱的，不要瞧不起我啊！我先前跟你说话时，一定是丧失了理智了。你看上去受到了伤害，看上去生气了。我不知道该怎么办，想要减轻你哪怕是片刻的痛苦——我想要把事情遮掩过去，而且也这样做了。看在上帝的分上，不要再要求我告诉你了！我的爱人！我的天使！那是我与母亲之间的事情，无须搅乱你，无须搅乱任何人。我爱你，我崇拜你，我的整个心灵都是属于你的。以此为满足吧，忘掉发生了的事情。你不可能再见到我母亲了。我们明天就离开此地，乘着游艇离开。只要我们彼此在一起，生活在哪儿有什么关系呢？原谅并且忘记吧！噢，瓦莱拉，瓦莱拉，原谅并且忘记吧！”

他的脸上写着无法言说的悲哀，声音中充满了无法言说的悲哀。记住这一点，而且记住我爱他。

“原谅很容易啊，”我说，神情悲痛，“为了你，尤斯塔斯，我会设法忘记。”

我一边说一边轻轻地把他扶起来。他吻了我的双手，仅此而已，一副十分谦卑内敛的样子，虽心怀感激，但不敢贸然做出比这更加亲昵的表示。我们继续缓步朝前走，我们显得很尴尬，这种感觉令人难以忍受，所以自己实际上在搜肠刮肚地寻找话题，好像是陪伴着一个素昧平生的人似的！为了对他表达宽容友善，我请他告诉我关于游艇的情况。

他立刻抓住了这个话题，就好像一个落水者抓住了一只救援他的手一样。

关于游艇这个微不足道的话题，他说啊，说啊，说啊，好像他的生命之所以维系，全在于回家剩下的距离中一刻都不能沉默。对我而言，听他说话烦腻透顶。他通常是个沉默寡言而又善于思考的人，此时，他正歪曲着自己的真实性格，同时更改着自己生活中的种种成见和习惯。我由此可以想象到，他经受着什么样的痛苦啊。面对巨大的困难，我努力保持镇静，直到我们到达租住的公寓。我无奈之下借口疲倦，请求允许我独自一人待在自己的卧室里休息片刻。

“我们明天要出海吗？”我上楼时，他突然在我身后喊了一声。

翌日同他起航去地中海吗？游艇那个狭窄的空间里，他那可怕的秘密会日复一日地把我们相互的情感疏离得越来越远。难道要这样绝对单独地同他在一起度过一个又一个星期吗？想到这一点，我不禁颤抖起来。

“明天显得过于仓促了一点，”我说，“能给我长一点时间以便为航行好好准备一下吗？”

“噢，可以——你想要占用多长时间都可以，”他回答说，并不（我是这样觉得）显得心甘情愿，“你休息期间，还有一两件小事情需要落实，我觉得要再去一趟游艇那边。我离开之前，还有什么要我替你做的吗，瓦莱拉？”

“没有什么了，谢谢你，尤斯塔斯。”

他匆匆忙忙离开去港口。如果他独自一人待在房间里，会害怕自己有什么想法吗？同艇长和乘务员待在一块儿比单独一个人待着更加自在吗？

问这些问题无济于事。关于他和他的想法，我知道些什么呢？我把自己反锁在卧室里。

# 第五章　房东太太的发现

我坐了下来，想要平复一下自己的情绪。时不我待，现在要确定下一步我对丈夫应尽的责任，丈夫对我应尽的责任。

我力不从心，身心俱疲，完全无法有条理地思考问题。我隐隐约约地感觉到——如果任事情自由发展的话——一开始充满了幸福快乐的婚后生活现在笼罩上阴影了，自己恐怕永远都别指望消除掉这个阴影了。为了保全颜面，我们可能会生活在一起。但是，要忘却已经发生的事情，或者说要让自己感觉对这种处境满意，那我是不愿意的。作为女人能否保持内心的平静安宁——或许是我作为妻子最关心的——完全取决于能否洞察清楚我婆婆的行为举止之谜，取决于能否弄明白丈夫在回来的途中对我说的那些忏悔和自责的疯狂话语的含义。

迄今为止，我只能廓清自己的处境地位——不能再往前进一步了。我问自己下一步该怎么办时，内心绝望茫然，疯狂疑惑，自己成了个最焦虑不安、无可奈何的女人。

我放弃了内心的挣扎。怀着麻木迟钝、无法排解的绝望情绪，我一头倒在床上，由于筋疲力尽，睡着了，但时不时醒来，焦躁不安。

有人敲我的房门，我醒过来了。

是我丈夫吗？想到这一点，我从床上爬起来了。我眼下的耐性和坚韧度难道又要接受新的考验了吗？怀着半是紧张半是急躁的心情，我问谁在敲门。

回我话的是房东太太。

“请问，我可以同您说会儿话吗？”

我打开了房门。事情没有什么好掩饰的——尽管我热烈地爱着他，尽管我为了他离开了自己的家和朋友——但在这样一个痛苦的时刻，知道尤斯塔斯没有回到他的住处，我反而感到心里轻松。

房东太太进了房间，未经邀请就在我身边坐了下来。她不再满足只是声称同我平起平坐了，在社会等级的台阶上又向上攀登了一级，站在了施舍恩惠的平台上，用做慈善的目光俯视着我，把我当成是怜悯的对象。

“我刚刚从布罗德斯太尔斯返回，”她开口说，“但愿您会公平对待我，相信我对已经发生的事情真心诚意地感到遗憾吧？”

我欠了欠身，一声没吭。

“我本人也是一位有教养的女性，”房东太太接着说，“虽因家庭不幸沦落为出租公寓为生，但仍然是位有教养的女性——我由衷地同情您，甚至还不仅限于表达同情，还要主动表示，我不责怪您。不，不，我注意到，针对您婆婆的行为举止，您和我一样感到震惊。这很说明问题，确实很说明问题啊。不过，我要履行一种职责。它令人不愉快，但并不因此就是一种更轻的职责。我是个单身女性，并不是由于缺乏改变自己条件的机会——我恳请您理解这一点——而是由于选择。鉴于此，我的公寓只接待体面人士。关于我的房客的身份情况，一定不能存有什么神秘莫测之处。房客身份的神秘随之而来的是——我怎么说呢？我不希望冒犯您——我得说，一个确切的事关名誉道德的污点。很好。是啊，我说出来了，您自己根据常识来判断吧。处在我这个位置上的人想得到会面对——事关名誉道德的污点？我是怀着姐妹之情和基督教精神说这些话的。您本人作为一位夫人（我甚至要说是一位被残酷利用的夫人），我可以肯定，您一定会理解——”

我无法忍受下去了，就此制止了她的话。

“我理解，”我说，“您是想要通知我们，要我们离开您的公寓。您想要我们什么时候走人呢？”

房东太太表示争辩之意，一副充满着悲伤和姐妹般情义的态度，举起了一只细长瘦削、外表通红的手。

“不，”她说，“不是这样的语气！不是这样的表情！您听了之后很烦恼，这很正常。您听后很愤怒，这很正常。但是，千万——现在千万要控制住自己的情绪。我给您指出来，您自己根据常识加以判断（要离开，我们会提前一个星期通知的）——为何不把我当成朋友？您不知道我做出多么大的牺牲，多么残酷的牺牲——完完全全是为了您啊。”

“您！”我激动地大声说，“做出了什么牺牲？”

“什么牺牲？”房东太太重复了一声，“我降低了自己作为一个有教养的女人的身份，丧失了自己的自尊。”她停顿了片刻，洋溢着热烈的友谊，突然一把抓住了我的手。“噢，可怜亲爱的，”这个令人难以忍受的女人大声说着，“我已经发现了全部情况！一个流氓恶棍欺骗了您。您和我一样，没有结婚！”

我把手从她的手中挣脱了出来，愤怒地从坐着的椅子上站起身。

“您疯了吗？”我问了一声。

房东太太眼睛看着天花板，看那样子就是一个应该殉道而且是兴高采烈面对的人。

“是的，”她说，“我都开始觉得自己疯了——疯狂到自己一门心思投入到一个毫无感恩之心的女人身上，投入到一个不知道欣赏怀着姐妹之情和基督教精神做出自我牺牲的人身上。是啊！我不会再这样做了。上帝宽恕我吧——我不会再这样做了！”

“再做什么？”我问了一声。

“跟踪您婆婆，”房东太太大声说，受难者的形象突然降低了，变成了一个泼妇，“我想一想都觉得脸红。我亦步亦趋地跟踪着那位十分体面的夫人，一直跟踪到她的住处门口。”

在此之前，自己的自尊心一直支撑着我，但现在已经支撑不下去了，我再一次瘫坐在椅子上，接下来露出了无法掩饰的恐惧。

“我在海滩上离开您时瞥了您一眼，”房东太太接着说，她越往下说，声音越来越响亮，脸越来越红，“一个心怀感激之情的女人定会明白那个眼色。没有关系！我不会再做这样的事情了。我在悬崖的豁口处超过了您婆婆，跟踪着她——噢，现在觉得多么丢人啊！我跟踪她到了布罗德斯太尔斯火车站，她是乘火车返回拉姆斯盖特的。我也乘火车去拉姆斯盖特。她走着到自己的住处，我也走着到她的住处。跟在她后面，像条狗似的。噢，真丢人啊！幸运的是，我当时觉得——我现在不知该如何看这件事情——那处公寓的房东碰巧是我的一个朋友，而且正好在家里。关于房客的情况，我们之间都相互不会瞒着对方。我可以告诉您，夫人，您婆婆的真实姓名叫什么。有充分的理由表明，她对伍德维尔夫人这么个人毫不知情。

她并不姓伍德维尔。她的姓氏（因此她儿子的姓氏也是）是麦卡伦。麦卡伦夫人，已故麦卡伦将军的遗孀。对啊！您丈夫不是您的丈夫。您不是少女、妻子，或者遗孀。您比什么都是还要更惨，夫人——您离开我家吧。”

她正要开门出去时，我拦住了她。这时候，她惹得我冒火了。她给我们的婚姻投下的疑惑使逆来顺受的人都无法忍受。

“把麦卡伦夫人的地址告诉我。”我说。

房东太太的愤怒情绪逐渐减弱了，随之而来的是惊讶。

“您不会是说要亲自去见那位老夫人吧？”她说。

“我现在想要知道的事情，除了老夫人谁都无法告诉我，”我回答说，“对于您来说，您的发现（正如您所称之为的）可能足够，但对于我来说，并不够。我们怎么知道，麦卡伦夫人没有经历过两次婚姻，她的第一任丈夫的姓氏可能不是伍德维尔呢？”

房东太太的惊讶逐渐减弱了，随之占上风的是好奇。实际上，关于她的情况，我已经说过了，她是个心肠很好的女人。她的脾气发作（心肠好的人经常会这样）很火爆，也很短暂，容易上来，容易显露。

“等一等！”她开始讲条件，“如果我把地址告诉您，您会承诺返回后把您婆婆对您说的话告诉我吗？”

我按照要求做出了承诺，于是得到了地址。

“毫无恶意。”房东太太说，先前对我的那股亲热劲突然又回来了。

十分钟之后，我到达了我婆婆租住的公寓。

# 第六章　我自己的发现

对我来说，幸运的是，按了门铃之后，开门的不是房东。一位傻乎乎的干家庭杂务的女仆开了门就让我进去了，根本没有想到要询问我姓甚名谁。麦卡伦夫人在家，身边没有客人。女仆告诉我这个信息之后，便领着我上楼了，没有通报一声便把我领进了客厅。

我婆婆独自一人坐在一个工作台边，手上做着编织活儿。我出现在门口的当儿，她把手上的活儿放到一旁，站起身，居高临下，手挥了一下，向我示意由她先开口说话。

“我知道你要来干什么，”她说，“你到这儿质问来了。为了不伤害到你，也不伤害到我，我事先提醒你，我是不会回答有关我儿子的任何问题的。”

说话的语气很坚定，但并不严厉。我也用坚定的语气做了回应。

“夫人，我来这儿不是要询问有关您儿子的情况，”我回答说，“我来这儿——如果您能够原谅我的话——是要询问有关您本人的情况。”

她怔了一下，透过眼镜，目光锐利地看着我。很显然，我的话令她大吃了一惊。

“是什么问题呢？”她问了一声。

“我现在第一次知道，夫人，您姓麦卡伦，”我说，“您儿子却以伍德维尔的名义娶了我。就我所知，唯一体面的解释是，我丈夫是您第一次婚姻所生的儿子。我幸福的生活面临着危机了。您能够行行好替我考虑一下吗？我可不可以问您一声，您有过两次婚姻吗？您的第一任丈夫是姓伍德维尔吗？”

她回话前思忖了片刻。

“处在你的位置，这样的问题完全合情合理，”她说，“但是，我觉得，我还是不回答的好。”

“我可以问一声为什么吗？”

“当然可以，如果我回答了你，就会引发出别的问题，而那样的问题我是不能回答的。很抱歉，让你的希望落空了，我要重申一下在海滩上说过的话——我对您没有别的想法，只有同情。如果你在婚前来征求我意见，我会心甘情愿地向你推心置腹。但现在为时已晚了。你已经结婚了，我奉劝你利用好自己的地位，顺其自然吧。”

“对不起，夫人，”我争辩着说，“实际情况是，我并不认为自己已经结婚了。除非您向我明示，我就只知道，您儿子用一个不属于他自己的姓娶了我。我怎么能够肯定，自己是还是不是他合法的妻子呢？”

“我认为，毫无疑问，你是我儿子的合法妻子，”麦卡伦夫人回答说，“不管怎么说，这个问题要取得司法鉴定是很容易的，即便司法鉴定表明，你的婚姻不合法，我儿子（不管他有什么样的缺点和错误）也是位绅士。他不可能存心要欺骗一位爱他和信赖他的女士。他会公平公正对待你的。至于我，也会公平公正对待你。如果司法鉴定同你的合法诉求相抵触，我承诺回答你想要向我提出的任何问题。实际情况是，我坚信，你是我儿子的合法妻子。我再重申一遍，充分利用好你自己的地位。心满意足地接受你丈夫对你的一片痴情。如果珍视自己内心平静安宁的状态，还有自己将来幸福快乐的生活，那就不要试图对现在不知道的事情刨根问底。”

她坐了下来，一副刚下过最后通牒的神态。

再争辩也无济于事——我从她脸上的表情看出了这一点，从她的语气中听出了这一点。我转身打开了客厅的门。

“您对我很苛刻，夫人，”我临离开时说，“我任由您摆布，乖乖听话就是了。”

她突然抬头看了看，一张友善和端庄的老年人的脸绯红着，算是对我的回应。

“上帝作证，孩子啊，我打心眼里同情你！”

一阵非同寻常的情感表露之后，她一只手上拿着编织活儿，另一只手示意我离开她。

我一声不吭地躬身告别，然后出了房间。

我走进公寓时，对于自己以后将要采取什么样的行动，心里根本就没有底。离开公寓时，心里面已经下定了决心，不管情况如何，一定要揭开他们母子向我隐瞒的秘密。至于姓氏的问题，我现在明白了，其实我从一开始就应该这样看。如果麦卡伦夫人有过两次婚姻（我先前轻率地这样设想着），那么，当她听到有人在自己面前提及前任丈夫的姓氏时，她肯定会有所反应。其他别的方面都很神秘，这儿却一点不显得神秘。不管尤斯塔斯有什么样的理由，他毫无疑问用了一个假姓氏同我结婚。

快要到达我们租住公寓的门口时，我看到丈夫在前面来回走着，显然是在等待我返回。如果他问我，我决定坦率地告诉他自己到哪儿去了，还有我和他母亲之间的交流情况。

他急忙跑过来迎我，表情和态度显得很自然。

“我要请你帮个忙，瓦莱拉，”他说，“你愿意乘下一趟火车返回伦敦去吗？”

我看着他，用一句通俗的话来说，那就是我简直不相信自己的耳朵。

“有件事情，”他接着说，“与别的任何人无关，只与我本人有关。事情需要我在伦敦露面。我知道，你现在还不想出海去，对吧？我不能把你一个人留在这儿。到伦敦去待上一两天，你不反对吧？”

我没有表示异议，其实也迫不及待地想要回去。

到了伦敦，我可以去做司法鉴定，到时我就知道，自己的婚姻是否合法。到了伦敦，我可以得到父亲忠诚的老雇员的帮助和忠告。我不能告诉别人的任何事情，都可以告诉本杰明。我尽管深爱着姨父，但在这种情形之下，我不想联系他。我当时在结婚登记的文书上签错了姓名时，他夫人先前对我说，我经历了一个不祥的开端。我要承认这一点吗？我受自尊心的驱使，蜜月结束之前，不愿意承认，他夫人的话言中了。

两个小时后，我们又到了火车站。啊，这第二次的行程同第一次的形成了多大的反差啊！我们到拉姆斯盖特时，谁都看得出，我们是新婚夫妇。我们在返回伦敦时，没有任何人注意我们，说我们结婚有些年头了，谁都不会怀疑。

我们到了波特兰广场街[1] 附近的一家私人旅馆。

---

① 波特兰广场街（Portland Place）是伦敦中心区域的一条街道。

翌日早餐过后，尤斯塔斯告知我说，他要出去办他的事情。我先前就对他说过，我要在伦敦买些东西。他很愿意让我一个人出去——条件是，我得乘旅馆提供的马车出去。

当天上午，我的心情很沉重，感觉我们两个人之间迅速滋生起了一种明显的疏离感。丈夫打开门出去了——又返回来，把我一个人留下之前吻别我。这一事后才想起的小小的温柔之举令我感动。一时冲动，我的一条胳膊绕住了他的脖子，动作温柔地把他揽了过来。

"亲爱的，"我说，"充分相信我吧，我知道你爱我，请显示出你也信任我吧。"

他痛苦地叹息了一声，从我身边退了回去——显得悲伤，而非愤怒。

"我觉得我们已经达成默契了，瓦莱拉，不再重提那个话题了，"他说，"你只会让你自己痛苦，也会让我痛苦。"

他突然离开了房间，好像都不敢相信自己了，生怕说多了话。刚才遭受了断然拒绝之后，关于我心里的感受，还是不要细说的好。我立刻叫来了马车，迫不及待地要动起来，变换场景，以此来摆脱自己的思绪。

我首先乘马车到了几家商铺，如我在尤斯塔斯面前提到的，买了些东西。其实，买东西是为出门去寻找的一个理由，然后我投入全部精力去实现自己真正要实现的目标。我到达了坐落在圣约翰林[①]偏僻区域的老本杰明的小别墅。

---

① 圣约翰林（St. John's Wood）是伦敦西北的一个地区，属于威斯敏斯特城管辖，坐落在摄政公园的西北端，离伦敦地标查令十字约四公里，曾属于米德尔塞克斯大森林的一部分。

他刚从见到我的惊讶状态中平静下来，便注意到了，我脸色苍白，神态憔悴。我立刻承认，自己遇上麻烦了。我们在他的小图书室里火烧得旺盛的壁炉边一同坐了下来（就自己的收入所及，本杰明可以算是个了不起的藏书家）——我态度坦率，真情实意，把我在此叙述的情况全部告诉了我的老朋友。

他心里过于难受，说不出什么话来。他激情满怀地握住我的一只手，激情满怀地感谢上帝，我父亲没有活着听到这些情况。然后，停顿了片刻之后，他自言自语地重复着我婆婆的姓氏，语气中充满了疑惑和疑问。

“麦卡伦？”他说，“麦卡伦？我在哪儿听到过这个姓呢？怎么听起来不那么陌生呢？”

他不再想这件回忆不起来的事情，而是态度诚恳地问，自己能够替我干点什么。我回答说，他首先能够帮助我消除怀疑——对我而言，这是一种无法忍受的怀疑——我的婚姻是否合法。他昔日替我父亲办事时劲头十足，听我这么一说，他的那种劲头又一次再现了。

“您乘坐的马车在门口候着呢，亲爱的，”他回答说，“随我去找我的律师吧，刻不容缓。”

我们驱车前往林肯律师学院[①]。

应我的请求，本杰明把我的事情说给了那位律师听，说事情是与我相关联的一位朋友的。律师毫无迟疑地给出了答案。我结婚了，真心诚意地相信，丈夫的姓名就是我认识他时的那个姓名。我婚礼

① 林肯律师学院（Lincoln's Inn）是伦敦四个培养律师的机构之一，成立于1422年。另外三个是格雷律师学院（1569）、中殿律师学院（1501）和内殿律师学院（1505），但四个律师学院互不隶属。

的见证人——我姨父、姨妈，还有本杰明——的表现如同我的表现一样，完全是真诚的。这样一来，法律上是没有任何疑问的。我的婚姻是合理合法的，无论是伍德维尔还是麦卡伦，我都是他的妻子。

这个确切无疑的回答消除了我心头沉重的焦虑感。我接受了我老朋友的邀请，随他一同到圣约翰林去，去他那儿提前用午餐。

返回途中，我转到了自己现在心里面唯一关心的另外一个问题上。我重申了自己的决心，一定要查出尤斯塔斯为何不用自己的真实姓名同我结婚。

我同伴摇了摇头，恳请我先要好好考虑，然后再把自己想要做的事情付诸行动。他给我的忠告——简直不可思议，两极竟然相逢——完全就是我婆婆的忠告，几乎每一句话都相同。"顺其自然吧，亲爱的，为了让自己的内心得到平静安宁，满足于您丈夫的爱就够了。您知道，自己是他的妻子，知道他爱您。可以肯定，这样足够了吧？"

对于这个问题，我的回答只有一个。如果要生活在我朋友刚才说到的这种条件下，这我绝对无法忍受。无论如何都改变不了我的决心——原因很简单，我绝对不会赞成同我丈夫在我们现在的这种生活条件下共同生活。本杰明只需要表明，对于他昔日雇主的女儿，他是否愿意施与援手。

老人的回答完全体现出了他的个性特征。

"需要我干什么就说吧，亲爱的。"他就只说了这句话。

我们当时正在经过波特曼广场①附近的一条街道。我当时正要开

① 波特曼广场（Portman Square）是伦敦的一个广场，属于波特曼地产的一部分，坐落在威格摩尔大街的西端，距离卡文迪什广场不远，附近有众多名人故居，建成于17世纪中晚期。

口说话，话都到了嘴边了，突然看见我丈夫。

他正好从一幢住宅的台阶上下来——好像是登门拜访了之后正要离开。他眼睛盯着地面看。我们的马车经过他身边时，他没有抬头看一眼。仆人进屋关上了门，我注意到，住宅的门牌是十六号。在接下来的一个拐角处，我看清了街道的名称：维维安广场街[1]。

“您知道是谁住在维维安广场街十六号吗？”我问了一声我同伴。

本杰明怔了一下，他对我说了刚才那些话之后，对于我的这个问题肯定莫名其妙。

“不知道，”他回答说，“怎么想到问这个？”

“我刚才看见尤斯塔斯离开那幢住宅。”

“呃，亲爱的，那又怎么样？”

“我心情很不好啊，本杰明。我丈夫做的每一件事我都不理解，这引起了我的怀疑啊。”

本杰明举起他那衰老干枯的双手，然后放下搁在双膝上，默不作声地替我黯然神伤。

“我再对您说一遍，”我接着说，“我无法忍受自己的生活了。如果要我满腹狐疑地同自己唯一爱着的男人长时间生活下去，我不知道会干出什么事情来。您是个见多识广的人，假如您也像我一样得不到尤斯塔斯的信任那会怎么样呢？假如您也像我一样喜欢他，但却深深地为自己的处境地位感到痛苦——您会怎么办呢？”

明明白白的一个问题，本杰明的回答也明明白白。

“亲爱的，我会找到您丈夫的某个亲密朋友，”他说，“首先谨慎小心地对那个地方做点了解。”

① 这是个作者虚构的地名。

我丈夫的某个亲密朋友？我独自思忖了片刻。他的朋友我只认识一位——就是我姨父去信的那位，菲茨－大卫少校。我一回忆起这个名字心里边怦怦直跳。假如我听从本杰明的建议会怎么样呢？假如我求助于菲茨－大卫少校会怎么样呢？即便他也拒绝回答我的问题，我的处境也不会比现在这样更加无可奈何。我决心要去试一试。至此，其中唯一问题是，找到少校的住址。应我姨父斯塔克韦瑟博士本人的要求，我把那封信还给他了。我记得信封上面的地址是伦敦的某处地方，其他的就不记得了。

“谢谢您，老朋友，您已经给我想出了办法了，”我对本杰明说，“您家里有人名地址录吗？”

“没有啊，亲爱的，”他接话说，显得很为难的样子，“但是，我很容易打发人借出一本来。”

我们返回到了别墅，他立刻打发了一位女仆到最近的一家文具店去借一本人名地址录来。我们正要坐下来用餐时，女仆拿着包含有 F 条目那本书返回了。我被一个新的发现惊呆了。

“本杰明！”我说，“这是个不可思议的巧合啊，看看这儿！”

他朝我指着的地方看，菲茨－大卫少校的住址正是维维安广场街十六号——正是我们的马车经过时，我看见我丈夫的那幢住宅！

# 第七章　前往少校家途中

“是啊，”本杰明说，“确实是个巧合，不过——”

他打住了，看着我，似乎怀有一点疑虑，不知道我对他接下来要说的话会有什么反应。

“说下去吧。”我说。

“不过，亲爱的，对于所发生的事情，我看没有什么值得怀疑的，”他接着说，“我心里面觉得，您丈夫到了伦敦之后去走访一下自己的朋友，这是很正常的事情。我们在返回这儿的途中，经过维维安广场街，这也同样是很正常的事情。这似乎是合乎情理的看法，您怎么说呢？”

“我已经对您说过了，关于尤斯塔斯的事情，我心情很不好，”我回答说，“要我说，他去走访菲茨－大卫少校，这背后一定有什么动机的。这不是什么平常意义的走访。我坚信不疑，这不是什么平常意义的走访！”

“我们接着用午餐怎么样？”本杰明说，显得无可奈何，“这儿是一块羊背肌肉，亲爱的——一块普通的羊背肌肉。这里面有什么值得怀疑的吗？那么，很好啊。做给我看看，您对羊肉坚信不疑，请吃吧。还有，这儿是红葡萄酒，瓦莱拉，这葡萄酒里面没有什么神秘的东西——我可以起誓，这只是纯粹的葡萄汁而已，不含有别的任何东西。如果我们相信其他任何东西，那我们就相信葡萄汁吧。祝您健康，亲爱的。”

我欣然地认同了老人亲切和蔼的态度。我们吃着喝着，谈论着往昔的日子。同我的这位充满了父爱的老朋友待在一块儿，我有一种短时间的舒心愉快感。我为何不同样也是老人呢？爱当中包含着某些神秘的东西，爱当中包含着短暂的快乐，爱当中包含残酷的损失，爱当中包含着苦涩而又令人疑惑的收获——我为何没有经历过爱呢？窗台上深秋的花朵在深秋的太阳光线里亮丽地盛开着。本杰明的小狗儿在壁炉前的砖地上舒心惬意地享用着自己的午餐。隔壁房间里的鹦鹉尖声尖气地鸣叫着，兴致勃勃地展示着自己学舌的本领。我并不怀疑，做一个人是一种无上的权利。但是，做一只动物或者一棵植物就不可能享受更加幸福快乐的命运吗？

短暂的舒缓很快就过去了，我的所有焦虑又回来了。当我起身告辞时，我又是个充满了疑惑、心怀不满、情绪低落的人了。

“答应我，亲爱的，您不会做什么轻率鲁莽的事情。”本杰明替我开门时说。

“去找菲茨－大卫少校是件轻率鲁莽的事情吗？”我问。

“是啊——如果您独自一人去的话。您不知道他是个怎么样的人，不知道他会如何接待您。让我先去试试吧，正如老话说的，去铺铺路。相信我的经验好啦，亲爱的。处理好这样一类的事情，没有什么比铺好路更加妥当的了。”

我思忖了片刻。正是因为我好朋友的缘故，这才在自己说“不”之前先考虑一下。

考虑的结果是，我要让自己的双肩承担起这个责任，不管那是一种什么样的责任。好还是不好，同情还是残忍，少校毕竟是男人。同他打交道，一个女人的影响力是可以依赖的最可靠的影响力——从他那儿得到的结果就是我打算要得到的结果。要把这一点对本杰明说清楚，同时又不会有令他感到难堪的危险，可不那么容易。我同老人约定好了，翌日上午他到旅馆来同我见面，到时再来谈这件事情。我要补充说的是，我私下里决定（如果事情能够办成的话）在那之前去见菲茨－大卫少校，我这样做是不是很不光彩？

“不要做任何轻率鲁莽的事情，亲爱的。事关您自己的切身利益，不要做任何轻率鲁莽的事情！”

这是我们白天分别时，本杰明最后对我说的话。

我发现，尤斯塔斯在旅馆我们的会客室里等着我。比起我最后看见他的情形，他的精神状态恢复了。他兴致勃勃地走上前来迎接我，手里拿着一张展开着的纸。

“我的事情办妥了，瓦莱拉，比我预期的还要快，”他高兴地开口说，“你要买的东西都买到了吗，美丽的夫人？你也没事了吧？”

我已经明白了（愿上帝助我），不要相信他一时的高兴。我谨小慎微地问：

“你的意思是说今天没事了吗？”

“今天，明天，下个星期，下个月——下一年，也都没事了，尽管我知道，正好相反，”他回答说，一边兴高采烈地用胳膊搂着我的腰，“看这儿！”

他举起我刚才在他手上注意到的那张展开的纸，举到我跟前让我看，是一封发给游艇主人的电报，通知他我们安排当天傍晚返回拉姆斯盖特，我们准备下一次海潮时出游地中海。

“我只是在等着你回来，”尤斯塔斯说，“然后给办事处发这封电报。”

他说话的当儿，走向房间的另一端要去按铃，我制止了他。

“恐怕我今天去不了拉姆斯盖特了。”我说。

“为何去不了呢？”他问，突然改变了说话的语气，话说得刻薄了起来。

我可以说，在一些人看来，这显得很荒唐——但是，当他的一条胳膊搂着我时，他确确实实动摇了我去找菲茨－大卫少校的决心。他即便是做出一个转瞬即逝的爱抚动作都会让我在不知不觉中动心，会温柔地诱惑着我就范。但是，他说话的语气的不祥变化使我成了截然不同的另外一个女人。我再一次感觉到，比以往任何时候都更加强烈地感觉到，自己处在危急的时刻，站立着一动不动那是无济于事的，胆怯退缩比无济于事更加糟糕。

“很抱歉，让你失望了，”我回答说，“正如我在拉姆斯盖特对你说过的，短时间内，我是不可能会出海去。我需要时间。”

“为什么呢？”

他提出这第二个问题时，不仅仅是他的语气，而且他的表情都刺激着我的每一根神经。他在我心中激起了——我说不出怎么回事，或者为什么——受到侮辱之后的愤怒感，他竟然用虚假的姓氏娶了自己的妻子。由于我担心，一旦自己开口说话了，一定会做出轻率粗鲁的回答，说出什么自己冷静下来之后可能会懊悔不及的话，所以我什么也没有说。只有女人才能掂量出，缄默不语会让我付出什么样的代价。只有男人才会理解，我的缄默不语对于我丈夫而言，一定会有多么不愉快。

“你需要时间？”他重复了一声，“我再问你一声——为什么呢？”

我的自我控制力到达了极限，控制不住了。如同鸟儿从笼中释放了一样，轻率粗鲁的回答脱口而出了。

“我需要时间，”我说，“让我自己习惯于自己正确的姓名。”

他突然黑着脸向我走来。

“你说的‘正确的姓名’是什么意思啊？”

“你肯定知道，”我回答说，“我曾经觉得，自己是伍德维尔夫人，现在却发现，原来是麦卡伦夫人。”

他听到自己的姓氏时吓得向后退了一下，好像我击打了他似的——他吓得向后退了一下，脸色变得煞白，我都担心他会晕倒在我跟前。噢，我的舌头啊！我的舌头啊！我为何没有管住自己这个可怜可悲的、制造事端的女人舌头啊？

“我并不是存心要吓你的，尤斯塔斯，”我说，“我只是随便说说而已，请你宽恕我吧。”

他不耐烦地挥了挥手，好像我说的这些后悔的话是些有形的东西——诸如夏天的苍蝇一样讨厌烦人的东西——而他正要从自己身边把它们赶走。

“你还发现了什么别的东西呢？”他问，说话的语气低沉严肃。

“没有啊，尤斯塔斯。”

“没有？”他重复这一声是停顿了一下，然后没精打采地用一只手罩在自己额头上。“没有，当然，”他接着说，是自言自语，“否则，她就不会在这儿了。”

他又一次停顿了下来，用探询的目光看着我。“你刚才说过的话可不要再说了啊，”他接着说，“为了你自己，瓦莱拉，也为了我自己。”他在离得最近的一把椅子上坐了下来，缄口不言了。

我当然听清了这个警告，但是，真正在我的心中留下印象的只有他先前自言自语说的那句话。他说了：“没有，当然，否则，她就不会在这儿了。”如果除了关于姓名的真相之外，我还发现了什么别的真相，那会妨碍我回到丈夫的身边吗？他说那句话是什么意思呢？难道他心里想着的那种发现意味着某种可怕的情况，会使我们立刻并且永远分离吗？我一声不吭地站立在他坐着的椅子边，设法要当着他的面找到那些严重问题的答案。他对我说起他的爱时，那是口若悬河，表情丰富，而现在却什么也没有对我说。

他坐了一会儿，都没有看我一眼，一门心思想自己的事情。然后突然站起身，拿起帽子。

“借给我游艇的那位朋友眼下在伦敦呢，”他说着，“我觉得最好要见他一面，告诉他，我们的计划有变。”他说话的当儿，态度愤懑，并把电报给撕毁了。“你显然已经铁了心不同我一块儿出海去，”他接着说，“我们最好还是把这事给取消掉吧。我看也没有别的什么事情可干了。你看呢？”

他说话的语气几乎是透着轻蔑的那种。我对自己感到太沮丧了，对他感到太惧怕了，顾不上对他的语气表示愤怒。

“你觉得怎么好就怎么决定吧，尤斯塔斯，”我说，表情很痛苦，“每一种方式，前景都似乎毫无希望。只要我被关在你的信任大门之外，无论我们生活在陆地上，还是大海上，都无关紧要——我们不可能幸福快乐地生活。”

“如果你能够控制住自己的好奇心，”他回答说，态度显得很严肃，“我们或许可以生活得很幸福快乐。我本以为自己娶了一个脱离了低级趣味的女人做妻子。一位贤良的妻子应该懂得，最好不要去刺探同自己没有关系的关于她丈夫的事情。”

这样的话肯定难以忍受吧，不过，我还是忍受下来了。

“当我发现自己的丈夫娶我时用的不是自己家族的姓氏，”我问了一声，声音很温和，“这事同我没有关系吗？当我听见你母亲说，她很同情怜悯你的妻子，这事同我没有关系吗？尤斯塔斯，指责我好奇，这很刻薄啊，就因为我不能接受你替我设置的难以忍受的地位。你残酷无情，缄口不言。这是对我幸福生活的一种摧毁，是对我的未来生活的一种威胁。我要打听的仅仅是你个人的事情吗？绝不仅仅是你的，同我也休戚相关啊。噢，亲爱的，你为何要拿我们的爱和我们彼此的信任开玩笑呢？你为何要把我一直蒙在鼓里呢？”

他的回答严厉、冷酷并且简单。

“为了对你好。”

我默不作声地转身离开了他。他把我当成孩子了。

他跟随着我，把一只手沉重地搭在我肩膀上，迫使我再次面对他。

“你听好啦，”他说，“我现在要对你说的话，我这是第一次说，也是最后一次说。瓦莱拉！一旦你发现了我现在不让你知道的情况，从发现的那一刻开始，你就会生活在痛苦的折磨当中，你平静安宁的生活从此一去不复返了。你的每一个白天都将充满着恐惧，每一个夜晚都将充满着可怕的噩梦——那可不是我的过错啊，记住好啦！那可不是我的过错啊！你生活中的每一天都会有新的怀疑，随我产生与日俱增的恐惧——而且一直都会对此充满恶意，对我不公。

我以一个基督徒的信仰起誓，一个男人的名誉起誓，如果你不得消停，在这件事情上再往前迈出一步，你今生今世的幸福生活就此结束了！认认真真地考虑一下我对你说的话吧，你还有时间进行思考。我这就去告诉我朋友，我们关于地中海之行的计划要取消。傍晚前回不来。”他叹息着，看着我，痛苦的神态难以言表。“我爱你，瓦莱拉，”他说，“尽管发生了这些事情，但上帝可以作证，我爱你比任何时候都更深。”

他这么说着，这么离开了我。

不管事情看起来有多么不可思议，但关于我自己，我必须如实叙述。我不会假装着能够分析我自己的动机，甚至不会假装着猜测，别的女人如果处在我的位置上会如何采取行动。对我而言，千真万确，我丈夫可怕的警告——神秘莫测，含糊不清，越发显得恐怖可怕——并没有在我心里产生任何威慑力，反而激发了我，下定决心要弄清楚他有什么事情隐瞒着我。他离开不到两分钟，我便按响了铃，叫了一辆马车，想把我送到维维安广场街的菲茨 - 大卫少校家去。

我在等待马车时不停地来回走着——因为我内心激动狂躁，根本不可能安静地坐下来——这个当儿，我无意中从镜子里面瞥见了自己的形象。

我被自己的面容吓了一大跳：憔悴不已，一脸怒气。自己此时这样一副模样，能够站立在一个陌生人的面前吗？能够指望在人家面前产生必要的良好印象吗？我知道情况完全是相反的，自己的全部未来可能有赖于此番第一眼见到菲茨 - 大卫少校时给他留下的印象。我再次按响了铃，叫人请个旅馆女招待随我到房间去。

我没有自己的随身女仆。如果按照我们先前的安排行事，游艇上的女招待便可充当我的仆从。只要有个女人帮帮我的忙，那也没有什么关系。旅馆女招待来了。关于自己仪表容貌问题，由于我当时内心一片混乱，茫然无助，根本没有什么更好的主意，只能向那位素昧平生的女招待求助。她是个中年妇人，此女人老于世故，阴险邪恶，这从她的举止态度和面部表情可以清清楚楚地看出来。我往女人的手里塞钱，数额之多，足以使她感到惊讶。她露着冷笑向我表示谢意，很显然，她以自己邪恶的心理，把我的动机解释为向她行贿。

“我能够为您做什么呢，夫人？”她问了一声，声音很低，显得推心置腹的样子，“别大声嚷嚷，隔壁房间有人呢。”

“我想要让自己看上去形象最佳，”我说，“我派人找你来帮助我。”

“我明白了，夫人。”

“你明白了什么？”

她意味深长地点了点头，又低声地对我说了起来。

“上帝保佑您，我对这个情况习以为常了！”她说，“这当中涉及一位先生，别介意我这样说，夫人，我说话就这样，并没有什么恶意。”她停顿了下来，审慎地看着我。“如果我是您，我就不会换衣服，”她接着说，“您这衣服的颜色很适合于您啊。”

面对女人简慢无礼的态度，我来不及生气了，没有办法，只有利用她。况且，关于我的服饰问题，她说得没错。这是一种柔和的玉米色，精致地绲了蕾丝花边。这套服饰再适合我不过了。不过，头发到时需要精心打理一下。旅馆女招待帮我梳理了头发，手法很娴熟，一看就知道，她不是个新手，而是精于此道。她放下梳子和刷子，端详着我——然后看了看梳妆台，寻找什么东西，很显然，没有找着。

“您把它搁到哪儿啦？”她问了一声。

“你指什么？”

“看看您的脸色，夫人，如果他看到您这个样子，还不把人家给吓着啊。您得抹点胭脂。您把它搁到哪儿啦？什么啊！您没有？您从不抹那个东西？天哪，天哪，天哪！”

一时间，惊讶的情绪让她差不多失去控制了！她镇静下来后，请求我允许她离开片刻。我让她走了，知道她要去干什么。她回来时拿着一盒胭脂和扑粉，我并没有制止她的行为。我通过镜子看到了自己的肤色有了虚假的光彩，脸颊上出现了虚假的血色，眼睛有了虚假的明亮——我对此根本没有退缩。没有！我让这令人恶心的欺骗持续了下去，甚至钦佩起了制造这种效果的非凡技巧。“任何方式都可以，”在这样一个疯狂而又痛苦的时刻，我心里暗暗地想着，“只要能够有助于我赢得少校的信任！任何方式都可以，只要我能够发现我丈夫最后那句话的真正含义！”

对我容颜进行改变的工序完成了。旅馆女招待用她恶毒的食指朝着镜子的方向指了指。

“您注意好啦，夫人，您打发人把我找到您身边来时是什么模样，”她说，“看看您自己现在是什么模样。（凭着您这样的风格）您可是全伦敦最美丽的女人啊。啊，如果人们知道如何使用珍珠粉，就会明白它可是一种多么神奇的东西啊！”

# 第八章　女士之友

马车把我送到菲茨－大卫少校的宅邸时，我心里的感受无法言表。事实上，从严格意义上来说，我怀疑自己是不是真有什么感觉或者思绪。

打从我任由旅馆女招待的双手摆布的那一刻开始，怪异离奇的是，我似乎已经失去了自己平常的身份——我不再是我了。其他时候，我这个人的性格属于紧张焦虑的那种，对于自己可能遇到的困难，总喜欢夸大。其他时候，如果有同陌生人的重要会面，我的心里就会斟酌着，最好忽略掉什么东西，最好说什么话。现在，要同少校见面了，我连想都没有想一下，对自己有了一种毫无道理的自信感，同时对他也有一种盲目的信任感。现在，我心里既不回忆过去，也不思索未来，无所用心地生活在当下。我们的马车一路前行，我看着途经的一家家店铺，还有同我们的马车擦肩而过的别的马车。我留意着——对啊！享受着——人行道上偶尔走过的路人向我投来的羡慕的目光。我心里想着："这是个好的兆头，看来我有望成为少校的朋友啦！"我们在维维安广场街那幢住宅的门口停下来时，毫不夸张地说，我焦急期盼着的就只有一件事——盼望少校待在家里。

有个未穿号衣的男仆开了门。男仆是个老人，看样子早年在军队服过役。他打量着我，神情专注，一脸严肃，不过慢慢地，其表情松弛了下来，会意地认可了我。我提出要见菲茨－大卫少校。得到的回答并不完全令人鼓舞：老人不能确认主人是不是在家里。

我把自己的名片递给了他。作为婚礼物品的一部分，我的名片上面必须印着自己的假姓名——尤斯塔斯·伍德维尔夫人。仆人把我领到一楼的一个房间，然后拿着我的名片离开了。

我环顾四周，看到正对着窗户的那扇墙有一道门，连着一间内室。门不是普通的那种。门与隔墙的厚度相吻合，装在凹槽里。我走近看了看，结果发现，门不是为完全挡住门口而先朝外拉开的。只留下了一道狭小的缝隙，但是，透过那道缝隙，我清清楚楚地听到了隔壁房间里说话的声音。

“她提出要见我时，奥利弗，你是怎么说的呢？”一个男人的声音问，小心翼翼，声音压得很低。

“我说我不能确定您是不是在家里，先生。”领着我进来的那个仆人的声音回答说。

停顿了片刻。第一个开口说话的显然是菲茨－大卫少校本人。我等待着倾听更多的谈话内容。

“我寻思着，最好还是不要同她见面，奥利弗。”少校的声音接着说。

“很好啊，先生。”

“就说我出去了，不知道什么时候回来。如果那位夫人有什么事情找我，请她给我写信。”

“好的，先生。”

“等一等，奥利弗！”

奥利弗停了下来。又是一阵更长时间的停顿。随后，主人接着询问仆人。

“她很年轻吗，奥利弗？”

“对啊，先生。”

“而且——很漂亮？”

“我个人觉得，还不单纯是漂亮呢，先生。”

“啊？啊？你所称之为的美女——呃，奥利弗？”

“当然，先生。”

“身材高挑？”

“和我差不多一样高，少校。”

“啊？啊？啊？身材苗条？”

“像一棵小树一样苗条，先生，而且还像一杆标枪一样挺拔。”

“仔细想一下，我在家呢。奥利弗，领着她进来吧！”

至此，至少有一件事情看起来是明摆着的。我吩咐找个旅馆女招待来，这事处理得漂亮，否则，如果我面无血色，头发凌乱，奥利弗会如何介绍我呢？

男仆回来了，领着我（经过门厅）进入内室。菲茨－大卫少校迎上前来欢迎我。少校是个什么样的人呢？

对啦——他是位六十岁的绅士，保养得很好。身材瘦小，主要是那个长得异乎寻常的鼻子显得格外引人注目。注意到了这样一个显著特征之后，我接下来看到，漂亮的棕色假发，闪闪发亮的灰色小眼睛，红润的肤色，军人风格的短胡须，染色后与其假发相配，洁白的牙齿和亲切的微笑，气派的蓝色礼服大衣，纽扣眼处插着一枝茶花[1]，那枚光彩夺目的戒指——他彬彬有礼地示意我坐下来时，小手指上露出了一颗闪亮的红宝石。

“亲爱的伍德维尔夫人[2]，您这一来真是太好了啊！我一直盼望着能够有幸认识您呢。尤斯塔斯是我老朋友啦。我听说他结了婚，向他表示了祝贺。我可以做个真情告白吗？——我看见了他的夫人后，对他产生了嫉妒啦。”

说不定，我未来的生活就掌握在此人的手中。我全神贯注地审视着他，想要从他的脸上看出他的性格来。

少校看着我时，那双灰色的小眼睛里闪烁着的目光柔和了起来。少校对我开口说话时，坚定强劲的声音变得低沉而又温柔。从我踏进房间的那一刻开始，少校的神情态度显得很喜庆，其中透着钦佩与尊重。他把他的椅子挪得靠近我的，好像靠近我是一种无上的荣耀。他握住我的一只手，把我的手套举到他的嘴唇边，好像手套是世界上最奢侈的美味佳肴。“亲爱的伍德维尔夫人，”他说着，一边动作轻柔地把我的手放回到我的膝上，“请容忍一位老家伙吧，因为他倾慕您惊艳的美色。您真的让这幢沉闷乏味的住宅熠熠生辉了。看到您是一种多么美的享受啊！”

老先生其实用不着来这么一番小小的真情告白。众所周知，女人、孩子和狗凭着直觉就知道，真正喜欢他们的是什么人。从菲茨-大卫少校的身上，女士们找到了一位热情洋溢的朋友——同时，说不定也是一位充满了危险而又热情洋溢的朋友。我还没有来得及坐

---

① “茶花”在西方文化语境中常常用来作为虚假外表或者“金玉其外败絮其中”的象征，由于有了法国作家小仲马的《茶花女》一书，还常常令人联想到不正常的男女关系。从后文的叙述可以看出，作者的指向显然是后者。

② 少校在此用了英语通常的称呼“dear”，照理说，两个有身份而且素昧平生的人第一次见面，这个称呼语翻译成汉语时，应该翻译成“尊敬的”，如果翻译成“亲爱的”，未免显得有点唐突，但是，考虑上下文的情节，还是按照本义翻译。

下来开口回答他的话，就已经看出他是这样的人。

“谢谢您的友好接待和美妙夸奖，少校，”我说着，尽可能在自己必要的拘谨态度所允许的范围内配合主人轻松的语气，“您已经做了您的真情告白，我可以做我的真情告白吗？”

菲茨 - 大卫少校又一次从我膝上抓起我的手，把自己的椅子尽可能挪得离我更近一些。我神情严肃地看着他，极力想把手抽出来。菲茨 - 大卫少校抓住手不放，接着告诉我其中的缘由。

“我刚才第一次听到您开口说话，”他说，“我对您的声音着了迷。亲爱的伍德维尔夫人，请忍受一个着了迷的老家伙吧！别吝啬，别不愿意赐予我这样一些天真无邪的小快乐。借给我——真希望我能够说赐予我——这只纤纤玉手。我对纤纤玉手情有独钟，手上握着一只纤纤玉手，我能够听得更加清晰。女士们纵容了我的癖好，请您也纵容纵容我吧，好吗？您准备要说什么呢？”

“少校，我准备说，自己特别感受到您友好的欢迎，因为我碰巧要请您帮忙来着。”

我说话时，心里很清楚，自己这么一上来就直奔此行的主题，有点过于唐突。但是，菲茨 - 大卫少校的赞美钦佩之情一浪高过一浪，速度之快令人瞠目，所以我感觉到，重要的是，要切实可行地进行阻止。我实施阻止的行动寄托在刚才“请您帮忙来着”那句带有预示性的话上面——而我的寄托并没有落空。我的老年崇拜者轻轻地放下了我的手，而且（尽可能彬彬有礼地）转移了话题。

“帮忙没有问题，那是当然的！”他说，“对啦——请告诉我——我们亲爱的尤斯塔斯怎么样啊？”

“焦虑不安，精神萎靡。”我回答说。

“焦虑不安，精神萎靡！”少校重复了一声，“那个令人嫉妒的娶了您的男人，竟然会焦虑不安，精神萎靡？闻所未闻啊！尤斯塔斯真是令我恶心啊。我要把他从我的朋友名单中画掉。”

“如果是这样，那就连同我一道画掉吧，少校。我也没精打采了。您是我丈夫的老朋友。我可以向您承认，我们的婚后生活——就现在——不怎么幸福。”

菲茨－大卫少校态度文雅而又惊讶，扬了扬眉头（眉毛染了色，为了与胡须相匹配）。

“啊！”他激动地大声嚷了起来，“尤斯塔斯是什么材料做的？难道他不知道欣赏美貌和优雅不成？难道他是个毫无感觉的人吗？”

“他可是男人中最优秀和最亲切的人，”我回答说，“但是，他过去的生活中存在很可怕的秘密——”

我说不下去，因为菲茨－大卫少校故意打断了我的话，表面上看，他的行为很圆滑，很礼貌。但是，我从他明亮的小眼睛里看到了一种神态，明明白白地在说：“如果您要冒昧地触及微妙领域，夫人，我恕不奉陪。”

“我迷人的朋友啊！”他激动地大声说，“我可以称呼您为我迷人的朋友吗？您有——除了我已经能够看出的其他数不清的令人愉悦的品质之外——丰富的想象力。可别让它占了上风啊！听一听老家伙的忠告吧，别让它占了上风！您要来点什么吗，亲爱的伍德维尔夫人？来杯茶怎么样？”

“称呼我正确的姓氏吧，先生，”我斗胆回答说，“我有了个发现，同您一样，我知道，我姓麦卡伦。”

少校怔了一下，目不转睛地看着我，态度严肃了起来。接下来开口说话时，语气完全变了。

“我可不可以问一声，”他说，“您刚才向我提到的发现，是否告诉了您丈夫？”

“当然！”我回答说，“我认为，我丈夫欠我一个解释。我已经请求他告诉我，他非同寻常的举动是何用意——而他拒绝了，说的话把我给吓着了。我恳求过他母亲——而她拒绝解释，说的话羞辱了我。尊敬的菲茨－大卫少校，没有任何朋友是站在我这边的，除了您，我也不能找任何人说！行行好，帮我个大忙吧——告诉我，您的朋友尤斯塔斯为何要用一个假姓氏娶我！”

“行行好，帮我个大忙吧，”少校回答说，“关于这件事，请不要要求我吭一声。”

尽管他做出了这个令人不满意的回答，但他看着我，好像真的是同情我。我下定决心，一定要尽最大的努力说服他。我下定决心，一定不能在第一次遭拒后败下阵来。

“我一定要请求您，”我说，“考虑一下我的处境，我知道了自己已经知道的情况，但无法知道得更多，怎么生活下去啊？我宁可听到您能够告诉我最坏的情况，也不愿意（像现在这样）落得个没完没了地担惊受怕和没完没了地悬念不安。我全心全意地爱着我的丈夫，但是，我不愿意同他在这样的状况下生活，这种痛苦会把我逼疯的。我只是个女人啊，少校。我只能来找您，请求伸出友爱之手。不要——请您，请您不要把我蒙在鼓里啊！”

我没有可说的了。轻率的冲动之下，我一把抓起他的手，举到了我的嘴唇边。风流的老绅士猛然怔了一下，就好像我电击了他一样。

"我亲爱的、亲爱的夫人啊！"他激动地大声说，"我无法表达，自己对您有多么同情啊！您令我着迷，让我无法自制，您拨动了我心弦。我能够说什么呢？我能够做什么呢？我只能仿效您令人钦佩的无拘无束的态度，您无所畏惧的真挚诚恳的情怀。您已经告诉了我您的处境了。作为回应，我也告诉您我的处境吧。您平静下来——请您平静下来！我这儿有个嗅盐瓶，专门供女士们使用的。请允许我拿出来。"

他替我拿出了嗅盐瓶，把一张小凳子放到了我的脚下。他请求我慢慢来，平静一下自己。"该死的傻瓜！"他体贴周到地转过身看着别处片刻时，我听见他自言自语地说，"如果我是她的丈夫——不管出现什么情况，我都会把真相如实告诉她！"

他是在指尤斯塔斯吗？他会做假如他处在我丈夫的位置上要做的事情吗？——他真的打算告诉我真相吗？

我的心里刚刚冒出这样一个念头，突然，临街响亮急促的敲门声把我吓了一跳。少校停住了，仔细倾听。片刻之后，门开了，门厅里清楚地传来女人衣裙的窸窣声。少校急促地跑到房间门口，动作像年轻人一样敏捷。他迟了一步，就在他要打开房门的当儿，房门被人从外侧打开了。衣裙发出窸窣声的女士闯进了房间。

# 第九章　少校败下了阵

菲茨－大卫少校的上门客人原来是位体态丰满、眼睛溜圆、衣着讲究的姑娘。只见她肌肤红润、头发淡黄。姑娘显得很诧异，先是目不转睛地盯着我看了一会儿，然后直截了当地表达歉意，说打搅到我们了，不过话只是冲着少校一个人说的。很显然，上门的姑娘相信，我绝不可能成为老先生新的崇拜偶像，因此，她很容易就把因看到我们在一块而产生的嫉恨情绪给掩饰过去了。菲茨－大卫少校凭着自己充满魅力的方式把事情处理妥当了。他真心诚意，如同刚才亲吻我的手一样，亲吻了衣着讲究的姑娘的手。他告诉她说，她光彩照人，充满魅力。紧接着，他兴致勃勃，怀着钦佩和崇敬的心情，领着她走回到她刚才进入房间的门口——直接通向客厅的另一道门。

“不必道歉，亲爱的，”他说，“这位夫人同我一块商量事情来着。你的声乐教师在楼上等着你呢，开始上课吧，我一会儿就上去。再见，我迷人的学生，再见。[①]”

年轻姑娘低声回应了几句彬彬有礼的话——说话的当儿，圆溜溜的眼睛盯着我看，流露着不信任的神色。房门在她身后关上了。菲茨－大卫少校这才有空来处理我的事情了。

---

① 原文的两个“再见”均为法语——au revoir，以宣示某种特定的情调。

“我把刚才这位姑娘称作是我幸运的发现之一，”老先生说，一副洋洋自得的样子，“我可以毫不犹豫地说，她是欧洲最卓越的女高音。您会相信吗？我是在火车站遇上她的。她当时在一家小吃店里站柜台，一副贫穷而又单纯的样子，清洗着酒杯，边干活儿边唱着歌。天哪，那美妙的歌声啊！她高亢的声调把我给震惊了。我当时心里想着：‘这可是一位天生的歌剧女主角啊——我要把她带出去！’她是我生平带出的第三位。等到她接受了必要的训练之后，我将带她到意大利去，去米兰[①]接受进一步的训练。从这位天真无邪的姑娘身上，亲爱的夫人啊，您看到了一位未来的歌唱女王。听啊！她开始提升音阶[②]了。多么美妙的声音啊！好啊！好啊！好极啦！”

他说话的当儿，未来歌唱女王高亢的歌声在整个宅邸里回荡。年轻姑娘的声音很高亢，这一点是毋庸置疑的。但是，我觉得，如果要说她的声音甜美纯正，这一点值得商榷。

我把在这种场合必须要说的客气话说了，然后壮着胆子提示菲茨－大卫少校，要继续他的客人进入房间时我们正在讨论着的话题。谈话打断时，他刚刚触及那个危险的话题。但是，他现在不愿意重提它。他用食指替楼上的歌唱声打着节拍，还询问了我的声音如何，是否唱歌。他指出，对他来说，离开了爱情和艺术的人生是无法忍受的。一个我这样的处境的男人恐怕已经失去所有耐性了，已经放弃了令人反感的挣扎。但我是女人，而且心中怀有自己的目标，我

---

① 米兰（Milan）是意大利的第二大城市，米兰省的省会和伦巴第大区的首府，属于欧洲南方的重要交通要点，历史悠久，以观光、时尚和建筑闻名。在作者的另一部小说《夫妻关系》中，那位安妮也前往米兰接受声乐训练。

② 音阶（scales）是音乐学术语，指以全音、半音以及其他音程顺次排列的一串音。基本音阶为C调大音阶，在钢琴上弹奏时全用白键。音阶分为“大音阶”和“小音阶”，即“大调式”和“小调式”。大音阶由七个音组成，其中第三、四音之间和第七、八音之间是半音程，其他音之间是全音程。小音阶第二、三音之间和五、六音之间为半音程。

的决心是不可动摇的。我把少校的抵抗力耗费得差不多了，迫使他无条件投降。应该补充说明的是，当他下定决心再次同我谈起尤斯塔斯时，他言辞恳切，而且说得直截了当。

“从您丈夫小时候开始，”少校开口说，“我就认识他。在他昔日生活的一个时期，一次巨大的不幸降临到了他的头上。关于那次不幸背后的秘密，他的朋友们都知道，但他们严格保守着秘密。那也是他要向您保守着的秘密。只要他活着，他是不会告诉您的。他已经责成我以自己名誉保证，绝不向您透露。亲爱的伍德维尔夫人，您希望从我这儿了解尤斯塔斯的情况，那您就听好啦！”

“您坚持称呼我伍德维尔夫人。”我说。

“您丈夫希望我坚持，”少校回答说，“他头一次上您姨夫家时，不敢报出自己的真实姓名，于是编造出了伍德维尔这个姓。他现在不会承认姓别的什么了。抗议也无济于事。我们怎么做，您也就得怎么做——您必须得屈服于一个不讲道理的人。他只是在这件事情上面极度固执己见，但在其他方面，他可是世界上最优秀的人。如果您要询问我的看法，我会诚恳地告诉您，自己感觉到，他用假姓名向您求婚，娶您为妻，这是错误的。他娶您为妻时，把自己的名誉和幸福寄托在您的坚守上。那他为何就不可以也把自己的苦衷告诉您呢？在这个问题上，他母亲很赞同我的看法。你们结婚之后，她没有对您推心置腹，说出秘密，您可一定不要责怪她，因为到那时已经太迟啦。你们结婚之前，她尽了最大的努力，该做的都做了——但没有泄露那些秘密，因为作为一位称职的母亲，她是一定要遵守的——劝自己的儿子一定要公正地对待您。她不认同你们的婚事，主要原因是，尤斯塔斯不听从她的劝告，把他自己的真实情况告诉您。我把这个情况告诉您，并非轻率之举。在我这一方，我全力支持麦卡伦夫人的做法。尤斯塔斯写信告诉我，他要娶我的挚友斯塔克韦瑟博士的外甥女为妻，而且提出要我做他的证婚人。当时，我回信提醒他，如果他不把自己全部真实情况告诉给他未来的夫人，我是不会与这件事扯上半点关系的。他如同不听从自己母亲的劝告一样，也不听我的劝告。与此同时，他要求我信守承诺，替他保守秘密。斯塔克韦瑟写信给我时，我别无选择，只有或让自己卷入这场自己完全不赞同的骗局——或写封回信，措辞谨慎，内容简短，以便从一开始就阻断通信联系。我选择了后者，恐怕已经得罪了我的老朋友了。您现在看到了，我现在的处境令人痛苦不已。让这种处境变得更加麻烦的是，就在今天，尤斯塔斯来了这儿，提醒我要小心提防，以免您向我打听您刚才提到的情况！他告诉我说，您不巧遇上了他母亲，已经知道了他家的姓氏。他声称说，他专程赶到伦敦，要亲口同我谈这件严重的事情。‘但凡涉及女人的事情时，’他说，‘我知道你有个弱点。瓦莱拉已经知道，你是我的老朋友。她肯定会给你写信的，甚至有可能会冒冒失失地闯到你家里来。凭着你的名誉，凭着你的誓言，重申你的承诺吧，一定要把我人生中的这个巨大灾难当作秘密保守。’这些是他的原话，我记得真真切切。我试图以轻松的态度对待这件事情。我说话的语气中透着揶揄，认为‘重申我的承诺’这个概念，还有其余想法，荒诞不经，异乎寻常。完全无济于事啊！他拒绝离开我——可怜的家伙，一个劲儿地提醒我不要忘记了他昔日不应当遭受的痛苦。最后，他哭了起来。您爱他，我也一样。我让他由着自己的方式来，您会觉得奇怪吗？结果是，我凭着一个男人能够做出的神圣承诺，已经受到双倍的约束了，不能向您透露任何情况。亲爱的夫人啊，在这件事情上，我打心眼里站在您的一边，也渴望消除您的忧虑。但是，我能够干什么呢？”

他停了下来，等待着——神情严肃地等待着——等着听我的回答。

我自始至终倾听他讲话，没有打断过他。他在谈到尤斯塔斯时，神情态度和表达方式有了非同寻常的变化。这令我惊诧不已，这种感觉我从来没有体验过。如果说刚刚一提到那个不能说出的故事就会令心情轻松的菲茨－大卫少校说话语气严肃，表情忧伤——不再露出微笑，不再对我给予赞美，甚至不再留意楼上的歌声，那么，那个故事不知道有多么恐怖可怕啊（我心里这样想着）！由于心里有了这样一个令人震惊的结论，我的心情变得沉重了起来。从我走进这座宅邸以来，我第一次感到束手无策，不知道该说些什么，不知道接下来该怎么办。

然而，我依旧坐着不动。我心意已决，一定要弄清楚我丈夫向我隐瞒着的事情，此时此刻，我的决心比任何时候都更加坚定！我的这种表白说明了我性格中奇特而又矛盾的一面，对此，我无法做出解释。我只能真真切切地描述事实。

楼上的唱歌声还在继续着。菲茨－大卫少校不动声色，仍然在等待着我的回答——想要知道我接下来决定怎么办。

我还没有来得及决定该怎么说，或者该怎么做，少校家里面出现了另外一个情况，直截了当地说，就是门外又传来了敲门声，说明又有客人来了。这一次，过道上听不见女人衣裙的窸窣声。这一次，进入房间的只有老仆人一人，一只手拿着一束馨香四溢的鲜花。

“带来卡拉琳达夫人的问候，提醒菲茨－大卫少校关于约会的事情。”另外一位夫人！这次是一位有头衔的夫人[①]。一位身份高贵的夫人派人送来鲜花和问候，而没有屈尊隐蔽。少校——首先向我表达了歉意——写了几行表示感谢的话，然后派人拿出去交给信使。当房门再度关上之后，他小心翼翼，从花束中精选了一枝。“我可不可以问一声，”他说着，一面把花递给我，风度极为优雅，“您现在是否明白了，我处在您丈夫和您本人之间微妙的位置上？”

因花束送上来有了这短暂的停顿，我的思绪受到了一次新的刺激，因此，从一定程度上来说，也有助于恢复我的状态。我最后终于能够让菲茨－大卫少校感觉到，他善解人意和彬彬有礼的解释对我还是产生了效果的。

“我由衷地感谢您，少校，”我说，“您让我坚信，为了我好，我一定不能要求您忘记自己先前向我丈夫许下的诺言。那是一份神圣庄严的承诺，我也必须要尊重——这一点我很清楚。”

少校长吸了一口气，如释重负，然后轻轻地在我肩膀上拍了拍，表示高度认同我对他说的话。

“您表达得很精彩啊！”他接过话头说。霎时，他立刻恢复了轻松愉快的表情和情人一样的表现。“亲爱的夫人，您很会体谅人，准确无误地看出我的处境。您知道吗？您让我想起了我的那位卡拉琳达夫人。她也很会体谅人，准确无误地看出我的处境。我很高兴介绍你们相互认识一下。”少校一面说，一面把自己的长鼻子伸进卡拉琳达夫人送过来的鲜花里，一副如痴如醉的样子。

我还有自己的目标要实现呢。由于（您到这个时候已经看出来）

---

① 此处原文“lady”是贵族女性的尊称，与婚否无关。

自己属于最最执拗任性的女人，我的心中仍然坚持着那个目标。

“同卡拉琳达夫人见面，我一定会感到高兴的，”我回答说，“同时——”

“我要安排一次小型宴会，”少校接着说，一副热情奔放的样子，“我和您，还有卡拉琳达夫人。我们年轻的歌剧女主角晚上会来，给我们献唱。我们来列个菜单怎么样啊？可爱的朋友，您秋天里最爱喝什么汤呢？”

“同时，”我不管不顾地接着说，“回到我们刚才谈论的话题上——”

少校的笑容不见了，那支本来要记录下我秋天里爱喝的汤的笔从少校手上掉落了。

“我们一定要回到那个话题上吗？”他问了一声，一副可怜的样子。

“只耽搁一会儿。”我说。

“您让我想起了，”菲茨－大卫少校接着说，神情悲哀地摇了摇头，“我另外一个迷人的朋友——是个法国朋友——米尔利弗洛夫人。您是个锲而不舍、不达目标不罢休的人，米尔利弗洛夫人也是个锲而不舍、不达目标不罢休的人。她正好在伦敦，我们邀请她来出席我们的小型宴会怎么样？”少校有了这个主意后显得兴高采烈起来，于是再次拿起笔来。“请告诉我，”他说，“您秋天里最爱喝什么汤？”

“请原谅，”我开口说，“我们刚才谈到——”

“噢，天哪！”菲茨－大卫少校大声说着，“这是另外那个话题吗？”

“不错——这是另外那个话题。”

少校再次放下了手中的笔，显得很懊恼，不得不把米尔利弗洛夫人和秋天里的汤从内心排除掉。

“是吗？”他说，充满耐性地欠了欠身，露出了顺从的微笑，“您是想说？”

“我是想说，”我接过话头说，“您只是承诺了不把我丈夫向我保守的秘密说出来。但是，如果我斗胆向您提出一两个问题，您并没有承诺不回答我。”

菲茨－大卫少校抬起了一只手，以示提醒，他那明亮的灰色小眼睛狡黠地朝着我瞥了一眼。

“打住！”他说，“可爱的朋友，就此打住吧！我知道，您的问题要把我引向何处，而一旦我对问题做出了回答，结果会是怎么个样子。今天，您丈夫到这儿来时，他不失时机地提醒我，说我一旦落在漂亮女人的手里，意志就会像水一样不堪一击。他说得很对，我是像水一样不堪一击。面对漂亮的女人，我无法拒绝什么。亲爱的、令人钦佩的夫人啊，千万别滥用了您的影响力！千万别弄得一位上了年岁的军人言而无信，有损荣誉啊！”

这时候，我极力说了些替自己的动机辩护的话。少校表现出一副恳求的姿态，两只手紧紧地握在一起。用恳切而又单纯的目光看着我，让人看了很惊叹。

“为何紧追着不放啊？”他问了一声，“我没有招架之功了。我是只羔羊——为何要牺牲我呢？我承认您有力量，请求您的宽恕仁慈。我在青春时代和成年之后所遭受的全部不幸都是因为女人造成的。我虽已年迈，但并没有什么长进——一只脚都已经踏进坟墓了，却还是一如既往地喜爱女人，随时会被她们引入歧途。令人震惊，对不对？但是，千真万确！看看这个标记吧。”他撩起一缕漂亮的棕色假发，把他头侧面的一块可怕的伤疤露给我看。“这块伤疤（当时大家以为会要了我的命）是一颗手枪子弹留下的，”他接着说，“不是替我的国家效力留下的——噢，天哪，不是！是在国外的一次决斗中留下的，为了一位备受其恶棍丈夫伤害的夫人。是啊，她值得我付出这个代价！”想到那位已经故去的或者不存在的夫人时，他深情地吻了一下自己的手，然后指了指挂在对面墙壁上的一幅美丽的乡间宅邸水彩画。“那是一处美丽的庄园，”他接着说，“曾经属于我。许多年前就已经卖掉了。谁得到了那些钱呢？那些女人——上帝保佑所有女人啊——那些女人。我不感到后悔。如果我还有另外一处庄园，我毫不怀疑，还会这样做的。你们可爱的女人让我的生命、我的时间，还有我的金钱，都变成了你们精美的玩物——求之不得啊！我唯一留给自己的东西就是我的名誉。而现如今，这也处于危险之中啦！是啊，如果您用这样美丽的眼神，这样温柔的声音，来提出您聪明的小问题，我知道，接下来会发生什么事情！您会夺走我全部财产中最后和最珍贵的一样东西。我难道活该受到您——我迷人的朋友这样对待吗，受到世界上像你们这样的人对待吗？噢，呸！呸！”

他停顿了下来，像先前一样看着我——一副质朴恳切的模样，脑袋微微侧向一边。我从自己的观点出发，再次企图提起我们之间争论的话题。菲茨－大卫少校立刻俯首恳求我宽恕仁慈，态度比先前显得更加无辜。

“偌大的世界上，问我别的什么事情好啦，”他说，“但就是不要问我失信于自己朋友的事情。除了这一点之外——什么事情我都可以满足您。我说话算话，听好啦！”他接着说，躬着身离我更近了，说话的语气比先前更加严肃了。“我估计您会很难适应的。如果指望一位处于您的境地中的女士心悦诚服地甘于让自己下半辈子人生蒙在鼓里，那是荒唐透顶的事。不行！不行啊！此时此刻，如果说我看到您正要独自一人去查明尤斯塔斯执意要向您隐瞒的情况，我应该记住，如同所有别的承诺一样，我的承诺也有局限和保留。我应该考虑到，关乎自己的名誉，而对您不予帮助——但我也不会对您有丝毫阻挠，阻挠您自己去发现真相。”

最后，他说话的态度严肃诚恳，对后面的几句话加重了语气。而我突然从坐着的椅子上站立起来，结果进一步增强了他说话的分量。我一跃身子站起来这个动作是情不自禁的。对于菲茨－大卫少校，我的心里突然萌生了一个新的想法。

“我们现在相互理解啦！”我说，“我接受您提出的条件，少校，除了您刚才主动向我提出的之外，我不再向您打听任何情况了。”

“我提出了什么啊？”他询问了一声，显得有点惊诧。

“您不必对任何事情后悔，”我回答说，“您也不会那么轻易答应什么事情的。我可以斗胆问您个问题吗？假如这幢宅邸是我的，而不是您的呢？”

“把它当成是您的，”风流殷勤的老绅士大声说，“从楼顶到厨房，把它当成是您的！”

“万分感谢啊，少校。我眼下就把它当成是我的吧。您知道——人人都知道——女人有许许多多癖好，其中之一就是好奇。假如我受好奇心的驱使，要对我的新宅邸里的一切仔仔细细地查看一番怎么样啊？”

“然后？”

“假如我挨个房间到达，检查所有东西，不放过任何一个角落呢？您觉得会不会有可能？”

机敏睿智的少校领悟到了我所提问题的性质。他的反应和我的如出一辙，也一跃身子站起来，心里面萌生了新的想法。

“在这幢宅邸里，”我接着说，“我有没有可能发现揭开我丈夫秘密的途径呢？用一个字回答，菲茨－大卫少校！只需要一个字——‘有’还是‘无’？”

“别激动！”少校大声说。

“‘有’还是‘无’？”我重复了一声，语气更加强烈。

“有——”少校的话是思忖了片刻之后说的。

这就是我要求得到的答案，但是，答案还不够清晰。我现在要让这个答案——满足我的要求。我觉得，有必要（尽可能）诱导他进入细节问题。

“‘有’是不是就意味着，存在某种揭开秘密的线索呢？”我问，“比如说——如果能够发现的话——某种我眼睛可以看得见、手可以触碰得着的东西？”

他再次思索了起来。我发现，已经用某种连我自己都不知道的方式成功地激发起了他的兴趣。我耐心地等待着，直到他准备回答我。

“您提到的那个东西，”他说，“即您称之为线索的，或许可以看得见，或许可以触碰得着——假如您能够发现它的话。”

“在这幢宅邸里吗？”我问了一声。

少校朝着我走近了一步，然后回答说：

“在这个房间里。”

我开始感到头晕目眩起来，心跳得厉害。想要开口说话，但说不出来。这种努力几乎令我窒息。沉默之中，我能够听见楼上的音乐课仍在进行着。那位未来的歌剧女主角已经结束了音阶练习，正在用意大利歌剧①选段试一试自己的嗓音。我刚听她练唱时，她正在哼唱《梦游女》中优美的《为我阳光灿烂地照耀》② 唱段。直到今天，每当我听见那一段美妙的唱段时，便会立刻想到维维安广场街那间至关重要的后房。

少校——此时，他本人受到了强烈的感染——首先打破了沉默的气氛。

“再坐下来吧，”他说，“请在这把安乐椅上坐下。您太过激动了，需要休息一下。”

他说得对。我站立不住了，瘫坐在椅子上。菲茨－大卫少校摇了摇铃，在门口对着仆人说了几句话。

“我到这儿已经很长时间啦，”我说，声音很微弱，“告诉我，我是不是碍事了？”

“碍事？”他重复了一声，露出抑制不住的微笑，“您忘记了，您是在自己的房子里呢！”

仆人返回到我们身边，拿来了一小瓶香槟酒，还有满满一盘精致的美味小点心。

---

① 意大利是歌剧的故乡，其歌剧发展史亦可称为意大利的音乐史。1600年，巴尔第、里努契尼和培利合作创作了第一部歌剧，经过蒙特威尔第、斯卡拉蒂、罗西尼、威尔第以及普契尼等一代代优秀作曲家的创造、丰富、革新和发展，意大利歌剧艺术达到了辉煌的高峰，对欧洲各国音乐艺术的发展产生了深远的影响。

② 《为我阳光灿烂地照耀》(*Come per me sereno*) 出自著名歌剧《梦游女》(*La Sonnambula*) 第一幕第一场，由女主人公阿米娜登场时演唱。《梦游女》是意大利杰出的歌剧作曲家贝利尼（Vincenzo Bellini，1801—1835）最完美、最具特色的作品，其中包含了许多旋律优美的经典唱段。

“这酒是我吩咐专门为女士准备的，”少校说，“点心是直接从巴黎送到我这儿来的。算是给我个面子，您一定要吃点东西。然后——”他打住了，神情专注地看着我。“然后，”他接着说，“我到楼上找我的那位年轻的歌剧女主角去，让您一个人留在这儿怎么样啊？”

不可能把话说得比这个请求更加直白了，因为我当时心里面正想向他提出这个请求来着。于是，我抓起他的一只手，紧紧地握了一下，充满了感激之情。

“我接下来全部生活的安宁要被打破了，”我说，“您让我独自一人留在这儿时，您可不可以慷慨大度、充满同情地允许我查看房间里每一件东西呢？”

他先示意我喝香槟酒，吃点心，然后再回应我的请求。

“这事很严肃，”他说，“我希望您完完全全平静下来，恢复自己的体力——然后我再对您说。”

我照着他的吩咐办了。我喝下了香槟，片刻之后，美味而且冒泡的酒开始让我来了精神。

“这是您最迫切的希望吗？”他接着问了一声，“即我应该让您一个人留在这儿，搜寻这个房间。”

“是我最迫切的希望。”我回答说。

“我一旦同意了您的请求，便给自己施加了一项重要的责任了。但是，尽管如此，我还是同意，因为真心诚意地相信——如同您相信的一样——您能够发现真相，关系到您接下来全部生活的安宁。”

他说这话的当儿，从衣服口袋里掏出了两把钥匙。“您可能会看到这儿有上了锁的地方，对此，”他接着说，“您心里自然会觉得疑惑。这个房间里唯一上了锁的地方就是这一长溜书橱下面的柜子门，还有角落里那个意大利橱柜的门。这把小钥匙是开书橱下面柜门的，这把长钥匙是开那个橱柜门的。”

他解释了这一番之后便把钥匙放在了我前面的桌子上。

“到此为止，”他说，“我严格地遵守了曾经对您丈夫做出的承诺。您查寻了这个房间之后，不管结果如何，我还会继续恪守自己的承诺。我以名誉担保，自己没有在言辞或者行为上给您提供任何帮助。我甚至都没有对您做出最细微的暗示，您明白吗？”

“当然！”

“很好。我最后还要提醒您一句——然后该说的话就说完了。如果您碰巧成功地找到了线索，记住这样一点——接下来的发现将会是很可怕的。您得承受得住打击，那可是直击心灵的。您如果对自己承受打击的能力不是很确定的话，看在上帝的分上，打消寻找您丈夫秘密的念头，立刻打消，而且永远打消！”

“我感谢您的提醒，少校。不管发现后会有什么样的后果，我都必须面对。”

“您确定义无反顾了吗？”

“确定。”

“很好。那您请便，占用多长时间都可以。这幢房子，包括里面的每一个人，都归您支配了。如果要使唤男仆，摇一下铃。如果要使唤女仆，摇两下铃。我会时不时地来看一看，看看您的进展如何。要知道，您赏脸待在我家期间，我有责任保障您的舒适和安全。”

他抓起我的一只手凑向自己嘴唇边，最后神情专注地打量了我一番。

“但愿我没有冒太大的风险啊，”他说——话更多的是对他自己说的，而不是对我，“我一生中，女人们致使我做了很多轻率鲁莽的事情。我想要知道，您是不是致使我做了最最轻率鲁莽的事情呢？”

他说完最后这两句不祥的话之后，郑重其事地鞠了一躬，然后留下我独自一人待在房间里。

# 第十章　寻找

壁炉中的火烧得不是很旺。那天，室外的空气中透着一丝寒冬的凛冽（我在到达这幢住宅的途中就已经领略到了）。

不过，菲茨－大卫少校离开我之后，我首先感觉到的是闷热和压抑——这种感觉导致的自然结果是，难以顺畅地呼吸。我估计，当时精神紧张，情绪激动，这是产生如此感觉的原因。我取下了帽子，脱下披风和手套，把窗户打开了一会儿。窗户外看不到什么情况，只有一座铺了路面的庭院（中间有个天窗），对面是少校的马厩的墙壁。我伫立在窗户边几分钟之后，感觉凉爽了，精神也振作了起来。我关上了窗户，迈出了发现之旅的第一步。换句话说，我开始查看自己四周的墙壁，以及墙壁包围着的所有地方。

我对自己的平静状态感到震惊。我同菲茨－大卫少校见面有可能耗尽了我对强烈情感的感知力——至少当时如此。独自一人待着，我觉得如释重负。开始寻找，我觉得如释重负。这些是我至此唯一感觉到的。

房间是长方形的。两面更加窄的墙壁中，有一面镶嵌着一扇连通前室的门，另外一面墙壁被朝向庭院的那个大窗户占据了。

那就从这面开了连通门的墙壁开始查看吧。门的两边摆放着家具，看看这儿有什么东西？一边摆了一张牌桌[①]。桌子上方的墙壁上挂着镀金的雕刻托架，每个架子上都摆放着一只精巧华丽的瓷碗。

我打开了牌桌的抽屉，里面没有别的东西，只有纸牌、常用的筹码和记分牌。除了有一盒纸牌打开过之外，其余的全都包装完好，和从店铺里买回来时一模一样。我一张一张地查看了那包开了封的纸牌。任何一张纸牌上都没有文字——没有任何标记。一把图书室用的梯子靠在书橱上，借助于它，我接着查看了两只瓷碗。两只都是空的。房间的这一边还有什么要查看的吗？两个墙角各摆放着一把嵌饰木椅子，面上是红色的丝绸垫子。我还是没有任何发现。我把两把椅子放回到原先的位置后，查看房间一边的工作完成了。至此，我什么发现也没有。

我走到了对面那面墙壁边——开着窗户的那面。

窗户（正如我刚才说到的，占据了差不多整个墙面）分成了三个部分，两侧装饰着气势恢宏的深红色绒布窗帘。拢在一块儿的宽大厚重的绒布窗帘让墙壁只留下两个墙角的位置，各够摆放一个用镶嵌木料制作的古色古香的立柜。立柜上有一排抽屉，上面摆着两具工艺精巧的青铜复制品（不过缩小了尺寸）：断臂维纳斯和美臀维纳斯[②]。我得到了菲茨－大卫少校的许可，想干什么就干什么。我把每个立柜的六个抽屉全都打开了，并且毫不犹豫地查看了里面的东西。

---

① 牌桌（card-table）一般指那种桌腿可折叠的供玩牌用的方形桌子。

② 断臂维纳斯（Venus de Milo）是著名的古希腊大理石雕像，创作于公元前2世纪，刻画的是古希腊爱与美女神阿佛洛狄忒（Aphrodite）的形象（相当于罗马神话中的Venus），该雕像于1820年在希腊的米洛斯岛发现，所以又称为“米洛斯的维纳斯”，现藏于巴黎的卢浮宫。美臀维纳斯（Venus Callipyge，Aphrodite Kallipygos or Callipygian Venus）是一尊古罗马大理石雕像，不过被认为是创作于公元前2世纪的古希腊雕像的复制品，现藏于意大利那不勒斯国家考古博物馆。中国翻译界曾经有人建议把美臀维纳斯译为“佳丽屁股”，译名虽略显俗气，却也诙谐传神。

我开始查看右边墙角的立柜，很快就查看完了，六个抽屉里装满了化石藏品，从附着在一些化石上面的各种纸条上的描述来判断，化石藏品同少校昔日的某段生活经历有关联，他当时在矿上做投机生意来着，不过不是很成功。我确认，抽屉里没有别的什么东西，只有化石藏品和对它们的描述，接着便开始查看左边的立柜。

这儿各种东西琳琅满目，所以查看的时间用得多一些。

顶端那个抽屉里放着一整套微型的木工工具模型。这可能是很久以前遗留下来的东西，当时少校是个孩子，父母或者朋友送给他当玩具的礼物。第二个抽屉塞满了另一种玩具，是菲茨－大卫少校的女性朋友们给他制作的礼物：有饰了刺绣的裤子背带、精巧别致的吸烟帽①、造型奇特的针垫②、绚丽多姿的拖鞋、熠熠生辉的钱包。凡此种种，全都见证了这位女士之友深受青睐的情形。第三个抽屉里装的东西显得略微逊色：整个空间塞满了旧账本，账本记录的时间有很多年。我翻看了每一本账本，翻开抖一抖，看看其中是否夹着活页，但无济于事。我随后开始查看第四个抽屉，发现了更多昔日欠款交易的遗留物，是些票据账单，整整齐齐地装订在一块儿，每一张的背面都有文字记载。我在这些票据账单当中发现了差不多有一打零散的纸片，但同样无关紧要。第五个抽屉里乱七八糟的。我先取出了一沓松散的装饰卡片，每张卡片上记录着少校昔日在伦敦和巴黎举行或者出席宴会时的菜单——接下来，是满满一盒色彩艳丽的羽毛笔（很显然，这是一份女士送的礼物）——接下来，是一大沓旧请柬卡——接下来，是几本折了角的法语剧本和歌剧剧本——

① 吸烟帽（smoking-cap）是旧时代一种专门供吸烟时戴的帽子。
② 针垫（pincushion）是一种供插缝纫针用的垫子。

接下来，是一个袖珍开塞钻、一包烟卷、一串生了锈的钥匙——最后，是一本护照、一套行李标签、一个破裂了的银色鼻烟壶、两个雪茄烟盒，还有一张破损的罗马地图。“哪儿都没有令我感兴趣的东西啊。”我一边关上第五个抽屉，打开第六个，即最后一个抽屉，心里一边寻思着。

第六个抽屉既令人惊讶又令人失望。里面实际上没有别的东西，只有一堆打碎了的花瓶碎片。

当时，我正对着立柜，坐在一把低矮的椅子上。由于发现最后一个抽屉是空的，我心里瞬间觉得恼怒，于是正要抬起一只脚准备把抽屉推回原位——突然，通向过道的门打开了，菲茨－大卫少校站在我面前。

他的目光同我的相遇了之后，便向下移到了我的脚上。他注意到抽屉开着的当儿，我看见他脸上的表情有了变化。只是持续了一瞬间，但是，就是在这样的一瞬间，他打量着我，充满了一种突然的疑惑和惊讶之情——看样子好像我发现触及了线索似的。

“您不要被我干扰了，”他说，“我只是进来看一会儿，问您个问题。”

“什么问题啊，少校？”

“您在查看的过程中发现了我的书信没有？”

“还没有发现呢，”我回答说，“若是发现有信，我当然不会擅自看的。”

“关于这一点，我想要同您说一下，”他接话说，“我刚刚在楼上时突然想到，我的那些信件可能会令人感到棘手。若是处在您的位置上，对于那些我不便擅自查看的信件，我也会心生怀疑的。不过，我觉得，我可以处理好这件事情，不至于给我们双方造成什么麻烦。如果我直截了当地告诉您，我的那些信件对于您想要发现秘密的行动没有帮助，那也算不上违背我自己所做的任何承诺和保证。您尽可以忽略那些信件，如同您对待自己觉得不值得一看的东西一样。我觉得您明白我的意思了吧？”

“我十分感激您，少校——我明白了。”

“您感觉疲倦了吗？”

“没有啊——谢谢。”

“您仍然怀有成功的希望吗？您还没有开始感到气馁吗？”

“我一点都不感到气馁。如蒙您许可，我还想要再坚持一会儿。”

我们交谈的当儿，我并没有把立柜的抽屉关上。我在回应他的问话时，不经意地瞥了一眼那个打碎了的花瓶的碎片。到了这个时候，他完完全全控制住了自己的情绪。他也瞥了一眼那个花瓶的碎片，一副完全漠不关心的样子。我想起了他进入房间时流露出的疑惑和惊讶的表情，感觉他漠不关心的神态做得有点过。

“那个东西看起来并不给人增添信心啊。”他微笑着说，一边指着抽屉里破损的陶瓷残片。

“表面现象并非总是可靠的，”我回答说，“就我眼下所处的情境而言，能够做的最明智的事情就是，怀疑一切——甚至小到一个破碎的花瓶。”

我说话时，眼睛盯着他看。他则变换了话题。

“楼上的音乐干扰到您了吗？”他问了一声。

“一点都没有，少校。”

“现在差不多要结束了。音乐教师要走了，意大利语教师已经到了。为了让我那位年轻的歌剧女主角造诣精深，我是不遗余力啊。她学习唱歌的同时还要学习音乐的特殊语言。我将来领着她到意大利去时，要让她的口音纯正。我的最高理想是，当她面对着公众演唱时，要被误认为是意大利人。我离开您之前还需要我做点什么吗？要不要再来点香槟酒？请说要吧！”

“万分感激啊，少校。眼下不再需要香槟了。”

他在门口转过身，临别时给了我一个飞吻。同一时刻，我看见他目光狡黠，朝着书橱方向看。只是一瞬间的事情。我刚一觉察出他的这一情况，他便离开了房间。

我再次独自一人待着，看着书橱——第一次聚精会神地看着它。

这是一件漂亮的家具，是古色古香的雕花橡木制作的。书橱靠与住宅过道平行的那堵墙立着。除了房间上面一部分由通向过道的第二扇门占去的空间之外，书橱占据了延伸到窗户边的整个墙面的宽度。书橱的顶部立着花瓶、枝状大烛台和小雕像，成双成对，摆成了一排，作为装饰。顺着那一排装饰品看过去，我注意到书橱的顶部还有一片空间，处在边缘位置，靠近窗户。对面靠近门口处摆放着一只漂亮的彩釉花瓶，图案很别致。书橱顶上应该放置一个与之对称的花瓶才是，那只对称的花瓶哪儿去了呢？我返回到了那第六个敞开着的抽屉，再次对着里面看了看。我仔细查看碎片时，确认了碎片上的图案。打破了的花瓶就曾经立在书橱顶上的空间处，即靠近窗户的一端。

有了这么一个发现之后，我把瓷瓶的碎片拿了出来，包括最小的在内，然后仔细认真地逐一查看。

我对这方面的情况一无所知，无法估计花瓶的价值，或者它年代有多久远——甚至都不知道它是英国生产的还是外国生产的。花瓶的底色呈细腻柔和的乳白色。装饰的图案则描绘着花环和丘比特像①。花瓶的两侧各环绕着一枚大勋章。其中的一枚勋章上绘了一个优雅细腻的女性头像，画的是一位美女，或者女神，或者是某位卓越女性的肖像——我知识面有限，说不上来是谁。另外一枚勋章上绘着一位男士的头像，也是用古典风格来表现的。花瓶底座的装饰图案是斜倚着的牧羊人和身穿华托式服饰的牧羊女，旁边有他们的牧羊犬和羊群。这就是花瓶当初完好无损地立在书橱顶上时的样子。是什么样的意外让花瓶碎了呢？当菲茨－大卫少校发现我在立柜的抽屉里找到了他的艺术品的残片时，他的脸色为何变了呢？

残片留下了这几个没有答案的严肃问题——残片绝对没有告诉我任何情况。不过，假如我自己对少校观察到的情况可信的话，那么，我要找到寻觅中的线索那要直接或者间接地依赖于这个破损的花瓶！

既然眼下知道的情况就这么多，那么，纠缠于这个问题无济于事。我返回到书橱旁。

此刻之前，我一直认为（不过没有充分的理由），自己寻觅中的线索一定会是以某种写着文字的纸条形式出现。我此刻突然想到——在我注意到了少校的举止之后——线索很可能是以书本的形式出现的。

我顺着下层一排书看过去，站在靠近书橱的地方，可以看清楚书本背脊上的书名。我看见了红色搓纹革封面的《伏尔泰全集》，蓝色封面的《莎士比亚全集》，绿色封面的《沃尔特·司各特全集》，

① 丘比特（cupid）画像或雕像一般指裸体、有双翅、手执弓矢的美少年，作为爱的象征。

棕褐色封面的《英国通史》，黄色小牛皮封面的《英国年鉴》。[①] 我看到这儿时停了下来，这么长长几排书卷已经令我厌倦和气馁了。我寻思着自己如何才能把这些书卷查看个遍啊。

菲茨－大卫少校曾经提到过一件可怕的不幸事，那件事情令我丈夫昔日的人生变得黯淡无光。那件不幸的事有没有什么蛛丝马迹或者什么类似的引人联想的线索存在于《英国年鉴》或者《伏尔泰全集》的书卷中呢？这样的事情光是想一想都觉得荒唐。仅仅是朝着这个方向进行一次严肃认真地查看肯定会是徒劳无益的浪费时间吧？

不过，少校肯定偷偷地看了一眼书橱。还有，破损的花瓶曾经是放置在书橱上面的。这两个情况让我有理由把他们联系起来，难道这是导致有所发现的重要标志吗？一时的冲动之下，这个问题不容易决断。

我朝着书橱的上面几层看。

那儿摆放着的书籍种类更加多种多样。书卷的部头要小一些，

---

① 这样一些鸿篇巨制如果出现在学者或者文学家的书房里，那会令人觉得相得益彰，但出现在“女士之友”菲茨－大卫少校的书房里，则让人觉得那只是为了装点门面罢了，因为少校一般阅读一些带有消遣性质的法国小说。伏尔泰（Voltaire，1694—1778）是法国启蒙思想家、作家、哲学家，主张开明君主制，信奉约翰·洛克的经验论，《伏尔泰全集》是名副其实的鸿篇巨制，如出版于1768至1777年的法文版全集共有三十卷，而出版于1761至1774年由斯摩莱特翻译的英文版全集则共有三十八卷之多。威廉·莎士比亚（William Shakespeare，1564—1616）是英国文艺复兴时代伟大的剧作家、诗人，创作了四十部戏剧（当时公认的三十七部，另外三部是20世纪80年后发现确认的），一百五十四首十四行诗，两部长诗，主要作品有喜剧《仲夏夜之梦》《威尼斯商人》，历史剧《查理三世》《亨利四世》，悲剧《哈姆雷特》《奥赛罗》《李尔王》《麦克白》等。沃尔特·司各特（Sir Walter Scott，1771—1832）是苏格兰小说家、诗人，历史小说首创者，浪漫主义运动的先驱，主要作品有长诗《玛密恩》《湖上夫人》和历史小说《威弗利》《艾凡赫》（旧译《撒克逊劫后英雄传》）等。当时著名的《英国通史》有两部，一部是由麦考利编纂的四卷本（1849—1855），一部由大卫·休谟（David Hume，1711—1776）编纂，出版于18世纪，后由斯摩莱特和T.S.休斯续编，共二十一卷（1834—1836），此处指后者的可能性更大。《英国年鉴》是一部关于当年英国历史、政治和文学的概览，最初出版于1759年，由埃德蒙·伯克（Edmund Burke，1729—1797）主编至1791年。《英国年鉴》的出版一直延续到了1953年。

不像下层的那些小心摆放。有些是布面装帧的，有些只是用了纸质封面。有一两本倒下了，平躺在架上。我在多处地方看到了空当，说明先前放在那儿的书籍已经取走了，没有归回到原位。总之，书橱的上面这几层不是那种令人气馁的整齐划一。书橱顶部几层凌乱的状态给人一种暗示，说不定有幸运而又偶然的情况出现呢，结果可能出人意料地获得成功。我决定，如果一定要查看书橱，那就从上层开始。

书房的梯子哪儿去了呢？

我把它靠放在将前室同这间后室分隔的墙壁处了。我朝着那边看过去时，同时也必然朝着镶嵌在凹槽里面的门看过去——我刚一开始进入这幢住宅时，透过没有完全关上的门缝隙，听见了菲茨-大卫少校询问他的仆人关于我外在长相的问题。我待在那儿期间，没有人移动过那扇门。进出房间的每一个人都是使用通向过道的另外一扇门。

我环顾四周的当儿，前室里有什么东西移动了。这个变化突然让光线从没有关闭好的门的缝隙照射了过来。难道有人在透过缝隙注视我吗？我步伐轻柔地走到门边，把门推得敞开了。是少校啊，原来他在前室里！我从他脸上的表情看出来了——他一直在注视着站在书橱前面的我！

他手里拿着帽子，很显然，是要打算出门去的。他巧妙地利用了这个情况，替自己出现在离门口这么近的地方找到了一个似乎说得过去的理由。

“但愿我没有吓着您啊。”他说。

“您有一点儿吓着我啦，少校。”

“我很抱歉，也很羞愧！我正要打开这扇门，告诉您，我必须得外出一趟。我收到了一位女士的紧急口信，是位美丽迷人的女士——我很想让您认识她！她遇到了可悲的麻烦了，可怜的人儿。小额账单，您知道的，和想要到钱的讨厌店主，还有一位丈夫——噢，天哪，那可是一位配不上她的丈夫啊！一个很有趣的人儿。您让我有点儿想起她来了——你们两个人头部的风格是一样的。我外出不会超过半个小时时间。需要我帮您什么忙吗？您看上去有点累了。请让我吩咐人再送些香槟来吧！不需要？说好啦，需要就摇铃。这就对啦！再会，美丽迷人的朋友——再会！”

他刚一转过身，我便把门再次拉上了，坐了下来，让自己平静一下。

我站在书橱前面时，他一直在注视着我！这是个我丈夫信得过的人，这是个知道在何处可以寻找到线索的人。他一直在注视着站在书橱前面的我！现在已经没有任何疑问了。尽管菲茨－大卫少校极力掩饰，但他等于已经告诉了我秘密藏匿之处了！

我漫不经心地看着另外那几件家具，靠在第四堵墙边，即我尚未查看的那一边。我心里面没有感到一丁点好奇，查看了零散地放置在桌子上和壁炉架上的那些精巧小物件。在其他情况下，每一件东西都会在我眼中显得可疑。但我处在眼下的心境中，连那些水彩画都激发不了我的兴趣。我慵懒倦怠地看了看，发现大部分是女士的肖像——毫无疑问，是少校随意钟情的女士偶像——而我却不屑继续关注了。我在那个房间里的使命（我现在已经可以肯定啦）开始于同时也结束于那个书橱。我起身离开座位，去搬那张书房的梯子，下定决心要在书橱上面几层开始查找工作。

我走向梯子的途中，经过了几张桌子中的一张，看到菲茨－大卫少校留给我的钥匙放在桌子上。

两把钥匙中更小的那把立刻让我想起了书橱下面的橱柜。真是很奇怪啊，我把这些给忽略掉了。我的心里不禁产生了一种感觉，隐隐地怀疑那些锁着的柜门，隐隐地怀疑那里面可能向我隐藏着什么。我离开了靠在墙壁边的梯子，着手先来查看橱柜里面的东西。

一共有三个橱柜。我打开第一个时，楼上的歌声停止了。一时间，这种突然由吵闹变成寂静的状态，让人感觉有点压抑。我估计，是我的神经过于紧张了的缘故。住宅里接下来的声响——没有任何声音像一位男士下楼时靴子发出的吱嘎吱嘎的声音更加清晰明显的了——弄得我浑身颤抖起来。那位男士无疑是音乐教师，教授完课程要离开了。我听见住宅的门在他身后关上了——听见那个熟悉的声音时怔了一下，好像那是什么可怕的声音，先前从未听到过似的！然后再次归于寂静。我竭尽全力振作起精神，开始查看第一个橱柜。

柜子分成了两层。

上层没有放置别的东西，除了成盒的雪茄，一盒接着一盒码着，码成了几排。下层放满了贝壳，全都杂乱地堆在一块儿——很显然，相对于贝壳，少校更加宝贝雪茄。我仔细认真地查看下层的东西，看看里面是否藏着我感兴趣的东西。除了贝壳，什么也没有发现。

我打开第二个橱柜时，突然注意到，光线开始暗了下来。

我朝着窗户看了看。还不到傍晚呢，光线暗下来是乌云密布的缘故。雨点敲打在窗户的玻璃上。秋风在庭院的各个角落里呼啸哀号着。我先把壁炉里的火捅得更旺了，然后再重新开始查寻工作。

我感觉自己的神经又开始不正常起来了。我返回到书橱边时颤抖了起来，双手不停地抖着，不知道我这是怎么啦？

第二个橱柜（上一层）展示了一些真正漂亮的贝雕，没有装裱起来，但是用棉花团垫着放在干净的硬纸盘里。在一个角落里，一个纸盘下面半露出了一本小手写本的白色页面。手写本原来是贝雕的品种目录——没有别的什么！

转而查看下一层，我看到了更多珍奇藏品：有日本的象牙雕刻，有中国的稀有丝绸珍品。我对发现少校的宝藏感到厌倦了。我寻找的时间越长，我似乎越远离自己心中想要实现的目标了。关上了第二个橱柜的门之后，我几乎开始怀疑，这个行动是不是还值得继续下去，打开第三个橱柜，即最后一个。

思忖片刻后，我觉得，既然已经开始查看书橱的下半部分了，还是接着查看完的好。我于是打开了最后一个橱柜。

上面一层只看到了唯一一件东西，可谓一枝独秀——一本包装精美的记事本。

同现代的书本开本比较起来，它显得比一般的要大。外套是蓝色天鹅绒的，装有美丽的阿拉伯风格的银色搭扣，扣着一把同样质地的锁，保护本子不让人偷看。我拿了起来，结果发现锁是开着的。

这是个意外的发现，我有权利用这一点，打开记事本吗？后来，我向我的一些男女朋友提出了这个问题。女性朋友全都赞同，我有充分的理由——鉴于我的切身利益面临着危险——翻看少校住宅里的任何一本书。男性朋友则不赞同这个看法，并且表示，我应该把记事本放回到蓝色天鹅绒外套中，不要翻开。同时要谨小慎微，锁起来，防止再度受到诱惑去翻看它。我可以说，男士们的观点是正确的。

然而，作为女人，我没有片刻迟疑，打开了记事本。

记事本的纸张属于那种优质的精致牛皮纸，四周布满了品位高雅的彩饰。而这些装饰高雅的页面里包含着什么内容呢？令我倍感惊讶和极度反感的是，每一个页面中都摆放着一绺头发——下面有文字说明，原来是各个不同女士的爱的信物。她们在少校不同的人生阶段曾触动了少校多情的心灵。说明文字除了英文之外还有其他语言，但是，似乎都同样是为了一个相同的目的——也就是说，提醒少校记住他的每一段感情过早结束的日期。因此，首页上展示的是一绺淡黄色头发，下面书写着这样的文字："我爱慕着的玛德琳，永远忠贞不贰，唉！ 1839 年 7 月 22 日。"下一页展示的头发颜色略微深一点，下面是一段用法文写的说明文字："克莱芒丝，我爱的偶像，永远忠贞不贰，唉！ 1840 年 4 月 2 日。"接下来是一绺红色头发——下面是用拉丁文写的哀悼文字。这一次，分开的日期后面附了一段解释，说明此女士是位古罗马人的后裔，因此，她爱着的菲茨－大卫少校恰当地用拉丁文写下了哀悼的文字。后面还有更多的一绺绺头发，更多的说明文字，看得我都厌烦了。我放下了记事本，心里面怀着对那些帮助把头发充实到这里面的那些人的反感之情——后来想了想，再次拿起了记事本。至此，我对呈现在我面前的每一件东西都进行了完全彻底的查看。不管开心还是不开心，如同我先前开始一样，要继续下去，彻底查看一番记事本，这事情显然很重要，符合我的利益。

我一页接着一页翻下去，直到出现了第一页空白。由于从这一页开始到最后全是空白，我采取了最后一个措施，即提着记事本的背脊抖了抖，看看里面是否有夹页或者卡片，以免遗漏掉了。

这一次有了个发现，但该发现令我难以形容地懊恼和痛苦，算是对我耐性的一种回报。

一幅装裱在一张卡片上的小画像从记事本中掉落了出来。我瞥了一眼，是一幅双人画像。

我认出其中一位是我丈夫。

另外那位是个女的。

对我而言，那是一张完全陌生的面孔。她不是很年轻了，画像中的她坐在一把椅子上，我丈夫则站在她身后，俯着身子，握着她的一只手。女人五官粗糙，相貌丑陋，强烈的情绪和固执任性的性格明显写在脸上。不过，尽管她相貌丑陋，但是，那位画家通过那种亲昵的举止（当然得到了画像对象的认可）把两个人联系到了一块儿。而当我看到那种亲昵的行为时，我还是心生妒意，感到很痛苦。我们恋爱期间，尤斯塔斯曾简略地告诉过我，他遇见我之前，曾经不止一次想象着自己恋爱了。这个相貌平平的女人可能是他钟情的对象之一吗？她是因为同他关系亲密和相亲相爱才在画像时让他握着手吗？我反复看着两个人的肖像，直到最后忍受不了了。女人是不可思议的生命体，连她们自己都觉得神秘莫测。我把画像扔到了橱柜的一个角落里。我义愤填膺，生我丈夫的气了。我仇视——对啊，满腔地仇视！——那个双手握住他的一只手的女人，那个自以为是、五官粗糙的女人。

橱柜下面那一层还有待查看呢。

我跪下来查看——满腔的妒意已经有所减弱了，于是迫不及待地想要消除这种情绪。

可惜的是，下层没有别的什么东西，除了少校从军时的一些纪念物，其中包括他的佩剑、手枪、肩章、腰带，还有其他一些次要配件。我对这些东西没有丝毫兴趣，目光还是移回到了上面一层。我像个傻瓜似的（找不到更加温和的词来恰当地描述自己那一瞬间的情形），再次取出了那幅画像，再次端详了起来，徒生愤怒的情绪。这次我看到了先前没有看见的情况，即画像的反面有文字记载（是个女人的笔迹）。文字内容是：

赠与菲茨－大卫少校，随赠花瓶两个。

——朋友 S. 和 E.M. 敬赠

打破的那个花瓶是其中的一个吗？我先前注意到，菲茨－大卫少校表情的变化，而那种变化是因为过去同花瓶的某种联系造成的，从而在一定程度上影响了我吗？情况可能是这样，也可能不是这样的。我面对着画像背面姓氏的首字母这个更加严重的问题时，不想过多地纠缠刚才的问题。

“S. 和 E.M.”？后面两个字母可能是代表我丈夫姓氏的首字母——他真实的姓氏——尤斯塔斯·麦卡伦。如果情况如此，那么，前面那个字母（“S”）就很有可能代表的是她的名字。她有什么权力让自己以那样的方式同他联系在一块儿呢？我思忖了片刻——尽力回忆着——突然想起来了，尤斯塔斯有姐妹。我们结婚之前，他不止一次提到过她们。我疯了吗，竟然心里这么不自在，吃起丈夫姐妹的醋来了？可能情况就是如此，“S”可能代表他姐妹的教名。我渐渐地明白了个中就里时，心里由衷地感到羞愧。我在心里真是大大地错怪了他们啊！我翻过画像，怀着痛苦和忏悔的心情，再次审视着画像上面的肖像，用更加友好和真诚的目光欣赏着他们。

现在，我很自然地要在两张面孔上寻找一家人的相似之处。毫无家族的相似之处，相反，怎么看，无论在五官，还是在表情，他们两个彼此都不相似。她果然是他的姐妹吗？我看了看肖像上展示出的她的双手。她的右手由尤斯塔斯握着，左手放置在膝上。她的中指上——可以清清楚楚地看到——戴着结婚戒指。我丈夫的哪个姐妹结婚嫁人了吗？他在我面前提到她们时，我问过他这个问题。我清清楚楚地记得，他的回答是否定的。

有没有可能我最初的满怀着妒意的本能引导着我得出了正确的结论呢？如果情况如此，那么，这三个姓氏的首字母放在一块儿意味着什么呢？那枚结婚戒指又意味着什么呢？天知道啊！我正在目睹着一位我丈夫爱着的情敌的肖像——而那个情敌就是他的妻子吗？

我恐惧地大叫了一声，扔掉了画像。一个可怕的瞬间，我觉得自己好像失去理智了。我的内心纠结着种种情感，备受折磨，如果我对尤斯塔斯的爱没有在其中占据绝对优势地位的话，我真不知道将会发生什么情况，或者自己接下来该怎么办。那种忠贞的爱令我头脑镇定了下来。那种忠贞的爱激发和恢复了我更加理智和高尚的情感。我在内心深处把这样的一个男人视若神明，而这个男人可能会像想象着他同另外一个女人结婚了所意味的那样卑鄙邪恶吗？不！——我的想法才是卑鄙的，我的想法才是邪恶的呢，即便只是片刻这样去想他！

我从地上捡起这幅令人厌恶的画像，放回到记事本中。我匆匆忙忙地关上橱柜的门，搬过书房的梯子，靠着书橱。我现在唯一的想法就是，手上忙着做点什么事情，以便回避刚才的那种想法。我刚才的那种猜忌已经令自己堕落了，尽管我竭尽全力抵制那种心思，但还是回到了脑海中。这些书籍！这些书籍啊！我唯一的希望就是让自己全身心地沉浸在这些书籍当中。

我刚把一只脚踏上梯子，突然，听见房间的门打开了——就是通向过道的那扇门。

我回过头看，心想是少校。但我看到的是少校的那位未来的歌剧女主角，站在门口边，圆溜溜的眼睛盯着我看。

“我能够忍受很多东西，”姑娘开口说，语气冷漠，“但是，我再也忍受不了这个情况啊。”

“您再也忍受不了的情况是指什么呢？”我问了一声。

“您即便是在此待了一分钟，也等于在此待了足足两个小时了，”她接着说，“您独自一人待在少校的书房里。我这个人天性就爱吃醋——我就是这样的。而我想要知道这是什么意思。”她朝着我向前走了几步，脸涨得更红了，一副吓人的表情。“他是打算要把您领上舞台吗？”她问了一声，话说得很尖刻。

“当然不是。”

“他不是在同您谈情说爱——对吧？”

若是在其他情况下，我可能会请她离开房间。而在那样一个至关重要的时刻，就我的处境而言，只要有人出现在身边，那无疑对我来说是个慰藉。尽管这个姑娘问的话很粗鲁，举止也显得没有修养，但是，对于处在孤单寂寞境地的我来说，她不失为是位受欢迎的闯入者：她给我提供逃避自己的避难所。

“您问问题时显得不怎么礼貌啊，”我说，“不过，我还是原谅您啦。您或许可能不知道，我是个结了婚的女人。”

“那又怎么样呢？”她反唇相讥，“不管结婚了还是单身，对于少校来说都是一回事。那个自称为卡拉琳达夫人的厚颜无耻的荡妇不是也结了婚吗？而她却一个星期三次给他送来鲜花呢！我是不在乎什么，倒是您要注意那个老傻瓜。但是，我已经失去了在火车站的职位了，所以我得顾及自身的利益。我若是允许别的女人在我和他之间插上一杠子，真不知道可能会发生什么情况。这就是问题症结所在——您明白吗？当我看见他允许您一位女士单独待在这儿想干什么就干什么时，我的内心可不好受啊。我没有任何恶意！我就是要说出来——我说出来了。我想要知道，您独自一人待在这个房间里想要干什么呢？您是怎么认识少校的？今天之前，我还从未听他提起过您呢。”

表面上看起来，眼前这位陌生的姑娘自私自利、野蛮粗鲁。但是，表象之下，却有一种坦诚和自由的气质，这可是她的优点——无论如何，我的心里是这么想的。我也坦诚直率地回答了她的问题。

“菲茨－大卫少校是我丈夫的一位老朋友，”我说，“由于我丈夫的缘故，他对我很友好。他允许我在这个房间里寻找——”

我没有把话说下去，因为不知道如何来表达自己所做的事情，同时又不告诉她任何情况，同时还能够成功消除她对我的怀疑。

“在这个房间里寻找——寻找什么？”她问了一声，目光落在了书房的梯子上，我则站在梯子旁边。“寻找书吗？”她接着问。

“对啊，”我说，顺着这个提示，“寻找书。”

“找到了吗？”

“没有。”

她盯着我看，毫不掩饰地在寻思着，我说的是不是实话。

“您看起来属于好人，”她说，最后做出了判断，“您一点都不心高气傲。我会尽力帮助您的。这儿书籍我已经反复查看过了，比您知道的情况更多。您想要寻找什么书呢？”

她提出这个棘手的问题的当儿，第一次注意到了少校放置在边桌上的那位卡拉琳达夫人送来的鲜花。奇特的姑娘立刻忘记了我，也忘记了书籍，像个泼妇似的扑向那束鲜花，用双脚踩踏鲜花！

“是啊！”她大声说。“假如卡拉琳达夫人在此，我也会以同样的方式伺候她。”

“少校会怎么说呢？”我问了一声。

“我会在乎什么呢？您以为我会害怕他吗？就在上个星期，我还打破了他放置在那儿的一只精美的花瓶呢，全是因为卡拉琳达夫人和她的鲜花！”

她指着书橱的顶端——靠近窗户那块空出来的地方。我的眼睛顺着手指指的方向看过去时，我的心猛然跳了一下。她打破了那只花瓶啊！我难道通过眼前这个姑娘可以寻找到发现之路了吗？我缄口不言，只能看着她。

“没错！”她说，“那东西就是摆放在那儿的。他知道我有多么讨厌她的鲜花，所以把鲜花放在花瓶里，摆放在我够不着的地方。那个瓷瓶上绘制着一个女人的面容。他曾告诉我说，那是照着她的面容绘制的。如同不像我一样，那面容也不像她。我当时怒不可遏，于是拿着自己正在阅读的一本书站起来，对着那个绘制的面容砸过去。花瓶倒了，哎呀——掉到了地上。等一等！我不知道您是不是在寻找那本书。您像我一样吗，您喜欢阅读《庭审报告》吗？”

《庭审报告》？我听清楚了她说的话吗？听清楚了：她说的是《庭审报告》。

我点了点头做了肯定回答，但仍然说不出话来。姑娘则态度从容，走向了壁炉边，拿起夹钳，返回到书橱边。

“那本书落在那儿，”她说，“在墙壁和书橱之间的位置，我立刻就可以把它给弄出来。”

我身子直挺挺地等待着，缄口不言。

她一只手拿着夹钳，另一只手拿着一本平装书，向我走过来。

“是这本书吗？”她说，“打开看看吧。”

我从她手上接过书。

“这本书十分有趣啊，”她接着说，“我通读了两遍——我读过了。请注意，我可是相信，他毕竟干过那事呢。”

做过那事？做过什么事啊？她在说什么呢？我企图向她提出这个问题。我竭尽全力——无济于事——只说出了这么一句话：“您在说什么呢？”

她似乎对我不耐烦了，一把从我手上夺过书，打开书，摊在桌子上，因为我们并排站在桌子边。

“我说您就像个婴儿似的无能为力！”她说着，语气中透着轻蔑，“行啦！这不就是书名吗？”

我从扉页上看到了以下文字：

**尤斯塔斯·麦卡伦接受审判的完整报告**

我停住了，抬头看了看她。她恐惧地大叫了一声，从我身边往后退。我再次低头看着书的扉页，接下来的文字是：

因被控毒杀其妻。

啊，上帝保佑我吧。啊，昏天黑地的情境把我给吞没了。

# 第十一章　苏醒

我开始清醒过来后，首先感觉到的是痛苦——剧烈的痛苦，我身体中的每一根神经都好像被扭曲了，被撕裂出来了。自然之神无声而又可怕地抗争着让我苏醒的一切努力，处在如此情境中，我整个人都挣扎着，颤抖着。若是能够哭喊出来，我愿意付出任何代价——乞求我周围那些看不见的生命体把我送回给死神。那种无法言说的痛苦控制了我多长时间，我根本不知道。一段比较长或者比较短的时间内，我慢慢地有了一种昏昏欲睡的轻松感。我听见了自己吃力的呼吸声，感觉到自己的手可以移动，软弱无力、机械笨拙，像个婴儿的手。我微微睁开眼睛，看了看四周——仿佛已经通过死亡的考验，在一个新的世界里，唤醒了新的感知。

我看到的第一个人是个男人——一个陌生人。他平静无声地移出了我的视线，离开时向室内的另外某个人示意。

另外那个人动作迟缓，很不情愿的样子，走到了我躺着的沙发边。我发出了一声微弱的高兴的呼喊，企图伸出软弱无力的双手。另外那个朝着我走过来的人是我丈夫！

我目光热切地看着他，但他根本没有朝着我看。他两眼看着地面，脸上露着茫然和痛苦的怪异表情，然后也离开了我的视线。我最先看到的那个不认识的人随着他离开了房间。我用虚弱的声音在身后呼喊着："尤斯塔斯！"他没有应答，也没有再返回。我努力地把头在枕头上移动了一下，以便能够看到沙发的另外一侧。如同在梦境中一样，我看到了另外一张熟悉的面孔。我友好仁慈的老本杰明坐着注视着我，两眼噙着泪水。

他站起身，以他质朴友好的方式默不作声地握着我的一只手。

"尤斯塔斯哪儿去了？"我问了一声，"他为何要离开，撇下我呢？"

我仍然十分虚弱。我提出这个问题时，眼睛机械地环顾了一下房间。我看见了菲茨-大卫少校，看见了那张桌子，那位唱歌的姑娘给我看的那本书放在上面。我看见了那位姑娘本人，独自一人坐在一个角落里，用手帕在擦眼睛，好像哭了。一个神秘莫测的瞬间，我恢复了记忆。我回想起了书本扉页上的那个致命的标题，恐怖极了。这个记忆现在在心里激发起来的感觉是，我渴望见到我的丈夫——投入到他的怀抱，告诉他说，我有多么坚决地认为，他是无辜的，我有多么真诚而又深切地爱着他。我用软弱无力而又颤抖着的双手抓住本杰明。"把他叫回到我身边来吧！"我喊叫着，情绪疯狂，"他到哪儿啦？扶着我起来！"

有个陌生人的声音回答了我，语气坚决，亲切友好。

"镇定一下自己吧，夫人。伍德维尔先生在附近的一个房间里等待着您恢复过来。"

我看着他，认出了是那位跟随我丈夫离开房间的陌生人。他为何独自一人返回呢？尤斯塔斯为何不像其他人一样陪伴在我的身边呢？我试图起身，站起来。陌生人动作轻柔地把我按回到枕头上。我企图抗拒他，当然无济于事。他坚强有力的手，一如既往地轻轻把我按回到原先的地方。

“您必须休息一会儿，”他说，“您必须得喝点葡萄酒。如果您现在就用力行动的话，您会再次昏厥的。”

老本杰明躬着身站在我身边，轻声轻气地做了解释。

“他是医生，亲爱的，您必须照着他的吩咐做。”

医生？他们叫来了医生帮忙！我开始隐隐约约地意识到，我这次昏厥所表现出的症状一定比女人平常的昏厥所表现的要更加严重得多。我无能为力，满怀抱怨，恳请医生向我做出解释，我丈夫为何不同寻常，不待在我身边。

“您为何允许他离开这个房间呢？”我问了一声，“如果说我不能走到他的身边，那您为何不能把他叫到我身边来呢？”

医生似乎不知道该如何回答我。他看着本杰明，并且说：“您愿意对伍德维尔先生说话吗？”

本杰明接着也看着菲茨－大卫少校，并且说：“您愿意吗？”少校示意他们两位离开我们。他们一同起身，走进了前室，在他们身后把门拉进凹槽。他们离开我们时，那位不可思议地向我透露我丈夫的秘密的姑娘在她坐着的角落里站起身，走向沙发。

“我觉得，我最好也走吧？”她说，话是对着菲茨－大卫少校说的。

“随你便吧。”少校回答说。

他说话的语气有点冷漠（我是这么认为的）。她摇了摇头，转身背对着他，义愤填膺。“我必须得替自己说句话！”奇怪的姑娘大声说着，爆发出了歇斯底里的能量，“我必须要说句话，否则要爆炸啦！”

她说过这个不同寻常的开场白之后，突然转向我，滔滔不绝地向我述说起来。

“您听见少校如何对我说话了吧？”她开口说，“因为发生了这一切——我真可怜啊——他责怪我来着。我其实像一个新生婴儿一样清白，行为完全出于好意。我认为，您需要那本书。我现在都还不知道，我翻开书时，是什么情况让您昏死了过去。而少校却责怪我！好像是我的不是！我本来不是那种怯弱的人，但我感到软弱无能了，我可以告诉您。是啊！我感觉到了，尽管我并不害怕。我的父母是体面的人——事实如此。我名叫霍伊蒂——霍伊蒂小姐[①]。我有自己的自尊，而自尊受到伤害了。当我发现自己受到了不该受到的责怪时，我说我的自尊受到了伤害。即便有人要受到责怪，那也是您啊。您不是告诉我，您要寻找一本书吗？我不是出于好意随意给您看了吗？现在医生让您苏醒过来了，我觉得，您自己应该这样说。我觉得，您应该替一位可怜的姑娘说说话，而姑娘又是练习唱歌又是练习语言，累得半死，而没有——一位没有其他任何人替她说话的可怜姑娘。如果您想到了这一点的话，我是和您一样体面的人。我名叫霍伊蒂。我父母是经商的，我爸妈过阔绰的日子，组成了最佳伴侣。”

是啊，霍伊蒂小姐再次把手帕举到眼前，而且有节制地哭了起来。

对于已经发生了的事情，确实不能把责任推到她的身上。我尽可能和善友好地做出了回答，尽力在少校面前替她辩护。他知道，我当时心里面怀着怎么样的焦虑感。他考虑周到，拒绝倾听解释，

① 霍伊蒂小姐原文为 Miss Hoighty，是 hoity-toity 的变体，意思是“傲慢”。

完全由他自己承担起安慰他年轻歌剧女主角的任务。他对她说了什么话，我没有听见，也不想听，他是低声对她说的。他最后让霍伊蒂小姐平静下来了，吻了吻她的一只手，领着她走出了房间（如同领着一位公爵夫人一样）。

“处在这样的一个时刻——但愿这个傻乎乎的姑娘没有让您感到恼怒吧？”他走到沙发边后说，态度极为诚恳，“对于发生的情况，我真不能对您说，自己有多难过。您可能还记得，我谨小慎微，提醒过您的。不过，要是我能够预见到——”

我没有让他再往下说。对于发生的事情，任何人都无法预见到。再则，这个发现虽然很恐怖，但是，比起糊里糊涂，浑然不觉来，我还是宁可有了这么个发现，忍受现在这样的痛苦。我把这个意思告诉了他。我接着把话题转向自己现在感兴趣的——关于我那不幸的丈夫的话题。

“他怎么到这幢住宅来啦？”我问了一声。

“我返回后不久，他便和本杰明一块儿到了这儿。”少校回答说。

“我生病很久之后吗？”

“不久。我刚刚派人去叫一声——看到您的情况，觉得很紧张。”

“是什么情况让他到这儿来了？他返回到了旅馆，发现我不在吗？”

“不错。他比预计的时间提早回到旅馆，看到您不在旅馆，心里很不安。”

“他怀疑我和您在一起吗？他是从旅馆到这儿来的吗？”

“不是。他好像先去找了本杰明，打听您的情况。他从您的老朋友那儿听到了什么情况，我说不上来。我只知道，他来到这儿时，是本杰明先生陪同来的。”

对我来说，这一番简略的解释已经足够了——我知道发生了什么事情。关于我在旅馆不见了的事情，尤斯塔斯很容易吓着老本杰明。而且，一旦紧张了起来，本杰明就会毫不费劲地被说服，把我们之间说过的有关菲茨－大卫少校的话重复一遍。这样一来，我丈夫出现在少校住宅的情况就完全得到解释了。但是，在我刚刚清醒过来的当儿，他一反常态，离开了房间。这件事情仍然无法解释。当我向菲茨－大卫少校提出这个问题时，他的表情显得很尴尬。

“我几乎不知道该如何向您解释，”他说，“尤斯塔斯令我惊讶，令我失望。”

他的话说得郑重其事，相对于他说的话，他的表情告诉我的情况更多，他的表情令我震惊。

“尤斯塔斯没有和您吵起来吧？”我说。

“噢，没有啊！”

“他知道您没有背离对他的承诺吧？”

“当然知道。我那位年轻歌唱家（霍伊蒂小姐）把发生的情况一五一十地告诉了医生。而医生当着她的面把叙述的情况复述给了您丈夫听。”

“医生看到了那本《庭审报告》吗？”

“医生和本杰明先生都没有看到《庭审报告》。我已经把它锁起来了，而且小心翼翼，把可怕的故事当作秘密保守起来，不让他们知道您和那位嫌疑人的关系。本杰明先生显然感到疑惑。但是，关于您昏厥的真实原因，医生毫不知情，霍伊蒂小姐也毫不知情。他们两个人都坚信，您是受到了严重的精神刺激，而您丈夫真正是姓伍德维尔。最真挚的朋友能够拯救尤斯塔斯的事情，我已经做了。然而，他却责怪我不该让您进入我的住宅。更加糟糕的是，比这更加糟糕多了，他坚持声称，今天发生的这件事情已经严重使您疏远他了。‘我们的婚姻要结束了，’他对我说，‘她现在已经知道了，我就是在爱丁堡[1]毒杀自己妻子的那个人！’”

我惊恐地从沙发上站起来。

“上帝啊！”我大声说着，“尤斯塔斯认为我会怀疑他是清白无辜的吗？”

“他断定，无论是您，还是别的什么人，都不可能相信他是清白无辜的了。”少校回答说。

“扶我到门口，”我说，“他在哪儿呢？我必须要见到他！”

我说这话的当儿，精疲力竭，瘫坐回了沙发上。菲茨－大卫少校从桌上的酒瓶里倒了一杯葡萄酒，坚持要让我喝下去。

“您会见到他的，”少校说，“我向您保证。见到您之前，医生嘱咐他不要离开这幢住宅。只是等待一会儿罢了！可怜亲爱的夫人啊，如果只是片刻时间，那就等待吧，等到您身子骨硬朗起来！”

我别无选择，只有遵从了他。噢，那躺在沙发上无能为力的时刻是如何过的啊！我简直无法描述出来，因为一想起来，就会颤抖——即便过去了这么长时间也罢。

“把他叫到这儿来！”我说，“求求您，求求您把他叫到这儿来吧！”

---

① 爱丁堡（Edinburgh）是英国著名的文化古城，苏格兰首府，位于苏格兰中部低地的福斯湾南岸。爱丁堡诞生于1329年，1437—1707年为苏格兰首都。18世纪时是欧洲文化、艺术、哲学和科学中心，有1583年建立的爱丁堡大学，还有古城堡、大教堂、宫殿、艺术陈列馆等名胜古迹。

"谁能够说服他回到这儿来呢？"少校问了一声，很痛苦的样子。"这么样的一个男人——我说过他简直就是个疯子——当您刚刚睁开眼睛看着他的时刻，他却能够离您而去。我怎么能够说服得了他？谁能够说服得了他？医生在对您进行诊疗时，我在隔壁房间单独见过了尤斯塔斯。他怀疑您不相信他是清白无辜的，也怀疑我不相信他是清白无辜的。我以一位老朋友的身份，据理相劝，恳切请求，极力想要动摇他固执的看法，但他只给了一个答案。尽管我说理，尽管我恳求，但他还是固执己见，对我提起了'苏格兰裁定'。"

"'苏格兰裁定'？"我重复了一声，"那是怎么回事啊？"

少校听到这个问题后显得很惊讶。

"您真的从来没有听说过那次审判的事情吗？"他问了一声。

"从来没有。"

"您告诉我说，您已经发现了您丈夫的真实姓氏，而这个发现似乎在您心里面没有产生什么痛苦的联想，这时候，"他接着说，"我觉得事情不可思议啊。就在三年前，整个英国人都在议论您丈夫的事情。关于他冒用假姓氏躲避的情况，谁都不会感到吃惊啊，可怜的人！您当时会在什么地方呢？"

"您是说三年前吗？"我问了一声。

"对啊。"

对于所发生的事情，别人都很熟悉，却很奇怪，我一无所知。我明白了这是怎么回事。三年前，我父亲还在呢。我和他居住在意大利的一处乡间住宅里——那是在锡耶纳[1]附近的山区。我们一同在

---

① 锡耶纳（Siena）是意大利城市，位于南托斯卡纳地区，佛罗伦萨之南约五十公里处，建立于公元前29年，历史上是贸易、金融和艺术中心，现为锡耶纳省的首府。

那儿待了一个星期又一个星期，其间没有看过英国的报纸，也没有见到过英国来的游客。当然，我收到的英国来信中，可能有人提到过“苏格兰审判”的事情。即便有这种情况，他也没有对我提起过。或者，他即便向我提起过那事，过了这么久我也可能忘记了。“告诉我，”我对少校说，“那个裁决是怎么回事，怎么就使得我丈夫怀疑我们啦？尤斯塔斯是个自由人。裁决的结果当然是‘无罪’，对吧？”

菲茨 - 大卫少校痛苦地摇了摇头。

“尤斯塔斯是在苏格兰接受的审判，”他说，“有一种裁决苏格兰的法律是认可的，但是——据我所知——不被世界上任何文明国家的法律所认可。在苏格兰，嫌疑人被带到陪审团面前后，当他们不能确定该判其有罪还是无罪时，可以采取一种折中的办法来宣示这种迟疑。一方面，如果没有足够的证据来证明他们应该宣判嫌疑人有罪，另一方面，也没有足够的证据完全让他们相信，嫌疑人是清白无辜的，那他们就可以做出‘证据不足’的裁决来让他们自己解脱困境。”

“这就是尤斯塔斯受审后得到的裁定吗？”我问了一声。

“不错。”

“陪审团并不很确定我丈夫是有罪的，对吧？但也不很确定我丈夫是清白无辜的，对吧？这就是‘苏格兰裁定’的用意吗？”

“这就是‘苏格兰裁定’的用意。三年来，参与对他审判的陪审团成员心里一直对他持有疑心呢。这种怀疑出现在公开的记录上面呢。”

噢，我可怜的亲爱的人啊！我清白无辜的受难者啊！我终于明白了是怎么回事啦。他同我结婚时使用的假姓氏，他提醒我要尊重他的隐私时所说的可怕的话语，还有此时此刻，他对我所怀有的更加可怕的怀疑——凡此种种，我都理解了，现在，我也全部清楚了。我再次从沙发上爬了起来，“苏格兰裁定”突然让我有了一个大胆的决定，让我坚定不移——首先，这个决定太过神圣，太过孤注一掷，除了说给我丈夫听之外，不能告诉别的任何人。

“把我领到尤斯塔斯跟前去，”我说，“我现在够强壮了，可以经受任何情况。”

少校用探究的目光打量了我一番之后，一声不吭地伸出了一条胳膊。我们一同离开了房间。

# 第十二章　苏格兰裁定

我们走到了过道的尽头。菲茨－大卫少校打开一个又长又窄的房间的门，该房间作为吸烟室建在住宅的后部，顺着庭院的一侧延伸到了马厩的墙壁处。

我丈夫独自一人待在那个房间里面，坐在最里端，靠近壁炉。我进入房间后，他怔了一下站起身，一声不吭地看着我。少校动作轻柔地把门关上后离开了。尤斯塔斯没有向前迈一步来迎接我。我跑向他，张开双臂绕着他的脖子，亲吻他。我的拥抱没有得到回应，亲吻也没有得到回应。他表现出任我摆布的样子——仅此而已。

“尤斯塔斯，”我说，“我从来没有像此刻这样爱你爱得这么深！我对你的同情从来没有像现在强烈啊！”

他有意挣脱了我的双臂，如同一个陌生人表现出的机械而又礼貌的态度，他示意我坐下来。

“谢谢你啊，瓦莱拉，”他回答说，说话语气冷淡而又克制，“发生了这件事情之后，你对我说多说少，都没有必要。谢谢你。”

我们站在壁炉前。他离开了我，慢慢地走远了，垂着头，显然打算要离开房间。我跟随着他——赶在了他的前面——站在他和房门之间。

“你为何要离开我？”我说，“你为何要以这种残忍的方式对我说话？你生气了吗，尤斯塔斯？如果你生气了，亲爱的，那我就请求你原谅我。”

“应该是我要请求你原谅才对啊，”他回答说，“我娶你为妻了，要请求你原谅我，瓦莱拉。”

他说这句话时，显得无可奈何，伤心自卑，让人看了很害怕。我把自己的一只手放到了他的胸前。我说：“尤斯塔斯，看着我。”

他慢慢地抬起头看着我的脸——眼睛里透着冷漠机敏的目光，没有眼泪，看着我，神态无可奈何，透着无法改变的绝望。在那悲凉绝望的瞬间，我也像他了。我和我丈夫一样，态度平静，冷漠无情。他打着寒战，令我心寒。

“我相信你是清白无辜的，”我说，“你是不是可能怀疑这一点？”

他没有回答这个问题，只是自顾自地唉声叹气了一声。“可怜的女人啊！”他以陌生人的口吻，对我怜悯，并且说，“可怜的女人啊！”

我的心膨胀了，好像要爆炸。我把手从他的胸前抬了起来，放到他的一个肩膀上，以便支撑着自己。

“我并不是要请求你怜悯我，尤斯塔斯。我是要请求你公平地对待我。你没有公平地对待我。如果你能够像我们在彼此相亲相爱的日子里那样，以诚相待，信得过我——即便你告诉了比我现在所知道的更多的情况——上帝作证，我仍然还是会嫁给你的！这样一来，你还会怀疑我认定你是个清白无辜的人吗？”

“我不怀疑这一点，”他说，“你全部的冲动行为是宽厚高尚的。你现在说的话是宽厚高尚的，你的情感也是宽厚高尚的。如果我比你看得更加远一些，如果我看到了将来会出现的情况——毫无疑问会出现的——在残酷的未来，可怜的孩子啊，请不要责怪我。”

“残酷的未来！”我重复了一声，“你这话什么意思啊？”

“你相信我是清白无辜的，瓦莱拉，但参加审判我的陪审团成员持怀疑态度——而且让这种疑惑记录在案呢。面对这样的裁定，你有什么理由相信，我是个清白无辜的人呢？”

“我不需要理由！尽管有了陪审团的态度，尽管有了那个裁定，但我还是相信。”

“你的朋友们会赞同你的看法吗？等到你姨父和姨妈知道了发生了什么事情之后——他们迟早一定会知道的——他们会怎么说呢？他们会说：‘他从一开始就使坏，曾经是个受审过的嫌疑人，但他对我们的外甥女隐瞒了。他使用假姓氏娶了我们的外甥女。他也许会说自己是清白无辜的，但是，我们只是听见他说说而已。他接受了审判之后，裁定的结果是‘证据不足’。‘证据不足’对我们不起作用啊。如果陪审团对他不公正——如果他是清白无辜的——那就让他证明啊。’世人就是这样看我，也是这样说我的。你的朋友会是这样看我，也是这样说我的。那样的时候到了，瓦莱拉，你——甚至是你——会觉得，你的朋友们有理由站在他们的立场上提出要求，而你没有理由。”

“那样的时候绝不可能到来的！”我热情地回答说，“如果你觉得有这种可能的话，那你就冤枉了我，你侮辱了我啊！”

他把我的手从他的肩膀上拿了下来，后退了一步，露出了苦涩的微笑。

“我们结婚只有几天时间，瓦莱拉。你对我的爱是新鲜的和稚嫩的。时间会让一切都消逝，所以会消逝掉这份爱的最初热情的。”

“绝不会！绝不会！”

他再次向后退了一点。

“环顾一下你周围的世界吧，”他说，“最最幸福美满的丈夫和妻子也偶尔会有误解和分歧。最最阳光灿烂的婚姻生活也会有转瞬即逝的乌云。等到那样的日子来到我们身边时，你现在感受不到的怀疑和担忧到时就会降临到你的身上。当我们的婚姻生活出现乌云时——当我第一次说出难听的话时，当你第一次愤怒地回应时——你待在自己的房间里，孤单寂寞，静谧的夜晚，辗转反侧，你就会想到我第一任妻子悲惨死亡的事情。你就会想起来，我对此负有责任，我的清白无辜根本没有得到证明。你会自言自语地说：‘她活着的时候，是不是一开始他说了难听的话，她则愤怒地回应了呢？正如陪审团心存疑虑的，她就是那样结束生命的，我是不是有一天也会是这个下场呢？’做妻子的会问自己这样一些可怕的问题的！你会把这些问题掩饰起来。你会像个充满了恐惧感的善良女人一样，回避这些问题。但是，等到我们次日见面时，你会保持着警戒，而我会看得出来，内心深处知道，那意味着什么。知道了这一点之后，我内心的痛苦更加严重了，而随后难听的话会更加难听。你随后对我的看法可能提醒着你，更加鲜活，更加强烈，你的丈夫曾经作为嫌疑人受审过，他第一任妻子死亡的问题根本没有完全澄清过。你看到了吗，建构家庭地狱的物质材料正在此替我们混合着呢？我发现你一门心思要寻找到真相时，便提醒你，郑重其事地提醒你，不要往前走了，这难道是没事找事吗？你现在生病了，如果我守候在你的床边，尽管我做了最清白的事情，难道你不会想起在我头一次娶那个女人时病床边发生的事情吗？如果我帮助你倒了药，我就有了一个可疑的举动了——他们说，我在她的药里下了毒。如果我帮助你端来一杯茶，我就勾起了人家的一种可怕的回忆——他们说，我在她的茶杯里放了砒霜。如果我离开房间时吻了你——我就让你想起了，他们指控我，吻她是为了在护理面前保全面子和制造假象。面对这样的情形，我们还能够生活在一块儿吗？谁都不能忍受这样的痛苦啊。我今天可是对你说了，在这件事情中，如果你再向前迈一步，你今生今世的幸福就此结束了。你已经走出了那一步——你我的幸福也都结束了。扼杀爱情的怀疑已经给你我的今生今世投下了阴影了！”

至此，我一直强迫自己倾听他的话。听了他后面的这一番话之后，他展示在我面前的有关未来的景象变得太过邪恶恐惧，无法忍受。我拒绝再听下去。

“你说的话耸人听闻，”我说，“凭着你我这样的年龄，我们难道不该充满爱，充满希望吗？说这样的话是对爱和希望的亵渎啊！”

“等到你看完了《庭审报告》再说吧，”他回答说，“我估计，你准备阅读吧？”

“逐字逐句地阅读！怀着你目前还不知道的动机，尤斯塔斯。”

“无论你怀着什么动机，瓦莱拉，无论你的爱和希望有多强烈，都无法改变残酷无情的事实啊。我的第一任妻子是被毒死的。而陪审团的裁定意见并没有绝对消除我致她死亡的犯罪嫌疑。只要你对此事浑然不知，幸福的可能一直在我们周围。而你现在知道了，我再说一遍——我们的婚姻生活已经结束了。”

“不对，”我说，“我现在已经知道了，我们的婚姻生活已经开始了——有了你妻子一个全力以赴的新目标，有了你妻子的爱的新理由，开始啦！”

“你这话什么意思啊？”

我再次靠近他，抓起他的一只手。

“你告诉了我世人是怎么说你的吗？”我问了一声，“你告诉了我，我的朋友们会如何说你吗？‘证据不足对我们不起作用啊。如果陪审团对他不公正——如果他是清白无辜的——那就让他证明啊。’这些是你塞到我的朋友们嘴里的话儿。我把这些话改变一下变成我说的！我说，证据不足对我不起作用啊。尤斯塔斯，为了无罪的裁定，证明你的正确吧。你为何不去证明，而让三年白白流失呢？我可以猜测一下为了什么吗？你在等待着你的妻子来帮助你。她在这儿呢，亲爱的，做好了准备要全身心地帮助你。她在这儿呢，怀着人生的唯一目标——要让世人看看，要让苏格兰陪审团看看，她的丈夫是个清白无辜的人！”

我振奋了精神，我的脉搏跳动得厉害，我的声音充满了整个房间。我让他振作精神了吗？他的回答是什么呢？

我抓住了他的一条胳膊。我处在愤怒和绝望之中，使劲地摇晃他。上帝宽恕我吧，我几乎要打他啦，就因为他说话的口气，还有他看着我的神态。

“我已经告诉了你，我准备阅读《庭审报告》，”我说，“我准备和你一块儿阅读，一行接着一行地阅读。已经犯下了某种无法辩解的错误了。有利于你的证据原本是可找到的，但没有找到。对于一些可疑的事情没有进行调查。诡计多端的人没有受到监视。尤斯塔斯啊！你或者那些帮助你的人有过可怕的疏忽，我对此深信不疑。当我在那个房间里头一次听见那个可恶的裁定时，我首先下定的决心就是，一定要纠正那个裁定。我们将会纠正它！我们一定要纠正它——为了你，为了我，如果我们幸运地有了孩子，为了我们的孩子。噢，亲爱的，别用这么冷漠的目光看着我啊！别用那么生硬的口气回答我的问题！别以为我是无知疯狂，说着一些不着边际的事情！”

然而，我未能让他振作精神。他接下来说的话怜悯多于冷淡——仅此而已。

“替我辩护的是国内最杰出的几位律师，”他说，“那几个做出了最大努力，最后失败了，那之后——可怜的瓦莱拉啊，你能够做什么？我能够做什么？我们只能屈服。”

“绝对不！”我大声喊着，“那些最杰出的律师是凡人，最杰出的律师之前犯了错误。你不能否认这一点。”

“看看《庭审报告》吧。”他这是第三次说了这句狠心的话，没有再说别的。

我无法感动他，彻底绝望了——面对我一片至诚，怀着热切的奉献和爱意对他所说的话，他却冷酷无情，无动于衷。我敏锐而又痛苦地感受到了这一点（如果一定要承认的话）——于是，想到了最后要去求助于菲茨－大卫少校。当时，我内心紊乱，并不在乎少校已经极力同他讲道理，而且失败了。面对着这样的事实，我盲目地相信他的老朋友的影响力，只要能够说服他的老朋友支持我的观点。

“难道就没有人能够说服你了吗？”我说。他眼睛看着别处，没有回答。“你至少可以等待我片刻吧，”我接着说，“我想要你听听除了我的看法之外的另外一个人的看法。”

我离开了他，返回到了书房。菲茨－大卫少校没有在那儿。我敲了敲连通前室的门。菲茨－大卫少校立刻打开了门。医生离开了，本杰明还在室内。

“请您过去同尤斯塔斯说话好吗？”我开口说，“哪怕您只是说我想要您说的话都可以——”

我还没有来得及把话说完，便听见住宅的门开了又关上了。菲茨－大卫少校和本杰明也听见了。他们面面相觑，缄口不言。

少校没有来得及阻拦住我，我跑回到同尤斯塔斯见面的那个房间。房间里空无一人。我丈夫离开了住宅。

# 第十三章　男人的决定

我最先想到的是要不顾一切追随尤斯塔斯——光天化日之下，穿过街道。

少校和本杰明两个人都不赞同我做出的这个草率的决定。他们恳求我要保持自尊，但（我记得）他们的话没有在我心里产生丝毫影响。他们紧接着请求我为了替我丈夫着想，要有耐心，这时候倒是更加奏效了。为了对尤斯塔斯表达宽容，他们恳求我等待半个小时。如果他到时还不回来，他们保证陪同我到旅馆去找他。

为了对尤斯塔斯表达宽容，我答应等待。我在自己人生的这么一个至关重要的时刻，迫不得已必须保持被动的状态。我在如此情形之下忍受怎么样的折磨，简直无法用语言来描述。我最好还是继续叙述吧。

本杰明首先询问我，我和我丈夫之间发生了什么事情。

“您尽可以畅快地说出来，亲爱的，”他说，“我知道，自从您进了菲茨－大卫少校的住宅后发生了什么事情。谁也没有告诉过我，是我自己发现的。您还记得吧，您当初在我的住处提起‘麦卡伦’这个姓时，我怔了一下。我当时猜不出为什么，但现在知道为什么了。”

听了这话之后，我把自己对尤斯塔斯说过的话，他听了之后有什么反应，毫无保留地告诉了他们两位。令我感到无比失望的是，他们两个人都站在我丈夫一边——认为我对他处境的判断纯属不切实际的幻想。如同他说过的一样，他们说："您还没有阅读《庭审报告》呢。"

我真的是生他们的气了。"我需要的事实足够了，"我说，"我们知道，他是清白无辜的。为何他的清白无辜没有得到证明呢？应该证明，必须证明，一定会得到证明！如果《庭审报告》告诉我证明不了，那我就拒绝相信它。那本书在哪儿呢，少校？如果他的律师们没有留下什么供他妻子做的，那就让我自己来看看吧。他们会像我一样爱他吗？把那本书给我吧！"

菲茨－大卫少校看了看本杰明。

"如果把书给她，只会给她带来更多的震惊和痛苦，"他说，"您同意我的看法吗？"

我不等本杰明回答便说话了。

"如果您拒绝了我的要求，"我说，"少校，那我就只得去附近的书店，告诉店主我要买一本《庭审报告》。我打定了主意要阅读它。"

这一次，本杰明站在了我一边。

"不管怎么样，事情也不可能变得更糟了，先生，"他说，"如果允许我提个建议的话，还是让她照着自己的意思办吧。"

少校站起身，把书从意大利立柜里取了出来——他是为了保险起见把书藏匿在那儿的。

"我的那位年轻朋友告诉我说，她对您说过了，她很懊悔，一些日子前发了脾气，"他一边说，一边把书递给我，"她控制不住自己，打碎了那个花瓶，我当时不知道她手上拿的是一本什么书。我在书房同您分手时，我以为《庭审报告》放在书橱上层平常放置的地方。我承认，自己有些好奇，想知道您是否想到要去查看书橱的那一层。那个打破的花瓶——现在也没有必要对您隐瞒了——是一对中的一个。花瓶是您丈夫和他的第一任妻子送给我的礼物，就在那个可怜的女人惨死前一个星期送的。当我发现您在看那些碎片时，我就预感到，您已经处在发现的边缘了。而我感觉到，自己在您面前表露出来了，类似的情况搅乱了我的心思。您好像已经注意到了这一点。”

“我确实注意到了啊，少校。而且我也隐隐约约觉得，自己已经踏上了发现之旅了。您看看怀表好吗？我们等待了半个小时了吗？”

我的不耐烦情绪误导了我，半个小时的煎熬还没有结束呢。

缓慢，更加缓慢，漫长的一分钟连着一分钟——然而，仍然没有我丈夫返回的踪影。我们设法继续着我们的交谈，但做不到。什么也听不见，除了街道上平常的那种喧闹声，没有任何声音打破眼前可怕的沉寂。等待在枯燥乏味中持续着，这期间，尽管我极力排遣，但有一种预感越来越沉重地压在我的心头。我浑身颤抖着问自己，我们的婚姻生活是否已经走到头了——尤斯塔斯是否真的已经离开了？

少校看出了——不过本杰明反应迟钝，他没有看出来——我心情沉重，无法释怀，如此情形之下，我的忍耐性越来越弱了。

“走吧！”他说，“我们去旅馆吧。”

当时，差不多还有五分钟就到半个小时了。我怀着感激之情看着菲茨－大卫少校，给我省下了最后那五分钟：我不能对他说话，也不能对本杰明说。我们沉默不语，三个人上了一辆出租马车，驶向旅馆。

旅馆的老板娘在门厅遇上了我们。没有看见尤斯塔斯，也没有打听出关于他的什么情况来。楼上我们的起居室的桌子上放着一封信，是给我的。仅仅几分钟之前，一位信使把信送到了旅馆。

我浑身颤抖，上气不接下气，跑到了楼上。两位先生跟在我后面。信封上所写姓名地址的笔迹是我丈夫的。我看到字迹时，心都沉下去了。他之所以给我写信，理由只有一个。密封的信封里面装着的是告别的话。我坐了下来，信放在膝盖上，神情呆滞——都无力把信拆开。

心地善良的本杰明极力安慰和鼓励我。少校凭着自己有更加丰富的同女士打交道的经验，提醒老人保持安静。

“等一等！”我听见他低声说，“现在对她说话没有好处。给她点时间吧。”

一时冲动之下，我趁着他说话时把信递给了他。假如尤斯塔斯离开我了，那么一分一秒钟的时间都会显得至关重要。再耽误一些时间，弄不好就失去了把他召唤回来的机会了。

“您是他的老朋友，”我说，“少校，把这封信拆开，念给我听吧。”

菲茨－大卫少校拆开了信，自己通看了一遍。看过之后，他把信扔在桌子上，做出了一个不屑一顾的手势。

“他这样做只有一个理由，”他说，“此人疯了。”

此话告知了我一切。我知道了最糟糕的结果了，既然知道，我就能够看信了。信的内容如下——

亲爱的瓦莱拉：

当你看到这封信时，你看到的是我告别的话语。我返回到了自己孤单寂寞、无亲无故的生活——我认识你之前的生活。

亲爱的，你受到了残忍的对待。你受到诱骗，嫁给了一个曾经被公开起诉毒杀了他妻子的男人——而且那个男人还没有体面地完全洗刷掉那项控告。这一点你已经知道了！

我有了这样的欺骗行为，以这样的身份站在你的面前，这时候，你还能够信任和尊重地同我生活在一块儿吗？当你浑然不知真相时，还有可能同我幸福地生活在一起。你现在知道了一切，已经不可能了。

不可能了！我能够做出的唯一补偿是——离开你。你未来获得幸福的唯一机会是，立刻而且永远要同我不光彩的生活一刀两断。我爱你，瓦莱拉——一片真心，矢志不渝，充满激情。但是，那个被毒杀的女人的幽灵出现在我们之间。即便我连想都没有想过要伤害我的第一任妻子，但这并没有什么区别。我的清白并没有得到证明。在这个世界上，我的清白可能永远都得不到证明。你年轻可爱，为人慷慨，充满希望。瓦莱拉，用你罕见的魅力和快乐的天赋，让其他人得到幸福吧。我受用不了它们了。那位被毒杀了的女人横在我们之间。如果你现在同我生活在一块儿，你会像我一样，看得见她的。那样的一种折磨绝对不能属于你啊。我爱你，我这才离开你。

你认为我铁石心肠而且残酷无情吗？等待一阵吧，时间会改变这样的一种思考方式的。随着岁月的流逝，你会对自己说："尽管他卑鄙地欺骗了我，但他身上还是有几分侠义情怀的。

他主动释放了我，可见他具有男人气概。”

是啊，瓦莱拉，我完全自主地释放了你。如果有可能解除我们的婚姻，那就解除吧。你可以使用别人可能向你建议的任何手段重获自由。我可以事先就向你保证，一定完全彻底地遵从。关于这件事情，我的律师们已经得到了必要的嘱咐了。你姨父只需要同他们取得联系就行了。我觉得，对于我要给你公正的决心，他会感到满意的。我今生今世唯一要关心的一件事情是，你在未来的日子里要获得幸福安宁。你再也不可能在同我的结合中找到幸福安宁了。

我不能再写下去了。你可以在旅馆拿到此信。试图寻找我那是无济于事的。我知道自己的弱点，我的心全部是属于你的：如果我让你再见到我，我会在你面前做出让步的。

你可以把这些文字给你姨父看，给尊重其意见的任何朋友看。我只能签下自己那个不光彩的名字。关于我写此信的目的，每个人都会理解，而且会称赞的。这个名字证明了——充分地证明了——写此信是正确的。原谅我，忘记我。再见啦！

尤斯塔斯·麦卡伦

他说过这些话后便同我分手了。我们当时结婚——六天。

# 第十四章　女人的回信

至此，我以完全坦诚的态度，同时，还可以补充一点，以一定的勇气，叙述了有关自己的情况。但是，我回过头来看看我丈夫的告别信，努力回忆他的信在我内心激发起的情感斗争的风暴，这时候，我的坦率态度没有了，我的勇气丧失了。不，在那种可怕的时候，关于我自己，我不能实话实说了——关于我自己，我不敢实话实说。男人们啊！凭着你们对女人的观察，想想我的感受吧。女人们啊！你们自己审视一下内心，看看我是什么感受吧。

当我的内心再度平静下来时，我做了一件更加容易做的事情。我给我丈夫写了回信。我后面会把我回信的内容展示出来。我的信会在一定程度上表明，他离我而去会在我的心中产生什么样的影响（恒久不衰的那种）。我的信还会展示，在崭新而又陌生的生活中，支撑着我的种种动机，赋予我活力的种种希望。那种生活在接下来的篇幅中必须加以描述。

我在那位充满了父爱的老朋友本杰明的关照下搬离了旅馆。他在他的小别墅里替我准备了一间卧室。我在那儿度过了丈夫离开之后的第一个夜晚。接近黎明时，我疲惫不堪的大脑休息了一会儿——我睡着了。

早餐时，菲茨－大卫少校前来询问有关我的情况。头一天，他热情友好，已经主动提出代替我去同我丈夫的律师接洽。他们承认，他们知道尤斯塔斯去了哪儿，但是，他们同时表示，他们得到了明确的吩咐，不得把他的地址告诉任何人。其他方面，他们得到的有关他们的当事人的妻子的“吩咐”可以说是“宽容得过分”（他们乐意这样来表述）。我只能给他们写信，他们会通过返程邮班给我回信的。

以上就是少校带来的消息。他处事老练，与众不同，但凡与我健康状况无关的问题都不问我。他的问题得到了回答之后，他当天就离开了我。他后来同本杰明在别墅的花园里进行了一次长谈。

我回到了自己的房间，给我姨父斯塔克韦瑟写了封信，一五一十地把发生的事情告诉了他，随信还附了一份我丈夫的信的抄件。写过信之后，我外出了一会儿，呼吸一下新鲜空气，同时进行一些思考。我很快就觉得疲倦了，于是返回自己房间休息。我心地善良的老本杰明给予我完全的自由，我一个人想待多久就待多久。快到下午时，我开始觉得自己有点像昔日的自己了。我这样说的意思是，我想念尤斯塔斯时，不至于哭出来，还可以同本杰明说话，不至于让亲爱的老人痛苦和担心。

当晚，我多睡了一会儿。翌日早晨，我具备了足够的精力来面对自己肩负着的第一个也是最紧要的义务——给我丈夫写回信的义务。

我给他的回信内容如下：

我仍然过于虚弱和疲倦，尤斯塔斯，给你的信不能写得很长。但是，我的内心很清醒。关于你和你的信，我已经形成了自己的看法。我知道，你现在离开了我，我该做什么。有些处在我的处境中的女人可能会认为，你已经失去了获得她们信任的所有权利了。但我不这样认为。因此，我要尽我的可能，用最最简明扼要的文字写信告诉你，我的心里是怎么想的。

你说你爱我——而你却离开了我。我不能理解爱一个女人，却又要离开她。对我来说，尽管你对我说了写了无情的话，尽管你用残酷的方式离开了我，但我还是爱你——我是不会放弃你的。不会！只要我活着，我就是你的妻子。

这样说让你吃惊了吧？它让我吃惊。如果另外一个女人以这种态度对待一个男人，而那个男人像你对待我一样对待她，我会感到茫然，不知道如何解释她的行为。我确实感到很茫然，不知道该如何解释自己的行为。我应该恨你才是——然而，我忍不住爱你。我替自己感到羞愧，但情况就是这样的。

你用不着担心，我企图寻找到你的下落，努力说服你回到我身边。我还不至于愚蠢到那样做。你并不想回到我身边。但你大错特错了，整个都错，从头至尾都错了。等到你有了改变、恢复正常之后，我自认为，你会不知不觉自愿地回到我身边来的。那么，我会意志薄弱地原谅你吗？会的！我肯定会意志薄弱地原谅你的。

但是，你如何才能恢复正常呢？

我的脑子里面日日夜夜在苦思冥想着这个问题——而我的想法是，如果我不助你一臂之力，你永远都不可能恢复正常。

我如何助你一臂之力呢？

这个问题很容易回答。法律无法替你做到的事情，你妻子一定要替你做到。你还记我们在菲茨－大卫少校家的后室时我对你说过的话吗？我对你说过，当我听到苏格兰审判的结果时，我首先想到的是，纠正他们所作出的卑鄙裁决。是啊！看了你的信之后，我心中的这个信念比任何时候都更加坚定不移了。你作为一位悔过者和充满爱意的丈夫，我能够看到的把你赢回到我身边的一个可能性是，把那个“证据不足”的可耻苏格兰裁定改变为“无罪”的公正可信的英格兰裁定。

你对一个无知的女人这样写信时显露出的法律知识感到惊讶吗？我一直在学习着呢，亲爱的，法律与夫人已经开始相互理解啦。说得明白些，我已经查阅了《奥格尔维女王词典》[1]。奥格尔维告诉我说：“‘证据不足’的裁定只表明，按照陪审团的看法，缺少证据证明一位嫌疑人有罪。‘无罪’裁定则表明，陪审团认为，嫌疑人清白无辜。”——尤斯塔斯啊！在你的这个案件中，这样的裁定应该是世人的看法，尤其应该是苏格兰陪审团的看法。蒙上帝宽恕我，我要投身于这个唯一的目标！

当我需要帮助的时候，谁能够助我一臂之力，我现在还不知道呢。曾几何时，我希望着，我们将手挽着手共同来完成这一项有意义的工作。但这种希望落空了。我不再指望或者请求你帮助我了。一位像你这样考虑问题的男人是不能给予任何帮助的——不怀有希望是他悲惨的处境。那就顺其自然吧！我会怀有两个人的希望，做两个人的工作。用不着担心——如果需要的话——我会寻找某个人来帮助我的。

我不谈关于我的计划的事情——我还没有阅读《庭审报告》

① 该词典的全称是《为适应当代文学、科学和艺术需要的英语、技术和科学女王词典》，由苏格兰词典编纂家约翰·奥格尔维（John Ogilvie，1797—1867）编纂，于1850年在格拉斯哥出版，1855年出版增补本。

呢。我知道你是清白无辜的，这就足够了。当一个人清白无辜时，那就一定需要一种证明的途径：唯一需要的是寻找到那条途径。或迟或早，不管有还是没有别人的帮助，我都要寻找到。是啊！在我知晓案情的任何一点细节之前，我便能明确无误地告诉你——我一定会寻找到的！

你或许可能会嘲笑我的这种盲目自信，或许会对此感到伤心。我并不假装知道，自己是被嘲笑的对象，还是被人怜悯的对象。我只坚信无疑的一件事情，即我要把你赢回来，一个在世人面前得到了证明的男人，他的人品或者姓氏毫无半点瑕疵——幸亏有了他妻子。

有时间给我写封信吧，尤斯塔斯。历经这件痛苦的事情中的一切苦难之后，请相信我。

忠贞不渝和爱着你的瓦莱拉

这就是我的回复！尽管是可怜巴巴的区区一篇书信（若是现在，我可以写出一封更加精彩得多的书信），但是，如果我可以冒昧地这样说的话，它仍然有个优点。它是我真实心思和感受的诚恳表达。

我把信念给了本杰明听。他举起双手做了一个习惯性的动作，因为每当他困惑迷茫、不知所措时就会做出这个动作。“这似乎是所有书信中最最轻率鲁莽的一封啊，”充满了爱意的老人说，“瓦莱拉，我从未听说过一个女人做您现在提出要做的事情。天哪！我对年轻一代人真是捉摸不透啊。我真希望您姨父斯塔克韦瑟在这儿，我不知道他会怎么说。噢，天哪，好一封妻子写给丈夫的信啊！您真的打算把信寄给他吗？”

我甚至不打算通过邮局寄送信件，这令我老朋友更加感到惊讶了。我希望看到我丈夫留下的“嘱咐”条款。所以，我打算亲自把信送到他的律师们手上。

律师事务所是两位合作人开办的。他们两个人接待了我。其中一位身材瘦弱，露着酸楚的微笑。另外一位敦厚健壮，长着一对脾气暴戾的眉头。我对他们两个人都感到极度厌恶。而站在他们的立场来说，他们也对我表现出很不信任。我们刚一开始就起了分歧。他们把我丈夫写的“嘱咐”条款给我看了。条款规定，除了其他事项之外，只要他活着，便拿他纯收入中的一半供养他的妻子。我断然拒绝触碰他的钱款中的一个子儿。

律师们听了我的这个决定之后，毫无掩饰地表露出震惊和惊诧。在他们先前的整个职业生涯当中，从未发生过此类事情。他们同我又是争论，又是劝告。长着一对脾气暴戾眉头的那位合作者想要知道我有何理由。露着酸楚微笑的那位合作者语气揶揄地提醒自己的同事，说我是位夫人，因此无须给出什么理由。我只是回答说：“请帮忙转交这封信，先生们。”随即便离开了他们。

我在此并不奢望要求得到本来不属于我自己的东西。实际情况是，既然尤斯塔斯已经离我而去了，我的自尊就不允许我接受他的帮助了。属于我本人的一小笔财产（一年八百英镑）是在我结婚时就已经确定好了的[1]。对于一位单身女性而言，满足我的需求绰绰有余。所以我断定，我有这笔钱足够了。本杰明坚持要我考虑把他的

---

① 英国 1870 年和 1874 年颁发的《已婚妇女财产法案》大大地增加了已婚妇女对自己带给婚姻生活的财产的支配权，尽管如此，直到 1882 年，法律才认可已婚妇女拥有自己财产的独立支配权。那个时间之前，法律转让契约要求女性放弃对自己财产的支配权。一年八百英镑的收入足够维持一个中产阶级家庭体面但不是很奢华的生活，不过对于单身者而言，可以生活得很舒适。

小别墅当成我的家。在这种情况下，我需要支付的开支就只是自己决心为洗清丈夫身份所需要的。我有这个能力独立自主——而且我也决定要独立自主。

我在一门心思承认自己弱点和错误的同时，还应该补充一点才对，即我尽管深爱着我不幸误入歧途的丈夫，但他还是有一个小的过失，而我发现，该过失是不容易得到原谅的。

我可以原谅其他情况，但是，我不能原谅他向我隐瞒自己娶了第一任妻子的事实。我为何有些时候还会觉得心里很痛苦，我无法做出解释。我估计，嫉妒才是实质原因。然而，我并没有意识到嫉妒心理——尤其是当我想到可怜的女人惨死的情形时。不过，每当我意气消沉和性情不佳时，我通常会自言自语："尤斯塔斯不应该对我保守那个秘密啊。"如果我成了寡妇，而且从来没有告诉他这个，他会怎么说呢?

我返回到别墅时，已经接近傍晚了。本杰明好像一直在盼望着我。我还没有来得及拉响门铃，他便把花园的门打开了。

"有个惊喜等着您呢，亲爱的，"他说，"您姨父，尊敬的斯塔克韦瑟博士从北方赶过来了，正等待着见您呢。他今天上午收到了您的信，看过信后立刻搭上了开往伦敦的火车。"

片刻之后，我姨父粗壮的双臂便拥抱住了我。我处在孤苦伶仃的境地，心地仁慈的牧师大老远地赶到伦敦来看我，我感受到了他的一片至诚，充满了感激之情。我的双眼噙满了泪水——没有苦涩的眼泪对我有好处。

"亲爱的孩子啊，我来接你回老家去，"他说，"我希望你永远都不要离开你姨妈和我，热切之情无法言表。行啦！行啦！我们不说这个了。伤害已经造成——接下来要做的事情就是我们尽可能补救。如果我伸出双臂能够够得着你的那位丈夫，瓦莱拉——对啊！对啊！上帝宽恕我吧，我忘记了自己是位牧师。我寻思着，自己接下来会忘记什么呢？啊对了，你姨妈向你表达最深切的爱意。她比以往任何时候都更加迷信了。这件令人痛心疾首的事情一点儿都没有让她感到惊讶。她说，这个事情从你在教区的登记簿上签错了名字就已经开始了。你还记得吗？是不是有这回事？啊，她是个可笑的女人，那可是我的妻子啊！但是，她的用意是好的——心地善良。如果我同意的话，她会一路奔波跟随着到这儿来的。我说：'不行，你待在家里照看房子和教区。我会把孩子领回来的。'你可以使用过去的那间卧室，瓦莱拉，洁白的窗帘，你知道的，用蓝色的带子卷起！我们明天上午九点四十分乘火车返回牧师住宅（如果你能够准时起床的话）。"

返回到牧师住宅！我如何能够这样做啊？如果我让自己隐身在北方乡村地区的一个村庄，我如何有希望实现自己今生的唯一目标啊？我绝不可能随同斯塔克韦瑟博士返回到他住的地方。

"我真心诚意地谢谢您，姨父，"我说，"但是，我眼下恐怕不能离开伦敦。"

"你眼下不能离开伦敦？"他重复了一声，"这姑娘是什么意思啊，本杰明先生？"

本杰明没有直截了当回答。

"这儿热情友好地欢迎她啊，斯塔克韦瑟博士，"他说，"只要她选择同我待在一起。"

"这不算是回答问题啊，"我姨父回应着说，话说得很直率。他转身对着我。“是什么情况让你留在伦敦呢？”他问了一声，“你过去不喜欢伦敦的。我估计这其中有原因吧？”

正是因为他是我称职的监护人兼朋友，我迟早会把自己的秘密告诉他的，没有办法，我只好鼓起勇气，直率地把自己心里打算要做的事情告诉他。牧师听着，气喘吁吁，不知所措。等到我叙述完了之后，他转身向着本杰明，脸上的表情既痛苦又惊讶。

“上帝帮帮她吧！”可敬的人大声说，“可怜的人遇上的麻烦让她脑子糊涂了！”

“我想到了，您是不会赞成她这样做的，先生，”本杰明说，态度和蔼内敛，“我承认，我本人也不赞成她这样做。”

“‘不赞成这样做’用词不当，”牧师回应着说，“请不要用这样软弱无力的词来表达。疯狂的行为——如果她果然说到做到的话，这样表达才恰当。”他朝着我转过身，那神态如同他在下午布道时看着某个冥顽不化的孩子一样。“你不是真要这样，”他说，“对吧？”

“对不起，我辜负了您的好意，姨父，”我回答说，“但是，我必须得承认，我肯定说话算数的。”

“说白了，”姨父回应着说，“苏格兰最了不起的律师们都失败了的事情，你却很自负地认为，自己可以获得成功。他们都无法证明此人是清白无辜的，所有人都共同努力。而你却单枪匹马证明得了？说实在话，你是位了不起的女子，”我姨父大声说着，愤怒的情绪突然演变为讽刺，“一位平凡的乡村地区教区牧师不熟悉身穿裙装的律师[①]，他可不可以问一声，你如何一定能够成功呢？”

“我打算从阅读《庭审报告》开始，姨父。”

---

① 当时英国还没有妇女律师，这话带着揶揄的口吻。

“年轻女子的美妙读物啊！你接下来还需要阅读一大堆乱七八糟的法国小说。那行，等你看完了《庭审报告》之后，然后干什么呢？你考虑过这个问题了吗？”

“对啊，姨父，我考虑过了。阅读了《庭审报告》之后，我首先要形成结论，到底谁是真正犯下罪行的有罪之人。然后，我要列出一个证人名单，他们能够替我丈夫辩护。我要去找到那些证人，向他们亮明我的身份，想要干什么。我要问各种各样的问题，而对于那样一些问题，郑重其事的律师们可能会觉得，提出来有失他们尊严。我会根据得到的回答再来决定下一步该如何走。不管我前进的路上遇到什么困难，我都不会垂头丧气。以上就是我目前心里有数的计划，姨父。”

牧师和本杰明面面相觑，他们好像怀疑自己的神志是否清醒。牧师开口说话了。

“你是不是打算要告诉我，”他说，“你准备四处奔走于这个地区，请求素昧平生的人的宽恕，旅行当中要冒险去领教人家对你粗鲁相待。你啊！一个年轻女子！遭受到了丈夫的抛弃！没有任何人会保护你！本杰明先生，您听见她说的话了吗？而您会相信自己的耳朵吗？我对着上苍声称，我不知道自己是醒着还是在梦中。看看她吧——只要看看她！看她坐着平静轻松，好像她什么不同寻常的话都没有说过似的，好像她不打算以任何打破常规的方式去做什么事情似的！我拿她怎么办——这是个严肃的问题——我到底该拿她怎么办？”

“这件事在您看来虽然显得轻率鲁莽，但是让我努力试验一下吧，姨父，”我说，“没有任何别的事情能够令我感到安慰，能够支撑我。上帝知道，我需要安慰和支持。不要认为我执拗任性。我很愿意承认，我前进的道路上有严重困难。”

牧师继续用揶揄的口气说话。

“噢！”他说，“你承认这一点，对吧？行啊，不管怎样说，总是有所得啊！”

“在我之前有许多别的女人，”我接着说，“已经面对了种种困难了，而且克服了困难——为了替她们爱着的男人着想。”

斯塔克韦瑟博士缓慢地站起身，其神态属于一位忍耐性到了极限的人表露的那种。

“我是不是可以理解为，你仍然爱着尤斯塔斯·麦卡伦？”他问了一声。

“是啊。”我回答说。

“那桩重大投毒案审判中的主角？”我姨父接着说，“那个欺骗了你又抛弃了你的男人？你爱他？”

“我比以往任何时候都更加爱他。”

“本杰明先生，”牧师说，“如果她从现在到明天九点钟之前恢复了神志，那就把她连同她的行李一道送到洛克斯利旅馆去，我现在就住在那儿。晚安，瓦莱拉。我要同你姨妈商量，接下来该拿你怎么办。我没有更多话要说了。”

“临别之际，给我一个亲吻吧，姨父。”

“噢，是的。我给你一个亲吻。你想要什么都可以，瓦莱拉。下一个生日我就六十五岁了。人生到了我这个年纪，我认为，自己还是对女人有所了解的。但看起来，我好像什么都不知道啊。地址是洛克斯利旅馆，本杰明先生。晚安！”

本杰明把斯塔克韦瑟博士送到花园门口之后，他返回到我身边时，表情很严肃。

“请您听听劝告吧，亲爱的，”他说，“我并不要求您认为我对这件事情的看法有多么高明，但是，您姨父的看法总是值得考虑的吧？”

我没有回话。再说什么也无济于事。我打定了主意被误解，同时遭受打击，准备承受住。“晚安，亲爱的老朋友。”我对本杰明就说了这么一句话，然后转身离开——我的双眼噙满着泪水承认——然后躲避到自己的卧室里去了。

百叶窗依旧向上拉着，秋天里皎洁的月光倾泻在小房间里。

我伫立在窗户边，向外眺望，这时候，回忆起了另外一个充满了月色的夜晚——那是在我和尤斯塔斯结婚之前，我们一同漫步在牧师宅邸的花园里。关于那个夜晚，我在前面的行文中有所描述。当时，我们的结合遇到了障碍，尤斯塔斯主动提出解除我同他的婚约。我再次看到了那张亲切的面容，月光下注视着我。我再次听见他先前说过的话，还有我说过的话。“原谅爱上了你吧——充满了激情，坚定不移，爱上了你。原谅我吧——让我离开！”

而我回答说：“噢，尤斯塔斯，我只是个女子——别逼得我疯狂！我离开了你活不了。我必须、一定要做你的妻子！”而现如今，婚姻把我们结合在了一块儿，我们却要分开！分开了，却彼此一如既往地热烈爱着对方。为什么呢？因为他根本没有犯罪，但却受到了指控，因为苏格兰陪审团没能看清，他是个清白无辜的人。

我看着美妙的月色，追寻着那些记忆和那些思绪。一股新的热情在我心中点燃。“不！”我自言自语地说，“面对我丈夫的案件，任何亲戚或者朋友都无法说服我，使我动摇信念，放弃努力。证明他的清白是我今生的工作——我从今晚就开始！”

我放下了百叶窗，点燃了蜡烛。静谧的夜晚——我形单影只，无依无靠——我的面前展示艰辛而又可怕的旅途，我迈出了第一步。从扉页到结尾，没有停下来歇息，不遗漏掉一个词，我阅读了我丈夫杀妻的《庭审报告》。

# 第十五章　审判的过程：前奏

开始概述《庭审报告》展示的过程之前，我要坦承自己的另外一个弱点。我无法说服自己第二次抄写报告扉页上公开侮辱我丈夫姓氏的可怕内容。我在第十章中已经抄写过一次了，一次足矣。

我翻到《庭审报告》的第二页时，发现了一条说明，向读者保证，这份《庭审报告》绝对准确无误。编者提到，自己享有了某些特权。因此，审判长亲自修改了自己对陪审团的指令。还有，控辩双方的首席律师效仿审判长的做法，修改了他们对嫌疑人指控或者辩护的发言。最后，为了确保对不同证人提供的证词的记录准确无误，其特别进行了逐字逐句审核。我发现了这条说明之后，心里感觉到了些许轻松，而且从一开始就感到满意，《庭审报告》叙述的过程对每一个方面都进行了完整而真实的展示。

接下来一页的内容更加吸引了我。上面罗列出了参加这部审判戏剧演出的角色——这些人把我丈夫的名誉和我丈夫的性命捏在手上。名单如下：

法官席上坐着的法官：

　　苏格兰最高民事法庭副庭长

　　德拉姆芬尼克阁下

诺布尔柯克阁下

检察官：

大卫·明特劳先生（苏格兰检察总长）

唐纳德·德鲁先生（苏格兰副检察长）

公诉方代理人：

詹姆斯·阿利斯先生，苏格兰最高民事法庭出庭办案律师

辩护律师（控辩双方）：

法迈克先生（苏格兰律师联合会会长）

亚历山大·克罗克特先生（辩护律师）

被告方代理人：

索尼班克先生，苏格兰最高民事法庭出庭办案律师

普莱摩尔先生，苏格兰最高民事法庭出庭办案律师

接着便是对嫌疑人的起诉内容。我不愿意抄写那些粗鲁难听的文字，充斥着不必要的重复（还有，如果说我对这一方面还知道一些东西的话，还存在条理不通的情况），其中，我清白无辜的丈夫被控毒杀了他的第一任妻子，虽郑重其事，但却子虚乌有。在我眼中，这一页上越少提到那个虚假和可恶的起诉，页面上的内容越显得舒服和真实。

那么，简而言之，“为了女皇陛下的利益，经女皇陛下的苏格兰检察总长大卫·明特劳先生提议，起诉和控告尤斯塔斯·麦卡伦在密得洛西恩郡[1]他那处名叫格兰尼奇的住所投毒杀害了自己的妻

① 密得洛西恩（Mid-Lothian）是苏格兰三十二区域之一，靠近苏格兰首府爱丁堡。沃尔特·司各特有一部代表作品叫作《密得洛西恩监狱》。

子”。起诉书中声称，嫌疑人心怀恶意，穷凶极恶，投毒加害自己的妻子萨拉。两次将砒霜投入茶水、药液，“或者投入公诉人不知道的其他食用物品中，或者以公诉人不知道的其他方式”。起诉书进一步声称，嫌疑人的妻子由于上述其丈夫的某一次或者两次投毒行径中毒而亡。她就这样被自己的丈夫谋杀了。接下来的一段断言，尤斯塔斯·麦卡伦被带到了大律师、密得洛西恩郡代理郡长约翰·戴维奥特先生面前。尤斯塔斯在爱丁堡确实当场（在指定的日期——10月29日）在一份声明上签署了自己的姓名，表示自己并没有犯所指控的罪行。声明和起诉书放置在一起——放在一块儿的还有一些证明、文件和物品，列了一个带编号的目录清单——可用于指控嫌疑人。起诉书最后声明，一旦嫌疑人被指控的罪行由审判裁定坐实，那么，他，即上述的尤斯塔斯·麦卡伦，“就该受到法律的制裁，以儆效尤，令后来者不敢再犯此类罪行”。

这些就是起诉书的内容！我看完了——而且很高兴看完了。

接下来是一大串文件、证明和物品的目录清单，有三页纸。按照顺序接下来是证人的名单，投票选出的参与该案件审理的陪审团名单（共十五名）。最后，才是《庭审报告》的正文。我觉得，报告精炼成了三个至关重要的疑问。按照报告在我面前展示的样子，我就在此展示一下吧。

# 第十六章　疑问之一——女人是中毒身亡吗?

审判于十点钟开始，嫌疑人安置在爱丁堡高等法院的被告席。他彬彬有礼，对着法官席鞠了一躬，然后辩称无罪，说话声音很低。

在场的每一个人都注意到，嫌疑人的面部表情说明其内心备受折磨。他脸色煞白，眼睛从未朝着法庭上的听众看。当一些证人出面指控他时，他会短暂地关注他们片刻。其他时刻，他的眼睛一直盯着地上看。当证据触及他妻子的疾病和死亡时，他深深地受到触动，双手掩面。本案中的嫌疑人（尽管是个男人）与法庭先前审判的一个杀人嫌疑人相比，显得更加缺乏镇定——那是个女人，证据确凿，裁定有罪。人们对此议论纷纷，普遍感到惊讶。在场的有些人（只是极少数）认为，这种缺乏镇定的表现是一种对于嫌疑人有利的迹象。他们认为，嫌疑人处境可悲，若是镇定自若，那明显是麻木不仁，唯有丧尽天良、厚颜无耻的罪犯才会如此，那样可以推断——他不是清白无辜，而是犯下了罪行。

头一位被传的证人是约翰·戴维奥特先生，密得洛西恩郡的代理郡长。他接受了检察总长（代表公诉方）的询问，然后说：

“嫌疑人因目前的指控被带到了我面前。他于 10 月 29 日拟定并且签署了一份声明。声明是在自由和自愿的情况下拟定的，因为我们事先适时地向嫌疑人进行了警示和劝告。”

代理郡长确认了声明之后——苏格兰律师联合会会长（代表被告方）对其进行了反诘问[①]——继续提供了以下证词：

“指控嫌疑人的罪名是：谋杀。这一点在他拟定声明之前就已经告诉他了。我们对嫌疑人提了一些问题，一部分由我提出，一部分由另外一位官员即苏格兰地方检察官提出。他给出的答案很明确，而且根据我的判断，也没有什么保留。声明当中作出的陈述是对地方检察官或者我本人所提问题的回答。”

随后，郡长办公室的一位书记员正式出示了声明，而且证实了他前面的证人提供的证据。

接下来出现在法庭上的一位证人引起了明显的轰动。此人不是别人，正是麦卡伦夫人生病的最后时刻负责照顾她的护理——名叫克里斯蒂娜·奥姆塞。

护理首先做了例行回答（由检察总长询问），然后接着说：

“10月7日，我开始被人召唤去照顾已故夫人。她当时患了重感冒，还伴有左膝关节风湿症的影响。那之前，我知道，她身体很健康。一旦对她习惯了，就知道如何同她打交道，她倒不是个难以伺候的人。主要的困难源自她的脾气。她并不是个郁郁沉默的人，而是桀骜不驯，性情暴躁——动不动就会激动，勃然大怒。一旦怒起来了，说话做事容易鲁莽冲动。每当这种时候，我真的觉得，她几乎不知道自己在干什么。我个人的看法是，由于婚姻生活的不幸，她的脾气变得更加火爆了。她远不属于那种保守内敛的人。事实上，（根据我的看法）同别人在一块儿时，比如像我这样的人，地位比

① 反诘问（cross-examination）指诉讼代理人或当事人的一方向对方证人就其所提供的证词进行盘问，以便发现矛盾，推翻其证词。

她的要低，她有点沉溺于诉说自己的事情，自己遇到的麻烦。比如说，她毫无顾忌地告诉我（我们两个人在一块儿待的时间够长，彼此习惯了对方之后），她很不幸福，关于她丈夫，有很多事情纠结着。一天夜晚，她睡不着，很焦虑，便对我说——”

她说到这儿时，苏格兰律师联合会会长插话了，替嫌疑人发言。他提请法官们评说一下，像这样东拉西扯、难以置信的证据，法庭是否可以当作证据来采信？

苏格兰检察总长（代表公诉方发言）声称，他有权出示证据。本案中，至关重要的是要向公众展示（根据不怀偏见的证人的证词）丈夫和妻子共同生活在一起时的状况。证人是位很体面的妇女。那位不幸的夫人弥留之际，她伺候在她的病床边，赢得了夫人的信任。

法官们聚在一起经过简短的商议后，一致决定，上述证词不予采信。有关丈夫和妻子之间的关系问题，证人亲眼看到和注意到的情况才是他们能够接受的。

苏格兰检察总长据此继续询问证人。克里斯蒂娜·奥姆塞继续提供如下证词：

“作为护理，同那个家庭里其他任何人相比，我必定看到了关于麦卡伦夫人的更多情况。凭着实际经验，我可以说，很多情况都是偶尔到达她的房间的人所不知道的。

“比如说，我不止一次有机会亲眼注意到，麦卡伦先生和夫人两个人生活在一块儿并不幸福美满。关于这一点，我可以举一个实例，那可不是别人告诉我的，而是我自己亲眼看见的。

“到了我伺候麦卡伦夫人的后半阶段，有位年轻寡妇，名叫博利夫人——是麦卡伦先生的一位表妹——到了格兰尼奇，并且住了下来。麦卡伦夫人对那位女士心生妒意。就在她去世的前一天，麦卡伦先生进入她的房间，询问她夜间的情况如何。她当着我的面表露出了妒意。‘噢，’她说，‘不必关心我睡得如何！你为何要关心我睡得好还是不好呢？博利夫人夜间过得如何呢？她今天早晨是不是看起来更加漂亮了呢？回到她身边去——请回到她身边去吧！别浪费你的时间待在我身边。’她一开始就表现出这种态度，然后就大发雷霆，义愤填膺。我当时在替她梳头，心里面觉得，在当时那种情形之下，显得不合时宜，于是想要离开房间。她不让我离开。麦卡伦先生和我的感觉一样，我应该告退。他直截了当这么说了。麦卡伦夫人坚持要我留下，用很刻薄的言辞对她丈夫说话，以致他说：‘如果你不能控制住自己的情绪，要么护理离开，要么我离开。’即便到了这个时候，她仍然毫不让步。‘一个绝妙的借口啊，’她说，‘可以回到博利夫人身边。去吧！’他顺着她说的话，走出了房间。他刚刚把房门关上，她便开始在我面前辱骂他，举止态度令人震惊。她说到了他的很多情况，除此之外，她还断言说，他最乐意听到的消息是：她死亡了。我的态度毕恭毕敬，斗胆劝说她。她拿起梳子，朝着我扔了过来——而且当场就要我走人，不要再伺候她了。我离开了她，在楼下等待着，直到她激动的情绪平静了下来。我随后回到了她的床边，过了一会儿，她的情况恢复了正常。

“我若是再次补充一句或许算不得有错，因为这样有可能有助于解释麦卡伦夫人对她丈夫的表妹的妒忌心理。麦卡伦夫人长相很一般，有一只斜视眼，而且（如果我可以用这样的言辞来表达的话），脸上的肤色暗淡无光，布满污斑。看见有人长着这样的一张脸真可以算是我的不幸啊。而博利夫人却魅力十足，眼睛一直引人注目，皮肤光亮细腻，十分美丽。麦卡伦夫人说她是涂脂抹粉的结果，这很不符合事实。

“不对，那位已故的夫人皮肤上的瑕疵绝不是因为生病造成的。我倒是认为那是她自己天生的。

“关于她的病情，若是要求我做一番描述的话，我可以说，挺麻烦的——仅此而已。直到最后一天，她的病并没有出现严重的症状。当然，她膝关节处的风湿症让她很痛苦，每当她移动时，会出现剧烈的疼痛。毫无疑问，成天躺在床上，那是很不舒服的。但是，除此之外，遭受致命的打击之前，夫人的病情没有出现什么令她本人或者其他人惊慌的症状。她拥有自己的书籍，还有书写的用具，放置在一张供病人使用的小桌上。小桌装了个转动的枢轴，可以调整到使用起来她觉得最舒适的位置。有时候，她看书写作的工作量很大。另一些时候，她安安静静地躺着，想着自己的心事，或者同我和当地的一两位女性朋友说说话，她们会定期来看望她。

“据我所知，她写作的几乎全是诗歌一类的东西。她是位诗歌创作的高手。只有一次，她向我展示了她的一些诗作。对于那样的东西，我没有判断力。她的诗作属于哀婉幽怨的那种，透着对自己的失望，感叹自己为何降生人世，全是这一类的胡言乱语。她丈夫不止一次进入她房间，听到刻薄的话，她说他冷酷无情，看不到自己妻子的优点。总而言之，她的怨恨不满既会口头表露，也会诉诸笔端。有那么一些时候——而且还挺经常的——即便天使下凡，麦卡伦夫人也会感到不满意。

“已故夫人生病期间，她一直待在同一个房间里——房间挺大，坐落在住宅的二楼（最好的卧室往往都在二楼）。

“是啊，我现在都还对那个房子的平面图记忆犹新。有一扇门连通大的过道，或者走廊，因为所有房门都是朝着那儿开的。坐落在一侧墙壁处的第二扇门（平面图上标注为 B）通向麦卡伦先生的卧室。对面墙壁处的第三扇门（平面图上标注为 C）与一小书房连通。他们告诉我说，那个小书房是麦卡伦先生的母亲待在格兰尼奇时使用的，但其他人极少或者根本就没有进入过。我在格兰尼奇期间，麦卡伦先生的母亲没有在那儿。连通卧室和书房之间的那扇门上了锁，但钥匙拔走了。我不知道钥匙在谁手上，或者是否不止一把钥匙。就我所知，门从来没有打开过。我只进入书房看了看，是陪同女管家，从朝向走廊开的第二扇门进入。

“我请求说一说，根据我自己熟悉的，我能够确切地说出有关麦卡伦夫人的病情，还有导致她死亡的突然变故。遵从医生的嘱咐，我当时做了笔记，记下了日期和时辰，诸如此类的情况。我来这儿之前查看了自己的笔记。

“10 月 7 日，我被召唤去护理她。从那一天到 10 月 20 日，她的身体缓慢但很稳定地好转。毫无疑问，她的膝盖处仍然疼痛得厉害，但是，炎症正缓慢消失。至于其他症状，由于躺在床上，人显得很虚弱，还有就是容易发脾气，除此之外，她实际上没有什么不对劲的地方。她睡眠不好，我或许应该补充这一点。但是，服用了医生开具的镇定药剂，这一状况改善了。

“10 月 21 日，六点过几分钟，我得到了最初的警报，麦卡伦夫人出了情况了。

“麦卡伦夫人床上的小桌子上放了个手摇铃。我在上面提到的时间被铃声惊醒。我来介绍一下我本人的情况吧，凌晨两点过后，我才在卧室的沙发上睡下，疲惫不堪。麦卡伦夫人当时醒着，生着我的气呢。她头天晚上使用自己的梳妆盒梳理完毕后，我试图说服她让我把梳妆盒从桌子上拿走，因为梳妆盒很占地方，而且她在早晨之前也不会再使用了。但是，不是那么回事——她坚持要我让梳妆盒搁置在那儿。梳妆盒里有一面镜子，她尽管相貌平平，却总爱照镜子，百看不厌！我看见她心情不好，发脾气了，于是由着她来，让梳妆盒放在原处。我发现，她随后情绪过于低落，不愿意同我说话；脾气过于倔强，我把镇定药品递给她，她也不服用。正如我前面说过的，我便在她床脚边的沙发上躺下睡着了。

“她的铃响起来的那一瞬间，我爬起来了，到达了她床边，做好了应急准备。

“我询问她怎么回事。她诉说自己虚弱无力，沉闷压抑，还说感到恶心。我问，我睡着时，她是否吃过什么药物或者食物之类的东西。她说，她丈夫大概一个小时前进入过房间。他发现她仍然睡不着，于是亲自给她服用了镇定药剂。她说话的当儿，麦卡伦先生（睡在隔壁房间）到了我们身边。他也是被铃声惊醒的。他听见了麦卡伦夫人对我说关于服用镇定药剂的事情，但没有对此说什么。我觉得，他对妻子虚弱无力的状态感到很震惊。我提议说，她应该服用一点儿葡萄酒，或者兑水白兰地。她回答说，自己胃部已经像灼烧一样地疼痛，根本咽不下诸如葡萄酒或者白兰地那样强烈刺激的东西。我把一只手按在她的胃部——动作很轻柔。我触碰到她时，她发出了尖叫。

“这种症状令我们很震惊。我们打发人去村里叫那位医生，因为麦卡伦夫人生病期间，一直是他在诊治的。他名叫盖尔先生。

“面对他的病人病情突然恶化的情况，医生似乎也和我们一样解释不清是怎么回事。他听见她诉说口渴之后，给她喝了点牛奶。她刚喝下牛奶不一会儿，便呕吐了。呕吐之后，她似乎感到轻松了一些。她很快就睡意上来了，接着便睡着了。盖尔先生离开了我们，临走时严格嘱咐我们，她的病若是再次发作，立刻去叫他。

“此类情况没有再度发生，随后的三个多小时里，没有出现什么变化。她将近九点半钟时醒来，然后询问她丈夫的情况。我告诉她说，他返回自己的房间去了，问是否要去叫他。她说：‘不要。’我接着问，她是否想要吃点什么或者喝点什么。她说：‘不要。’还是这个回答，神情茫然，表情呆滞——然后吩咐我下楼去用早餐。我下楼途中遇到了女管家。她邀请我陪同她一道到她的房间里去用早餐，而非像平常一样到仆人的房间用。我和女管家待在一块儿的时间很短，肯定不超过半个小时。

“我再次上楼时，遇到了下等女仆，她在打扫一个楼梯口。

“那女仆告诉我说，我离开到女管家房间期间，麦卡伦夫人喝了一杯茶。麦卡伦先生的贴身男仆吩咐她给女主人沏茶，因为他奉了主人命令。下等女仆沏了茶，亲自端到了楼上麦卡伦夫人的房间。她敲门时，她的男主人（她说）打开了房门，亲手从她手上接过了茶杯。他让门开得很大，她看得见房间里面的情况，并且注意到，麦卡伦夫人身边没有别人，只有他本人。

“我和下等女仆说了一会儿话后，便返回了那间卧室。那儿没有人，麦卡伦夫人躺在床上，态度很平静，脸侧在枕头上背对着我。我走近床边时，踢到了地板上的什么东西，是一只打碎的茶杯。我对麦卡伦夫人说：‘这个茶杯怎么打碎了，夫人？’她回了话，但脸没有向我转过来——声音很怪异，含混不清——‘我掉落的。’‘是在您喝茶之前吗，夫人？’‘不是，’她说，‘我喝完茶后把茶杯递给麦卡伦先生时。’我之所以提出这个问题，是想要知道——一旦杯子掉落时，茶水洒了——我是否需要再去给她沏一点茶。我很肯定，我很清楚地记得自己提出的问题，还有她的回答。我接着询问，她是否一个人待了很长时间。她说，话说得很干脆：‘是的，我一直在设法睡着。’我说：‘您感觉舒服吗？’她回答说：‘是的。’还是这个回答。整个这期间，她一直情绪不佳，脸没有转向我，而是对着墙壁。我躬着身子给她整理床单被褥，朝着她那张小桌看。一直放置在上面的书写用具被弄乱了。其中一支笔上还沾着没有干的墨水。我说：‘您肯定没有写东西吧，夫人？为何不写呢？又写了一首诗吗？’我问了一声。她自顾自地笑了起来——是一种苦涩而短促的笑。‘是的，’她说，‘又写了一首诗。’‘那好啊，’我说，‘看起来您恢复得差不多啦。我们今天不需要去叫医生了。’她没有对这句话做出回应，只是用手不耐烦地示意了一下。我不知道那是什么意思。于是，她又说话了——不过也很生气！‘我想要一个人待着，离开我吧。’

“我别无选择，只有按照吩咐我的去做。据我观察，她也没有什么大事儿，没有什么需要护理做的。我把拉铃索放在她够得到的地方，然后再次下楼了。

“据我估计，又过了半个小时。我待在听得见铃声的地方。我放心不下——但并不确切知道为什么。她先前那怪异含混的说话声音一直悬在我的心头。让她独自一人待的时间过长我实在不放心，但是，如果她没有拉响铃，我返回去的话，她可能又会情绪发作起来。

我不愿意冒这个险。最后，我大胆地进入了一楼那个房间，那个房间叫作晨室[①]，去请教麦卡伦先生。他上午一般都是待在那儿的。

“然而，这一次，我看了看晨室后发现，那儿空无一人。

“同一时刻，我听见了男主人在室外露台上发出的声音。我到了室外，发现他在同一位名叫德克斯特的先生说话，是他的一位老朋友，而且（和博利夫人一样）是暂住在府上的客人。德克斯特先生坐在楼上他卧室的窗户边。（他是个腿脚不便的人，只能坐着轮椅行动）麦卡伦先生在楼下的露台上同他说话。

“‘德克斯特！’我听见麦卡伦先生说，‘博利夫人哪儿去了？你看见她了吗？’

“我接着便走了过去，请求原谅打搅了他们。我把自己遇到的困难对麦卡伦先生说了，是返回到他夫人的房间，还是等待听见铃声再说。他还没有来得及在此时给我建议，男仆就来了，告诉我说，麦卡伦夫人此时拉响铃了——而且铃声很急。

“当时将近十一点钟。我急忙上楼，匆匆返回卧室。

“我还没有来得及打开房门，便听见了麦卡伦夫人的呻吟声。她忍受着剧烈的疼痛，感觉胃部、喉咙像火烧一样灼热，而且还像清早时一样不停地呕吐。虽然没有医生在场，但是从她的脸色可以看出，这一次的发作比先前那次厉害多了。我拉响了铃，叫个人去把麦卡伦先生找来，然后跑到门口看看是否有哪个仆人在附近。

“我在走廊处看到的唯一一个人是博利夫人。她正好从自己的卧室走过来，她说，去看望一下麦卡伦夫人的身体状况如何。我对她

① 晨室（morning room）是有钱人家的大宅用作上午的起居室以便家庭成员沐浴阳光的所在。

说：‘麦卡伦夫人的病情又严重了，夫人。您能否去告诉麦卡伦先生，去把医生请过来？’她马上跑下楼去做我请求她的事情。

“我回到床边不久，麦卡伦先生和博利夫人两个人一同进入了。麦卡伦夫人看了他们一眼，目光很怪异（那种表情我难以描述），要他们离开她。博利夫人一副很惊恐的样子，立刻离开了。麦卡伦先生朝着床边走近了一两步。他夫人再次看着他，还是用那种怪异的目光，然后大声喊着——一半像是在威胁他，一半是在哀求他——‘让我同护理待着，走吧！’他只是低声对我说：‘已经派人去请医生了。’——他随即也离开了房间。

“盖尔先生到达之前，麦卡伦夫人呕吐得很厉害，呕吐出来的东西如同烂泥，还冒着泡，稍微带着血丝。盖尔先生看过情况后，表情很严肃。我听见他自言自语：‘这是怎么一回事呢？’他竭尽全力来减轻麦卡伦夫人的痛苦，但我看得出，效果不佳。一段时间过后，她的痛苦似乎有所减弱了。接着又是呕吐，接着又停顿下来了。不管她是否遭受着痛苦的折磨，反正我观察到，她的双手和双脚（我任何时候触摸）全部是冰凉的。还有，医生说她的脉搏都是一致的——‘非常微弱。’我对盖尔先生说：‘怎么办啊，先生？’而盖尔先生对我说：‘我不能再担负起诊治这个责任了，必须得从爱丁堡请一位医生来。’

“马夫把格兰尼奇马厩里跑得最快的一匹马套在了一辆轻便的马车上，扬鞭催马赶往爱丁堡，去接名医杰罗姆医生。

“我们等待医生的当儿，麦卡伦先生随同盖尔先生进入了他夫人的房间。她尽管精疲力竭了，但她还是立刻抬起一只手，示意他离开。他尽可能地说些安慰的话，说服她让他待着。不行！她坚持要他离开房间。他好像意识到了——在这样的时刻，而且是当着医生的面。他趁着她不注意，突然上前走到了床边，亲吻了她的前额。她尖叫了一声缩了回去。盖尔先生出面干预，让他离开了房间。

“下午，杰罗姆医生到达了。

“这位名医来得正是时候，赶上了目睹夫人又是一阵严重的呕吐。他仔细认真地注视着她，没有吭一声。实际上，到了呕吐停止时，他仍然在观察她，缄口不言。我觉得，他不会给她检查了。等到最后他觉得差不多了时，他告诉我离开，让他同盖尔先生一块儿待着。‘等到我们再需要你时，’他说，‘我们会拉响铃的。’

“过去了很长时间，这才传来了召唤我的铃声。马夫已经被差遣走了，我才被召唤返回卧室去。马夫第二次被差遣去爱丁堡，是把杰罗姆医生的一张字条送给他的管家，说他接下的几个小时内无法赶回城里给病人看病。我们一些人觉得，这说明麦卡伦夫人的情况不妙了。另一些人说，这可能说明，医生怀有挽救她的希望，但预计花费的时间很长。

“最后，我被召唤了。我刚一出现在卧室，杰罗姆医生就走出去同麦卡伦先生说话，留下我和盖尔先生待着。从那时开始，只要可怜的夫人活着，我就不是一个人单独同她在一块儿。两位医生中总有一位待在她房间里。给他们准备好了饮食，但他们还是轮流去用的餐——轮流守候在床边。如果他们对病人实施诊治，我也不至于会对这种行为感到惊讶。但是，他们结束了诊治，他们唯一的任务似乎就是保持观察。我被弄得云里雾里，对此无法理解。保持观察本来是护理做的事情。我认为医生们的行为很不可思议。

“到了这个时候，病人的房间已经点起了灯。我可以看出，快要接近终点了。她除了偶尔感觉双腿有抽搐之外，好像疼痛有所减弱。但是，她的双眼看起来凹陷下去了，皮肤冰凉黏湿，双唇泛蓝而苍白。现在什么也无法唤醒她了——她丈夫只好最后一次努力地看看她。他随同杰罗姆医生进入房间，一副惊恐不安的样子。她已经说不出话来了，但是，她看见他的瞬间，有气无力地示意和出声，表明她还是和先前一样坚决不让他靠近她。他人都支撑不住了，盖尔先生只好扶着他离开房间。其他任何人都不允许看望病人。德克斯特先生和博利夫人在门外询问情况，而没有让进入室内。随着夜幕降临，两位医生一边一位坐在床边，默默地注视着，默默地等待着她的死亡。

“将近八点钟时，她的双手和双臂似乎都已经不起作用了，无能为力地搁在被褥外面。片刻过后，她进入一种半昏睡状态。慢慢地，沉重的呼吸声变得微弱了。九点二十分时，杰罗姆医生吩咐我把灯端到床边。他看了看她，一只手放到她的心口处，然后对我说：‘你可以下楼去了，护理，一切都结束了。’他转身向着盖尔先生。‘您问一下麦卡伦先生可不可以见我们？’他说。我替盖尔先生打开了门，然后跟随着他出门。杰罗姆医生把我叫回来了片刻，要我把房门的钥匙给他。我当然这样做了——但是，我觉得，这也很不可思议。我下楼到了仆人间之后，发现大家都感觉到发生了什么事情。我们全都很不安心——不知道为什么。

“一会儿过后，两位医生离开了住宅。麦卡伦先生无法接待他们，也无法倾听他们要说的话。面对如此困难，他们只得私下里同德克斯特先生交谈，因为他是麦卡伦先生的老朋友，又是当时待在格兰尼奇的唯一一位绅士。

“我就寝前上了楼，为已故夫人的遗体入殓做准备。停放她的遗体的那个房间上了锁，通向走廊的那扇门和通向麦卡伦先生卧室的那扇门都锁牢了。盖尔先生把几把钥匙都拿走了。男仆中有两位站立在卧室门外值守。他们一直要守到凌晨四点钟才能离开——他们告诉我的就是这些。

“由于没有任何解释和吩咐，我便擅自敲了德克斯特先生卧室的门。我从他的嘴里首先听到了令人震惊的消息。两位医生都拒绝开具正常的死亡证明！翌日上午要对遗体做医疗检查。”

至此，对护理克里斯蒂娜·奥姆塞的询问结束了。

尽管我不懂法律，但我可以看出，这份证词（迄今为止）会在陪审团的心里产生什么样的印象。首先表明了，我丈夫有两次投毒的机会——一次在药剂里，一次在茶水里——这之后，检察官引导陪审团推断，嫌疑人利用这两次机会替自己清除掉了相貌丑陋和充满妒意的妻子，因为其令人厌恶的脾气他再也忍受不了了。

苏格兰检察总长让自己的询问达到了这个目的之后，便完成了对证人的取证。苏格兰律师联合会会长——代表嫌疑人的利益行事——随后站起身对护理进行了反诘问，从而拟问出妻子性格中好的一面。如果他的这个努力获得了成功，那么，陪审团可能会重新考虑他们的结论，即妻子激怒了自己的丈夫，令其忍无可忍。如果情况如此，（迄今为止）丈夫毒杀她的动机何在？嫌疑人有罪的推论又从何说起呢？

由于这位技巧高超的律师紧追不舍，护理不得不展示出我丈夫的第一任妻子全新的一面。以下是苏格兰律师联合会会长从克里斯蒂娜·奥姆塞嘴里问出的情况：

“我坚持认为，麦卡伦夫人脾气十分暴躁。但是，对于由于自己火暴脾气造成的伤害，她确实有悔悟的习惯。当她冷静下来之后，她总会请求原谅她。她道歉时优雅得体。每当这种时候，举止态度令人舒心。她说话行动都像个素有教养的夫人。还有，说到她的长相外表，虽然脸部形象很普通，但她身材很好。别人告诉我，一位雕塑家曾参照她的手和脚做成过模型。她有一副甜美的嗓音，据说，身体健康时，歌声很动听。衣着方面，她还是（如果她的贴身女仆所有说话可信）附近一带夫人们的衣服架子。还有，涉及博利夫人，尽管对那位漂亮的寡妇心怀妒意，但她同时也表现出，自己能够控制住那方面的情感。正是由于麦卡伦先生的关系，博利夫人这才到了府上居住。由于麦卡伦夫人的身体状况，博利夫人这才希望延长待在府上的时间。正是麦卡伦夫人本人——而不是她丈夫——决定，不应该让博利夫人失望，应该让她当时客居在格兰尼奇。再则，麦卡伦夫人（尽管她脾气暴躁）博得了朋友的喜爱，同时也博得了仆人们的喜爱。当大家知道她生命垂危时，整个府上没有一个人的眼睛是干的。再进一步说，至于护理在场时，出现的那些家庭小分歧，麦卡伦先生从来没有发过脾气，也没有说过刻薄的话。争吵起来之后，他似乎更多的是表达歉意而非愤怒。”——从道义上问一问陪审团：这样的一个女人会激怒丈夫去毒杀自己吗？这样的一个男人可能会毒杀自己的妻子吗？

取得了这样一个有利于嫌疑人的相反印象之后，苏格兰律师联合会会长坐下了。接下来传医生证人。

此处的证词简直毋庸辩驳。

杰罗姆医生和盖尔先生肯定地表示，病人的症状是砒霜中毒的症状。外科医生随后对遗体进行了检验。他很肯定地说，杰罗姆医生和盖尔先生声称他们的病人死于中毒，从内部器官的表象来看，他们的判断是正确的。最后，令这份证词完全无可争辩的是，两位化学分析师当庭出示了他们在遗体内发现的砒霜，其含量足以毒死两个人，而非一个人。面对如此证据，反诘问只是走个形式而已。《庭审报告》中提出的第一个问题——女人是中毒身亡吗？——有了肯定的回答，而且答案不可能存在疑问。

随后传唤到庭的证人与接下来的问题有关，即费解而又可怕的问题：谁毒害了她？

# 第十七章　疑问之二——谁毒害了她？

两位医生和两位化学分析师提供了证词之后，第一天的审判程序结束了。

第二天，大家普遍感到好奇，充满了兴趣，期待着检方拿出证据来。针对发生在格兰尼奇这一类的犯罪疑案，官方会正式委派人员进行调查核实。现在，法庭要倾听那些人员所看到的情况，所采取的行动。苏格兰地方检察官——作为官方正式委派的人员，领导了一系列初步的依法调查行动——是翌日审判时传唤的第一位证人。

苏格兰检察总长对地方检察官进行了询问。地方检察官提供了以下证词：

“10 月 26 日，我收到了一封信，信是爱丁堡的杰罗姆医生和居住在爱丁堡附近小村庄丁多维的开业医师亚历山大·盖尔先生写来的。信中告知：麦卡伦夫人在其丈夫坐落在丁多维旁边的那处名叫格兰尼奇的宅邸里死亡，死亡情形很是蹊跷。上述信中还附了给我的两份报告。一份是对已故夫人遗体的检验报告。另一份报告记载了对其遗体器官进行化学分析后的结果。两份报告提供的结果证明，尤斯塔斯·麦卡伦夫人死于砒霜中毒。

“面对这样的情况，我着手查看和调查了格兰尼奇的那幢宅邸，还有其他地方，纯粹就是为了查明导致那位夫人死亡的情况。

“关于这次死亡事件，我所在的检察署没有对任何人提起有罪指控。我收到的两位医务人员的信中没有指控，也没有任何其他形式的指控。对格兰尼奇和其他地方的调查始于 10 月 26 日，直到 28 日才告结束。到了后面这个日期——基于向我报告的一些发现，还有我本人查阅送到我办公室来的书信和证明获得的情况——我对嫌疑人提出了指控，并且获准对他进行拘捕。10 月 29 日，他在郡长面前接受了质询，然后移交到了本庭接受审判。”

地方检察官做过了陈述，然后接受了反诘问（仅仅是严格依照法律行事），接着，检察署的其他雇员也被传到庭。那些人讲述的情况惊人而有趣。他们的发现至关重要，说明地方检察官指控我丈夫谋害了自己的妻子是站得住脚的。第一位证人是郡长办公室的一位雇员。他通报自己的名字是以赛亚·斯库尔克拉夫特。

以赛亚·斯库尔克拉夫特受到德鲁先生的询问——以及副检察长，还有检察官与苏格兰检察总长——然后说：

“我于 10 月 26 日获得批准，前往爱丁堡附近一处名叫格兰尼奇的乡间宅邸。我是带领检察官助理罗伯特·洛里一同前往的。我们首先查看了尤斯塔斯·麦卡伦夫人去世时所在的那个房间。我们在床上还有安置在床上的移动桌子上发现了书籍和书写用具，一张手稿，上面有一首尚未完成的诗稿，后来确认了，诗稿出自死者之手。我们用纸把这些东西包好，封存了起来。

“我们接着在卧室里打开了一个印度立柜，在此找到了更多手稿，均出自同一人之手。我们还发现了，先是几封信——接着是揉成了一团的一张纸片，被随意扔在立柜隔层的一角。经过更加仔细的查看之后，我们在那张纸片上发现了一枚药剂师的印刷符号。我们还在纸片的折缝里发现零零落落的一些白色粉末。我们和先前一样把纸片和信件小心地包起来封存。

“对房间的进一步查看并没有发现什么有助于实现我们目的的东西。我们查看了死者的衣物、首饰和书籍。我们留下了那些东西，并且上了锁。我们还发现了她的梳妆盒，也加封了，和我们在房间发现的其他东西一道带到了检察署。

“翌日，我们继续查看那幢宅邸，其间收到了检察官新的指令，开始检查与麦卡伦夫人死亡的那个卧室相通的卧室。夫人死亡之后，那个房间便一直锁着。我们没有在那儿寻找到重要的物品，随后进入同一楼层的另外一个房间，当时，嫌疑人生病躺在里面的床上。

“我们得到的解释是，他患的是神经系统方面的疾病，疾病的缘由是妻子的亡故，还有随后发生的事情。据说，他本人行动不便，不能见陌生人。不过，我们还是坚持（基于我们收到的新指令）要被允许进入那个房间。他平常睡在他夫人卧室隔壁的那个房间。当我们问到他是否从那个房间把什么东西搬到现在躺着的这个房间来时，他没有回答。他一直闭着眼睛，似乎是过于虚弱，不能同我们说话，或者注意我们。我们没有进一步打搅他，便开始查看房间和里面各种不同物品。

“我们正忙着时，一个奇怪的声响打断了我们。我们似乎听见了走廊传来的轮子滚动的声音。

“房门打开了，立刻进来了一位绅士——是位腿脚不便的人——坐在轮椅上向前。他把轮椅直接行进到了嫌疑人床边的一张小桌子旁，低声对着他说了些什么，声音太小，旁人听不见。嫌疑人睁开眼睛，快速示意了一下作为回答。我们彬彬有礼，告诉腿脚不便的那位绅士说，我们不能允许他此时进入房间。他好像对我们的话不予理睬，只是回答说：‘我姓德克斯特，是麦卡伦先生的老朋友。擅自闯入此地的是你们，而不是我。’我们再次通知他，他必须离开房间。我们特别指出，他把自己的轮椅这样停放在床边桌旁，有碍我们对房间进行检查。他只是哈哈大笑。‘你们自己难道看不见吗？’他说，‘这是一张桌子，没有别的什么。’作为对他这句话的回应，我们警告他，我们是依法行事，如果他妨碍我们执行公务，可能会遇上麻烦的。我发现，客客气气的做法无法让他离开，于是抓住他的轮椅推开了，而罗伯特·洛里则把桌子搬到了房间的另一侧。由于我擅自推了他的轮椅，腿脚不便的绅士对我勃然大怒起来。‘我的轮椅就等于是我，’他说，‘你竟敢用手抓我？’我首先打开了房门，然后助了一臂之力，不是用手，而是用手杖在他的轮椅后面狠狠地猛推了一下——于是，把他连同轮椅安稳而又快速地推出了房间。

“为了避免再受骚扰，我把房门锁了起来，然后和罗伯特·洛里一同检查那张床边桌。桌子有一个抽屉，但被锁牢了。

“我们问嫌疑人要钥匙。

“他断然拒绝给我们钥匙，并且说我们无权开他的抽屉。他非常生气，甚至声称，他由于身体过于虚弱，无法从床上爬起来，这也算我们走运。我态度礼貌地回答说，责任所在，我们必须要查看抽屉，还有，倘若他仍然拒绝交出钥匙，我们就只能把桌子搬走，请铁匠把锁弄开。

“正当我们争论不休时，有人敲门。

“我小心谨慎地把门打开。我以为还是那位腿脚不便的绅士，但不是他，门外站着的是另外一位陌生人。嫌疑人像朋友和邻居那样同他打招呼，神情热切地请求他挡住我们。我们发现，这第二位先生更加好打交道。他欣然地告诉我们说，他是德克斯特先生派人请过来的，他本人是位律师——他要求看我们的搜查证。他看过搜查证后，立刻告诉嫌疑人（显而易见，令嫌疑人感到很惊讶），虽然不情愿，但他必须服从，让检察官查看抽屉。随后，没有费任何周折，他拿到了钥匙，亲自把桌子的抽屉给我们打开了。

“我们在抽屉里发现了几封信，还有一本宽大的书写本，配了锁，封面上印着用字母拼成的‘我的日记’几个金色的单词。事实上，我们拿了那几封信和那本日记，并且密封起来呈交给了检察官。同时，那位先生代表嫌疑人拟了一份声明，还把他的名片递给了我们。我们看过名片后知道，他是普莱摩尔先生——现在属于嫌疑人的代理律师之一。名片和声明与其他文件一道由检察官保管着。我们在格兰尼奇没有发现其他什么重要的东西。

“我们接着前往爱丁堡展开调查——去找那位药剂师，即我们在那张揉皱了的纸片上发现了其标识的那位。还要去找另外一些类似的药剂师，因为我们按吩咐要去询问他们。10月28日，检察官掌握了我们能够收集到的所有信息，因此，我们的任务暂时算是完成了。”

斯库尔克拉夫特和洛里的证言到此结束。反诘问后也没有削减其说服力，该证词显然对嫌疑人不利。

法庭传唤接下来的一位证人时，情况变得更加糟糕。其标识出现在那张揉皱的小纸片上的药剂师现在出庭作证，令我不幸的丈夫的状况更加危急。

爱丁堡的药剂师安德鲁·金莱给出了如下证言：

“我配备了一本专门记录自己所售毒药的登记簿，这就是那本登记簿。上面提到的那个日期，被告席上的嫌疑人尤斯塔斯·麦卡伦先生进入我的店铺，并且说，他想要买点砒霜。我问他买砒霜干什么用，他告诉我说，是他府上的园丁需要，溶解后用来杀死温室里面的害虫。同时，他通报了自己的姓名——格兰尼奇的麦卡伦先生。我立刻吩咐我的助手把砒霜包好（两盎司）。我在登记簿上做了必须要做的登记。麦卡伦先生在登记项目上签了名字。我后来作为证人也签了字。他支付了砒霜的钱款，拿走了用两层纸包着的砒霜——外层的包装纸上粘了有我名字和地址的标识，还用大号字母标有‘毒药’字样，和现在出示的这张在格兰尼奇找到的纸片上的标识一模一样。”

下一位证人——彼得·斯托克代尔（也是爱丁堡的一位药剂师）出庭了，并且说：

“在我登记簿上记录着的那个日子——比金莱先生登记簿上记录着的那个日期晚几天，被告席上的嫌疑人到了我店铺。他想要购买价值六便士的砒霜。他的话是对着我的助手说的，于是我的助手叫我。我的店铺里有规定，即除了我本人，任何人不得出售毒药。我问了嫌疑人，他要砒霜干什么。他回答说，他想用砒霜毒杀一处名叫格兰尼奇的住宅的耗子。我说：‘我这是有幸在同格兰尼奇的麦卡伦先生说话吗？’他说这正是他的名字。我把砒霜卖给了他——大概一盎司半——把砒霜装在瓶子里，亲笔写上了‘毒药’字样。他在登记簿上签了名，付了款之后便拿走了砒霜。”

法官对两位证人进行了反诘问，最后对他们提供的证词形成了一些法律上站得住脚的质疑。但是，可怕的事实是，在上述两种情形中，我丈夫确确实实购买了砒霜。这一点仍然无法改变。

随后出庭的证人——格兰尼奇的园丁和厨子——把不利于嫌疑人的证据链更加无情地缠绕得牢牢的。

询问之中，园丁发誓说：

“在你们提到的那个日子或者其他任何日子，我从未收到过嫌疑人或者其他人给予的砒霜。我从未在格兰尼奇宅邸的温室或者花园使用过什么砒霜溶解液，也没有让我手下干活儿的人使用。我不赞成使用砒霜来杀死鲜花和植物上出现的害虫。”

接下来传唤出庭的是厨子。厨子的话说得如同园丁的话一样肯定。

“无论何时，我的主人或者别的什么人都没有给过我砒霜用于消灭耗子。我们不需要那样的东西。我发誓，我从未在宅邸内或者周围看见过耗子——也未曾听见别人说那儿出现过耗子。”

格兰尼奇宅邸其他仆人提供了类似的证词。对他们进行的反诘问并没有问出什么内容——只有一种可能，那就是宅邸内有耗子，只是他们没有发现罢了。手上掌握着砒霜的人便只有我丈夫，而没有别人。他购买了砒霜这个事实确凿无疑。唯一的结论是，他藏着砒霜。这个结论已经得到了证实。

随后出庭的几位证人竭力让嫌疑人接受对自己的指控。他手上掌握着砒霜，要这个干什么呢？证词促使陪审团推断出他用砒霜要做的事情。

嫌疑人的贴身男仆证实，夫人亡故的那天早上，八点四十，他的主人摇铃唤他，吩咐他给夫人沏一杯茶。仆人听从吩咐时，麦卡伦夫人卧室的门是开着的。他可以真真切切地保证，当时室内没有其他人，只有他的主人一个人。

紧接着出庭的是下等女仆。她陈述说，自己沏了茶，然后，十点钟之前，亲自端着茶上楼到了麦卡伦夫人的卧室。她的主人在敞开着的房门口从她手里接过茶杯。她能够看见室内的情况，看到就他一个人待在女主人的卧室里。

护理克里斯蒂娜·奥姆塞再次受到传唤。她重复了麦卡伦夫人最初生病时那天对自己说过的话。她当时说（话是早晨六点钟对护理说的）："麦卡伦先生一个小时之前进来过房间，发现我还是睡不着觉，于是给我喝了镇静药剂。"当时是早晨五点钟，克里斯蒂娜·奥姆塞躺在沙发上睡着了。护理进一步发誓说，她先前看过了装着镇定药剂的瓶子，通过瓶子上面标出的数值看到，与先前一次她给夫人服用的数值相比，已经超出了一次要服用的剂量。

这一次，反诘问引起了人们特别的关注。最后向下等女仆和护理提出的问题第一次表明，辩护将会是怎么样的一种情形。

苏格兰律师联合会会长反诘问下等女仆时说：

"你在收拾尤斯塔斯·麦卡伦夫人的卧室时，看到洗涤盆里剩下的水是呈黑颜色的，还是呈蓝颜色的？"证人回答说："我没有留意过此类情况。"

苏格兰律师联合会会长接着提问：

"在麦卡伦夫人卧室床上的枕头下面，或者任何其他藏匿东西的地方，是否发现了书籍或者小册子，内容是关于如何改进粗糙皮肤的？"证人回答说："没有。"

苏格兰律师联合会会长步步追问：

"你是否听见麦卡伦夫人说过，用砒霜做洗涤剂，或者做药物，是改善皮肤的佳品？”证人回答说：“从未听见。”

接着，对护理也问了类似的问题，证人也同样做了否定的回答。

那么，在此——尽管得到的是否定的回答——辩护的目的首次在陪审团和听众面前隐隐地展示出来了。为了避免在如此严重的事情上面出错，审判长（苏格兰最高民事法庭副庭长）等到证人退庭之后向被告的辩护律师直截了当地提出了如下问题：

“法庭和陪审团，”审判长说，“希望弄清楚，您对下等女仆和护理进行反诘问的目的。麦卡伦夫人使用丈夫买来的砒霜目的是改善皮肤，这是辩护要得出的结论吗？”

苏格兰律师联合会会长回答说：

“阁下，作为此次辩护的基础，这正是我们要说的，也是我们要加以证明的。医学证据表明，麦卡伦夫人死于中毒。我们对此无可置疑。但是，我们断定，夫人死于服用砒霜过量，是因为要改进其皮肤的瑕疵——皮肤有瑕疵，确认无疑——结果私自在卧室轻率地误用了砒霜。嫌疑人当着郡长的面有过声明，特别标明了，他是应夫人的要求去购买砒霜的。”

听过这一席话之后，苏格兰最高民事法庭副庭长询问，审判继续下去之前，拟在法庭宣读那份声明，控辩双方对此是否有异议。

对此，苏格兰律师联合会会长回答说，法庭宣读声明，他很乐意。他将在陪审团面前陈述自己的辩护意见，如果他可以使用其中的措辞，那便会取得效果，对陪审团的心理产生影响。

苏格兰检察总长（代表公诉方说话）很高兴能够在这件事情上同他博学的同仁达成一致的看法。声明中包含的仅仅为断言而已，既然这些东西尚无证据佐证，那么他也可以把这份声明看作是控方的证据。所以，他也很乐意让声明在庭上宣读。

因此，嫌疑人声称自己清白无辜的声明——在郡长面前，针对指控他谋杀了自己妻子而发出——宣读了。声明内容如下：

我购买了这两包砒霜，每次都是应我妻子本人的要求购买的。第一次，她告诉我毒药是园丁需要的，用在温室里。第二次，她说毒药是厨子要求买的，用于灭除宅邸一楼的耗子。

我两次都一回到家里便把砒霜交给了我妻子。买过之后，我就没有再去管毒药。我妻子负责吩咐园丁和厨子——我不管。我从来都不同他们中任何一位打交道。

关于砒霜的用途，我从未问过我妻子，因为我对这方面的情况不感兴趣。我有几个月没有进过温室了，因为我并不喜欢花朵。至于耗子，我把灭除耗子的事情交由厨子和其他仆人去办——如同我会把家务事情交给厨子和其他仆人去办一样。

我妻子从未对我说过，她需要砒霜来改善皮肤。可以肯定，我应该是最后一个知道她的这个化妆间秘密的人吧？我毫无保留地相信她告诉我的情况——毒药是园丁和厨子需要的，用于特定的目的。

我可以断言，自己同妻子生活得很融洽，当然，我们婚后偶尔也会发生小的分歧和误解。至于自己内心怀有的任何与婚姻生活有关的失落感，我作为一位丈夫和绅士，感觉自己有责任向我妻子隐瞒。她过早地亡故了，我不仅仅感到震惊和悲伤，还充满了恐惧感，因为她活着时，自己没有一门心思对她表现出足够的温情。

此外，我郑重声明，我如同不知道未出生的婴儿的情况一样，我并不知道她是如何服用了在她体内发现的砒霜的。我甚至连想都没有想过要去加害那个不幸的女人啊。我原原本本地将瓶子里的镇静药剂给她服用，过后又原原本本地从下等女仆手上接过茶杯让她喝过茶水。至于我把那两包砒霜交给我妻子之后，我就从来没有再接触过。至于她如何处理那些砒霜，放置在什么地方，我完全不知情。我在上帝面前声明，我是清白无辜的，并没有犯指控我的可怕罪行。

这些真诚而又感人的言辞宣读过后，第二天的审判程序便宣告结束。

至此，我必须承认，自己阅读了《庭审报告》后感到情绪低落，希望更加渺茫了。第二天的庭审结束时，证据的全部分量都对我丈夫不利。尽管我是个女人，尽管我是个热情的支持者，但我还是可以很清楚地看到这一点。

冷酷无情的苏格兰检察总长（我承认，我恨他！）业已证明：一、尤斯塔斯买过毒药。二、他购买毒药时给药剂师提供的理由不真实。三、他有两次机会悄然给他妻子服用毒药。另一方，苏格兰律师联合会会长证明了什么情况呢？迄今为止——什么也没有证明。至于嫌疑人在声明中声称自己清白无辜，正如苏格兰检察总长指出的，其说辞并没有证据的支持。没有任何证据表明，妻子私下里服用过砒霜，并且是用来改善皮肤的。

我唯一感到慰藉的是，通过阅读《庭审报告》，我知道，有两位可以提供帮助的朋友，他们的同情心我是可以依靠的。腿脚不便的德克斯特先生特别表明了，他是我丈夫完全可以信赖的好朋友。这样一个人把自己的轮椅移到了床边桌旁——这样一个人为了保护那些文件不被那些可恶的人抢走而抗争到了最后一刻！想到他，我心里热乎乎的。我当即决定，自己要坦露心迹，告知我的抱负和希望的头一个人应当是德克斯特先生。如果他不能给我提出什么建议，那我接着就去找那位代理律师——普莱摩尔先生——第二位好朋友，因为他曾依法抗争，不容许他人夺走我丈夫的文件。

我坚定了这个决心之后，翻开了下一页，开始阅读第三天庭审的情况。

# 第十八章　疑问之三——他怀有什么动机?

第一个疑问——女人是中毒身亡的吗?——已经有了肯定的回答。第二个疑问——谁毒害了她?——显然也已经有了答案了。现在有了第三个也是最后一个疑问——他怀有什么动机?为了回答这个疑问，首先受到传唤的证人是死亡妻子的亲戚和朋友。

德鲁先生（和苏格兰检察总长一道代表公诉方）询问了布赖德黑文夫人——海军少将乔治·布赖德黑文爵士的遗孀。她提供了如下证词：

“已故夫人（尤斯塔斯·麦卡伦夫人）是我的外甥女。她是我姐姐的独生女，其母亡故之后便一直住在我家里。我反对她的婚事——理由是，她别的朋友也认为，她纯粹是异想天开，感情用事。要我当众陈述这件事情，我感到极度痛苦，但是，如果为了实现公正的目的，我愿意做出这种牺牲。

“我现在提到的那个时间，站在被告席上的嫌疑人正客居在我府上。他骑马外出时发生了事故，一条腿严重受伤。他当年在印度服役时，那条腿本来已经受过伤。这次事故更是让伤痛雪上加霜。好几个星期，他只能斜躺在沙发上，无法移动，所以，府上的女眷轮流着陪坐在他身边，朗读书籍给他听，同他说话，以此打发无聊乏味的时光。我外甥女是那些护理志愿者中最重要的一位。她钢琴弹得很娴熟，而伤者又正好——正如事情到头来证明的那样，这很不幸——喜爱音乐。

“这样一来，他们之间便开始了纯真的交往，其结果对我外甥女而言却是悲惨的。她激情满怀，对尤斯塔斯·麦卡伦先生充满着依恋，而他却没有激发起相应的情愫。

“在事情尚可有效加以干预的时候，我竭尽全力进行干预，方法巧妙，而且行之有效。不幸的是，我外甥女却不肯对我推心置腹说实话。她坚决否定，她对麦卡伦先生只是朋友之间的关心而已，别无进一步的情感。既然如此，我若是要让他们分开，那就得要公开承认自己这样做的理由，其结果便会滋生出流言蜚语，从而可能影响我外甥女的名誉。我丈夫当时还健在，面对如此情形，我做了一件自己唯一能够做的事情。我请他私下里找麦卡伦先生谈谈，恳请他伸出援手帮助我们摆脱困境，不至于伤害到我外甥女。

“麦卡伦先生的表现令人钦佩。他当时仍然无法移动，但是，他找了一个毋庸争辩的借口离开了我们。我丈夫找他谈过两天之后，他便离开了我府上。

“这种干预措施出发点很好，但已经太迟了，结果彻底失败。不良的后果已经酿成，我外甥女日渐憔悴。求医问药，更变环境，这些措施对她都无济于事。过了一段时间——麦卡伦先生的伤痛痊愈了之后——我发现，她通过自己的女仆在同他秘密通信。我必须得说，他写的信行文深思熟虑，小心翼翼。然而，我还是觉得，自己有责任制止这种通信。

“我的干预——除了干预，我还能做什么呢？——让事情变得很危急。一天早餐时，我外甥女不见了。翌日，我们发现，神魂颠倒的可怜姑娘跑到麦卡伦先生在伦敦的住处去了。结果一些上门去拜访麦卡伦先生的单身朋友发现她躲藏在他的卧室里。

“对于这件难堪的事情，麦卡伦先生无可指责。由于他听见了室外的脚步声，时间紧迫，他只能把她藏匿在最近的一个房间里——最近的那个房间正好是他的卧室——以此来保全她的名节。当然，人们对这件事情议论纷纷，而且其动机被人以最险恶的方式曲解了。我丈夫又私下里同麦卡伦先生交谈过一次。他的表现仍然令人钦佩。他公开宣称，我外甥女是作为他的未婚妻上门的。此事发生两个星期之后，他用唯一可能的办法平息了流言蜚语——娶她为妻。

“唯独我一个人反对那桩婚事，当时觉得那桩婚事——事后已经证明了——是个致命的错误。

“如果说麦卡伦先生仅仅是没有丝毫爱情便娶了她，那已经是够悲惨的了。但是，让前景变得更加无望的是，在那样一段时间里，他本人对一位已经同另外一位男士订了婚的小姐怀着不应该有的恋情。我很清楚他满怀着同情之心，但他否认了这一点——恰如他娶我外甥女为妻时满怀着同情之心假装爱她一样。但是，他毫无希望地爱慕我刚才提到的那位小姐，此事他的朋友们全都知道。我在此补充一句算不上不得体，那位小姐在他结婚之前就已经结婚了。他无可挽回地失去了自己真正爱着的女人，当他对我外甥女怀着怜悯之心时——他的人生没有了希望，没有了抱负。

“最后，我只能重申一句，在我看来，任何可能发生的不幸（即便她做个独身不嫁的女人也罢）都无法同这样一桩婚姻相比拟。我真诚地相信，相对于被告席上的嫌疑人和他亡故的妻子，再也找不到两位在婚姻中更加不相配的人了。”

这位证人提供的证词在听众中间引起了强烈的反响，也明显地影响了陪审团。反诘问令布赖德黑文夫人不得不修正自己的一些看法，并且承认嫌疑人对另外一个女人无望的恋情只是个谣传而已。但是，她陈述中提供的种种事实不可动摇——还有，出于这个原因，这些事实赋予了对嫌疑人指控的罪名一种表面上的可能性，这在审判的前一阶段是完全无法设想的。

随后是另外两位女士（尤斯塔斯·麦卡伦夫人的密友）被传唤出庭。关于那桩婚姻适宜与否，她们与布赖德黑文夫人持有不同的看法，但在所有细节方面，她们倒是对第一位证人的证词提供了支持，从而证实了她在庭上每一个人心中所引起的严峻印象。

接下来，控方提议出示的是他们在格兰尼奇取获的书信和日记等无声证据。

苏格兰检察总长在回答法官所提出的一个问题时指出，书信是嫌疑人和他已故妻子的朋友们写的。信中的一些段落直截了当地触及了两人婚后生活的情况。日记是更加有价值的证据，里面是嫌疑人日常家庭生活事情的记录，还有当时那些事情在他心中引起的所思所感。

此番解释后是一个令人痛苦的场景。

我现在进行的写作，尽管已经过去了很长时间了，但是，我还是不忍心把我那不幸的丈夫在接受审判的痛苦时期所说的话和所做的事一五一十地描述出来。布赖德黑文夫人提供证词时，他内心受到了很深的震动，但他还是吃力地控制住了自己的情绪，不去打断她的陈述。他现在感情完全失控了，对蓄意冒犯他自己最神圣的秘密和他妻子最神圣的秘密的行为提出抗议，尖厉的声音响彻整个法庭。“绞死我吧，尽管我是清白无辜的！”他大声吼着，“只是别这样伤害我！”这一剧烈情绪的迸发在听众心中产生的影响可以说无法形容。现场的一些女性表现得歇斯底里。审判席上的法官对现场进行干预，但效果不佳。苏格兰律师联合会会长出面安慰嫌疑人——然后用感人至深和精彩绝伦的言辞对着法官们说，请求给予他不幸的代理人以宽容，最后，现场这才回归了平静。他的一番话堪称即兴演讲的杰作，他的话措辞温和克制，却不失咄咄逼人的气度，最后他抗议宣读在格兰尼奇获取的文字材料。

三位法官退下商议向他们提出的符合法律程序的问题。庭审中断了半个多小时。

犹如平常遇到此类庭审的情况一样，法庭上这种激动的场面会感染到外面街道的人群。在此，大众的看法——可以设想，受到法庭的某个书记员或者另外某个与庭审过程有关联的下级工作人员诱导——毫无疑问不利于嫌疑人逃脱死刑的惩罚。“如果当众宣读信件和日记，”人群中性情残暴者说，“信件和日记就会把他送上绞刑架。”

法官们返回法庭后，即刻宣布，他们以二比一的多数决定，允许当庭出示有争议的文字材料。三位法官中的每一位先后对自己的决定解释理由。该程序结束之后，庭审继续进行。法庭开始宣读从书信和日记中选取的片段。

一开始拿出的信件是从尤斯塔斯·麦卡伦夫人卧室的印度立柜里发现的。信是已故夫人的（女性）密友写来的，她习惯同她们通信。选了不同通信者信中的三个独立片段在法庭上宣读。

第一位通信者信中的片段：

最最亲爱的萨拉，我怀着绝望的心情告诉你，你的上一封信多让我痛苦难受啊。如果我承认，自己觉得，你敏感的天性夸大或者误解了——当然不是有意为之——你在丈夫面前受到忽略的情形，还请你原谅才是。关于他性格中的种种怪癖，我不能说什么，因为我和他并不是很熟悉，所以不知道那是怎样的一些怪癖。但是，亲爱的，我比你年长了许多，对于正如有人说的“婚姻生活中的光明与黑暗”的体验要比你的多了许多。从这种经验上来说，我必须要把自己观察到的情况告诉你。像你这样对自己的丈夫执着而又依恋的年轻女人容易犯一种很严重的错误。作为一种普遍规律，她们都对自己的丈夫有过多的期待。可怜的萨拉啊，男人可不同于我们呢。他们的爱，即便是发自内心的，也不同于我们的爱。他们的爱往往不会持久，而我们的爱却是持久的。我们别无选择——即便我们真心诚意地尊重和爱恋他们也罢——只有容忍男女天性中的这种差异性存在。我丝毫没有替你丈夫冷漠性情开脱的意思。比如，他对你说话时从不看着你，还有从不在意你为了让他高兴所付出的努力，这些都是错误的。比错误更加糟糕的是——如果你赞同的话，他实际上是冷酷无情——你吻他时，他竟然从来都不回应你的吻。但是，亲爱的，你能够肯定，他一直是有意情绪冷淡和冷漠无情的吗？有时候是不是有可能，他之所以那样，是因为有不能与你言说的困惑与焦虑使然呢？如果你试图用这样的观点来看待他的行为，你就会对现在让你困惑和痛苦的事情释然了。孩子啊，对他耐心点吧，不要抱怨。有时候，当他心事重重或者脾气暴躁时，千万别对他做出爱抚的举动。像你这样炽热地爱着他，这样的建议可能难以遵从。但是，相信这个建议好啦，对于我们女人来说，正如你的老朋友此时建议的，获得幸福的奥秘可以在践行忍让与克制中寻觅到（哎呀，太经常啦）。亲爱的，想想我写的这些文字吧——请给我回信。

第二位通信者信中的片段：

萨拉，你丈夫看起来像个冷血的畜生，你怎么会这么傻，竟然把自己的爱浪费在这样的一个人身上呢？当然，我是还没有结婚嫁人——否则，我或许也不会对你感到如此惊讶。但是，我不久也要结婚嫁人了，如果我丈夫像麦卡伦先生对待你一样对待我，那我是会坚决主张分居的。我断定，自己觉得，宁可像下层阶级中的那些女人一样真真切切地遭受蹂躏，也不可忍受如你描述的那样，面对彬彬有礼的忽视和轻蔑。每当我想到这一点时，便会怒火中烧。那一定是无法忍受的。亲爱的，别再忍受了。离开他，过来和我一块儿居住吧。你知道的，我兄弟是位法学研究者。我把你信中的段落念给他听过了，他认为，你可以实现他称之为的“法定分居”[①]。过来咨询他吧。

第三位通信者信中的片段：

亲爱的麦卡伦夫人，你知道我与男人相处的经验是什么。

---

① 法定分居（judicial separation）指夫妻之间不解除婚姻关系的分居，但夫妻关系实际上已经名存实亡。

你的来信一点都没有令我感到惊讶。你丈夫在你面前的举止指向了唯一的结论。他爱上别的女人了。某个女人在暗处躲藏着，从他那儿得到了他不给予你的一切。这个情况我是经历过的——而且也知道！别妥协。寻找出那个女人，把这当作你人生中的一件大事。说不定还不止一个女人呢。没有关系，一个或者多个，只要你能够把她们寻找出来，你就可以让他尝尝悲惨人生的滋味，犹如他让你饱尝悲惨的人生滋味一样。如果你需要用我的经验来助你一臂之力，开口说话好啦，随时替你效劳。下月四日，我可以到格兰尼奇去陪你。

从几个女人的来信中选择的很不正常的文字片段宣读完毕。第一段也是最长的那一段文字给法庭留下非常鲜活的印象。很显然，此信的作者是位卓越而且理性的女性。不过，大家普遍觉得，所有三封信——不管其中语气有多大的差异——证明了同一个结论。那位妻子在格兰尼奇的处境（假如那位妻子的陈述可信的话）属于一位受到冷落和不幸的女人的处境。

嫌疑人的信件是和日记一道在床边桌上了锁的抽屉里找到的。法庭随后出示了这些东西。其中的信件除了一封之外其余全是男性写来的。尽管同那些女性信件中第二封和第三封相比，其语气显得和缓适度，但结论依旧是指向同一方向的。看起来，丈夫在格兰尼奇的生活如同妻子的生活一样难以忍受。

比如，嫌疑人男性朋友中的一位写了，邀请他乘游船环游世界。另外一位提议离开英国到欧洲大陆去待上半年。第三位建议到印度去进行野外运动[1]。所有写信人唯一的目的都是要劝夫妻之间分居——或似是而非，或完全彻底。

最后一封宣读的信是一位女士写给嫌疑人的，但只署了教名。

啊，可怜的尤斯塔斯，我们的命运多么残酷啊！（信是这样开始的）当我想到你的人生要耗费在那个可恶的女人身上时，我的心在替你流血！倘若我们成了夫妻——倘若爱着和珍视着这个最优秀和最亲切的男人成了我无法形容的幸福——我们可能会生活在多么美好的乐园，我们可能会享受多么美妙的时光啊！但是，懊悔是没有用的。我们今生今世分离了——被我们两个人都感到痛惜但又必须都要遵循的束缚分离了。我的尤斯塔斯啊，凡尘之外还有一个世界呢！我们彼此的灵魂将会翱翔到那儿相会，在长久而神圣的拥抱中——在欢欣狂喜中，而这种心情我们在尘世中是不允许有的——融为一体。你在信中述说的苦楚——噢！为什么，为什么你要娶她为妻呢？——迫使我如此这般坦露自己的心迹。让我的坦言给予你慰藉吧，可不要让任何人看见。烧毁我这些草草写就的文字，展望着（如同我展望一样）更加美好的生活，到时你将可以同你的海伦娜一同分享。

宣读了这封令人难以容忍的信后，法官提出了一个问题。有位法官问，写信人是否署名了日期和地址。

苏格兰检察总长回答说，既不见有日期也不见有地址。信封显

① 野外运动（field sports）主要指射猎、钓鱼等活动。

示，信寄自伦敦。“我们建议，”博学的律师接着说，“宣读嫌疑人日记中的某些片段，其中这封信里署的名字出现了不止一次。我们说不定可以找到验证她身份的其他方式，以便在庭审结束之前满足阁下的心愿。”

现在宣读从我丈夫的日记中挑选出的认同了的片段。第一个片段涉及尤斯塔斯·麦卡伦夫人亡故日期之前将近一年的一段时间。日记片段表述如下：

今天的早邮班带来的消息令我猝不及防，震惊不已。两天前，海伦娜的丈夫死于心脏病。她自由了——我爱着的海伦娜自由啦！而我呢？

我被束缚在一个女人的身上，而对她却毫无半点感情。由于我自己的行为，海伦娜不再属于我了。啊！我先前从来都没有明白过，但现在已经明白了，无法抗拒的诱惑是怎么一回事，有时候，犯罪是多么容易随之而至。我今晚最好把日记本合起来，它会令我疯狂，漫无目的地对自己的处境胡思乱想，或者用文字表述出来。

接下来的一个片段集中叙述同一主题，日期是几天之后的。

一个男人的所有荒唐行为中，排名第一的莫过于冲动行事。我娶这个现在成了我妻子的可怜女人时就是冲动行事的。

海伦娜当时已经不再属于我了，正如我过于轻率认为的那样。她在遇见我之前，便轻率地把自己嫁给了一个男人。她比我年轻，而且，从表面上看，也比我精力充沛。就我能够看到的情况而言，自己的命运终身封闭起来了。海伦娜写了她的告别信，今生今世同我分离了。我的前途关闭起来了，希望破灭了。我没有了抱负，没有必要为了激发自己而遁身于工作。看起来，自己剩下的就只有骑士的做派、高贵而忘我的行为了。所有这一切才是适合我的。

当时的情形——加上一种至关重要的便利——正好与上述想法对得上号。命运不佳的女人依恋上了我。（上帝知道，我没有丝毫主动地表示！）正好在那个时候，她轻率地不顾自己的名声，无视世人的流言蜚语。而要平息对她的流言蜚语，一切全取决于我。海伦娜已经不再属于我了，也不再指望享受幸福美满的生活。对我而言，所有女人都是一样的，我对她们没有兴趣。一次慷慨大度的行为可以拯救眼前这个女人。为何不表现一番呢？我一时冲动便决定娶她了——娶了她，如同如果看见她落在水里奄奄一息时，我会跳入水中救她一样；如同如果我看见她在大街上受到一个男人的虐待，我定会把男人打倒在地一样！

而现如今，我为其做出了这种牺牲的女人却挡在了我与海伦娜之间——我的海伦娜啊，把珍藏的全部爱尽情地向那个男人倾注了，而他却迷恋着她脚踏着的尘世！

傻瓜啊！疯子啊！我在写下这些文字时，为何不冲到对面把头往墙上撞啊？

我的枪就放置在那个角落里，只需要扳机上系一根线，然后把枪口对准自己的嘴——不行啊！我母亲还健在。母亲的爱是神圣的，我没有权利结束她赋予我的生命。我必须忍受痛苦，逆来顺受。噢，海伦娜！海伦娜啊！

第三个片段——属于许多相类似的片段之一——写于嫌疑人的妻子死亡之前大概两个月的时候。

我面对着更多的谴责了！从来没有见过这样满腹牢骚的女人。她生活在脾气暴躁、一肚子不满的气氛之中。

我新近做了两件伤人的事情。我现在不再请她在我面前弹琴了。还有，当她特地穿上一件新衣服要博得我欢心时，我根本不去注意它，留意它！天哪！我人生中要做出的努力不是去注意她做了什么事，说了什么话。如果我不是尽可能地回避她，不同她私下里见面交谈，我如何能够控制自己不对她发脾气啊？但我确实控制住了自己，不发脾气，从没有以严苛的态度对待她，从来没有在她面前说刻薄的话。她有双重权利要求我克制忍让——她是女人，法律让她成了我的妻子。我记住了这一点，但我是个人，我越少同她见面——除了有客人在场——我就越有把握使自己保持克制忍让。

我不知道，到底是什么原因让她在我面前显得十足地可恶。她虽是个相貌平平的女人，但我见过比她更加丑陋的女人，人家爱抚的举止我是能够忍受的，不至于像我不得不面对她爱抚的举止时，浑身会有一种想要退却的感觉。我没有对她说出自己的这种感觉。她爱我，可怜的女人！——但我怜悯她。我希望自己有更多作为，希望对她向我表露出的情况哪怕是最低程度的回报。但是，没有——我只能怜悯她。如果她愿意友好地同我继续生活下去，不要苛求什么温情的流露，我们或许可以相处得很融洽。但是，她需要爱。不幸的女人啊，她需要爱！

噢，我的海伦娜！我没有爱能够给她啦，我的心是属于你的。

我昨晚做了个梦，梦见我的这位妻子亡故了。梦境活灵活现，实际上我起床了，打开了她卧室的门，听了听动静。

夜晚的静谧中，能够清楚地听到她平静匀称的呼吸声。她处于沉睡中，我关上了她卧室的门，点起了我卧室的蜡烛，开始看书。我满脑子想着的都是海伦娜，难以把注意力集中在书本上。但是，做什么事情都比再次上床睡觉要强啊，说不定还会做梦，到时我也自由了。

我过的是一种什么样的生活啊！我妻子过的是一种什么样的生活啊？假如这幢住宅起了火的话，我不知道自己是该奋力拯救自己，还是拯救她呢？

最后宣读的两个片段所涉及的日期更加靠后。

最后，一抹亮光终于照到了我沉闷凄凉的生活中。

海伦娜不再被迫生活在孤独寡居的状态中了。已经过去了足够长的时间，她可以再次融入社交界了。她正在拜访我们这一苏格兰地区的朋友们。而由于我和她是表兄妹关系，她要在我家待上一些日子，然后再离开北方，这一点大家都可以理解。她写信告诉我说，不管我们私下里可能会多么尴尬，但为了保持体面，也还是要过来走一趟的！我将要在自己的受难所见到那位天使啦——一切都是因为，如果我表妹到了苏格兰我所在的地区，而不来看我，密得洛西恩的社交界会觉得很奇怪的！

但是，我们必须小心谨慎。海伦娜用这样的文字表达说：“我是以妹妹的身份去看你的，尤斯塔斯。你必须得以哥哥的身份来接待我，否则就不要接待我。我会给你妻子写信，提出前往的日期。我不会忘记——你也不要忘记——我进入到你的家里，是经过你妻子同意的。”

只要让我看见她那就好啊！能够享受见到她的幸福，我什么条件都接受！

接着宣读最后一个片段，只有如下几行文字：

一次新的不幸！我妻子病倒了。就在确定了海伦娜来格兰尼奇的时候，她患上了风湿性感冒，只能躺在床上。但是，面对如此情形，她表现得令人欣慰。（我很高兴认可这一点！）她写信告诉海伦娜说，她的病不是很严重，没有必要更改先前做出的安排，所以她特别请求，我表妹仍然按照最初决定好了的时间来。

这是我妻子替我做出的一次巨大的牺牲。她对每一位四十岁以下接近我的女性都会心生妒意，当然也会对海伦娜心生妒意——而她控制住了自己的情绪，选择信赖我！

我对此心怀感激，而且也会表露出来。从今天开始，我发誓，自己要在同妻子的共同生活中更多地显露温情。我今天早晨亲切地拥抱了她——而且，我希望，可怜的人啊，她没有发现我为此付出的努力。

至此，宣读日记片段的事情便结束了。

整个《庭审报告》中最令人看了不舒服的几页——对于我而言——便是摘录我丈夫日记片段的几页。其中的处处行文不仅令我看了心痛不已，而且几乎动摇了尤斯塔斯在我心目中的地位。我觉得，自己如果能够拥有消除日记中的一些文字的能力，我愿意放弃自己拥有的一切财产。至于他一次次激情满怀地向博利夫人表达爱意，每一次都像刺一样刺痛着我！他在向我求爱的日子里，也轻声细语地对着我的耳朵说过热情洋溢的话。我没有任何理由怀疑，他真诚深切地爱着我。但是，问题是——在我之前，他也同样真诚深切地爱着博利夫人吗？是她还是我首先赢得了他的心呢？他一次又一次地向我表白，在我们相遇的那一天之前，他只能想象着自己恋爱了。当时，我很相信他。我决心仍然要相信他。我确实相信了他。但是，我恨博利夫人！

至于在法庭宣读书信和日记所引起的痛苦的印象，看起来不可能再增强了。然而，从感觉上来说，它还是增强了。换句话说，由公诉方传唤的下一位也是最后一位证人提供的证词对于嫌疑人更加不利了。

下等园丁威廉·恩齐宣誓后提供如下证词：

“10月20日上午十一点钟，我于靠近荷兰花园一侧的灌木丛中干活儿。荷兰花园内有一座凉亭，背面朝着灌木丛。当天天气在一年中的那个时间里算是格外晴朗，温暖宜人。

“干完了活儿之后，我路过凉亭的背面，听见了里面的声音——是一位男士和一位女士的声音。我不熟悉女士的声音，但听得出，男士的声音是我们主人的。我产生了好奇，于是向前走到了凉亭的背面。灌木丛中地面很柔软，没人听见脚步声。我想听听里面是怎么个情况。

“最先听清了的话是主人说的。他说：‘我若是当初能够预见到你有朝一日可以获得自由该有多好啊，那我该是多么幸福的一个人啊！’女士回答说：‘嘘！你可别这样说。’主人听后说：‘我必须要把自己心里的想法说出来，失去了你，我心里一直耿耿于怀。’他说到这儿停住了，然后又突然说：‘帮帮我的忙吧，我的天使啊！答应我，别再结婚嫁人了。’女士听后开口说话了，语气很尖锐：‘你什么意思啊？’我们主人说：‘那个不幸的女人是我人生中的累赘，不过我不想伤害到她。但是假如——’‘什么也不要假如了，’女士说，‘回屋去吧。’

“她走在前面进入了花园，然后转过身，示意我们主人过去。在那个位置，我很清晰地看到了她的面容，知道那是来府上做客的那位年轻寡妇。她刚到府上时，园丁长把她指给我看了，目的是要提醒我，如果看见她采摘花朵，不要去干预。某些日子里，格兰尼奇花园会供游人参观。当然，对于里面的花朵，陌生人和住在府上的客人之间，我们还是有区别的。我肯定了眼下正同我们主人说话的女士的身份。博利夫人是个相貌标致的女人——不至于错把她当成别的什么人的。她和我们主人一同返回府邸。我没有再听见他们之间说什么了。”

涉及上述证明人的有关回忆凉亭对话内容的准确性和他对两位

谈话人身份识别的能力，辩护方对他进行了严格的反诘问。在某些次要细节上，他对自己的说法有所动摇。但是，他一口咬定，对于他的主人和博利夫人之间最后说的话，他记得清清楚楚。并且，他亲口描述了博利夫人的外貌，其言辞表明，他认定了其身份。

至此，对庭审当中提出的第三个疑问的回答——嫌疑人毒害妻子的动机如何——结束了。

起诉的过程现在叙述完毕了。法庭里嫌疑人最忠实的朋友不得不承认，迄今为止，证据清清楚楚，具有决定性，对他尤斯塔斯极为不利。他本人似乎也意识到了这一点。第三天庭审结束他退庭时，情绪沮丧，精疲力竭，身子不得不斜靠着狱警的胳膊。

# 第十九章　辩护方的证据

庭审第四天，审判激发起的兴趣大大地增强了。辩护方的诸位证人现在要在庭上提供证词。其中头一位也是最重要的一位则是嫌疑人的母亲。她掀起面纱宣誓时，看了看自己的儿子。他则哭了起来。人们对母亲的同情普遍延伸到了不幸的儿子身上。

苏格兰律师联合会会长对老麦卡伦夫人进行了询问。她在回答询问时，显得格外有尊严，而且镇定自若。

当问到已故儿媳同她本人之间某些私下里的交谈时，她明确表示，尤斯塔斯·麦卡伦夫人对待自己的外貌问题格外敏感，表现出病态心理。她一心一意地眷恋着自己的丈夫，生活当中最忧虑的一件事情就是，要尽可能在他面前显得有魅力。她个人外貌方面的种种瑕疵——尤其肤色方面——令她感到痛苦而又悔恨。证人一次又一次地听见她说（提及她的肤色），为了改善肤色，她甘冒任何风险，愿意忍受任何痛苦。“男人，”她曾说过，“全都是被外貌迷住的。如果我的肤色更加好一些，我丈夫或许会更加爱我。”

麦卡伦夫人随后被问到，从她儿子的日记中选择的片段当作证据是否可靠——也就是说，那些片段是否反映了他的性格特点，反映了他对自己妻子的真实态度——她予以否认，措辞明确而又强硬。

“从我儿子的日记中节选出来的那些片段是对他人格的诽谤性

文字，”她说，“而且不是很轻的诽谤，因为那些文字正好又是他自己写的。从一位母亲对他的了解这个角度上说，我知道，他一定是在压抑和绝望的情绪无法控制的时刻写下那些段落的。公正的人没有谁会凭着某人在郁闷和痛苦的时刻随口说出的鲁莽话而草率地对他做出判断。而我儿子正好是把他的鲁莽话写出来的而不是说出来，人们就应该如此这般地对他作出判断吗？如此情形之下，他的笔是他最险恶的敌人——它表达了他最坏的心情。他在婚姻上不幸福——这一点我承认。但是，我同时也说，他一如既往地对妻子体贴周到。他们两个人都完全信得过我。我看见过他们最私密时刻的样子。我断言——虽说她似乎给自己的朋友和通信人写信时叙述了那些情况——我儿子从未给他妻子任何正当的理由断言，说他残忍对待她，忽略轻视她。”

这些话说得坚决，说得清楚，给人留下了深刻的印象。苏格兰检察总长——很显然，已经看出来了，任何要设法淡化那种印象的企图可能都无法成功——在进行反诘问时，只问了两个至关重要的问题。

“你儿媳对你说起她自己肤色的瑕疵时，”他说，“她是否提到过使用砒霜可以改善肤色呢？”

对这个问题的回答是：“没有。”

苏格兰检察总长接着问：

“你提到过你本人私下里同她有过交谈，其间你是否建议过使用砒霜，或者不经意间提到过呢？”

对这个问题的回答是：“从来没有。”

苏格兰检察总长坐回到了自己的位置。老麦卡伦夫人退庭了。

随后那位证人出庭时激发起了新的兴趣。该证人不是别人，正是博利夫人本人。《庭审报告》描述她是一位相貌出众、很有魅力的女人，举止内敛淑雅。从表象上看，她敏锐地意识到了自己在公众心目中所处的地位。

她提供的证词的第一部分几乎是对嫌疑人母亲所提供的证词的一个概述——只有以下一点不同：即关于使用化妆品改善皮肤的问题，已故夫人实际上问过她的。尤斯塔斯·麦卡伦夫人赞扬过她美丽的肤色，还问过，她皮肤保养得如此完美，使用了什么样的人工手段。博利夫人没有使用过任何人工手段（也不知道什么化妆品），所以心里感到愤愤不平。因此，两位夫人之间出现了暂时的情绪冷漠状态。

当被问到她与嫌疑人的关系问题时，博利夫人情绪愤怒，断然否认，自己或者麦卡伦先生并没有给已故夫人一丁点产生妒意的理由。对于博利夫人来说，不可能拜访了表兄邻居的府邸而不同时也拜访他的府邸便离开苏格兰。采取任何别的处理方式都会是一种十足简慢无礼的行为，而且引得别人说三道四。她并不否认，当他们都还是单身的日子里，麦卡伦先生曾爱慕过她。但是，她嫁给了另外一个男人，他则娶了另外一个女人。这之后，那种爱慕的情愫便没有了进一步的表达。从那时候起，他们之间的交往属于纯洁的兄妹之间的交往。麦卡伦先生是位绅士：他知道自己应该以什么样的态度对待妻子，以什么样的态度对待博利夫人。她如果不是对此感同身受，完全安心，是不会走进那幢宅邸的。至于那位下等园丁提供的证词，纯属胡诌。他叙述的所谓无意中听到的对话，其中大部分子虚乌有。仅有的一点点确实说过的话（正如那个人报告的），那也是揶揄玩笑。而且她也立刻打住不说了，这一点那位证人本人也承认。至于其他情况，麦卡伦先生在妻子面前的行为可谓亲切仁慈，周到宽容。她患了风湿病下不了床，他一直都是想方设法使她的挺酷减轻。不是一次，而是许多次，他说到她时，话语中充满着真挚的同情。麦卡伦夫人去世那天，她责令丈夫和证人离开那间卧室，麦卡伦先生事后对证人说："我们必须忍受她表露出的妒意，可怜的人啊。我们知道，我们不该承受这种妒意。"他自始至终都是以忍让耐心的态度顺应着她暴躁的脾气。

人们对于反诘问博利夫人的主要兴趣集中在最后一个问题上。经过提醒，她起过誓，通报了自己的名字为"海伦娜·博利"。苏格兰检察总长随后说：

"法庭宣读过了一封写给嫌疑人的信，署名为'海伦娜'。请您看看吧。您是这封信的作者吗？"

未等证人做出回答，苏格兰律师联合会会长对这个问题提出了抗议。法官表示抗议有效，驳回该问题。博利夫人于是退庭了。她听见提及了那封信，而且把信拿在了手上时，表露出了一种明显的激动情绪。这种情绪的表露在听众中有不同的理解。不过，总体上来说，嫌疑人母亲的证词形成了有利于他的印象，而博利夫人的证词被认为强化了那种印象。

随后的两位证人——均为女士，均为尤斯塔斯·麦卡伦夫人的校友——在法庭激起了一种新的兴趣。她们续上了辩方提供的证据中缺失了的证据链。

第一位女士断言，她在同尤斯塔斯·麦卡伦夫人的交谈中提到过，砒霜可以用来改善皮肤。她自己从未使用过砒霜，不过，她在书本上看到过这样的习俗，说是斯蒂里亚[①]地区的农民食用砒霜，目的是为了光洁皮肤，让外表显得丰满而健康。她态度肯定，发誓说，她把自己从书本上看到的这个结果告诉了已故夫人，和自己现在在法庭上讲述的一模一样。

第二位证人陈述了那次已经提到过的交谈。她佐证了前一位证人提供的每一个细节，而且还补充说，她设法弄到了那本描述斯蒂里亚农民食用砒霜习俗的书，那是应尤斯塔斯·麦卡伦夫人本人要求去弄的。她亲自把书邮寄到了格兰尼奇尤斯塔斯·麦卡伦夫人手上。

这个本来属于结论性的证词里只存在一处可以攻击的点。反诘问时发现了这个点。

两位女士先后受到了询问，尤斯塔斯·麦卡伦夫人是否直接或者间接地向她们表露过，为了改善自己的皮肤，打算要获取砒霜。面对这个至关重要的问题，每个人的回答都是“没有”。尤斯塔斯·麦卡伦夫人听说过这种疗法，而且拿到了那本书。但是，至于她自己以后的打算，她未置一词。她恳求两位女士把那种交谈看作是纯属私人之间的交谈——交谈至此便结束了。

辩方提供的证词中存在这样一处致命的缺陷，对此，无须律师的目光便可以看出。在场的每一位明智的人都可以看出，嫌疑人能否体面地得到赦免，取决于弄清楚他妻子是否拿到了毒药——或者，至少要证明她表达过想要获得毒药的意图。对于两种情形，嫌疑人声明自己清白无辜，这都需要证据的支持，这一点——无论证据有多么间接——任何诚实明智的人都可能无法否认。那种证据会出现

① 斯蒂里亚（Styria）是指奥地利东南部地区，与匈牙利和斯洛文尼亚接壤。

吗？辩护方的律师难道一点辙都没有了吗？

聚集在法庭上的听众屏声静气地等待着下一位证人出现。一些事先得到了消息的人士开始低声议论了起来，法庭现在要看到并且倾听嫌疑人的老朋友提供证词，即已经在庭审过程常常提起的“德克斯特先生”。

短暂的延迟之后，听众中间突然有了骚动，伴随着充满好奇和惊讶的喊叫声。同一时刻，传呼人传唤新的证人出庭，即那个不同凡响的名字——

迈泽里默斯・德克斯特。

# 第二十章　庭审结束

传唤证人的喊声在公众中引起了一场哄堂大笑——毫无疑问，部分原因是证人受到传唤时其名字听起来挺怪异，还有部分原因是，听众十分关注，心情很痛苦，因此，一有什么觉得开心好笑的东西，便会本能地想要抓住这个放松心情的机会。法官给予了严厉的斥责，听众恢复了秩序。审判长宣布，如果再有打断庭审的行为发生，他就要“清理法庭”了。

这个告示宣布之后，庭内安静了下来，其间新的证人出庭了。

一个外表怪异而且令人震惊的人坐着轮椅，自己动着，徐徐驶过人群为其让出的通道——实际上只能说是半个人——出现在公众的面前。他穿过人群向前驶时，盖在轮椅上的一条床单掉落了下来。床单掉落之后，出现在公众好奇的目光前的是，一个活人的头、双臂和躯干，但完全没有下肢。令这个缺陷更加引人注目而且更加恐怖的是，摊上这个缺陷的人——就其面容和躯体而言——是位非同寻常的美男子，身材非同寻常地匀称。头发长而柔软，呈光亮而美丽的栗子色，垂落到双肩上，彰显出力量与优雅的完美性。面容鲜亮，透着活力与智慧。一对蓝色的眼睛又大又清亮，一双白皙的手又长又纤细。眼睛和双手就像是个美丽女人的。他那喉结和胸膛显示出了男性的特征，加上飘逸的长胡须——其色泽和头发相比，栗子色显得更加淡，更加有助于突显那些特征，若非如此，他看上去会显得女性化。一颗雅致的脑袋和一具健美的身躯如此长得不是地方，毫无希望，这样的情况见所未见！造物主在缔造此人时犯的可以说是一个最最粗心大意或者说是最最残酷无情的错误啊！

他宣过了誓，当然是坐在轮椅上进行的。他通报过自己姓名后向法官鞠了一躬，请求允许提供证词之前先做个解释。

“人们刚一开始听见我的教名时，一般都会哈哈大笑，”他说着，说话的声音低沉，但清晰，有回声，回荡在法庭的每一个角落，“我可以告诉这儿心怀善意的人们，我们当中许多司空见惯的名字，都是有其蕴意的，我的名字就属于这其中的一个。比如说，‘亚历山大’在希腊语中的意思是‘人类的守护者’。‘大卫’在希伯来语中的意思是‘深受爱戴’。‘弗朗西斯’在德语中的意思是‘自由’。我的名字‘迈泽里默斯’在拉丁语中的意思是‘莫大的不幸’。名字是我父亲给取的，意指你们看到的残疾——这种残疾是我天生的不幸。你们不会再嘲笑‘迈泽里默斯’了对吧？”他转身对着苏格兰律师联合会会长，后者等待着为了辩护而对他进行询问。“会长先生，我听从您的吩咐。即便只是片刻时间，但我还是要为延迟庭审进行而道歉。”

他发表了这一番简短的致辞，风度优雅，语气诙谐。他接受了会长的询问后，清清楚楚地提供了自己的证词，没有丝毫迟疑或保留。

“尤斯塔斯·麦卡伦夫人亡故的时候，我作为府上的客人待在格兰尼奇，”他开口说，“杰罗姆医生和盖尔先生希望见到我，私下里交谈——由于嫌疑人当时身心疲惫，因此无法履行一家之主的职责。

那次交谈中，两位医生声称说，尤斯塔斯·麦卡伦夫人是中毒身亡的，这令我震惊而又恐惧。他们要我把这个可怕的消息告诉死者的丈夫，并且提醒我说，一定会进行尸检。

“我在转达医生的口信时，如果检察官看见了我的老朋友，我怀疑，他是不是还会指控嫌疑人是谋害其妻的凶手。我的内心里认为，这种指控与侮辱并无二致。我在这种情感的激发下抵制没收嫌疑人的日记和信件。现在，日记被展示出来了，我赞同嫌疑人母亲的看法，不认可日记可用作指控嫌疑人的公正证据。一部日记（当它超出仅仅为事实和日期的记录时）通常只是表达记日记的人性格中最脆弱的方面。十有八九，这种情况或多或少是对虚荣与傲慢不值一提的倾诉，而这些东西作者除了自己是不敢对任何人表达的。我是嫌疑人交往最久的朋友。我郑重声明，自己从来不知道，他会写下那些十足无聊的废话，直到听见他的日记在法庭上宣读！

“他毒杀了妻子！他对妻子漠不关心，残酷无情！凭着与他二十年的交往，我可以斗胆地说，本质上而言，与站在被告席上的嫌疑人相比，这里没有谁更不会犯罪，更不会对人残酷无情。我在谈到这件事情时，甚至还要进一步说，我甚至怀疑，一个会犯罪会对人残酷无情的人是否会对那个女人心怀歹意去加害她，而她过早亡故的事情正是这里法庭调查的主题。

“关于那位已故夫人，我已经听到了那位愚昧无知并且心怀偏见的护理克里斯蒂娜·奥姆塞所说过的话。凭着我个人的观察，我要驳斥其中的每一句话。尤斯塔斯·麦卡伦夫人——尽管她有个人的缺点——却属于我见识过的最有魅力的女性之一。从任何意义上来说，她是属于极有教养的人。我从未在别人的身上看到过像她那样甜美的笑容，或者像她那样优雅美丽的举止。如果你喜爱音乐，她会甜美地演唱歌曲，很少有音乐家像她那样在钢琴上指法娴熟。如果你更加乐于交谈，我还从未遇到过她的谈吐不把人家迷住的男士（或者遇到过更加能言善聊的女士）。如果说，这样一位妻子先是被站在那儿的丈夫——不！是受难者——冷酷无情地忽视，继而又被野蛮残忍地毒杀，那等于是告诉我说，太阳不可能在晌午放射出光芒，或者说苍天不是在大地之上。

“噢，不错啊！我知道，她朋友们的来信说明，她写信向她们诉苦，抱怨她丈夫在自己面前的表现。但是，请记住其中一位（其中最明智和最诚挚的一位）的回信中是怎么说的。‘我承认，自己觉得，’她信中写着，‘你敏感的天性夸大或者误解了你在丈夫面前受到忽略的情形。’区区一句话，其实包含了全部真相！尤斯塔斯·麦卡伦夫人具有诗人那种善于想象、自我折磨的性格。对她来说，任何凡夫俗子的爱都不够完美。那些区区小事，若是大大咧咧的女人，那在不经意间也就过去了，但却是具有过度敏感性情的女人绝对痛苦的根源。有人生来就是不幸的。那位可怜的夫人就是其中一位。说到这儿，我要说的话便说完了。

“不！还有一点要补充的。

“可以提醒一声检察方，从金钱的角度来考虑，尤斯塔斯·麦卡伦夫人的亡故对其丈夫是个巨大的损失。他娶她为妻时坚决要求，她的全部财产落在她自己名下，而且在她身后，则落在她的亲戚名下。她从那笔财产中获得的收入有助于让格兰尼奇的宅邸和庭院保持豪华的气派。嫌疑人自己的财力（即便有他母亲寡妇授予产[1] 的帮

① 寡妇授予产（jointure）是指结婚时丈夫制定于其死后给予妻子的财产。

衬）也不足以支付其乡间豪华宅邸所需的开销。由于知道了这一切情况，我确切无疑地说，妻子的亡故让丈夫损失了三分之二的收入。检察方把他看成是最卑鄙无耻、最残酷无情的人。他们断定，他蓄意谋杀了她——而他金钱方面的利益全部有赖于她健在。

“无须问我是否注意到了嫌疑人和博利夫人的表现情况，那样可以证明一位妻子有理由心生妒意。我从未刻意观察过博利夫人，也从未在嫌疑人面前挑起话题，想要他对我谈些有关她的情况。他一般欣赏有魅力的女性——据我所知，完全是以一种纯洁的方式。若认为相对于他妻子，他会更加欣赏博利夫人，我认为这简直不可思议——除非他丧失了理智。我压根儿没有理由相信，他会丧失理智。

“至于砒霜的问题——我指的是，追根溯源，弄清楚毒药到了尤斯塔斯·麦卡伦夫人手上的问题——我能够给出证据，这或许值得法庭注意。

“检察官在办公室里查看在格兰尼奇找到的那些文字材料和其他物品时，我在场。检察官本人正式查看了那个属于已故夫人的梳妆盒里面的东西之后吧，把盒子给我看了。我碰巧触觉敏锐，触碰到梳妆盒盖内侧时，感觉某个部位有什么东西，于是，我仔细认真地查看了整个盖子。结果发现，外表木质材料和衬里之间有一处秘藏空间，我在秘藏空间里找到了现在出示的这个瓶子。”

把藏匿的瓶子同本来摆放在梳妆盒里其他瓶子进行比较的当儿，对证人的进一步询问暂时搁置下来了。

本来摆放在梳妆盒里那些瓶子由精致的雕花玻璃制成，形状精巧别致——完全不同于在秘藏空间里找到的那个，后者造型极为普通，就是药剂师平常使用的那种。里面没有残留一点液体，没有固体物质，也闻不出任何气味——对于辩护方而言，更加不幸的是，瓶子被发现时，上面没有贴任何标识。

法庭再度传唤了第二个把砒霜出售给嫌疑人的药剂师，并且询问了他。他断言，那只瓶子同他装砒霜的那只完全一样。不过，它也同样和他店铺里其他几百只瓶子一样。由于没有了标识（因为他亲笔在上面写了“毒药”字样），他不可能确认那只瓶子。他们在梳妆盒和已故夫人的卧室寻找那张失踪的药剂师写的标识——或许偶然从神秘的空瓶子上脱落了，但还是没有找到。寻找两处地方都一无所获。从道义上说，那可能实际上就是装过毒药的那只瓶子，这是个公正的结论。但从法律上说，没有半点证据说明事实就是如此。

因此，辩护方最后想要查明嫌疑人购买的砒霜到了其妻手上的努力宣告结束。讲述斯蒂里亚地区农民食用砒霜习俗的那本书（书是在已故夫人的卧室找到的）被展示出来了。但是，书籍能够证明她曾要求丈夫去给她购买砒霜吗？那张揉皱了的纸条上面留有粉末颗粒，药剂师确认了纸条，确认上面留的是砒霜颗粒。但是，若说尤斯塔斯·麦卡伦夫人亲手把药包放进立柜的，然后又把药包里面的砒霜倒了出来，证据何在呢？哪儿都没有直接证据！除了猜测之外什么也没有！

对迈泽里默斯·德克斯特的询问围绕非人们普遍关注的事情展开。实际上，反诘问本身就是一场证人和苏格兰检察总长之间心智的博弈。（根据大众的看法）这场博弈最终证人胜出一筹。唯一的一个问题，唯一的一个回答，我拟在此复述。这一问一答似乎对阅读《庭审报告》所考虑的目的至关重要。

“我相信，德克斯特先生，”苏格兰检察总长说，语气中充满了揶揄，“您有了自己的看法，于是您觉得尤斯塔斯·麦卡伦夫人之死并不神秘对吧？”

“如同对待其他事情一样，我对待这件事情也可以有自己的看法，”证人回答说，“但是，让我问一问诸位法官阁下吧——我是应该再次陈述看法呢，还是陈述事实？”

我给这个回答做了备注。德克斯特先生的“看法”是一位真挚的朋友对我丈夫的看法，是一位远远超出一般才华的人的看法。将来，如果我能够说服他把看法告诉我——可能对我具有不可估量的价值。

我在描述这件事情时，可以提一提，自己在这第一条备注后面又添加了第二条，包含了我自己的一个看法。德克斯特先生提供证词时，提到了博利夫人。他说到她时，语气中充满着轻慢——非常粗鲁，我几乎可以这么说——以至于令人联想到，他之所以厌恶（或者说是不信任）那位夫人，一定有什么个人的理由。在此，更为至关重要的是，我要见到德克斯特先生，如果可能，要弄清楚庄严的法庭忽略不计的东西。

法庭现在询问最后一位证人。轮子上的椅子徐徐驶离了，半个人坐在上面，消失在法庭远处的一个角落。苏格兰检察总长站起身代表公诉方对着陪审团陈词。

我毫无顾虑地说，自己从来都没有看到像那位大律师的陈词那么臭名昭著的东西。他从一开始便恬不知耻地声称，他坚信嫌疑人是有罪的。他有什么权利说这样的话呢？难道这事是他说了算吗？我倒是想要知道，莫非他既是法官又是陪审团不成？苏格兰检察总长凭着自己掌握的权力一开始便对嫌疑人谴责了一番，继而便对这个不幸之人的纯洁行为加以歪曲，尽可能地赋予它们邪恶的面貌。诸如，可怜的妻子躺在临终的病床上，尤斯塔斯·麦卡伦吻了她的前额，说他之所以如此，目的是要在医生和护理的心中产生好的印象！还有，他忍受丧妻之痛，悲伤把他给完全击垮了，说成是他内心深处扬扬得意，但却做作表演！如果你们看看他的内心，就会看到那儿充满着对妻子的残忍和仇恨，还有对博利夫人着迷的激情！他说每一句话，都会扯谎。他做每一件事，都会像个诡计多端、毫无心肝的卑鄙之徒进行表演一样！公诉方的主诉法官就是这样说无可奈何地站在他面前被告席上的嫌疑人的。站在我丈夫的立场上，我即便干不了任何事情，我也要朝着主诉法官的脑袋上砸些东西。事实上，我把《庭审报告》中包含有公诉方发言的那几页给撕掉了，并且把撕下的页面踩在了脚下——这么干了之后，心里也感到好受了些。我现在对自己把仇恨发泄在那些毫无害处的报告页面上的行为感到有点羞愧。

第五天的庭审以辩护方律师的发言开始。啊，苏格兰律师联合会会长代表我丈夫说话，言辞雄辩，滔滔不绝，与苏格兰检察总长那些恶意中伤的话形成了多么鲜明的对照！

那位卓越的律师从一开始就触及主题。

“我对那位做妻子的表达同情之意，”他开始说，“我不会向任何人让步。但是，我要说，自始至终，本案中的受难者是这位做丈夫的。不管那位已故的女人忍受了什么样的痛苦，而站在被告席上的这个男人已经忍受的和现在正在忍受的痛苦更加多。假如他不是男人中最善良仁慈的，不是丈夫中最宽容谦让、最忠贞不贰的，他就不至于落到眼下这种可怕的境地。当初他妻子请他去购买毒药时，一个心胸更加狭隘的人定会怀疑她的动机，定会看穿她为了得到毒药而编造出的种种拙劣的老套的借口，定会明智而又冷酷地说：‘不行。’嫌疑人不是那种人。他对自己的妻子太过一片诚心，对于她，对于任何人，太没有任何恶意的想法了，以至于无法预见到，他要命的一味顺从可能给自己带来种种不便和危险。而结果怎么样呢？他由于心灵太过高尚，为人太过诚实，不至于怀疑自己的妻子，结果站在这儿，被打上了杀人犯的烙印。”

律师联合会会长如此这般地说过了丈夫之后，接着说到妻子时，同样言辞雄辩，公正公平，无可辩驳。

“检察总长言辞尖刻讥讽，因此在苏格兰法庭名声卓著，”律师联合会会长说，“他已经问过了，我们为什么不能完全证明，嫌疑人把两包毒药交到了自己妻子的手上？作为回答，我来说吧，首先，我们已经证明，妻子充满激情地依恋着丈夫。其次，自己外貌上有瑕疵，尤其是皮肤上的瑕疵，她心里感到很苦恼。第三，朋友们告诉她，砒霜可以内服用来改善这些瑕疵。对于懂得一些人性道理的人来说，这已经有足够的证据了！我博学的朋友真的以为女人习惯于谈论改善自己容颜的秘方吗？女人会迫不及待，一门心思想让自己在男人面前显得有魅力。她会告诉那个男人，或者告诉其他可能会同他交流的任何人，她凭借其打动他的心的那种魅力——比如说，亮丽肤色的魅力——其实是通过危险的方式使用一种致命的毒药人为实现的。他有这种同女性打交道的经验吗？这样的事情想一想都会觉得荒诞不经。当然，谁也不曾听到尤斯塔斯·麦卡伦夫人说过砒霜的事情。当然，谁也不曾对她服用砒霜的行为感到惊讶。证词中说到了，朋友们告诉她，施用毒药可以改善皮肤，而且还给她找到了那本书，她甚至没有向她们透露自己想要使用砒霜的企图。实际上，她请求她们对那番简短的交谈严格保密。可怜的女人啊，她自始至终保守着自己的秘密，如同假如她戴着假发或者牙医给自己装了假牙会保守秘密一样。而你们看看她的丈夫，其生命正面临着危险呢，就因为一个女人有了像一个女人的表现——正如你们的夫人，陪审团的诸位先生，在类似的情形下，对你们也会有同样的表现一样。”

这样的一番精彩绝伦的演说之后（我希望自己有更多篇幅来引述其内容），庭审接下来的最后一个发言——也就是说，法官向陪审团提出起诉——确实不堪卒读。

法官阁下首先告诉陪审团，他们不要指望拿到投毒行为的直接证据。投毒案件当中，直接证据几乎都难以获取。他们必须满足于间接证据。这一切都属实，我可以这么说。但是，告诉了陪审团他们可能接受间接证据之后，他接着继续表述自己的观点，提醒他们不要过于轻信它！“你们一定要掌握自己心里面满意并且有说服力的证据，”他说，“其中不包含有任何猜测的内容——只有不可辩驳和公正的推断。”一个称之为公正推断的东西，谁来决定呢？间接证据除了基于猜测之外，还能基于什么呢？

有了这一段概述之后，我无须再进一步引述了。毫无疑问，陪审团成员完全茫然无措了。他们只能采用一种折中的方式来摆脱困境。他们集中在自己的房间，用了一小时时间考虑和争议。（如果是有女人组成的陪审团，那用不了一分钟！）然后，他们返回到法庭，用下面的文字表述他们缺乏底气而又保持折中的“苏格兰裁定”：

“证据不足。”

观众中随即响起了稀稀拉拉的掌声，但立刻被制止了。履行过此类场合的手续后，嫌疑人被带离了被告席。他如同一位陷入深切悲痛中的人一样缓慢离开，头垂到了胸前——没有看任何人一眼，朋友们对他说话时他也没有回答一声。可怜的人啊，他知道该“裁定”在自己身上留下的污点。“我们并不是说，面对指控你的罪名，你就是清白的。我们只是说，没有足够证据证明你有罪。”审判程序在这种软弱无力的结论中暂且结束了。不过，如果不是我——审判程序定会永远悬着。

# 第二十一章　我看到了自己的方向

新一天清晨，灰暗的光线下，我合上了这本我丈夫因谋害自己的第一任妻子而接受审判的《庭审报告》。

我丝毫不觉得疲劳。虽然经历了长时间的阅读和思考，但我并没有要躺下来睡觉的愿望。这显得很怪异，但情况就是如此。我觉得自己仿佛已经睡过觉了，现在刚刚醒过来——一个崭新的女人，充满着新的想法。

我几乎可以理解尤斯塔斯为何离我而去了。对于一个具备他那种教养的男人而言，自己的妻子阅读了《庭审报告》中关于他已经公之于众的情况之后，再要去面对她，那无异于是一种巨大的苦难。如同他感受到了这一点一样，我也感受到了。但同时，我觉得，他可能会相信我，能够替他的苦难做出弥补，所以可能会回来的。说不定，他最后会回来的。与此同时，怀着这样的期待，我全心全意地同情和谅解他。

尽管我有乐观豁达的态度，但心里面还是老想着一件小事情，总觉得不开心。尤斯塔斯心里依旧暗暗地爱着博利夫人吗？或者我是否已经熄灭了他心中的那股激情呢？博利夫人的美是属于什么类型的呢？万一我们是世界上彼此最不相像的两个人呢？

我卧室的窗户是朝东开着的。我拉起了百叶窗，看到晴朗的天空太阳冉冉升起，气势磅礴。我忍不住想要外出呼吸一下早晨的新鲜空气。我戴上帽子，披上披肩，腋下夹着《庭审报告》。后门的门闩很容易就拉开了。片刻之后，我来到了本杰明精致的小花园里。

环境美妙宁静，空气沁人心脾。此情此景令我心情平静，精力充沛。我有了足够勇气面对现在摆在自己面前的严肃问题——有关未来的问题。

我已经阅读过了《庭审报告》，发誓今生今世要全力以赴实现证明我丈夫清白无辜这个神圣的目标。我是个孤独无助的女人，但我发誓，为了实现目标，要孤注一掷，锲而不舍。我该如何开始呢？

鉴于自己目前处境，大胆开始肯定是上策。我有充分的理由（正如我已经指出过的那样，基于庭审中那位证人所扮演的重要角色）相信，能够给我忠告和帮助我的最合适的人是迈泽里默斯·德克斯特。他可能会令我对他所持有的希望破灭，或者可能会拒绝给我提供帮助，或者可能会（像我斯塔克韦瑟姨父一样）认为，我失去了理智。凡此种种情况都可能出现。不过，我下定了决心，一定要尝试一番。只要那个名字怪异的残疾人活在这个世界上，我便决定，自己迈出的第一步就是要去寻找他。

说不定他会接待我，同情我，理解我呢？他会怎么说呢？那位护理在提供证词时报告说，他说话时态度简慢。他很有可能会说："您想要干什么，而我如何才能帮助您完成它呢？"

如果他向我提出这么两个直截了当的问题，我准备好了怎么回答吗？准备好啦！只要我敢于对任何人坦言，自己那一时刻内心深处暗暗涌动着什么样的激情就行。准备好啦！只要我能够向一位陌生人坦言自己看过《庭审报告》心中产生的疑惑就行。而迄今为止，我心中的疑惑甚至都不敢在此说出！

然而，现在必须要说出来。我的疑惑导致了种种结果，这些结果是我故事的一部分，也是我人生的一部分。

那我首先就承认吧，自己合上这份庭审记录时，关于其中一个重要情节，心里实际上赞同我的对手和我丈夫的对手——苏格兰检察总长——的看法！对于辩方关于尤斯塔斯·麦卡伦夫人死亡所作出的解释，他表述为“一个拙劣的托词，但凡有理智的人都看得出，其中不存在半点可能性”。我虽然还不至于这样认为，但也还是没有在证词中看出任何理由，觉得那位可怜的女人误用了过量毒药。我相信，她自己私下里藏着砒霜，而且已经尝试过，或者打算尝试，内服砒霜，以实现改善自己肤色的目标。但是，我的想法并没有超出这个程度。公诉方的律师声称，尤斯塔斯·麦卡伦夫人死于投毒者之手——尽管他们以这样的罪名起诉我丈夫完完全全、实实在在是错误的，但我对这个问题考虑得越多，便越清楚地认为，他们的观点是正确的。

由于我丈夫是清白无辜的，我个人认为，另外的某个人一定是有罪的。当时居住在宅邸的人当中，是谁毒害了尤斯塔斯·麦卡伦夫人呢？回答这个问题时，我的疑惑直接指向一个女人。而该女人的名字是——博利夫人！

没错！我已经得出了这个令人震惊的结论。我心里觉得，这正是阅读证词后得出的必然结论。

我们利用片刻时间回顾一下法庭上展示的那封署名“海伦娜”而且是写给麦卡伦先生的信。但凡有理智的人都不会怀疑（虽说法官们没有强求她回答这个问题），博利夫人就是写信的人。很好啊。

我认为，此信提供了可信的证据，表明那个女人待在格兰尼奇时的心情。

她嫁给了另外一个男人——遇见麦卡伦先生之前，她便同那个男人订了婚。这种时候，她写信给麦卡伦先生，她说什么呢？她说："当我想到你的人生要耗费在那个可恶的女人身上时，我的心在替你流血！"还有，她说："倘若爱着和珍视着这个最优秀和最亲切的男人成了我无法形容的幸福，我们可能会生活在多么美好的乐园了，我们可能会享受多么美妙的时光啊！"

如果这不是一个女人恬不知耻、疯狂痴迷地爱上了一个男人——而该男人不是其丈夫——后的言辞，那是什么呢？她一门心思想着他，以至于想到另外一个世界时（见信），都想"拥抱"麦卡伦先生的"灵魂"。处在这样的一种心理和精神状态，那位女士有一天发现，由于自己丈夫离世了，她自己和她的拥抱都是自由的。她一发现自己可以名正言顺地上门了，便付诸行动了，而且不失时机地成了她所爱慕的男人府上的客人。他的妻子生病卧床，格兰尼奇府上另外唯一一位客人是个残疾人，只能坐在轮椅上移动。那幢宅邸和里面唯一心爱的人全属于她的。她本人和"爱着和珍视着这个最优秀和最亲切的男人那无法形容的幸福"之间不存在任何障碍了——只有一位可怜的相貌丑陋的妻子，而麦卡伦先生对她不曾有也不可能有丝毫爱意。

这样一个女人受到这些动机的驱使，身处这样的环境之中。如果人们相信这个女人会犯罪——只要出现了稳稳当当的机会，完全是荒谬可笑的吗？

她本人提供证词时说了些什么呢？

她承认，自己同尤斯塔斯·麦卡伦夫人有过交谈，谈话当中，那位夫人“询问了她关于给皮肤施用化妆品的问题”。会面当中就没有发生点别的什么情况吗？博利夫人当时就没有发现（事后成了致命的理由）女主人为了改善自己丑陋的肤色而进行着危险的试验吗？我们所知道的全部情况是，博利夫人对此缄口不言。

那位下等园丁说了些什么呢？

他听见了麦卡伦先生与博利夫人之间的谈话，这表明，博利夫人肯定想到了自己变成尤斯塔斯·麦卡伦夫人的可能性，而且也肯定觉得，这是一个太过危险的话题，不宜持续下去。清白无辜的麦卡伦先生愿意接着说下去，但博利夫人很警觉，制止了他。

而那位护理（克里斯蒂娜·奥姆塞）告诉了我们什么呢？

尤斯塔斯·麦卡伦夫人去世那天，护理被支开了，去了楼下。她离开病人，因为病人从第一次病情发作中缓过劲来了，能够以写作来自娱。护理离开有半个小时，但随后由于没有听到病人摇铃，于是不安起来了。她去了晨室同麦卡伦先生商量。她在那儿听到，博利夫人不见了。麦卡伦先生不知道她到哪儿去了，于是问德克斯特先生他是否看见过她。德克斯特先生没有看见过她。博利夫人是什么时间失踪的呢？就是克里斯蒂娜·奥姆塞把尤斯塔斯·麦卡伦夫人一个人留在卧室里的时候！

与此同时，铃声终于响起来了，而且声音很急。护理十一点差五分，或者说大体上那个时间，返回到了病人的房间，并且发现，早晨病情恶化的症状又复现了，而且情况更加严重。护理不在场期间，（据观察）也是在博利夫人失踪期间，病人再次服用了毒药——服用的剂量比清早的要更加大。护理朝着过道上张望，希望有人来帮忙，结果遇见博利夫人本人没事人似的从自己卧室出来——我们可以推断，正好是十一点钟——要打听病人的情况。

一会儿之后，博利夫人陪同着麦卡伦先生探视病人。处在弥留之际的女人用怪异的目光看着他们两个人，并且告诉他们离开她。麦卡伦先生把这个看作是痛苦中人烦躁情绪的爆发，于是在房间里等待，同时告诉护理叫人去请医生来。博利夫人做什么了呢？尤斯塔斯·麦卡伦夫人看着她的瞬间，她便惊慌失措地跑出去了。看起来连博利夫人也会良心发现啊！

面对这样的情况——各位证人在宣誓保证的情况下，难道就无法证明这种疑惑是有道理的吗？

我觉得结论是显而易见的。博利夫人亲手投了那第二次毒。如果这一点得到了认可，那接下来便可以推断，她当天清早投了第一次毒。她是如何完成的呢？再看看证词。护理承认，凌晨两点到六点，她睡着了。她还说到了，连通病人卧室的那扇门锁上了，钥匙也取出了，没人知道钥匙是谁取走的。一定有人偷偷取走了钥匙。为何不是博利夫人呢？

还要说一句，我将会把当时心里面想到的全部情况如实表述出来。

迈泽里默斯·德克斯特面对反诘问时承认了，关于尤斯塔斯·麦卡伦夫人亡故的问题，他有自己的看法。同时，他说到博利夫人时，语气中明显流露出，他对那位夫人并无好感。莫非他也怀疑她不成？我之所以要在求助于别的什么人之前求助他，理由就是要寻找机会问他这个问题。如果他对她的看法确实像我的一样，那我面前的方向就很清楚了。我下一步的行动便是要小心谨慎地隐藏自己的身份——然后以一位对人毫无伤害的陌生人的形象出现在博利夫人面前。

当然，我前进的路上会有种种困难。第一个也是最大的一个困难是如何出现在迈泽里默斯·德克斯特面前。

这时候，花园里清新的空气起到了平静情绪的作用，所以，相对于绞尽脑汁思索着自己面对的困难，我更加愿意躺下来休息。慢慢地，我昏昏欲睡起来，不能集中思绪——后来更是慵懒困顿，都不想继续漫步了。路过自己卧室敞开着的窗户旁边时，我的那张床显得奇妙无穷，格外有诱惑力。

五分钟过后，我迎合了那张床带来的诱惑，抛开了一切焦虑和烦恼。又过了五分钟，我沉睡了。

门口传来谨慎而又柔和的敲门声。声音把我惊醒。我听见门外是我慈祥的老朋友本杰明在说话。

“亲爱的！若是让您再继续睡下去，我担心您得忍饥挨饿啊。都已经一点半钟了，您的一位朋友来同我们共进午餐啦。”

我的一位朋友？我有什么朋友啊？丈夫远离了我，斯塔克韦瑟姨父绝望地放弃了我。

“是谁啊？”我躺在床上隔着房门大声说。

“菲兹－大卫少校。”本杰明回答说——也是隔着房门。

我霍地从床上爬起来。我想要见的人还正在等待着见我呢！可以说，菲兹－大卫少校熟悉所有人。他同我丈夫的关系很密切，肯定也认识我丈夫的老朋友——迈泽里默斯·德克斯特。

我费尽心思，梳妆打扮，弄得午餐一拖再拖。我该这样承认吗？女人不可能不这样做啊——尤其是当她特别要请菲兹－大卫少校帮忙时。

# 第二十二章　少校设置障碍

我打开餐室的房门时，少校急忙上前应我。他虽然是位上了年纪的绅士，但看上去格外容光焕发，朝气蓬勃——身穿标致的蓝色双排扣礼服，笑容可掬，戴着红宝石戒指，一副随时恭维人的态度。再次遇见这位现代的唐·璜[①]，确实令人赏心悦目。

“我无须问候您的健康啊，”老绅士说，“我还未来得及提出这个问题，亲爱的夫人，您的双眼就已经回答了我。您这个年纪的人，长时间睡眠才是保持美貌的良药啊。充足的睡眠——这其中隐藏着保持美丽的容颜和健康长寿的秘密——充足的睡眠啊！”

“我并没有像您想象的那样长时间睡眠啊，少校。实话实说，我整宿都没有睡觉，一直阅读来着。”

菲兹－大卫少校精心描过的双眉竖立起来，礼貌中透着惊讶。

“是什么了不得的书籍令您如此心驰神往啊？”他问了一声。

“书籍是，”我回答说，“我丈夫谋杀他第一任妻子的《庭审报告》。”

少校的笑容顿时消失。他后退了一步，表情惊慌。

“别提那本令人恐怖的书啊！”他激动地大声说。“别谈论那个令人害怕的话题！美丽和优雅与一次次庭审、投毒、恐惧何干呢？

---

① 唐·璜（Don Juan）是一位西班牙家喻户晓的传说人物，以英俊潇洒、风流倜傥著称，生平周旋于无数贵族女性之间，文学作品中常用其作“情圣”的隐喻。唐·璜的故事先后有莫里哀、拜伦、萧伯纳和莫扎特等用作文学和音乐的创作题材。

迷人的朋友啊，为何要谈论这样的事情来玷污您的双唇呢？为何要把隐藏在您笑容中的爱意和优雅吓跑呢？一位老家伙珍视爱意和优雅，最最渴求的就是要沐浴在您笑容的阳光下，请就随了这个老家伙的心愿吧。午餐已经准备好啦。我们开开心心吧。我们开怀大笑地用午餐吧。"

他领着我走到餐桌边，给我的盘子里装上菜肴，给我杯子里斟满酒水，那神态犹如在干着一件生平至关重要的事情。这期间，本杰明让交谈持续着。

"菲兹－大卫少校给您带来了一些消息，亲爱的，"他说，"您婆婆麦卡伦夫人今天要到这儿来看您呢。"

我婆婆要来看我！我迫不及待地转身对着少校，希望了解更详细的情况。

"麦卡伦夫人收到了我丈夫的信了吗？"我问了一声。"她到这儿来是要告诉我关于他的情况吗？"

"她收到了他的信，我相信这一点，"少校说，"她同时也收到了您姨父——即教区牧师——的信。我们卓越的斯塔克韦瑟已经写信给她了——目的如何，我不知道。我只知道，她收到了他的信后便决定前来探望您。我昨晚在聚会上看见老夫人了。我想方设法要弄清楚，她是以朋友的身份还是以敌手的身份来看您。我使出了浑身解数想要说服她，但完全不奏效。实际情况是，"少校说，说话口气如同一位二十五岁的年轻人的谦逊告白，"我和老妇人相处不来。接受做这件事情的心愿吧，可爱的朋友。我努力想要替您效力——但是没有效力成。"

少校的一番话给我提供了自己正在等待着的机会。我决定不要失去这个机会。

“您可以帮我一个大忙，”我说，“如果您允许我，少校，擅自享用您以往的友好仁慈的话。我想要问您一个问题，而且等您回答了我的问题之后，还要恳求您帮我个忙。”

菲兹－大卫少校放下正要送向嘴边的酒杯，看着我，屏息静气，兴致勃勃。

“尽管吩咐我吧，亲爱的夫人——我听候您的调遣，而且只听候您的调遣，”态度殷勤的老绅士说，“您想要问我什么呢？”

“我想要问您是否认识迈泽里默斯·德克斯特？”

“天哪！”少校大声喊了起来，“这可是个出乎意料的问题啊！认识迈泽里默斯·德克斯特吗？我认识他都算不清楚有多少年了。您的目的可能是——”

“我可以很简单地告诉您我的目的，”我打断了他的话，“我想要您给我引见迈泽里默斯·德克斯特。”

我的印象是，少校尽管化了妆，但脸色变得苍白了。不管怎么说，这一点是可以肯定的。他闪亮的小眼睛看着我，目光中毫无掩饰地透着迷茫与惊愕。

“您想要认识迈泽里默斯·德克斯特？”他重复了一声，那神态就像是怀疑我是否神志清醒。“本杰明先生！难道是我喝您家的美酒喝多了吗？我是产生了幻觉呢，还是我们的女朋友确实要请我给她引见迈泽里默斯·德克斯特呢？”

本杰明看着我，神情也显得有些茫然，然后语气很严肃地回答说——

“我看您是这样说的，亲爱的。”

“我肯定是这样说的，”我接话说，“我提出这么一个请求，有什么好奇怪的呢？”

“那人是个疯子！”少校大声说。“要论本质上不适合于引见的人——尤其是给一位年轻夫人引见，整个英国都找不到比得上德克斯特的。您听说了他可怕的残疾了吗？”

“我听说了——但那并没有吓着我。”

“没有吓着你？亲爱的夫人啊，那人的心理可是和身体一样残疾呢。伏尔泰针对他的普通国民的人品揶揄地说过的话，完完全全适合于迈泽里默斯啊。他是个老虎和猴子的混合体。他时而会把您吓着，时而会让您高声大笑。我并不否认，他在某些方面很聪明——绝顶聪明，我承认这一点。不过我并不是说，他有过什么暴力行径，或者故意伤害过什么人。但是，尽管如此，如果世界上存在什么疯狂的人的话，他就是疯狂的。如果我的问话显得简慢无礼，请谅解。您想要被引见给迈泽里默斯·德克斯特，有可能怀着什么动机呢？”

“我有事想要请教他来着。”

“我可以问一声是什么事情吗？”

“关于我丈夫受审的事情。”

菲兹－大卫少校唉声叹气起来，从他朋友本杰明的红酒中寻求片刻慰藉。

“又是这件可怕的事情！”他激动地大声说。“本杰明先生，她为何锲而不舍，念念不忘这件可怕的事情啊？”

“这是我今生今世唯一要干的事情，也是我唯一的希望。我现在一定要对它念念不忘，”我说，“我有理由认为，迈泽里默斯·德克斯特能够帮助我洗清‘苏格兰裁定’留在我丈夫人品上的污点。即便他可能是老虎和猴子，我也准备好了要冒险去见他。而我要再次请求您——尽管我担心，您可能会觉得我轻率鲁莽，执拗任性——给我引见一下。这样做不至于给您带来任何不便。我不会麻烦您领着我去，给德克斯特先生写封信就成。”

少校看着本杰明，目光中透着怜悯，摇了摇头。本杰明看着少校，目光中透着怜悯，也摇了摇头。

“他似乎坚持要这样做。”少校说。

“是啊，”本杰明说，“她似乎坚持要这样做。”

“本杰明先生，我不会承担送她独自一人去见迈泽里默斯·德克斯特的责任的。”

“我陪同她去怎么样，先生？”

少校沉思了起来。能够担当保护人的本杰明似乎没有信心激起我们这位军人朋友的热情。片刻思忖过后，他似乎有了新的主意了，于是转身向着我。

“我迷人的朋友，”他说，“比以往任何时候都更加迷人了——同意采取一个折中的办法。我们从社交的角度来对待关于德克斯特的困难吧。您说说看，搞个小型宴会怎么样？”

“小型宴会？”我重复了一声，一点都不明白对方的意思。

“小型宴会，”少校又说了一遍，“在我家里举行。您坚持要我把您引见给德克斯特，但我不放心您一个人去见那个脑子不正常的人。面对这样的情况，唯一的选择是邀请他来见您，让您自己形成对他的看法——在我的屋檐下。除此之外，我们还应该安排什么人来见您呢？”少校接着说，一副殷勤好客、喜气洋洋的样子。“我们邀请迈泽里默斯·德克斯特来作客时，作为补偿，需要有一大溜清一色的美人围坐在餐桌边。莫里弗洛尔夫人仍在伦敦。您肯定会喜欢她——她美丽迷人，有您坚忍不拔的意志，有您认准了目标非同寻常、锲而不舍的韧性。对啊，我们把莫里弗洛尔请来。还请谁呢？把卡拉琳达夫人请来怎么样？那是另外一位美丽迷人的女士啊，本杰明先生！您肯定会倾慕她的——她很富有同情心，很多方面都和我们这位女朋友相像啊。对，卡拉琳达夫人要过来。您就坐在她旁边，本杰明先生，这是我打心眼里看得起您的表示。我们晚上要请我那位年轻的歌剧女主角给我们献唱吗？我是这么想来着。她伶俐可爱，有助于遮蔽掉德克斯特的残疾。很好。这样我们聚会的人就齐全了。我今晚就不说什么了，宴会的问题由我的厨子来处理。我们定在下个星期的今天，”少校一边问，一边掏出记事本，“八点钟，如何？”

我同意了他提出的这个折中办法——但不是很痛快。如果是带上一封引荐信，我可能今天下午就见到了迈泽里默斯·德克斯特。实际情况是，小型宴会迫使我干等一个星期，什么作为也没有。不过，这也是没有办法的事情，只有顺从。菲兹－大卫少校虽然显得彬彬有礼，但也会和我一样固执己见。他显然已经打定主意了，我再反对也于事无补。

“八点整啊，本杰明先生，”少校又说了一遍，“在您的记事本上记录下来吧。”

本杰明照办了——眼睛斜睨了一下我，我则心领神会。有个被形容为“半虎半猴”的人，我善良友好的老朋友不乐意在宴会上遇见这样的一个人，紧挨着卡拉琳达夫人坐的这个殊荣与其说令他开心开怀，不如说令他胆战心惊。这都是为了我的事情给闹的，他也别无选择，只有顺从了。“八点整，先生，”可怜巴巴的老朋友说，顺从地记录下了这次可怕的预约，“请再喝一杯吧。”

少校看了看自己的怀表，站起身——因自己突然离开桌边再三道歉。

“时间比我想象的更晚了，”他说，“我和一位朋友有个约会——是位女性朋友，魅力十足的一个人。您让我有点想起了她，亲爱的夫人——您在肤色上像她，凝乳般白皙。我喜爱凝乳般白皙的肤色。正如我说的，我和我的朋友有约会。承蒙她看得起我，她要就一些精美绝伦的老式饰带征求我的意见。我对老式饰带有研究。但凡对你们迷人的女性同胞有用和开心的东西，我都研究。您不会忘记我们的小型宴会吧？我一回到家里就给德克斯特寄请柬过去。”他握住我的一只手，用审视的目光看着，头微微侧向一边。“一只娇美的手啊，”他说，“您不在意我看一看它，不在意我吻一吻它——对吧？欣赏娇美的手是我的癖好之一。谅解我的癖好吧。我承诺，今后会悔改的。”

“以您的年纪，少校，您觉得自己还有很多时光可以失去吗？”一个陌生人的声音问，说话人站在我们身后。

我们三个人全都回过头朝着门口看。我丈夫的母亲站立着，脸上露着讥讽的微笑——本杰明那位羞答答的小女仆正等待着通报她呢。

菲兹－大卫少校随时准备了回答。老军人可不那么容易慌神的。

“年纪嘛，亲爱的麦卡伦夫人，是个纯粹相对而言的表达，”他说，“有些人从来就没有年轻过，而另外一些人从来就不会老。我是属于另外那些人当中的。再见吧！”

回答过之后，积习难改的少校给了我们一个飞吻，然后走出去了。本杰明用旧式的礼节鞠躬致意，随即打开了自己小书房的门，接着邀请麦卡伦夫人和我本人进入房间，把我们两个人一块儿留在里面。

# 第二十三章　婆婆令我惊讶

麦卡伦夫人坐在沙发上。我则在距离她显得恭敬的一把椅子上坐下。老夫人面带微笑，示意我坐到她身边。从外表上来判断，她肯定不是以敌手的身份来看我的。但她是否真的愿意做我的朋友，此事还有待确定。

"我收到了你姨父——即教区牧师——的来信了，"她开口说，"他请我来看看你，而我也很高兴——其中的原因你很快就会听到——遵从他的请求。若是在别的情况之下，孩子啊，我会严重地怀疑——尽管这种告白可能显得有点怪异——自己是否应该冒昧地出现在你的面前。我儿子在你面前显得软弱无能，而且（依我看）还显得不可饶恕，所以，作为他的母亲，说起来，我事实上几乎羞于面对你。"

她这是真心话吗？我倾听着她说话，看着她，惊讶不已。

"你姨父在信中，"麦卡伦夫人接着说，"告诉我说，你在严峻的考验下的表现，而现在尤斯塔斯离你而去了，你提出要干什么。斯塔克韦瑟博士在伦敦时听见了你对他说的话，可怜的人似乎无法形容地震惊。他恳求我利用自己的影响力说服你放弃目前的种种想法，让你返回到老家的牧师宅邸去。我丝毫都不赞同你姨父的看法，亲爱的！尽管我认为你的种种计划显得很不切实际——你毫无成功实施那些计划的可能性——但我钦佩你的勇气，你的忠贞，在我不幸的儿子对你做出了不可饶恕的行为之后，你对他毫不动摇的信任。你是个好孩子啊，瓦莱拉！我来到这儿就是要这样直截了当地告诉你。给我一个吻吧，孩子啊。你应当成为一位英雄的妻子——但你却嫁给了一位世界上最最软弱无能的人。我这样说我自己的儿子，上帝饶恕我吧！但是，这是我心里的话，必须要说出来啊！”

这样说尤斯塔斯，我无法忍受——即便话是从他母亲嘴里说出来的也罢。为了替我丈夫辩护，我恢复自己舌头的作用了。

“对于您的良好心愿，我感到由衷自豪，亲爱的麦卡伦夫人，”我说，“但是，当我听见您用贬损的话说尤斯塔斯时——如果我直率地承认这一点，请原谅——您令我感到很痛苦。说我丈夫是世界上最最软弱无能的人，我不会赞同您的说法的。”

“当然不会！”老妇人接话说，“您像所有卓越的女人一样——把你爱着的那个男人当成英雄了，不管他是否当得起这个称号。你丈夫有很多优秀品质，孩子啊——对此，我或许比你知道得更加清楚。但是，从他进入你姨父府上那一刻开始到现在，他的整个行为表现（我再说一遍）基本上属于软弱无能者的作为。经历了这个事情之后，你认为他现在干什么了呢？他加入了一个慈善兄弟会，在他本该跪下来请求妻子宽恕的时候，却在胳膊上戴着红十字标志跑到西班牙参加战争去了①。我说这是一个软弱无能者的作为。有些人

① 红十字国际委员会（The International Conference of the Red Cross）是一个独立、中立的组织，于1863年创立于瑞士的日内瓦，其人道职责主要源自1949年《日内瓦公约》。该组织总部设在日内瓦，宗旨是为战争和武装暴力的受害者提供人道保护和援助。该组织在1872至1876年的西班牙王室战争期间很活跃。1833年，西班牙王室反对伊莎贝拉二世［Isabella II，1830—1904，在位期间（1833—1868），政局混乱，军人掌权，由于私生活糜烂，专横跋扈，引发了1868年的革命，被迫流亡巴黎］继承西班牙王位，理由是，《萨利法典》规定女子不得继承王位，从而引发了一系列战争。

可能会用更加刻薄的名称来称呼呢。”

这个消息令我震惊，也令我痛苦。对于他这次离开我，我或许可以逆来顺受，但是，他在同自己的妻子分离期间竟让自己置身于危险的境地，我凭着女人的直觉都对此受不了。他现在已经故意让我愁上加愁，焦虑不安。我觉得他很残忍——但是，不会在他母亲面前坦承自己的想法。我假装和她一样冷静，竭尽全力，以坚毅的态度表示不赞同她的结论。可怕的老妇人只是一个劲儿地比先前更加激烈地辱骂他。

“我之所以抱怨自己的儿子，”麦卡伦夫人接着说，“那是因为他完完全全就不理解你。假如他娶了一个傻女人做妻子，他的行为倒是可以理解的。他如果向一个傻女人隐瞒，自己曾经结过婚，而且因为被控谋杀妻子受审的可怕事件已经暴露在公众的面前了，这样可算是做得明智。还有，后来，同样的那个傻女人发现了真相，他不等她怀疑他毒杀了前妻，便在她面前消失——目的是为了双方都相安无事，他这样做也是对的。但是，你不是个傻女人。我和你只是短暂地接触，便能够看出这一点。他为何就看不出这一点呢？他为何不是从一开始便放心地把自己的秘密告诉给你，而是用假冒的姓氏鬼鬼祟祟地进入你的感情世界呢？（正如他向我承认的那样）他为何计划着把你带到地中海去，然后待在国外，难道不是担心国内的某些爱管闲事的朋友透露给你，他就是那次著名审判的嫌疑人吗？关于这些问题，清楚明了的答案是什么呢？对于这种原本就莫名其妙的行为，如何才可能解释清楚呢？答案只有一个，解释只有一种。我可怜可悲的儿子——他随他父亲，一丁点儿都不随我——判断力低下，行动迟缓，而且如同所有软弱无能的人一样，极度冥顽不化，不可理喻。这就是事实啊！不要脸红，不要生气。我像你一样钟爱他。我还可以看到他的优点，其中有一点就是，他娶了一位有勇气有决心的女子为妻——该女子坚贞不渝，对他充满了爱意，甚至都不允许他自己的母亲说他的不是。心地善良的孩子啊！你恨我，我都会喜欢你啊！”

“亲爱的夫人啊，可别说恨您的话啦！”我激动地大声说。（不过我感觉到，自己似乎真的因此恨她了！）“我只是斗胆觉得，您把一位内心细腻的人当成了一位内心软弱的人了。我们亲爱的不幸的尤斯塔斯——”

“是一位内心细腻的人，”深不可测的麦卡伦夫人说，替我说完了这句话，“这事我们就说到这儿吧，亲爱的，接着说另外一件事情。我不知道，关于另外一件事情，我们是否还会有分歧？”

“什么事情，夫人？”

“你若再叫我夫人，我就不告诉你了。叫我‘妈妈’吧。说‘什么事情，妈妈？’”

“什么事情，妈妈？”

“你寻思着要到法庭去，请求他们重新审理尤斯塔斯，迫使世人对他做出公正的裁定。你说话算话，真的要去试一试吗？”

“我说话算话！”

麦卡伦夫人表情严肃，独自思忖了片刻。

“你知道，我多么打心眼里钦佩你的勇气，钦佩你对我不幸的儿子矢志不渝的爱，”她说，“到现在，你知道，我不会说言不由衷的话。但是，我不能看着你试图去做不可能成功的事情。我不能让你拿着自己的名誉和幸福去无谓地冒险，而不在事情不可收拾之前提醒你。孩子啊！你一门心思想着要去做的事情凭着你或任何人都无法完成。放弃吧。”

“我由衷地感激您，麦卡伦夫人——”

“妈妈！”

“由于您对我的关切之情，我由衷地感激您，妈妈——但是，我不能放弃。不管是正确还是错误，不管有风险还是没有风险，我一定要而且一定会去试一试的！”

麦卡伦夫人神情专注地看着我，看着看着便叹了口气。

“噢，年轻人，年轻人啊！”她自言自语说，语气伤感。“年轻是件多么了不起的事情啊！”她控制住了自己油然而生的惋惜之情，然后突然间，几乎显得很凶狠，对着我说了这样一句话：“天哪，你到底打算要干什么啊？”

她提出这个问题的瞬间，我的内心闪过的念头是，如果麦卡伦夫人愿意，她可以把我介绍给迈泽里默斯·德克斯特。作为格兰尼奇宅邸的客人和她儿子的老朋友，她一定认识他，而且对他很熟悉。

“我打算找迈泽里默斯·德克斯特谈谈。”我壮着胆子回答说。

麦卡伦夫人怔了一下，从我身边向后退，惊讶地大喊了一声。

“你丧失理智了吗？”她问了一声。

我如同先前告诉菲兹－大卫少校一样，告诉她，自己有理由认为，德克斯特先生的意见从一开始就会对我有实际的帮助。

“而我，”麦卡伦夫人接话说，“有理由认为，你的整个计划很疯狂，你若是去征求德克斯特的意见，那恰恰是去请教一个疯子。你不必紧张，孩子啊！他不是个会给人造成伤害的人。我的意思并不是说，他会攻击你，或者对你态度粗鲁。我只是说，处在你这样痛苦而又棘手处境中的年轻女子，她若是要去找什么人，那最不合适的就是迈泽里默斯·德克斯特。”

不可思议啊！麦卡伦夫人再次复述了少校提出过的警告，几乎重复了少校的原话。行啊！它面临着大多数警告一样的命运。这只能促使我越来越迫不及待地按照自己的方式行事。

“您让我惊讶不已啊，”我说，“德克斯特先生在庭审中提供的证词似乎再清楚明晰和合情合理不过了。”

“当然如此！”麦卡伦夫人回答说。“印刷之前，速记员和法庭书记员把他的证词转换成了通顺的言辞。如果你像我一样，真正听见了他所说的话，按照你看问题的方式，你要么对他反感不已，要么被他弄得乐不可支。刚开始时，情况还挺正常的，他谦逊地对自己荒诞不经的教名作了一番解释。他这一解释使观众中的欢快气氛立刻平息了。但是，随着他把话往下说，他身上疯狂的一面便显露出来了。他语无伦次，理性与胡说混为一谈。法庭一次又一次地敦促他注意秩序。由于蔑视法庭，他甚至受到警告，要罚款和拘留。总之，他显露出了自己的本色——是个最不可思议和最对立的气质的混合体。时而如同你刚才说过的，说话清楚明晰，合情合理；时而满嘴狂言，令人无法忍受，一副精神错乱的状态。我再告诉你一遍，比他更不适合于给人建议的人还真不可能找到呢。但愿你不会指望我把你引见给他吧？”

“我还真这么想来着，”我回答说，“但是，您既然这么说了，亲爱的麦卡伦夫人，我当然要放弃这种想法啦。这也不是什么大不了的损失——只是需要我等待一个星期罢了，等到菲兹－大卫少校举办宴会。他已经答应了，要请迈泽里默斯·德克斯特同我会面。”

“到处都有少校掺和！”老夫人大声说。“你若是把信念寄托在那个人身上，我真是可怜你啊。他像泥鳅一样滑溜。我估计，你是请求他介绍让你认识德克斯特吧？”

“没错。”

“千真万确！德克斯特看不起他啊，亲爱的。他和我一样清楚地知道，德克斯特不会去赴他的宴会。他绕着圈子要把你们分开——而又不会像一个厚道的人一样，直截了当拒绝你。”

这是个坏消息。但是，和平常的情况一样，我还是固执任性，不承认自己的失败。

“如果到了万不得已的时候，”我说，“我只能写信给德克斯特先生了，请求他答应见见我。”

“如果他答应了，你独自一人去见他吗？”麦卡伦夫人问了一声。

“当然，我独自一人去。”

“你真打算这样吗？”

“我真打算这样。”

“我不允许你独自一人去。”

“我可不可以冒昧地问一声，妈妈，您准备如何阻止我呢？”

“当然是陪同你一块儿去啦，你这个执拗任性的孩子！是啊，是啊——如果照着我的性子来，我也会像你一样固执的。听好啦！我不想知道你的那些计划是什么。我不想卷入到你的那些计划中。我儿子已经接受了‘苏格兰裁定’。而我也已经接受了‘苏格兰裁定’。而你不想让事情就这么平息。你是个自负莽撞的年轻姑娘。但是，从一定程度上来说，我已经喜欢上你了，所以，不会让你独自一人去见迈泽里默斯·德克斯特。戴上帽子吧！”

“现在吗？”我问了一声。

“当然啦！我的马车在门口等着呢。这个事情越快了结，我就会越高兴。准备好——赶紧处理它吧！”

我没有再请求什么。又过了十分钟，我们出发去见迈泽里默斯·德克斯特了。

这就是我婆婆上门来的结果！

# 第二十四章　迈泽里默斯·德克斯特——第一印象

麦卡伦夫人到达本杰明的住所之前，我们慢慢吞吞地用着午餐。随后，我和老夫人之间交谈一直持续到下午很晚的时候。我们上马车时，太阳正上密云之中。我们的马车还在行进中时，阴沉的暮色已经开始笼罩着我们了。

我们驱车朝着伦敦广袤的北部郊区驶去（据我的判断）。

一个多小时的时间里，昏暗的砖块砌成的街道，犹如迷宫一般，我们穿行在其中。我们越向前行驶，街道越狭窄，越肮脏。离开了迷宫般的街道之后，暮色四合，昏暗的光线中，我看到一片片荒地，看起来既不像是城镇，也不像是乡村。横过荒地之后，我们经过了一些荒凉倾圮、无人居住的房舍，其中零零散散立着几家光线暗淡的小店铺，看起来像是已毁的乡村，一路蔓延到伦敦。由于一路行程，已经变形了，熏干了。周围越来越暗，越来越荒凉——最后，马车终于停了下来。麦卡伦夫人用尖声讥讽的语气宣布说，我们到了行程的目的地了。“德克斯特亲王的宫殿到了，亲爱的，”她说，“你觉得它怎么样？”

我环顾四周——如果要实话实说的话，不知道该如何评价。

我们已经下了马车，站立在一条粗糙半成形的砾石小路上。借着昏暗的光线，我看到左右两边新建房舍完工了一半的基础。我们周围凌乱地摆放着木板和砖块。到处耸立着细长的脚手架柱子，犹如砖块构成的沙漠中一棵棵没有枝丫的树干。我们身后公路的另一侧，绵延伸展着另外一片荒地，上面有待建筑。这第二片荒地的表面，神秘的光线中时不时地闪过流浪者幽灵般的白色身影。我们的前方，据我估算，两百码左右的距离，耸立着一团黑色东西。待我慢慢适应了眼前昏暗的光线后，看见那东西演变成了一幢又长又矮古老宅邸，前面是一道长青树篱，还有一道漆黑的栅栏。男仆在前面领路朝着栅栏走，踏过散落在地面的木板、砖块、牡蛎壳[①]和破碎的瓦片。而这儿就是“德克斯特亲王的宫殿”！

漆黑的栅栏处有个门口，还有个门铃拉手——费了一番周折才寻找到。男仆拉了拉门铃，根据发出的铃声来判断，是个硕大无比的门铃，更加适合于在教堂用，而不是住宅。

我们等候在门口的当儿，麦卡伦夫人指着一排低矮黑暗的老式建筑。

“那是他的疯狂表现之一！”她说。“这个区域的开发商人主动提出，我知道几千英镑，购买这幢宅邸上面的地基。这儿原本是本地的一幢庄园宅邸。许多年前，德克斯特把它购买了下来，这也是他的奇思妙想之一。他与这个地方毫无家族渊源。他耳畔回荡着几乎只有墙壁倒塌的声响。而那些承诺给他的钱对他确实有用。但是，不行！他写信拒绝了开发商人的提议，内容是：‘这些低劣平庸、可耻可恨和下贱猥琐的建筑是一个低劣平庸、可耻可恨和下贱猥琐的时代的产物，我的宅邸处在这样一片建筑的包围之中，是一块承载

① 牡蛎在英国是一种廉价而又便于携带的食物，建筑工人自古食用，到了19世纪，情况依然如此。

着独特风格和美丽景致的永恒纪念碑。先生们，我保留着自己的宅邸对你们是一个有益的教训。你们在我家周围大兴土木的时候，看看它吧——看看你们会不会因为自己的作为而脸红。’世界上还有别的什么人能写出如此荒唐透顶的信吗？嘘！我听见花园里的脚步声了。走过来的是他的表妹，我要告诉你这一点，否则黑暗中你会误认为是个男的。”

栅栏的内侧传来粗哑低沉的说话声，我当然怎么也想不到是一个女人的声音。

“谁呀？”

“麦卡伦夫人。”我婆婆回答说。

“您要干什么？”

“我们想要见德克斯特先生。”

“你们不能见他。”

“为何不能见呢？”

“您说您姓什么？”

“麦卡伦。麦卡伦夫人。尤斯塔斯·麦卡伦的母亲。你现在明白了吧？”

那声音在栅栏后面嘀咕着，然后钥匙在门锁上转动。

我进入了花园后，处在灌木丛的深影里，一点都看不清声音粗哑的女人的形象，只看见她戴着一顶男人戴的帽子。她在我们身后关上了院门，没有说一句表示欢迎的话，也没有解释一声，领着我们进入了宅邸。麦卡伦夫人轻而易举地跟随在后，因为她对这地方很熟悉。我尽可能合着麦卡伦夫人的步子朝里面走。“这是个很糟糕的家庭，”婆婆低声对我说，“德克斯特的表妹是这幢宅邸里面唯一的女性，她是个白痴。”

我们进入了一个宽敞的厅堂，天花板很低——厅堂的另一端亮着一盏昏暗的小油灯。我可以看到，阴暗棕色的四周墙壁上挂着画——但是，由于光线模糊，看不清楚上面画着什么。

麦卡伦夫人对着那位戴了顶男人帽子、一声不吭的表妹说话。

“现在告诉我吧，”她说，“我们为何不能见德克斯特？”

表妹从厅堂的桌上拿来一张纸，然后交给麦卡伦夫人。

“这是主人写的！”奇怪的女人说，说话声音粗哑而微弱，好像一想到“主人”她就害怕似的。“看看吧，留下来还是离开，您请便。”

她打开了一扇用一幅画掩映着的侧门——像个幽灵似的走出去了——留下我们两个人独自待在厅堂里。

麦卡伦夫人朝着那盏油灯走过去，就着灯光看那张那个女人递给她的纸条。我跟随了过去，不顾礼貌越过她的肩膀看过去。纸条上是书写的文字，字迹漂亮粗大，坚定沉稳。难道我被弥漫在这幢宅邸中疯狂的气氛传染了吗，还是我真真切切地看见了前面的文字？

注意：我无尽的想象力在发挥着作用呢，眼前呈现着一个个英雄的形象。我在自己的内心重新鼓起了逝去的巨大勇气了，大脑沸腾了。面对眼下的情形，任何打搅我的人都是在拿他们的身家性命冒险。——德克斯特

麦卡伦夫人扭过头看看，态度平静，脸上露着讥讽的微笑。

“你仍然坚持要我介绍你见他吗？”她问了一声。

她这样用嘲讽的语气问我，唤醒了我的自尊心。我下定了决心，

自己决不首先放弃。

“如果我在拿您的身家性命冒险，妈妈，那就不坚持了。”我回答说，显得很唐突无礼，一边指着她手上的纸条。

我婆婆返回到厅堂的桌子边，把纸条放在上面，没有屈尊回话。她随后领先走向我们右手边的拱形凹处，到了那边，我这才看清楚了，那是一段很宽的橡木楼梯。

“随我来吧，”麦卡伦夫人说，登上黑咕隆咚的楼梯，“我知道在哪儿可以找到他。”

我们一路摸索着抵达了第一道楼道平台。接下来的一段楼梯转向了相反的方向，如同楼下厅堂的情形一样，楼梯由放置在我们上方某处看不见的地方的油灯微微照亮着。我们登上了第二段楼梯，走过了很短的一段过道，随后，透过一个古雅别致的圆形房间敞开着的门，发现那盏灯在壁炉架上燃着。我们进入房间，门口正对面的墙壁上挂着一幅厚重的装饰挂毯，从天花板松松垮垮一直垂到了地面。灯光照亮了挂毯。

麦卡伦夫人把挂毯拉到了一边，示意我跟随着她，走进挂毯后面。

“听吧！”她低声说。

我站立在挂毯的内侧之后，发现自己置身于一处黑暗的凹室或者过道，看见其尽头在油灯灯光的映照下是一扇紧闭着的门。我倾听着，听见门的另一侧有一个声音在高喊着，伴随着一种不同寻常的轰隆声和口哨声，来来回回回荡着，根据我判断，空间很大。此刻，轰隆声和口哨声达到了最响亮的程度，掩盖了喊声引起的共鸣。然后，还有，那些更加响亮的声音慢慢退回到了远处，喊声掩盖了前者，听得更加清晰了。那扇门一定十分牢固厚实。尽管我专心致志地倾听，但还是听不清那个声音喊出的是什么话语（如果喊出了什么的话），也同样分辨不出，轰隆声和口哨声是如何发出来的。

“门的另一侧，”我低声对麦卡伦夫人说，“可能发生情况呢？”

“脚步轻柔，”我婆婆回答说，“进去看看吧。”

她把我们身后的挂毯拉好，完全挡住了圆形房间里的灯光。然后，她悄无声息地转动门的把手，打开了沉重的房门。

我们藏匿在凹处的阴影里，朝着门里面看。

我看见（或者说昏暗中想象自己看见了）一个长条形的房间，天花板很低。房间里疏于照管的炉火奄奄一息，形成了房间里唯一的光源。我借着火光可以分辨出物品和距离。火光把我们正对面的房子中间部分照得通红，而两端则几乎完全漆黑。我几乎没有足够的时间来留意这个情况，便就听见轰隆声和口哨声向我袭来。一把轮椅驶过红光照着的部位，上面载着一个模糊的身影，一头飘逸的头发，两只手臂猛烈地抬起放下，操纵着驱动轮椅的机械，使之以最快的速度碾过。“我是拿破仑，在奥斯特利茨[①]的日出时分！”那个人坐在发出轰隆和口哨声的轮椅上，在炉火红光的映照下经过我身边时，大声喊着。“我发布命令，一座座皇帝的宝座动摇了，一个个皇帝倒下了，一个个国家颤抖了，成千上万的人投入战斗，流血，最后阵亡了！”轮椅驶出了视线，而高喊着的人变成了另外一位英雄。“我是纳尔逊！”响亮的声音这时喊了出来。“我正指挥着特拉法加海战中的舰队。我发布了命令，预见到胜利与死亡。我看到自己被尊奉为神明——公众为我举行葬礼，民族为我流泪，把

① 奥斯特利茨（Austerlitz）是现在捷克共和国境内斯拉夫科夫村的旧称。奥斯特利茨之战（the Battle of Austerlitz）是拿破仑指挥的最著名的战役之一，也是世界战争史上的一次著名战役。决战于1805年12月2日展开，因参战方为法国皇帝拿破仑·波拿巴、俄国沙皇亚历山大一世和奥地利皇帝弗朗茨二世，所以又称“三皇之战”，七万三千法国军队在拿破仑的指挥下，取得了对八万六千俄奥联军的决定性胜利。

我安葬在彰显光荣的教堂。时代记住了我，诗人们用不朽的诗篇赞美我！”[①] 发出轰隆响声的轮椅在房间的另一端掉了个头，返了回来。古怪吓人的幽灵，人和机械融为一体了——新森托尔[②]，一半是人，一半是轮椅——行将熄灭的火光下，再次从我身边驶过。“我是莎士比亚！”狂暴的人此时大声喊着。“我正在创作《李尔王》[③]，悲剧中的悲剧啊。古代人和现代人，我是超过他们所有人的诗人。灯光啊！灯光啊！诗行如熔岩般从我火烧一样的大脑中喷涌而出。灯光啊！灯光啊！为了这位属于所有时代的诗人[④] 写出永远不朽的诗篇！”他猛烈操作，急速朝着房间中间返回。他抵达壁炉边时，最后一块没有燃烧的煤炭（或者木头）爆出了瞬间的火苗，照亮了敞开着的门口。这一时刻，他看见了我们！轮椅猛然停顿了下来，震动了房间里不牢固的旧地板，改变了行进的路线，像一头猛兽一样向着我们飞奔过来。我们向后退缩了，刚刚好来得及避开它，靠到了凹处的墙壁上。轮椅继续前行，把垂着的挂毯冲到了一边。圆形房间的灯光透过这个缺口倾泻了进来。轮椅上的人止住了疯狂的轮子，扭过头来看了看，充满淘气而又好奇的神色，看上去挺可怕的。

“我碾过她们了吗？由于她们擅自闯入我家，我把她们碾成粉

---

① 特拉法加海战是英国海军史上的一次最大胜利，英法对决中的指挥者正是一对历史上最著名的对手——具有传奇色彩的英国海军中将纳尔逊（Horatio Nelson，1758—1805）和维尔纳夫（Silvestre de Villeneuve，1763—1806）。1805年10月21日，双方舰队在西班牙特拉法加角外海相遇，战斗持续了五个多小时，由于英军指挥、战术和训练皆胜过法军，法兰西联合舰队遭受了致命打击，主帅维尔纳夫被俘，二十一艘战舰被俘。英军主帅纳尔逊中将在战斗中阵亡，遗体葬于伦敦圣保罗教堂，位置正好在教堂圆穹的正下方。伦敦特拉法加广场上耸立着纳尔逊将军的塑像。

② 森托尔（Centaur）是指希腊神话中半人半马的怪兽。

③ 《李尔王》（King Lear）威廉·莎士比亚著名的四大悲剧之一，剧中故事发生在公元8世纪左右，年事已高的国王李尔王退位后，被大女儿和二女儿赶到荒郊野外，成为法兰西皇后的三女儿率军救父，却被杀死，李尔王伤心地死在其身旁。

④ 莎士比亚同时代的诗人、剧作家本·琼森（Ben Jonson，1572—1637），赞美莎士比亚“不属于一个时代，而属于所有时代”。

末了吗？”他自言自语。这句表达亲切而又怀疑的话说出口的当儿，他的目光落到了我们身上。他的思绪立刻又转回到了莎士比亚和《李尔王》上了。“贡纳莉和瑞干！”[1] 他大声喊着。“我的两个不正常的女儿啊，我魔鬼般的孩子啊，过来嘲笑我吧！”

“没那么回事，”我婆婆说，态度很平静，好像是对着一个完全理智的人说话，“我是你的老朋友，麦卡伦夫人。我领着尤斯塔斯·麦卡伦的第二任妻子来看你来了。”

她把“尤斯塔斯·麦卡伦的第二任妻子”这最后几个字说出口的瞬间，轮椅上的人一跃蹦出了轮椅，发出了一声恐怖的尖叫，好像她枪击了他似的。一瞬间，我们在空中看到了一个脑袋连着身子，绝对没有下肢的人。接下来的一瞬间，可怕的人像只猴子似的双手触着地板。他双手着地跳跃着离开，速度快得惊人，怪异恐怖的场面进入了高潮，最后抵达长方形房间的壁炉边。他蜷缩在行将熄灭的炉火边，瑟瑟颤抖，小声嘀咕。“噢，可怜我吧，可怜我吧！”一遍又一遍地自言自语。

这就是那位我前来征求其意见的人——在自己需要的时刻，我满怀信心地依赖于他的帮助。

① 《李尔王》中的两个女儿。

# 第二十五章　迈泽里默斯·德克斯特——第二印象

我完完全全心灰意冷，厌恶至极了，而且（如果我必须要真心诚意地承认）还诚惶诚恐，于是低声对麦卡伦夫人说：“我错了，您是对的。我们离开吧。”

迈泽里默斯·德克斯特的耳朵一定像狗的耳朵一样灵敏。他听见了我说“我们离开吧”。

“不！”他回答说，“把尤斯塔斯·麦卡伦的第二任妻子领到这儿来吧，我是位绅士——我必须要向她致歉。我是个研究人的个性的人——希望见见她。”

整个人好像经历了一次彻底的转换。他用极度和蔼的语气说话——说完后便情绪异常激动地叹息了起来，像个刚刚失声痛哭后的女人。这是恢复了勇气呢，还是恢复了好奇？当麦卡伦夫人对我说了“紧张的情绪过去了，你仍然想要离开吗”时，我回答说：“不，我准备进去。”

“你已经恢复了对他的信任了吗？”我婆婆问了一声，语气中毫无怜悯，充满讥讽。

“我已经从对他的恐惧中恢复过来了。”我回答说。

“对不起，我吓着您了，”壁炉旁那个柔和的声音说，“有些人觉得，我有时候有点疯狂。我估计，你们到达时正遇上那个‘有些时候’——如果一些人的看法正确的话。我承认，自己是个充满了幻想的人。我的想象力把我给控制住了，说着怪异的话，做着怪异的事。这样的场合，任何人在我面前提起那次恐怖的庭审都会退回到往昔，让我承受无法表达的精神上的痛苦。我是个心肠柔弱的人。作为必然的结果（处在这样的一个世界上），我是个痛苦不堪的人。请接受我的歉意吧。你们二位都请进。请进，请怜悯我吧。”

现在即便是个孩子也不会被他吓着了；即便是个孩子也会进入，怜悯他了。

房间里变得越来越昏暗。我们刚刚能够看清迈泽里默斯·德克斯特蜷缩在行将熄灭的炉火边的身影——仅此而已。

“难道我们就不点灯了吗？”麦卡伦夫人问了一声。“等到点了灯之后，难道这位夫人要看到您不在轮椅上的样子吗？”

他拿起一件挂在脖子上的闪亮金属物，并且吹出了一连串刺耳、颤抖、鸟鸣般的声响。一会儿过后，一连串类似的声响回应了他，声响听起来很微弱，好像是从宅邸远处的某个地方发出的。

“爱丽儿这就来了，”他说，“平静一下，麦卡伦妈妈，爱丽儿会让我像样地展示在一位夫人的眼前的。”

他双手跳跃着进入了房间另一端的黑暗之中。“等一等，”麦卡伦夫人说，“你会经受另一次惊讶——你将会看到‘轻灵缥缈的爱丽儿’。”

我们听见圆形房间传来沉重的脚步声。

“爱丽儿！”迈泽里默斯·德克斯特从黑暗中叹息地喊了一声，声音显得格外柔和。

令我惊诧不已的是，那位戴着男人帽子的表妹沙哑男性化的声音——与其说是爱丽儿的声音，不如说是卡列班的声音[①]——回答说:“在这儿呢！”

“我的轮椅，爱丽儿！”

名字如此怪异地被张冠李戴的人把挂毯拉到了一边，以便光线更加充足——然后，进入了房间，推动了自己面前的轮椅。她躬下身子，像抱孩子似的把地板上的迈泽里默斯·德克斯特抱起来。她还没有能够来得及把他放置到轮椅上，他便从她的双臂中蹦了出来，欢快地叫了一声，像一只小鸟落在自己栖息处一样，落在了自己的座位上！

“拿灯来,”迈泽里默斯·德克斯特说,“还有镜子。对不起,”他补充说，话是对着我们说的,“我要背朝着你们了。你们必须得等到我把头发梳理妥当了才能看到我。爱丽儿！刷子、梳子，还有香水。”

爱丽儿第二——即德克斯特的表妹，一只手举着灯，另一只手拿着镜子，刷子（梳子扣在上面）衔在嘴里。她第一次将自己清楚地展示在我的面前。我现在才能够看清楚这位姑娘圆滚滚肉坨坨而且毫无表情的脸庞，毫无光泽、黯淡无神的眼睛，粗糙的鼻子，还有宽大的下颚。一个半死不活的人，一个发育不健全、不成形状的人，身穿一件水手上衣，脚蹬一双沉重的男人绑带靴子。除了一条旧的红色法兰绒裙子，还有乱蓬蓬的亚麻色头发上扣着一把破梳子之外，没有任何东西可以向我们表明，她是个女人——这就是那位我们刚刚进入宅邸时，黑暗中不客气地接待我们的那个女人。

---

① 此处一语双关，富有讽刺意味。典出莎士比亚的剧目《暴风雨》,“爱丽儿”既是本书德克斯特替自己的表妹取的名字，也是剧中轻灵缥缈的精灵的名字。“卡列班”是剧中半人半兽的怪物的名字。

绝妙的仆人收集齐了工具，以便梳理她更加绝妙的主人的头发。她把镜子递给了他（是一面手镜），自己投入到工作中了。

对着迈泽里默斯·德克斯特飘逸的头发和又长又柔的胡子，她梳呀，刷呀，上油呀，喷香水呀，这是我所见到过的迟钝与灵巧最最不可思议的结合。她毫无情感、默不作声地操作着，表情迟钝，步态笨拙。不过，任务还是圆满地完成了。轮椅上的小淘气手里举着镜子，用挑剔的眼光监督整个操作过程。他过于关心这个过程了，所以没有开口说话。后来，要给他的胡子做点最后的修饰，名字张冠李戴的爱丽儿站到了他的面前，因此他整个脸要转而对着房间里我和麦卡伦夫人站立的区域。他随后对我们说话——不过，格外小心翼翼，在梳妆打扮没有完成时，决不把身子转向我们。

“麦卡伦妈妈，”他说，“您儿子第二任妻子的教名是什么？”

“您为何想要知道呢？”我婆婆问了一声。

“我之所以想要知道，因为我不能称呼她‘尤斯塔斯·麦卡伦夫人’。”

“为何不能呢？”

“这样会让我想起另外那位尤斯塔斯·麦卡伦夫人。如果让我回忆起了自己待在格兰尼奇宅邸时的日子，我的意志力会丧失的——我再次会爆发出尖叫声来。”

听他这么一说，我急忙插话。

“我名叫瓦莱拉。”我说。

“这是个罗马人的名字啊，”迈泽里默斯·德克斯特评价说，“我喜欢这个名字。我的名字中也含有罗马音的特殊效果。我若是生下来时有双腿的话，定会拥有罗马人的体格的。我称呼您瓦莱拉夫人。除非您不同意对吧？”

我急忙说，自己一点儿都不反对。

“很好，”迈泽里默斯·德克斯特说，“瓦莱拉夫人，您看见站在我面前的这个东西的面孔了吗？”

他用手镜指了指自己的表妹，如同指着一条狗一样满不在乎。他表妹听见他刚才用带有侮辱性的言辞称呼自己，毫不在意，跟一条狗差不多。她一如既往地镇定自若，继续给他梳理胡子，给胡子上油。

“这是一张白痴的面孔对吧？”迈泽里默斯·德克斯特接着说。“看看她吧！她只不过是一棵蔬菜而已。同这个姑娘此刻展示的情形相比，花园里面的一颗卷心菜拥有同样多的生命力和表情。在这样一位半发育成熟的人身上，您相信会有潜在的智力、情感、自尊、忠诚吗？”

我真的是羞于回答他的问题。实在没有必要回答！毫无表情的女人继续料理她主人的胡子。即便是一台机器也不至于像这个不可思议的人一样毫不关注其周围的生命和谈话。

“我发现了那种潜在的情感、自尊、忠诚，其身上的其他特质，”迈泽里默斯·德克斯特接着说，“我掌握了开启潜在智力的那把钥匙。多么崇高的想法啊！现在我说话时看看她吧。可怜可悲的人啊，我一次说讥讽的话时，给她取了个名字，就像一只狗养成了喜欢自己的项圈的习惯。对啦，瓦莱拉夫人，看一看，听一听。爱丽儿！”

姑娘表情呆滞的脸庞开始舒展了。姑娘机械地活动着的手停住了，把梳子举起在半空。

“爱丽儿，你已经学会了如何料理我的头发，如何给我的胡子上油——对吧？”

她的脸庞仍然舒展着。“是的！是的！是的！”她回答说，显得迫不及待。“而您说，我已经学会了而且干得很出色——对吧？”

“我是这样说的，你愿意让别人替你干吗？”

她的目光变得柔和了起来，有了光泽和生气。她怪异不像女人的说话声低沉了下来，这是我听见她发出的最温柔的声调。

“任何人都不能代替我来干啊，”她说，立刻显得自豪而又温柔，“只要我活着，除了我之外，任何人都不能触碰您。”

“连那位夫人都不可以吗？”迈泽里默斯·德克斯特问了一声，一边用手镜向后指着我站立的地方。

她的眼睛突然闪着亮光，手突然对着我摇晃梳子，突然显得妒意十足，义愤填膺。

“让她试一试吧！”可怜的女人大声说，声音再次提到了极度粗犷的程度。“那就看她敢不敢触碰您一下！”

面对着孩子气的情绪爆发，德克斯特哈哈大笑了起来。“这样就对啦，我轻灵缥缈的爱丽儿，”他说，“我眼下消除了你的智力，让你恢复到了先前的样子。整理好我的胡子吧。”

她顺从地继续干手上的活儿。眼睛里闪烁的新光芒，脸庞上呈现的新表情，全都慢慢地消减了，最后消失了。一会儿过后，脸上还和先前一样一片茫然，毫无生气。双手干着活儿，再次显露出毫无生气的灵巧，恰如她开始拿起刷子来时留给我的痛苦印象。迈泽里默斯·德克斯特似乎对这样的结果十分满意。

“我寻思着，自己的小实验可能会让您感兴趣，”他说，“您看到了怎么回事了吧？我奇特有趣的表妹潜伏着的智力就像乐器中潜伏着的声响一样。我在上面弹奏——它就会对我的触碰做出反应的。她喜爱被人弹奏。但是，她最大的乐趣是听我讲故事。我会把她弄得茫然无措，云里雾里。而我越把她弄得内心混乱，她就越喜爱听那个故事。这事好玩极了。您真的哪天必须得见识见识。”他高高兴兴地对着镜子看了最后一眼。“啊！”他得意扬扬地说，“我现在可以自己来了，消失吧，爱丽儿！”

她像一只训练有素的动物无声无息地顺从了，穿着厚重的靴子迈着沉重的步伐走出房间。她经过我身边时，我说了声“晚安”。她既没有回应我的招呼，也没有看我一眼。我说的话对她麻木的心智毫无作用。她的耳畔能够听到的声音就是无声。她再次变成了替我们开院门时的那个表情呆滞、毫无生气的人——一直要等到迈泽里默斯·德克斯特再次乐意对她说话时。

“瓦莱拉！”我婆婆说，“我们谦逊的主人正等待着看看你对他的感觉如何呢。”

我的注意力集中在他表妹身上的当儿，他已经把轮椅调转过来了，以便面对着我——灯光完全照在了他的身上。当描写到他作为证人出现在庭审中时，我发现，自己借用了后面这一次同他见面的情况（其实不是有意为之）。我现在清楚地看到了一张欢快而又聪慧的脸，一双清澈明亮的蓝色大眼睛，一头浅栗色光亮飘逸的头发，一双修长纤细而又白皙的手，还有粗壮的喉头和宽广的胸膛。这一切我在其他地方也描述过。他身体的残疾降低和损毁了他头部和胸部透出的男性阳刚之美，不过残疾部分掩盖在了一块色彩斑斓的东方遮盖毯下，看不见了。遮盖毯犹如一条床单搭在轮椅上。他身穿一件黑色天鹅绒的上衣，胸部松松垮垮地扣着几颗硕大的孔雀石纽扣。两个袖口绲了蕾丝花边，那是上个世纪流行的风格。也许是我这个人反应迟钝的缘故——但是，当我看着他时，我从他身上看不出疯狂的样子，也看不出任何令人厌恶的东西。我能够从他的面部发现的唯一缺点在两个外眼角，正好在鬓角下面。在此，他哈哈大笑，还有幅度小一些微笑着时，皮肤会皱成奇特怪异的小小细纹和皱痕，这一点看起来显得很怪异，与他的面部其他几乎属于年轻人的形象很不协调。至于他五官的其他部位，比如嘴部，只要胡子没有掩盖掉的部分，形状小巧而精致。鼻子——结构完美，笔直的希腊式样——若与其方形的脸颊和饱满的天庭比较起来，或许显得过于单薄了一点儿。从整体上来看他（而且，当然是站在一个女人的角度而非相术[①]士的角度来评价他），我只能把他描述为是一位异乎寻常的美男子。画家会对他如痴如醉，把他当成圣约翰[②]的原型。一位年轻姑娘对那块东方盖毯遮盖着的部位一无所知，当她看到他的瞬间便会自言自语说："这正是我的梦中情人啊！"

"啊，瓦莱拉夫人，"他说，语气轻柔，"我现在吓着您了吗？"

"肯定没有啊，德克斯特先生。"

他蓝色的眼睛——像女人的眼睛一样大，像孩子的眼睛一样亮——盯着我的脸看，透着奇特而又多变的神态，这可吸引了我，令我迷惑不解。

---

① 相术，即相学（Physiognomy）是通过观察分析人的形体外貌、精神气质、举止情态等方面的特征来测定、评判人的禀性和命运的传统学问。人们认为相是命运的一种显现形式，人相必然体现着命运。相学在中国汉文化中有悠久的历史。

② 据《圣经》记载，圣约翰（St. John）是耶稣基督的表兄，耶稣基督开始传福音之前在旷野向犹太人劝勉悔改，并为耶稣基督施洗。他同样也是伊斯兰教的先知。约翰在约旦河中为人施洗礼，劝人悔改，是基督教的先行者，宣传犹太教需要改革，并预言上帝将要派重要的人物降生，要比自己重要千百倍，为耶稣宣讲教义打下了基础。文艺复兴时期的意大利画家达·芬奇创作有画板油画《施洗者圣约翰》，该画问世于1513年—1516年间，画面显示的是《圣经》中的施洗者圣约翰。现藏于法国巴黎卢浮宫。

那表情中时而透着疑惑，令人不安而又痛苦的疑惑，时而又演变成了愉悦的认可，如此开诚布公，无拘无束，爱慕虚荣的女人可能会想入非非，以为自己第一眼便征服了他。突然间，他似乎沉浸在一种新的情感之中。他的眼睛凹陷了，脑袋下垂了，举起双手，做出一个懊悔的动作。他一再喃喃自语，小声嘀咕，继续着自己隐秘而又阴郁的思绪，这种思绪似乎领着他越来越远离眼下关注的东西，让他越来越深地陷入对往昔的混沌记忆之中。时不时地，我听见了只言片语。慢慢地，我感觉到自己正在揣摩着这位奇怪的人心中到底在想着什么。

"一种更加有魅力的脸，"我听见他说，"但是，不啊——不是一个更加美丽的身材。比她的身材更加美丽的该是什么样的身材啊？她令人着迷的优雅气质中的某些成分——但不是全部。到底是哪儿相像让我想起了她呢？或许是身材透出的姿态吧？或许是身段移动的样子吧？可怜受难的天使啊！什么样的生命啊！什么样的死亡啊！什么样的死亡啊！"

他是在拿我同那位毒药的受害者——同我丈夫的第一任妻子——做比较吗？他的话语似乎证明了这个结论啊。如果我的猜测是正确的，那么那位亡故的女人显然是他特别喜爱的人。他提及她时，不至于让人误解那断断续续的说话声。她活着时，他爱慕她。她亡故后，他哀悼她。假若我能够说服自己，让这个非同寻常的人与我推心置腹，结果会是怎么样的呢？凭着他想象中认为自己发现的相像之处，我该是个赢家呢，还是输家？他看见我之后会感到欣慰呢，还是痛苦？我热切地等待着，想要听到更多关于那位第一任妻子的情况。他没有再说任何话了。他身上有了一种新的变化。他怔了一下昂起头，环顾了一番四周，犹如某个人疲惫不堪，一副突然从深度睡眠中惊醒时的模样。

“我干了什么啦？”他说。“我又让自己的思绪漂浮不定了对吧？”他颤抖着，叹息着。“噢，格兰尼奇的那幢宅邸啊，”他悲伤地喃喃自语，“我难道永远都不能在思绪中离开它吗？噢，格兰尼奇的那幢宅邸啊！”

令我感到无限失望的是，麦卡伦夫人打断了他的思路，未能让他进一步自省下去。

他提及了她的儿子在乡间的宅邸，其语气和态度中的某种东西似乎冒犯了她。她插话了，语气尖锐，态度果断。

“和蔼点，朋友啊，和蔼点！”她说。“我认为，您并不知道自己在说些什么。”

他蓝色的大眼睛看着她，闪烁着凶狠的光芒。他用一只手转了一圈轮椅，轮椅靠她身边更近了。紧接着，他抓住了她的一条胳膊，迫使她躬身对着他，直到最后他能够对她小声耳语。他情绪暴躁，激动不已。小声说话够响亮的，在我当时坐的地方都可以听见。

“我不知道自己在说些什么吗？”他重复了一声——眼睛全神贯注地盯着的不是我婆婆，而是我。“您是位近视的老妇人啊！您的眼镜在哪儿呢？看看她吧！您看不出相像的地方吗——身材，不是脸型！您看不出像尤斯塔斯的第一任妻子吗？”

“纯粹是想象啊！”麦卡伦夫人接话说。“我看不出什么。”

他不耐烦地摇晃着她。

“不要这么高声大气，”他低声说，“她会听见您说话的。”

“我已经听见你们两个人说话了，”我说，“您用不着害怕，德克斯特先生，在我面前说话。我知道，我丈夫曾有过第一任妻子。我还知道，她是如何悲惨地亡故的。我已经看过《庭审报告》了。”

“您已经看过了一位受难者的生与死的情况啦！”迈泽里默斯·德克斯特大声说。他突然把轮椅朝着我的方向驶来，俯身对着我，怀着几乎温柔的态度，两眼噙满了泪水。“没有人看到她真正的价值，”他说，“只有我。除了我没有人！除了我没有人啊！”

麦卡伦夫人显得很不耐烦，走到了房间的另一端。

“你什么时候准备好，瓦莱拉，我准备好了，”她说，“我们不能让那些仆人和马匹在这样一个荒凉的地方等得太久。”

我太想引导迈泽里默斯·德克斯特继续谈论他已经触及的话题了，不愿意这个时刻离开他。我假装没有听见麦卡伦夫人说话。我表现出一副好像是无意的样子，把手搭在轮椅上，让他离我更近一点。

“庭审中您提供证词时，表现出了对那位已故夫人的极大尊重，”我说，“我相信，德克斯特先生，关于她亡故的秘密，您有自己的想法吧？”

他先前一直看着我那只搭在他轮椅扶把上的手，直到我壮着胆子提出这个问题。听见这个问题之后，他突然抬起眼睛，盯着我的脸看，紧锁眉头，诡异疑惑。

“您是怎么知道我有自己的想法的？”他问了一声，态度严肃。

“我是看过《庭审报告》之后知道的，”我回答说，“对您进行反诘问的律师说了我刚才说的同样的话。我并不是有意要冒犯您的，德克斯特先生。”

他脸上的表情如先前乌云密布一样，迅速云开雾散了。他露出了微笑，一只手放在我的手上。他触碰我时，我感觉到了寒冷，觉得身上的每一根神经都在颤抖——于是迅速把手抽开。

“我若是误解了您，”他说，“还要请您原谅。关于那位不幸的夫人，我是有自己的想法的。”他停了下来，缄口不言地看着我，神情恳切。“您有什么想法吗？”他问了一声。“关于她生的想法，还是关于她死的？”

我显露出了深深的关切，渴望听见更多情况。我若是对他直率坦诚，他有可能会更加愿意说下去。我回答说：“是啊。”

“您的想法在别人面前提起过吗？”他接着问。

“迄今为止，”我回答说，“没有向任何人提起过呢。”

“这真是很不可思议啊！”他说，仍然神情恳切地看着我的脸。“对于一位自己根本就不认识的亡故了的女人，您能够产生什么兴趣呢？您刚才为何要问我这个问题呢？您到这儿来见我有什么动机吗？”

我大胆地承认了这个事实。我说：“我有一个动机。”

“它和尤斯塔斯·麦卡伦的第一任妻子有关吗？”

“是的。”

“与她在生时发生的什么事情有关吗？”

“不是。”

“与她的死亡有关吗？”

“对啊。”

他突然双手紧扣着，做出了一个疯狂而绝望的动作——然后双手紧紧地按住脑袋——好像突然受到了疼痛的袭击。

“我今晚忍受不了这个啊！”他说。“我很想让全世界的人都听到它，但我不敢。面对自己现在的这种状态，我会控制不住自己的。我无法重提那恐怖和神秘的往事，没有足够的勇气去揭开苦难死者的坟墓。你们进入到这儿时，听见我说话了吗？我拥有巨大的想象力，有时候会疯狂地迸发出来。想象力把我造就成了一位演员，可以表演曾经出现过的所有英雄的角色。我感受得到他们的性格，把自己融入他们的个性之中。有时候，我就是自己想象中的某个人。我无法控制自己，不得不这样去做。当想象力爆发了的时候，如果我抑制住它，我就会疯狂。我放纵自己，往往持续几个小时。想象力离开我时，我精疲力竭了，理智惊人地敏锐。这种时候，我的心中会勾起阴郁或者恐怖的联想。我会歇斯底里，我会高声大叫。你们听到了大声叫喊，但不会看见我歇斯底里。不，瓦莱拉夫人——不，您毫不知情地想到了死者和往昔——我无论如何不想吓着您。您明天白天到这儿来好吗？我拥有一辆马车和一匹马驹。爱丽儿，我轻灵缥缈的爱丽儿会驾车。她可以去麦卡伦妈妈的住处接您。我们明天再谈，因为到时我适合于交谈。我很想听您说话。我适合于明天上午接待您。我明天上午会彬彬有礼，思路清晰，能言善谈。现在不行啊！搁下这个话题吧！这个太让人激动、太让人着迷的话题！我必须得镇定下来，否则大脑会爆炸的。对于容易激动的人来说，音乐才是真正的镇静剂。我的竖琴！我的竖琴！”

他坐在轮椅上冲向了房间的另外一端——经过返回我身边的麦卡伦夫人，坚持催促我们离开。

“得啦！”老夫人说，一副愤怒的表情，“你已经看到他了，他也对自己有了足够的展示。他再展示就有可能令人厌恶了。走吧。”

轮椅以更加缓慢的速度返回到我们身边。迈泽里默斯·德克斯特只用了一只手操作轮椅。另一只手拿着一把竖琴，其式样我迄今也只在画面中看到过。竖琴的琴弦数量很少。该乐器体积很小，我都可以轻而易举地把它放在膝盖上。这是图画中众缪斯[①]和传说中的威尔士吟游诗人[②]的古竖琴[③]。

“晚安，德克斯特。”麦卡伦夫人说。

他郑重其事地举起一只手。

“等一等！”他说，“让她听我唱一曲吧。”他转过来向着我。“我不想用别人的诗歌和音乐而欠人家的情，”他接着说，“我自己赋诗作曲，而且即兴创作。容我思索片刻，我来替你们即兴创作。”

他双目紧闭，头伏在竖琴的琴框上，他构思的当儿，手指轻柔地弹拨着琴弦。几分钟过后，他抬起头，看着我，弹出了开始的音符——歌的前奏。

那是优美的音乐呢，还是粗俗的音乐？我根本无法判断它是不是音乐。那是一连串怪异混乱、粗俗刺耳的声音，根本不像任何现代音乐曲目。有时候，让人联想到一段节奏缓慢、起伏不平的东方舞曲。有时候，转换曲调，让我想起古老的格列高利圣咏[④]中更加质朴的协奏曲。序曲之后是歌词，如同前面的音乐一样，歌词怪异混乱，毫无节制，全然不受任何评判规则的限制。歌词毫无疑问是当

---

① 缪斯（Muses）指希腊神话中司文艺和科学的九位女神，都是宙斯和记忆女神之女，分别是司雄辩和英雄史诗的卡利俄珀（Calliope），司历史的卡利俄（Clio），司爱情诗的埃拉托（Erato），司音乐和抒情诗的欧忒耳珀（Euterpe），司悲剧的墨尔波墨涅（Melpomene），司颂歌的波吕许谟尼亚（Polyhymnia），司舞蹈和合唱的特耳西科瑞（Terpsichore），司喜剧和田园诗的塔利亚（Thalia）和司天文的乌拉尼亚（Urania）。

② 吟游诗人（bard）原指在古代凯尔特人中写作颂词的人，推而广之，泛指部族中擅长创作和吟咏英雄及英雄业绩诗歌的诗人和歌手。该习俗在爱尔兰和威尔士都保存下来了。在威尔士，英文“bard”一词一直是诗人的同义词，到了公元10世纪，吟游诗人分为不同等级。威尔士是这个传统保存得最好的地区。

③ 竖琴（harp）是世界上一种最古老的拨弦乐器之一，起源于古波斯。

④ 格列高利圣咏（Gregorian chant）由教皇圣格列高利一世采用，节奏自由，音节有限，通常无伴奏，今天主教会有事时仍然使用。

场凭着灵感构思出来的。我是这首奇怪歌曲的主题。因此——用我听过的最最优雅的音调之一——我的诗人唱响了关于我的歌：

　　她为何来了？
她让我想起了失去的人，
她让我想起了逝去的人。
　　她的身形像另外一位，
　　她的步态像另外一位。
她为何来了？
莫非是命运把她领来？
　　我们能否共同漫游
　　昔日的一座座迷宫？
　　我们能否共同探寻
　　昔日的一个个秘密？
我们能否交流思想、猜测、疑惑？
莫非是命运把她领来？

未来将要表明清楚。
　　让黑夜过去，
　　让白昼到来。
我要看透她的心思，
她会看透我的心思。
　　未来将要表明清楚。

他的声音低沉了下来，当他唱到最后几行词时，弹拨琴弦的手指越来越软弱无力了。过度紧张的大脑需要而且进行了重新养精蓄锐的休息。唱到最后的歌词时，他的双眼慢慢闭上了。他的头向后仰着靠在轮椅上，睡着了，双臂抱着竖琴，如同一个孩子睡觉时，紧紧抱住最后玩着的一件玩具。

我们悄无声息，踮着脚离开了房间，让迈泽里默斯·德克斯特——诗人、作曲家，还有疯子——平静安宁地睡着。

# 第二十六章 我更加固执己见

爱丽儿待在楼下阴暗的厅堂里，半睡半醒，等待送客人离开宅邸。她没有对我们说一句话，没有看我们一眼，领头顺着花园里黑暗的路走，然后在我们身后锁上了大门。“晚安，爱丽儿。”我隔着栅栏对她大声说。毫无反应，只有她返回室内的沉重脚步声，还有就是片刻之后，沉闷的关门声。

男仆考虑周到，点亮了马车上的几盏灯。拿着其中一盏当提灯用，照着我们走过了满地是砖块的荒地，然后安全到达了公路边的小路。

“好啦！”当我们稳稳当当地再次坐到了马车上时，我婆婆说。“你已经见到迈泽里默斯·德克斯特了，但愿心里得到了满足啊。实话实说，就我同他的交往而言，我从未见过他像今晚这样一副完完全全疯狂的样子。你怎么看呢？”

“我不会冒昧地对您的看法表示异议，”我回答说，“但是，就我个人来看，我不能肯定，他已经疯了。”

“没有疯！”麦卡伦夫人大声说，“坐在轮椅上那么一大通狂热的表演之后？他让自己那位不幸的表妹做了那么一番展示，还没有疯？他替你唱了那一番颂歌，最后竟然睡着了，还没有疯？噢，瓦莱拉！瓦莱拉！我们的老祖宗充满了智慧的话说得好——再瞎莫过于视而不见！”

“请原谅，亲爱的麦卡伦夫人——我看见了您所提到的每一个情况，而且我生平从未像这样惊讶，或者困惑过。但是，我现在已经从惊愕中回过神来了，而且能够平静地考虑这个问题。我仍然必须斗胆怀疑，此人是否从真正意义上来说疯了。我似乎觉得，他公开表达了——我承认那是以一种直率鲁莽、狂热不羁的方式——思想和感受，而那些东西大多数人会作为弱点羞于启口，因此往往将其埋藏在心里。我承认，自己常常会想象着转换成另外的某个人，而且以新的身份享受到观察自己的快乐。孩童时代，我们最早所做的一件快乐的事情便是（如果我们拥有想象力的话），我们摆脱自己的身份，作为一种变换，试一试其他人的身份——比如变成仙女，变成女皇，总之，变成除了我们真实身份之外的任何人。德克斯特先生恰恰如同孩子一样，透露出了秘密——然而，如果说这样做是疯狂的行为，那他肯定就是疯了。但是，我注意到，当他的想象平静下来之后，他又是本来的迈泽里默斯·德克斯特了——相对于我们的想法，他并不更加相信自己是拿破仑或者莎士比亚。此外，鉴于他过着孤独久坐的生活，我们确实应该给予宽容才是啊。我知识有限，无法探寻出这种生活对他的情况会产生什么样的影响。但是，我觉得，自己看得出过于豪放的想象力所导致的结果。他对那位可怜的表妹展示出了控制力，还有他唱出了那首奇妙绝伦的歌曲，我认为，自己能够找出导致这种情况的原因，除了极端自负自大之外，不存在别的更加可怕的原因。但愿我的这一番告白不至于使我在您心目中的良好印象严重降低——但是，我不需要说，我享受到了这次登门带来的快乐，而更加糟糕的是，迈泽里默斯·德克斯特实际上对我产生了兴趣！”

“这一番针对德克斯特充满了学问的话语是不是意味着，你打算再去见他？”麦卡伦夫人问了一声。

“我不知道自己明天上午会有什么样的感受，”我说，“但是，我此刻的想法是，一定要再去见他。您待在那个房间另一端的当儿，我同他聊几句。我相信，他真的会有助于我——”

“有助于你，哪一方面呢？”我婆婆打断了我的话。

“我心中所怀有的唯一目标方面——那个目标，亲爱的麦卡伦夫人，我很遗憾地说，是您不赞成的。”

“而你打算推心置腹地信任他吗？面对我们刚刚离开的那样一个人，完完全全地敞开心扉？”

“不错——如果我明天也像今天晚上这样觉得。我可以说，这是个冒险，但是，我必须得冒种种风险。我知道，自己不是很谨慎，但谨慎行事对于一个处在我的境地中而且又要实现自己的目标的女人来说无济于事。”

麦卡伦夫人没有再多说什么劝告的话了。她打开了马车前面的一个宽大的口袋，从里面掏出一盒火柴和一盏火车上阅读用的台灯。

“你这么一闹腾，”老夫人说，“我倒是要让你看看，你丈夫对你这个新的念头是怎么想的。我收到了他写给我的信——他最近一封从西班牙寄来的信。可怜鲁莽的年轻姑娘啊，为了我儿子，你一门心思要去做那种牺牲——那种无谓的不会带来任何希望的牺牲，你自己判断一下，他还值不值得你去付出。点亮灯吧！”

我心甘情愿地照着她的吩咐办。打从她告诉我尤斯塔斯去了西班牙开始，我便热切地想要知道有关他更多的消息——面对很多令我失望、令我沮丧的情况，希望得到某些成为我精神支柱的东西。迄今为止，我甚至都不知道，我丈夫在自己自我放逐的过程中有时候是否会想到我。至于他是不是已经为自己轻率鲁莽导致我们两个人分离的行为而懊悔了，现在开始怀有这样的希望仍然还为时过早。

灯已经点着了，固定在马车两扇前窗玻璃之间的位置上。麦卡伦夫人这时拿出她儿子的信。世界上再荒唐的事情也不像出于爱做出的荒唐事。我努力挣扎了一番克制住了自己没有吻那张心爱的人的手拿过的信纸。

“好啦！”我婆婆说，“从第二页开始看吧，那一页是专门写给你的。直接往下看到底下一行——而且，天哪，回过神来吧，孩子啊，不要等到为时过晚！”

我遵循了她对我的吩咐，看那些文字：

我还敢于提到瓦莱拉吗？我一定提到她！告诉我她怎么样了，她气色如何，正在干什么呢？我一直都在思念着她啊。我没有一天不在由于失去了她而伤心。噢，要是她赞同让事情顺其自然该有多好啊！噢，要是她根本就没有发现那个悲惨的事实该有多好啊！

我最后见到她时，她说看过了《庭审报告》。她还坚持要那样做吗？我相信——我是郑重其事说这话的，妈妈——我相信，我忍受了巨大的侮辱，遭受了无端的怀疑，因此成了人们公开议论的目标。当她第一次知道这些情况的时候，如果我同她面对面相见，那么，羞愧和恐惧会置我于死地。一个男人被指控（而且根本就没有得到完全的赦免）犯有最肮脏最邪恶的罪行，想想看，那双纯洁无瑕的眼睛看着他的情形——再想想看，如果那个男人还有一点良心和羞耻感，他一定会有什么感受？我写到这个情况时，心里感到难受。

她仍然打算要实施那个毫无希望的计划吗？可怜的天使啊，她朴实无华，不假思索，慷慨大度。那是她为人处世的结果呀。她仍然在想象着，凭着她的能力能够向世人宣告我是清白无辜的吗？噢，妈妈（如果她果然如此），施用您最大的影响力吧，让她放弃这个想法！免得她有可能无辜地遭受屈辱、失望，甚至侮辱。为了她，为了我，一定要想尽一切办法，以便实现这个公正、这个仁慈的目标。

我不给她写信——不敢给她写信。见到她时什么也别说，免得让她想起我。相反，要尽快帮助她忘记我。我能够做到的最仁慈的一件事情——我唯一能够给予她的补偿——便是从她的生活中退出。

内容以这几行令人无法忍受的文字结尾。我一声不吭地把他的信还回给他母亲。而她的话很少。

“如果这样都不能让你泄气，”她评价说，一边慢慢地把信折起来，“那就没有任何事情可以办得到了。这件事情就这样吧，别再多说什么啦。”

我没有回话——我哭了起来，前面有面纱挡着。我的家庭前景看起来暗淡无光啊。我不幸的丈夫被严重误导了，简直不可救药。他的判断出了错误，令人惋惜！对于我们两个人来说，唯一的机会（而且对于可怜的我来说，唯一的慰藉）是要坚持我义无反顾的决心，而且比以往任何时候都要更加坚定不移。针对这个观点，如果我需要什么东西来确认我，来武装我，以便对抗我的每一位朋友对我的劝告，那么，尤斯塔斯的信足以满足了这个要求。至少，他并没有忘记我。他每天都想到我了，而且因为失去了我而感到痛苦。这已足够起到鼓舞作用了——对于目前来说如此。“如果爱丽儿明天驾着马车来接我，”我心里想着，“那我就和爱丽儿一块儿去。”

麦卡伦夫人让我在本杰明家的门口便下了马车。

临别时，我向她说到了——我站在那儿，对她充满了敬畏感，所以一直拖到最后一刻才说出口——迈泽里默斯·德克斯特已经安排好了，打算翌日派他表妹驾车到她住处去。因此，我问了，婆婆是否同意我到她住处去等待那位表妹的到来，或者是否更加愿意打发马车到本杰明的住处。我斗胆说出了这个翌日的计划，满以为随之而来的会是面对一通怒气。老妇人的态度令我喜出望外。她已经证明了，她是真正喜欢我了：忍住了没发脾气。

“如果你坚持要返回到德克斯特那儿去，你肯定不能从我住处的门口去他那儿，”她说，“但是，我希望你不要坚持，希望你明天早晨醒过来时是个明智的女人。”

翌日上午。中午前一点点，马车到了门口，同时带来了麦卡伦夫人给我的一封信。

我婆婆在信中写着：

我没有控制你行动的权利，于是打发马车到本杰明家去。我由衷地相信，你不至于坐了进去。我希望自己能够说服你，瓦莱拉，我是你多么真诚的朋友啊。我昨晚夜不能寐，心急如焚，一直在想着你的事情。如果我告诉你，自己由于未能采取更加有效的方式阻止你不幸的婚姻，现在感到很自责，你会理解，我又多么心急如焚啊。不过，我能够做什么，自己并不真正知道。我儿子向我承认了，他使用了假名向你求婚——但是，他从未告诉我用的是什么名字，或者你是谁，你的亲友住在何处。或许，我本来应该采取措施了解这个情况。或许，如果我了解到了，便应该进行干预，开导说服你，甚至于做出更大的牺牲，不认我的亲儿子。我真心诚意地认为，自己表示了不同意，拒绝参加婚礼，算是尽到了责任。我是不是太容易满足了呢？现在问这个问题为时过晚。我为何要以一位老妇人的种种担忧和懊悔来麻烦你呢？孩子啊，如果你遇到了什么伤害，我会感到（间接地）自己对此有责任。正是有了这种不安的心情，我才决定写这封信，其中说的事情都不是你感兴趣的。不要去见德克斯特！我整个夜晚都怀着这样的担忧，即你去找德克斯特会导致可悲的结果。写封信给他，找个借口。瓦莱拉！我坚信，如果你重返那幢宅邸，你会后悔的。

我受到了直截了当的警告，获得了小心翼翼的建议，还有哪个女人比这更甚吗？不过，警告和建议两者都被我扔掉了。

让我对自己辩解一句吧，我婆婆信中释放出来的善意确确实实打动了我——尽管丝毫动摇不了我。只要我活着，走得动，能思考，现在唯一的目标就是，关于尤斯塔斯·麦卡伦夫人死亡这件事情，一定要让迈泽里默斯·德克斯特推心置腹，说出他的看法。我现在行走在黑暗的道路上，把他的那些看法当成是北斗星。我怀着感激和悔恨的心情把自己的真情实感写在回信里告诉麦卡伦夫人。然后，我出门上了马车。

# 第二十七章　德克斯特先生在家

我发现，爱丽儿身穿男人的上衣，头戴男人的帽子，面对着她的出现，附近所有悠闲自得的小伙子把马车团团围住，用难以听懂的俚语表达他们极度的快乐和欣赏。小马驹焦躁不安起来——它感受到了人群发出的喧嚣声带来的影响。驾车的正襟危坐，手里拿着鞭子，对于周围弥漫着的嘲笑戏谑声无动于衷。我上了马车后便说了声“上午好”。爱丽儿只是吆喝了一声“驾”！马开始跑起来了。

我打定了主意，前往遥远北面郊区的行程当中，保持沉默。很显然，我想要说话也是白搭。经验告诉我，我也无须指望能够听见我的同伴会吭上一声。不过，经验并非总是绝对可靠的。爱丽儿一声不吭地驾车半个小时后，突然开口说话，这着实令我大吃了一惊。

“你知道我们这是要去哪儿吗？”她问了一声，眼睛径直地盯着马驹的两只耳朵之间看。

“不知道，”我回答说，“我不熟悉路。我们要去哪儿？”

“我们要去一条运河边。”

“嗯？”

“嗯！我有点想要把你翻到运河里面去。”

听到这个恐怖的宣告之后，我似乎觉得需要一点解释。我冒昧地提出了要求。

“为何要弄翻我呢？”我问了一声。

“因为我仇视你。”这是个冷漠而又直率的回答。

“我干了什么冒犯你的事情了吗？”我接着又问了一声。

“你想要打主人的什么主意呢？”爱丽儿反问了一声。

“你是指德克斯特先生吗？”

“是啊。”

“我想要同德克斯特先生谈一谈。”

“你不是这么回事！你是想要取代我的位置。你想要代替我给他梳头发，给胡子上油。你个卑鄙的女人！”

我现在开始明白了。头天晚上，迈泽里默斯·德克斯特让她在我们面前展示时，用玩笑的口吻说出的想法植入了她的大脑，而且在她迟钝的脑袋里慢慢地发酵成熟，所以，大概经过了十五个小时之后，由于看到了我的出现，受到刺激了，诉诸语言表达了出来！

“我并不想要触摸他的头发或者胡子啊，”我说，“我把那个完完全全留给你。”

她扭过头看看我，胖墩墩的脸蛋变得通红，呆滞无神的双眼瞪得大大的，不习惯地费劲用言辞表达自己，明白我回答她的话。

“再说一遍，”她脱口而出，“这回请慢点说。”

我重复了一遍，话说得更加缓慢。

“发誓吧！”她大声说，情绪越来越激动。

我仍然保持自己严肃认真的态度（因为远处可以看见运河了），发誓了。

“你这下满意了吧？”我问了一声。

没有回答。她无话可说了。奇怪的女人转过头去再次径直地盯着马驹的两只耳朵之间看，如释重负，粗声粗气地发出了一声咕哝。剩下的行程中，她没有再看过我一眼，没有再对我说过一句话。我们驶过了运河的堤岸。我逃过了淹没在运河的厄运。我们坐在发出叮当声的小马车里，一路辘辘前行，穿街走巷，横过一片片荒野地。我隐隐约约记得那些地方在黑暗中的样子，而光天化日之下，更加显得脏乱不堪，阴森恐怖。马车拐进了一条小巷，狭窄得很，宽大一些的马车根本过不去，然后在一堵墙壁和一道院门边停了下来，这些是呈现在我眼前的新形象。爱丽儿用钥匙打开院门，牵着马，把我领进了迈泽里默斯·德克斯特倾圮破旧老宅邸的后花园和院落。马匹拉着马车独自走向了马厩。我沉默的同伴领着我走过了暗淡阴沉的厨房，然后顺着一条铺石板过道走。她打开了过道尽头的一扇门，把我领进了厅堂的后面，我和麦卡伦夫人头天就是从宅邸的正门进入这个厅堂的。在此，爱丽儿拿起挂在脖子上的口哨，吹出了尖声刺耳的声响，我已经对这种声音很熟悉了，因为这是迈泽里默斯·德克斯特和他的仆从之间交流的方式。哨声响过之后，仆从不愿意开口说话的嘴最后还是挣扎着说话了。

“等到你听见了主人的哨声再说，”她说，“然后就上楼去。”

那行吧！我应该像一条狗似的等待听到口哨声。更加糟糕的是，我别无选择，只有像狗一样乖乖听话。爱丽儿是在寻找借口吗？不是这么回事啊！她转身用毫无形状的背部对着我，然后消失在厨房那边了。

我等待了一两分钟，没有听见楼上传来任何声响，于是走到了厅堂更加宽敞和更加明亮处，想要借着日光看看昨天黑暗中只是隐隐约约看到的那些画。就在天花板的檐板下端，有一段用多种颜色绘制上去的说明文字。我通过文字知道，墙上挂着的作品全是出自那位才华横溢的德克斯特之手。他不满足于做个诗人和作曲家，还要做个画家。有一面墙壁上的画表现的主题是“激情诠释图”，另一面墙壁上的画表现的主题是“永世流浪的犹太人①的生活插曲”。通过这种说明文字的方式，像我这样偶然出现的观赏者郑重其事地受到提醒，要把这些画看作是使用纯粹想象力成就的。“想要在美术作品中观赏纯自然风光的人——说明文字提醒说——可不是德克斯特先生挥笔为其作画的对象。他完全依赖于自己的想象力。自然风光不属于他。”

一开始，我便刻意打消了自己心里关于自然的种种想法，然后先看诠释激情的那些画。

虽然我对绘画艺术所知甚少，但我还是能够看出，关于绘画的规则、色彩和构图，迈泽里默斯·德克斯特知道的还要更少。从严格意义上来说，他的画全是——涂鸦。绘画者怀着病态和疯狂的喜悦表现恐怖情景，这是我从这一系列绘画作品中发现的（除了后面提到的某些实例之外）唯一不同凡响的特征。

激情绘画首先表现的是复仇。一条冒着泡沫的河流岸边，一棵大树的树荫下，躺着一具身穿化妆服的尸体。有个怒不可遏的男人，身上也穿着化妆服，跨立在死者的上方，手里举着剑指向阴沉昏暗的天空，注视着，流露出一副可怕的欣喜表情，他刚刚杀戮的那个人的鲜血慢慢从剑刃上滴下，形成一串大红点。接下来的一幅画用许多分隔部分表现残忍。在其中一个部分内，我看见，斗牛过程中，

---

① 永世流浪的犹太人（Wandering Jew），据说因其嘲弄了受难的耶稣，被罚流浪直至耶稣再现。

有位骑手残酷无情地骑着一匹掏空了内脏的马匹，扬鞭前行。另一部分内，一位上了年岁的哲学家正在肢解一只活生生的猫，还因为自己的工作扬扬得意着。第三部分内，两个异教徒因为折磨两位圣徒而彬彬有礼地相互道贺：一位圣徒搁在烤肉架上烤着，另一位则倒吊在一棵树上，刚刚被扒掉了皮，人还没有死呢。我看过了这几幅样品图之后，不想再看什么激情诠释图了。于是，我转身到了对面墙壁边，那儿是些表现“永世流浪的犹太人的生活插曲”的。我在此看到了第二段说明文字，内容告诉我，被看作是鬼船孤影[①]的画家实际上就是“永世流浪的犹太人”，其在海上的行程持续不断，没有尽头。这位神秘人物在大海上的种种冒险被德克斯特选择用画笔来进行表现。我看到的第一幅画是岩石海岸边的一座海港。一艘船正停泊着，舵手伫立在甲板上唱歌。近处的大海一片黑暗，波涛汹涌。雷雨云低垂在海天一线处，被巨大的闪电撕裂着。雷鸣电闪，光亮耀眼，颠簸起伏之中，可以看到迷雾笼罩的“鬼影船”[②] 朝着岸边前行。这幅画尽管绘制拙劣，但在其中确实展示了一种强大的想象力，甚至展示了一种对超自然现象的诗性感悟。下一幅画描绘的是“鬼影船”，只见它停泊在（令那位舵手感到恐惧和震惊的是）海港那艘人间船只的后面。犹太人登岸了。他的小船停靠在海滩。他的那些船员们——小个头男人们，面孔冷漠苍白，身穿送葬的黑衣——默不作声，成排地坐在船上，瘦骨嶙峋的手里握着划桨。犹太人也身穿黑衣伫立着，眼睛向上，举起双手，乞求着阵阵雷鸣的苍天。陆

① 鬼船孤影（The Flying Dutchman），又称为“飞翔的荷兰人号”，传说在风暴中出没于好望角附近，被海员当作不祥之兆。
② 鬼影船（the Phantom Ship）典出英国海洋小说先驱者弗里德里克·马里亚特船长（Captain Frederick Marryat，1792—1848）的同名哥特式小说，小说表现了探索鬼船孤影传说的过程。

地和海洋的野生动物——老虎、犀牛、鳄鱼、海蛇、鲨鱼，还有蝠鲼——围着那位遭到诅咒的流浪者形成了神秘莫测的圆圈，看见了他的身影后，显得失魂落魄，而又如痴如醉。闪电消失了，天空和大海暗了下来，一团漆黑，了无生气。一束微弱苍白的亮光照亮了画面，那是火把投下的光。火把由一位长着秃鹰翅膀翱翔在犹太人上方的复仇精灵挥舞着。尽管这幅画表达的理念荒诞不经，但我得承认，里面有一种启发的力量，对我产生了强烈的印象。宅邸里神秘的寂静氛围，还有我此时此刻置身的陌生环境，这一切毫无疑问都对我内心产生了影响。我仍然在看着眼前可怕的绘画作品的当儿，楼上传来的尖声刺耳的口哨声突然打破了这种静谧。瞬间，我心神完全被搅乱了，怔了一下，发出了一声惊恐的尖叫。我瞬间想要打开门，跑出去。想到自己要独自一人同创作这些吓人的绘画的人待着，我心里确实感到了恐惧。我不得不在厅堂里的一把椅子上坐了下来。过了几分钟，我的心情才平静了下来，开始感觉到恢复到了平常的状况。口哨声不耐烦地再次响了起来。我站起身，登上了通向前室的那一段宽阔楼梯。我若是到了现在这个地步再退缩下来，那完全会让人家瞧不起的。不过，当我到达楼梯的顶端时，我的心确实比平常跳得更加剧烈。我真心诚意地承认，就在那个时刻，我透过一道奇特强烈的亮光看清了自己鲁莽的行为。

前室的壁炉架上方挂着一面镜子。我逗留了片刻（尽管战战兢兢），想要看看镜子里面的自己是一副什么模样。

房门内侧那块挂毯半拉到了一边。尽管我移动的步子很轻柔，但迈泽里默斯·德克斯特像狗一样灵敏的耳朵还是听见了我的衣裙接触地面时发出的声响。我上次听到的那个美妙的男声和蔼地招呼了我。

“是瓦莱拉夫人吗？别待在那儿啊，请进来吧！”

我进入了内室。

他驶轮椅过来迎我，速度很缓慢，声音很柔和，我都几乎认不出来了。迈泽里默斯·德克斯特慵懒倦怠地伸出一只手。他神情凝重，头侧向一边。那双蓝色的大眼睛可怜巴巴地看着我。我头一次上门时，他时而是拿破仑，时而是莎士比亚。现在那个情绪愤慨，高声大气的人似乎不见了踪影。翌日上午的德克斯特先生是个态度谦和、体贴周到、情绪忧郁的人，只有他那身无法更改的怪异衣着才让我想起了头天夜晚的德克斯特先生。他这一次穿着的上衣是粉红色丝绵料子的。把身体残疾部位掩盖起来的盖毯是淡海绿色丝绸的，与他的上衣相得益彰。还有，为了让他一身奇特怪异的装扮趋于完善，他的两个手腕子实际上戴上了粗大的金手镯。手镯式样简单质朴，其风格是从古代流传下来的！

“您真好啊，您来到这儿让我开心着迷！”他说，说话的语调显得很伤感，同时又充满了乐感。“我穿上了我拥有的最好的衣服，特地迎接您。不要感到惊讶。除了在这个卑鄙可耻而又追求物质的19世纪，男人一直也都和女人一样，喜欢披戴贵重的物品，身穿华丽色彩的衣服。一百年前，一位身穿粉红色丝绸的绅士才算得上是穿着得体的绅士。一千五百年前，经典时代的贵族们所戴的手镯和我这个一模一样。在我生活的这个时代，人们粗野地蔑视美丽，吝啬地担忧费用开支，结果使一位绅士的衣着降格为黑色衣服，将一位绅士的装饰限制到手指上的戒指。我是瞧不起这种情况的。我喜欢打扮得光鲜亮丽，尤其是聪明美丽的女士上门来看我时。您不知道，您的相伴对我有多么弥足珍贵。这是我情绪忧郁的日子之一，眼睛里忍不住流出泪水。我替自己长吁短叹，悲伤不已。我苦思憔悴，想要得到怜悯。想想我的状况吧！一个可怜孤独的人，因可怕的残疾受人诅咒。多么可怜啊！多么可怕啊！我充满情感的心——荒芜了。我不同凡响的才智——毫无用处，或者误用滥用。悲惨！悲惨！悲惨啊！请同情怜悯我吧。”

他的眼睛里真真切切地噙满了泪水——那可是自我同情的泪水啊！他看着我并且对我说话，犹如一个渴望得到照顾的生病孩子，语气中充满着哀哭、抱怨、恳求。我一时不知道该如何是好。真是十足可笑啊——但是，我生平从未如此局促窘迫过。

“请同情怜悯我吧！”他重复了一声，“别残忍无情啊。我只是有一个小小的请求。可爱的瓦莱拉夫人，说您同情怜悯我吧！”

我说了自己同情怜悯他——而且感觉到，自己说这话时，脸都红了。

“谢谢您啊，”迈泽里默斯·德克斯特说，一副低声下气的样子，“这样对我有好处。稍稍进一步吧，轻轻拍一拍我的手。”

我极力克制着自己，但是，我感觉到后面这个请求（别忘记了，这可是郑重其事向我提出的啊！）荒唐可笑。这种感觉太过强烈了，根本无法控制。我突然哈哈大笑了起来。

迈泽里默斯·德克斯特看着我，神情茫然，惊愕不已，这只能让我觉得更加有趣。我惹恼他了吗？显然没有。他从惊愕的神情中恢复了过来，然后把脑袋舒舒服服靠在轮椅靠背上，俨然一副挑剔地倾听某种演唱的表情。当我自己感到精疲力竭时，他昂起了头，拍了拍两只形状优美而又白皙的手，喊了声“再来一次”抬举我。

“再笑一次吧，”他说，仍然是同样的一副孩子气，“快乐的瓦莱拉夫人，您发出了富有乐感的笑声——而我有感受音乐的听力。再笑一次吧。”

到了这时，我的态度够严肃了。“我为自己感到羞愧，德克斯特先生，”我说，“请原谅我吧。”

他没有对此做出任何反应。我怀疑他是否听清了我说的话。他多变的性情似乎在经历着某种新的变化。他坐在那儿盯着我的衣服看（我认为如此），目不转睛，焦虑不安，神态严肃地构思自己的结论，坚决地顺着自己的思绪走。

“瓦莱拉夫人，”他突然脱口说，“您坐在那把椅子上不舒服吧？”

“对不起，”我回答说，“我挺舒服的。”

“对不起的是我，”他接话说，“房间的那一端有一把印度藤椅，更加适合于您坐。如果我简慢粗鲁地要您自己去搬过来，您会接受我的歉意吗？我有个理由。”

他有个理由！他准备要展示出什么新的怪异行为呢？我站起身，把椅子搬了过来，椅子很轻，很容易就搬过来了。我返回到他身边时，注意到，他的眼睛仍然怪异地看着我的衣裙，好像在密切地审视我。而更加怪异的是，这样一来的结果似乎一半令他兴趣盎然，一半令他痛苦不堪。

我把椅子放在他旁边，正准备坐上去时，突然，他再次差遣我返回到房间的另一端去做另外一件事情。

“请帮我个忙，不胜感激，”他说，“那边墙上挂了便携式壁炉罩，是和这把椅子相配的。我们这儿离炉火很近，您可能会发现壁炉罩用得上。要求您自己去取，再次请求原谅我。再次让我向您保证，我有个理由。”

这儿有他的“理由”，他反复说，他反复强调着说，说了第二次了！好奇心把我变成了一个对他的反复无常行为百依百顺的仆人了，如同爱丽儿本人一样。我去拿了便携式壁炉罩。我拿着壁炉罩返回后，看见他的眼睛还在同样不可理喻地专心盯着我完全朴素无华的衣裙看，还在显露着奇特的复杂情感，既兴致勃勃又悔恨不已。

“万分感谢您啊，”他说，“您已经（不知情地）搅乱了我的心思，但是，您同时也对我释放出了极其宝贵的善意。如果我真情告白，您承诺不生我的气吗？”

他开始解释起来！我生平从来没有这么爽快地承诺过什么。

“我态度粗鲁地要您自己去搬椅子和拿壁炉罩，”他接着说，“恐怕我的动机看起来很怪异啊。您看到了，我十分专心地注视您——或许是过于专心了吧？”

“看到了，”我说，“我以为您在注视我的衣裙呢。”

他摇了摇头，痛苦地叹息了一声。

“不是您的衣裙，”他说，“也不是您的面容。您的衣裙并不好看。我觉得您的面容很怪异。亲爱的瓦莱拉夫人啊，我想要看您走路的样子。”

要看我走路的样子！他什么意思啊？他游离不定的心思现在游离到何处了啊？

“您拥有一位英国女人的非凡才艺，”他接着说，“您走路的样子很好看，她走路的样子很好看。看见您时，我不禁想要再次看见她。您走到房间的另一端然后又返回到我身边时，那是她举手投足的样子，那是她可爱质朴、自然透出的优雅姿态（不是您的）。您去搬椅子和拿壁炉罩时，您让她死而复生了。原谅我利用了您。想法是天真无邪的，动机是圣洁的。您令我痛苦，同时也令我快乐。我的心滴血了——同时谢谢您啊。”

他停顿了片刻，让头垂到了胸前——然后突然又抬起头。

“我们昨晚肯定谈到她了，”他说，“我说什么来着？您说什么来着？我记忆混乱，一半记住了，一半忘掉了。请提醒我。您没有生我的气——对吧？”

我可能会生另外一个人的气，但不会生他的气。我太过迫不及待了，想要找到获取迈泽里默斯·德克斯特信任的途径——他现在既然主动触及尤斯塔斯第一任妻子这个话题了——绝对不可能生他的气啊。

“我们谈到了，”我回答说，“尤斯塔斯·麦卡伦夫人亡故的事情。我们相互之间还说了——”

他打断了我的话，坐在轮椅上热烈地向前倾。

“是啊！是啊！”他激动地大声说。“我正纳闷着，是什么情况让您有兴趣要揭开她死亡的秘密呢。告诉我吧！推心置腹地告诉我吧！我太想知道啦！”

“关于那件事情，连您的兴趣都没有我的强烈，”我说，“弄清楚她死亡的秘密，我一辈子的幸福全都有赖于它呢。”

“天哪！为什么呢？”他大声说，“打住！我激动起来了。我一定不能那样做的。我必须要头脑冷静。我决不能走神儿。这件事情非同寻常。等一等！”

他轮椅一边的扶手上挂了个精致的小篮子。他打开篮子，从里面抽出一方完成了一部分的刺绣，还有全套刺绣所需要的东西。刺绣摆在我们之间，我们相互看着对方。他注意到了我惊讶的表情。

“女人，”他说，“通过做刺绣活儿，明智地让自己心情平静下来，帮助自己冷静地思考问题。男人为何要傻乎乎地否定如此有价值的资源——这种既朴素又舒心的活动，让人意志坚定，让人心态平静自由，可不是吗？作为一个男人，我以女人明智的行为为榜样。瓦莱拉夫人，请允许我让自己平静下来吧。”

这个非同寻常的人神情专注地摆好了自己的绣品后，便像个技艺精湛的刺绣女一样耐心巧妙地开始绣了起来。

“好啊，”迈泽里默斯·德克斯特说，“如果您准备好了，我就准备好了。您说——我做事。请开始吧。”

我遵从了他的吩咐，开始了。

# 第二十八章　黑暗里

面对迈泽里默斯·德克斯特这样的一个人，我的心中怀着这样的一个目标，任何说一半留一半的做法都是行不通的。我必须要么冒着风险把自己真正关切的东西和盘托出，要么最后找一个最恰当的理由，彻底放弃自己想要进行的尝试。我目前的处境很严峻，根本没有所谓折中的逃避办法供我选择——即便我有心想要选择也罢。实际情况是，我冒了一切风险，从一开始便义无反顾地投身于自己的事情当中。

“迄今为止，关于我的情况，您知道得很少，或者根本就是一无所知，德克斯特先生，”我说，“我相信，您并不知道，我和丈夫眼下并没有生活在一块儿对吧？”

“有必要提到您丈夫的事情吗？”他问了一声，语气冷淡，眼睛看着手上的刺绣，头都没有抬一下，一刻都没有停下手上的活儿。

“绝对有必要啊，”我回答说，“如果以别的方式，我无法把自己的情况向您解释清楚。”

他低着头，无可奈何地叹息了一声。

“您和您丈夫眼下没有生活在一块儿？”他接着问。“也就是说，尤斯塔斯离开您啦？”

“他已经离开了我，到国外去了。”

“并非必须要那样做吗？”

“一点必要性都没有。”

“他没有说定什么时间回到您身边吗？”

“如果尤斯塔斯坚持眼下怀有的决心不动摇，德克斯特先生，他永远都不会再回到我身边了。”

他第一次抬起头离开自己手上的刺绣——突然显得来了兴趣的样子。

“吵架拌嘴有那么严重吗？”他问了一声。“你们双方都赞同彼此是自由的吗，可爱的瓦莱拉夫人？”

他问这个问题的语气一点儿都不对我心情。他盯着我看的样子让人很不舒服地联想到，我放心独自一人同他待着，同时，他可能最后会利用这一点。我用自己的态度而不是用言辞平静地提醒他，他应该尊重我。

“您完全弄错了，”我说，“我们之间不存在生气的事情——连误解都不存在。我们之间分别对他对我都造成巨大的悲伤啊，德克斯特先生。”

他以出乎意料的顺从态度接受我对他的纠正。“我全神贯注着呢，”他说，一边穿着针线，“请说下去。我不会再打断您了。”由于有了这样一个请求，我便毫无保留地把我和我丈夫的情况告诉了他；不过，同时，也小心翼翼地尽量把尤斯塔斯的动机往好里说。迈泽里默斯·德克斯特把手上的刺绣放在一边，声音柔和地自顾自笑了起来，听到了我贫乏而又简短的叙述后，像孩子一样开心愉快，结果令我看着他时自己身上的每一根神经都紧张了起来。

“我看并没有什么可笑的吧。”我说，话说得很尖锐。

他美丽的蓝眼睛看着我，充满了既天真又惊讶的神情。

“没有什么可笑的，”他重复了一声，“面对正如您描述的，如此愚蠢行为的表现！”他的表情突然有了变化，脸色阴沉了下来，表情僵硬，很不可思议。“打住！”我还没有来得及回答他的话，他便大声说，“您把这件事情看得这么严重，其中的理由只有一个。瓦莱拉夫人，您喜欢您的丈夫。”

“说喜欢他，意思不够强烈，表达不到位，”我回应了一句，“我全心全意地爱着他。”

迈泽里默斯·德克斯特捋着他浓密的胡子，若有所思地重复了我的话。“您全心全意地爱着他？您知道为什么吗？”

“因为我情不自禁啊。”我回答说，态度坚决。

他露出了讥讽的微笑，继续他的刺绣活儿。“真有意思啊！”他自言自语。“尤斯塔斯的第一任妻子也爱他。有些男人，女人全都喜欢，而另外一些，女人就是不屑一顾。两种情形都是毫无理由的。某个男人同另外一个相比，一样出类拔萃，一样英俊潇洒，一样殷勤体贴，一样高贵体面，社会地位都一样，然而，面对第一个男人，她们可以赴汤蹈火，而面对第二个，她们都甚至不屑扭头看上一眼。为什么呢？她们自己也不知道——正如瓦莱拉夫人刚才所说的一样！有肉体的原因吗？难道第一个男人身上会散发出某种第二个男人身上没有的磁性吗？等到哪天我有时间并且心情好时，我一定要研究一下这个问题。”等到他自己把这个问题琢磨得完全满意时，他再次抬起头看看我。“关于您和您的动机，我还是两眼一抹黑啊，”他说，“您在调查了解发生在格兰尼奇宅邸里的那桩令人惊愕的悲剧时，我还和先前一样，不知道关注的是什么。聪明的瓦莱拉夫人，请牵着我的手，领着我走进灯光下吧。您没有生我气——对吧？作为补偿，等我完成了这块精致的刺绣之后，我把它送给您。我只是个可怜孤独的残疾人而已，性格有点怪异。但我不会伤害人。原谅我吧！宽容我吧！开导我吧！”

他又恢复了他那股孩子气了，恢复他那种天真无邪的笑容，两只眼睛的外角伴随着奇特怪异的小小细纹和皱痕。我开始怀疑，自己是不是可能不讲道理，对他严酷苛刻了。我怀着悔恨的心情，决心在这次上门剩下的时间里，对他不健全的身心，多给予一点关切之情。

“德克斯特先生，让我用一点时间回顾一下在格兰尼奇宅邸的往昔时光吧，”我说，“您也和我一样，相信尤斯塔斯因为那桩罪行受到审判，但他实际上是清白无辜的。您在庭审当中提供证词告诉了这一点啊。”

他停下了手上的刺绣活儿，看着我，态度严肃，神情专注，这让他的脸上透出一丝新的光芒。

“那是我们的看法啊，”我接着说，“但却不是陪审团的看法。您记得的，他们的裁定是‘证据不足’。话说得明白一点，那就是参与审判我的丈夫的陪审团拒绝明确公开地表明他们的态度，即我丈夫是清白无辜的。我说得对吗？”

他没有回答我的话，而是突然把刺绣放进了篮子里，移动自己的轮椅，一边靠我坐着的椅子更加近一些。

“谁告诉您这个的？”他问了一声。

“是我自己看到的，在一份报告里面。”

在此之前，他脸上一直都流露出坚定关切的神情——没有别的。

现在，第一次，我觉得，我看见他的脸上掠过一丝阴影，让我意识到那是疑心在增加。

“女士们一般不会劳神去想那些枯燥的法律问题，”他说，“尤斯塔斯·麦卡伦夫人。第二，您的调查研究朝着这方面进行，一定有某种十分强烈的动机啊。”

“我有一种十分强烈的动机，德克斯特先生。我丈夫屈从了那个‘苏格兰裁定’。他母亲屈从了它。他的朋友们（据我所知）屈从了它——”

“嗯？”

“嗯！我并不同意我丈夫，还有他母亲，还有他的朋友们的看法。我拒绝接受‘苏格兰裁定’。”

我说出这话的瞬间，他身上我迄今一直否认存在的疯狂气质似乎突然表现了出来。他在轮椅上突然摊开身子，扑向我，两只手一边一只搭在我肩膀上。目光狂乱的眼睛盯着我看，闪烁着严厉可怕的光芒，离我面孔只有几英寸距离。

“您想要干什么啊？”他大声问，悠长雄浑的声音提到了最高。

我浑身充满了对他的极度恐惧，但竭尽全力把恐惧感掩盖起来，不予外露。我尽可能沉着坚定，通过表情和言辞向他表明，自己厌恶他对我做出的肆无忌惮的行为。

“把您的双手挪开，先生，”我说，“然后返回到您合适的位置上。”

他遵从了我要求，行动很机械。他向我表达了歉意，话说得很机械。很显然，他满脑子都还在想着我先前对他说过的话，同时仍然一门心思在琢磨着我的那些话的意思。

“对不起，”他说，“我谦卑地乞求您的原谅。这个话题令我激动，令我恐惧，令我疯狂。您不知道我有多么难控制自己的情绪。没有关系，别对我太认真，别对我害怕。我替自己感到羞愧——让您受到惊吓了，我感到卑鄙无耻。让我因此遭受痛苦吧。拿起棍棒抽我吧。把我捆绑在轮椅上。把爱丽儿叫上来，她气壮如牛，告诉她控制住我。亲爱的瓦莱拉夫人啊！受到了伤害的瓦莱拉夫人啊！只要您告诉我，您说的不接受'苏格兰裁定'是何意思，我甘愿忍受任何惩罚。"他提出这个请求时，把轮椅退了回去，怀着悔恨的态度。"我已经离得够远了吗？"他问了一声，一副懊悔的表情。"我仍然吓着您了吗？如果您高兴，我愿意落到轮椅的底部让您看不见。"

他掀起了海绿色的盖毯。我若是不制止他的话，他瞬间就会像表演戏法时的木偶一样消失得无影无踪。

"什么都不要说，什么都不要做，我接受您的道歉就是了，"我说，"我告诉您自己不接受苏格兰庭审陪审团的意见时，意思完全是我说的话表达的意思。那个裁定给我丈夫的人格留下了污点。他痛苦地感受着那个污点。到底有多么痛苦，没有人像我一样知道得清楚。正是他感受到的屈辱才促使他同我分开的。对他来说，我相信他是清白无辜的这还不够。任何情况都不能让他回到我身边——任何情况都不能让尤斯塔斯相信，我认为他值得成为我人生的向导和伴侣——只有证明他清白无辜的证据，摆到持怀疑态度的陪审团面前，摆到迄今为止仍然怀疑的公众面前。现在，他，他的朋友们，还有替他辩护的律师们，全都失望了，认为找不到那个证据。但是，我是他的妻子，你们没有任何人像我一样爱他。唯独我拒绝失望，唯独我拒绝听理由。如果上帝宽恕我，德克斯特先生，我要奉献出我的一生，证明我丈夫是清白无辜的。您是他的老朋友——我再次请求您助我一臂之力。”

看起来，现在该是轮到我把他给吓着了。只见他脸色煞白，一只手不安地在前额处掠过，仿佛想要把某种幻觉从脑袋里刷掉。

“我这是在做梦吗？”他问了一声，声音有气无力。“您是夜间出现的幽灵吗？”

“我只是个孤独无助的女人，”我说，“我失去了自己挚爱和珍视的东西，而现在正想方设法把它给赢回来。”

他开始移动自己的轮椅，再次离我更近了。我抬起了一只手，他立刻把轮椅停了下来。出现了片刻的沉默。我们坐在那儿，面面相觑。我看见，他的双手放在盖毯上面时颤抖着。我看见，他的脸变得越来越苍白了，下嘴唇向下垂着。昔日的恐惧中，我勾起了他心里什么样消逝和尘封的记忆啊？

我再次先开口说话。

“这么说来，这就是您所关心的啦，”他说，“即弄清楚尤斯塔斯·麦卡伦夫人死亡之谜？”

“对啊。”

“而您觉得我能够助您一臂之力吗？”

“不错。”

他慢慢地抬起一只手，用修长的食指指着我。

“您怀疑上了某个人。”他说。

他说话的语调低沉而又具有威胁性：警告我要小心从事。同时，如果我现在不把他当知己推心置腹，尽管在那次充满了危险的会面中，我遭受了痛苦，冒了风险，但是，我还是会失去有可能获得的回报。

“您怀疑上了某个人。”他重复了一声。

“或许吧！”这就是我的全部回答。

“此人是在您接触得到的范围内吗？”

“还不是。”

“您知道此人在哪儿吗？”

“不知道。”

他把头仰靠在轮椅靠背上，一副慵懒倦怠的样子，发出一声颤抖、悠长的叹息。他感到失望了吗，还是感到如释重负了，或者简单说起来就是身心同样疲惫？谁能够看透他呢，谁能够说得准？

“您给我五分钟好吗？”他问了一声，有气无力，疲惫不堪，头也没有抬起来。“您已经知道了，只要有人提起发生在格兰尼奇宅邸的事情，我就会情绪激动，浑身颤抖。如果您行行好给我五分钟，我会恢复正常的。隔壁房间里有书籍。请原谅我。”

我立刻返回到了圆形的前室。他坐着轮椅跟随着我，然后关上了我们之间的房门。

# 第二十九章　光明处

短暂时间的独处，不仅对迈泽里默斯·德克斯特是一种放松，对我也是如此。

我心神不宁，不停地来回走着，时而在前室，时而在过道。这时候，种种令人惊讶的疑惑困扰着我。很显然，我已经（不知情地）搅乱了迈泽里默斯·德克斯特内心里沉寂着的某些可怕的秘密。我贫乏的大脑困惑疲惫，设法想要猜测出，那可能是些什么秘密。我的全部聪明才智——正如后来发生的事情向我表明的那样——统统浪费在种种推测上面了，其实其中甚至没有一种推测是接近真实情况的。我得出的结论是：德克斯特实际上没有对任何人推心置腹地说实话。这时候，我就更加认为自己有把握了。倘若当初庭审时他公开承认，或者倘若他私下里告诉过某位特定的朋友，他所知道的在格兰尼奇宅邸的卧室里上演的那场惨不忍睹和骇人听闻的戏剧，那么，他绝不可能流露出我在他身上看到的那种严重的慌乱情绪。是什么强大的影响力令他缄口不言呢？他保持沉默是出于对他人的怜悯呢，还是害怕连累了自己？不可能说得清楚啊！我可不可以怀着这样的希望呢，即他会把向法官和朋友一概隐瞒的情况推心置腹地告诉我？当他知道我真正想要从他身上了解的情况时，他会不会从他的信息库里拿出助我赢得未来斗争胜利的武器把我给武装起来呢？可能性极小啊——这一点不可否认。不过，这个目标还是值得试一试的。同迈泽里默斯·德克斯特这样一个情绪冲动任性的人待在一块儿，冲动任性的性格可能对我还是很有利的。我的计划和方案足够奇特，足够超出女人思想和行为的一般界限，可以引起他的认同。“谁知道啊，”（我心里想着）“假如我不能出其不意，直截了当地把实情告诉他，得到他的信任！”

间歇的时间结束了。房门打开，主人招呼我返回内室。

“欢迎回来啊！”迈泽里默斯·德克斯特说，“亲爱的瓦莱拉夫人，我已经完全好啦。您怎么样啊？”

像个老朋友似的，他的表情和言谈随和热情。我不在场期间，尽管时间很短，眼前这个极为变化无常的人身上又发生了另外一个变化。两眼闪烁着光芒，显得心情愉快。由于某种新的刺激，脸颊涨得通红。连身上的穿着打扮都和我先前看到的不一样。他现在戴着一顶临时做成的白色纸帽，弄乱了的头发向上塞进了帽子里。一条干净整洁的围裙搭在盖毯外面。他把轮椅驶到了我面前，点头鞠躬，面带微笑。他像一位因有了贵族大驾等待而身价倍增的舞蹈大师，动作优雅地示意我在椅子上坐下来。

“我要去做点吃的啦，”他大声说，样子显得格外质朴可爱，“我们两个人都需要吃点东西，然后才能进行我们这次会面的正事。您看见我一身厨师的打扮——对不起哈。做这一类的事情得讲究形式，我是个十分讲究形式的人。我喝了点葡萄酒。您也请喝一点葡萄酒吧，以便支持这个行动。”

他往一个古旧威尼斯高脚玻璃酒杯里斟满了一种紫红色的酒，看上去很美丽。

“勃艮第葡萄酒！”他说，“葡萄酒之王啊。而这一种又是勃艮第葡萄酒之王——伏旧园葡萄酒[①]。为您的健康和幸福干杯！”

他替自己斟满了第二杯酒，举杯庆贺，一饮而尽。我这才明白，他的眼中为何闪烁着光芒，脸颊为何通红！我关心的是不要惹得他生气。我抿一小口他的酒——还真是赞同他的看法，真是美酒佳酿。

“我们吃点什么呢？”他问了一声。“一定得是某种配得上我们的伏旧园葡萄酒的东西。爱丽儿擅长烤肉块和炖肉块，可怜的东西！但是，我可不想那爱丽儿烹饪出来的东西倒您的胃口。单纯的肉块！”他激动地大声说，一脸斯文而又厌恶的表情，“呸！一个吃单纯肉块的人同吃人者——或者屠夫差不多。找到适合于我们吃的东西，这个任务交给我来完成好吗？我们到厨房去吧。”

他把自己的轮椅转了过来，彬彬有礼地挥了挥手，邀请我陪同他前往。

我跟在轮椅后面到达了房间一端的一个窗帘掩盖处，不过先前没有注意到这处地方。他把窗帘拉到了一边后，显露出了一个壁龛式的凹室，里面立着一个烹饪用的小气炉。五斗柜和食品柜、盘子、碟子，还有长柄锅绕着凹室摆放着——全都是小型号的，全都经过精心照料，锃亮洁净。“欢迎光临厨房啊！”迈泽里默斯·德克斯特说。他从墙壁的一个凹陷处拉出一块大理石板当作桌台，一只手顶着脑袋，陷入了沉思。“有啦！”他大声喊着——然后打开其中一

---

① 勃艮第葡萄酒（Burgundy）是一种产于法国中东部勃艮第地区的红（或白）葡萄酒。伏旧园（Clos de Vougeot）位于法国勃艮第地区，面积约有五十公顷。公元1110年，伏旧园由天主教一支信奉“耕食苦修”的西都派教会成员在伏旧河（Vouge）的沼泽地和森林中开垦出来，后因园内种植的葡萄及酿制的葡萄酒闻名遐迩，故此处有“勃艮第葡萄酒之王”一说。据说拿破仑东征时曾派人强行索取该园珍藏四十年的酒。少将曾率队经过此园时，下令部队致礼，此后，每当有法国部队行军此地时，都会这样做。这是全法国唯一享受如此殊荣的酒园。

个食品柜的门，从里面取出一个黑色的瓶子，其形状是我没见过的。他用一把叉子敲了敲瓶子，看了看瓶子里面，然后拿出一些形状不规整的黑色小物品。若是某位习惯了有钱人家豪华餐宴的女士，她是会很熟悉这些东西的。但是，像我这样的人，住在一位经济拮据的乡间牧师家里，过着简朴的生活，却会觉得这是个新发现。我看见主人小心翼翼地把那些外表不那么赏心悦目的神秘物质放置在一块洁净的餐巾上，随后看着那些东西凝神思索，这时候，我的好奇心再也抑制不住了。我大着胆子说话了，“这是些什么东西啊，德克斯特先生？我们真的要吃这些东西吗？”

面对这个欠思考的问题，他怔了一下，看着我，两只手张开，一副无法抑制的惊讶表情。

“我们所吹嘘的进步哪儿去啦？”他大声说。“除了一个空名，教育是什么呢？这儿有位受过教育的人看到块菌后竟然不知道是什么呢！”

“我听说过块菌的，”我回答说，态度谦卑，“但是，我从未见识过。德克斯特先生，我们在北方[1]的家里从来没有接触过这一类的洋东西。”

迈泽里默斯·德克斯特用手上的叉子动作轻柔地挑起一片块菌，举到光亮处给我看。

“尽可能充分利用此生少有的第一感觉，其外表下面并没有潜伏什么令人失望的成分啊，”他说，“看一看，想一想，瓦莱拉夫人，您应该就着勃良第葡萄酒吃才是啊！”

他点燃了烹饪用的煤气，那样子像是要向我提供一个他良好心

① 此处指苏格兰。

愿的宝贵证明。

“如果从我把这个东西拿在手上的这一刻开始，”他说，“我遵守绝对静默的要求，还请谅解啊。”他一边说，一边从他那一大堆炊具里面拿出一个锃亮的长柄小锅。“如果要恰如其分地施行，烹饪这门艺术是不允许分散精力的，”他接着说，态度很严肃，“遵守静默的过程中，您会发现女人为何还没有达到，或者说将来也不可能达到，厨师的最高境界。作为一种规律，女人任何时候都不可能把注意力绝对集中在单独的一种活动上。她们会心有旁骛——要说明这个问题，典型的例子比如，想着她们的心上人，或者想着她们的新帽子。您在各种不同的生活工业化过程中要提升自己，达到同男人平起平坐的地位。其障碍并没有如女人们想当然地认为的那样，因为她们生活在其中的时代有缺陷的制度体系而提高。不对啊！障碍在于她们自身呢。任何可能为了激励她们而设计的制度都不足以强大到成功同心上人和新帽子抗衡的程度。比如说，不久以前，我帮助妇女在我们本地邮政局找到了差事。有一天，我不辞辛劳——对我来说，这是一件重大的事情——下了楼，坐在轮椅上到了邮政局，看看她们的工作进展情况如何。我带了一封信去寄挂号。信的地址格外长，负责办理挂号的那个女人开始在接收单上抄写地址，一副严肃认真的样子，让人看了开心愉快。事情办到一半时，有个孩子一路小跑着进了邮局，是在邮局当差的另外一个女人的妹妹，在柜台下方砰砰地敲打着说有话要对她姐姐说。办理挂号信的女人立刻走神儿了，目光移到了孩子身上，显得十分关切。“啊，露西！”她说，“你好哇！”紧接着，她想起了自己要办的事情，于是注意力回到了接收单上。当我隔着柜台检查单据时，发现抄写单上遗漏了一行我信封上地址的重要内容。幸亏露西出现了。男人处在同样的情况下是不会看露西的——他会过于专注自己此刻手上做的事情。这就是男女心理结构的全部差异，只要这个世界存在，任何立法都不可能改变这种差异！这有什么关系呢？同男人比较起来，女人在道德素质方面有无限的优越性，那可是人性的真正装饰品啊。知足吧——噢，我被误解的姐妹们啊，以此知足吧！”

他扭动着转过自己的轮椅驶向火炉。关于这个问题，我即便想要同他进行争辩，那也无济于事。他把全部注意力都集中在他那口长柄小锅上。

我环顾了一番房间四周。

通过绘画作品呈现在楼下厅堂里的那种对恐惧的无限志趣再次展示在此了。挂在墙上的一幅幅照片表现了取自从现实生活中的各种疯狂行为。陈列在对面架子上的那些石膏塑像是用著名的杀人者的头颅（死后）做模型铸成的。一扇装了玻璃的门后面，有个小柜子里挂着一具很吓人的女人小骨架，头盖骨的上面放置着这样一行尖酸刻薄的文字说明——“看看这副建构美丽的骨架吧！”对应的一个小柜子里，柜门敞开着，里面挂着一条折成宽大褶层的麂皮裙子（我认为如此）。我触摸了一下裙子（而且发现，同我先前用手指触摸过的任何麂皮裙子比较起来，这一条要更加柔软得多），结果弄乱了褶层，露出了一个用别针别在其中的标签，上面用以下可怕的文字描述了这条裙子：“一位法国侯爵的人皮，于九三年[①]革命时期制成皮革。谁说贵族百无一用来着？他们可以制成上等皮革呢。”

---

① 九三年是指公元1793年，即法国大革命之后一年。1792年9月，法兰西第一共和国诞生，隔年，法国国王路易十六被送上了断头台。保皇党的军队（白军）与共和国军（蓝军）在旺代省展开一场战争。法国大作家维克多·雨果（Victor Hugo，1802—1885）的最后一部小说名叫《九三年》（Ninety-Three），小说出版于巴黎公社之后的1874年，反映了作者对法国革命的思考。

看过最后这一件反映主人对奇特物品感兴趣的样品之后，我不再进一步查看了。我返回到了椅子旁边，等待品尝那些块菌。

过了很短的一段时间之后，那位兼诗人、画家、作曲家和厨师于一身的人把我叫回到了凹室。

煤气关掉了。长柄锅及其配套的物品不见了。大理石板上放着两个盘子，两块餐巾，两卷面包——还有一个碟子，里面放着另外一块餐巾，餐巾上面放着两个怪模怪样的小黑球一样的东西。迈泽里默斯·德克斯特面带微笑地看着我，微笑中透着友好仁慈和兴致勃勃的目光。他把其中的一个小黑球放置到我的盘子里，自己取了另外一个。“镇定下来，瓦莱拉夫人，”他说，“这是您人生的一段插曲。您要食用的第一块块菌！不要用刀子碰它，只能使用叉子。还有——原谅我，这一点极为重要——慢慢食用。”

我按照对我的吩咐行事，表现出热情，其实，我老实承认，自己根本感觉不到热情。我心里暗自觉得，这种新的蔬菜太过宝贝了，而且从另外的角度来说，也不值得如此这般地看重。面对自己的块菌，迈泽里默斯·德克斯特依依不舍，充满伤感。他呷着精美的勃艮第葡萄酒，以一名厨师的身份替自己唱赞歌——最后，我急得几乎要疯狂了，迫不及待想要绕回到自己此行的真实目的上。由于有了这样的一种心态，我变得鲁莽冲动了，于是，用自己可能对他提得出来的危险问题，冷不防地提醒我的主人，说他这是在浪费我们的时间。

“德克斯特先生，”我说，“您最近听说过关于博利夫人的什么情况没有啊？”

听到这句突兀的话之后，他脸上轻松快乐的表情顿时消失了，而且犹如一盏瞬间熄灭的灯似的没有了。我已经注意到了，他对我流露出了隐约的不信任感，而这种不信任感现在再次从他的态度和语气中突然显露了出来。

“您认识博利夫人吗？”他问了一声。

“我只是阅读了《庭审报告》中有关她的情况，”我回答说，“才知道她的。”

他对这个回答并不满意。

“您一定在某个方面关注博利夫人来着，”他说，“否则，您不至于向我打听有关她的情况。那是出于对一位朋友的关切呢，还是出于对一位对手的关注？”

尽管我可能鲁莽冲动，但我还不至于不顾后果，用同样直截了当的回答来应对这个直截了当的问题。我从他的表情当中足以看出，这是在警示我，对他得小心谨慎，以免局面不可收拾。

“我只能在一个方面回答您的问题，”我回答说，“我必须要回到令您感到很痛苦的一个话题上——那次庭审的问题。”

“接着说吧！”他说，态度显得很冷酷刻薄。“我在此任由您摆布啦——一位处在危险境地的受难者。拨旺炉火吧！拨旺炉火吧！”

“我只是个不知深浅的女人，”我接着说，“我敢说，自己有错误。但是，我丈夫接受庭审当中，有一部分我是完全不满意的。在我看来，替他安排的辩护是个彻头彻尾的错误。”

“是个彻头彻尾的错误？”他重复了一遍。“很奇怪的措辞啊，瓦莱拉夫人，至少可以这样说吧！”他企图把话说得轻松，端起了高脚酒杯。但是，我可以看出，我已经在他身上产生影响了。他把酒杯送到嘴边时，手在颤抖着。

“我并不怀疑，尤斯塔斯的第一任妻子确实要求他买过砒霜，”我继续说，“并不怀疑，她私下里服用过砒霜，以便改善肤色。不过，我不相信的是——她死于误用了过量的毒药。”

他把酒杯放在自己身边的桌子上，由于摇晃得厉害，结果酒杯里大部分酒给洒了。他看了我一下，然后再次朝下看。

“那您认为她是如何死亡的呢？”他问了一声，说话的声调很低，我几乎都听不清楚了。

“死于投毒者的手下。”我回答说。

他动了动身子，好像要从轮椅里跳起来，然后坐了回去，很显然，他突然感到身体虚弱了。

“不是我丈夫干的！”我急忙补充说。“您知道，我坚信，他是清白无辜的。”

我看见他浑身颤抖，看见他的双手紧紧抓住轮椅的扶手，抽搐着。

“谁毒害的她呢？”他问了一声——仍然无能为力地仰躺在轮椅上。

关键时刻，我的勇气没有了。我不敢告诉他，自己怀疑的指向。

“您猜得出来吗？”我说。

出现了停顿。我猜测，他正默默地顺着自己的思绪走呢，但并没有持续多久。突然间，他在轮椅上怔了一下。他刚才疲惫软弱的状态似乎瞬间消失了。他的眼睛再度闪烁着狂野的光芒，双手恢复了稳定，脸上的血色比先前更加鲜明了。他一直思索着我关注博利夫人的秘密，然后猜测到了吗？他猜测到了！

“以您的名誉担保，回答我！”他大声说。“别想着欺骗我。是个女人吗？”

“是的。”

“她名字的第一个字母是什么呢？是字母表里头三个中的一个吗？”

“是的。”

“B 吗？”

“是的。”

“博利？”

“博利。”

他双手举过头顶，爆发一阵猛烈的笑声。

“我活在世上的时间已经够长啦！”他脱口而出，语气狂热。“我终于在世界上发现了另外一个和我一样看得明白的人了。残忍的瓦莱拉夫人啊！您为何要折磨我呢？您为何先前不承认呢？”

“什么啊！”我激动地大声说，受到了他激动情绪的感染了。“莫非我的想法就是您的想法不成？您也在怀疑博利夫人，这可能吗？”

他作出了不同凡响的回答。

“怀疑？”他重复了一声，一副不屑一顾的样子。“不存在一丝的怀疑。博利夫人毒杀了她。”

# 第三十章 对博利夫人的指控

我怔了一下站起身，盯着迈泽里默斯·德克斯特看。我过于激动了，面对他说不出话来。

他说话时坚信不疑的语气大大超出我的期待，令我始料未及。从最理想的程度上来说，我本来指望，他可能最多也就是赞同我对博利夫人的怀疑。而现如今，他亲口说出了这样的话，毫不犹豫，毫无保留！“不存在一丝的怀疑。博利夫人毒杀了她。”

“坐下吧，”他说，语气很平静，“没有什么可怕的，我们待在这个房间里，没有任何人能听见我们说话。”

我再次坐下，情绪稍稍平静了一点。

“您刚才告诉过我的情况，从来没有对任何别人说起过吧？”这是我向他提出的第一个问题。

“从来没有，根本没有任何别人怀疑过她。”

“连律师们都没有怀疑过吗？”

“连律师们都没有怀疑过。不存在任何对博利夫人不利的合法证据。除了绝对的把握之外，其他什么东西都没有。”

“毫无疑问，如果您试图去寻找证据的话，您是可以找得到的，对吧？”

面对这种看法，他哈哈大笑起来。

“看看我吧！”他说，“一个束缚在轮椅上的人，他怎么样去寻觅证据啊？此外，我的面前还有其他一些困难呢。总体上来说，我这个人不习惯无谓地暴露自己的意图——我是个谨小慎微的人，不过您可能没有留意到。但是，我对博利夫人无限的仇恨是隐瞒不了的。如果我的眼睛能够透露秘密的话，那她一定从我的眼睛里发现了，我巴不得看见她落在刽子手的手里。我告诉您，博尔吉亚－博利夫人[①]自始至终提防着我。我能够描述出她聪明狡猾的样子吗？我凭着自己的全部语言能力都无法完成这一任务。那就运用比较等级的方法来给您表达一个大概意思吧。我肯定是聪明狡猾的，魔鬼是比较聪明狡猾的，博利夫人是最聪明狡猾的。不对！不对啊！如果过了这么长时间，她要被发现，事情不应该由一个男人来完成——应该由一个女人来完成，一个她不怀疑的女人，一个能够像处于饥饿状态的母老虎一样注视着她的女人——”

“您就说一个像我这样的女人吧！”我脱口而出。“我做好了试一试的准备啊。”

他的两眼闪烁着光芒，表情邪恶，胡子下面露出了牙齿。双手猛烈地击打着轮椅两边的扶手。

“您真的说话算话吗？”他问了一声。

“把我放在您的位置上，”我回答说，“用您绝对的把握（正如您

① 此处可能假借博尔吉亚这个姓氏与投毒行为相关联。卢克雷齐娅·博尔吉亚（Lucrezia Borgia，1480—1519）是教皇亚历山大六世的私生女，善于玩弄政治阴谋，曾多次结婚，后退出政界，热心赞助文艺，是意大利文艺复兴时期重要的文艺赞助人。博尔吉亚之所以名声卓著，因为其兄长塞萨雷·博尔吉亚（Cesare Borgia，1475—1507）也是教皇六世的私生子，曾任巴伦西亚大主教，枢机主教，教皇的主要顾问，残忍施用权力，意大利政治思想家、历史学家和作家马基雅维利（Niccola Machiavelli，1469—1527）曾在《君主论》（The Prince）中对其高度赞扬。意大利19世纪三大歌剧作曲家之一的多尼采蒂（Gaetano Donizetti，1797—1848）在其通俗歌剧《卢克雷齐娅·博尔吉亚》(Lucrezia Borgia，1833）中树立了博尔吉亚作为杀人者和纵欲者的形象。本书作者威尔基·柯林斯对此很熟悉，于是塑造了《白衣女人》(Woman in White）中福斯科伯爵那一栩栩如生的邪恶形象。

所称之为的）明示我——然后您就会看到！”

“我会这样做的！”他说，“首先告诉我一件事情。一个像您一样外围的陌生人是如何怀疑上她的？”

我尽了自己最大的努力，把各种不同的怀疑因素摆在他的面前，那是我从《庭审报告》中提供的证词得出的。我特别强调了以下事实（那是那位护理起誓后提供的），就在克里斯蒂娜·奥姆塞让尤斯塔斯·麦卡伦夫人单独一人留在卧室里的当儿，博利夫人不见了踪影。

“您说到了点子上啦！”迈泽里默斯·德克斯特说。“您是个了不起的女人啊！尤斯塔斯·麦卡伦夫人中毒身亡的那天早晨，博利夫人干什么了呢？头天夜晚黑暗的时间里，她待在哪儿呢？我来告诉您她不在哪儿吧：她不在她自己的卧室里。”

“不在她自己的卧室里？”我重复了一声。“您确定如此吗？”

“我在谈到博利夫人的情况时，我可以肯定自己所说的一切。请注意这一点，现在请听吧！这是一出戏剧，而我特别擅长戏剧性的叙述。您可以自己作出判断。日期：10 月 20 日。场景：过道。名称：格兰尼奇宅邸客人过道。过道的一侧是一排对着室外花园开着的窗户，另一侧是并排的四个配有梳妆室的卧室。（从楼梯口开始）第一个卧室是博利夫人住的。第二个空着。第三个迈泽里默斯·德克斯特住着。第四个空着。场景如此！接下来是具体时间——时间是夜间十一点钟。德克斯特被发现待着自己的卧室里，在阅读。尤斯塔斯·麦卡伦进入房间走近他。尤斯塔斯说话：‘亲爱的朋友啊，今晚千万小心，不要发出任何声响，不要在过道上来回滚动轮椅。’德克斯特问：‘为什么呢？’尤斯塔斯回答：‘博利夫人先前一直在同爱丁堡来的朋友吃饭呢，返回时精疲力竭。她已经上楼回卧室休息了。’

德克斯特又问（这一次问话中透着揶揄的口吻）：‘她精疲力竭时的模样如何啊？还和平常一样漂亮吗？’回答是：‘我不知道呢，我没有见到她，她是悄悄上楼的，没有同任何人说话。’德克斯特提了第三个问题（这次的问题符合逻辑）：‘如果说她没有同任何人说话，你怎么知道她精疲力竭啊？’尤斯塔斯交给了我一张小纸条，然后回答说：‘别冒傻气啦！我在厅堂的桌子上看到了这个。请记住我告诉过你，保持安静。晚安吧！’尤斯塔斯离开了我的卧室。德克斯特看了看纸条，看到了以下几行用铅笔写的字：‘刚刚返回。请原谅，没有说一声晚安就回卧室就寝了。我太过劳累，人都精疲力竭了。（署名）海伦娜。’德克斯特生性多疑。德克斯特怀疑博利夫人。别纠缠他的原因，现在没有时间深究他的原因。他是这样对自己分析这件事情的：‘一个疲惫不堪的女人绝不可能费心思写这样的字条。她会发现，她若是经过起居室时，敲一敲门，亲口说一声表达歉意的话，那样远不至于那么劳累。在此，我看这种做法很不符合常规。我将在轮椅上欢乐一宿了。’很好。德克斯特开始欢乐一宿。他打开卧室的门，把轮椅轻轻地推向了过道，锁上了两间空卧室的房门，然后返回（房门的钥匙装在自己的衣服口袋里）到自己的卧室。‘对啊，’德克斯特自言自语说，‘我若是在本宅邸的这一片区域里听见房门轻轻开了，我便会确切无疑地知道，那是博利夫人的卧室门在响！’随后，他关上了自己卧室的房门，留下一条极为细小的缝隙，便于观察，关上了灯，像猫等待在耗子洞口似的，在细小的缝隙边等待着，注视着。过道是他唯一需要观察的地方，过道上有一盏长明灯。时钟敲响了十二点，他听见楼下的门落了闩上了锁，什么情况都没有发生。十二点半钟——仍然什么情况都没有发生。

整个宅邸像坟墓一样寂静无声。一点钟，两点钟——还是寂静无声。两点半钟——终于有了情况了。德克斯特听见旁边的过道上传来了声响——声音是从那扇唯一能够打开的门边传来的，即博利夫人卧室的门。德克斯特悄无声息地从轮椅上落了下来，用两只手支撑着，平躺在缝隙边的地板上，侧耳倾听。他听见了再次扭动门把手关门的声音，看见了一个黑影从他身边掠过。他把头探到门外，紧贴着地板，无人想到他会在那儿。然后，他看见什么呢？博利夫人！她打从那儿经过，肩膀上披着那件很长的棕色斗篷，不过平常驾车披着时往往飘荡在身后。片刻之后，她消失得无影无踪了。经过第四间卧室，向右转进入另外一段过道，名叫南面过道。南面过道那边有哪些房间呢？有三个房间。第一间是个小书房，那位护理的证词中提到过的。第二间是尤斯塔斯·麦卡伦夫人的卧室。第三间是她丈夫的卧室。都凌晨两点半钟了，博利夫人到宅邸的那个区域去想要干什么呢（况且被认为是累得散架了）？德克斯特决定冒着被她看见的风险——开始了他的发现之旅。他离开了轮椅。您知道他是如何从一处到达另外一处的吗？您看见过这位可怜的残疾人用双手跳跃着行进吗？他是否要先向您演示一番，然后再接着讲述他的故事呢？”

听见他提议要演示一番，我急忙制止了他。

“我昨晚已经看见您跳跃了，”我说，“接着讲述吧！请接着讲述您的故事吧！”

“您喜欢我用充满戏剧性的风格来讲述吗？”他问了一声。“我很有趣吧？”

“简直有趣得无法形容啊，德克斯特先生，我迫不及待想要听到更多情况呢。”

他微笑着，对自己的能力表示高度认同。

“我同样擅长自传体风格，”他说，“我们改变一下方式，接下来试一试这种风格好吗？”

“您想要怎么样都可以，”我大声说，已经对他没有耐性了，“只要您接着讲述就行！”

“第二部分，自传体风格的，”他继续说，一只手挥舞了一下，“我沿着客人过道一路向前，然后转入南面过道。我在小书房边停了下来，门是开着的，里面空无一人。我横过书房到达第二扇门，即与麦卡伦夫人的卧室相通的那扇门。看了看！我是透过锁孔看的。另一侧挂了什么东西给挡住了吗？我说不上来——只知道，除了漆黑一团，什么也看不见。我倾听着，什么也没有听见。尤斯塔斯夫人卧室里上了锁的第二扇门是朝着过道开的，那儿同样漆黑一团，同样寂静无声。我继续向前到达了她丈夫的卧室旁边。我对博利夫人毫无好感——如果瞧见她待在尤斯塔斯的卧室里，我是丝毫不会感到惊讶的。我顺着锁孔朝里面看。这一回，锁孔里面没有插上钥匙——或者说钥匙正好转到适合于我的位置——我不知道是哪种情况。尤斯塔斯的床铺正对着房门。没有发现任何情况。凭借着他的夜明灯[①]，我可以看见他坦然地睡着了。我思索了片刻。宅邸后面的楼梯就在我远处过道的尽头。我从楼梯上滑了下去，凭着夜明灯，环顾了一番楼下的情形。所有门都紧闭着，钥匙插在外面，这样一来，我可以亲自试一试。宅邸的总门落了闩，上了锁。通向仆人工作区域的门也落了闩，上了锁。我返回到了自己的卧室，静静

---

① 夜明灯（nightlight）指在病房、过道、浴室等地方通宵点着的小烛光灯。

地思索这件事情。她到哪儿去了呢？肯定待在宅邸的某处地方。哪儿呢？其他房间我都可以确定，能够找的地方全都找过了。她只可能在麦卡伦夫人的卧室里——唯有那个房间阻挡了我的调查，唯有那个房间不曾查看过。除此之外，那位护理在庭审证词中声称，书房里与麦卡伦夫人卧室相通的那扇门的钥匙不见了。可别忘记了，博利夫人最为梦寐以求的人生目标（她自己的书信中表达了这一点，信在庭审是当众宣读了的）就是成为尤斯塔斯·麦卡伦幸福快乐的妻子。您把这些事情凑到一块儿想一想，不用我告诉您，您就会知道，我坐在轮椅上等待事态进展时，心里面是怎么想的。接近四点钟时，我虽说身体强壮，但还是疲劳得不行了。我睡着了，不过没有持续很长时间。我怔了一下醒过来了，看了看自己的怀表，四点二十五分。莫非我睡着了的时候她返回自己卧室了？我跳跃到了她的房门边，听了听，没有听见声响。我轻柔地打开了门，房间里面是空的。我再次返回到自己的卧室，等待着，注视着。强撑着睁开眼睛很不容易。我拉开窗帘，让清凉的空气进入室内，以便提提神。我疲惫不堪，但却顽强地撑着，还是疲惫占了上风。我再次睡着了。这一次，等我翌日早晨醒过来时，已经是八点钟了。您可能已经注意到了，我的听觉很灵敏。我听见我卧室敞开着的窗户下面有女人交谈的声音。我朝外探望着，博利夫人和她的女仆在窃窃私语！博利夫人和她的女仆鬼鬼祟祟地环顾着四周，确认没有人看见她们的身影，也没有人听见她们说话！‘小心点啊，夫人，’我听见那位女仆说，‘那位让人恐怖的残废魔鬼像狐狸一样狡猾着呢。小心不要让他发现了您啊。’博利夫人回答说：‘你先走，在前面提防着点，我在后面跟随你，确认没有人跟踪我们。’这番对话过后，她们便绕过宅邸的一角不见人影儿了。五分钟过后，我听见博利夫人卧室的房门轻轻地打开又关上了。三个小时之后，护理在过道上遇见了她，毫不知情地前去查看情况，到达了尤斯塔斯·麦卡伦夫人卧室的门边。面对这些情况，您是怎么想的呢？博利夫人和她的女仆相互间有事情要说，但不敢在室内说——因为担心我躲在某一扇门的后面听见她们说的话。对此，您是怎么想的呢？尤斯塔斯夫人病情严重的那个早晨，我有了这些发现——恰恰就在当天，她死在了某位投毒者的手下了。对此，您是怎么想的呢？您看清楚找出犯罪者的路径了吗？而迄今为止，疯狂的迈泽里默斯·德克斯特对您有所帮助了吗？”

我的情绪过于激动，无法回答他的问话。证明我丈夫清白无辜的路径终于展示在我的面前啦！

“她人在哪儿呢？”我大声问。“她的那位心腹女仆在哪儿呢？”

“我无法告诉您，”他说，“我不知道呢。”

“我能够上哪儿去打听呢？您能够告诉我这一点吗？”

他思忖了片刻。

“有个人一定知道她在哪儿——或者说可以帮助您找到她。”他说。

“他是谁，叫什么名字？”

“他是尤斯塔斯的朋友，菲茨－大卫少校。”

“我认识他！我准备下星期同他一块儿出席餐宴呢，他也邀请您参加。”

迈泽里默斯·德克斯特哈哈大笑起来，一副不屑一顾的样子。

“菲茨－大卫少校可能在女士面前表现突出，”他说，“而女士们也把他当成是一位上了年岁的溜须拍马者。我不同溜须拍马的人一块儿用餐。我已经说过了，不去。您去吧。他，或者他那些女士中某一位，可能对您有帮助。客人还有些什么人啊？他告诉您了吗？”

“有一位法国夫人，名字我忘记了，”我说，“还有卡拉琳达夫人——”

“这就对啦！她可是博利夫人的朋友啊。她肯定知道博利夫人在哪儿。您得到了信息后，立刻来找我。看看那位女仆是否和她在一块儿。两个人当中，女仆更加容易对付。我们只要让女仆开口说话了，那就等于逮住了博利夫人。我们把她捻碎，”他大声说，一只手像闪电一般地向下拍，拍向季节内最后一只趴在他轮椅扶手上的慵懒倦怠的苍蝇，“我们要像捻碎这只苍蝇一样把她捻碎。等一等！有个问题，一个对付那位女仆的极为重要的问题。您带了钱吗？”

“钱足够了。”

他打着响指，一副兴高采烈的样子。

“女仆就是我们的人啦！”他大声说。“对待那位女仆，就是英镑、先令和便士的事情。等一等。还有个问题。关于您的姓名，如果您以尤斯塔斯妻子的身份去见博利夫人，那您就是以占据了她的位置的女人出现在她面前了——您从一开始就是她不共戴天的仇敌了。这一点要谨慎啊！”

整个这次见面期间，我心中对博利夫人嫉妒之火一直在闷烧着，但听到这话后，突然冒出了火焰。我再也抑制不住了——我不得不问他，我丈夫是否爱过她。

“告诉我实情吧，”我说，“尤斯塔斯真的？”

他突然哈哈大笑起来，一副阴险的神态。他看透了我心怀嫉妒，我的话还没有说出口，他就已经猜着了我问这样的问题。

“对啊，”他说，“尤斯塔斯确实爱过她——这一点确切无疑。（庭审之前）她有充分的理由相信，那位妻子亡故之后，她便可以取代妻子的位置。但是，庭审让尤斯塔斯变成了另外一个人了。博利夫人成了他在公众面前蒙羞的证人。这一点足以阻挠他娶博利夫人为妻。他立刻而且永远同她一刀两断——恰恰由于同样的原因，让他决定同您分开。有个女人知道他因为毒杀妻子而受审，若要同这样一个女人生活在一块儿，他没有足够的勇气面对这样的生活。您需要真相，这就是真相啊！对于博利夫人，您必须得小心谨慎——您没有必要嫉妒她。采取稳妥的办法，您和卡拉琳达夫人在宴会上见面时，对少校说好，您见她时用假名。”

“我可以使用尤斯塔斯娶我时使用的姓氏，”我说，“去参加宴会。我可以以‘伍德维尔夫人’的身份去。’”

“正是这个东西！”他激动地大声说。“如果卡拉琳达夫人把您介绍给博利夫人，我若是在场，也是不能给予的！想象一下那样的场景吧，一个灵魂深处藏着骇人听闻的秘密的女人，而另外一个女人知道那个秘密——另外那个女人无论是通过正当手段，还是不正当的，一门心思想要把那个秘密揭露在光天化日之下。那是什么样的一场较量啊！是一部小说多么扣人心弦的情节啊！当我想到这一点时，就会激动不已。当我展望着未来，看到博尔吉亚－博利夫人最终双膝跪地时，就会抑制不住自己的情绪。别紧张啊！”他大声说，眼睛里再次闪烁着狂热的光芒，“我脑浆开始在脑袋里沸腾了，一定要做些运动来回避一下，一定要让热气散掉，否则，我穿着这件粉红色的上衣会当场爆炸的！”

他先前的那种疯狂情绪再次控制住了他。我走向门口，以便必要时可以撤退——然后，壮着胆子扭过身子看了看他。

他随着疯狂的轮椅离开了——半人半椅——像一阵龙卷风似的飞奔到了房间的另一端。对他而言，处在眼下的心境中，连这样的运动都还算不上足够疯狂。瞬间，他便到了地板上了，用双手保持着平衡，像一只巨型青蛙朝着远处张望着。他在房间里跳跃着前行，经过体积更小、重量更轻的椅子时，挨个推翻。他到达墙边时，便转过身，查看了一番他推翻的椅子，发出得意扬扬的尖叫声，给自己助威鼓劲，然后双手着地，迅速从一把接着一把椅子上方跳跃过去——他没有双腿的身子时而后仰，时而前倾，以便保持平衡，那样子让人看上去会立刻感到既绝妙又恐怖。“德克斯特式的跳背游戏！”[①]他大声喊着，兴致勃勃，当他抵达房间的另一端时，像飞鸟般轻盈地落在最后一把推翻的椅子上。“考虑到我是个残疾人，我还是够活跃的啊，瓦莱拉夫人。我们再来一瓶勃艮第葡萄酒，为绞死博利夫人干杯吧！”

我拼命地抓住自己想到的第一个理由离开他。

“您忘记了，”我说，“我必须立刻去少校那儿。如果我没有及时提醒他，他有可能会在卡拉琳达夫人面前用不正确的名字提到我。”

就他目前的状态而言，赶紧脱身的想法正中他的下怀。他猛烈地吹响了口哨，召唤待在厨房那边的爱丽儿，欣喜若狂，如痴如醉，用双手舞蹈着。

“爱丽儿会给您准备一辆马车的！”他大声说。“扬鞭催马赶赴少校的宅邸。对她设下陷阱，刻不容缓。噢，这是个多么美妙的日子啊！噢，把我心里面可怕的秘密说出来，与您分享，这是多么令

① 跳背游戏（leapfrog）本来是指分开两腿从弯背站立的人身上跳过。

人舒心的事情啊！我都幸福快乐得透不过气来啦——我就像是雪莱诗中的‘大地精灵’。”他突然开始吟诵出《解放了的普罗米修斯》中那气势恢宏的诗行，其中，大地感受到了“爱之精灵”。于是，他滔滔不绝了起来：“‘快乐，胜利，欣喜，疯狂！无边无际、汹涌溢出、迅猛迸发的欢欣啊。像蒸汽般升腾的狂喜无法锁住！哈！哈！充满了欣喜的心情啊，如光明的气氛把我周身裹紧，带着我向前奔，犹如风卷残云一般。’① 这就是我的感受，瓦莱拉！这就是我的感受啊！”

他仍然在说这话的当儿，我跨过了门槛。我最后看了他一眼，他正倾吐出那瑰丽如洪水般的词句——他残疾的身子平稳地落在推翻的椅子上，他的表情如痴如醉，脸庞仰起，对着他自己创造出的一座超越现实的天堂。我动作轻柔地溜进了前室。就在我走过房间时，他再次有了变化。我听见了他悠长的呐喊声，听见了双手着地时发出的轻柔的砰砰声。他再次掠过房间，以“德克斯特式的跳背游戏”的形式，飞快地掠过了一把把推翻的椅子！

厅堂里，爱丽儿在注视着我。

当我接近她时，我正好在戴手套。她拦住了我，抓住我的右胳膊，举起我的手朝向她的脸部。她是要吻我手呢，还是要咬我的

---

① 雪莱（Percy Bysshe Shelley，1792—1822）是英国著名浪漫主义诗人，历史上最出色的英语诗人之一。英国浪漫主义民主诗人，第一位社会主义诗人，小说家、哲学家、散文随笔和政论作家、改革家、柏拉图主义者和理想主义者，受空想社会主义思想影响颇深。雪莱生于英格兰萨塞克斯郡霍舍姆附近的沃恩汉，先后入伊顿公学和牛津大学接受教育。著有不朽名诗篇《西风颂》（“Ode to the West Wind”，1819），长篇叙事诗《麦布女王》（Queen Mab:a Philosophical Poem，1813），诗剧《解放了的普罗米修斯》（Prometheus Unbound，1819）和《沉西》（The Cenci，1819）等等。《解放了的普罗米修斯》取材于希腊神话里普罗米修斯和宙斯之间发生冲突的故事。据希腊神话，普罗米修斯把火种带到人间，触怒了宙斯，被锁困在高加索山脉的悬崖边，经受了长久的苦难，风吹日晒，遭受老鹰的啄食，但他始终没有屈服。古希腊悲剧诗人埃斯库罗斯曾经创作悲剧《被缚的普罗米修斯》（Prometheus Bound），再现了这个故事。雪莱的诗剧是对埃斯库罗斯悲剧的一种回应。此处的引诗出自该剧第四幕。

手？都不是。她像狗似的闻了闻——然后放下了，发出了一阵沙哑的咯咯笑声。

“你没有他身上的香水味，”她说，“你没有触碰他的胡须。我现在相信你啦。需要马车吗？”

“谢谢，我边走边去等马车吧。”

她想方设法对我客气——由于我没有触碰他的胡须。

“嘿！”她脱口而出，声音低沉极了。

“嗯？”

“我很高兴，先前没有把你翻到运河里面去。可不是嘛！”

她给了我肩膀上友好的一击，差一点把我给击倒了——旋即，她的表情和态度便又恢复到了先前那阴郁冷漠的状态——然后领头出了前门。她在我身后锁上院门时，我听见她粗哑的咯咯笑声。我吉星高照啦！同一天，我找到了获得爱丽儿信任的途径，还有爱丽儿的主人信任的途径！

# 第三十一章　替博利夫人的辩解

对我而言，菲茨－大卫少校举行宴会之前的那些日子弥足珍贵。

我和迈泽里默斯·德克斯特的那次长时间会面令我心神不宁，其严重的程度远远超出自己当时的感觉。一直到我离开他家几个小时之后，我才真正开始感觉到，我待在他家期间看到的和听到的全部情况令我的神经经受了怎样的考验。最最微弱的声音都会令我为之一怔。我梦见了种种恐怖可怕的情形。时而会没有由来地大喊大叫，时而又会没有由来地情绪激动。我所需要的是完全平静下来休息，而且（幸亏有了我的那位仁慈友好的本杰明）得到了彻底休息。可亲的老人替我着想，克制住了自己焦虑的情绪。本来，事关我的幸福，出于父爱般的关切之情，他会迫不及待地对我嘘寒问暖，问这问那，但他这时全都给免除了。我们之间了然于心，达成了一种默契，认为但凡涉及我去见迈泽里默斯·德克斯特（不用说，本杰明态度很坚决，不赞成我去见他）的话题，一律等到我身心得到恢复之后再说。我没有见任何客人，麦卡伦夫人到了住所，菲茨－大卫少校到了住所——他们一位要听听我和迈泽里默斯·德克斯特见面的情况，另一位要告知人们针对即将举行的宴会上的客人最新街谈巷议的情况，以便让我开心。本杰明主动替我表达了歉意，于是免除了我因接待客人造成的劳累。我们雇了一辆很小的敞篷马车，远距离驾车行进在风光秀丽的乡间小路上。伦敦北郊几英里范围内依旧是一派苍翠茂盛的景象。在家里，我们坐着，畅谈着往昔的日子，或者玩着十五字游戏和多米诺骨牌游戏[①]——这样一来，几天舒心惬意的日子里，我们过着平静安宁、毫无风险的生活，而这种生活对我大有裨益。到了举行宴会的那天，我感觉到自己的身体恢复到了正常的状态。我再次做好了准备，再次心情热切，被介绍认识卡拉琳达夫人，从而找到博利夫人。

我们驱车前往菲茨－大卫少校的宅邸时，本杰明神情略显忧伤，看着我绯红的脸颊。

“啊，亲爱的，”他说，话说得直截了当，“我看您身体恢复啦！您已经过够了我们平静安宁的生活了。”

总体上说起来，关于宴会的情况，我对事情和人员的记忆特别模糊。我记得，我们大家都非常开心快乐，彼此之间轻松随和，态度亲密，犹如有着多年交情的老朋友一般。我记得，莫里弗洛尔夫人衣着完美华丽，对于摆在我们面前的豪华餐宴给予了充分的赞赏。她风姿绰约，无与伦比。我记得，少校那位年轻的歌剧女主角，作为未来的“歌剧皇后”，眼睛比以往任何时候更圆，衣着更讲究，嗓音更尖声刺耳。我记得，自始至终，少校本人一直在亲吻我们的手，一直在引诱我们沉溺于美食佳酿，一直在调情示爱，一直在发现我们之间的相似之处，一直处在“魔力的控制之下”，从未脱离老年唐·璜的角色。我记得，亲切可爱的老本杰明完全云里雾里，蜷缩在角落里。众人把他拉入交谈中时，他脸都红了。面对莫里弗洛尔

① 十五字游戏（backgammon）是一种双方各有十五枚棋子，掷骰子决定行棋格数的游戏。多米诺骨牌游戏（dominoes）是一种用木制、骨制或塑料制成的长方形骨牌。玩时将骨牌按照一定间距排列成行，轻轻碰倒第一枚骨牌，其余骨牌便会产生连锁反应，依次倒下。

夫人时，战战兢兢，在卡拉琳达夫人面前显得羞涩，在少校面前显得百依百顺，忍受着音乐的煎熬。真诚恳切的老人打心眼里希望回到家里去。至于这次欢欣快乐的聚会上的成员情况，我的记忆力有限——但只有一个人例外。我对卡拉琳达夫人的音容笑貌记忆犹新，仿佛昨天才遇见她。当晚聚会临近结束时，我们两个人私下里有过交谈。关于那一番令人难忘的谈话，可以毫不夸张地说，我能够回忆起几乎每一句话。

我在写作时，再次看见了她的衣着，听见了她的声音。

我记得，她在衣着上刻意显露一副简洁朴素模样，但因为无法掩饰做作的痕迹，结果事与愿违，不得要领。她在白色丝绸外面套了件朴素的白色平纹细布衫，没有任何点缀或装饰。她那一头浓密的棕褐色头发不合流行的发式，从前额向后梳理，在脑后打了个简单的髻，没有任何装点。脖子上系了一条很细的白色丝带，丝带上扣了唯一一件首饰物品——一枚很小的金刚石胸针。毫无疑问，她端庄秀美，但她的美丽多少显得有点粗犷和骨感，这种情况在她所属人种的英国女人身上司空见惯：鼻子和下颚过于突出，形状过于坚实。一双睁得很开的灰眼睛充满精神，神色庄重，但缺乏柔情和灵动。她举手投足间透出有良好修养的人所具有的全部魅力——优雅礼貌，随和热忱，显露出绝对却又不易觉察的自信。（在英格兰）这种自信似乎是优越的社会地位导致的自然产物。您若是根据表面现象认定她就是眼前的姿态，那么您会说，这就是贵族女性的模范，毫无傲慢之气。而您若是依据这种判断在她面前过于随便，那她会让您今生今世都不会忘记。

我们大家在一块儿相处得很融洽。按照事先同少校说好了的，通过本杰明实施，我以“伍德维尔夫人”的身份被介绍给众人。餐宴尚未结束，我们便承诺了相互之间要走访。万事俱备，就差引导卡拉琳达夫人谈到博利夫人了，而这正是我需要谈及的话题。

当晚晚些时候，机会来了。

我躲避少校那位嗓子尖声刺耳的歌剧女主角可怕大胆的演唱，逃到了后面的客厅里。一会儿过后，如我期待的那样，卡拉琳达夫人（由于没有在钢琴边的人群中看见我）进来找我了。她在我旁边坐下，我们那些在前室里的朋友看不见也听不见。令我感到无限欣慰和高兴的是，她主动提起了迈泽里默斯·德克斯特这个话题。席间，有人不经意间提起了他的名字时，我说到了有关他的某件事情，她便记住了那件事情。因此，完全自然而然地，便说到了博利夫人了。“终于，”我心里想着，“少校的小型宴会给我带来回报了！”

回报来了时，那是什么样的一种回报啊！我坐在书桌边，思索着它的当儿，心再次沉了下来——如同那个永远都不会忘记的夜晚一样心沉下来。

“这么说来，德克斯特确实对您说到了博利夫人啦！”卡拉琳达夫人激动地大声说。“您不知道您令我多么惊讶啊。”

“我可以问一声为什么吗？”

“他仇视她！我上一回见到他时，他不让我提起她的名字。这是他无数种怪异行为中的一种。像他那种性格的人，如果还有点感同身受的情怀，他应该喜欢海伦娜·博利才是。她是我认识的人当中最最完全彻底不遵守习俗的一个。她一旦情绪上来了，天哪，所说的话，所做的事，那是够轻率鲁莽的，正随德克斯特的心愿。我不知道您是否会喜欢她呢？”

“您已经友好地邀请我去拜访您，卡拉琳达夫人。说不定我可以在您府上见到她呢，对吧？”

卡拉琳达夫人哈哈大笑起来，这个想法似乎令她觉得很有趣。

“但愿您会等到这件事情可能发生的时候，”她说，“海伦娜最近的一个怪念头是，想象着自己患上了——痛风症，世界上什么疾病没有啊！她一直待在匈牙利或者波希米亚[1]某处奇妙的温泉浴场（我不记得那一处）——而她接下来要去哪儿，要干什么事情，那根本就无法说得准。亲爱的伍德维尔夫人啊！您觉得壁炉里面的火烧得过旺受不了吗？您的脸色看起来显得有些苍白啊。”

我感觉到了，自己脸色苍白。博利夫人离开了英国了，这个发现带来的打击是我没有准备好的。一时间，我神不守舍。

“我们到另外那个房间去如何？”卡拉琳达夫人问了一声。

到另外那个房间去就意味着要停止交谈。我决心不让如此灾难降临。完全有可能出现的情况是，博利夫人的女仆有可能不再伺候她了，或者有可能留在英国。一定要等到我得知那位女仆的下落，我所得到的信息才算是完整的。我把自己的椅子向后挪了一点，离开壁炉远点，然后在旁边的桌子上拿了一个便携式壁炉罩。如果再出现令我失望的事情，对于挡住我的面容很有作用。

“谢谢您啊，卡拉琳达夫人。我只是距离炉火太近了一点，在这儿挺好的。关于博利夫人的事情，您让我感到惊讶了。根据德克斯特先生对我说到的情况，我想象着——”

“噢，您可定不要相信德克斯特告诉您的任何情况啊！”卡拉琳

① 波西米亚（Bohemia）位于捷克中西部地区。

达夫人打断了我的话说。“他喜欢对人神神道道的，故意误导您，我对此坚信不疑。如果我听到的情况确有其事，那关于海伦娜·博利的那些怪异奇思妙想，他应该比大多数人都要知道得更多。她进行着种种冒险（在苏格兰南部），其中有一次，他差不多发现她了，这让我想起了奥柏[①]那部令人愉快的歌剧——叫什么来着？我接下来会连我自己的名字都给忘记了！我所说的那部歌剧是，里面两位修女溜出修道院，去参加舞会。听啊！多么奇怪啊！那位俗不可耐的姑娘此刻正在唱歌剧第二幕中的响板片段呢。少校啊！年轻小姐唱的是哪部歌剧中的片段啊？”

少校因打断了听演唱而感到愤慨。他急忙跑到后室，低声说：“嘘！嘘！亲爱的夫人。是《黑色面具》[②]中的。”然后又急忙跑回到了钢琴旁。

“当然！”卡拉琳达说，“我多蠢啊！《黑色面具》。您竟然也忘记了，多奇怪啊！”

我其实记得很清楚的，但不敢说出来。如果正如我自己相信的那样，卡拉琳达夫人提到的“冒险”在一定程度上说同博利夫人10月21日的神秘行为有关联，那我就站在了自己今生唯一想要取得的发现的边缘了！我举着壁炉罩，以便挡住自己的面孔。我用此刻自己能够控制的最沉稳的声音说话。

“请接着说吧！请告诉我那是一次什么样的冒险吧！”

由于我迫不及待希望听到接下来的叙述，卡拉琳达夫人感到飘飘

① 丹尼尔·奥柏（Daniel Francois Esprit Auber，1782—1871）是法国歌剧作曲家，曾任巴黎音乐学院院长，一生创作了四十五部歌剧，其中《波尔蒂契的哑女》、轻歌剧《魔鬼兄弟》久负盛名。

② 《黑色面具》（Le Domino Noir）是法国歌剧作曲家丹尼尔·奥柏的一部喜歌剧，于1837年12月2日在巴黎首演。

然起来。

“您好心对这事感兴趣，但愿我讲述的故事值得您感兴趣，”她说，“您若是认识她多好啊——那像是她干出来的事情！您得知道，我是从她的女仆那儿听来的。她带了一位会说外语的女人去了匈牙利，让那位女仆同我待着。一位理想的姑娘啊！如果我能够把她留下来伺候我，那我才真是会高兴得不得了。她只有一点瑕疵，即有一个我厌恶的名字——福柏①。对啦！福柏和她的女主人待在爱丁堡附近的一处地方，（我想）那地方名叫格兰尼奇。那幢宅邸是属于那位麦卡伦先生的，此人后来受审了——您当然记得那件事情对吧？——理由是毒杀了自己的妻子。一桩骇人听闻的案件，不过别紧张——我要讲述的故事与案件毫无关系。我要讲述的故事必须同海伦娜·博利有关。一天傍晚（她待在格兰尼奇期间），她按照事先安排要同来爱丁堡做客的几位英格兰朋友共进晚餐。当天夜晚——还是在爱丁堡——有一场假面舞会，舞会是由某位人士出面举行的，此人的名字我忘记了。舞会（在苏格兰，这几乎是一桩史无前例的事件）被报道成了是一件不很光彩的事情。形形色色有趣的人都会去那儿。您知道的，有品性存疑的女士们，有处于社会边缘的男士们等等。海伦娜的朋友们想方设法弄到了柬帖，尽管有反对的意见，但还是准备去——绝对隐姓埋名，那是当然的，信赖自己的假面具。海伦娜一门心思想要随同他们一块儿去，只要设法不让格兰尼奇宅邸的人发现就可以。麦卡伦先生是观念严谨的人士之一，不赞成举行这样的舞会。他说，女士一旦出现在如此娱乐场合，其声誉没有

① 卡拉琳达夫人为何厌恶女仆“福柏”这个名字，其原因并不明显，是因为这个名字不时髦呢，还是因为这个名字与处女身份有关——因为它是希腊神话中光亮女神的名字。

不受到损害的。什么样的品性啊！对啦，海伦娜处在最疯狂的时刻，灵机一动想出了一个参加舞会又不被发现的办法，该办法确实是像法国戏剧中的情节一样巧妙。她先差遣福柏去了爱丁堡，然后从格兰尼奇宅邸坐马车去赴宴。那不是一次盛大的宴会——只是一次小型的朋友间的聚会，没有穿晚礼服。到了返回格兰尼奇宅邸时，您猜海伦娜干什么啦？她差遣女仆坐马车返回，而不是她自己！福柏穿戴着自己女主人的披风、帽子和面纱。女主人吩咐她，一回到宅邸，便跑上楼去，在厅堂的桌子上留下一张表达歉意的小字条（当然是海伦娜写的），以疲惫不堪为借口，说明没有去向主人说晚安的缘由。女主人和女仆身高相当，府上的仆人们自然没有发现这个伎俩。福柏平安地回到了楼上女主人的卧室。按照吩咐，女仆要等待在那儿，一直到整个宅邸安静下来了，然后再悄然返回到她自己的卧室。姑娘在等待的当儿睡着了，只是在凌晨两点或者更晚的时候醒来。按照她自己的想法，这没有多大关系。她蹑手蹑脚溜出房间，关上了身后的房门。她尚未走到过道的末端，便觉得自己听到了什么动静。她等待着，直到可以安全到上一层楼，然后俯身从栏杆上方看了看。那是德克斯特——很像他！——用双手支撑跳跃着（您看过那情形吗？那可是您想象中最为奇特恐怖的景象啊！）——那是德克斯特，来回跳跃，透过锁孔张望着——很显然，是在寻找那个凌晨两点钟离开自己卧室的女人。毫无疑问，他把福柏当成她的女主人了，由于她忘记了把女主人的披风取下来。翌日清早，海伦娜从爱丁堡雇了一辆马车返回，披风和帽子是从她的英格兰朋友处借来的。她在大路上就下了马车，顺着花园的小路进了宅邸——这一次，德克斯特没有看见，其他任何人都没有看见。聪明又大胆，对吧？还有，正如我刚才说过的，是《黑色面具》的一个新版本。您会像我当时一样感到惊奇，德克斯特怎么翌日早晨没有挑起事端呢？毫无疑问，他本来是会这样做的。但是，（正如福柏告诉的那样）当天，府上发生了骇人听闻的事件，以至于令他都缄口不言了。——亲爱的伍德维尔夫人啊！这个房间里的热度您肯定受不了了。请拿着我的嗅盐瓶，我去打开窗户。”

我只能回答说：“请别说什么！我悄悄到外面去呼吸一下新鲜空气！”

我在没有人注意的情况下走到了楼梯口，坐在楼梯的踏步上，让自己平静一下，那儿没有人能够看见我。片刻之后，有一只手轻柔地搭在我的一个肩膀上，原来是心地善良的本杰明，神情沮丧地看着我。卡拉琳达夫人体贴周到，把情况告诉了他。当时主人的注意力仍然集中在音乐上，她帮助本杰明悄然离开了房间。

“亲爱的孩子啊，”他低声说，“这是怎么啦？”

“带我回家去吧，然后我再告诉您。”我能够说的就是这句话。

# 第三十二章　我的明智之举

场景必须要随着我不固定的行程来转换——伦敦的场景必须关闭一会儿，同时开启爱丁堡的。

菲茨－大卫少校举行的宴会已经过去了两天。我对未来制定的全部计划和对那些计划寄予的全部希望遭到了彻底摧毁之后，我能够再度自由自在地呼吸了。我现在看明白了，自己犯了三重错误——一错在草率残忍地怀疑一个清白无辜的女人，二错在把自己的疑惑（事先并未设法加以证实）告诉了另外一个人，三错在接受了迈泽里默斯·德克斯特充满幻想的推断和结论，甚至把那些东西当成了确凿无疑的事实。当我回首往昔时，我为自己的愚蠢行为而羞愧不已。当我展望未来时，我彻底气馁了，对自己的信心完全动摇了，因此，破例一次，当有人向我提出合情合理的建议时，我接受了。“亲爱的，”我们参加完宴会后返回，交谈中我把自己惨败的情形原原本本地说了出来，然后，心地善良的老本杰明说，“根据您告诉我有关德克斯特先生的情况来判断，我并不欣赏他。答应我，除非您首先找到了比我更加合适的人商议，他能够引导您处理好这件危险的事情，否则，您不能再回去找德克斯特先生。”

基于一个条件，我答应了他。“如果我未能物色到那样一个人，”我说，“您愿意承担帮助我的责任吗？”

本杰明欣然答应帮助我。

翌日早晨，我一边梳理头发，一边思索着自己的事情，这时候，我突然想起了一个自己已经忘记了的决定。该决定是我头一次阅读到关于我丈夫的《庭审报告》后做出的。我的决定是——假如迈泽里默斯·德克斯特不能对我有所帮助——那就去找那两位代理人（或者出庭辩护的律师，我们应该这样称呼他们才是）中的一位，因为此人替尤斯塔斯辩护了，即普莱摩尔先生。我们或许还记得，当郡长办公室的雇员搜查我丈夫的文件时，那位先生给予了友好的干预，从而赢得了我的信任。我再次查阅了以赛亚·斯库尔克拉夫特提供的证词，结果发现，迈泽里默斯·德克斯特把普莱摩尔先生请来帮助尤斯塔斯，同时给他出主意。因此，他不仅是一位我可以信赖的朋友，还是一位同德克斯特熟悉的朋友。我目前处在云里雾里的境地，还可能有比他更加合适给我指点迷津的人选吗？我把这个问题在本杰明面前提出来时，他承认，我这次倒是做出了一个明智的选择，于是，立刻倾力帮助我。他（通过自己的律师）找到了普莱摩尔先生在伦敦的几位代理人的地址，并且从那几位先生处拿到了引见普莱摩尔先生本人的介绍信。我在自己的新顾问面前没有隐瞒任何情况，而且在信中表明了尤斯塔斯·麦卡伦第二任妻子的身份。

当晚，我们两个人（本杰明拒绝让我一个人单独旅行）乘坐晚班邮车前往爱丁堡。

（遵照我的老朋友的建议）我事先就给迈泽里默斯·德克斯特写了封信，仅仅说明，我临时有事得离开伦敦数日，等到自己返回之后，会向他报告自己同卡拉琳达夫人见面的情况。爱丽儿把一个富有特点的回复送到了本杰明的住所。“瓦莱拉夫人，我恰好是个反应敏捷的人，可以读出您信中没有写出来的部分。卡拉琳达夫人已经动摇了您对我的信任了。很好啊。我一定会动摇您对卡拉琳达夫人的信任。同时，我并不生气。平静安宁的心境中，我等待着享受您来访的荣耀和快乐。您若是还喜欢菌块，或者想要更加简单和轻便的东西——比如说，无与伦比的法国菜，猪眼皮和罗望子——那就打电报给我吧。请相信，我永远是您的同盟者和仰慕者，您的诗人和厨师——德克斯特。”

我和本杰明到达爱丁堡之后商议了片刻。我们之间有分歧的问题是，我是该同他一块儿还是独自一人去找普莱摩尔先生。我主张独自一人去。

“我的处世经验不是很丰富，”我说，“但是，我已经注意到了，十有八九，如果一个女人独自一人去找一个男人，他会作出让步的，但如果有另外一个男人在身边，他甚至都不会乐意去考虑。我不知道是怎么回事——我只知道事实如此。如果我发现，自己同普莱摩尔先生交谈不融洽，那我会请求再约见他一次。情况若是如此，您就陪同我一块儿去。别觉得我执拗任性。让我独自一人去碰碰运气吧，我们看看结果如何吧。”

本杰明同意了，还是一如既往地替我着想。我把推荐信送到了普莱摩尔先生的律师事务所——他的个人住所坐落在格兰尼奇宅邸同一个区域。我的信件有了礼貌周到的回复了，邀请我下午早点去找他。到了约定的时刻，我拉响了他事务所门口的门铃。

# 第三十三章　我的愚蠢之举

苏格兰人对他们所属的英国国教会教区专制有着令人无法理解的顺从姿态。这样导致的结果是——我觉得，这没有什么不正常的——普通民众的心目中便对该民族的性格有了一种十分错误的认识。

公众舆论关注着苏格兰的“安息日”制度，发现这种制度因其毫无意义而又野蛮残忍的严苛特质而成为基督教世界中空前绝后的东西，看到了一个民族心甘情愿被其神职人员每个星期有一天剥夺掉每一种社会权利——严禁旅游，严禁发电报，严禁吃热餐，严禁看报纸。总之，只允许享有两种自由：即在教堂里展示自己的自由，把自己关起来喝酒的自由——公众舆论看到了这一点，得出了并非不合理的结论，即这样一些屈从于如此社会法规的人是这个世界上最缺乏热情、最刻板严厉和最没有快乐的人。这就是人们从远距离看到的苏格兰人的姿态。但是，人们若是近距离看苏格兰人，并且亲自接触后对他们加以判断，那他们会是一种什么样的面貌呢？同这些遵守苏格兰安息日的人比较起来，这个文明的世界上还找不到比他们更加开心快乐的人，更加友好善交的人，更加热情好客的人，更加观念自由的人！一个星期的六天当中，总体上说，苏格兰人沉浸在一种静谧轻松的氛围中，接受一种有益的常识传播。这种情形确实令人感到舒心惬意。但是，到了第七天，同样这一批人将要倾听他们的一位牧师郑重其事地告诉他们，他认为安息日散步是亵渎神明的行为。他们将成为世界上绝无仅有的人群，因为他们允许一个人胡说八道而不至于有人嘲笑他。

我不够聪慧，无法解释清楚民族性格中的这种反常现象。我简短叙述中会出现一位不常见的人物——一位令人快乐的苏格兰人。我只能通过做点必要的铺垫来注意上述反常现象。

所有其他方面，我发现普莱摩尔先生身上只有负面的与众不同。他不老也不年轻，不英俊潇洒也不相貌丑陋。他这个人一点都没有通常的律师形象。他说的是十分标准的英语，只是略带有一点苏格兰口音。

“我很荣幸成为麦卡伦先生的老朋友，”他说，一边热情洋溢地同我握手，“能够认识麦卡伦先生的夫人，我也打心眼里感到高兴。您要坐哪儿呢？靠近灯光吗？您够年轻的，还不至于害怕日光。您这是头一次来爱丁堡吗？请允许我让我竭尽所能让您开心快乐吧。我很高兴把普莱摩尔夫人介绍给您。我们要在爱丁堡待一段时间。这儿正上演意大利歌剧呢，我们定了今晚的包厢。恳请您放弃一切礼节客套，同我们共进晚餐，然后去听歌剧好吗？”

“您真好，”我回答说，“但是，我眼下有些揪心的事情，弄得我不能好好地陪伴普莱摩尔夫人听歌剧呢。我想，我给您的信中提到了，在一些对我来说至关重要的事情上，我要征求您的意见。”

“是吗？”他接话说，“实话告诉您，我没有通看您的那封信呢。我注意到了信里面有您的名字，而且根据其中的内容知道，您希望在此见到我。于是写了封短信送到您下榻的旅馆了——随后便接着处理其他事情。请原谅，这是一次职业方面的咨询吗？为了您自己，我由衷地希望不是。”

“很难算得上是职业方面的咨询，普莱摩尔先生。我本人处在十分痛苦的境地。面对非同寻常的情况，我来请教您。等到您听了我要说的情况后，我会令您感到很吃惊的。我恐怕得占用您更多时间了。”

“我，还有我的时间，完全由您来支配，”他说，“告诉我，我能够帮助您做什么吧——用您自己的方式说出来。”

他言谈中表达出的亲切友好和他举止上表现的亲切友好极为匹配。我对他说话时畅所欲言，毫无保留——我把自己离奇的故事告诉了他，没有夸大其词，也没有藏着掖着。

他表现出了我在他心里引起的种种变化，毫无掩饰。对于我和尤斯塔斯分离的事情，他感到很难过。我决心对“苏格兰裁定”进行质询，还有我对博利夫人不公正的怀疑，一开始令他感到很有趣，继而令他感到很惊讶。不过，一直等到我叙述了自己与迈泽里默斯·德克斯特不同寻常的见面，还有与卡拉琳达夫人之间几乎同样不同寻常的交谈，我这才对律师的内心产生最为巨大的影响。我首先看到他脸色变了。他怔了一下，喃喃自语起来，好像把我给完全忘记了。“天哪！”我听见他说——“这可能吗？真相会是那个样子吗？”

我冒昧地打断了他的话。我不想让他把自己的想法留在心里。

“我好像让您感到惊讶了？”我说。

他听见我的说话声后怔了一下。

“我万分抱歉啊！”他激动地大声说。“您不仅仅令我感到惊讶，而且给我的内心打开了一幅全新的景象。关于发生在格兰尼奇宅邸的投毒案件，我直到此刻才想起来了，我看到了一种可能性，一种真真切切令人震惊的可能性。这是事态的一个很好的转机，”他补充说，又恢复到了他平常的那种心境，“这是当事人引导了律师。尊敬的尤斯塔斯夫人，情况属于哪一种呢——是您需要我的建议呢，还是我需要您的建议？”

“我可以听到新的想法了吗？”我问了一声。

“如果您能够谅解我的话，还没有呢，”他回答说，“请允许我怀着职业上的谨慎。我不想在您面前表现得职业化——我很着急就是要避免它。但是，律师要占别人的上风，拒绝受人压制。如果不做进一步的调查了解，我确实不愿意确认自己心里想到的东西。请帮我个大忙，我们再回顾一下其中的一部分内容，进行中，我们要问您一些问题。您反对帮我这个忙吗？”

“当然不，普莱摩尔先生。我们要往前回顾多少内容呢？”

“到您和您婆婆一道去找德克斯特先生那儿吧。关于麦卡伦夫人死亡的事情，您一开始问他，他是否有自己的观点。我是不是可以理解您说了，他看着您，一副疑惑的神情？”

“充满了疑惑。”

“而您告诉他您之所以提出那个问题，是因为您看了《庭审报告》中的内容后受到了启发，这时候，他的表情又舒展了，对吧？”

“对啊。”

他从桌子的抽屉里取出了一张纸，把笔在墨水里蘸了蘸，思忖了片刻，然后替我搬了把椅子放在他身边。

“律师消失了，”他说，“普通人占据了他应有的位置。您我之间将不存在任何职业上的神秘东西。作为您丈夫的老朋友，尤斯塔斯夫人，我对您没有通常的兴趣。我非常有必要提醒您，以免为时过晚。我冒着风险，处在我的位置上，极少有人会冒这个风险的。出于好意，我只能这样做。从个人的角度和职业的角度上来说，我打算信任您——尽管我是个苏格兰人和律师也罢！坐在这儿吧，我做记录时，您一边看着。如果您看到了我写的东西，您就看到了我心里面想着的东西了。”

我在他身边坐了下来，顺着他的肩膀看过去，没有半点做作迟疑。

他开始写下了以下文字：

格兰尼奇宅邸投毒案件。问题：关于投毒案件，迈泽里默斯·德克斯特持什么态度？他对案情（可能）知道些什么？

他有想法，但藏在心里。他怀疑自己泄露了秘密，或者秘密被他以不曾想到的什么方式泄露了。当他发现情况并非如此时，他明显如释重负。

笔停下来了，继续问话。

“我们朝后看看您第二次上门，”普莱摩尔先生说，“您当时是独自一人去见德克斯特的。再告诉我一次，您告诉他，您对‘苏格兰裁定’不满时，他干什么来着，表情如何。”

我把已经叙述过的情况重新叙述了一遍。笔再次在纸上写了起来，添加了以下文字：

他听到的情况最重要的莫过于，有个女人来拜访他，她很关注那桩案件，拒不认同对麦卡伦庭审的裁定为最终裁定，而且提议重启调查。面对如此情况，他干什么啦？

他表现出所有因惊恐不安引起的症状。他看到自己处于某种不可理解的危险之中。他时而张狂暴怒，时而卑躬屈膝。他一定而且将会知道，那位来打搅他的人真正想要干什么。当他知道了那一点之后，他先是脸色煞白，怀疑起自己的感觉，然后，说不出任何话来证明它，毫无根据地指责他的客人怀疑的某个人。这儿的情况很是蹊跷：当一个家庭丢失了一小笔钱时，所有仆人都集中到了一块儿，通报这个情况。如果其中有位仆人一上来就说："你们怀疑我吗？"我们会怎么看这位仆人呢？

他再次放下了笔。

"说得对吗？"他问了一声。

我开始看到笔记指向的目标了。我没有回答他提出的问题，而是恳请他作出详细解释，因为我的心里仍然还没有底。他抬起一根食指，以示警示，制止住了我。

"还不到时候，"他说，"再问一遍，我说得对吗——迄今为止？"

"很对啊。"

"很好。那现在就告诉我德克斯特随后做了什么？别介意重复自己的话。告诉我全部细节，一个接着一个，直到结束。"

我告诉了他全部细节，完全按照我记忆中的样子。普莱摩尔先生第三次也是最后一次写了起来。笔记的结尾部分是这样的：

他间接地保证了，至少他不是那个受到怀疑的人。他靠坐在轮椅上，长舒了一口气。借口这件事情令他情绪激动，请求独自一人待一会儿。客人返回后，德克斯特一直喝酒。是客人重提那个话题——不是德克斯特。客人坚信，尤斯塔斯·麦卡伦夫人死于投毒者之手，而且公开这样说了。德克斯特瘫在轮椅上，像个昏厥的人。他受到了什么样的惊吓了呢？我们若是将其称之为因有罪引起的惊慌，那就很容易理解了。如果我们将其称之为别的什么情况，那就无法理解了。恐惧感是如何从他身上消失的呢？他从房间的一端冲向另一端。当他发现客人的怀疑全部集中在一个当时不在现场的人身上时，他别提有多高兴了。而后来，只是在后来，他声称，在怀疑的这个问题上，他从一开始就同客人的看法一致，这才替自己解脱了！这些都是事实啊。这些事实指向怎样的一个显而易见的结论呢？

他至此结束了笔记，然后目不转睛地注视着我的脸，等待着我先开口说话。

"我理解您，普莱摩尔先生，"我开口说话，情绪显得很急躁，"您认为德克斯特——"

他抬起一根食指，制止住了我没把话说下去。

"告诉我，"他打断我的话说，"关于无辜的博利夫人，他一片好心地认同您的看法时，对您说了什么话？"

"他说：'此事没有疑问，博利夫人毒死了她。'"

"这句话是我要模仿着说的最好不过的模子——只是稍稍有点不同。我也说，此事没有疑问！德克斯特毒死了她。"

“您在开玩笑吗，普莱摩尔先生？”

“我生平从来没有这样认真过。您轻率地去找德克斯特，非常不谨慎，竟然把他当成了知己，导致了令人震惊的结果。关于发生在格兰尼奇宅邸的投毒案件，动用了整部法律机器都无法弄清楚，结果由一位夫人无意间给弄清楚了，因为这位夫人拒绝倾听说理，义无反顾地我行我素。很不可思议啊，然而事实如此！”

“不可能啊！”我激动地大声说。

“什么不可能？”他问了一声，神情冷漠。

“说德克斯特毒死了我丈夫的第一任妻子。”

“您倒是说说，为什么就不可能呢？”

我几乎开始生普莱摩尔先生的气了。

“您能够问这样的问题吗？”我回答说，表情愤怒。“我听见他说起她时，言辞中充满了敬意和爱慕，那样的话任何女人听了都会引以为豪的。他生活在对她的怀念之中。他之所以热情友好地接待了我，那是因为他觉得，我长得有点像她。我看见他眼睛里噙满了泪水。我听见他说起她时，声音颤抖，说不下去了。其他所有方面，他可能是最虚伪的人，但是，他对她是真心的——唯独在这件事情上，他并没有误导我。当一个男人对一个女人谈及自己真正接近内心的情感时，种种迹象是绝不可能欺骗她的。我看到了那些迹象。如果说是他毒害了她，如同说我毒害了她一样。我不赞同您的看法，心里过意不去，但我真的是没有办法。我明说了吧，我几乎生您的气了！”

他对于我表达自己看法时的态度不但没有生气，而且似乎还感到很高兴。

“尊敬的尤斯塔斯夫人，您没有理由生我的气啊！从一个方面来说，我完全赞同您的看法——有一点不同，那就是我比您走得远了一点儿。”

“我不明白您的意思啊。”

“您马上就会明白我的意思。您把德克斯特对已故尤斯塔斯夫人的情感描述为尊敬和爱慕的完美结合。我可以告诉您，对她而言，这是一种比这更加温馨的情感。我是从那位已故夫人嘴里得到这个信息的——她在人生最美好的岁月里敬重我，对我推心置腹，热情友好。她嫁给麦卡伦先生之前——她向他隐瞒了这件事情，您最好也要保守这个秘密——迈泽里默斯·德克斯特同她恋爱了。迈泽里默斯·德克斯特请求她——尽管他身体残疾，但还是郑重其事——做他的妻子。”

“而面对这样的事实，”我大声说，“您说他毒死了她！”

“我确实这样说。您去找他期间，出现了那样的情况，我无法得出别的什么结论。您都把他吓得昏厥过去了。他害怕什么呢？”

我尽力想要找到这个问题的答案，甚至在不知道该如何说的情况下便开口回答了。

“德克斯特先生是我丈夫感情真挚的老朋友，”我开口说，“当他听见我说自己对那个裁定不满意时，他可能恐慌于——”

“他可能恐慌于重启对您丈夫的调查这个可能的结果，”普莱摩尔先生说，用充满了揶揄的口吻替我说完了这句话，“过于牵强附会了一点啊，尤斯塔斯夫人！同您坚信您丈夫清白无辜的情形不是很一致！您要消除掉自己心里面的一个误解，”他接着说，态度很严肃，“因为您若是要坚持不懈地按照目前的路径走下去，它可能严重误导您。您尽可以听我一句，打从您丈夫娶了他的第一任妻子的那一天开始，迈泽里默斯·德克斯特就已经不再是他的朋友了。当着众人的面和私底下，德克斯特一直保持着体面——这一点我赞同您的看法。庭审过程中，他提供了有利于自己朋友的证词，而且充满了深厚的情感，这是人人都期待他做到的。然而，我坚信，透过表面现象来看，没有比麦卡伦先生让迈泽里默斯·德克斯特更加痛恨的对头了。”

他让我感到寒冷。至少，在这一点上，我觉得他说得有理。那个女人拒绝了德克斯特的求婚，而我丈夫追求她，并且娶到了她。德克斯特是会原谅这一点的人吗？我自己的人生经验替我作出了回答——不会。

“请记住我对您说过的话，”普莱摩尔先生接着说，“我们现在继续讨论您自己在这件事情当中的处境，还有您的利益面临危险的情况。眼下要设法遵从我的看法。我们来探究一下，看看是否有可能取得进展，直至揭露真相。得真真切切地相信（如同我一样），迈泽里默斯·德克斯特才应该是因格兰尼奇宅邸谋杀案接受审判的那个人，这是一件事情。另外一件事情则是，时间过去了这么长了，我们要找到显而易见的证据，无可置疑地公开证明他是有罪的，在我看来，这才是这件事情当中最难做到的。除非是我完全弄错了，否则这个问题已经归结到了以下显而易见的一点：即公开确认您丈夫清白无辜完全取决于公开确认德克斯特有罪。您怎么才能获得这样的结果呢？没有半点不利于他的证据。您只能用德克斯特自己的供述来证明他是有罪的。您在听我说话吗？”

我在听，但很不情愿。如果他的判断是正确的，那事情确实会发展到那么可怕的一步。但是，我不能够——我对他丰富的知识和经验充满了敬佩之心——我不能够说服自己，认为他的判断是正确的。但我还是真正怀着谦逊之心承认了这一点。

他欣然露出了微笑。

“不管怎么说，”他说，“您将承认，迄今为止，德克斯特并没有完全向您敞开心扉，对吧？他仍然有什么事情藏着掖着，不让您知道，而您却很想发现，对吧？”

“对啊，这个我承认。”

“很好。适合于您对案件的看法的东西，也适合于我的。我说，他向您隐瞒了他自己的罪行。您说，他向您隐瞒了可给另外某个人定罪的信息。我们就从这一点开始说吧。告白，或者信息，您如何获得他向您隐瞒的东西呢？您若是再去见他，您可以对他施加什么样的影响呢？”

“我一定可以说服他吗？”

“当然。如果说服不了——那又怎么办呢？您觉得，自己可以设计让他说出来呢，还是威胁他说出来？”

“如果您看一看自己写的东西，普莱摩尔先生，您就会看出，我已经成功地把他给吓着了——尽管我只是个女人，尽管我不是有意为之。”

“回答得很圆满！您达到目的了。对于您曾经做过的事情，您认为自己还能够再做一次。行啊！由于您下定了决心要做试验，那么，在现在的基础上再多了解一点关于德克斯特的情况，对您没有什么坏处。您返回伦敦之前，我们向能够帮助我们的什么人打听一些情况怎么样啊？”

我怔了一下，环顾了一番房间四周。他迫使我这样做：听他说话的口气好像那个能够帮助我们的人就在我们身边。

“别紧张，”他说，“传神谕者是不会出声的。传神谕者就在这儿。”

他打开了桌子一个抽屉的锁，从里面拿出一扎信，并且从中选了一封。

“我们安排替您丈夫辩护时，”他说，“关于把迈泽里默斯·德克斯特列入我们的证人的问题，我们感到有点困难。我们对他没有丝毫怀疑——这我用不着告诉您。但是，我们都担心他的怪异性格，我们中的某些人甚至担心，他出现在庭审现场引起的骚动可能会迫使他情绪彻底失控。针对这样的紧急情况，我们请来了一位医生帮助我们。当时找了一个什么借口，但我现在忘记了是什么借口，我们把医生介绍给了德克斯特。一段时间过后，我们收到了他的报告。这儿就是。”

他把信打开，同时，用铅笔标明了信中的片段，然后把信递给我。

“看看我标明的这些文字吧，”他说，“他们足可以实现我们的目的。”

我看到了以下文字：

纵观我观察到的结果，我可以给出我自己的看法，毋庸置疑，这个病患身上有潜在的神经错乱症，但尚未显现出明显的疯狂症状。我认为，你们可以安排他庭审时出庭作证，用不着担心有什么不良后果。他可能会说出种种不着边际的话，做出种种匪夷所思的事，但能够通过意志力来控制自己的大脑，你们尽可以相信他有自尊展示自己，扮演好一位具有充分理智的证人的角色。

至于将来的事情，我当然无法说得很准确。我只能陈述自己的观点。

他最终会发疯（只要他活着），对此，我没有多大的怀疑，或者根本就不怀疑。至于疯狂的症状何时会表现出来的问题，那完全取决于他的健康状况。他的神经系统高度敏感，种种迹象表明，他的生活方式已经损坏了那个系统。我报告的前面部分已经提到了他不良的生活习惯，他若是克服了那些习惯，他若是每天花上许多个小时平静地待在室外，那么，未来一些年的时间里，他便可以保持一位精神正常的人的状态。他若是坚持目前的生活方式——或者，换句话来说，他若是那敏感的神经系统受到进一步损伤，那么，当损伤达到极限时，他便会不可避免地进入癫狂状态。对他自己或者其他人不会出现任何预警，他整个心智结构会崩溃。而且，此人如同他处于最佳状态时的情况一样，当他行动显得很平静，或者说话充满了理智时，一会儿就会陷入（如果我可以这样表达的话）疯狂或者白痴的状态。不管属于哪种情况，一旦灾难发生，那就只能轮到他的朋友们说一声，他们（如同我相信的那样）毫无希望治愈他。神经系统的平衡一旦丧失了，那便会终生丧失。

行文至此结束了。普莱摩尔先生把信放回到了抽屉。

“您刚才看到了我们当今最高权威者之一的看法，”他说，“根据您的判断，您觉得德克斯特可能是一位让自己的神经系统恢复的人吗？您难道没有看到自己前进的道路上有障碍和危险吗？”

我用沉默回应了他提出的问题。

“假定您再去找德克斯特，”他接着说，“假定医生在诊断他的病情时夸大了危险，您该怎么办呢？您上一次见到他时，您让他感到惊讶了，这就占据了巨大的优势。他那些敏感的神经受损了，他流露出了您在他信中引起的恐惧。您还能再次让他感到惊讶吗？您不能！他现在对您有了准备了，而且会提高警惕加以防范。即便您不会遇上更加糟糕的情况，您接下来也得应对他的狡猾。对此，您是他的对手吗？如果不是冒出了一位卡拉琳达夫人，他会在博利夫人这个问题上彻底误导您。”

这个问题也没有答案。尽管如此，我还是傻乎乎地试图作出回答。

“他告诉了我实际情况，按照他知道的情况说的，”我接话说，“至于他说到自己在格兰尼奇宅邸的过道上看见的情况，他确实是看见了。”

“他告诉了您实际情况，”普莱摩尔先生回答说，“因为他够精明，看出来了，那个实际情况可以有助于他激起您的种种怀疑。您确信他并不认同您的怀疑吗？”

“为何不呢？”我说，“当晚博利夫人真正干什么去了，他和我一样一无所知——直到我遇见了卡拉琳达夫人。我若是把卡拉琳达夫人告诉我的情况告诉他，他会不会像我一样震惊不已，还要看呢。”

这个巧妙的回答导致了一个我事先没有预料到的结果。

令我感到惊讶的是，普莱摩尔先生单方面突然中止了我们之间进一步的讨论。他好像感到绝望了，觉得无法说服我，因为接下来的话间接地承认了这一点。

"我对您的话就无法，"他问，"让您在这件事情上同我的想法一致吗？"

"我不具备您的能力，或者经验，"我回答说，"我很遗憾地说，无法同您的想法一致。"

"而您真的决心要再去找迈泽里默斯·德克斯特吗？"

"我已经给自己有了安排了，要再去找他。"

他等待了片刻，思索了一下。

"您来征求我的意见，这是看得起我，"他说，"我真心诚意地建议您，尤斯塔斯夫人，取消您的承诺。我甚至还要比这更进一步，恳请您不要再去找德克斯特了。"

同我婆婆说过的话一模一样！同本杰明和菲茨－大卫少校说过的话一模一样！他们全都反对我，但我还是义无反顾。当我回过头来看这件事情的时候，我对自己的固执任性感到惊讶。我几乎羞于启口说出，自己弄得普莱摩尔先生无言以对了。他等待着，依然盯着我看。由于那目不转睛的神态，我感到气恼了。我站起身，伫立在他面前，眼睛看着地板。

他也接着站起身来。他明白，会面结束了。

"得啦！得啦！"他说，怀着一种悲楚的心情。"我觉得，像我这样的一位上了年岁的律师，没有理由指望您这样一位女士认同我的看法。我只是想提醒您，我们之间的谈话眼下要严格保持秘而不宣——那么，我们就变更话题吧。有什么事情需要我帮助您的吗？您是独自一人待在爱丁堡吗？"

"不是，我有一位老朋友随行，他从我小时候开始就熟悉我。"

"你们在此要待到明天吗？"

“我想是这样的。”

“您帮我个忙怎么样？您愿不愿意考虑一下我们之间谈过的事情，愿不愿意明天上午再回到我这儿来？”

“如果只是来再次谢谢您的热情友好，普莱摩尔先生，很愿意啊！”

达成了这样谅解之后，我们分别了。他替我打开房门时，叹息了一声——兴致勃勃的人叹息了一声。女人是充满了矛盾的人。那一声叹息胜过了他的全部说理。我离开转身走上大街时，因自己固执对抗他而感到羞愧。

# 第三十四章　格兰尼奇宅邸

我在旅馆找到了本杰明，他正在全神贯注地阅读一本廉价期刊，一门心思在猜着编者给读者提供的每星期一期的字谜。我的这位老朋友非常爱好那些考验智力的文字游戏，而且凭着自己的聪明才智想出了他所面对的问题的正确答案，从而赢得各种各样的廉价奖品。通常情况下，一旦他沉浸在自己最喜爱的游戏之中，根本无法分散他的注意力。但是，结果证明，同他兴致勃勃解答自己面前的问题比较起来，他还是更加乐意倾听我和律师见面的结果。我刚一进入房间，他便合起期刊，迫不及待地问:“什么消息啊，瓦莱拉？什么消息？”

我在向他讲述发生的情况时，当然尊重普莱摩尔先生对我的信任。关于律师可怕地怀疑迈泽里默斯·德克斯特的事情，我缄口不言。

“啊哈！”本杰明说，一副很得意的样子，“所以说律师的想法和我的一样。尽管您不听我的意见，您总会听普莱摩尔先生的意见对吧？”

“您一定要谅解我，老朋友啊，”我回答说，“恐怕情况是这样的——虽然我尽了努力，但我不会听任何人对我的劝告。我们到这儿来的途中，我真心诚意地想要由普莱摩尔先生引导来着——我若是没有这个诚意，我们也不至于跑这么远的路程。我已经尝试过，努力尝试过，成为一个可调教、明事理的女人。但是，我心里面有些事情是无法调教成的。我恐怕还要去找德克斯特。”

这一回，连本杰明都对我失去耐性了。

“真是生就的骨头，”他说着，引用了这句古老的谚语，“长就的肉啊。过去的岁月中，您就是那个最最执拗任性的孩子，曾经在儿童室里捣乱来着。噢，天哪，我们还不如待在伦敦啊！”

“不，”我回答说，“我们现在已经旅行到了爱丁堡，那就要看看某个（对我无论如何会产生兴趣的）东西，因为我们若是待在伦敦，是看不到那个东西的。我丈夫的那幢乡间宅邸离这儿只有几英里远。我们明天就去格兰尼奇宅邸。”

“是那位已故夫人遭到毒害的地方吗？”本杰明问了一声，神情沮丧。“您是指那个地方吗？”

“对啊。我想去看看她死亡的那间卧室，想去查看一遍那幢宅邸。”

本杰明双手交叉放在膝盖上，一副无可奈何的样子。“我努力理解新的一代人，”老人说着，语气悲伤，“但就是做不到。新的一代人击垮了我。”

我坐下来写信告诉普莱摩尔先生关于走访格兰尼奇宅邸的事情。我的内心认为，发生悲剧的那幢宅邸，破坏我丈夫人生的那幢宅邸，是这个可以居住的世界上我最有兴趣的住所。确实，打算要去走访格兰尼奇宅邸的事情强烈地左右了我要去请教那位爱丁堡律师的决心。我请了个信使把信送给了普莱摩尔先生，并且收到了最为友好的回复。如果我能够等待到下午，他便可以处理完当天的事务，并且用他的马车载着我们到格兰尼奇宅邸去。

本杰明的固执性格——以其自身平静的方式，只是在某些时候出现——同我的好有一比。他私下里决定，作为老一代中的一员，同格兰尼奇宅邸不发生任何关系。他对此事未置一词，一直等到普莱摩尔先生的马车到了旅馆门口。到了那个恰当的时刻，本杰明想起了自己在爱丁堡的一位老朋友。“请原谅我好吗，瓦莱拉？我朋友名叫桑德斯——我若是今天不同他共进晚餐，他会对我不高兴的。”

除了把我与格兰尼奇宅邸联系起来的种种关系之外，没有什么东西会令一位旅游者对那儿感兴趣的。

周围的乡间景色宜人，植被繁茂，仅此而已。在英格兰人的眼中，宅邸庭园显得荒凉萧疏，管理不善。宅邸建了有七八十年。室外，缺乏装饰，犹如一座工厂，阴郁沉闷，犹如一座监狱。室内，从房顶到地下室，呈现着一幢无人居住的寓所具有的那种暗淡寂静、压抑凄凉的景象，令人看后情绪格外消沉，心情格外沉重。自从那次庭审之后，宅邸就关门闭户了。一对孤独的老年夫妻掌管着宅邸的钥匙，负责打理。普莱摩尔先生吩咐那位丈夫打开各个房间的门和百叶窗，让光线照进这处黑暗、无人居住的地方。这时候，那位丈夫一声不吭地摇了摇头，表情忧伤，不同意我们进入宅邸。图书室和照片陈列室里壁炉生着火以保护其中那些珍品不受潮。一开始，看到那令人舒心的炉火，难免会想到，住在宅邸的人一定会进入取暖！上到楼层之后，我看到了因阅读《庭审报告》之后而熟悉了的那些房间。我进入了那间小书房，书橱里陈列着过去的那些书，连通卧室的那扇上了锁的门上的钥匙仍然不见踪影。那间格兰尼奇宅邸不幸的女主人遭受痛苦并且死亡的卧室，我朝着里面看了看。床铺还摆在原先的位置，那位护理躺在上面休息的沙发摆放在床的尾部。那个印度立柜仍然装着少量稀奇物品，那张揉皱的上面残留了砒霜颗粒的纸就是在立柜里面发现的。我转动了供病人使用的床边小桌的枢轴，可怜的人当初就是在那张小桌上用餐和写诗的。房间里显得凄凉恐怖，凝重的空气中仿佛依然承载着当初那种悲哀和怀疑的可怕重负。（瞥了一眼当时尤斯塔斯睡的那个房间之后）我很高兴走出了房间进入到客人过道。那儿是那间卧室，迈泽里默斯·德克斯特当时在其门口等待和观望！那儿是橡木地板，他曾跟随着那位用其女主人的服饰乔装改扮的女仆的脚步，以恐怖可怕的方式跳跃着前行！无论我走到哪儿，那些离世了和不在场者的幽灵都会与我如影随形，亦步亦趋。无论我走到哪儿，凄凉恐怖的宅邸都有其平静可怕的声音对着我说："我保守着投毒案的秘密！我藏匿着死亡的谜团！"

宅邸压抑的气氛令人受不了了。我渴望着纯净的天空，自由的空气。我的同伴看出了也理解了我的心思。

"走吧！"他说，"我们在宅邸里待的时间够长了，到庭院里去看看吧。"

灰暗宁静的黄昏，我们漫步在植物园里，穿过一排排疏于修整的灌木丛。我们这儿走走那儿逛逛，不经意间进入了菜园子——只有一小块土地还在由那对老年夫妇耕作着，算是硕果仅存了，其余地方杂草丛生。菜地远处的一端，由一排低矮的桩篱分隔着，那儿伸展着一片废弃的场地，三面都由树木挡住了。那片场地一个不起眼的角落里，有个东西——若是在别处那倒是很平常——引起了我的注意。那东西是一堆垃圾。体积很庞大，堆放的场所很奇特，瞬间激起了我的一丝好奇。我停住了脚步，看着那一堆垃圾和灰烬，破碎的陶器和废铁。时而看见一顶扯破的帽子，时而看见旧靴子腐烂的碎片，还有散落在四周的一些废纸和破布片。

“您在看什么呢？”普莱摩尔先生问了一声。

“没有什么特别的东西，只是一堆垃圾而已。”我回答说。

“若是在整洁有序的英格兰，我猜想，你们会把那些东西全部运走，看不见的，”律师说，“在苏格兰，只要那些东西离开宅邸有足够距离，闻不到气味，我们是不在乎的。此外，其中有些东西经过筛选后可以用作菜园里的肥料。现在这处地方废弃了，因此，那堆垃圾才没有人动过。尤斯塔斯夫人，格兰尼奇宅邸的一切（包括那一大堆垃圾在内）正等待着新的女主人来整治一新呢。不久之后的某一天，您会成为这儿的皇后——知道吗？”

“普莱摩尔先生，我今天离开了格兰尼奇宅邸之后，就同它没有什么关系啦！”

“可别把话说得过于绝对了，”我的同伴回答说，“时间替我们所有人都准备了种种惊奇呢。”

我们转身离开了，默默无言地走回到了院落的大门边，马车在那儿等着。

返回爱丁堡的途中，我们一路交谈，普莱摩尔先生挑起的话题与我这次走访格兰尼奇宅邸完全沾不上边儿。他看出来了，我需要放松心情。他态度亲切和蔼，设法成功地让我开心。一直到我们接近市区时，他才涉及了我回伦敦的事情。

“您确定了离开爱丁堡的日期了吗？”他问了一声。

“我们乘明天早上的火车，”我回答说，“离开爱丁堡。”

“关于您昨天表达的看法，您仍然没有找到改变的理由吗？您匆忙离开是不是就因为这个？”

“恐怕是这么回事啊，普莱摩尔先生。等到我年岁大了些的时候，我可能会成为一个更加聪明的女人。同时，我若是依旧盲目莽撞，我行我素，只能寄希望于您宽容迁就了。”

他会心地笑了笑，轻轻拍了拍我的手——然后突然变化了，神情严肃而专注地看着我，然后才又开口说话。

“这是您离开之前我最后对您说的机会了，”他说，“我可以畅所欲言吗？”

“您请便吧，普莱摩尔先生！无论您对我说什么，都只会增添更多我对您的友好怀有的感激之情。”

“我要说的话很少，尤斯塔斯夫人——这一点点话首先要说的是‘小心谨慎’，您昨天告诉我说，您最后一次去找迈泽里默斯·德克斯特时，您是独自一人去的。不要再那样做了，一定要有个人陪同。”

“这么说来，您认为我会面临危险吗？”

“不是平常所指的那个意思，我只是觉得，有个朋友在身边可能帮得上忙，让德克斯特的放肆行为（他可是世界上最最蛮横无礼的人之一）控制在适当的范围内。还有就是，万一他言谈之中说出了什么值得记住并且据之采取行动的东西，身边的朋友可以成为有价值的证人。我若是处于您的位置，我定会带个证人做记录的——不过，我是个律师，我的业务就是小题大做。我只想说——您下次去找德克斯特时，带个同伴前往。谈到博利夫人的话题时，小心提防您自己。”

“小心提防我自己？您指的是什么？”

“尊敬的尤斯塔斯夫人，工作的实践让我看到了人性中的种种小的弱点。您（很自然）会对博利夫人心生妒意。因此，当德克斯特利用那位夫人来作为蒙骗您的手段时，您不能让自己保持良好的判断力。我是不是说得过于直白了？”

“当然不是！对于我来说，嫉妒博利夫人是件很没有脸面的事情。每当我想起这一点时，我的虚荣心就会备受煎熬。我的判断力会服从于信念。我可以说，您的观点是正确的。”

“我很高兴地发现，我们在这一点上看法是一致的，”他接话说，态度显得有点冷淡，“我们之间面对那件性质严肃的事情还存有争议，但我还没有绝望，一定就确认无法说服您。此外，如果您不扫除前进道路的障碍，那我就指望着德克斯特本人来助我一臂之力。”

听他这么一说倒是激起了我的好奇。迈泽里默斯·德克斯特如何助得他一臂之力，以那样或者别的方式？这是个超出了我理解范围的谜团。

“您打算把卡拉琳达夫人告诉您的关于博利夫人的全部情况复述给德克斯特听，”他接着说，“而您觉得可能出现的结果是，德克斯特听了事情的经过之后，会和您一样，也会惊愕不已。我要冒昧地做一番预言。我说啊，德克斯特会让您失望的。他绝不可能表现出惊愕的态度，而是会勇敢地告诉您，您被一种处心积虑编造的虚假事实给愚弄了。那些事实是博利夫人出于自己的犯罪利益编造和传播的。现在告诉我——如果他试图以这种方式重新激发您对那个无辜女人的无端怀疑，这样会动摇您对自己观点的信心吗？”

“那会完全彻底摧毁我对自己观点的信心的，普莱摩尔先生。”

“很好。不管怎么说，我期待着您写信给我。我相信，本星期结束之前，我们会有统一的想法的。我昨天对您说过的有关德克斯特的情况，一定要严格保守秘密。您见到他时，连我的名字都不要向他提起。像我现在的想法一样去看待他，你会很快触碰到那个怪物的手，如同很快会碰到刽子手的手一样。上帝保佑您。再见吧。”

就这样，他在门口说这番告别的话。友好善良，亲切和蔼，聪明睿智——但是，噢，他在坚持自己的观点时，多么容易抱有偏见，多么令人惊讶地固执己见啊！而这是什么样的一种观点啊！我想到它时不禁颤抖了起来。

# 第三十五章　普莱摩尔先生的预言

我们傍晚八九点钟到了伦敦。本杰明有条不紊，严格遵循自己的全部习惯，在爱丁堡给他的管家发了封电报，吩咐十点钟准备好我们的晚餐，派他一直雇佣的马车夫到火车站接我们。

我们到达别墅所在地时，不得不等待片刻，先让一辆轻便马车从我们身边驶过，然后才在本杰明住宅的门口停下。那辆马车驶过时速度缓慢，由一位相貌粗鲁的男子赶着，他的嘴里叼着个烟斗。要不是赶车的男子，我还会怀疑那匹马是不是同我很陌生呢。实际情况是，我没有多想这事。

本杰明的那位外表体面的老年女管家打开了院门，令我感到惊诧的是，她一见到自己主人便脱口说了一通感激涕零的话。“万能的上帝啊，先生！”她大声说，“我以为您再也回不来了啊！”

“出什么事了吗？”本杰明问了一声，还是他平常那种从容平静的口吻。

女管家听到这个问话后浑身颤抖，用以下令人费解的话做了回答：

“我心里感到忐忑不安，老爷。情况正常还是不正常，我也说不上来。几个小时之前，有个陌生人进来并且问——”她停了下来，好像完全不知所措了，目光呆滞地看了一会儿自己的主人——然后突然对着我说话。“并且问，”她接着说，“您什么时候返回，夫人。我告诉他说，主人发了电报了，那人听后说：‘等一会儿我再回来。’他过了一分钟的样子就回来了。他怀里抱了件东西，简直让我的血液都凝固住了——真是这样的！——让我从脑门到脚后跟都颤抖了起来。我知道，自己应该制止那种行为，但我双脚都站不稳——更不用说把那人赶出去啦。他进去了，没有得到您的许可，或者经过您的许可，本杰明先生，老爷——他的怀里抱着那件东西进来了，径直地走进了您的图书室。这么几个小时的时间里，那个东西一直搁在那儿来着。现在也还在那儿呢。我已经报了警，但是，警方不加干预——接下来该怎么办，我脑袋笨，想不出办法来。您自个儿进去看吧，夫人！您准会吓得晕过去的——一定会！”

尽管如此，我还是坚持要进入寓所。有了马匹的帮助，我很容易便破解了女管家一番不知所云的叙述所留下的谜团。我经过餐厅时（已经替我们准备好了晚餐摆在桌上），透过图书室半开着的门向里面看。

是啊，迈泽里默斯·德克斯特在那儿呢，穿着粉红色的上衣，在本杰明那张心爱的扶手椅上沉睡着！他可怕残疾部位没有用盖毯遮盖着。他用那种不同寻常的装束，丝毫不向传统的得体观念屈服。当可怜的老年女管家说到他时，从头到脚浑身颤抖，我并不感到奇怪。

“瓦莱拉！”本杰明说，一边指着扶手椅上的那个怪物，“那是什么——是一尊印度塑像，还是个人？”

我已经描述过了，迈泽里默斯·德克斯特拥有狗一样灵敏的听觉。他此刻的表现是，也像狗一样睡眠很浅。尽管本杰明说话时轻声细语，但是，陌生人的说话声立刻惊醒了他。他揉了揉眼睛，微笑着，像个刚睡醒的天真无邪的孩子。

“您好吗，瓦莱拉夫人？”他说，“我美美地睡了一会儿。能够再次见到您，您不知道我有多高兴啊。这是谁啊？”

他再次揉了揉眼睛，看着本杰明。面对如此非同寻常的紧急情况，我不知道还有别的什么办法，便把我的客人向这幢寓所的主人做了介绍。

“请原谅，先生，”迈泽里默斯·德克斯特说，“我没法站立起来——我没有腿。您好像在寻思着我为何占用您的椅子吧？如果我闯入多有冒犯，那就请您把雨伞搁到我身下，使劲掀一把。我会用双手顶着落在地上，决不会生您的气。掀到地上，斥责辱骂，任由着来——但是，绝对不要打发我离开，伤我的心。先生，那位漂亮的女士，若是来了劲儿，有时候可能很残忍。我最需要同她聊上一会儿的时候，她却离开了——她离开了，让我一个人孤单寂寞，一颗心悬着。我是个可怜的残废，但有一颗温暖的心，（或许）还怀有一种无法满足的好奇感。无法满足的好奇感（您是否觉得如此？）是个祸根。我怀着好奇，直到大脑开始沸腾，然后，我打发人把园丁找来，吩咐他用马车把我载到这儿来。我喜欢到这儿来，您图书室的空气令我舒心，见到瓦莱拉夫人对于我受了伤害的心来说是一种慰藉。她有事情要告诉我——那些事情我渴望听到。如果她旅途过后不是太过劳累，如果您允许她说一说，我答应，等到她说完了要说的事情，我就离开。尊敬的本杰明先生，您好像是受苦受难者的避难所啊。我正受苦受难来着。像个虔诚的基督徒一样握握手吧，接受我吧。”

他伸出了一只手，目光柔和的蓝眼睛洋溢着乞怜的神态。本杰明听了这样一番令人惊叹的慷慨陈词后，完全呆若木鸡。他握住了伸出来了那只手，一副恍若梦中人的神态。“但愿您一切都好啊，先生。”他说，话说得很机械——然后扭过头看了看我，一边确认接下来该怎么办。

“我理解德克斯特先生的意思，”我低声说，“把他交给我吧。”

本杰明不知所措，最后偷偷看了一眼扶手椅上那个“东西”，出于他从不失却的礼貌本能，朝着他鞠了一躬。然后（还是一副恍若梦中人的神态）撤到隔壁一个房间去了。

现场剩下我们两个人，开始一会儿，我们面面相觑，默默无语。

女人总是替男人保存着取之不尽用之不竭的宽容忍让，因为他需要她那样。我是无意之中动用了这种资源呢——还是，尽管我对普莱摩尔先生对他的怀疑表示不满，我的心在面对他不幸的境况时特别容易产生同情感——我说不上来。我只知道，此时此刻，我比以往任何时候都更加同情怜悯迈泽里默斯·德克斯特。我没有对他进行指责，而换了其他任何人我都会那样做的，就凭着他不经邀请，擅自进入本杰明的寓所。

他首先开口说话。

“卡拉琳达夫人摧毁了您对我的信任！”他开口说，态度显得张狂。

“卡拉琳达夫人丝毫没有做那样的事情，”我回答说，“她并没有企图影响我的观点。正如我告诉过您的那样，我真的不得不离开伦敦。”

他叹息了一声，心满意足地闭上了眼睛，好像我解除了他心中的焦虑感。

“请仁慈地对待我吧，”他说，“告诉我更多情况。您离开期间，我痛苦万分。”他突然又睁开了眼睛，兴致勃勃地看着我。“旅途劳顿，您很疲倦了吧？”他接着说。“我渴望听到少校举行宴会时发生的情况。您旅行后没有得到休息，我便这样对您说话，是不是很残忍啊？今晚就问一个问题啦！其他问题留待明天再问。关于博利夫人，卡拉琳达夫人是怎么说的？都是您想要听的吗？”

“都是，还有更多的。”我回答说。

“什么？什么？什么？”他大声问，一时间，态度张狂，失去了耐性。

普莱摩尔先生最后说的那番预言性的话栩栩如生地呈现在我的心中。他态度极为明确地声称，德克斯特会坚持不懈地误导我，当我复述卡拉琳达夫人告诉我关于博利夫人的情况时，他不会表现得有丝毫惊愕。我下定决心要把律师的预言——就惊愕这个问题而言——放到最尖锐而且可以实现的实验中。我没有对迈泽里默斯·德克斯特说一句开场白或者带有铺垫性的话，尽可能直截了当地对他直奔主题。

“您在过道上看到的那个人不是博利夫人，”我说，“是那位女仆，她披着女主人的披风，戴着她的帽子。博利夫人当时压根儿就不在宅邸里。博利夫人本人在爱丁堡的一个假面舞会上跳舞来着。这是女仆告诉卡拉琳达夫人的。卡拉琳达夫人现在又告诉了我。”

我此刻聚精会神，以最快的语速，滔滔不绝地说了出来。迈泽里默斯·德克斯特完完全全地证明了律师的预言是虚假的。他震惊不已，浑身颤抖。眼睛睁得大大的，一脸惊讶的样子。“再说一遍吧！”他大声说。“我一时间不能理解，您把我给弄糊涂了。”

我对这种结果极为满意——醉心于自己的胜利。这一次，我真真切切地有理由替自己感到满足了。我先前在同普莱摩尔先生商讨时，本着基督教仁慈的精神，然后有了回报了。我可以同迈泽里默斯·德克斯特坐在同一间房间里，而且心怀感激地坚信，自己没有同投毒犯一道呼吸同样的空气。抵达爱丁堡，确认了这件事情，这难道不值得吗？

应他本人的请求，我复述了已经对他说过的情况。我小心谨慎地添加了细节，以便让卡拉琳达夫人的叙述更加连贯和可信。他屏声静气，全神贯注，从头至尾倾听着——时不时地在我后面重复一些话，以便在他的心里留下更加确定更加深刻的印象。

“还有什么可说的？还有什么可做的？”他问着，神情茫然而绝望。“我不能不相信她。从头至尾，虽说不可思议，但听起来很真实。”

（假如普莱摩尔先生听到了这话，他会有何感觉啊？我替他说句公道话，相信他会打心眼里替自己感到羞愧的！）

“没有什么可说的了，”我接话说，“只能说，博利夫人是清白无辜的，你我都大大地冤枉了她。您赞同我的判断吗？”

“我完全赞同您的判断，”他回答说，话说得没有片刻迟疑，“博利夫人是个清白无辜的女人。毕竟，庭审时的辩护是正确的辩护啊。”

他双手交叉，得意扬扬。把这件事情说到这儿为止，他似乎完全赞同。

我心里想的和他的不一样。令我感到震惊的是，我现在发现，自己才是我们中缺乏理性的那一位！

迈泽里默斯·德克斯特（用流行的话来说）给予我的比我要求的还要多。他证明了普莱摩尔先生的预言是虚假的，这不仅完成了我所期待的——而且实际上还向前走得更远了，超出了我期待的范围。我可以走到认可博利夫人清白无辜那一步，但至此便停住了。如果庭审时的辩护是正确的辩护——那么，证明我丈夫清白无辜的全部希望便破灭了！我坚守着那个希望，如同我坚守自己的爱情和生命。

“说说您自己的看法吧，”我说，“我对辩护的看法保持不变。”

他怔了一下，紧锁着眉头，好像我让他失望和不开心了。

“这是不是意味着，您决心要继续下去？”

“是这样的。”

他对我义愤填膺，把平常的那种谦逊礼貌的态度抛掷于脑后。

“荒谬透顶！绝不可能！”他大声吼着，态度不屑一顾。“您亲口说过的，我们怀疑博利夫人时，冤枉了一个清白无辜的女人。您难道还有别的什么人可以怀疑的吗？问这样的问题简直就是荒唐透顶！别无选择了，只能接受事实，是怎么样就怎么样，对于发生在格兰尼奇宅邸的投毒案件，不要再进一步挑起什么了。面对显而易见的结论，还要进行争辩，这是幼稚的行为。您必须要放弃啊。”

“您尽可以生我的气，德克斯特先生。您生气也好，争辩也罢，全都无法让我放弃。”

他努力控制着自己的情绪——接下来对我说话时，态度再次平静，谦逊礼貌了。

“很好。如果我沉浸在自己的思绪里，请原谅我一会儿。我想要做点自己还没有做的事情。”

“那会是什么事情呢，德克斯特先生？”

“我要让自己进入到博利夫人的躯壳，用她的头脑来思考问题。给我片刻时间。谢谢您。”

他什么意思啊？他在我眼前经历了什么样的新变化啊？过去有过像他这样谜团一样的人吗？只见他专心致志地追索着自己的思绪，谁见过他现在这个样子？他像醒过来时一副天真无邪的样子，对着本杰明说了一大堆幼稚而又毫无意义的废话，谁见过他这样幼稚的人？据说，而且事实如此，每个人的性格都具有多面性。德克斯特性格的多面性竟然如此迅速地发展变化着，超出了我的预期！

他昂起了头，目不转睛地看着我，充满了热切询问的目光。

“我已经从博利夫人的躯壳里出来了，”他声称说，“得到了如下结果：我们是两个鲁莽冲动的人。我们有点过于草率地下结论了。”

他停住了，我没有吭声。是因为心里对他产生一丝隐约的怀疑了吗？我等待着，倾听着。

“关于卡拉琳达夫人告诉您的情况，我一如既往地坚信那是真实的，”他接着说，“但是，经过思索之后，我明白了自己当时没有明白的事情。那个故事可以有两种解释。一种是表面的，另一种是表面之下的。为了您的利益，我从表面之下来看这个问题。我说啊，情况完全可能是这样的：博利夫人可够阴险狡诈的，抢在被人怀疑之前采取行动，制造了不在犯罪现场的证据。”

我羞于承认，自己不理解他最后所说那话的意思——不在犯罪现场。他看出来了，我没有弄明白他的意思，然后说得更加直白了。

“那位女仆除了是其女主人被动的帮手之外，还扮演了什么角色吗？”他说。“她会是其女主人利用的那只‘手’吗？她在过道上从我身边经过时，是不是第一次去投毒呢？博利夫人之所以在爱丁堡过夜——为的就是，万一怀疑上了她，这是在替自己辩解做准备来着，对吧？”

我听见他这么一说，心中对他的那一丝隐约的怀疑变成实实在在的了。我是不是有点过早地免除了他的罪责呢？正如普莱摩尔先生预料的那样，他是不是真的企图重新激发起我对博利夫人的怀疑呢？这一次，我不得不回答他的话了。我在回答他的问题时，无意中使用了自己第一次同律师见面期间律师使用过的一个说法。

“这听起来有点牵强附会啊，德克斯特先生。”我说。

令我感到欣慰的是，他并没有企图对自己抛出的新观点进行辩解。

“确实是牵强附会，”他承认说，“我说完全可能是——不过我并没有替自己的观点苛求什么——我的意思更多的是可能，而非应该。您把我的观点当作胡说八道不理睬就是了。您接下来打算怎么办呢？如果说博利夫人不是投毒者（或由她本人，或由她的女仆），那会谁是呢？她是清白无辜的，尤斯塔斯是清白无辜的。您能够怀疑的另外那个人在哪儿呢？难道是我毒死了她吗？”他大声嚷嚷着，眼睛里闪着光，声音提到了最高。“难道您，难道什么人，怀疑我吗？我爱她，我崇拜她，自从她死后，我就再也不是过去的我了。嘘！我会把一个秘密告诉您的。别告诉您丈夫，它有可能会毁灭我们的友谊。她遇见尤斯塔斯之前，如果她接受我的话，我会娶她为妻的。医生们告诉我她死于中毒时——问问杰罗姆医生，我遭受了什么样的痛苦！他会告诉您的！那个恐怖的夜晚，我整夜醒着，等待着时机，直到找到了接近她的途径！我进入了那个房间，向我爱的天使冰冷的遗体做最后的诀别。我对着她哭泣，吻了她，第一次也是最后一次。我偷偷取了一小绺她的头发。我从此一直带着它，白天黑夜都会吻它。噢，上帝啊！那个房间又在我的眼前呈现了！死者的脸庞又在我的眼前呈现了！看吧！看吧！”

他从胸前的藏匿处扯出了一个小盒子，盒子用一根挂在脖子上的带子系着。他把盒子扔到我坐的地方，突然激动地哭了起来。

处在我位置上的若是个男人，他可能知道该如何做。我只是个女人，只能任由一时的情感爆发。

我站起身，走向他身边，把盒子还给了他。我都不知道自己在干些什么，把一只手放在可怜人的肩膀上。“我不可能怀疑您啊，德克斯特先生，”我说，态度很和蔼，“我压根儿就没有朝这方面去想。我打心眼里同情您。”

他一把抓住了我的手，拼命吻了又吻。他的嘴唇像一团火一样燃烧着我。他突然在椅子上扭动着身子，用一条胳膊绕着我的腰。一时间，我感到恐惧和气愤，无谓地挣脱他，大声呼救。

房门打开了，本杰明出现在门口。德克斯特这才松开了我。

我朝着本杰明跑过去，阻止他向前走。凭着自己长期同这位充满了父爱的老朋友交往的经验，我从未见过他真正生过气。我现在看见他不仅仅是愤怒。他脸色煞白——充满了耐性、和蔼可亲的老人因为愤怒而脸色煞白！我使出了全身的力气把他拦在了门口。

“您不能对一个残疾人下手啊，”我说，“派人把他外面的仆人找来，把他带走吧。”

我把本杰明拽出了房间，把图书室的门关了起来，上了锁。女管家在餐室里。我嘱咐她去把那位轻便马车的车夫叫进来。

那人进来了——即我们接近院门时注意到的那个相貌粗鲁的人。本杰明表情严肃，一声不吭，打开了图书室的门。也许不值得我这样——但我还是忍不住朝里面看了看。

迈泽里默斯·德克斯特瘫坐在椅子上。相貌粗鲁的人抱起自己的主人，温和轻柔的姿态令我惊讶。“挡住我的脸。”我听见德克斯特对他说，声调很微弱。他敞开自己粗糙的水手上衣，用它盖着自己主人的头，就这样一声不吭地走了出去——残疾人抓住他的胸口，像个女人保护着自己的孩子。

# 第三十六章　爱丽儿

我度过了一个不眠之夜。

我遭受到的侮辱本身已经够恶劣了，但是，与之相关联的后果可能对我的影响还要更加严重。我若是要实现自己这个唯一的人生目标，那可能要取决于我同迈泽里默斯·德克斯特之间的个人交往，而现在看来，这是我前进道路上一个难以逾越的障碍。即便是为了我丈夫的利益，我应该允许一个粗暴侮辱过我的人再度接近我吗？虽然我并不是个过分拘谨的人，但我想到这一点便会退缩。

我起床很晚，然后在写字桌旁坐下来，努力想要打起精神来给普莱摩尔先生写封信——但白费了力气。

临近中午时（当时本杰明正好外出一会儿），女管家通报说，另外一位陌生的客人到达了别墅的院门口。

“这一次是个女的，夫人——或者长得像个女的，”体面的女管家说，一副推心置腹的态度，“一个高大、结实、笨拙、呆滞的人，戴了顶男人帽子，手上拿着一根男人用的手杖。她说，她有一封信给您，除了给您，不会给任何人。我最好不让她进来——对不对？”

我确认了这一番的原型之后，便立刻同意接待那位信使，结果令女管家惊诧。

爱丽儿进入了房间——和平常一样，闷声不响。但是，我注意到了她身上有了变化，这令我迷惑不解。她呆滞的眼睛通红的，布满了血丝。肉坨坨不成形状的脸颊上可以看见泪痕（我想象如此）。她横过房间，走向我坐着的椅子边，同平常比较起来，她走路的步伐不那么稳健。（我问自己）爱丽儿有足够的女人味哭泣吗？是否有这样的可能性：爱丽儿会痛苦悲伤和战战兢兢地走近我吗？

“听说你给我带来了一样东西对吧？”我说。“坐下来好吗？”

她把一封信交给我——没有回答我的问话，也没有在椅子上坐下。我打开了信封。里面的信是迈泽里默斯·德克斯特写的。内容如下：

如果您对一个处于悲惨处境的人还有些许怜悯之心的话，那就设法怜悯我吧。我因一时的疯狂行为而接受了痛苦的惩罚。如果您能够看见我——连您都会承认，我受到的惩罚是够沉重的。看在上帝的分上，不要抛弃我！当我让您在心中唤醒的情感战胜了自己的控制力时，我的神志失常了。这种情感不可能再显现了，它将会成为一个秘密随我一块儿死亡。我能够指望您相信这话吗？不能。我不会要求您相信我，不会要求您未来信任我。您若是同意再见我一面，那见面时就当着第三个人的面，那个人可以由您来指定，可以保护您。我应该这样——我服从这样做。我愿意等待，直到时间把您对我的怨恨情绪平静下来了。我现在要求的是给予希望。对爱丽儿说：‘我原谅了他，我有一天会让他再见我的。’她会记住这话，为了对我的爱。如果您不带个信打发她返回，那您就把我送到疯人院去吧。如果您不相信我，那就问问她吧。——迈泽里默斯·德克斯特我看完了这封怪异的信，然后看着爱丽儿。

她站立着，眼睛看着地板，手上拿着的粗手杖朝我伸了过来。

“拿着这根手杖——”这是她对我说的第一句话。

“我为何要拿着手杖啊？”我问了一声。

她反应迟钝的大脑纠结了一会儿，然后缓慢地把思绪转换成了话语。

“你生主人的气了，”她说，“把气发到我身上吧。这是手杖，揍我吧。”

“揍你?！”我激动地大声说。

“我的背很宽，”可怜的人说，“我不会高声大叫的，会忍受。你讨厌，拿着手杖！别折磨他啦。使劲往我背上抽，揍我吧。”

她粗暴地把手杖塞到了我手上，可怜的她把不成形状的双肩转向我，等待着挨揍。看见她，立刻会令人感到害怕和同情。我的眼睛里涌出了泪水。我设法同她讲道理，态度和蔼，耐心细致。但无济于事！她一门心思想着的就是替主人承受惩罚。“别折磨他啦，”她重复了一声，“揍我吧。”

“你说‘折磨他’是什么意思啊？”我问了一声。

她想要解释，但没有找到合适的话。她如同野蛮人一样展示给我看，通过模仿展示给我看她是什么意思。她大步走到壁炉边，蹲在地毯上，盯着炉火看，流露出可怕而又茫然的神情。然后，双手抱住前额，前后晃动着，最后盯着炉火看。“他就是这样坐着的！”她突然开口说话了。“一个小时连着一个小时，他就是这么坐着的！不理睬任何人，为了你的事情哭泣来着。”

她展示的这个画面让我想起了关于德克斯特健康状况的报告，还有那位医生直截了当的警告，说未来有危险在等待着他。即便我抵御得了爱丽儿，面对现在正在悄然动摇着我的对那种结果隐隐的恐惧，我也是会就范的。

“别这样！”我大声说。她仍然在模仿着“主人”晃动着身子，仍然在双手抱头盯着壁炉里面的火看。“停下吧，求你啦！我现在不生他的气啦。我原谅他。”

她用双手和双膝支撑着站起身，等待着，目不转睛地盯着我的脸看。以那样的一副神态——更像是一条狗，而不是一个人——她重复着自己惯常的那种请求，因为她想要把自己感兴趣的话记在心里面时就是这样的。

“再说一遍！”

我按照她的请求做了，但她不满足。

“按照信里面要求的那样说，”她接着说，“按照主人对我说的那样说吧。”

我把信再看一遍，逐字逐句复述了信最后那一部分内容：“我原谅了他，我有一天会让他再见我的。”

她一跃身子跳了起来。她进入房间后起初沉闷的表情开始慢慢地舒展开了，有了生气。

“是这样的！”她大声说。“听听我是否也能够说！听听我是否记住了。”

我教她来着，完完全全像教一个孩子一样，慢慢地，逐字逐句让她记在心里面了。

“现在让自己平静下来，”我说，“我给你弄点吃的喝的，你走了这么远的路呢。”

我还不如对着一把椅子说话呢！她一把抓起地板上的手杖，然后爆发出了粗哑快乐的呼喊。“我把话记在心里啦！”她大声喊着。“那样会让主人的头脑冷静下来的！万岁！”她冲到了外面的过道上，像一只猛兽逃出了笼子似的。我只来得及看见她猛然打开院门，然后出发回家，她那步伐，根本跟不上，也无法阻拦她。

我返回到起居室，思索着一个问题，头脑比我聪明的人都会对这个问题感到困惑的。德克斯特在刚刚离我而去的那个忠诚的女人身上激发起了坚定不渝的情感——在头天夜晚轻柔地把他抱出去的那个相貌粗鲁的园丁身上也是如此。一个毫无希望和十足的邪恶之徒能够像德克斯特那样在别人身上激发起对自己的这种情感吗？谁能够作出断定呢？世界上最十恶不赦的恶棍也总会有朋友的——一个女人，或者一条狗。

我再次在写字桌边坐了下来，再一次努力给普莱摩尔先生写信。

为了写好信，我回顾了迈泽里默斯·德克斯特对我说过的所有话。我怀着特别的兴趣，记忆停留在先前那次莫名其妙的情感宣泄上。情感的宣泄导致他暴露了自己迷恋尤斯塔斯第一任妻子的秘密。我再次看到了死者卧室里的那可怕的场景——新的一天开始，宁静而又黑暗的时光里，残疾人对着尸体哭泣。那一幅可怕的画面不可思议地占据着我的心灵。我站起身，来回踱步，想要转变自己的思路。没有办到：那个场景太过熟悉了，不那么容易消除。德克斯特当时走过那段过道，去和她做最后的诀别。我亲自在那过道上走了一遍。

过道？我停住了。我的思绪突然转向了一个新的方向，而且是在不受自己意志力影响的情况下。

除了与德克斯特的关联之外，我和过道还有什么别的关联？走访格兰尼奇宅邸期间，我看到了某种东西吗？没有。我阅读到了某种东西吗？我抓起《庭审报告》看了看，翻开在有护理证词的那一页。我把证词再次通读了一遍，一直看到结尾最后一行文字，我的记忆才恢复了。

> 我就寝前上了楼，为已故夫人的遗体入殓做准备。停放她的遗体的那个房间上了锁，通向走廊的那扇门和通向麦卡伦先生卧室的那扇门都锁牢了。盖尔先生把几把钥匙都拿走了。男仆中有两位站立在卧室门外值守。他们一直要守到凌晨四点钟才能离开——他们告诉我的就是这些。

那儿有我和过道失去了的联系！当迈泽里默斯·德克斯特告诉我他看望死者的情况时，那儿有我应该记住的东西！

几扇门都上了锁，盖尔先生取走了钥匙——这种情况下，他是如何进入卧室的？几扇上了锁的门中，只有一扇的钥匙没有被盖尔先生取走，即书房与卧室连通的那扇。但门上的钥匙不见了，是被人偷走了吗？而德克斯特是那个偷钥匙的贼吗？他有可能趁着守夜的睡着了走过去的，也有可能趁着守夜人换班没有人的当儿从过道上走过去了。但是，除了经过书房的门之外，他怎么就能够进入卧室呢？他一定掌握了那个钥匙！他一定是在麦卡伦夫人死亡之前几个星期就把钥匙藏匿起来了！护理在提供证词时声称，当月 7 日，她第一次到达格兰尼奇宅邸时，那扇门的钥匙就不见了。

上述想法和发现指向了一个什么结论呢？莫非迈泽里默斯·德克斯特情绪失控时无意中把线索交到了我的手上不成？解开格兰尼奇宅邸毒杀案之谜的关键是那把失踪的钥匙吗？

我第三次返回到写字桌边。关于上述问题，能够指望找到答案的唯一一个人是普莱摩尔先生。我把发生了的情况原原本本、措辞谨慎地描述给了他，恳请他予以谅解，并且忘掉他好心好意给我建议时我却置若罔闻的态度。我事先就给出了承诺，面对新的紧急情况，如果不首先征求他的意见，决不采取任何行动。

那天是一年中那个季度里天气良好的日子，早晨，我惊讶又忙碌之后，做了一点有益于健康的运动，随后便拿着写给普莱摩尔先生的信到邮局去寄了。

我返回到别墅之后得知，又有一位客人在等待着我，这次是个很有教养的客人。仆人通报了其名字，我婆婆——麦卡伦夫人。

# 第三十七章　病榻边

婆婆还没有来得及开口说话，我便从她的表情中看出，她带来了坏消息。

“尤斯塔斯吗？”我问了一声。

她看了一眼，算是回答。

“立刻说给我听吧！”我大声说。“我能够忍受任何东西，就是忍受不了悬念。”

麦卡伦夫人抬起一只手，给我看一封一直藏在她的衣裙褶层里的电报。

“我信得过你的勇气，”她说，“孩子啊，我没有必要在你面前闪烁其词。看看这个吧。”

我看了电报。电报是一座野战医院的主任外科医生发来的，注明的地点是西班牙北部的一个村庄。

尤斯塔斯先生在一次小规模战斗中被一颗流弹击中而严重负伤，现已脱离危险，受到了悉心医治。等待下一封电报。

我转过了脸，强忍着看到电报上行文时内心的极度痛苦。我原来以为自己明白我有多么爱他。其实，直到那个时刻我才真正明白。

婆婆伸出一条胳膊挽住我，温柔和蔼地把我搂到她的身边。她很了解我，所以那一时刻没有对我说什么。

我鼓起了勇气，指着电报的最后一句话。

“您打算等待吗？”我问了一声。

“一天都不行！”她回答说。“我要去外交部询问关于护照的事情——我在那儿有点个人影响：他们可以给我介绍信，能够给我建议，助我一臂之力。我拟今晚离开，乘邮车去加来！”①

“您要离开？”我问了一声。“您以为，您不带我一同前往，我会让您离开吗？您办护照时，给我也办吧。今晚七点钟，我去您的寓所。”

她试图劝阻，说旅途中充满了危险。她刚开口说，我便制止了她。“妈妈，我有多么固执己见，您还不知道吧？他们可能会让您在外交部等待，那您为何要在这儿等待弥足珍贵的几个小时呢？”

她亲切和蔼地答应了，这可不是她平日里的性格啊。“但愿我可怜的尤斯塔斯知道，他娶了个多好的妻子啊！”她就只说了这么一句话。她吻了我，然后乘坐马车离开了。

我对我们这次行程的记忆出奇地模糊，而且不完整。

我在设法回忆自己返回英国后的那些更近发生同时更加有趣的事情时，我对那些事情的记忆横在我与在西班牙的种种冒险经历之间，似乎要迫使后者成为朦胧的背景，最后，它们看起来像是出现在许多年以前的种种冒险。我含混不清地回忆起了一次次延宕和惊

---

① 加来（Calais）是法国北部的港口城市。

慌，那可是要考验我们的耐力和勇气啊。我记得（幸亏我们带着介绍信），我们同大使馆的一位秘书和一位女王的信使交上了朋友，所以旅途中的危急关头，他们帮助和保护了我们。我记得长长一排男人，是我们雇来的旅游者。他们全都一样地引人注目，因为披着肮脏的斗篷和整洁的亚麻布衣服，对女人彬彬有礼，但对马匹却极度残忍。最后而且是最为重要的，我再次看见了——比看别的任何东西都更加清楚——一座肮脏的乡村小旅馆的那间环境恶劣的卧室。我们在那儿找到了我们可怜亲爱的人。他处在生死之间，对躺着的病榻周围小天地里发生的每一件事情都一无所知。

令我丈夫的生命置于垂危境地的那次意外事故中，没有任何浪漫和有趣的成分。

他冒险过分地靠近了战斗现场（一件可悲的事情），前去救护一个可怜的小伙子，因为后者负伤躺在战场——结果自己严重负伤了。一颗步枪的子弹击中了他的身体。那座战地医院的兄弟们冒着生命危险把他抬回了驻地。他和大伙儿的关系非常融洽，因为他富有耐性，亲切和蔼，英勇无畏。如果不是缺少一点点判断力，他就是一名加入了兄弟阵营中最有价值的新兵了。

外科医生告诉我这些情况时，同时也友好而又微妙地补充提醒了一句。

伤口引起高烧，伴有通常有的那种呓语。从我可怜的丈夫那些胡言乱语中可以理解到，他脑袋里装着的唯有他妻子的形象。医生在病榻边照顾他期间，听到了足够多的情况，所以，他坚信，如果尤斯塔斯苏醒过来了，他若是突然认出了是我，那伴随而来的可能是可悲的后果。面对那个悲惨时刻里出现的情况，我可以轮着去照顾他，而或许后来一个又一个星期里，他都不会有丝毫发现我的可能性。但是，医生宣布他脱离危险的那天——如果那个幸福快乐的日子会到来的话——我必须从守候在他病榻边的位置上撤离，必须要等待着，不能露面，一直等待医生允许了。

我和婆婆日夜定期轮流守候在病房里。

他满嘴胡言乱语的一个个小时里——那是无情循环往复的一个个小时——我亲爱的人处于高烧之中，嘴里不停地念叨着我的名字。他心里占主导的念头只有我们上次见面时我徒劳反对的那个念头。面对着庭审时宣布的那个裁定，即便是他妻子也不可能真正从内心深处被说服，相信他是个清白无辜的人。他纷繁混乱的想象刻画出的全部疯狂画面同样受到了这种顽固信念的激发。在那种恐怖的情形之下，他认为自己依旧同我生活在一块儿。不管他做什么，我总是会让他想起我经历过的可怕磨难。他扮演了他的角色，也扮演了我的角色。他端给我一杯茶，而我对他说："我们昨天吵架了，尤斯塔斯。茶里面有毒吗？"他吻了我，这是我们言归于好的表示。我哈哈大笑，并且说："现在是早晨呢，亲爱的。我今晚九点钟会死吗？"我卧病在床，他把我要吃的药给我。我满腹狐疑地看着他。我对他说："你爱着另外一个女人。药里面有医生不知情的东西吗？"这就是现在我心里面持续上演着的恐怖剧。我千百次地听见他重复着，都是用同样的话说的。其他时候，他的思绪游离到了我那个孤注一掷的目标——证明他是个清白无辜的人。他有时候冲着它哈哈大笑，有时候对着它黯然神伤，有时候开动脑筋、奇思妙想，以便在我前进的道路设置不着痕迹的障碍。他在构思阴谋诡计时，对我尤为苛刻——他兴致勃勃地嘱咐那些意象中助了他一臂之力的人要毫不犹豫地冒犯我，让我痛苦。“不要在意你们会惹得她生气，不要在意你们会弄得她哭泣。这全都是为了她好，全都是为了把那个可怜的傻瓜从她做梦都想象不到的危险中拯救出来。如果她说她为了我，你们一定不要怜惜她。看吧！她这就要受到侮辱啦，这就要受到欺骗啦，这就要不知不觉中让自己蒙羞受辱啦。拦住她！拦住她！”我知道自己很柔弱。他失去了理智，我应该把这个显而易见的事实时刻牢记在心里。不过，确实，我在丈夫的枕边度过的一个个小时里，其中许多充满了羞辱和痛苦，而他——我可怜亲爱的丈夫——是无辜和唯一的原因。

一个个星期过去了，他仍然悬在生死之间。

我没有记录下时间，至于首先出现好转的情况，我不可能记得具体日期。我只记得，那是一个晴朗的冬日早晨接近日出时，我们最后终于卸下了悬念的重负。病人苏醒时，医生正好在病榻边。医生看了看尤斯塔斯后，做的第一件事情就是用手势提醒我不要出声，不要出现在他的视线中。我和婆婆都知道，这样做意味着什么。我们共同衷心地感谢上帝把丈夫和儿子送回给了我们。

当天夜晚，就只有我们两个人，我们大着胆子谈起了以后的事情——这是我们离开家之后的第一次。

“医生告诉我说，”麦卡伦夫人说，“尤斯塔斯太过虚弱了，今后一些日子里，不能经受任何惊讶的事情。我们有时间考虑，是否要告诉他，他之所以能够活下来，既要归功于我的照料，也要归功于你的照料。瓦莱拉，现在，仁慈的上帝把他还给了你我，你发现自己能够忍心离开他吗？”

“如果我只是征询一下自己的内心，”我回答说，“我永远都不会再离开他。”

麦卡伦夫人看着我，表情严肃而又惊讶。

“你还要征询别的吗？”她问了一声。

“如果我们两个都活着，”我回答说，“我必须要考虑他未来岁月中的人生幸福，还有我的人生幸福。我能够承受很多，妈妈，但是，我承受不了他再度离开我带来的痛苦。”

“瓦莱拉，你认为他会再次离开你，你错怪了他啦——我坚信，你错怪了他啦！”

“亲爱的麦卡伦夫人，我们守候在他的病榻边时，您难道忘记了，我们听见他说到我时说的话吗？”

“我们听到的是一个男人昏迷中的呓语。毫无疑问，很难要求尤斯塔斯对自己神志不清时说过的话负责。”

“更加艰难的是，”我说，“当他的母亲替他求情时，却要同她对着来。天哪！我没有要求尤斯塔斯对自己高烧时说过的话负责——但是，我确实由此受到了警醒。从他嘴里说出来的那些呓语全都是他在健康有活力的美好日子里对我说过的话的真实再现。我还有什么指望他痊愈之后会对我改变想法呢？两地分离没有让它改变，受苦受难没有让它改变。高烧时昏迷不醒，清醒时理智健全，他都对我满腹狐疑。我看到，把他赢回来的途径只有一条。我一定要从根本上根除他离开我的动因。要说服他相信，我相信他是清白无辜的，这事根本就没有希望。我一定要让他明白，相信不再是必要的了。一定向他证明，他对待我的态度是一个清白无辜的人的态度。”

“瓦莱拉！瓦莱拉！你在浪费时间，浪费口舌。你已经做过试验了，和我一样很清楚，事情成功不了了。”

我没有对这话作出回答，因为要说的话已经说过了，没有什么可多说的。

“德克斯特那个疯狂可耻的倒霉蛋，已经对你进行了侮辱，假如你纯粹出于对他的同情，而再次去找他，”我婆婆接着说，“你只能由我或者其他值得信赖的人陪同着一块儿去。你待在那儿期间就是要顺着他固执的想象，让他疯狂的头脑暂时保持平静。实现了这一点，一切也就完成了——你就离开他。假定德克斯特仍然可以对你有所帮助，你就得接受他私密和放肆的言辞——总之，以一位亲密朋友的身份对待他，除此之外，你还能如何利用他呢？诚心诚意地回答我：有了发生在本杰明寓所的事情之后，你还能够放心让自己去那样做吗？”

先前，她作为亲属和旅行同伴，自然赢得了我的信任，于是我把自己上次同迈泽里默斯·德克斯特见面的情况告诉了她。她把这个当作自己可以利用的信息了！我想，自己没有权利责怪她。我想，这个动机支撑了一切。无论怎么说，我别无选择，只有做出忤逆的行为，给出答案。我这样做了。我保证，作为一位值得信赖的亲密朋友，我不可能再允许迈泽里默斯·德克斯特用那种放肆的态度对待我了。

麦卡伦夫人毫无怜悯之心，步步紧逼，有充分的理由认为，自己已经赢得了优势。

“很好，”她说，“既然那种资源对你已经毫无用处了，你还有什么指望呢？你接下来要转向何方？”

就我目前所处的境况而言，任何勉强的回答都无法解答这些问题。我莫名其妙地感觉到，自己不像是自己——我一声不吭地顺从了。麦卡伦夫人给出了最后一击，让她自己的胜利圆满了。

“可怜的尤斯塔斯性格柔软，但固执任性，”她说，“不过，他可不是个不懂得感恩的人。孩子啊！你对他以德报怨——为了他，历经磨难，冒着重重危险，证明了你多么真挚地爱着他，对他多么忠贞不渝。相信我，也相信他吧！他不可能抵制你的。让他看到这张他日思夜想的面孔，用昔日里那种饱含着爱的目光再去看看他吧，他会再次属于你，我的女儿啊——今生今世属于你。”她站起身，用双唇触碰了我的前额，她降低了说话的声音，变得很温柔，那种说话语气我从来都没有听见过。“说‘可以’吧，瓦莱拉，”她轻声细语地说，“比以往任何时候都更加亲近他，亲近我！”

我的心同她连在了一起。我精疲力竭了。普莱摩尔先生没有写信来引导我和鼓励我。我抵制了这么长时间，一无所获。我付出了巨大的努力，忍受了巨大的痛苦。我面对了如此惨重的灾难，如此循环往复的失望——而他却在我楼下的房间里，力量微弱地寻觅着恢复知觉和生命的路径——我怎么能够抵制啊？一切都已经过去了！我在说“可以”时（如果尤斯塔斯确认了自己母亲对他的信任），等于在向自己今生今世怀揣着的唯一理想、那个唯一珍贵和崇高的希望说再见。我知道这一点——而且说了“可以”。

于是，向伟大的斗争再见啦！于是，我表明欢迎一次新的失败的放弃！

我和婆婆睡在一块儿，这是那家小旅馆能够提供给我们的唯一栖身之地——旅馆建筑顶层的一个阁楼间。我们之间交谈过后的那天夜晚，天气格外寒冷，令人感到痛苦。我们虽然穿上了晨衣，还套上了旅行时的宽大长衣，但还是感到寒冷刺骨。我婆婆睡着了，但我就是睡不着。我思索着自己改变了的立场，疑心着丈夫会不会接纳自己，因此过度焦虑，过度痛苦，所以无法入睡。

估计，一定是过了几个小时了，我依然沉浸在自己忧郁的思想情绪之中——突然间，我产生了一种新奇的感觉，让我震惊不已。我猛然从床上爬了起来，上气不接下气，不知所措。这个动作惊醒了麦卡伦夫人。“你不舒服吗？”她问了一声。“你这是怎么啦？”我想要告诉她自己很好。我还没有来得及说，她似乎明白了我的意思。她动作温柔，用双臂搂住我，让我紧靠在她胸前。“可怜天真的孩子啊！”她说。“你可能不知道吗？难道真的一定要我告诉你吗？”她轻声细语地说出了接下来的话。她轻声细语说出来的话在我的内心引起了情绪的波动——喜悦和害怕，惊叹和释怀，骄傲和谦卑，种种情感不可思议地混合在一块儿了，那些情感充满着我的整个内心，从那时刻开始，让我变成了一个崭新的女人。我会忘记那种情形吗？是啊，我第一次明白了！如果上帝再给我几个月时间，那么，最持久和最神圣的全部人生快乐可能就属于我了——即成为一名母亲的快乐。

我不记得当晚剩下的时间是如何度过的，只记得，到了早晨时，自己独自一人到了旅馆后面空旷的荒野地上呼吸清新寒冷的空气。

我已经说过了，自己感觉是个崭新的女人了。我当天早晨便有了一种新的决心，一种新的勇气。我思索未来时，现在不仅仅只有丈夫要顾念了。他美好的名字不再属于他自己和我——它很快就会成为他能够留给自己孩子的最珍贵的遗产了。当我对此一无所知的时候，我都干了什么啦？我放弃了洗刷沾在他名字上的污点的希望——那个污点还在，不管那个污点在法律的眼中有多么渺小。我们的孩子有可能活到听见有人用恶毒的语言说："你父亲因最恶毒的谋杀而受审过，而且从来都没有免除过那桩指控。"我的心里想到了这种可能性，我能够面对分娩孩子带来的种种光荣危险吗？不能！一直要等到我再努力一次，让迈泽里默斯·德克斯特把他的良心袒露在我的面前！一直要等到我再次开始斗争，把证明那位丈夫和父亲无罪的真相揭示在光天化日之下！

我带着支撑自己的新的勇气回到了旅馆，向我的朋友和婆婆敞开了心扉，直言不讳地告诉她我们最后谈到尤斯塔斯之后我心里发生的变化。

她不只是感到沮丧，甚至几乎生我的气了。一个必要的情况发生了，她说。向我们走来的幸福将形成我和我丈夫之间的一个新的纽带。除此之外每一种考虑，她都看成是纯粹的幻想。如果我现在离开尤斯塔斯，那我就做了一件残忍的事情，一件愚蠢的事情。我会因为抛弃了这次婚姻生活中弥足珍贵的机会而悔恨终生的。

它让我经受了一次艰苦的斗争，让我压抑着太多痛苦的怀疑，但是，这一次，我坚定不移。做父亲的荣耀，孩子享有的继承权——我一直尽可能持续不断地让这些想法呈现在自己心里。有时候，这些想法会让我失望，让我觉得什么都不是，就是个可怜的傻瓜，一阵又一阵地哭泣，事后又替自己羞愧不已。但是，我天生的执拗任性（正如麦卡伦夫人说过的那样）让我挺过来了。尤斯塔斯睡着了时，我会时不时去看他一眼，而且这样做对我也有帮助。尽管那些偷偷摸摸探视我丈夫的行为令我心痛不已，让我有过严重的动摇，但事后还是会让我意志坚定。我无法解释清楚这种情况是如何出现的（看起来很矛盾）。我只能把它当作是在那段心烦意乱的时间里诸多经验中的一次来复述。

我对麦卡伦夫人做了一次妥协让步——同意再等待两天，然后采取措施返回英格兰去，说不定有可能在这期间改变主意呢。

迄今为止，让步对我是有利的。翌日，战地医院的院长派人到最近镇上的邮局去取他的或者他的病号的信。信使取回了一封给我的信。我感觉自己认出了信封上的笔迹，而且判断正确。普莱摩尔先生的回信终于来了！

如果我处于改变主意的危险中，好心的律师也会在关键时刻拯救我的。以下是从他信中摘录的主要内容，表明了我在迫切需要听到一些开心友好的话语时他是如何鼓励我的。他在信中写着：

我来告诉您吧，为了证明您信中指出的结论，我随后都干了些什么。

第一位尤斯塔斯夫人在格兰尼奇宅邸死亡的当天夜晚，有几位仆人被安排在过道上值守。我找到了其中一位男仆。他清楚地记得，夜间，宅邸里的人全都安静下来之后，迈泽里默斯·德克斯特（坐在轮椅上）出现在他和他的仆人同伴面前。德克斯特对他们说："我若是进书房去看看书，我想这不会有什么害处吧？发生了这样的事情之后，我无法入睡，必须要让自己的内心减轻点痛苦。"值守的男仆得到吩咐说不允许任何人进入书房。他们知道，连通那间卧室的门是锁上了的，另外两扇连通的门的钥匙由盖尔先生掌握着。于是，他们允许德克斯特进入书房。他关上了那扇门（即对着过道开着的那扇），有一段时间不见——待在书房里，男仆是这么认为来着。但是，从他同您见面时露出的口风来看，我们知道，他实际上是待在那间卧室里。对啊，正如您准确地想象到的那样，他只能由一个途径进入那间卧室——即掌握了那把失踪的钥匙。他在里面待了多长时间，我无法知晓。这一点关系不大。仆人记得，他从书房里出来时，“脸色像死人一样煞白”，返回自己卧室的途中，没有吭声。

这些是事实，但由此得出的结论是十分严重的。这个结论证明了我在爱丁堡自己的律师事务所里推心置腹地对您说过的一切。您记得我们之间说过的话。我不再多说什么了。

接下来，关于您个人的事情。您无意之中在迈泽里默斯·德克斯特的心里激起了一种对您的情愫，这一点无须我详加描述。您的身材上，您的举手投足间，一定有某种东西——我自己也看出来了——令熟悉已故尤斯塔斯夫人的人想起了她，同时，很显然，也在德克斯特病态的心理上产生了影响。无须再进一步详述这件事情了，只是让我提醒您一句：他已经表现出（由于您在他身上产生的影响），当着您的面时，处在情绪激动的状态，开口说话之前，无法进行思考。不仅仅有可能，而是非常可能，如果您给了他这样一个机会，相比他已经暴露的情况，他可能还有更加严重的情况会暴露。（由于知道您最关心的是什么）我在这一点上清楚地表达自己的看法，这要归功于您。我没有任何怀疑，从您离开爱丁堡后的这一段短暂的时间里，您离您心中怀有的那个目标又接近了一步。根据您的来信（还有我自己的发现），我看到了无法否认的证据，德克斯特一定同那位已故夫人有秘密交流（我可以肯定，对她而言，那是清白的交流），不仅仅在她死亡时，而且有可能在那之前的几个星期。我不可能对自己隐瞒，或者对您隐瞒，自己强烈地相信，如果您发现了那种交流的实质内容，那么极有可能，您就通过发现真相，证明了您丈夫是清白无辜的。作为一个真诚的人，我决不会隐瞒这一点。再则，还是作为一个真诚的人，我同样还要补充一句，即便没有您期待得到的回报，我凭着自己的良心行事也会建议您去冒再次见到迈泽里默斯·德克斯特所必须要冒的风险。面对这件艰难而又棘手的事情，我不可能，也不会，承担起这份责任。最后的决定一定得由您自己来做出。我只恳求您帮一个忙——您本人一旦决定了，请尽快告诉我。

那位值得信赖的写信人感觉的困难对我来说就不是困难。我不具备普莱摩尔先生那种明智的头脑。我要再见到迈泽里默斯·德克斯特（不管发生什么情况）的决心在我看完信之前就已经下定了。

前往法国的邮车翌日就会越过边境线。如果我选择乘坐那辆车，那在售票员的保护下，会给我预留一个位置。我没有同任何人商量——还和平常一样轻率鲁莽，和平常一样不顾一切——选择了那辆邮车。

# 第三十八章　返程的旅途上

我当时若是乘坐自己选择的那辆马车一路回家，那绝对不可能写完本叙述剩下的章节。我们上路还不到一个小时，我竟然对着车夫喊，要求他返程。

谁能够永远义无反顾呢?

我提出这么个问题时，指的是女人，而非男人。面对普莱摩尔先生种种疑惑和谨慎的看法，我一直态度坚决，充耳不闻。态度坚决地反对我婆婆的意见，态度坚决地占据了那辆法国邮车上的位置。直到我们驶离那家旅馆的十分钟之后，我的勇气仍然还维持着——然后，勇气从我身上消失了。接着，我便对自己说:“你个混蛋，你抛弃了自己的丈夫！”随后的几个小时，如果我能够让邮车停下来，我一定这样做了。我恨那个售票员，那个最善良友好的人。我恨那几匹拉着我们前行的西班牙马驹，那些最最快乐的动物，它们挂着一串响铃一路上发出叮叮当当的铃声。我恨那个明媚的日子，因为它会让万物兴旺。还有那令人心旷神怡的空气，因为不管我是否喜欢，它都会迫使着我享受那奢华的呼吸。同我那次安全舒心的前往边境线的旅程比较起来，没有任何一次旅程让我感到更加悲戚痛苦！但是，唯有一种小小的慰藉帮助我顺其自然，忍受住了自己内心的痛苦——那是偷来的尤斯塔斯的一绺头发。我们清早就出发，他当时正酣睡着呢。我可以悄然进入他的房间，吻他，轻轻地对着他哭泣，从他的头上剪下一绺头发，而不会有被人发现的危险。时至今日，自己哪来足够的勇气离开他，我的心里并不清楚。我觉得，婆婆一定帮助了我，不过不是有意为之的。她进入了房间，昂着脑袋，目光冷漠。她用冷酷而又加重的语气说："如果你打定主意要走，瓦莱拉，马车在这儿呢。"面对如此情形，任何一个焕发了一点精神的女人都会"说话算话"的。我说话算话了——而且付诸实施。

而随后，我又因此后悔了。可怜的人性啊！

时间是抚平心灵创伤的一剂良药，真是名副其实。我觉得，在这件事情上，时间被高估了。距离也同样会产生有益的效果，速度要快得多，而且（若是有变化助上一臂之力）效果也好得多。到了前往巴黎的火车上，我能够理智地看待自己的处境了。我现在能够提醒自己，我丈夫接受我的行为——最初的惊讶和最初的幸福感过去之后——可能不能证明他母亲对他的信任。有那么一位丈夫，他已经声称我们不可能有婚姻上的幸福了，而且我们的婚姻生活也已经到了尽头。我既然承认自己返回去找迈泽里默斯·德克斯特冒着风险，而如果我未经邀请便返回到这样一位丈夫的身边，我不也同样以另外的一种方式表现出轻率鲁莽吗？再说了，谁能够说将来发生的事情不会有可能证明我是正确的呢——不仅对于我自己，也对于他？我还有可能会听见他说："她没有事情可查询的时候仍然充满了好奇。她本应该倾听别人讲道理时却固执任性。当别的女人会留在我的病榻边时，她却离开了。但是，最后，她弥补了一切——她证明了自己是正确的！"

我在巴黎休息了一天，写了三封信。

一封是给本杰明的，告诉他翌日傍晚就可以见到我了。一封是给普莱摩尔先生的，及时提醒他，我打定了主意要最后努力一次，揭开格兰尼奇宅邸的谜团。一封是给尤斯塔斯的（只有几行字），我承认，自己在他伤情最危重的一段时间里帮助护理了他。我坦白，说服我离开他的唯一理由。我恳求，他该保留对我的看法，直到时间最后证明，我比以往任何时候都更加爱他。我把最后那封信密封好寄给我婆婆，信留在她那儿，请她谨慎地选择恰当的时间把信给她儿子。不过，我明确阻止麦卡伦夫人告诉尤斯塔斯关于我们之间纽带的事情。尽管他先前已经离开了我，但我决心，他不应该从除我之外的其他人嘴里听说那事。不要管为什么！有一些小事情我必须秘而不宣，这一件便是其中之一。

我的信写完了，要做的事情也就算做完了。我可以尽情地在这场游戏中打最后一张牌了——按照目前的情况来判断，这场神秘而充满了疑惑的游戏既不有利于我，也不有害于我。

# 第三十九章　去找德克斯特的途中

“我向上帝保证，瓦莱拉，我相信，那个怪物的疯狂行为是会传染的——而您已经传染上了！”

以上是（我刚一回到别墅之后）本杰明对我的看法，因为我宣布了，自己打算在他的陪同下再回去找迈泽里默斯·德克斯特。

我决心要实现自己的目的，可以采取温情说服的办法施加影响，于是恳求我的好朋友对我有点耐性。“因此，一定要记住我已经对您说过的话，”我补充说，“对我而言，再次见到德克斯特至关重要。”

结果只是火上浇油了。“再去见他？”本杰明重复了一声，一副愤怒的样子。“在我的屋檐下，就在这个房间里，他肆无忌惮地侮辱了您之后，去见他？我不可能是醒着的，一定是睡着了，置身梦境。”

是我的错，这我知道。但是，本杰明善意的愤怒充满了善意，于是把我身上淘气的性情给释放出来了。对于整个这件事情，我确实忍不住会坚持大胆而又自由的看法，从而得罪他。

“别激动，好朋友，别激动！”我说。“德克斯特四肢不健全，忍受着痛苦，过着那样的一种生活。对于那样的一个人，我们一定要多加体谅。确实，我们一定不能让我们自己谦逊内敛的品性引导着我们超出理性的限度。我开始感觉到，自己当时对这件事情的看法有点过于拘谨。一个自尊自重的女人，一门心思想着自己丈夫的女人，当一个可悲的残疾人行为粗鲁地用一条胳膊搂着她的腰时，她并不觉得自己受到了十分严重的伤害。善意的愤怒，如果我可以冒昧地这样说的话，有时候是一种廉价的愤怒。再说了，我已经原谅了他——而您也必须原谅他。有您陪着我，用不着担心他还会有什么不端的举动。他的宅邸是个很奇特的地方，可以肯定，您会感兴趣的，单是那些画就值得去跑一趟。我今天就给他写信，我们明天就可以一块儿去见他。即便我们不是为了德克斯特，就是为了我们自己，我们也应该去走一趟。如果您环顾一番四周，本杰明，您会看到，善意地对待每一个人是我们生活的这个时代的伟大美德。可怜的德克斯特必须享受到这种盛行的利益。好啦，好啦，与时代同行吧！向着新观念敞开您的心扉吧！”

可敬的老本杰明不但没有接受这个礼貌的邀请，反而痛斥我们生活的时代，如同一只公牛见了红布。

“噢，新观念！新观念！想尽一切办法，瓦莱拉，让我们拥有新观念吧！旧有的道德观念全都错了，旧有的方式方法全都失效了。让我们与我们生活的时代一同前进吧。我们生活的时代对任何事情都是欢迎的。英国的妻子和西班牙的丈夫，不管是否结婚，不管是否生活在一块儿——对于新观念而言，都是一样的。我随您一道去，瓦莱拉。我将无愧于自己生活的这个时代。等到我们见过了德克斯特之后，我们可不要做事情做到一半。让我们去听一次讲演，用现成的科学充实我们自己——我们听听那位最新的教授演讲，此人一直在幕后研究‘上帝创造世界’的事情，所以详细知道世界是如何创造出来的，花费了多长时间。还有另外那个人，请注意，我们不要忘记了那位现在的所罗门[1]，把他的《箴言》留在了自己身后——他是位全新的哲学家，把宗教的慰藉当成毫无害处的玩具，非常仁慈地说，如果他能够充满稚气，亲自摆弄那些玩具，他可能会感到更加幸福快乐。噢，新观念，新观念，通过新观念，人们获得了多么欣慰、多么崇高、多么美好的发现啊！我们成为人之前全部都是猴子，而成为猴子之前全都是分子[2]！而这有什么关系呢？任何事情对于任何人又有什么关系呢？我陪着您，瓦莱拉——我准备好啦！越快越好。找德克斯特去吧！找德克斯特去吧！"

"您赞同我的看法，我真高兴，"我说，"但是，我们处理事情不要着急。明天三点钟，这时间对于德克斯特足够了。我这就给他写信，让他等着我们。——您去哪儿呢？"

"我去清除一下自己心里面那些流行的空话，"本杰明说，一副郑重其事的态度，"我到图书室里面去。"

"您准备看什么书呢？"

---

① 所罗门（Solomon，约公元前971—公元前932）是古代以色列王国第三任国王。据《圣经·旧约全书》记载，所罗门的父亲大卫开创了犹太王朝，并谋求建立一个从埃及边界直至幼发拉底河的帝国。所罗门以智慧著称，著有《箴言》《传道书》《雅歌》等。

② 本杰明在此猛烈攻击新观念，矛头极有可能指向几位著名人物，他们是约翰·斯图尔特·穆勒（John Stuart Mill，1806—1873）——英国哲学家、经济学家、逻辑学家，英国功利主义的代表人物詹姆斯·穆勒（James Mill，1773—1836）之子，著有《逻辑体系》《政治经济学原理》《论自由》《功利主义》等。柯林斯创作本作品时，《穆勒自传》（1873）刚刚问世。托马斯·亨利·赫胥黎（Thomas Henry Huxley，1825—1895）——英国博物学家、教育改革家，支持达尔文学说，第一个提出人类起源问题，首次提出"不可知论"一词，著有《人在自然界中的地位》《进化论与伦理学》等。理查德·欧文爵士（Sir Richard Owen，1804—1892）——英国解剖学家、古生物学家，曾研究脊椎动物的比较解剖学和哺乳类、鸟类、爬行类动物的化石，著有《论珠光鹦鹉螺》《牙体形态学》等。还有赫伯特·斯宾塞（Herbert Spencer，1820—1903）——英国哲学家、社会学家，认为哲学是各学科原理的综合，将进化论引入社会学，提出"适者生存"说，著有《社会静力学》《人口理论》《心理学原理》等。

“我准备看——《穿靴子的猫》[1] 和《杰克与豆茎》[2]，还有与我们生活的时代不合拍的其他读物。”

我的老朋友临别给了新观念一击之后，便暂时离开了我。

我把写好的信差人送走后，怀着一种焦虑的心情，开始把思绪转到了迈泽里默斯·德克斯特的健康问题上。我离开英国的这段时间里，他是如何度过的呢？我接触到的人当中，有谁能够告诉我关于他的情况吗？若是询问本杰明，那只会激起一次新的情绪爆发。我仍然在考虑问题的当儿，女管家因某一件家务事进入了房间。我随口问了一句，那个非同寻常的人前一次把她吓得不轻，我离开的期间，她是否听说了有关他的更多情况。

女管家摇了摇头，看神态，她好像觉得提起这样一件事情显得很不得体。

“大概在您离开后的一个星期，夫人，”她说，态度格外严肃，措辞格外小心，“您提到的那个人厚颜无耻，竟然送了一封信。按照我家主人的吩咐，我告诉信使，您已经出国去了，于是把他连同他的信一道打发走了。随后不久，夫人，我同麦卡伦夫人的女管家喝茶时，碰巧再次听说了关于那个人的事。他乘着轻便马车亲自到了麦卡伦夫人的寓所打听您的情况。他没有腿让自己保持平衡，如何能够想办法坐马车，这我不得而知——但有没有腿这无关紧要。反

---

① 《穿靴子的猫》(Puss in Boots) 是法国作家夏尔·佩罗的作品。讲述的是一只聪明的猫要帮助其穷困潦倒的主人翻身，于是向主人要了一双靴子和一个布袋，穿过荆棘到森林里去打猎。猫把每次获得的猎物都献给了国王，用机智和勇敢打败了富有的食人妖魔，最终它帮助主人得到了国王的青睐和公主的爱慕。夏尔·佩罗（Charles Perrault，1628—1703）是法国诗人、文学家，曾做过律师，是童话文学的奠基者。以童话集《鹅妈妈的故事》闻名于世，其中包括《灰姑娘》《小红帽》《林中睡美人》《小拇指》《蓝胡子》《穿靴子的猫》《驴皮》《仙女》《簇发里凯》等脍炙人口的佳作。

② 《杰克与豆茎》是英国的一个家喻户晓的童话故事，故事取自英国著名书商本杰明·塔巴特（Benjamin Tabart，1767—1833）于1807年印制出版的《童话故事集》。

正女管家看见了他，如同我说的一样，她说，自己一辈子都忘不了他。她刚一恢复过来便就告诉他说，尤斯塔斯先生受伤了，您和麦卡伦夫人在国外护理他。女管家告诉我说，他离开了，眼睛里含着泪水，嘴里诅咒发誓地说着——那情形让人看了震惊不已。这就是我所知道的有关那个人的全部情况，夫人，如果我斗胆说一声，这个话题（理由充足）对我来说很是讨厌，但愿能够得到谅解啊。”

女管家行了个很正式的屈膝礼，然后离开了房间。

我独自一人，想到翌日将要进行的实验时，心里比以往任何时候都更加焦虑不安和心里没底。尽管充分考虑到有夸大其词的成分在内，但对迈泽里默斯·德克斯特离开麦卡伦夫人寓所时的形象描述还是会让人联想到，他不会很有耐性地忍受我长时间离开的状况，同时，他还是会一如既往地不肯让自己损坏了的神经系统有一个好好休息的机会。

翌日上午，我收到了普莱摩尔先生的来信，那是对我在巴黎时给他的信的回复。

他的信写得很简短，对于我的决定既不赞成也不反对，但是，强烈重申了他的看法，我随后若是要去见德克斯特，一定要好好选择一位能够胜任工作的证人陪同着去。信中最有意思的部分在最后。“您必须要有所准备，”普莱摩尔先生在信中写着，“看到德克斯特发生了更加糟糕的变化。几天前，我的一位朋友因为业务上的关系同他在一块儿，而且看到他的变化，感到很震惊。您的出现肯定会产生一定的影响。如何应对他，我给不了您任何指导——您一定要视情况而定。您可以凭着自己的机智，判断鼓励他讲述已故尤斯塔斯夫人的情况是否明智。他暴露自己内心秘密的可能性全都（在我看来）围绕一个主题：尽可能让他坚持下去。”这段文字之后还附了一段文字：“问一声本杰明，他是否待在图书室门口附近，听见了德克斯特向您讲述尤斯塔斯夫人死亡的当天夜晚自己进入那间卧室的情况。”

迈泽里默斯·德克斯特居住在伦敦远郊，我们动身去那儿之前在餐桌边见了面。我当时问了本杰明这个问题。对于这次计划中的行程，我老朋友的态度还是一如既往地坚决，不予认同。他回答我的问题时，神情格外严肃，格外少言寡语。

“我不是刻意要去听人家说话的人，”他说，“但是，有些人说话的声音怎么都会被人家听见，德克斯特先生就是其中一位。”

“这是不是说，您听见他说话了？”我问了一声。

“房门阻挡不了他说话的声音，墙壁也阻挡不了他说话的声音，”本杰明接话说，“我听见了他说的话——但我认为这很无耻。是啊！”

“这一次，我想要您做的不仅仅是倾听，”我壮着胆子说，“德克斯特对我说话时，我想要您做笔记。当年我父亲向您口述书信时，您往往是记录下来的。带一本小笔记本去备用好吗？”

本杰明将目光离开餐盘，抬头看了看我，神情显得严厉而又惊讶。

“记录下一位了不起的商人的口授，”他说，“这是一回事，因为那记录的是一封至关重要的信件，千百万英镑会通过邮局易手呢。但是，要记录下一位应该禁闭在笼子里面的疯狂怪物的胡言乱语，那是另外一回事。瓦莱拉，您仁慈的父亲不可能会要求我做那样的事情。”

“原谅我吧，本杰明，我真的必须要恳请您做这件事情。记住啦，这可是普莱摩尔先生的意思啊！不是我的。好啦！为了我的缘故，这次就做个让步吧，亲爱的。”

本杰明再次低头看着自己的餐盘，露出了沮丧而又无可奈何的表情，我由此知道，自己达到目的了。

“我把自己的一生都系在了她的围裙带上了，”我听见他喃喃自语，“现如今解开来已经为时过晚了。”他再次抬起头看着我。“我以为自己已经退休不理事情了，”他说，“但是，看起来，我还必须做一回文书了。对吧？这一次，我要接受的工作任务是什么？”

他提出这个问题的当儿，仆人通报说，马车在院门口等着。我站起身，挽着他的一条胳膊，在他红润的老脸颊上给了一个感激的吻。

“只有两件事情，”我说，“坐在德克斯特轮椅的后面，让他看不见您。但同时要仔细安排好自己的位置，以便能够看见我。”

“我越是看不见德克斯特先生，心里面越会感觉到舒服，”本杰明抱怨着说，“我在他身后安顿好了自己之后，该干什么呢？”

“您等待我向您示意，一旦您看见了我向您做的手势，您便开始在记事本上记录下德克斯特先生所说的话——您要一直坚持下去，直到我再次向您示意，表明您可以离开了！”

“呃？”本杰明说，“表示‘开始’是什么手势？表示‘离开’又是什么手势呢？”

面对上述问题，我并没有做好回答的准备。我请求他给我一点提示。不！在这件事情上，本杰明不会采取积极的行动。他任由摆布，做个被动的道具而已——对于他而言，妥协让步也只能到此为止。

我只好自己开动脑筋想办法了。我发现，既要有效地通知本杰明，又不能让德克斯特敏锐地觉察出来，要创立这样一套用手势暗示的系统并非易事。我对着镜子看，看看能否从自己的穿戴上看出什么必要的提示。我耳朵上的佩戴给了我灵感。

“我会坐在一把扶手椅上，”我说，“您一旦看见我胳膊肘搁在扶手上，举起一只手触摸耳环，好像是在摆弄它——那就记下他说的话，一直持续到——对啦，持续到您听见我移动椅子。听见那个声音时，那就停下。您明白了我的意思吗？”

“我明白了您的意思。”

我们出发前往德克斯特的宅邸。

# 第四十章　尼弥西斯[1]终于现身了

这次园丁替我们打开了院门。他显然接受了吩咐，等待着我们到达。

“瓦莱拉夫人吧？”他问了一声。

“是的。”

“还有朋友？”

“还有朋友。”

“请上楼吧。您熟悉这宅邸的。”

我走过厅堂后驻足了片刻，看了看本杰明仍然握在手上的那根爱不释手的手杖。

“您的手杖只会碍您的事，”我说，“您最好还是搁在这儿怎么样啊？”

“到了楼上，我的手杖可能派得上用场的，”本杰明反驳说，说话声音很粗，“我并没有忘记在图书室发生的事情。”

没有时间同他争辩了，我在前面领着他上了楼。

到达了上面一段楼梯后，我听见上面那个房间里突然传来一声

---

① 尼弥西斯（Nemesis），希腊神话中的复仇三女神——阿勒克图（不安女神，Alecto）、墨纪拉（妒嫉女神，Megaera）和提希丰（报仇女神，Tisiphone）——的总称。她们是黑夜的女儿，任务是追捕并惩罚那些犯下严重罪行的人，无论罪人在哪里，她们总会跟着他，让他良心受到痛悔的煎熬。因此，只要世上有罪恶，她们就必然会存在。

叫喊，吓了一跳。像是一位处在痛苦中的人的叫喊声，我们进入那个圆形前室之前，叫喊声重复了两次。我先进入了内室，看到了多面的迈泽里默斯·德克斯特性格中新的一面。

不幸的爱丽儿伫立在一张桌子前面，面前摆放着一个盛了一小块蛋糕的碟子。她的两个手腕上都系着一根绳索，绳索的另一头（有几码远的距离）由迈泽里默斯·德克斯特的双手控制着。“再试一次吧，我的美人儿！”当我在门口停下脚步时，我听见他说。“吃一块蛋糕吧。”听见命令后，爱丽儿顺从地向着碟子伸出了一条胳膊。就在她的手指触碰到蛋糕的当儿，绳索一拽，手被拉开了。这个娴熟而又粗暴的动作十分野蛮残忍，我真恨不得一把夺过本杰明手上的手杖，对着迈泽里默斯·德克斯特的背扔过去。爱丽儿这一次以斯巴达式的[①]沉默忍受着痛苦。由于她所站立的位置的原因，她可以首先看到我出现在门口。她发现我了。她紧咬着牙关，脸因为顽强地忍受着而涨得通红。她当着我面时连一声叹息都没有发出。

“把绳索放下来！”我喊了出来，义愤填膺。“松开她吧，德克斯特先生，否则我就离开这幢宅邸。”

听见了我的声音之后，他突然喊了出来，伴随着尖声尖气的欢迎声。眼睛盯着我看，透着热烈、凶狠的快乐神情。

“进来吧！进来吧！”他大声喊着。“看看我在等待着您的疯狂悬念中，我都变成什么样子啦。看看时间把我们分开时，我是如何

---

① 斯巴达（Sparta）是公元前 11 世纪左右建立的古希腊奴隶制最大城邦国之一，位于伯罗奔尼撒半岛东南。为了镇压奴隶的反抗和异邦的侵袭，斯巴达把每个城邦变成了一个大军营，每个斯巴达人都将通过长期严格的军事体育训练而成为士兵。斯巴达人在婴儿时就要接受生命的考验，父母用烈酒为他擦洗，然后还要让长老检查他们的体质是否健康。凡是经受不住考验或被长老认为是虚弱的就被抛在弃婴场。七岁的男孩进入国家的教练所，从此他们就要经受心魄和筋骨的磨炼，以形成坚韧、勇猛、凶顽、残暴、机警和服从的品质。

打发时间的。进来吧！进来吧！我今天情绪状态很不好，瓦莱拉夫人，全都是迫不及待想要见到您闹的。我一旦情绪恶劣时，就得戏弄点什么。我正在戏弄爱丽儿来着。看看她吧！她整天什么东西都没有吃过，她反应不够灵敏，还没有抓着一块蛋糕呢。您用不着可怜她。爱丽儿没有神经——我不会伤着她。”

“爱丽儿没有神经，”可怜的人回应着，因为我出面在她和她主人之间进行干预而皱着眉头对我，“他不会伤着我。”

我听见本杰明开始在我身后晃动着手上的手杖。

“把几根绳索放下来！”我重复了一声，情绪比先前更加激动。“放下来——否则我立刻离开您。”

见我态度强硬，迈泽里默斯·德克斯特脆弱的神经开始颤抖起来。“多么美妙的声音啊！”他激动地大声说——把几根绳索放了下来。“拿着几块蛋糕吧。”他补充说，话是以命令的口气对着爱丽儿说的。

她从我身边走过，肿胀的手腕上还系着绳索，一只手端着盛了蛋糕的碟子。她朝着我点了点头，态度傲慢。

“爱丽儿没有神经，”她重复了一声，语气傲慢，“他不会伤着我。”

“您看看吧，”迈泽里默斯·德克斯特说，“没有造成任何伤害——而您对我说了后，我就把绳索放下来了。您离开了老长老长时间了，别一开始就对我态度严厉啊，瓦莱拉夫人。”他打住没有说了。本杰明一声不吭地站立在门口，第一次吸引了他的注意力。“这位是谁？”他问了一声，满腹狐疑，把轮椅行驶到离门口更近处。“我知道啦！”我还没有来得及回答，他便大声喊着。“这就是那位仁慈的先生啊，我上次见到他时，他看起来像是受苦受难者的避难所。您从那以后变得更加糟糕了，先生。您进入了一个很新的角色呢——您现在成了‘因果报应’的化身了。您新的保护人，瓦莱拉夫人——我明白啦！”他深深地向本杰明鞠了一躬，一副凶狠而又揶揄的态度。“您卑微的仆人，‘因果报应先生’！我值得您拥有——我顺从于您啊。走进来吧，先生！我会小心来着，确保您的职位清闲而报酬丰厚。这位夫人是‘我的生命之光’。看看您能不能逮住我不尊重她的情况吧！”他把自己的轮椅退到了本杰明前面（后者听着他说话，沉默不语，不屑一顾），最后到达了房间里我站立的部分。“您的手，‘我的生命之光’，”他喃喃细语，语气温和，“您的手——只能说明，您已经原谅我了！”我向他伸出了一只手。“一只手吗？”他低声说，语气恳切，“就一只手吗？”他吻了一下我的手，态度毕恭毕敬——然后放下，深深地叹息了一声。“啊，可怜的德克斯特！”他说着，由衷地怜悯着自己，对自己念念不忘，“一颗温暖的心，消磨在孤寂中，因畸形遭人嘲笑。可悲啊！可悲啊！啊，可怜的德克斯特！”他再次回过头看了看本杰明，再次掠过一丝凶狠而又揶揄的神情。“一个阳光明媚的日子啊，先生，”他说着，一副假装拘泥礼节的样子，“确实是经过了连绵不断的阴雨天气之后，出现了这种适宜的天气。我可以给您提供点吃的吗？怎么不坐下来呢，‘因果报应’，当高度不如您时，您坐在椅子上最好看。”

“而一只猴子关在笼子里最好看，”本杰明接话说，听见对方用讥讽的语气提及自己的身高，怒不可遏，“我正等待着呢，先生，等着看您积极投入自己的工作。”

以上反击的话并没有在迈泽里默斯·德克斯特身上产生任何影

响，看起来，这话变成了他的耳旁风了，没有听见。他又有了变化了：若有所思，克制顺从。眼睛盯着我看，神情悲哀，痴迷专注。我在最近的那把扶手椅上坐下，先是瞥了一眼本杰明，他立刻便心领神会了。他在德克斯特的背后安顿了下来，那个角度正好直视我坐着的扶手椅。爱丽儿蹲坐在“主人”脚边的凳子上，一声不吭，狼吞虎咽地吃着蛋糕，像一条忠心耿耿的狗一样抬头看着他。出现了一会儿的平静与安宁，从我进入这个房间以来，头一次没有受到任何干扰，能够观察迈泽里默斯·德克斯特的状况。

我不是感到惊讶——自从我们上次见面之后，他变得更加糟糕了。我对此简直就是感到震惊。看过普莱摩尔先生的来信后，我没有做好思想准备认为自己会看到他身上出现的严重恶化的情况。

他五官萎缩，形容枯槁，同我上次看到的情况相比，他的整个脸庞在大小和形状上似乎不可思议地被销蚀了。眼睛里温柔的深情不见了踪影，眼白布满了红色的血丝，透出可怜和呆滞的目光。他曾经强劲有力的双手萎缩了，放在盖毯上时颤抖着。他苍白的脸部（可能是被他身上穿着的黑色天鹅绒上衣强化了）是呆板而又病态的色泽——秀气的外形不见了。眼角边大量的细纹加深了。当他坐在轮椅上身子前倾时，脑袋沉在双肩上。我离开英国的这一段时间，好像在他身上过去了几年，而非几个月。我想起了普莱摩尔给我看的那份医疗诊断报告——想起了医生确切无疑地表达过的观点，德克斯特能够保持心智健全的状态取决于他神经健康的状况——因此只会觉得，自己决定匆匆忙忙从西班牙赶回来，（如果自己仍然抱有成功的希望的话）这是明智的做法。明白了自己所明白的事情，担心着自己所担心的事情，我相信，他的时限临近了。

当我们的目光偶然相遇时，我感觉到，自己在看着一位处于弥留之际的人。

我可怜起他来了。

是啊！是啊！我知道，这种对他的同情感与促使我来到他宅邸的动机是完全相抵触的——我的心里面时下仍然怀疑，普莱摩尔先生是不是真的冤枉了他，因为他相信，德克斯特的罪行导致了第一任尤斯塔斯夫人的死亡。而对他的同情感与这种怀疑也是完全相抵触的。我感觉到了这一点：我知道他很残忍，相信他很虚伪。然而，我却可怜他！莫非我们所有人身上都有着共同的邪恶储存不成？难道这种邪恶的抑制或者发展仅仅是个训练和诱惑的问题吗？当我们同情邪恶者时，当我们簇拥在对罪犯的庭审现场时，当我们同一个走向绞刑架的罪大恶极的坏蛋握手告别时（如果我们正好在现场），难道在我们更加深层的同情感中存在着某种默默认可这一点的东西吗？这不是我决定得了的。我只能说，我可怜迈泽里默斯·德克斯特——而且他发现了这一点。

“谢谢您，”他说，话说得很突然，“您知道，我生病了，而您同情我。亲爱和友好的瓦莱拉！”

“这位夫人的名字，先生，叫尤斯塔斯·麦卡伦夫人，”本杰明突然插话说，他语气严厉，话是在他身后说的，“下一次您对着她说话时，请您记住啦，您与她的教名一点关系都没有。”

本杰明的斥责如同本杰明的反击一样，成了耳旁风，对方没有听见。从外表上看起来，迈泽里默斯·德克斯特完全忘记了，房间里还有这么个人。

“看见了您，我真高兴，”他接着说，“而让我听见了您说话的声音，这更加增添了我的快乐。向我说说您自己的情况吧。告诉我您离开英国之后，都干了些什么来着。”

为了达到我的目的，必须要挑起话题开始交谈。这样做比其他任何方式都更加管用。我直截了当地告诉了他，自己离开期间都干什么了。

“这么说来，您仍然喜欢尤斯塔斯对吧？”他说，表情很痛苦。

“我比任何时候都更加爱他。”

他举起双手，捂住了自己的脸。等待了片刻之后，他继续说话，两只手仍然挡住了脸，说话的语气古怪，声音压抑着。

“而您把尤斯塔斯留在了西班牙对吧？”他说，“您一个人返回到了英国对吧？是什么原因让您这么做？”

“让我首先到这儿来的请求您帮助的原因吗，德克斯特先生？”

他放下了两只手，看着我。我从他的眼睛里看到的不仅仅是惊诧，还有惶恐。

“是不是有可能，”他激动地大声说，“您甚至还不愿意让那件悲惨的事情消停？您仍然决心要插手发生在格兰尼奇宅邸的那桩谜案吗？”

“我仍然有决心，德克斯特先生。我仍然希望，您可能能够助上我一臂之力。”

我这话说出口的片刻，他的脸上再次笼罩着我记忆中的先前那种不信任感。

“我怎么能够助上您一臂之力呢？”他问了一声。“我能够改变事实吗？”他打住了，表情再次亮堂了起来，好像突然感到如释重负似的。“我确实设法帮助您来着，”他接着说，“我告诉过您了，博利夫人制造的不在场是转移人们对她怀疑的一种伎俩。我告诉过您了，那毒可能是博利夫人的女仆投的。您想明白了吗？您从这个想法中看出什么了吗？”

话题回到了博利夫人身上，这给了我第一个机会，可以把话题引导到想要说的话题上。

“我从这个想法中没有看出什么来，”我回答说，“我看不出有什么动机来着。那位女仆有什么理由同已故尤斯塔斯夫人作对呢？”

“谁都没有什么理由同已故的尤斯塔斯夫人作对啊！”他脱口而出，声音很大，情绪激动，“她品性端庄，为人善良。她在思想上或者行动上从来都没有伤害过任何人。她是世界上的圣人。逝者如斯，尊重她吧！让她在坟墓中得以安息吧！”他再次用双手捂住脸，因为我在他身上激发起的情绪而浑身摇晃着，颤抖着。

爱丽儿突然间动作柔和地离开自己坐着的凳子，向我走了过来。

“你看见了我的两个爪子了吗？”她低声说，一边伸出双手。“又折磨主人来着——你会感觉到我的两个爪子掐住你的脖子的！”

本杰明从位子上站起身：他没有听见她说的话，但看见那个动作。我示意他按兵不动。爱丽儿回到了凳子边，再次抬头看着主人。

“别哭泣，”她说，“来吧，绳索在这儿呢。再来戏弄我吧。让我随着由此引起的疼痛尖叫吧。”

他没有回话，没有动一动。

爱丽儿心智迟钝，但一门心思要排除困难，引起主人的注意。她眉头紧锁，两眼无神，目光呆滞地看着我，我是由此看出她的心思的。突然间，她开心愉快了起来，一只手握着拳击打另一只手的手掌。她成功了，有了办法了。

“主人！”她大声喊着，“主人！您很久没有给我讲故事了。让我笨脑袋迷惑了。让我身上起鸡皮疙瘩了。来吧，讲个长长的好听的故事吧，充满了血腥和罪恶。”

她是不是无意中想出了一个正确的建议触动他任性的想象了呢？我知道，他对自己“戏剧性叙述”的技巧很是得意。我知道，他就爱给爱丽儿讲一些她听不懂的故事，把她弄得云里雾里，这是他最喜欢的娱乐方式之一。他会偏离主题进入荒诞不经的传奇领域呢，还是他记得，我固执己见的态度仍然会对他造成威胁，结果重新开始询问发生在格兰尼奇宅邸的悲剧？还是他会玩弄伎俩，用新的计谋来误导我？根据我先前同他打交道的经验，可以看出，他会采取后面一种方式。但是，令我感到惊讶和惶恐的是，我发现自己往昔的经验是错误的。爱丽儿开口说话前一刻，我们全神贯注在那个话题上，而爱丽儿成功地分散了他的注意力了！他再次露出了自己的脸庞，绽放着灿烂的笑容，充满感激和自尊。他此刻够虚弱的了，甚至让爱丽儿都找到了激发起他的虚荣心的途径！我看出了这一点，怀着忧虑，怀着迟疑，自己是不是把这次上门延期得过久了，以至于为时过晚。想到这一点，我浑身感到不寒而栗。

迈泽里默斯·德克斯特说话了——对着爱丽儿说，不是对着我。

“可怜的笨蛋！”他说，轻轻拍了拍她的脑袋，一副扬扬得意的样子。“我讲述的故事，你一句都听不懂，对吧？但却能够让你硕大笨拙的躯体上起鸡皮疙瘩，但却能够激发你迟钝的心智，让你喜欢！可怜的笨蛋啊！”他态度平静地把身子后仰靠坐在轮椅上，然后再次朝着我的方向看过来。我的形象会让他想起片刻之前我们之间说过的话吗？没有！有冲着我快乐欢愉、自高自大的微笑，如同冲着爱丽儿时的微笑一模一样。“我擅长于戏剧性叙述，瓦莱拉夫人，”他说，“而蹲坐在凳子上的那位，是对此最好不过的证明。当我把我的一个故事讲述给她听时，她满可以当作一个心理研究的对象。看到那位心智不完整的可怜虫铆足了劲弄明白我说的意思时，着实很好玩。我可以举一个实例给您，您离开期间，我情绪低落——我过去的几个星期当中都没有讲一个故事给她听。我现在就讲一个给她听，别以为这对我是什么艰难的事情！我的创造力是无穷无尽的。您肯定会觉得很开心——您生来很严肃——但您肯定会觉得很开心的。我也生来很严肃，但我一直嘲笑她来着。”

爱丽儿那双巨大不成形状的手鼓着掌。“他一直都嘲笑我来着！”她说，一副高高在上、自以为是的表情，那是直接冲着我来的。

我手足无措，严重手足无措，不知道该怎么办。我挑起话题导致他谈及已故尤斯塔斯夫人时那一番情绪爆发，给我提了个醒，转到那个话题之前，我得小心谨慎点，要等待时机。还有什么别的方式能够让我转变话题，以便一步一步地引导他暴露出对我隐瞒着的秘密呢？面对这种不确定的状态，只有一件事情似乎是显而易见的。由着他讲述自己的故事，简直就是由着他浪费宝贵的时间。由于我活灵活现地记着爱丽儿的那“两个爪子”，我反而决定，自己要竭尽全力抓住每一个机会和动用每一种方式，打消德克斯特的新念头。

“对啦，瓦莱拉夫人！”他开口说，声音响亮，语气高傲。“听着，对啦，爱丽儿！集中你的注意力。我即兴作诗，即兴编故事。我们用童话故事中那种理想而又陈旧的套式开始吧。从前啊——”

我等待着机会打断他，这时候他打断了自己。他停止不说了，一副不知所措的表情。他把自己的一只手按在头上，在额头上来回抚摩着，有气无力地笑了起来。

“我好像是需要激励啊。”他说。

他的理智消失了吗？没有任何迹象表明我最后不幸地激起了他对格兰尼奇宅邸已故女主人的记忆。我先前已经注意到是虚弱，现在看到的是不知所措，莫非这只应归咎于一时打搅造成的影响？换句话说，难道我们看到的情况没什么严重的，只不过是对于他和对于我们的一次预警？如果我们耐住性子，给他时间，他会很快恢复正常吗？最后连本杰明都来了兴趣了。我看见他转到了轮椅的一角想要看看德克斯特。连爱丽儿都感到惊讶和不安。她现在不再向我们投来愤怒的目光了。

我们大家都在等待着看看他接下来要干什么，听听他接下来要说什么。

“我的竖琴！”他大声说，“音乐将激发我的情绪。”

爱丽儿把他的竖琴拿过来了。

“主人！”她说，一副惊叹的样子，“您想要弹奏什么曲目？”他挥了挥手，命令她不要吭声。

“《创造颂》，”他高傲地宣布说，话是对着我说的，“诗歌和音乐是由德克斯特即兴创作的。肃静！集中注意力！”

他在竖琴上移动着手指，有气无力，没有唤醒美妙的音符，没有吟出诗句。片刻之后，他的一只手放下了，头微微地向前垂着，伏在竖琴架上。我怔了一下站起身，走向他身边。是睡着了，还是晕过去了？

我触碰了一下他的胳膊，喊着他的名字。

爱丽儿立刻走到了我们之间，用威胁的眼神看着我。同一时刻，迈泽里默斯·德克斯特昂起了头。他听见了我的声音。他端详着我，平静的目光中透着奇特沉思的神情，这种眼神我过去从未见过。

“把竖琴拿走吧。”他对爱丽儿说，说话的声音中透出倦怠，像个精疲力竭的人。

这个心智不健全的制造麻烦者——在我面前纯粹是愚蠢笨拙，还是十足的用心险恶，我不能确定是哪种情况——再次激怒了他。

“怎么啦，主人？”她问了一声，怀里抱着竖琴，眼睛盯着他看。“您想到什么啦？故事在哪儿呢？”

“我们不想听故事，”我插话说，“我有很多事情要对德克斯特先生说，但还没有说呢。”

爱丽儿抬起一只粗大的手。“你会享受到的！”她说，向着我走过来。同一时刻，主人的说话声打断了她。

“把竖琴拿走，你这个笨蛋！”他重复了一声，态度严厉。“等到我想要讲述的时候再听故事吧。”

她顺从地把竖琴拿回到了房间另一端的原位上。迈泽里默斯·德克斯特移动了自己的轮椅，靠我坐的扶手椅更近一些。“我知道，什么东西能够激发我的情绪，”他说，态度推心置腹，“运动就可以办到。我最近没有做运动。稍等，您会看到的。”

他把两只手放在轮椅的两个轮子上，开始了在房间里移动的惯常行程。在此又一次，他的身上出现了一种不祥的变化，不过是以一种新的形式出现的。他前行的速度不是我记忆中狂暴的那种。他身下的轮椅不再带着那种轰隆声和口哨声的猛冲。轮椅前行着，不过速度缓慢。他痛苦地来回在房间里移动着轮椅——然后停住了，上气不接下气。

我们跟随着他，爱丽儿走在前面，本杰明和我并行。他很不耐烦地示意他们两个人退后，只让我一个人接近他。

“我已经无力训练了，”他说，声音很微弱，“您离开的期间，我不想让轮椅的轮子咆哮，让地板颤抖。”

如此时刻，谁会不怜悯他呢？谁会对他的不端行为耿耿于怀呢？连爱丽儿都感同身受。我听见她在我身后开始呜咽哭泣。只有这位魔术师才能唤醒她天性中沉睡的情感。他此时无意之中把她的那些情感给唤醒了。我再次听见了她那不祥的喊叫，那声音悲伤地呻吟着。

“您怎么啦，主人？您忘记我了吗？故事哪儿去啦？”

“别理会她，”我低声对他说，“您需要呼吸新鲜空气。把园丁叫来吧。我们驾着您的轻便马车出去。”

无济于事。他还是会注意到爱丽儿的。悲伤的喊叫声再次传来。

“故事哪儿去啦？故事哪儿去啦？”

德克斯特再次情绪低落起来。

“你个倒霉蛋，你个魔鬼！”他大声吼着，急速调转轮椅，面对着她。“我的故事来了，我能够讲述！我这就讲述！拿酒来！你个呜咽哭泣的白痴，给我拿酒来。我怎么先前没有想到啊？葡萄酒之王勃艮第！这就是我想要的，瓦莱拉，让我的创造力在头脑中迸发和燃烧。给所有人备一个酒杯！向葡萄酒之王致敬——伏旧园葡萄酒！”

爱丽儿打开凹室里的橱柜，拿出了葡萄酒和几个威尼斯高脚酒杯。德克斯特在自己的酒杯里斟满了勃艮第葡萄酒，一饮而尽。他拼命劝我们同他一块儿喝（或者至少要假装着喝）。这一次连爱丽儿也参与其中了，同她的主人比拼着，一饮而尽。葡萄酒的威力瞬间便蹿上了她弱智的脑袋。她开始模仿着德克斯特，用沙哑的嗓子唱起了她自己创作的歌曲。仅仅是一种重复，对她想要听故事的要求没完没了地机械重复。“给我们讲个故事吧！主人！主人啊！给我们讲个故事吧！”主人一门心思放在自己的葡萄酒上，一声不吭地喝掉了第二杯。德克斯特的目光从我们身上移开时，本杰明低声对我说着：“听我一句劝，瓦莱拉，就这一次。我们走吧。”

“最后努力一次吧，”我低声回答，“仅此一次！”

爱丽儿继续懒洋洋地唱她的歌。

“给我们讲故事吧，主人！主人！给我们讲故事吧。”

迈泽里默斯·德克斯特目光移开了酒杯，抬头看了看。强劲的刺激物开始起作用了。我看见他已经上脸了，看见他眼睛里又闪烁着睿智的灵光。勃艮第葡萄酒已经激发了他！佳酿给了我最后一次机会！

“现在讲故事啦！”他大声说。

“不听故事！”我说，“我想要和您交谈呢，德克斯特先生。我没有心情听故事。”

“没有心情？”他重复了一声，脸上再次表露出先前那种淘气而又揶揄的表情。“这是个借口，我明白是怎么回事！您认为我的创造力消失了——而您不坦率，不予承认。我会让您看到，您的看法是错误的。我会让您看到，德克斯特又是他自己了。肃静，说你呢，爱丽儿，否则就要离开这个房间！我已经有故事了，瓦莱拉夫人，全都构思好了，场景和人物一应俱全。”他补充说出下面的话之前，摸了摸自己的前额，看着我，微笑着，目光中透出诡秘狡黠的神色，“这正是让您感兴趣的东西，漂亮的朋友啊。那是一个关于一位女主人和一位女仆的故事。回到壁炉前听故事吧。”

关于一位女主人和一位女仆的故事？如果这话有什么含义的话，那意思就是说，是关于博利夫人和她的女仆的故事，不过是以伪装的形式讲述的！

从他嘴里说出的这个标题，从他脸上流露出的表情，再次激活了我心中万念俱灰的希望。他终于振作起精神了。他恢复了他天生的洞察力和天生的睿智。他找了个借口给爱丽儿讲述故事，显然是想要再次误导我。结论不容否认。用他自己的话来说——德克斯特又是他自己了。

我们跟随着他返回到房间中部位置的壁炉时，我挽着本杰明的一条胳膊。“我还有机会呢，”我低声说，“别忘记了看信号啊。”

我们各就各位，返回到了先前安排好了的位置。爱丽儿再次用威胁的目光看了我一眼。她干了一杯葡萄酒之后，剩下的唯一知觉就是防着我，不让我再打岔。我当然小心谨慎，决不让这样的情形发生。我和爱丽儿一样迫不及待地想要听故事。对于讲述者而言，这个主题陷阱重重。任何时刻，讲述得激动了，德克斯特对于真实事件的记忆可能会反映在虚构的情景中。任何时刻，他有可能暴露自己。

他环顾了一番四周，开始讲述。

“我的听众们，你们坐下了吗？我的听众们，你们准备好了吗？”他问着，态度轻松。“你们稍稍面对这边一点儿，”他补充着说，语气格外温柔和蔼，示意着我完全面对着他。“我的要求肯定不过分吧？您看着这个卑微低下的可怜虫吧——看着我吧。让我在您的眼神中寻找到灵感吧。让我从您的身材上满足自己如饥似渴的钦佩之情吧。行啊！给这个人留一点同情的微笑吧，因为他的幸福已经被您给毁掉了。谢谢您。‘我的生命之光’，谢谢您啊！”他给了我一个飞吻，然后舒舒服服地靠在轮椅上。“讲故事啦，”他接着说，“终于要讲故事啦！我以什么形式讲述呢？用戏剧的方式——讲述故事最古老的方式，最真切的方式，最便捷的方式！首先是标题，简短的标题，引人注目的标题：《女主人和女仆》。场景：传奇之邦——意大利。时间：传奇时代——15 世纪。哈！看看爱丽儿吧。她对 15 世纪的了解并不比对厨房里的那只猫了解得多，不过，她已经产生兴趣了。幸福快乐的爱丽儿啊！”

爱丽儿又看了看我，沉浸在美酒和成功的双重陶醉之中。

“我并不比对厨房里的那只猫了解得多，”她重复了一声，咧开嘴笑着，充满了感激而又虚荣的神态，“我是‘幸福快乐的爱丽儿’！你是什么呢？”

迈泽里默斯·德克斯特哈哈大笑了起来，笑得很开心。

“我不是对您说过了吗？”他说。“她不是很有趣吗？戏剧中的人物，”他继续说，“一共三位。就只有女人。安吉莉卡，一位尊贵的夫人，气质和出身同样尊贵。库尼贡达，一位漂亮的魔鬼，以女人的形象出现。达莫莉德，夫人不幸的女仆。第一个场景：一座城堡中的一个圆顶房间。时间：黄昏时。猫头鹰在树林中咕咕叫着，青蛙在沼泽地里哇哇鸣着。看看爱丽儿吧！她浑身起鸡皮疙瘩了。她瑟瑟发抖，都听得见呢。令人钦佩的爱丽儿啊！”

在主人面前同我争宠的对手瞥了我一眼，目光中充满了挑衅。“令人钦佩的爱丽儿啊！”她重复了一声，声音显得懒洋洋的。迈泽里默斯·德克斯特不再举起斟满了勃艮第葡萄酒的杯子——放置在旁连着轮椅的一个滑动小桌板上。他呷着葡萄酒时，我目不转睛地注视着他。他的脸色更红了，眼睛里仍然闪烁着光芒。他再次放下杯子，快乐地咂巴着打了个响嘴——然后接着讲述。

“出现在圆顶房间里的人物：库尼贡达和达莫莉德。库尼贡达说话。‘达莫莉德！’‘夫人？’‘谁生病躺在我们上面的房间里？’‘夫人，是那位尊贵的夫人安吉莉卡。’（暂停，库尼贡达再次开口说。）‘达莫莉德！’‘夫人？’‘安吉莉卡对你怎么样呢？’‘夫人，那位对于任何接近她的人都和蔼仁慈的尊贵的夫人，对我和蔼仁慈。’‘你伺候她了吗，达莫莉德？’‘有时候吧，夫人，当那位护理疲倦了的时候。’‘她是从你的手上接过治病良药的吗？’‘有那么一两回吧，夫人，当时我碰巧在身边呢。’‘达莫莉德，拿着这个钥匙，打开那儿桌子上的首饰盒。’（达莫莉德按照吩咐做了）‘你在首饰盒看到了一个绿色小瓶子吗？’‘我看到了，夫人。’‘把它拿出来吧。’（达莫莉德按照吩咐做了）‘你看见了绿色小瓶子里的液体了吗？你猜得出那是什么东西吗？’‘猜不出，夫人。’‘我可以告诉你吗？’（达莫莉德毕恭毕敬地鞠了一躬。）‘瓶子里是毒药。’（达莫莉德怔了一下，听说是毒药便退缩了。她宁可把瓶子放到一边。女主人示意她手里拿着瓶子。女主人说。）‘达莫莉德，我已经告诉过你我的一个秘密，我可以告诉你另外一个吗？’（达莫莉德等待着，害怕听到将要说出的秘密。）她的女主人说：‘我恨安吉莉卡夫人。她的生命横在我和我快乐的心之间。你的手上攥着她的性命呢。’

（达莫莉德双膝跪地，她是个虔诚的人，在眼前画着十字，然后开口说话了。）‘夫人啊，您吓着我啦。夫人啊，我听见什么啦？’（库尼贡达向前走，伫立在她身边，用可怕的目光俯视着她，低声说出了下面的话。）‘达莫莉德，安吉莉卡夫人必须得死——而且是经过你的手。’”

他又停下来了。再呷一口酒吗？不，这次深饮了一口。

难道刺激物已经在他身上失效了吗？

他把身子再次靠到轮椅的后背上，决定在接着讲述之前思忖片刻。这时候，我全神贯注地看着他。

他脸上还和先前一样通红，但是，眼睛里的亮光已经消退了。我注意到，当他进展到场景里后面的对话时，他讲述的速度越来越慢了。他已经感觉到编故事很吃力了吗？是不是这时候葡萄酒该在他身上起的作用已经起过了呢？

我们等待着。爱丽儿坐着注视着他，无神的眼睛紧盯着，空着的嘴张开着。本杰明一丝不苟地等待着信号，摊开的记事本一直放在膝盖上，用一只手挡着。

迈泽里默斯·德克斯特继续讲述。

“达莫莉德听见了那些可怕的话。达莫莉德双手紧扣着恳求：‘噢，夫人！夫人！我怎么能够毒杀那位亲切而又高贵的夫人啊？我有什么理由要害她呢？’库尼贡达回答说：‘你有理由服从我。’达莫莉德跪在自己女主人的脚边，脸贴到了地面。‘夫人，我不能这样做啊！夫人，我不敢这样做啊！’库尼贡达回答说：‘你不会冒任何风险的。我已经筹划好了，转移视线，不会查到我身上。我也已经筹划好了，转移视线，不会查到你身上。’达莫莉德重复着说：‘我不能这样做啊！我不敢这样做啊！’库尼贡达的眼睛里闪烁着愤怒的光芒。她从胸口藏匿处掏出——”

他话说到一半便停住了，一只手按住自己的脑袋。不像是一个处于痛苦状态的人，而是像一个忘记了事的人。

如果我设法帮助他恢复记忆，这样做好呢，还是（只要我办得到）保持沉默更加明智一些呢？

我能够很清楚地看清他故事的指向了。他运用意大利传奇这个无法令人信服的幌子，目的就是为了应对我无可置疑地反对怀疑博利夫人女仆的局面——反对的理由是，该女子没有实施谋杀行为的动机。如果他找到了完全站得住脚的和完全可能的动机，从而能够实质上否定这一点，那他的目的就达到了。我保证要锲而不舍地进行调查询问。那些询问——随时都有可能直接转到他身上——若情况如此，那将会成功地由认准的人转移到错误的人身上。毫不知情的女仆会蔑视我最严厉的注视。德克斯特会安全地隐蔽在她身后。

我决定给他时间，于是缄口不言。

时间一分一秒过去了。我在深深的焦虑不安中等待着。这是个严峻同时也是关键的时刻。如果他成功地编造出了一个可能的动机，天衣无缝地契合他所讲述的故事的目的，仅仅凭着这样一个举动，他便可以证明，他的身上仍然保留着心智力，连那位苏格兰医生的职业眼光都没有看出来。但是，问题是——他会这样做吗？

他这样做了！不是以新的方式，不是以令人信服的方式，并非没有付出明显痛苦的努力。不过，不管做得圆满与否，他替那位女仆找到了一个动机。

“库尼贡达，”他接着说，“从胸口藏匿处掏出一张写了字的纸，把它展开了。‘看看这个吧。’她说。达莫莉德看着那张纸，再次伏在女主人的脚下，诚惶诚恐，悲观失望。库尼贡达掌握着女仆过去生活中的一个羞于启齿的秘密。库尼贡达可以对她说：‘你做出选择吧，要么任由事情败露，令你蒙羞，令你父母蒙羞，永远如此——要么打定主意听从我的安排。’若是事情仅仅殃及自己，达莫莉德倒是会顺从蒙羞的。但是，她的父母是诚实本分的人，她不能让自己的父母蒙羞受辱。她到了没有退路的境地了——根本没有希望让库尼贡达的铁石心肠融化。她唯一的办法就是设置重重障碍，所以设法显得在她和犯罪之间存在着阻碍。‘夫人啊！夫人啊！’她大声喊着，‘有护理在那儿看着我，我怎么能够做那事呢？’库尼贡达回答说：‘护理有时候会睡觉的，护理有时候会离开的。’达莫莉德仍然坚持说：‘夫人啊！夫人啊！那扇门可是上了锁的，护理拿走了钥匙。’”

那把钥匙！我立刻想到了格兰尼奇宅邸那把失踪了的钥匙。莫非他也想到了钥匙不成？当这个词说出嘴时，他确实停顿了一下。我决定发出信号！我把胳膊肘搁置在椅子的扶手上，摆弄起我的耳环。本杰明掏出铅笔，整理好记事本，即便爱丽儿朝着他那边看，她也看不出他在干什么。

我们等待着，直到迈泽里默斯·德克斯特开心地继续讲述下去。这中间间隔的时间够长的。他的一只手再次举起来放在前额处。他的双眼明显弥漫着一种越来越暗淡的神色。当他确实开口说话时，不是继续讲述故事，而是提出一个问题。

“我讲述到哪儿啦？”他问了一声。

我的希望如同迅速升起一样，又迅速地下沉了。不过，我还是设法回答了他，没有表露出我态度上的变化。

“您讲述到了，”我说，“达莫莉德对着库尼贡达说——”

“对啊！对啊！”他插话说，“但她说什么了呢？”

“她说：‘那扇门可是上了锁的，护理拿走了钥匙。’”

他立刻在轮椅上把身子向前倾。

“不对！”他回答说，情绪激动，“您记错了。‘钥匙？’胡说八道！我根本没有说什么‘钥匙’。”

“我认为您说了，德克斯特先生。”

“我根本没有说！我说了别的什么东西，您已经忘记了。”

我克制着，不同他争辩，担心接下来发生的事情。我们再次等待。本杰明阴郁地遵从着我的种种奇思妙想，记下了我和德克斯特之间交流的问题和回答。他仍然机械地让记事本的页面开着，仍然握着铅笔，随时准备接着记录。德克斯特说话的声音回响在爱丽儿的耳畔时，她态度平静，在葡萄酒的作用下，昏昏欲睡。她不安地感觉到转向沉默的变化。她焦虑不安地环顾了一番四周，抬头看着主人。

他坐在那儿，一声不吭，一只手按在头上，仍然纠结着梳理自己混乱的思绪，让人试图透过笼罩在他四周的黑暗看见光明。

“主人啊！”爱丽儿大声喊着，一副可怜的样子，“故事后来怎么啦？”

他怔了一下，好像她把他从睡梦中惊醒了。他不耐烦地摇了摇头，似乎想要甩掉压在上面的重负。

“耐心点！耐心点啊！”他说，“故事这就要继续叙述下去啦。”

他不顾一切地勇往直前，拾起了中途失落的线索，轻率鲁莽，不管是正确的线索，还是错误的。

“达莫莉德双膝跪着，哭了起来。她说——”

他停住了，用茫然的目光环顾一番四周。

“我给另外那个女人取了个什么名字来着？”他问了一声，这个问题不是对着我问的，也不是对着我的两位同伴中的任何一位问的。他是问自己，或者对着空气问。

“您称另外那个女人为库尼贡达。”我说。

听到了我的说话声后，他缓慢地移转目光——移转到了我的身上，不过并没有看着我。呆滞而又茫然，平静而又毫无变化，那目光似乎停留在远处的什么东西上面。当他随后开始说话时，连声音都发生了变化。声音低沉了下来，变得平静、空泛、单调。我丈夫昏迷期间——当时，尤斯塔斯的心智似乎过于疲惫，跟不上他说话的节奏，我在他的病榻边注视他，听见了类似这样的说话声音。这样的结局临近了吗？

“我称她为库尼贡达，”他重复了一声，“而我称另外一个——”

他再次停了下来。

“您称另外那个达莫莉德。”我说。

爱丽儿抬头看着他，睁大着眼睛盯着看，不知所措。她很不耐烦地扯着他上衣的袖口，以便引起他的注意。

“这是您要讲述的故事吗，主人？”她问了一声。

他回答了，没有抬头看她一眼，他毫无变化的眼神仍然盯着看，似乎盯着远处的什么东西。

“这就是要讲述的故事，”他说，心不在焉，“但是，为何是库尼贡达呢？为何是达莫莉德呢？为何不是女主人和女仆呢？女主人和女仆，更加容易记住些——”

他犹豫迟疑起来。他极力想在轮椅上挺直身子时，颤抖着。然后，他似乎重新振作了起来。“那位女仆对着女主人说什么来着？”他喃喃地说。“什么？什么？什么？”他再次犹豫迟疑起来。后来，他似乎突然想起了什么。他的心里是突然有了什么新想法呢，还是忘记的东西突然又想起来了呢？无法说得准啊！他继续讲述，突然而又快速地继续讲述，说出了以下这些莫名其妙的话。

“‘那封信，’女仆说，‘那封信。’噢，我的心啊！每一句话都是一把利剑，一把插在我心脏的利剑。噢，你，书信。骇人听闻、骇人听闻、骇人听闻的书信。”

上帝呀，他在说什么来着？这些话是什么意思啊？

他是不是讲述故事的过程中产生了某种幻觉，然后无意之中追踪到过去在格兰尼奇宅邸时某段微弱而又零碎的记忆了呢？当其他的官能遭到破坏时，记忆是最后消失的吗？是不是透过因大脑加速衰退导致在其面前投下的可怕阴影，让我看到了真相——骇人听闻的真相——幽灵？我上气不接下气，一种莫名的恐惧感向我整个人袭来。

本杰明一只手握着铅笔，向我投来警示的目光。爱丽儿平静安详，心满意足。“继续讲述吧，主人，”她只顾着说，“我喜欢听！我喜欢听！继续讲述故事吧。”

他继续讲述——像个睁开眼睛睡觉的人，睡梦中说话的人。

“女仆对女主人说，不对，女主人对女仆说。女主人说：‘把这封信给他看吧。一定，一定，一定要这样做。’女仆说：‘不行，一定不能这样做。不应该把信亮出来，没有用的东西，胡说八道的。让他受苦受难去。我们可以让他感到飘飘然。把信亮出来？不行。那就让最坏的事情发生吧。那就把信亮出来吧。’女主人说——”他停住了，一只手在眼前来来回回挥舞着，似乎要抹掉幻象中某些混乱和纠缠着的东西。“刚才说到哪个啦？”他说，“女主人还是女仆？女主人吗？不行，女仆说，当然。说话声音很大，语气确切。‘你们这些混蛋，离那张桌子远点。日记放在上面呢。第九号，卡尔德肖，找丹迪。你们不应该拥有那本日记。你们可以听到一个秘密。那本日记会让他上绞刑架。我不会让他上绞刑架的。你们怎么敢碰我的轮椅啊？我的轮椅就等于是我本人。你们怎么敢碰我啊？”

最后这一席话像一道光线似的把我照亮了！我在《庭审报告》中看到过这样的话——那是在郡长办公室职员提供的证词中。迈泽里默斯·德克斯特徒劳地阻止那些人拿走我丈夫的文件资料，而那些人把他的轮椅推出了那间卧室，当时，他就说过这样的话。现在，他的记忆停留在什么事情上，已经没有任何怀疑了。他的记忆停留在格兰尼奇宅邸！他追忆往昔的思绪盘旋着，很虚弱，越来越虚弱，越来越接近格兰尼奇宅邸惨案之谜了！

爱丽儿再次让他振作起了精神。她并不体恤怜悯他，而是坚持要听完整的故事。

“您怎么停下来了呢，主人？继续讲述吧！继续讲述吧！快点给我们讲述——那位夫人对女仆说什么来着？”

他虚弱地笑了起来，试图模仿她。

“那位夫人对女仆说什么来着？”他重复了一声。他的笑声慢慢消失了。他继续讲述，表情越来越茫然，语速越来越快。“女主人对女仆说：‘我们让他感到飘飘然了。那封信如何处理？现在烧了吧，壁炉里没有火，盒子里没有火柴了，整座宅邸乱七八糟的，仆人全都走了。那就撕了吧，扔进垃圾篓里摇一摇，和其他东西混在一块儿，摇一摇。那是废纸，给扔了，永远消失了。噢，萨拉，萨拉，萨拉。永远消失了。'”

爱丽儿拍着双手，现在轮着她模仿他了。

“'噢，萨拉，萨拉，萨拉，'”她重复着，“'永远消失了。'这好极啦，主人！告诉我们——谁是萨拉啊？”

他动着嘴唇，但说话的声音很低，我几乎听不清他的话。他重新开始说，还是先前那悲伤的老调。

“女仆对女主人说，不对，女主人对女仆说——”他突然停住了，在轮椅上挺直了身子。他猛然把两只手举过头顶，爆发出了一阵可怕而又声嘶力竭的笑声。“啊哈哈哈哈！多么有趣啊！你们怎么不笑啊？有趣，有趣，有趣，有趣。啊哈哈哈哈哈——”

他身子靠回到轮椅上。尖声恐怖的大笑声慢慢演变成了低声抽泣。然后是一声绵长、深沉、疲乏的呼吸。再后来便无声无息了，只是一张茫然的脸庞扬起对着天花板，眼睛漫无目的地看着，嘴唇半张开着，露出毫无意思毫无变化的笑容。尼弥西斯终于现身了，报应在他身上得到了应验。夜幕降临了。

但是，当最初的震撼过去之后，只有一种情感让我充满了活力。连那个令人害怕的形象引起的恐惧都似乎只会增加我对那个身体残疾的可怜虫的怜悯。我情不自禁地怔了一下，站起身。除了轮椅上那个无助的人之外，我什么也没有看见，什么也没有想到。我一跃身子向前，想要让他挺直了，让他苏醒过来，让他恢复记忆（如果这样的事情可以办得到）。我刚迈出了第一步，便感觉到有一双手拉住了我——我拼命挣脱。“您看不见吗？”本杰明大声说，拉着我离门口越来越近。“看看那儿吧！”

他指了指，我看了看。

爱丽儿在我前面抢了个先。她已经把轮椅上的主人扶直了，一条胳膊搂着他。闲着的那只手挥舞着一根瓶状臂力棒以示威胁，那是从战利品——一个挂在壁炉上方的墙壁，作装饰用的东方武器——上扯下来的。她人都已经变形了！呆滞无神的眼睛瞪着，像一只猛兽的眼睛，狂怒中紧咬着牙齿。“这都是你闹的！”她冲着我大声吼了起来，在脑袋四周疯狂地挥舞着手上的棒子。“胆敢靠近他，我敲出你的脑浆！打断你的骨头，一根不剩！”本杰明的一只手仍然拉住我，另一只手把门打开。我任由他摆布。爱丽儿令我着迷，我眼里什么都没有，只有爱丽儿。她看见我们撤离时，愤怒的情绪消失了。她放下了手中的棒子，两条胳膊搂住他，将自己的头依偎在他的胸前，对着他哭泣流泪。“主人！主人！他们不能再折磨您啦。再抬起头来看一看吧。像平常那样嘲笑我吧。说‘爱丽儿，你是个傻瓜’。恢复到您的正常状态吧！”我被拉到了隔壁一个房间。我听见那个可怜的女人发出绵长、低沉、呜咽的哭声，因为她爱他，以一条狗的忠诚，一个女人的忠贞。沉重的房门关上了，把我们分隔了开来。我待在宁静的前室里，为刚才那令人同情的一幕而哭泣，像个无能为力的孩子似的，依偎着我的老朋友。

本杰明拧动了锁孔里的钥匙。

“为了这事哭泣无济于事的，”他说着，态度平静，“瓦莱拉，如果您感谢上帝，自己得以平平安安、健健康康地离开那个房间，恐怕会更加合适些啊。随我一块儿走吧。”

他把钥匙从锁孔里拔了出来，领着我下楼到了厅堂。思忖了片刻之后，他打开了宅邸的前门。那位园丁依然在庭院里默默地干着活儿。

“你家主人病倒了，”本杰明说，“而伺候他的那个女人已经慌了神了——如果她还有神可慌的话。距离最近的医生住在哪儿？”

此人表现出了对德克斯特的一片忠心，如同那个女人表现自己的一片忠心一样——他是以男人粗鲁的方式表现的。他扔下铲子，骂了一句。

“主人身体不好了？”他说。“我去叫医生，比您希望的还要更加快找到他。”

“告诉医生带个人随同他一块儿来，”本杰明补充说，“他可能需要帮助呢。”

园丁转过了身，表情严肃。

“我就是那个人，”他说，“除了我没有任何人帮得上忙。”

他离开了我们。厅堂里有几把椅子，我在其中一把上面坐了下来，设法让自己平静下来。本杰明来回走着，陷入了沉思。“他们两个人都喜爱他，”我听见他自言自语地说，“半猴半人的——他们两个人都喜爱他。这可令我大惑不解了。”

园丁领着医生返回了——一个态度平静、皮肤黝黑、神情坚毅的人。本杰明上前迎他们去。“我拿到钥匙了，”他说，“我可以随你们一块儿上楼吗？”

医生没有回答这个问题，而是把本杰明拉到了厅堂的一个角落里。两个人低声交谈着。交谈结束时，医生说：“把钥匙给我，您插不上手的。您只会惹得她生气。”

说完这话后，他向园丁示意。他正要上楼，这时，我大胆地上前阻止了他。

“我可以待在这厅堂里吗，先生？”我说。“我迫不及待地想要知道结果如何。”

他看了我片刻，然后才做出回答。

“您最好回家去，夫人，”他说，“园丁熟悉您的住址吗？”

“熟悉的，先生。”

“很好。我会通过园丁让您知道结果如何的。听从我的建议，回去吧。”

本杰明挽住了我的胳膊。我回头看了看，看见医生和园丁一块儿上楼，走向那间上了锁的房间。

“别管医生，”我低声说，“我们在花园里等着吧。”

本杰明不愿意听人说做欺骗医生的事情。“我打算送您回家去。”他说。我看着他，惊诧不已。我的老朋友，只要没有紧急情况让他揪心，他总是温和顺从，而现在，他却显示出了自己性格中潜在的坚定果断的气质，不过，在我同他的交往中，他从未表现出来过。他领着我进入了花园。我们留着那辆马车来着，马车在花园门口等待着。

我们回家途中，本杰明掏出他那本记事本。

“我把这些胡言乱语记在这儿，您拿它干什么用呢，亲爱的？”他问了一声。

“您把全部内容都记下来了吗？”我问了一声，显得很惊讶。

“我答应了要做一件事情，就一定会做的，”他回答说，“您从未示意我停下来啊——您根本没有移动过椅子。我把每一句话都记下来了。我能够干什么呢？把它从这马车的窗户口扔出去吗？”

“把它给我吧！”

“您准备拿它干什么？”

“我还不知道呢。我去问问普莱摩尔先生。”

# 第四十一章　普莱摩尔先生显露新的个性

通过夜间的邮班——尽管我很不适合于做这件事情——我给普莱摩尔先生写了信，把发生的事情告诉了他，请求尽快得到他的帮助和建议。

本杰明记事本上记录的东西一部分是速记的，而正因为如此，就目前的情况而言，我用不上。应我的请求，他清晰地抄录了两份。我把其中一份随信寄给了普莱摩尔先生。另一份由我拿着，我休息时把它放在床边的桌子上。

我夜不能寐，一遍又一遍地反复看着从迈泽里默斯·德克斯特嘴里说出的最后那一番话。是不是有可能对它们作出有某种特定意义的诠释呢？刚一开始时，它们似乎无法作出诠释。我想要解决这个毫无希望解决的问题，经过了一番徒劳的努力之后，我最终做了自己或许从一开始就可以做的事情——我绝望地扔下了那张纸。现在，我发现和成功的光明前景在哪儿呢？散落在风中啊！那个生病的人是不是还有一丝可能性会恢复理智呢？我清楚地记得，自己从希望中看到了什么。夜晚的静谧之中，我的记忆里再次浮现了在普莱摩尔先生的事务所里看到的那份医疗诊断报告的最后一行文字。“一旦灾难发生，他的朋友们肯定就失去了治愈他的希望：神经系统的平衡一旦丧失了，那便会终生丧失。”

那句可怕的断言，我不久便得到了证实。翌日早晨，那位园丁送来了一封信，里面有医生头天承诺给我的信息。

迈泽里默斯·德克斯特和爱丽儿仍然待在我和本杰明离开他们时待的地方——那间很长的房间里。他们由经验丰富的护理看护着，等待着德克斯特最近的亲属（是个弟弟）的决断，他住在乡村，已经通过电报联系上了。大家发现，如果不采用对暴怒中的精神失常者采取的人身强制措施，无法将忠心耿耿的爱丽儿同自己的主人分开。医生和园丁进入房间后首先试图把那个可怜的女人拉开时，他们（两人都是非同寻常的强壮汉）未能控制住她。他们立刻允许她返回到自己主人身边。暴怒的情绪消失了，只要他们让她坐在他的脚边，看着他，她就会完全平静下来，心满意足。

此情此景虽然令人悲伤，但是，关于迈泽里默斯·德克斯特情况的报告更加令人忧伤不已。

“我的病人处于一种绝对无能的状态。”——这是医生信中的话。而园丁的简要叙述证明了此话再真实不过。面对可怜的爱丽儿对他的一片忠心，德克斯特意识不到——他似乎都不知道，她人到了房间里。连续几个小时，他在轮椅上一直处于一种呆滞的状态。他像只动物似的对餐食感兴趣，像只贪婪的动物，美滋滋地尽情享用着吃喝的东西——情况就是这样的。“今天早晨，”分别时，诚实的园丁对我说，“我们觉得，他似乎清醒了一点点。您知道的，他看了看四周，用双手打着怪异的手势。我无法理解他那是什么意思，医生也无法理解。她知道，可怜的女人——她确实知道。她去帮他把竖琴拿来了，把他的手放在竖琴上。天哪，无济于事啊！他无法弹奏，就像我无法弹奏一样。不管怎么说，他对着竖琴弹拨，而且咧着嘴笑，含糊不清地自言自语。不，他绝不可能再恢复正常了。无须医生的帮助，任何人都看得出这一点。正如我告诉过您的那样，他只会美滋滋地享用着自己的餐食。情况就是这样的。如果上帝乐意把他带走，那恐怕是再好不过的情况了。没有什么情况可以说的了，再见吧，夫人。”

他眼睛含着泪水离开了，然后留下我。我承认，我眼睛里也含着泪水。

一个小时过后，传来了令我振奋的消息。我收到了一封普莱摩尔先生发来的电报，电文用的是令人欣喜的言辞：“只得乘今晚的邮政列车前往伦敦。明天早上等着我用早餐吧。”

接到了电报之后，律师如期出现在了我们的早餐桌边。他一开口说话便令我很开心。让我无比惊讶和欣慰的是，关于我目前处境，他完全不赞同我的悲观失望的看法。

“我并不否认，”他说，“您的道路上存在一些很严重的障碍。但是，如果不是本杰明先生的笔记在我心里留下了十分强烈的印象，我是不可能在处理完在伦敦的职业事务之前到这儿来的。按照我的看法，这是头一次，您真正拥有了成功的前景；这是头一次，我觉得自己有理由（在一定的约束下）给您提供帮助。那个处境悲惨的可怜虫智力处于崩溃状态，他已经做了他理智清醒、精明狡诈时无法做到的事情——他让我们看见了，真相之光中最初弥足珍贵的微光了。”

“您肯定那就是真相吗？”我问了一声。

“从两个重要的细节，”他回答说，“我知道，那就是真相。您对他的判断是正确的。正如您认为的那样，他的记忆力是他的官能中受损最少的部分，也是最后丧失的部分。所以，当他处于要设法讲述那个故事的紧张状态时，我相信，从他嘴里最初提到'那封信'的时刻开始，直到最后——所说的全部话语中，他是凭着自己的记忆力在对您说话的。"

"但是，提及那封信是什么意思呢？"我问了一声。"我对此完全是云里雾里的。"

"我也如此啊，"他回答说，态度很坦诚，"我刚才提到的障碍，其中最主要的一个就是由'那封信'引起的。从某种意义上说，已故尤斯塔斯夫人一定与那封信有关联——否则，德克斯特绝不可能说它犹如'一把插入我心脏的利剑'。德克斯特描述了把信撕毁并且扔掉的情形，若非如此，他绝不可能把她的名字同那些话联系在一块儿。我可以很确定地得出这样一个结论，但无法再进行下去。至于那封信是谁的，上面写了些什么，我和您一样，一无所知。如果我们有了这样的发现——可能这是至关重要的发现——我们必须要派人到三千英里之外的地方展开最初调查了。说得明白一些，亲爱的夫人啊，我们必须派人到美国去。"

很自然，这一点完完全全令我感到惊讶。我迫不及待地等着听，我们为何要派人去美国。

"等到您听到了，"他接着说，"我必须要告诉您的情况后，再说您是否愿意支付派人去纽约的费用，这就取决于您啦。为了实现这个目标，我可以物色到了合适的人选。我估计费用（包括一封电报在内）——"

"别担心费用的事情！"我打断了他的话，关于眼前这个卓越的苏格兰人对这件事情的看法，我没有耐性再等待了。他竟然会把我的钱包作为首要考虑的问题呢。“我不在乎费用问题，就是想要知道您发现了什么。”

他微笑着。“她不在乎费用，”他自言自语地说，一副美滋滋的样子，“十足的女人味啊。”

我本来可以反唇相讥。“一事当前，他先考虑的就是费用问题。十足的苏格兰人味啊！”实际情况是，我太过迫切了，一点都不机智了。我只是迫不及待地用手指敲打着桌子，并且说：“告诉我吧！告诉我吧！”

他掏出我寄给他的本杰明笔记中的那份清晰抄件，让我看德克斯特最后那些话中的内容：“那封信如何处理？现在烧了吧，壁炉里没有火，壁炉里没有火，盒子里没有火柴了，整座宅邸乱七八糟的，仆人全都走了。”

“您确实理解了这些话是什么意思吗？”我问了一声。

“我回首自己的切身经历，”他回答说，“我完全理解了那些话中的意思。”

“而您也能让我理解吗？”

“很容易啊。在那些不完整的句子中间，德克斯特的记忆深处准确地想起了确切的事实。我只能告诉您事实，所以您也就会和我一样明白啦。庭审的那段时间，您丈夫坚持要立刻把格兰尼奇宅邸的全部仆人辞退，这令我感到很惊讶和痛惜。我遵照嘱咐，提前支付给他们一个季度的薪水。给他们开具优秀的品性推荐信，因为他们良好的品性完全实至名归。一个小时之内，看着他们全部离开宅邸。促使尤斯塔斯采取这个仓促行动的动机，同促使他对待您的行为的动机如出一辙。‘如果我有朝一日返回格兰尼奇宅邸，’他说，‘有了因谋杀的罪名站在审判席上的这桩耻辱之后，我无法面对自己的那些忠厚老实的仆人。’他自有理由的！无论我对他说什么都改变不了他的决心，可怜的人啊。我于是把所有仆人都辞退了。一个小时时间里，他们全部离开了府邸，搁下了他们当天所有的工作。只留下住在庄园附近的人负责照看格兰尼奇宅邸——也就是那位看门人和他的妻子、女儿。庭审的最后那天，我吩咐那个女儿尽最大努力把房间收拾干净。她是个很不错的姑娘，但是，作为女仆，她缺乏经验：她脑袋里根本想不到，应该给各间卧室配备些燃料供照明用，或者给空火柴盒里填充些火柴。德克斯特不经意间说出的这些话，毫无疑问准确描述出了他随着嫌疑人以及其母亲从爱丁堡返回格兰尼奇宅邸时自己卧室里的状况。他在卧室里撕毁了那封神秘莫测的信，而且由于找不到立刻将信烧毁的办法，他便把碎片扔进了空荡荡的壁炉膛里，或者扔进了废纸篓内。这似乎是我们根据所知情况得出的最合乎情理的结论。不管怎么说，他没有很多时间来思考这个问题。当天，一切事情都匆匆忙忙地处理了。尤斯塔斯和他母亲在德克斯特的陪同下当天夜晚便乘夜班车离开了英国。我亲自锁上了宅邸，把钥匙交给了看门人。可以理解得到，他要负责保管好一楼的几间接待室，他妻子和女儿要负责楼上几个房间。我收到了您的来信后，立刻驱车前往格兰尼奇宅邸，去询问那位老妇人关于卧室的情况，尤其是关于德克斯特卧室的情况。她记得，宅邸关闭的时候，她坐骨神经痛，躺在床上。她能够肯定，格兰尼奇宅邸交给她和她丈夫看管之后，有一个星期的时间（如果不是更长的话），她没有迈出过庄园门房的门。她生病卧床期间，保持各个卧室通风和清洁的一切事情都是由她女儿来完成的。她，只是她，必须负责清除德克斯特卧室里的任何垃圾。我现在可以确认，他卧室里的任何地方都没有发现碎纸片的痕迹。那姑娘是在哪儿发现那些信的碎片的呢？她如何处理那些碎片了呢？这些（如蒙您同意）就是我们必须要派人到三千英里之外的地方去询问的问题——为了这个充分的理由——看门人的女儿一年前结婚嫁人了，同她经商的丈夫一块定居在纽约。该如何办，取决于您的决定。可别让我用虚假的希望误导您啊！可别让我诱惑您浪费金钱啊！即便那个女人确实记得她是如何处理那些碎纸片的，已经过了这么长时间了，找到一块残片的可能性都微乎其微。不要急着做出决定。我在伦敦有事情要处理——我可以给您一天时间来思索这件事情。”

“那就派那个人搭乘下一班汽轮去纽约吧，”我说，“这就是我的决定，普莱摩尔先生，无须让您等待！”

他摇了摇头，神情严肃，不赞同我的急躁行为。我前次同他见面时，我们不曾触及金钱的问题。现在，我又要第一次认识普莱摩尔先生了，面对他性格中纯粹苏格兰人的一面！

“对啦，您甚至都不知道，自己得花费多少啊！”他激动地大声说，掏出了他那本记事本，一副既震惊又愤慨的人的神态。“等我用英国货币和美国货币，”他说，“计算一下看看。”

“我不能等啦！我想要有更多发现呢！”

他对于我的插话，不理不睬，继续一门心思计算着。

“那个人将坐二等舱去，还要买返程票。很好，他的船票中还包括膳食，而且（感谢上帝，他滴酒不沾），他不会在船上浪费您的钱去买酒的。他到达纽约后会去一家德国人开的廉价旅馆。我很高兴地得知，他将食宿在那儿，价格是——”

到了这个时候（我的耐性已经完全消失殆尽了），我从桌子的抽屉里拿出了支票本，签上了我的名字，把空白支票递给了桌子对面我的法律顾问。

“那人想填多少填多少，”我说，“看在上帝的分上，我们回到德克斯特的话题上吧！”

普莱摩尔先生跌坐到自己的椅子上，举起双手，眼睛朝上看着天花板。我对于那种对计算和金钱无形力量的庄严诉求无动于衷，坚决要求得到更多信息。

“听听这个，”我接着说，念出本杰明记录上的内容，“德克斯特说：‘第九号，卡尔德肖，找丹迪。你们不应该拥有那本日记。你们可以听到一个秘密。那本日记会让他上绞刑架。’他这话是什么意思啊？德克斯特怎么知道我丈夫的日记中有什么内容呢？他说‘第九号，卡尔德肖’，还有其他内容，是什么意思啊？还是事实吗？”

“还是事实！”普莱摩尔先生回答说，“混合到一块儿了，您可能会说——但是，尽管如此，实实在在是事实啊。您一定知道，卡尔德肖是爱丁堡最肮脏破败的地区之一。我的一位雇员（我信得过他，通常雇佣他去办差）主动去‘第九号’寻访丹迪。无论从哪个方面来说，这都是一件棘手的差事。我的人很明智地带了个人一同前往，该区域的人都认识那个人。‘第九号’原来表面上是一家店铺，专营废旧物品和破铜烂铁。人们怀疑，丹迪时不时地额外做点收购赃物的生意。幸亏有了他那位同伴的影响力，还有一张支票作后盾（对啦，可以从前往美国的经费中拿出来冲抵），我的职员成功地让那个人开口说话了。无须用不必要的细节来让您劳神，事情的结果是这样的：尤斯塔斯夫人死亡之前的两个星期或更长一点时间，丹迪用一位雇主提供的蜡模配了两把钥匙。负责处理这件事情的代理人看出了这件事情当中有蹊跷，从而引起了丹迪的怀疑。交出钥匙之前，他派人暗中盯着那个人，结果发现，他的雇主是——迈泽里默斯·德克斯特。稍等片刻！我还没有说完呢。除了这个信息之外，德克斯特不可思议地知晓您丈夫日记中的内容。结果是——送到卡尔德肖那家经营废铁的店铺的那两个蜡模是通过盗窃手段获得的那本日记本的和存放日记本抽屉的钥匙模子。如果对这件事情进一步探究，我还可以有新的见解。眼下，不必费心去深究这个了。（我再向您重申一遍）德克斯特应对已故尤斯塔斯夫人的死亡负责。至于他该如何负责，我相信，您自有正当的方式查明。而除此之外，我现在要说先前不敢冒昧说的话——让真相大白于天下，这不仅是对您丈夫负责，也是对司法公正负责。至于会遇到的种种困难，我觉得，那不会让您气馁的。耐性、决心以及经济一旦形成了合力，共同攻克那些困难，那么，再大的困难最终也是会被克服的。”

我可敬的顾问用强调的语气说了最后这几句话后，心里记挂着时间匆匆，还要去处理业务，于是站起身要告辞。

“还有一句话，”他伸出手时，我说，“您可以在返回爱丁堡之前设法去看看迈泽里默斯·德克斯特吗？根据园丁告诉我们的情况，他的兄弟此时一定同他在一块儿。能够听到有关他的最新消息，而且是从您这儿听说的，我会觉得很舒心的。”

“去看他是我在伦敦要处理的事情中的一部分，”普莱摩尔先生说，“但是，请记住啦！我对他的康复并不怀有希望。我只是希望，他的兄弟能够而且愿意照顾好他。就我们而言，尤斯塔斯夫人，那个不幸的人已经说了他最后要说的话了。”

他打开房门——停住了——思索着——然后返回到我身边。

“关于派人前往美国的那件事情，”他接着说，“我提议，能够荣幸地给您提供一份简要说明——”

“噢，普莱摩尔先生！”

“整个行动预计产生的费用，尤斯塔斯夫人，可草拟一份书面的简要说明。您同样可以慎重地加以考虑，从节俭方面考虑，对其发表意见，因为您此时心里可能会考虑费用的问题。如果您亲自在您的空白支票上用文字和数据填写上必要的钱款数量，从而认可这份预算说明，您将进一步令我感激不尽。不，夫人！让我的人身上揣着一张空白支票这样毫无限制的票据，我确实良心不安啊。这样做完全无视首先应该符合的谨慎和节俭的要求，这张小小的纸片便蕴含了这个意思，而这无异于同我毕生遵循的原则彻底相悖。我不能认同这种彻底相悖的行为。再见吧，尤斯塔斯夫人——再见。”

他深深地鞠了一躬，把支票放在了桌子上，然后离开了我。人的愚蠢特质有种种奇特的演进状态，况且有时候还会显露出来。其中，最不能容忍的愚蠢行为便是，时至今日，还一如既往地惊叹，苏格兰人为何会在人生中取得如此巨大的成功！

# 第四十二章　更多惊讶！

同一天傍晚，我收到了一位职员拟定的我的那份说明。

这是一份十分独特的费用清单，上面把我要支付的开销残忍地计算到了先令，甚至便士。还有对我们派遣的不幸使者的种种指令。关于他的开销用度，上面规定到了精确的数字，如此一来，他一定会在美国生活得很艰难。出于对那个人的怜悯同情，我在给普莱摩尔先生写回信时，自作主张，稍稍提高了将要填写在支票上的数额。我应该更好地了解跟自己打交道的这位通信人才是啊。普莱摩尔先生的回复（通知我说，我们的使者已经起航出发了）附了一张正式收据——还有全部余额，一文不少！

说明上面附了几行匆匆写就的文字，叙述了律师去找迈泽里默斯·德克斯特的结果。

情况毫无好转——根本没有任何变化。德克斯特先生（即那位做弟弟的）已经到达了宅邸，随行来了位平常治疗精神异常病人的医生。新来的医生花费了大量时间仔细认真地琢磨诊断，这才肯对病情作出了明确的判断。因此，事情已经安排好了，一旦医生本人开办的那家疯人院做好了接收病人的一切准备，他便把迈泽里默斯·德克斯特转移到那儿去。还有一个需要解决的困难，即安顿好那个忠心耿耿的女人，因为自从其主人的病情恶化以来，日日夜夜，她从未离开过他。爱丽儿没有朋友，没有钱。若不支付正常的费用，不能指望疯人院的业主收留她。德克斯特先生的兄弟“很遗憾地说，他也不够富裕，拿不出这样一笔钱”。除非这个星期结束前，有人为了可怜的女人出面干预，否则，等待着她的前景便是——强行把她同自己唯一爱着的人分开，并且作为贫穷者移送到一家公共济贫院去。

面对如此令人悲伤的情境，仁慈友好的普莱摩尔先生——忽略了节俭的需要，而倾向于人性的需要——提议，我们私下里发起一场募捐行动，而且把自己列在慷慨解囊者的名单之首。

我必须补充一个情况，否则我写这些文字就是徒劳的，即我当即给德克斯特先生（即那位做弟弟的）去了一封信，尽管募捐活动正在进行，但我仍然主动提出承担所需的全部费用，只是规定，迈泽里默斯·德克斯特转移到疯人院去时，爱丽儿应该陪同他一块儿去。这一点很容易就谈妥了。但是，当我进一步提出要求，允许她在疯人院照顾自己的主人，如同在宅邸照顾他时一样，这时候，出现了严重的分歧。疯人院里的规章不允许这样做，关于这类情况，通行的惯例也不允许这样做，等等，等等。不过，凭着坚定不移的执着，还有劝导说服，我还是让他们作出合情合理的让步。白天特定的时间里，在一定明智的约束下，爱丽儿被允许在主人的卧室里伺候他，同时，主人被人用轮椅推着到外面的花园里呼吸新鲜空气时，她也可以陪同他。出于对人性的尊重，让我补充说一点，我答应承担的责任并没有给我的财力带来严重的负担。我们的募捐活动交由本杰明负责，捐献的钱款数量可观。朋友们，有时甚至是陌生人，当他们听说了爱丽儿令人忧伤的故事后，纷纷敞开心扉，打开钱包。

普莱摩尔先生来访的过后一日，我收到了来自西班牙的消息，婆婆来信了。我拆开信封，看到了前面几行文字。要描述我当时的感受简直就是不可能的事情。这一回，让大家站在我的位置上听听麦卡伦夫人说了些什么吧。

她在信中是这样写的：

你可要有所准备，最最亲爱的瓦莱拉，有惊喜等着呢。尤斯塔斯没有辜负我对他的信任。等到他返回英国的时候，他会返回到——如果你接纳他的话——他妻子身边。

这样的一个决定——让我赶紧向你保证吧——并不是因为我的劝说而作出来的。这是你丈夫的感激之情和你丈夫的爱意的必然结果。当他能够开口说话时，他首先对我说出的话就是："如果我能够活着回到英国，如果我去找瓦莱拉，您觉得她会原谅我吗？"亲爱的，我们只有等待你作出回答了。如果你爱我们，那就通过返程的邮班给我们答案吧。

我现在已经告诉了你，我当初对他说你一直在护理他时他说过的话——请记住，尽管似乎很少，他现在仍然过于虚弱，不能多说，说话时很费力——我有意把我的信保留了几天，目的就是要给他时间考虑。如果他在那段时间里对自己的决定有所改变，那我就坦率地告诉你。

三天过去了，没有任何变化。他现在只有一种感觉——渴望着同自己的妻子重逢的那个日子。

不过，与尤斯塔斯相关的还有另外的情况，对此，你应该知道，我也应该告诉你。

尽管时间和苦难让他在许多方面有了巨大的变化，但是，瓦莱拉，在厌恶感上面却毫无变化——我甚至可以说，是憎恨——你设计要对导致他第一任妻子死亡的情况重新展开调查的事情，他是怀着那种厌恶感来看待的。我不敢把你的信拿给他看，我一旦触及那个话题，就会让他生气，让他痛苦。“她放弃那个想法了吗？您能够肯定地说，她放弃了那个想法了吗？”他三番五次向我提出这些问题。我做出了回答——他处于痛苦而又虚弱的状态，仍然躺在床上，我能够做出别的什么行动吗？——我以宽慰他和令他感到满意的方式作出了回答。我说过了：“关于这件事情，你用不着担心，放下心来好啦。瓦莱拉别无选择，只能放弃那个想法。她遇到的阻碍已经证明那是不可逾越的——那些阻碍让她屈服了。”如果你还记得，当初我和你谈到这个令人痛苦的话题时，这正是我相信会发生的情况。从此，我没有收到你的任何片言只语，即对我的看法有丝毫动摇的片言只语。如果我所持的看法是正确的（我祈求上帝，自己的看法可能是正确的），你只需要在你的回信中加以证实就行，一切就都圆满了。如果是另外一种情况——也就是说，如果你锲而不舍地坚持自己的计划——那么，你就下定决心面对结果。面对这个特别的情况，如果无视尤斯塔斯的反对意见，你就失去了拥有他的感激之情、他的忏悔之心、他的爱——我相信，你将不可能再见到他。

为了你的利益，我已经强烈地表达了自己的看法了，亲爱的，同时也是为了你的缘故。你回信时，给尤斯塔斯写几行文字附在给我的信中吧。

至于我们启程的日期，我还无法确切地告诉你。尤斯塔斯康复的速度十分缓慢。医生还不允许他离开病床。当我们确实要开始启程的时候，我们一定要轻轻松松上路。最早也要六个星期的时间，我们才可以指望回到亲切古老的英国。

爱你的凯瑟琳·麦卡伦

我放下信，想方设法（好一会儿，无济于事）让自己的情绪平静下来。要理解自己目前的处境，只需要牢记一个情况。我们托付代替我们去进行调查的使者那一时刻正在横过大西洋前往纽约呢。

该怎么办呢？

我犹豫起来了。尽管有些人会觉得很震惊，但我确实犹豫着。我真的没有必要急匆匆地做决定，还有整整一天的时间呢。

我出了门，情绪沮丧，独自一人散起步来，心里面反复琢磨着这件事情。我回到了家里，坐在壁炉前再次琢磨起这件事情来。我亲爱的人要返回到我身边了，而且是心甘情愿怀着悔恨之心返回的，这时候，如果说要惹怒和拒绝他，这样的事情，任何处在我的地位同时和我有着同样情感的女人无论如何都做不出来。不过，从另一方面来说，连处事明智谨慎的普莱摩尔先生都看到了成功的希望，因此，他实际上已经自告奋勇要助我一臂之力了。天啊，这样的时刻，我怎么能够放弃自己的重要计划啊？面对着两种残酷的选择，我该选择哪一种呢？想一想您自己的弱点，也谅解一下我的弱点吧。我两种选择都没有理睬。实际情况是，那两个和谐一致的魔鬼——

说谎和欺骗，温柔地抓住了我的手：“两种方式都不要采纳，亲爱的，”他们说，一副循循善诱的态度，“写出的文字能够让您婆婆的情绪平静，让您丈夫感到满意，那就足够了。等待着，看看时间老人是不是您的朋友，帮助您摆脱困境。”

厚颜无耻的建议啊！不过，我还是采纳了它——我，素有教养的人，应该知道得更加清楚一些才是。您看到了这一番满心羞愧的告白，定会知道得更加清楚一些，这我可以肯定。您并不包括在《祈祷书》分类里的“可耻的罪人”中间。

好啦！好啦！让我拥有足够的美德来讲述实情吧。我在给婆婆的信中告诉她说，大家发现，有必要把迈泽里默斯·德克斯特转移到疯人院去——因此，我让她自己根据事实来得出结论，没有多说一句透露额外信息的话。我以同样的方式告诉我丈夫一部分实情，不说更多的。我说了，我全心全意地原谅了他——而实际上我也是原谅了他！我说了，他尽管来到我的身边，我定当张开双臂欢迎他——实际上我也会这样做的！至于其他的，让我用哈姆雷特的话来说吧：“其他的归于沉默。”[1]

我把自己不很恰当的信发出去了之后，便发现自己越发焦虑不安起来，感觉需要变换一下环境。有必要等待上至少八到九天，我们才有希望收到来自纽约的电报。我暂时告别了亲切友好和值得敬佩的本杰明，去了我在北方的老家，回到了我斯塔克韦瑟姨夫的牧师住宅。我先前去西班牙护理尤斯塔斯，此行促成了我同我那些可敬的亲戚们的和解。我们关系友好，相互写信。我已经承诺了，一

---

① 此语出自威廉·莎士比亚的著名悲剧《哈姆雷特》第五幕第三场，主人公哈姆雷特本来有很多话要说，但由于身中剧毒，说完这句话后就死亡了。

旦抽得开身离开伦敦，就去拜访他们。

我置身于往昔的场景中，度过了一段平静安宁而又（从整体上考虑）幸福快乐的时光。我重访了那条河边的滩地，我和尤斯塔斯最初就是在那儿邂逅的。我再次漫步在那片草地上，在灌木丛中徘徊——那些最喜爱光顾的地方，我们常常在那儿谈论我们的种种烦心事，常常在亲吻中忘却了它们。从那时离开之后，我们的生活发生了多么令人悲伤、多么令人不可思议的变化啊！我们未来的命运仍然是多么不确定啊！

我现在生活在其中的那些联想让我的内心变得柔和了，让我的精神振奋高昂。我由于自己在给尤斯塔斯写信时没有表达得更加充分、没有表达得更加坦诚而责备自己，痛苦地责备自己。为了他要牺牲掉自己即将到来的调查中的希望和利益时，我为何会犹豫不决呢？他可没有犹豫不决啊，可怜的人——他首先想到的就是他的妻子！

我再次收到普莱摩尔先生的来信之前，同姨夫和姨妈度过了两个星期时间。收到他的来信时，我的失望之情无法形容。我们派遣出的使者发电报来告诉我们说，那个看门人的女儿和她丈夫离开了纽约，而他仍然在寻觅他们的踪迹。

我们什么事情也干不了，只有尽可能地耐心等待，看看是否有可能得到更加令人舒心的消息。遵照普莱摩尔先生的建议，我滞留在北方，以方便去爱丁堡——说不定我必须亲自去当面请教他呢。又是三个星期的时间在枯燥乏味的期待中过去了，然后我收到了第二封来信。这一次，无法说得准那是好消息还是坏消息。或许两者兼而有之吧——简直就是令人摸不着头脑。连普莱摩尔先生本人都感到诧异。就是最后那句令人惊叹的话——当然，考虑到经费开支问题，字数有限——那是由我们派遣到美国的使者通过电报发给我们的。

翻动格兰尼奇宅邸的垃圾堆。

# 第四十三章　历经磨难之后！

我和普莱摩尔先生当初在本杰明的寓所见面时，他向我描述了我们面前值得感到乐观的前景。而现在普莱摩尔先生这封装着使者不同寻常的电报来信并没有让我兴奋不已。

“如果电报有什么含义的话，”他在信中写着，“那意思就是，那封撕毁的信的碎片扔进了那位女仆的垃圾篓（同尘土、灰烬，还有房间里其他垃圾一道），然后倒到了格兰尼奇宅邸的垃圾堆。那次倒垃圾之后，将近三年的时间里，宅邸定期清理出的东西堆积在了一块儿——当然，包括炉火留下的灰烬，因为一年当中的大部分时间里，图书室和画像陈列室里的炉火一直燃烧着——那些东西全部都堆积在那个垃圾堆上，日复一日，把那些弥足珍贵的碎纸片越埋越深。即便我们幸运地找到了那些碎片，时间过去了这么久，我们能够怀有多大的希望复原保存写了字的状态呢？如果可能，我倒是乐意收到您通过返程邮班的回复，看看您对这件事是怎么想的。如果您方便亲自到爱丁堡来同我商讨，我们应该会节省时间，因为时间对于我们来说可能至关重要呢。由于您待在斯塔克韦瑟博士府上，您来到此地很方便的。请考虑一下这一点。”

我很严肃认真地考虑了。我首先要考虑的问题是我丈夫。

遵照医生的嘱咐，母子二人离开西班牙的行程推迟了很长时间，因此，三四天前，我最后收到麦卡伦夫人的来信时，两位旅行者的回家之旅刚刚才抵达了波尔多[1]。考虑到在波尔多有一段休息时间，加上随后他们行进的速度必须缓慢，但我仍然预计他们到达英国之后的一段时间，普莱摩尔先生才会收到我们派遣到美国的使者的信。在这种情况下，我在伦敦见过我丈夫之后，我如何才能到爱丁堡去同律师会面，这事不那么容易决断啊。按照我的看法，明智和正确方法就是坦率地告诉普莱摩尔先生，我不能支配自己的行程，他随后给我的信最好寄到本杰明的寓所去。

我给我的法律顾问的信表达了这个意思之后，关于那个垃圾堆和撕碎的信的问题，我还要补充说一点。

父亲活着的最后几年当中，我和他到了意大利旅行。我在那不勒斯博物馆看到了从庞贝[2]废墟发掘出的往昔一个时代令人惊叹的遗存。为了鼓励普莱摩尔先生，我提醒他，一千六百多年的时间里，曾经摧毁庞贝城的火山喷出物保护了容易腐烂的东西，诸如捆扎陶器用的稻草，挂在住宅墙壁上的绘画作品，居民们身上穿的衣服，还有（最为引人注目的，属于我们这种情况的）一张古代的纸，仍然粘在覆盖在其上面的火山灰上。如果说在一层大面积的尘土和灰烬下面，经过十六个世纪的时间跨度之后，还有这样的发现，那么，毫无疑问，在一层小面积的尘土和灰烬下面，经历仅为三四年的时间跨度之后，我们同样有望发现类似的保存物吧？我理所当然地认

① 波尔多（Bordeaux）是法国西南部的一座港口城市，是巴黎、里昂、马赛之后的第四大法国城市。

② 那不勒斯（Naples）是意大利南部的第一大城市，是坎帕尼亚大区和那不勒斯省的首府，仅次于米兰和罗马，属于意大利第三大都会区。那不勒斯风光绮丽，是地中海最著名的风景胜地之一。维苏威火山位于那不勒斯东南，海拔高速为1281米，是座活火山，历史上曾多次喷发，最著名的一次是公元79年的大规模喷发，灼热的火山碎屑流毁灭了当时极为繁华的庞贝（Pompeii）古城。

为（可能不是很靠得住），信的碎片可以找到。那么，我坚信，写在上面的文字，尽管可能褪色了，但肯定仍然可以看清，正是普莱摩尔先生深感遗憾的堆积物形成了保护那些纸片免遭雨水和潮气侵蚀的屏障。我给出了这些隐约的暗示后结束了信的行文。因此，也就只有这么一次，凭着我有了在欧洲大陆的经历，我能够给予我的律师一些指导！

又一天过去了，我仍然没有收到两位旅行者的信。

我开始忧虑起来了，连夜做起了南行的准备工作。我决定翌日出发去伦敦——除非在这期间得知了麦卡伦夫人的旅行安排有了变化。

翌日早晨的邮件决定了我的行动路线。我收到了婆婆的来信，此信在我家庭日历上又添加了一个令人难忘的日子。

尤斯塔斯和他母亲的回家之旅已经抵达了巴黎，突然，一次残酷的灾难降临到了他们头上。对我丈夫而言，旅行带来的疲劳，憧憬着和我见面带来的激动，两者加在一块儿最终让他受不了了。他克服了巨大的困难，硬撑着坚持到了巴黎，结果病情复发倒下了，现在只能躺在床上。这一次，几位会诊的医生倒是不认为他有性命之虞，只是规定，他要凭着耐性完全安心静养，持续一段时间。

“面对这种新的灾难，瓦莱拉，”麦卡伦夫人在信中写着，“现在依靠你来鼓励和安慰尤斯塔斯。在西班牙时，医生说他脱离了危险，你离开了他。不要以为尤斯塔斯会因此而责备你，或者有想要责备你的意思。‘离开她的人是我，’我们第一次谈到这件事情时，他对我说，‘我妻子有权利指望，我应该回到她的身边。’亲爱的，这可是他说的话呢。为了实现自己这个承诺，他尽了自己最大的努力。

他躺在床上，无能为力，现在计划虽然没有实现，但他只请求你领着这个心愿，到巴黎来同他会面。我觉得，自己是了解你的，孩子啊，肯定你会这样做的。结束本信之前，我只需要提醒一句。不仅不要提起庭审的事情（你会自愿这样做的），而且不要提起我们在格兰尼奇的家。我要告诉你的是，如果不是你在信中告诉我说，你已经结束了几次对德克斯特的走访，我是绝对不敢请你到这儿来见他的。他目前处于精神紧张、情绪低落的状态，你理解得到，他会有什么样的感觉。你会相信吗？——他恐惧任何让我们想起昔日麻烦的事情，这种恐惧仍然很强烈，以至于他实际上已经请求我同意卖掉格兰尼奇宅邸！”

尤斯塔斯的母亲在信中如此这般地描述了他的情况。但是，她不敢完全信赖自己的说服能力。她在信中附了一张纸条，上面有这么两行字，字是用铅笔写的——噢，显得很无力，很疲乏！——是我可怜亲爱的人自己写的：“我太过虚弱，不能继续前行了，瓦莱拉。你能够来到我的身边，原谅我好吗？”随后是用铅笔做的标记，但是我看不明白。写这么两个短句已经令他精疲力竭了。

这并不是说自己有多么好，我知道——但是，当我有错的时候，我主动承认了，那么，当我做得对时，还是让我记录下来吧——我当即决定，放弃任何同寻找那封撕碎的信有关的事情。如果尤斯塔斯问到我这个问题，我下定决心如实回答：“我作出了牺牲，以便确保你平静安宁。虽然让步极为艰难，但是，为了我的丈夫，我还是让步了。”

我第一次知道自己既是妻子同时也是母亲时，我下定决心返回英国。我在做出这个决定的时候，心里依然怀着当初的那个动机。

我身上唯一的变化是，我现在把确保丈夫平静安宁当作我的头等大事。我做出这个让步时，心里并非没有希望支撑着我。尤斯塔斯可能也会从一个新的视角来看待宣布他清白无辜的责任——他或许会把它看成是父亲对孩子应尽的责任。

当天上午，我再次写信给普莱摩尔先生，把自己的实际情况告诉了他，明确放弃参与揭示隐藏在格兰尼奇宅邸那个垃圾堆下面的秘密的一切行动。

# 第四十四章　我们的新蜜月

前往伦敦的旅途中，我精神很沮丧，这事没有什么好掩饰或者否认的。

关于我人生中所怀有的那个唯一的目标，自己孜孜以求，历经了巨大的磨难，而且（从表面上来看）已经十分接近自己要实现的种种希望了，这种时候，要放弃那个目标，这对于一个女人的韧性和责任感而言，无异于一次严峻的考验。不过，即便我面对着这样一个机会，我也不会收回给普莱摩尔先生的信。“事情做了，而且做得圆满，”我自言自语说，“我只是等待着有一天来对它做出解释——当我把自己的初吻给我丈夫的时候。”

我本来计划并且希望能够及时到达伦敦，然后搭乘夜间的邮政火车前往巴黎。但是，从北方到伦敦的漫长旅程中，火车两度延时。没有办法，当晚只好待在本杰明的别墅，推迟到翌日早餐再出发。

当然，我不可能提醒我的老朋友，说我变更了自己的计划。我的出现令他很惊讶。我发现他独自一人待在图书室内，里面灯火通明，蔚为壮观，正全神贯注地琢磨着散落在前面桌子上一些碎纸片。

“您到底在干什么啊？”我问了一声。

本杰明脸涨得通红——我想要说，像个年轻姑娘似的。但是，在我们生活在其中的这个时代，年轻姑娘已经不会脸红了。

“噢，没有什么，没有什么！”他说着，一副不知所措的样子。“别在意啊。”

他伸出一只手要把碎纸片从桌子上扫掉。我心里突然对那些碎纸片产生了怀疑，于是制止了他。

“您收到普莱摩尔先生的信啦！”我说。“把实情告诉我吧，本杰明。是，还是不是？”

本杰明的脸涨得更红了，然后回答说：“是的。”

“那封信在哪儿呢？”

“我不能拿给您看，瓦莱拉。”

这样一来（还需要我说吗），我倒是下定决心要看那封信了。要说服本杰明让我看到那封信，最好的办法就是，告诉他，我为了遵从我丈夫的愿望所做出的牺牲。“关于这件事情，我现在没有什么可说的了，”我告诉了他这个情况之后，补充说，“现在，事情是继续下去，还是就此罢手，完全取决于普莱摩尔先生了。要了解他关于此事的真正想法，这是最后的机会了。我难道不值得给予一点点迁就宽容吗？我就无权要求看看那封信吗？”

本杰明听了我的解释之后，过于惊讶，过于高兴，挡不住我的再三恳求，把那封信给了我。

普莱摩尔先生在信里写着，推心置腹地恳请本杰明做一位生意人。漫长的职业生涯中，他很有可能听到过这样的事情：文件资料有意无意撕毁之后还能够拼集起来。他即便没有经历过这样具体的事情，也可以去询问伦敦的某位权威人士，后者是能够就这个问题提出看法的。普莱摩尔先生为了把自己的奇怪请求解释清楚，重提本杰明在迈泽里默斯·德克斯特宅邸记的那些笔记，告诉他，那些他在极不情愿的情况下记录的“胡言乱语”的至关重要性。信的结尾处建议，接下来他们之间的信件都要瞒着我——理由是，一旦我知道了，可能会产生虚假的希望。

我现在明白，我可敬的顾问为何给我写信时是那样的一种语气。很显然，他一门心思想要复原那封信，热切的心情十分强烈，平常的谨慎态度迫使他要瞒着我，以免最后不能成功。我退出了调查之后，普莱摩尔先生似乎不大可能会放弃调查。我再次瞥了一眼本杰明桌子上的那些碎纸片，对其产生了一种从未有过的兴趣。

“你们在格兰尼奇宅邸发现了什么吗？”我问了一声。

“没有呢，”本杰明说，“我只是想要先用自己的信件做个实验，然后再给普莱摩尔先生写信。”

“噢！这么说来，您撕毁了自己的简短信件来着？”

“对啊，还有，为了让拼接起来的工作更加困难，我把碎片放在废纸篓里摇动了。我这个年纪的人，这样做显得幼稚啊，亲爱的——”

他停下没说了，一副很不好意思的样子。

“行啊，”我接着说，“您把碎纸片拼接成功了吗？”

“不容易啊，瓦莱拉。但是，我已经开了个头。我小时候，我们常常玩那种‘拼图游戏’，这儿的原理跟那个是一样的。只要关键点找对了，其余部分迟早都会适得其所。请不要告诉任何人啊，亲爱的。人们可能会说我老糊涂了。”

人们若是不像我一样了解本杰明，可能会说出这样的话。我记得，我的老朋友对廉价期刊上的猜字谜栏目兴致勃勃——我完全能够理解这个迎合他兴趣的“拼图游戏”让他如痴如醉的情况。“几乎像猜字谜一样有趣——对吧？”我说，露出心照不宣的表情。

“字谜！”本杰明重复了一声，一副不屑一顾的样子，“比我先前猜过的任何字谜都更加精彩啊。想想我记事本中的这些胡言乱语，其中终归是隐含着意义啊！我今天早晨才收到了普莱摩尔先生的来信呢，于是——我真的不好意思提起——从此便一直断断续续地试验着。您不会把我的事情泄露出去，对吧？”

我用一个热情洋溢的拥抱回答了这位可爱的老人。他平常沉稳的情绪状态失衡了，被我的热情所感染。我比任何时候都更加热爱他啦！

不过，尽管我极力表现得快乐，但还是不怎么快乐。因为我想到，处在这样一个时刻，自己却全身而退，不再参与任何同寻找那封信有关的活动了。这时候，我尽量努力不去想这事，但还是感到有点屈辱。我唯一的慰藉就是想想尤斯塔斯。现在，家庭的前景朝着好的方向变化，唯一感到受鼓舞的事情就是尽可能持续关注这种变化。在此，至少不必担心有什么灾祸，在此，我可以真诚地感受到，自己已经胜利了。我丈夫已经心甘情愿地回到了我身边了。面对证据的巨大压力，他没有屈服——他服从于更加高尚的影响力，即感激之情和爱。我的心再次接受了他——并非因为我有了发现，使得他除了同我生活在一块儿之外，别无选择，而是因为，我相信他有了明智的判断力，所以毫无保留地爱他，信任他。有了这样的结果，难道不值得做出一定的牺牲吗！确实值得——太值得了！然而，我仍然有点情绪低落。啊，是啊！补偿一天之内就可以获得啦。我要与尤斯塔斯相会了，越快越好啊。

翌日一大清早，我搭乘潮汐列车[①]离开伦敦前往巴黎，本杰明陪同一块儿到了车站。

“我赶今天的邮班写信寄往爱丁堡，”他趁着列车开出站之前的间隙说，“我认为，如果普莱摩尔先生决定要继续下去，我能够找到帮助他的那个人。您有什么话要带吗，瓦莱拉？”

“没有，我已经和这件事情没有关系了，本杰明，没有什么话要说的了。”

“如果普莱摩尔先生确实要在格兰尼奇宅邸试验一下，我要写信告诉您结果如何吗？”

我怎么想的就怎么回答，态度有点酸楚。

“是啊，”我说，“如果试验没有成功，那就写信告诉我吧。”

我的老朋友露出了微笑。他了解我胜过我自己。

“那好吧！”他说，显得无可奈何，“我有您在巴黎的银行关系人的地址，您必须得去那儿取钱的，亲爱的，在您最没有想到的时候，您可能会发现那儿的办公室里有一封信等着您呢。您丈夫的情况如何，请写信告诉我吧。再见吧——愿上帝保佑您啊！”

当天傍晚，我被送回到了尤斯塔斯身边。

他过于虚弱，可怜的人啊，连头都无法从枕头边抬起来。我双膝跪在床边，亲吻了他。当我的嘴唇碰着他的嘴唇时，他呆滞乏力的眼睛闪烁着新的活力。“我现在极力要活下去，”他低声说，“为了你的缘故。”

我婆婆体贴周到，留下我们两个人待在一块儿。当天说出这话

① 潮汐列车（tidal-train）指列车的班次根据英吉利海峡潮汐涨落而定，便于乘客搭乘横过海峡的轮船。

时，我再也忍不住要告诉他照亮我们生命的新希望。

“你现在必须要极力活下去啊，尤斯塔斯，”我说，“除了我之外，还为了另外某个人。”

他表情惊讶地看着我。

“你是指我母亲吗？”他问了一声。

我把头依偎在他的胸前，低声地做了回答：

“我指的是你的孩子啊。”

我放弃的一切得到充分的回报了！我忘记了普莱摩尔先生，忘记了格兰尼奇宅邸。在我的记忆中，我们新的蜜月从那天开始了。

平静的时光在我们居住的那条偏僻街道上悄然过去了。外面巴黎人生活的吵闹与喧嚣每日进行着，既没有人留意，也没有人倾听。尽管速度缓慢，但尤斯塔斯稳定地强健起来了。医生们会提醒那么一两句，基本上把他完全交给我了。“您就是他的医生啊，”他们说，“您让他越感到快乐，他便会痊愈得越快。”我新生活的周期平静而又单调，但我一点都不觉得枯燥乏味。我也需要休息——离开了我丈夫的卧室，我没有了兴趣，没有了快乐。

一次，而且只有一次，我们生活中平静的表面因提及了往昔而被轻轻地搅动了。我不经意中说到的某一件事情让尤斯塔斯想起了我们最后在菲茨－大卫少校府上见面的情景。他谨小慎微地提到了我关于庭审时对他的裁定问题所说过的话。他让我进行推断，我说过的某一句话证明了他母亲已经告诉过他的情况，这会让他的内心立刻而且永远平静。

我的回答不会显得有什么尴尬，也没有任何困难。我能够而且事实上恳切地告诉他，我已经把他的要求当作了我的法令。但是，仅仅回答了就会得到满足，而且就此作罢，恐怕这不是女人的特征。我觉得，尤斯塔斯也应该作出某种让步，保证能够让我内心平静，这样对我才算是合适的。我像平常一样，一时冲动说出了下面的话。

“尤斯塔斯，”我问了一声，“你曾经满心疑虑，这让你离开了我。你现在消除了那些疑虑了吗？”

（正如他后来所说的那样）他的回答让我很开心，脸涨得通红。

“瓦莱拉，如果我当初像现在这样清楚地了解了你，我是绝不可能离开的！”

我们生活中的最后怀疑的一丝阴影就这样烟消云散了。

对我昔日在伦敦经历的那些混乱和烦恼事情的回忆现在似乎从我的记忆中慢慢消失了。我们再次成为恋人，再次彼此吸引。我们几乎可以认为，我们的婚礼只是在一两天之前重新举行的。但是，我本人需要取得最后的一个胜利，这样我的幸福才变得圆满。我一个人独处着那些危险的时刻，我的心中仍然隐隐地怀着渴望，想要知道寻找那封撕毁的信的行动是否展开了。我们是多么倔强任性的人啊！面对一个女人所需要的能够让她幸福快乐的一切，我宁可让那种幸福处于危险之中，也不愿意对发生在格兰尼奇宅邸的事情浑然不知啊！实际上，我巴不得那天到来呢，因为到时我的钱包里没有钱了，可以有借口到我银行关系人那儿去取钱，那样一来可以拿到在那儿等待着我的书信。

我申请取钱时都不知道自己在干什么，一门心思想着的就是本杰明是否给我来信了。我的目光看着银行柜台和办公室的桌子，暗暗寻找着我的信。没有看到那一类的东西啊。但是有个人从里面的一间办公室走出来：一个相貌丑陋的人，但由于这个充分的理由，他在我的眼中也是美丽的——他的手上拿着一封信，并且说："这是您的信吗，夫人？"

我瞥了一眼信封上的地址便知道那是本杰明的笔迹。

他们做了复原那封信的实验了吗？他们失败了吗？

有个人把我要支取的钱放进了我袋子了，彬彬有礼地领着我走到外面雇来的正在门口候着的小马车旁边。我记不清任何情况，直到最后回家途中，我看了看来自本杰明的消息。他在信中一开始就告诉我，他们已经查看了那堆垃圾，找到了撕碎了的信的碎片了！

# 第四十五章　翻动了的垃圾堆

我的头感到天旋地转的，只好等待着，让自己无法控制的情绪平静下来，然后再继续看信。

过了一会儿，我再次看了看那封信，无意中让目光落在了结尾处的一句话上，那句话让我惊讶，让我震撼。

马车行驶到我们的公寓所处的那条街的街口时，我叫车夫停了下来，告诉他载我去美丽的巴黎公园——著名的布洛涅森林①。我的目的是，以这种方式赢得足够时间，以便认认真真把信从头至尾看一遍，从而确定自己是否应该对收到来信的事情保密，然后再回到家面对我丈夫和婆婆。

我采取了这种预防措施之后，看了信中的描述，这是心地善良的本杰明明智而又考虑周到地专门写给我看的。他有条不紊叙述了各种相关小事情之后，便开始谈到了及时收到的来自我们派遣的使者寄自美国的那份“报告”。

我们派去的人在西部一个州的一座小镇上成功找到了那位看门

---

① 布洛涅森林（Le Bois de Boulogne）是一座坐落在巴黎西部的公园。位于塞纳河畔讷伊和布洛涅—比扬古之间。18 世纪时开始向公众开放。位置的分布上，布洛涅森林与巴黎东部的班斯诺森林基本对称。它们如同巴黎的两片肺叶，净化着城市的空气。布洛涅森林相当于整个巴黎城区面积的十二分之一。布洛涅森林最初属于皇家林苑，是国王的狩猎场。拿破仑三世时代，经著名建筑师让·查尔斯·阿方德（Jean-Charles Adolphe Alphand，1817—1891）的规划，按照国王喜欢的伦敦公园的风格建起了林荫道和人工湖。后来又逐步增设了动物园、游乐场、赛马场、足球场等娱乐设施。这是一处环境优美的所在，一直是巴黎人休闲健身的场所。

人的女儿和她丈夫。由于有了普莱摩尔先生的推荐信，那对夫妇立刻热情地接待他，而且耐心地倾听他讲述自己此行漂洋过海的目的。

他开始提出的几个问题没有得到令人欢欣鼓舞的结果。那位妻子感到不知所措，惊讶不已，显然无法回忆起任何有用的情况。幸运的是，她丈夫是个很聪明的人。他悄悄把使者拉到一旁，并且对他说："我理解我妻子，但您不理解。切切实实地告诉我您想要知道什么情况，让我来试一试，她回忆得起多少，忘记了多少。"

使者欣然地接受了这样一个明智的建议，于是等待事情的进展，等了一天一夜。

翌日清早，那位丈夫告诉我说："现在去同我妻子交谈吧，您会发现，她有事情要告诉您的。只是请记住一点！当她说到琐碎的事情时，不要嘲笑她。即便面对我，她也有点羞于说到琐碎的事情，因为她认为，男人是不会敢做这样的事情的，您知道的。平静地倾听，让她说吧——通过这样的方式，您可以了解到全部情况的。"

那位使者遵照他的嘱咐，下面就是"了解到的全部情况"。

那女人记得，十分清楚地记得，待那些有身份有地位的人离开格兰尼奇宅邸之后，她被差遣去打扫和整理那些卧室。她母亲当时坐骨神经痛得厉害，不能陪同她一块儿去，帮助她。偌大的一幢宅邸里，发生了那样的事情之后，她不是很情愿独自一人到那儿去。她去干活儿的途中，遇到过本区域两个佃户家的孩子，在庄园里玩耍。麦卡伦先生对贫穷的佃户们一直都很仁慈，从来不反对孩子们在庄园的草地上跑来跑去。两个孩子闲得无事，跟随着她到了宅邸。她领着两个孩子随同她一道进入了室内，正如前面已经提到过的，因为她不喜欢那个地方，觉得他们可以在那些寂静的卧室里和她做伴儿。

她首先在客人过道上干活儿——把坐落在另外一个过道上死了人的那间卧室留到最后。

开始两间没有多少活儿可干。她打扫地板和清理炉膛时，没发现有多少垃圾，女仆带去的垃圾篓一半都没有装到。两个孩子一直跟随着她，总体上来说，他们是这处寂静所在的理想伴儿。

第三个房间（即迈泽里默斯·德克斯特住的那间卧室）相比另外两间情况要糟糕多了，需要做大量的打扫清理工作。在此，她一直忙着自己的活儿，没有怎么留意孩子们。清理了地面上的垃圾，把煤渣和灰烬从炉膛里掏了出来。当她听见有个孩子哭喊时，她想起了孩子们的事情。这时候，清理出的全部东西都装进了垃圾篓里。

她环顾了一番房间，一开始并没有找到他们。

又是一阵哭喊，她朝着右边看，发现孩子在房间一角的一张桌子下面。那个年龄小的孩子掉进了一个废纸篓里。那个年龄大的孩子找到了一只旧胶水瓶子，瓶塞上固定着一把刷子，他正郑重其事地用瓶子剩下的那些东西往年龄小的孩子脸上涂抹。小的孩子自然而然挣扎，最后弄翻了废纸篓，随后当然就发出了哭喊声。

面对如此情形，她很快采取了补救的办法。女仆从大孩子手上拿走了那只瓶子，并且“给了他一个耳刮子”。她把那个小的扶起来站着，让两个孩子待在角落里保持安静。安排停当之后，她把从废纸篓里散落到地板上的碎纸片扫了起来，然后再和胶水瓶子一道扔进纸篓里，拿来了废物桶，把废纸篓里的东西倒了进去。最后接着清理过道上第四间也是最后一个房间，过后便完成了当天的工作任务。

她离开了宅邸，两个孩子跟随在身后，提着装得满满的垃圾桶走到了垃圾堆那儿，把桶里垃圾倒在了垃圾堆中间的凹陷处。然后带着孩子回家了，一天的活动也就这样结束了。

询问关于格兰尼奇宅邸的家务情况，以上就是那个女人回忆起来的东西。

普莱摩尔先生根据交到他手上的信息得出的结论是，我们现在有希望寻找到那封信。那些碎纸片扔在女仆废物桶里的灰烬上面，随后上面又盖了第四个房间里清理出的垃圾。当垃圾倒入垃圾堆时，纸片上下都受到了保护。

随后，一个星期连着一个星期，一个月连着一个月，垃圾不断堆积，保护层不断添加。宅邸院落疏于管理，垃圾堆也没有因为有人寻找肥料而被翻动过。从那一家人离开了格兰尼奇宅邸到如今，垃圾堆便摆放在那儿，无人动过。碎纸片也一定隐藏在垃圾堆的某一个地方无人动过！

以上就是律师得出的结论。他立刻给本杰明写信，告诉他这些情况。本杰明据此干了什么呢？

他用自己的信件试验过他的拼合能力之后，实验那封神秘信件对老人来说是一个巨大的诱惑，令他无法抵挡。“我几乎觉得，亲爱的，您的这件事情简直就是对我施了魔法了，”他在信中写着，“您知道的，我很不幸成了个无所事事的人。我既有闲暇，也有闲钱。其结果就是，我待在这格兰尼奇宅邸，履行着自己的职责（得到了友好的普莱摩尔先生的首肯），翻找那堆垃圾！”

写了几行独特表达歉意的文字之后，本杰明描述了他最先看到的格兰尼奇宅邸室外的情形。

我违背平常礼节，略过了那一段描述。我对那个地方的记忆栩栩如生，用不着那一类描述来提醒。傍晚昏暗的光线下，我再次看到了格兰尼奇宅邸那堆令我特别魂牵梦绕的未曾看见过的垃圾。我再次听见了普莱摩尔先生说过的话，他当时向我解释了，苏格兰乡间宅邸堆放垃圾的习惯。本杰明和普莱摩尔先生干了什么啦？本杰明和普莱摩尔先生发现了什么啦？对我而言，让我真正感兴趣的描述正在于此——我迫不及待地翻到了信的后面那一部分。

当然，他们一切都有条不紊地进行着，一只眼睛注视着英镑、先令，还有便士，另一只眼睛注视着心中怀有的目标。律师从本杰明身上看到了从我身上看不到的东西——感同身受的内心，敏锐地意识到“费用说明”体现的价值，意识到人的美德中最有利的美德：节俭的美德。

一个星期时间里，他们安排人手挖开垃圾堆，清理灰烬。一个星期时间里，他们租来了一顶帐篷，支撑在挖开的垃圾堆上，遮风挡雨。一个星期时间里，他们请了个年轻人来帮忙（本杰明认识的），年轻人受雇于一位化学教授，在一家实验室工作。近期伦敦一家著名公司发生了一桩伪造案件，他凭着自己娴熟的修复文件的技巧而闻名遐迩。有了那些准备工作之后，他们开始投入工作了。本杰明和那位化学工程师住在格兰尼奇宅邸，轮流着监督整个施工过程。

三天时间里，铁锹挖，筛子筛，但没有取得任何重要的成果。不过，这件事情掌握在了两位平静而又坚定的人手中。他们不气馁，坚持干下去。

第四天，他们发现了第一批碎纸片。

通过仔细查看，原来是一位零售商的产品说明书的碎片。没有什么好沮丧的，本杰明和那位年轻的化学工程师坚持不懈。等到当天的工作结束的时候，他们挖出了更多纸片，这些倒是上面写了字的。关于纸片上书写的文字，他们请教了普莱摩尔先生（傍晚时分，他一般都会在结束了一天的法律事务所的工作后到达格兰尼奇宅邸）。仔细认真地查看之后，普莱摩尔先生断定，他看到的残缺不全的句子，毫无疑问，是尤斯塔斯·麦卡伦第一任妻子的笔迹。

这一发现让几位寻找者的热情高涨了起来。

从那一时刻开始，他们禁止使用铁锹和筛子这样的工具。不管工作任务有多么令人不舒服，接下来查看垃圾堆的过程中，只能用手操作。找到纸片时，首先必须要做的就是（在一个专门准备好的平底纸板箱里）把纸片按顺序摆放好。到了夜晚，工人收工走了。本杰明和他两位同伴继续掌着灯干。他们发掘出来的纸片不是一两片，而是几十片。一段时间里，寻找工作就这样很有收获，然后，碎纸片不见了。是全部都发掘出来了呢？还是重新用手挖掘还可以找到呢？他们小心翼翼地把下面薄薄的几层垃圾移走——当天，便有了重大的发现了。出现了那个胶水瓶子（倒放着的），即看门人的女儿提到的那个！而且更加宝贵的是，瓶子的下面，有更多写了字的纸片，纸片倒入垃圾堆时，置于上面的胶水瓶里流出了最后剩下的胶水，结果把纸片粘成了一团！

此时，现场变换到了宅邸的室内。寻找者随后碰面时，他们相聚在格兰尼奇宅邸图书室内的那张大桌子旁边。

本杰明小时候玩“拼图游戏”，这个经验最终证明对他的同伴有所帮助。碎纸片碰巧粘在一块儿很有可能相互之间拼合得起来，因此肯定作为起始的中心，无论如何是最容易重新拼合的纸片。

把碎纸片相互分离开，保持其原本在一块儿时的顺序，这件精细的工作要凭借那位化学工程师巧妙的手指来完成。但是，这个任务带来的种种困难还不止于此。他们发现书写的文字（书信通常如此）纸的两面都有，只有把每一张纸片剥离成两张，文字才能保存下来，以便重新拼合——这样才能人为地造成一个空白面，可以在上面涂抹精制黏合剂，以便将碎纸片按照本来的形状重新组合起来。

面对这样的不利条件，对于普莱摩尔先生和本杰明而言，要想重新把信拼合起来，似乎毫无希望。他们技巧娴熟的同伴很快就让他们相信，自己的看法是错误的。

他把他们的注意力吸引到了纸张的厚度上——最结实和最优质的信纸——文字就是书写在这样的纸张上的。他最近负责处理那桩伪造案件时，不止一次用到这种质量的纸张。正因为如此，当晚在特定时间内，他们可以开始拼合那封信的工作，对他来说，（有了他从伦敦带来的器具的帮助）要把碎纸片分离，显得比较容易。

做过这样一些解释之后，他全身心平静地投入工作。本杰明和律师仍然在专心致志地研究着最初找到的那些散落的纸片，试图把它们拼合起来。与此同时，化学工程师已经把专门交由他来完成的大部分纸片分成两部分了，而且已经在专门准备的光滑纸板上准确地拼合出了五六个句子。

他们热切地看着迄今拼合起来的文字。

文字拼合得很通顺，意义清晰。通过仔细查看，所获得的最初结果明显回报了他们的一切努力。使用的语言清楚地指明了已故尤斯塔斯夫人是写信的那个人。

那个人是——我丈夫。

这样行文的信——如果再明确不过的情况证据① 可以采信的话——同那封信是一致的，即迈泽里默斯·德克斯特直到庭审结束都秘而不宣的那封信，同时也是随后被他撕毁的那封信。

以上就是本杰明给我写信时发现的情况。他正准备把信寄出时，普莱摩尔先生突然建议，他应该把信留下再等待几天，说不定还有更多情况要告诉我。

“我们之所以能够取得这样的结果，必须要感谢她才是啊，”律师这样说了，“若不是有了她坚定不移的决心，有了她对迈泽里默斯·德克斯特的影响，我们绝不可能发现垃圾堆向我们隐藏着东西——我们绝不可能看到一束真相之光。她最有权利知道完整的信息。那就让她拥有吧。”

因此，那封信便压下了三天，那个时间一结束，他便急急忙忙地把信续写下去了，结尾处的措辞令我无比惊讶。

本杰明在信中写着：

化学工程师承担的他那部分工作进展迅速，我也拼合出了单独的一部分撕碎的文稿，意义贯通了。把他合成的部分和我合成的部分加以比较，得出了令人震惊的结论。除非我和普莱摩尔先生大错特错了（但愿上帝也认为我们是这样的），重新拼

① 情况证据（circumstantial evidence），又称为环境证据或间接证据，是英美法中的一种证据分类形式，类似于间接证据分类，指证明非实际诉讼争执中的事实的证据，不能直接证明争议的待证事实，但与争执中的某一待证事实相关联，从这一事实可以推论得出有关争执中的待证事实的证据。

合那封信的事情，您必须要对您周围的每一个人都严格保守秘密。已经发现的情况所暴露出的秘密令人悲痛欲绝，惊恐不安，不到万不得已的时候，我不忍心把它们描述出来。请原谅我用这样的一个消息来打搅您。我们迟早必须得同您商量这件事情来着，我们认为，对于可能出现的情况，让您有个思想准备是对的。

这段话后面附了普莱摩尔先生的手迹。

请严格按照本杰明先生提醒您的行事。也作为我的提醒牢记在心。如果我们成功拼合了整封信，我认为世界上最不应被允许看到信的人就是——您的丈夫。

我看到这几句令人震惊的话，问自己，下一步该怎么办。

就目前的情况而言，可以说，我关乎着我丈夫的平静安宁。确实正是因为他，我不应该收到本杰明的信和普莱摩尔先生的附言而保持沉默。同时，也正是因为我自己，我应该诚实地告诉尤斯塔斯，我在同格兰尼奇宅邸通信——只是要等到我知道的情况比现在更多时再说。

我就这么劝说着自己，而直到今天，还是不能确定，自己是对了还是错了。

# 第四十六章　延迟的危机

“小心啊，瓦莱拉！”麦卡伦夫人说。“我不问你什么，只是为了你的缘故，提醒你一下。尤斯塔斯注意到了我已经注意到的情况——尤斯塔斯已经看出了你身上发生的变化。小心啊！”

当天晚些时候，正巧我和我婆婆单独在一块儿时，她这样对我说。来自格兰尼奇宅邸那不可思议而又令人恐怖的消息对我产生了影响，我尽可能地掩盖一切蛛丝马迹。但是，有谁可能看过我看过的东西，感受我现在感受到的东西，却仍然保持着超然平静的表情和态度呢？即便我是最最卑鄙可耻的虚伪之人，我怀疑甚至在这时候，自己一门心思想着的都是本杰明的信，自己脸部的表情是否还能够保守秘密。

麦卡伦夫人提醒过我之后，没有再对我说什么了。我可以说，她说得对。不过，如果不说上一句忠告或者同情的话，我似乎难以决定，接下来该怎么办才能对我丈夫尽到责任。

鉴于他的身体状况，面对给我提出的警示，绝不可能把本杰明在信中的叙述给他看。同时，我已经暴露了自己心里的秘密之后，把这件事情完完全全向他隐瞒也是不可能的。夜间，我焦虑不安，心里思忖着这件事情。翌日清晨，鉴于他对我的信任，我决定将此事告知我的丈夫。

我直奔主题说了下面的话：

“尤斯塔斯，你母亲昨天说了，我驱车返回时，你从我身上看出了变化。她说得对吗？”

“很对啊，瓦莱拉。”他回答说——说话的语调比平常的要低些，而且没有看着我。

“我们现在彼此没有什么可以隐瞒的了，”我回答说，“我应该告诉你，而且一定要告诉你，我在银行关系人那儿发现了一封从英国寄给我的信，此信令我激动和震惊。你能够让我选择一个我自己认为更加合适的时间讲述得更加清楚一些吗？亲爱的，我作为一位称职的妻子，提出这个请求时，真正是在对你尽到义务，你相信这一点吗？”

我停顿了下来。他没有回话。我可以看出，他心里暗暗地纠结着。我是不是太过冒险了呢？我是不是过高地估计了自己的影响力呢？我心跳加剧，声音发颤——但是，我鼓起了足够的勇气，握住了他的一只手，最后向他提出了恳求。“尤斯塔斯！”我说，“你仍然不够了解我，从而不相信我吗？”

他第一次转身向着我。当他眼睛看着我时，我看到他眼睛里最后一丝疑惑消失了。

“你答应，迟早要告诉我全部真相对吧？”他说。

“我全心全意地答应你！”

“我信得过你，瓦莱拉！”

他明亮的眼睛告诉我，他表达的意思发自内心。我们用一个吻把我们的约定封存了起来。原谅我提到这样一些琐碎的事情——（如果您还好心记得的话）我仍然在描述着我们新的蜜月呢。

通过当天的邮班，我给本杰明寄去了回信，把我做过的事情告诉了他，同时恳请他，如果他和普莱摩尔先生赞同我的做法，就请把他们以后在格兰尼奇宅邸的任何发现都告诉我。

又过了十天——我觉得，那是一段没有尽头的时间——我收到了我的老朋友寄来的第二封信，普莱摩尔先生同样附言在后。

本杰明在信中写着：

我们拼合信件的工作取得稳步进展，而且很成功。我们取得的一项新发现对您丈夫至关重要。我们拼合了一些句子，以最明晰的言辞声称，尤斯塔斯获得的砒霜是应他妻子的要求购买的，而且由她保管在格兰尼奇宅邸。请记住，这是出自那位妻子的手笔，由她签了名的——这一点我们也已经发现了。不幸的是，我必须得补充一点，我上一封信中提到，反对让您丈夫知晓此事的意见仍然有效——我可以说，效果比以往任何时候都更加强大。我们从那封信中识别的情况越多，我们便越倾向于（如果只是关注我们自己的感受）把信扔回到垃圾堆里去，以便告慰那位不幸的写信人的亡灵。我把此信保持一两天不封口。如果到时有什么新的情况要告诉您，您便可以收到普莱摩尔先生续写的文字。

三天之后，普莱摩尔先生续写的文字附在了后面。

普莱摩尔先生在附言中写着：

已故麦卡伦夫人给她丈夫的信的结尾部分意外地成了我们成功拼合信件的第一部分。除了一些地方少数几处仍然还是空缺之外，后面几段的文字完全拼合起来了。我既没有时间也不愿意就这件令人悲伤的事情详细叙述。我希望，最长两个星期时间，我们将把信从头至尾的抄件寄给您。同时，我有义务告诉您，这份本来悲惨而又令人震惊的文稿也有光明的一面。既从道德上来说，也从法律上来说，它绝对可以还您丈夫的清白。信件完全可以合法地用来实现这一目的——如果他良心上能够接受，能够出于对死者的怜悯，允许信件在法庭上公开展示的话。请理解我的意思，他不可能再次因为我们所说的犯罪指控而受审了——严格按照某些法律条文规定，我无须用那些东西来劳神您了。但是，如果涉及刑事审判中的事实也能够出现在民事审判中（而在本案中，它们是能够的），整个这件事情可能成为一次新的法庭调查的主题。可以实现完全证明您丈夫无罪的第二次陪审团裁决。目前，这件事情要秘而不宣。保持您理智地对待尤斯塔斯的态度，直到您看了那封修复的信之后。您做到了这一点之后，我的看法是，您出于对他的怜悯同情，一定不会让他看到信的。如何让他对我们发现的情况毫不知情，那是另外一个问题，对于这个问题的讨论等到我们能够一块儿协商时再说。那个时候到来之前，我只能重申我的忠告——等待来自格兰尼奇宅邸的下一个消息。

我等待着。我遭受了什么样的磨难，尤斯塔斯怎么样看我，这都无关紧要了。现在除了事实什么都不重要了。

不到两个星期之后，信件修复的任务已经全部完成了。除了某些情况之外，其中撕碎的纸片已经不可能找到了——其中的一些意义需要按照写信人的意图加以贯通——整封信全部拼合完成了，承诺的抄写件已经寄到了巴黎，我的手上。

您阅读这封可怕的信之前，请帮我个忙。让我简单地提醒您一下，尤斯塔斯是在什么样的情况下娶了他的第一任妻子的。

记得可怜的女人爱上了他，而他并未在自己身上唤醒相应的爱意吧。记得当他发现了这一点之后，将自己同她分离，并且尽可能回避她吧。记得她未通报一声便出现在他伦敦的住处，他竭尽全力保全她的名誉，他自己没有任何过错却失败了。他最后娶了她，了断了一切，在那绝望的瞬间，轻率鲁莽地了断了一切，从而平息了本来要困扰她作为女人一辈子的流言蜚语。把这一切都记在心里吧（这是体面的证人经过宣誓后提供的证言）。请不要忘记——不管他在自己日记隐秘的篇幅中可能多么愚蠢而又该受谴责地描述了她——最终人们还是看到了，他尽了自己最大的努力向妻子掩饰了可怜人在他身上激发起的厌恶感。还有，即便不可能有更多的优点，他（在那些能够最准确地对他作出判断的人们看来）至少是一位彬彬有礼而又周到体贴的丈夫。

现在请拿着信，只要请您帮一个忙，请求在基督教教义光辉下阅读它："你们不要论断人，免得你们被论断。"[1]

---

① 此语出自《新约·马太福音》第七章第一段。

# 第四十七章　妻子的告白

我的丈夫：

关于你交往最久的朋友中的一位，我有一些令人非常痛苦的情况要告诉你。

你一直都婉言谢绝我推心置腹地同你畅谈情况。如果你允许我像某些妻子对待自己的丈夫那样亲密无间，我应该亲口对你述说，而不是以写信的方式。实际情况是，如果我亲口说出来，我不知道你可能会以什么样的态度来对待我对你说的情况。于是，我便写信了。

我提醒你提防着的那个人仍然客居在本宅邸——迈泽里默斯·德克斯特。世界上再也找不到比他更加虚伪和更加邪恶之人了。不要把我的信件扔到一旁！我一直等找到了让你心服口服的证据后才说出这个情况的。我已经找到证据了。

你可能还记得，你当初告诉我你已经邀请此人到我们家做客时，我曾斗胆表达了不同意见。如果你当初给我时间替自己做一番解释，我可能会斗胆给你充分的理由，说明我对此人厌恶的缘由。但是，你不愿意等待，草率地指责我（而且很不公平），由于那个可怜的人身体残疾，而对他怀有偏见。而对于残疾人，我从来都只怀有怜悯之心，实际上，对他们也是感同身受，因为我本人就是仅次于残疾人——我是个其貌不扬的女人。我反对德克斯特成为你的客人，因为他从前向我求婚，要求我做他的妻子，因为我有理由担心，在我结婚嫁人之后他对我仍然怀有罪恶和可怕的爱。作为一位温婉贤良的妻子，我难道没有责任反对他到格兰尼奇宅邸来做客吗？而你作为一位体贴周到的丈夫，难道没有责任鼓励我说出更多情况吗？

是啊，德克斯特先生客居府上已经有好几个星期了，而且德克斯特先生竟然再次胆敢向我示爱。他口口声声说，他爱慕我，而你恨我，以此来侮辱我，来侮辱你。他向我保证说，同我的爱人——他到国外去，可以享受一辈子真正幸福的生活。他同时预言，如果我同丈夫待在家里，那我一辈子都会面对无法忍受的苦难。

我为何没有向你抱怨，把那个魔鬼立刻永远从宅邸赶出去呢？

假如我向你抱怨了，假如你的挚友否认侮辱我的一切企图，你肯定你会相信我说过的话吗？我听你曾经说过，（你当时并不知晓我在听得见的地方）最虚荣的女人永远都是相貌丑陋的女人。你可能会说我虚荣，谁知道呢。

但是，我不想用这个借口来替自己开脱。我是个心怀妒忌而且不幸福的女人，一直都怀疑你对我的感情，一直都担心，有另外一个女人占据着我在你心中的位置。迈泽里默斯·德克斯特利用了我的这个弱点。他声称说，他能够向我证明（如果我允许他这样做的话），我在你的内心深处，是你厌恶仇视的目标，你不愿意触碰我一下，你诅咒你愚蠢地娶我为妻的时刻。面对诱惑，我一直纠结着，要不要让他拿出证据来。一个女人心里不能肯定，不知道你的内心是否对她怀有发自内心的爱，对于这样一个女人来说，这是一种可怕的诱惑啊。最后，诱惑还是战胜了我的抵抗力。我用心邪恶，掩饰掉了那个卑鄙之徒在我心中激发起的恶感。我用心邪恶，允许他替自己做出解释。我用心邪恶，允许那个你我的敌人推心置腹地同我交流。这是为什么呢？因为我爱你，而且只爱你。因为迈泽里默斯·德克斯特的提议毕竟回应了一种对你的怀疑，这种怀疑长期以来一直隐隐地存在于我的心中。

宽恕我吧，尤斯塔斯！这是我对你犯下的第一宗罪恶，但也是我最后一宗。

我不会替自己藏着掖着，定会原原本本地做一个告白，把我对他说过的话，他对我说过的话，全部诉诸笔端。当你知道了我的所作所为时，你可能会因此让我备受折磨，但是，你至少及时得到了警示。你将看到你虚假朋友的真实面目。

我对他说：“您如何向我证明，我丈夫内心里恨我呢？”

他回答说：“我能够证明，用他自己的笔迹。这一点你可以在他的日记中看到。”

我说：“他的日记上着锁呢，藏匿日记的抽屉也上着锁呢。您如何打开日记本和抽屉呢？”

他回答说：“我自有办法解决这两个问题的，而不让你丈夫有丝毫觉察。你所要做的就是给我提供私下里同你会面的机会。我保证把打开的日记本拿到你的卧室去。”

我说：“我怎么能够给您提供机会呢？您是什么意思？”

他指着那把钥匙，插在连通我的卧室和那间小书房的门上。

他说：“由于我身体残疾，我不能利用下一个机会同你在此见面，那样会被人发现的。我一定能够选择自己的时间，自己的方式，来同你私下里会面。让我拿着这把钥匙，把门锁起来。当有人发现钥匙不见了时，如果你说没有关系——假如你指出，门是上了锁的，吩咐仆人们，不必费心去寻找那把钥匙了——那也不至于惊动宅邸。我保证有办法同你取得联系，谁也不会有什么怀疑。你愿意这样做吗？”

我这样做了。

是啊！我已经成了那个双面恶棍的同谋了。我偷窥了你的日记，是自己堕落了，也伤害了你。我知道，自己的所作所为有多么令人不齿。我不会寻找任何借口。我只能重申，我爱你。我唯一担心的就是你不爱我。而迈泽里默斯·德克斯特主动提出让我看到，通过你自己书写的东西——通常多用于表达内心最隐秘的想法——消除我的疑心。

一拖再拖之后（你不在家时），随后两个小时中的某个时间点，他要来这儿。我不会满足于只有一次看到你的日记的。我还要同他约定，明天同一时间，他再把日记拿给我看。在那之前，你会收到由我的护理转交的这些文字。看完之后，和平常一样外出。但是，悄然返回，打开放你的日记本的抽屉。你会发现日记本不见了。你就静静地到小书房去，会看到日记本（迈泽里默斯·德克斯特离开我之后）在你朋友的手上[①]。

18××年10月19日

① 普莱摩尔先生附注：在撕毁信的修复工作中，第一部分难度最大。顺数第四段中，有不少于三处，我们不得不填充丢失的词。第九、第十段、第十七段，或多或少，同样需要进行这道工序。所有上述情形中，根据文稿现存部分显示的意义，尽可能同写信人所想要表达的意义一致，我们绞尽脑汁来填充缺失的文字。——作者

于格兰尼奇宅邸

我已经看过你的日记了。

我终于知道你是如何看待我的。我已经看过了迈泽里默斯·德克斯特承诺给我看的东西——你自己亲笔写的，你对我厌恨仇视之情的告白。

你不会按照我计划的时间和方式收到我昨天写给你的东西。尽管信已经写得很长了，但我仍然（我看过你的日记之后）还有些话要说。我写完了信，封好信封，写上了你的姓名地址之后，将会把信放在枕头下面。等到我躺在了坟墓里之后，可以在那儿找到我的信——到时候，尤斯塔斯（希望和帮助为时已晚），我写给你的信可以给你了。

是啊，我已经活够了。是啊，我想要死了。

为了表达我对你的爱，除了生命之外，我已经牺牲了一切。我现在知道，自己的爱得不到回报，剩下的最后一个牺牲很容易。我死了，你便自由了，可以娶博利夫人为妻了。

你不知道，我费了多大劲儿才控制住了自己对她的仇恨，恳请她不要顾及我的疾病，到这儿来一趟。如果我不是这么钟爱你，这么忧心忡忡，生怕表露出了妒意，你对我恼怒，我是不可能这样做的。而你如何来报答我啊？让你的日记作出回答吧！“我就在今天早晨温柔地拥抱着。我希望，可怜的人啊，她不会发现我为此付出了多大的努力。”

好吧，我现在已经发现了。我知道，你内心深处觉得，同我在一块儿的生活是“一个炼狱”。我知道，你满怀着同情之心，向我隐瞒了“当你不得不接受我的爱抚时，你心里怀有的退缩感”。我什么都不是，只是个障碍——一个“彻头彻尾令人厌恶”的障碍——横亘在你和你那么深爱着的那个女人之间，“你连她用脚踩踏过的土地都钟爱”。那就这样吧！我将不再妨碍你啦。对我来说，这既不是牺牲，也没有好处。对我而言，人生已经无法忍受了，我现在知道，自己全心全意深爱着的男人每当我触碰他时都会有逃离我的感觉。

我有现成的死亡办法了。

我两次要求你去购买的砒霜放在我的梳妆盒里。我为得到砒霜而说了一些平常的理由时，我欺骗了你。我真正的理由是想要试一试，自己能否改善丑陋的肤色——不是出于虚荣心，而只是让自己在你的眼中显得漂亮一些，可爱一些。我为此服用了一些砒霜，但是，还有足够剂量可以让自己毙命。毒药最终会派上用场的。它可能不会改善我的肤色，倒是会成功地替你清除你相貌丑陋的妻子。

我死后不要做尸检，把这封信给诊治我的医生看就行了。信中的内容会告诉他，我是自杀的，也不会连累无辜的人，怀疑人家毒杀了我。我不想让任何人受到谴责，受到惩罚。我会撕掉药品店铺的标识，小心翼翼地把装毒药的瓶子倒空，这样他就不会因此受到牵连。

写到这儿，我必须要等待，休息片刻——然后再拿起笔。信已经写得太过冗长了。但是，这是我的告别之言，我一定要集中精力，最后同你再聊上一会儿！

10 月 20 日

昨天，你进来询问我夜间过得如何时，我把你赶出去了。尤斯塔斯，你离开之后，我还想雇来照顾我的护理用难听的话说你。请宽恕我吧，我现在已经不正常了，你知道为什么。

10月21日

凌晨两点

噢，我的丈夫啊，我已经采取行动了，此举将帮助你清除你所仇视的妻子！我已经服用了毒药——纸包里面剩下的全部剂量，这是我第一次发现的。如果这还不足以让我毙命，瓶子里面还有一些呢。

凌晨三点半

你给我服用过镇静剂之后，刚刚出去了。看到你之后，我的勇气便没有了。我自言自语地说："如果他好心好意地看着我，我会承认自己所做的事情，让他来拯救我的生命。"你压根儿没有看我一眼。你只是看着药品。我没有吭一声就让你离开了。

凌晨五点过十分

我开始感觉到毒药发作了。护理在我床脚边睡着了。我不会喊人来帮助。我不会叫醒她。我要死了。

凌晨五点半

我无法忍受这种剧痛——我唤醒了护理。我看了医生。

谁也没有怀疑什么。说起来很奇怪，痛苦没有了。我显然是服用毒药的剂量太小了。我必须要打开那个瓶子，那里面盛有更大的剂量。幸运的是，你不在我身边——我必死的决心，或者说对人生的厌倦，仍然一如既往，毫无改变。为了确保自己有勇气，我不准护理去找你。她刚刚应我的吩咐下楼去了，我可以自由自在地把放在梳妆盒内的毒药取出来。

凌晨九点半

你进入到我的卧室时，我刚好来得及把那个瓶子藏匿起来（护理离开了我之后）。

我看到你时，又出现了片刻的懦弱。我决定给自己最后一次活着的机会。也就是说，我决定给你最后一个对我表现温存的机会。我请求你给我端一杯茶来。假若你在给予我这样一个小小的关照时，只要用一句表达爱意的话，或者一个表达爱意的表情，来鼓励我，我都不会义无反顾地服下第二剂毒药。

你满足了我的心愿，但你并不温存。你给我端来了茶水，尤斯塔斯，犹如端水给你的一条狗喝。随后，我把茶杯递回给你时，掉落到地上了，你一副神情恍惚的样子（我估计，你一直都在想着博利夫人呢）。我确实毫无办法了，手会颤抖。处在我的位置，你的手可能也会颤抖——被子下面放着砒霜呢。你离开之前，彬彬有礼，希望茶水会对我起好作用——然后，天哪！你说这话时，连看都没有看我一眼！你看着茶杯的碎片。

你刚一离开房间，我便服下了毒药——这一次是双倍的剂量。

我想起来时，自己在此有个小小的请求。

我把那个瓶子上的标识撕掉之后，干干净净地放回到了我的梳妆盒里。这时候，我突然想到，今天清早处理那个空纸包时，自己没有采取同样的预防措施，因为那上面有另外一家药品店铺的名号。我把它扔在了一旁的床罩上面，混合在了一些别的废纸当中了。我的那位脾气暴躁的护理抱怨垃圾，把它们揉成了团，扔到一旁的什么地方去了。但愿那位药铺的老板不会因为我的粗心大意而惹上麻烦。请你记住说一声，他是没有责任的。

德克斯特——有件事情让我想起了迈泽里默斯·德克斯特。他已经把你的日记本放回到抽屉里面去了，他催促着我对他的提议做出答复。那个虚伪的卑鄙之徒还有良心吗？如果他有，当我用死亡来回答他时——连他也会遭受内心的折磨的。

护理回到了我的卧室。我打发她离开了。我告诉她说，自己想要一个人待着。

什么时间了？我找不着我的怀表了，疼痛再次袭来，要让我动弹不得了吗？我还没有敏锐地感觉到呢。

不过，随时都会袭来的。我还得把信写完，在信封上写好你的姓名地址。此外，我还得保留体力，把信藏匿在枕头的下面，目的是在我死亡之前，不要让任何人看见。

再见啦，亲爱的，我多么希望自己是个漂亮的女人啊。我不可能在你面前成为一个可爱的女人啦。即便现在，我都害怕看见你亲切的脸庞。即便现在，如果我可以享受看着你的奢华，我不知道，在拯救我为时已晚之前——你会不会让我着迷，以至于承认自己已经干的事情。

但是，你不在这儿。这样更好！这样更好啊！

再说一次，再见啦！愿你比同我在一块儿时更加幸福快乐。我爱你，尤斯塔斯——我原谅你啦。当你没有什么东西思念的时候，可否尽可能好心地想念一下你可怜丑陋的萨拉·麦卡伦[①]。

十点差十分

① 普莱摩尔先生附注：填充在信件结尾这一部分缺失了的词和短语数量很小，无须提及。碰巧发现由胶水粘合在一块儿的那些碎片，还有代表信件最初完全拼合在一起的那一部分的碎片，开始于短语“我用难听的话说到你，尤斯塔斯”，结束于不完整的句子“假若你在给予我这样一个小小的关照时，只要用一句表达爱意的话，或者一个表达爱意的表情，来鼓励我，我都不会义无反顾地服下——”我们有了这样的提示，同我们处理先前那些散乱残缺的篇什时所遇到的几乎无法克服的困难相比，拼合信件后面一部分（从10月20日处开始）的工作就显得轻而易举了。——作者

# 第四十八章　我还能够干什么呢？

我看完了那位妻子可怜而又可怕的告别信后，刚刚能够擦干眼睛里面的泪水和平静自己的情绪，我首先想到的就是尤斯塔斯——我首先揪心忧虑的就是要防止他阅读我已经阅读过的东西。

是啊！结果终于来了。为了实现唯一的目标，我奉献出了自己的人生，而这个目标现在已经实现了。我前面的桌子上，摆放着能够成功证明我丈夫清白无辜的东西。出于对他的怜悯，出于对他亡妻的怜悯，我唯一的希望就是，他可以永远不要看到它！我唯一的愿望就是，让它避开公众的目光！

我回顾了那不可思议的情形，这封信正是在那种情形之下发现的。

这件事情都是我促成的——那位律师就是这样说来着。不过，我所干的事情，可以说，都是盲目干的。区区一个偶然的情况可以改变后来事态的整个进程。当爱丽儿乞求主人给她讲个故事时，我一次又一次地出面干预，企图制止她。面对我的反对，如果她没有成功，迈泽里默斯·德克斯特最后努力的回顾可能不会指向发生在格兰尼奇宅邸的悲剧。还有，如果我只要记住了移动椅子，向本杰明做出离开的手势，他绝不可能记下那些明显毫无意义的话语，而正是那些话语引导着我们发现了真相。

用这种心态来回顾一件件事情，一看到眼前的这封信，我就会感到难受和恐惧。我诅咒那个把信的碎片从其污浊的坟墓中挖出来的日子。正是在那个时候，尤斯塔斯找到了自己恢复健康和体力的艰辛途径。正是在那个时候，我们再次团聚，再次享受幸福——而再过一两个月，我们既是丈夫和妻子，也是父亲和母亲——那份关于苦难和罪孽的骇人听闻的记录会像个复仇的幽灵起来同我们作对。它放置在桌子上面对着我，对我丈夫宁静的生活状态形成了威胁，不，就我所知（他正处在痊愈的关键阶段，如果他看了信），甚至对他的生命都形成了威胁！

壁炉架上的时钟敲响报时了。这是尤斯塔斯早晨来我的小卧室看望我的时间。他随时都可能进来，可能看到信，可能一把从我的手上夺过信。我处在一种充满了惊恐而又憎恨的狂热情绪中，一把抓起可耻的信纸，把它们扔进了炉火里。

幸运的是，寄给我的只是一份抄件。如果是信的原件，我相信，自己此时也会把它烧毁。炉火刚刚才吞没了最后一张信纸，房门便打开了，尤斯塔斯走了进来。

他瞥了一眼炉火。烧毁后的信纸留下的黑色灰烬还在炉膛的后部飘动着。他先前看到了送到早餐桌我面前来的信。我的所作所为引起了他的怀疑了吗？他什么也没有说——他态度严肃，盯着炉火看。他随后向前走，眼睛盯着我看。我估计自己脸色苍白。他一开口说话便问我是不是不舒服。

我下定决心不欺骗他，即便在区区小事上也罢。

"我觉得有点紧张，尤斯塔斯，"我回答说，"如此而已！"

他再次看着我，好像是在期待我再说点什么。我保持沉默。他从自己外套胸前的口袋里掏出一封信，放到了我面前的桌子上——就放在我把那封告白信烧毁之前的地方！

“我今天早晨也收到了一封信，”他说，“而我，瓦莱拉，没有任何秘密瞒着你。”

我领会到了这话所传递出的责备的意思，但是，我不想回答他的话。

“你是希望我看信吗？”我就说了这么一句，一边指着他放置在桌子上面的信封。

“我已经说过了，我没有任何秘密瞒着你，”他重复了一声，“信封是开着的，你自己看看里面装着的是什么。”

我取出来——不是一封信，而是一段印刷的文字，是从一份苏格兰报纸上剪下来的。

“看看吧。”尤斯塔斯说。

我看到了以下内容：

发生在格兰尼奇宅邸的怪事——一件现实生活中演绎出的传奇似乎在麦卡伦先生的乡间宅邸里进行着。世界上可挖掘的地方数不胜数！但偏偏要对一座垃圾堆进行着秘密挖掘——但愿读者诸君会原谅我们令人不快的暗示吧？可以肯定的是，他们已经找到什么东西了，但是，无人知晓那是什么。只有一点是确定的：过去几个星期以来，两位来自伦敦的陌生人（在我们可敬的公民普莱摩尔先生的指挥下）夜以继日地在格兰尼奇宅邸的图书室里工作着，房门是锁着的。那个秘密会大白于天下吗？我们的读者诸君知道，有一桩神秘而又令人震惊的事件同格兰尼奇宅邸的往昔历史相关联。此事会有助于廓清那桩事件吗？说不定等到麦卡伦先生回来之后，他能够回答这些问题。这期间，我们只能对事态的进展拭目以待。

我让剪报掉落在桌子上，完全不以基督徒的心态看待炮制这条新闻的人。某位挖掘新闻的记者显然一直在窥探着格兰尼奇宅邸的院落，而该区域的某位好事者很可能把这段见诸报端的文字寄给了尤斯塔斯。我完全不知道该怎么办，等待着我丈夫开口说话。他没有让我一颗心悬着——而是立刻问了我：

"你明白这其中的意思吗，瓦莱拉？"

我老老实实地回答了他。我承认，自己明白这其中的意思。

他再次等待着，好像期待着我说出更多情况。我坚守着留给我的唯一庇护——沉默的庇护。

"我应该知道的情况难道不应该比现在的更多些吗？"他过了一会接着说。"你难道不应该告诉我正在我自己的宅邸里发生的事情吗？"

紧急情况下，如果人们会进行思考的话，这是他们会很快想出来的一句平常话。我丈夫后面这一句让我处于尴尬的境地，只有一个办法能够让我摆脱窘境。我觉得，我的本能让我看到了那个办法。不管怎么说，我采用了它。

"你承诺了要相信我的。"我开口说。

他承认，自己承诺过了。

"为了你自己，我必须要请你，尤斯塔斯，再相信我一阵子。只要你给我时间，我定会让你满意的。"

他的脸沉了下来。“我必须要等待多长时间啊？”他问了一声。

我看到，是时候尝试某种比言辞更加强大的说服形式了。

“我告诉你之前，”我说，“吻我吧！”

他犹豫着（这样才像个丈夫呢）。而我坚持着（这样才像个妻子呢）。他别无选择，只有遵从。他给过我吻后（不是很过分优雅），再次坚持要知道我想要他等待多长时间。

“我想要你等待到，”我回答说，“我们的孩子出生。”

他怔了一下。我怀孕的事情让他惊讶不已。我温柔地捏着他的手，瞥了他一眼。他回看了一下（只一次，目光够热情洋溢的，令我很满足）。“说你同意吧。”我轻声说。

他同意了。

就这样，我再次推迟了做总结的日子。就这样，我赢得了同本杰明和普莱摩尔先生商量的时间。

尤斯塔斯同我待在房间里的当儿，我的心情已经平静下来了，能够同他进行交谈。但是，他离开我之后，过了一会，想了想我们之间发生的情况，回想起了他多么仁慈地顺从了我，我的心转而怜悯起另外那些妻子来了（她们当中有些人可是比我更加优秀的女人啊），类似的情形之下，她们的丈夫会用刻薄的言辞对她们说话，甚至可能还会做出更加狠心的行为。这样一来，她们和我之间的不同命运的对比令我折服了。我都干了什么啦，让我享有这样的幸福？她们都干什么啦，可怜的人啊，让她们忍受那般的痛苦？我可以说，我看过尤斯塔斯第一任妻子的告白信之后，我的神经已经过度紧张了。我突然哭了起来——我今后会因此更加美好！

# 第四十九章　过去和未来

我写作时凭着记忆，没有笔记或者日记可供参考。我们旅居在国外有多长时间，我记不清楚了，时间肯定是延续了几个月。尤斯塔斯身体很硬朗，能够踏上返回伦敦的旅程的很长时间之后，医生还是坚持要把他留在巴黎。他的一叶肺出现了衰竭的症状，而医疗顾问们看出，他在法国干燥的气候环境里恢复了健康，于是提醒他要小心谨慎，不要过早去呼吸他自己国家的潮湿空气。

因此，当我得到下一个来自格兰尼奇宅邸的消息时，我们刚好还留在巴黎。

这一次，我们双方没有书信来往。一天上午，令我感到惊讶而又喜悦的是，本杰明悄无声息地出现在我们那间温馨雅致的法国客厅里。他衣着潇洒时髦，显得异乎寻常，而且迫不及待（我丈夫当时在场），一定要让我们明白，他只是到巴黎度假来了，没有别的原因，此事很令人不解。因此，我立刻觉得，他横过英吉利海峡有着双重身份——比如说，当有第三者在场时，便作为寻觅快乐的游客，当我们两个人单独待在房间里时，便作为普莱摩尔先生的特使。

当天晚些时候，我想方设法，让我们两个人有机会待在一块儿。我很快发现，自己预料得不错。按照普莱摩尔先生的紧急要求，本杰明启程前往巴黎，关于未来的事情要同我商量，同时关于过去的情况要向我明示。他把他带来的证明递交给了我，是律师的一封简短信函。

普莱摩尔先生在信函中写着：

那封信修复后，似乎还有少数几件事情没有弄清楚。在本杰明先生的帮助下，我已经尽了自己最大的努力，为那些悬而未决的事情寻找合理的解释。而为了简洁起见，我用“问题”和“回答”的形式来处理这个问题。您在爱丁堡咨询我时，我犯了错误。有了这个情况之后，您还愿意把我当成解释者吗？我承认，事态已经证明，我极力阻止您返回去找德克斯特，完全大错特错了——而怀疑德克斯特对第一任尤斯塔斯夫人的死直接负有责任，而非间接负有责任。这方面也出了部分差错！我坦率地承认自己的错误，请您告诉本杰明先生，我的“新问答”[1]是否值得调查。

我觉得他的“新问答”（正如他称之为的）绝对值得调查。如果您不赞同我的看法，如果您十分想要同我和我的叙述告别，不管怎么说，略过去，跳到下面一章吧！

本杰明拿出“问题”与“回答”文稿，应我的要求，念给我听。内容如下：

在格兰尼奇宅邸找到的信揭示出诸多问题。第一组：关于日

① 作者此处套用了基督教“教理问答”（Catechism）一词。《教理问答》是西方宗教教育所用的一种手册，通常采用问答式，供教育儿童、劝人信教并申明信仰之用，容易记住。

记的问题。问题之一：偷看麦卡伦先生私人日记这件事情上，迈泽里默斯·德克斯特事先知晓了日记的某些内容从而受到引导了吗？

回答：他是否知晓，此事存疑。他很有可能留意到，麦卡伦先生十分小心翼翼，确保日记不让人看见。于是，他据此推断，上着锁的文稿中隐藏着危险的家庭秘密。因此，他拿到了配好的钥匙后，便思索着要利用那些秘密实现自己的目的。

问题之二：郡长办公室的几个工作人员要没收麦卡伦先生的日记和其他文字资料那天，迈泽里默斯·德克斯特出面阻挠他们。我们该如何理解他这样做的动机呢？

回答：我们在回答这个问题时，首先一定公平地对待迈泽里默斯·德克斯特本人。尽管我们现在知道了，他的行为很不光彩，但此人并非是个彻头彻尾的魔鬼。他内心里恨着麦卡伦先生，因为后者成功地赢得了他自己爱着的女人的爱情——还有，他想方设法诱导那位不幸的夫人抛弃自己的丈夫——这一切都是不容否认的事实。另一方面，他是否另外能够通过自己的过错让信赖他的朋友因谋杀罪受审，却不做出任何努力去拯救那位清白无辜的人。此事很值得怀疑。麦卡伦先生自然不会想到（因为在自己妻子死亡这件事情上，他是无罪的）要毁掉自己的日记和信件——因为担心那些东西可能会被用来作对自己不利的物证。检察官迅速而又秘密的行动让他大吃了一惊。根据他自己的陈述，我们知道，在那之前，他根本就没有想到自己会被指控谋杀了妻子。但是，德克斯特一定是从另外一个视角来看待这件事情的。他在说出最后那番呓语时（说那些话时，他心理崩溃了），用以下言辞提到了日记的事：“日记会让他上绞刑架，我不会让他上绞刑架。”如果他及时找到机会拿到日记本——或者如果代理郡长办公室的工作人员不是那么过于迅速——那就不可能有合理的理由怀疑，由于德克斯特预见到日记在法庭上呈现带来的后果，所以会亲自把日记本给毁掉。他似乎很强烈地意识到这些问题，于是甚至抵制工作人员履行职责。当他叫人去把普莱摩尔先生找来干预此事时，他显得很激动，那位先生亲眼见证了那一幕。（或许还应该补充说一句）他表现出来的是真正激动的情绪，这一点毋庸置疑。

第二组问题：关于那位妻子告白方面的。问题之一：德克斯特一开始在死亡的女人枕头下发现那封信时，是什么情况阻止了他毁掉信的？

回答：是相同的动机促使他抵制没收日记本，庭审时提供有利于嫌疑人的证词，也同样促使他保留了信件，直到最后裁定公之于众了。我们再次回顾一下他最后说的那番话（即本杰明先生记录下来的）后，可以推断，如果最后的裁定是有罪的，他便会毫不犹豫地拿出那位妻子的告白信，以便拯救清白无辜的丈夫。人类所有的邪恶品性中总有不同的程度之分。德克斯特的邪恶品性足以使他压下那封信，因为此信披露了他是个可恶而又卑鄙的人，因此有伤他的虚荣——但是，他还没有那么邪恶，以至于处心积虑要让一个清白无辜的人毁灭在绞刑架上。他能够让自己憎恨的情敌变得臭名昭著，饱受公众指控为杀人犯的折磨。但是，如果出现了相反的裁定，面对让对方遭受绞死的酷刑时，他是会退却的。从这点上来说，尽管他是个恶棍，但想一想他一开始看到那位妻子的告白信时，他也一定忍受了巨大的痛苦。他指望着会扼杀她对自己丈夫的感情——但他的意图要把她引向何方呢？他把自己爱着的女人逼迫到了通过自杀到达可怕的死亡庇护所里！如果充分考虑到这些情况，您就会明白，即便作为这样一个人的悔恨结果，某种微不足道的补偿性优点也是会显现出来的。

问题之二：瓦莱拉告诉迈泽里默斯·德克斯特，她提议要重启对格兰尼奇宅邸投毒案件的调查。这时候，什么动机影响了他？

回答：最大的可能是，德克斯特心虚，担心那天早晨有人监视他了，因为他当时悄悄进入到了第一任尤斯塔斯夫人尸体停放的那间卧室。他无所顾忌，一定要在门边倾听，透过锁孔窥探，所以怀疑别人也会有同样的举动。由于他的心里面有了这样的一种恐惧感，所以心里很自然会想到，瓦莱拉夫人可能遇见了那个先前监视过他的人，而且可能听到了那个讲述自己的发现——除非在她调查伊始便把她引入歧途。她本人对博利夫人心怀妒意，这便给他提供了机会，很容易就这样做了。他则更加乐得坐享其成，因为他对那位夫人怀有敌意，所以更加兴致勃勃。他认识她，把她视为毁掉了本宅邸女主人家庭平静的敌人：他爱着宅邸的女主人，因此，也就恨她的敌人。他保守着有过错的秘密，指责博利夫人，这其中，他在同第二任尤斯塔斯夫人交往时，您或多或少成了他行为的诱因[①]！

---

① 故事叙述者附注：关于这一点的进一步说明，请回看本杰明寓所那段描述（见第三十五章），当时，德克斯特情绪失控，向瓦莱拉泄露了自己的秘密（或者更加确切地说，自己的一部分秘密）。——作者

本杰明放下信纸，摘下眼镜。

“情况已经到了这一步，我们认为没有必要再进一步深入下去了，”他说，“您认为还有哪一点仍然没有解释清楚的吗？”

我寻思着。就我能够想得起来的，没有哪个重要情况没有解释清楚的。但是，还有个小问题（是最近提到博利夫人时联想起来的），我希望，如果可能的话，要彻底地弄清楚。

“关于我丈夫先前对博利夫人有恋情那个问题，您和普莱摩尔先生一块儿谈到过吗？”我问，“庭审过后，尤斯塔斯为何不娶她，普莱摩尔先生告诉过您了吗？”

“我本人向普莱摩尔先生提出了这个问题，”本杰明说，“他回答得够轻而易举的。他是尤斯塔斯先生可以推心置腹的朋友和顾问，所以，庭审过后，您丈夫写信给博利夫人时，同他商量来着。应我的要求，他复述了信的内容。您想要听听我凭着记忆想得起来的部分吗？”

我承认，自己想要听听。本杰明随后告诉我的情况和迈泽里默斯·德克斯特先前告诉过我的情况完全一样——见我在第十三章中叙述的内容。博利夫人是我丈夫公开受辱的见证人。这一点足以阻止他娶她为妻。他中断了同她的联系，其理由同他与我分离是一样的。一个女人知道他因为杀人而受到审判，若要同这个女人在一块儿生活一辈子，他没有足够的决心去面对。这两个理由完全是一致的。最后，我充满妒意而又好奇的心平静下来了，本杰明也轻松地撇下了过去的事情，没有进一步谈论下去，继而转向更加重要和更加有趣的关于未来的话题。

他首先询问的事情同尤斯塔斯有关。他问到，我丈夫是否对发生在格兰尼奇宅邸的情况有所觉察。

我告诉了他发生的情况，自己如何设法把最终不可避免要坦露实情的事推迟一段时间。

我的老朋友听到我介绍情况时表情亮堂了起来。

“这对普莱摩尔先生来说是好消息啊，”他说，“我们卓越的律师朋友唯一担心的就是，我们的发现可能危及您和您丈夫的关系。一方面，他自然迫不及待地不想让尤斯塔斯感到痛苦，一旦尤斯塔斯看到了自己第一任妻子的告白信后，一定会感到痛苦的。另一方面，为了公正（普莱摩尔先生就是这样说的）对待你们婚后将要出生的孩子，不可能压下那样一份文稿，因为文稿能够帮助他们的父亲洗清当初‘苏格兰裁定’可能带来的伤害。”

我聚精会神地倾听着。提及我们的未来时，本杰明触及了一件麻烦的事情，这件事情长时间压在我心里，备受折磨。

“普莱摩尔先生提议如何解决那个困难呢？”我问了一声。

“他只能用一种方式来解决它，”本杰明回答说，“他建议把信的原稿密封起来，附上一份简要说明，说明发现信件时的具体情况，再附上您和我的签名，以资佐证。完成之后，他一定要把信交给您，让您自己安排时间把秘密告诉您的丈夫。到时候，事情由尤斯塔斯先生来定夺，是拆开密封件，还是原封不动，作为一件祖传物品留给他的孩子们，等到他们到了可以自己思考问题的年龄时，由他们谨慎从事，决定是否公开。亲爱的，您是赞同这个做法呢，还是想要普莱摩尔先生见你丈夫，代替您来处理这件事情？”

我毫不犹豫，决定自己来承担起这份责任。就如何引导尤斯塔斯作出决定的问题而言，我认为，我的影响力一定要大于普莱摩尔先生的。本杰明完全赞同我的选择。他安排好了通过当天邮班给爱丁堡那边写信，免得律师焦虑不安。

现在还有最后一件事情要处理，是关于我们返回英国的计划。在这个问题上，几位医生是最有发言权的。我答应，等到他们随后来探视尤斯塔斯时，同他们商量这件事。

“您还有什么事情要对我说吗？”本杰明打开书写文具箱时问了一句。

我想到了迈泽里默斯·德克斯特和爱丽儿。我问他最近是否听说了关于他们的消息。我的老朋友叹息了一声，提醒我说，我触及了一个令人痛苦的话题。

“对于那个不幸的人而言，能够发生的最好的事情可能要发生了，”他说，“他身上出现的一个变化就是面临瘫痪的威胁。您还没有返回到英国，说不定就听到了他的死讯。”

“爱丽儿呢？”我问了一声。

“没有任何变化，”本杰明回答说，“她只要同‘主人’在一块儿，就完完全全是幸福快乐的。我听说的情况是，可怜的人啊，她认为，德克斯特是不会死亡的。她嘲笑认为他快要死亡的想法。她耐心地等待着，信念坚定，认为他还会认出自己来。”

听了本杰明讲述的消息之后，我感到悲痛，沉默不语。我让他写信了。

# 第五十章　故事尾声

又过了十天时间，在本杰明的陪同下，我们返回了英国。

麦卡伦夫人在伦敦的寓所为我们提供了充裕的食宿。当她邀请我们同她待在一块儿直到我们的孩子出生时，我们欣然接受了她的建议。这样一来，我们便安排好了未来的计划。

我们回到英国不久，疯人院那边便传来了令人悲痛的消息（对此，本杰明在巴黎已经替我做好了思想准备）。一步一步，速度缓慢，迈泽里默斯·德克斯特走到了生命的尽头，解脱了人生的重负。咽气前几小时，他有一阵子振作起了精神，认出了床边的爱丽儿。他有气无力地喊着她的名字，眼睛看着她，还问到了我。他们想到了要派人来找我，但为时已晚。他们还没有来得及派送信人出发，他便带着一点儿昔日那种自以为是的口气说："你们所有人都安静！我大脑疲惫不堪，想要睡觉了。"他闭上眼睛睡着了，从此再没有睁开过。就这样，对于这个人来说，生命的终结充满了仁慈，没有悲伤，也没有痛苦！就这样，那种奇怪而又多面的人生——充满了过失和痛苦，忽明忽暗地闪现着诗情和诙谐的灵光，带着怪诞的欢乐、残忍和空虚——走过了命中注定的历程，犹如一场梦一般消失了。

唉，爱丽儿！她为主人活着——现在主人远去了，她还能够干什么呢？她可以为他而死。

人们怀着仁慈之心让她参加了迈泽里默斯·德克斯特的葬礼——希望通过葬礼能够让她相信，他已经死了。这个愿望没有实现，她仍然锲而不舍地认定，主人没有离开她。当人们把棺椁放入墓穴时，他们不得不强行控制住那个可怜的女人。葬礼结束之后，他们也只好同样强行把她带离墓地。从此时起，几个星期时间里，她处在一阵阵语无伦次的胡言乱语和一段段时间的昏睡之中。疯人院举行年度舞会期间，对于病患的严格监管有了些许松懈，结果午夜前一点，警报传来，爱丽儿不见了。负责她的护理经不住诱惑，留下她睡觉，下楼看跳舞了。那女人返回到自己的工作岗位上时，爱丽儿不在了。有陌生人到场，活动期间场面混乱，这为她逃跑提供了便利，而平时是不可能有这样情况出现的。当晚寻找她的行动一无所获。翌日清晨传来了最后有关她的感人而又可怕的消息。她一路流浪，返回到了墓地，日出时分被人发现已经死在迈泽里默斯·德克斯特的墓穴上方，尸体冰凉袒露。忠贞不渝，爱丽儿随主人而去了！忠贞不渝，爱丽儿死在了主人的墓穴上！

写过了这些令人悲伤的文字之后，我欣然转向一个不那么痛苦的主题。

菲茨－大卫少校举行的那次宴会上，我和卡拉琳达夫人难忘地相遇了。从那之后，由于发生了一系列的事情，我同少校分开了。从那时候起，我极少甚至没有收到少校的音讯。一张给我的结婚请柬令人惊讶地出现在我婆婆的寓所，我这才想起了那位现代的唐·璜。这时候，说起来不好意思，我几乎都把他给忘记了。少校终于安定下来生活了。还有，更加令人惊奇的是，少校选择了那位“未来的歌剧皇后”，即那位有着尖声刺耳的女高音嗓门、眼睛溜圆、衣着讲究的年轻小姐——作为自己家庭和他本人的合法统治者！

我们正式登门表示祝贺，确实对菲茨－大卫少校深表同情。

婚姻的磨砺极大地改变了我昔日那位快乐而又殷勤的爱慕者，我几乎都认不出他来了。他不再自诩青春年少了，成了个十足的老人，没有奢望，毫无掩饰。椅子上坐着他那位飞扬跋扈的年轻妻子，犹如加冕的女皇一般。他则伫立在那把椅子的后面，一副唯唯诺诺的姿态，每对着我说上两句话，就要看一看她，好像要等待着她的首肯，然后再开口说。每当她打断他的话时——她三番五次地这样做，毫不客气——他顺从着，表露出一副老迈温顺而又满怀敬仰的态度，令人看了既觉得荒唐可笑又感到震惊不已。

"她难道不漂亮吗？"他对我说（让他妻子听见呢）。"多好的身材，多美的嗓音啊！您记得她的嗓音吧？亲爱的夫人啊，对于歌剧舞台来说，是一个损失，是一个无可挽回的损失啊[①]！您知道吗？当我想到这个了不起的女子可能成就何等伟业时，我有时候会问自己，我是否真的有权利娶她为妻。我感觉到，我以名誉担保感觉到，好像做了一件对不起广大观众的事情！"

这是一番奇特地将敬仰和悔恨融合在一起的话，作为其奉承的对象，她显得很高兴，像个老朋友似的亲切接待了我。尤斯塔斯同少校交谈的当儿，新娘把我拉到他们听不见我们说话的地方，并且解释了她嫁人的动机，话说得很直白，绝对毫无羞耻。

"您知道的，我们家是个大家庭，生活没有着落啊！"那位令人厌恶的年轻女人轻声对着我的耳朵说。"说我当个'歌剧皇后'和与之有关的其他事情，说起来很好。我去歌剧院去得够经常的，而

---

① 一位女歌剧演员若是嫁了个"体面"的丈夫，她就必须放弃自己的舞台生涯。

且了解到了我的音乐教师够多的情况，知道要成为一名优秀的歌唱演员需要付出什么样的代价。我不像那些外国女人有那个耐心致力于此：一拨厚颜无耻的耶洗别[①]——我仇视她们。不对！不对！就我们两个人之间说一说，嫁给那位老绅士，搞到钱容易多了。看看我，生活有着落了——看看我的家庭，生活也有着落了——什么都用不着干，就是花钱。我爱我的家庭。我是个好女儿和好姐姐——我是的！看看我都是怎么穿戴的，看看这些家具：我的牌玩得不算坏，对吧？嫁给老头是很有优势的——您可以把他弄得绕着您的小指头转。幸福？噢，对啊！我很幸福的，但愿您也幸福啊。您现在住在哪儿呢？我很快就去拜访，好好同您聊一聊。我一直就对您怀有好感，而（我现在和您地位相当了）我想要交朋友。”

我对这个提议给了个简短而礼貌的回答，心里决定，一旦她真的上门来看我，我是不会让她进门的。我毫无顾忌地说，我彻底地厌恶她。当一个女人把自己卖给一个男人时，那桩可耻的买卖同样臭名昭著，因为它正好是在宗教和法律的允许下进行的。

********************************************************

我坐在写字台旁思索时，少校和他妻子的形象从我的记忆中消失了——我要叙述的故事的最后一幕缓慢地进入视线。

地点是我的卧室。人物（两个人，请您原谅他们，都在床上）是我本人和我儿子。他已经三个星期大了，现在躺在他母亲身旁熟

① 典出《旧约·列王记》，耶洗别（Jezebel）是公元前9世纪以色列亚哈王（Ahab，约公元前874—853）之妻。她大建崇拜异教神的庙宇，杀害上帝的众先知，迫害著名先知以利亚，并欲置之于死地。“耶洗别”这个名字在西方语言中喻指无耻恶毒的女人。

睡着。我慈祥的斯塔克韦瑟姨夫要到伦敦来给他洗礼。麦卡伦夫人将成为他的教母，而教父将由本杰明和普莱摩尔先生担任。我不知道，我的这次洗礼仪式是不是会比我的那次婚礼更加快乐啊？

医生刚刚离开宅邸，关于我的情况，有点迷惑不解。他发现我最近习惯于斜靠在我的那张扶手椅上。但是，在这样一个特定的日子里，他看到了精疲力竭的症状，对于这种情形，他觉得难以解释，于是，提醒我要按嘱咐回到床上去，以显示他的权威。

其实，我没有推心置腹地对医生说实话。疲倦的症状让诊疗我的医生很是惊讶，这其中有两个原因——两个原因的名字叫作：“焦虑”和“挂念”。

到了这个日子，我才最后鼓起了足够的勇气，履行自己在巴黎时对丈夫许下的诺言。到了这个时候，他才被告知，他前妻的告白信是如何被发现的。他知道凭着普莱摩尔先生的权威——如果他乐意这样做的话——那封信是可以在法庭上作为公开证明自己清白的手段的。而且，最后也是最重要的是，他现在知道了，那封告白信之所以对他一直是个尘封的秘密，是因为要顾念到让他自己保持内心的平静，同时也要顾念到那位曾经作为他妻子的不幸女人的身后之名。

那些我对我丈夫必须要讲述的情况——不是口头言说的。当那个时候到来的时候，我不敢亲口向他谈到他第一任妻子的事情——而是用书面的形式陈述了情况，主要取自我在巴黎时收到的那些来自本杰明和普莱摩尔先生的信件。他这时候有充足的时间来看我写给他的东西，而且待在自己的书房里进行思考。我等待着，手里拿着那封至关重要的信——我婆婆在我隔壁的一个房间里等待着——

等待听到他自己亲口说出，他是否决定要开启那封信。

时间一分一秒过去了，我们仍然没有听见他在楼梯上的脚步声。我等待的时间越长，关于他会决定采取哪种方式的疑虑对我的影响便越来越大，令我焦虑不安。我处在眼下这种激动的精神状态中，拥有那封信令我感到压抑，心生反感。我不敢去触碰它，也不敢看它一眼。我躺在床上，心情不安，把它从一处挪到另一处，但还是放不下心来。最后，我突然有了个怪异的念头。我拿起婴儿的一只手，把信放在婴儿手的下面——这样一来，便把那份承载着罪孽和痛苦的可怕记录同纯洁和美好的东西联系起来了，这样似乎让记录也变得神圣和纯洁起来了。

时间一分一秒过去了，壁炉架上的时钟敲响了，又过去了半个小时。最后，我听见了他的声音！他轻轻地敲了敲门，房门开了。

他脸色煞白。我认为，自己能够看出，他的脸颊上挂着泪痕。但是，他在我旁边坐下时，没有表露激动的表情。我可以看出，他一直在等待着，一直等到能够控制住自己的情绪——为了我的缘故。

他握住了我的一只手，温柔地亲吻了我。

“瓦莱拉！”他说，“我要再次请求你原谅我昔日里说过的话，做过的事。即便我不理解任何别的事情，亲爱的，我也会理解这一点的：证明我清白的证据已经找到了，我要把这一切全部都归功于我妻子的勇气和奉献！”

我等待了片刻，想要倾听他说出更多的话，充分享受到快乐——他看着我时，温柔的眼睛是湿润的。我陶醉在那爱和感激之中。然后，我下定了决心，提出了那个决定着我们未来的那个重要问题。

“你决定要看这封信了吗，尤斯塔斯？”

他没有直接作出回答，而是反问了我：

“你把信拿到这儿了吗？”

“对啊。”

“密封着的？”

“密封着的。”

他等待了片刻，考虑一下下面该怎么说，然后才说出来。

“让我确定一下，我确确实实搞清楚了，自己是如何决定的，”他接着说，“假如我坚持要看信——”

我打断了他的话。我其实知道自己有责任控制住自己的情绪，但是，我没有履行自己的责任。

“亲爱的，不要谈论看信的事情！请你，请你，宽容自己——”

他举起一只手，示意安静。

“我考虑的不是自己，”他说，“我考虑的是我亡故的妻子。如果在我的有生之年，我放弃公开证明自己清白的举动——如果不让这封密封着的信拆开——正如普莱摩尔先生说的，我就是仁慈和温柔地对待了我亡故的妻子了，你也会像他一样说吗？”

“噢，尤斯塔斯，这一点疑问都没有啊！”

“她活着时，我缺乏宽容体谅，让她遭受了痛苦。我这样可以做出一点小小的弥补吗？”

“可以！可以啊！”

“还有，瓦莱拉——我会让你快乐吗？”

“亲爱的，你会让我陶醉的！”

“信在哪儿呢？”

“在你儿子的手边呢，尤斯塔斯。”

他绕到床的另一边，把婴儿粉红的小手举到自己的嘴唇边。他这么等待了片刻，心里悲伤而又默默地思索着。我看见他母亲轻轻地打开了门，我看着他时，她也在看着他。一会儿过后，我们悬着的心放下了。深深地叹息了一声，他把孩子的手再次放回到密封的信上面。通过这样一个细微的动作，（如同用言辞表达一样）对自己的儿子说："我把它交给你啦！"

事情就这样结束了！不是像我想象的那样结束的，或许也不是像您想象的那样结束的。关于我们的人生，我们知道些什么呢？关于实现我们最宝贵的愿望，我们知道些什么呢？上帝知道——这才是再好不过的。

我必须搁笔掩卷了吗？对啊。您没有更多的东西可看了，我也没有更多的东西可写了。

只有一点——作为附言。善良的人们啊，不要把我丈夫人生中愚蠢和错误的行为记恨在心。您若是高兴，那就谴责我好啦。但是，为了我的缘故，那就请您友好仁慈地看待尤斯塔斯吧。

图书在版编目(CIP)数据

法律与夫人 / [英] 威尔基 · 柯林斯著；潘华凌译.
—桂林：漓江出版社，2019.6
[外国名作家文集 · 威尔基 · 柯林斯卷]
ISBN 978-7-5407-8580-2

Ⅰ. ①法… Ⅱ. ①威…②潘… Ⅲ. ①长篇小说－英国－现代 Ⅳ. ①I561.45

中国版本图书馆CIP数据核字（2018）第275943号

FALÜ YU FUREN
法律与夫人
[英] 威尔基 · 柯林斯 著
潘华凌 译

出版人：刘迪才
出品人：张谦
责任编辑：谢青芸
书籍设计：石绍康
责任印制：张璐

漓江出版社有限公司出版发行
广西桂林市南环路22号 邮编：541002
发行电话：010-85893190 0773-2583322
传真：010-85890870-814 0773-2582200
邮购热线：0773-2583322
电子信箱：ljcbs@163.com
网址：http://www.lijiangbook.com
香河县闻泰印刷包装有限公司印刷
[河北省廊坊市香河县安平镇二街 邮政编码：065402]
开本：880 mm × 1230 mm 1/32
印张：16.25 字数：355千字
2019年6月第1版 2019年6月第1次印刷
书号：ISBN 978-7-5407-8580-2
定价：59.00元